CB048161

COMO POEIRA AO VENTO

LEONARDO PADURA

COMO POEIRA AO VENTO

TRADUÇÃO
MONICA STAHEL

Título original: *Como polvo en el viento*
Publicado conforme acordo com Tusquets Editores, Barcelona, Espanha

Direção-geral Ivana Jinkings
Edição Thais Rimkus
Coordenação de produção Livia Campos
Assistência editorial Camila Nakazone
Tradução Monica Stahel
Preparação Mariana Zanini
Revisão Carolina Hidalgo
Capa Ronaldo Alves
Diagramação Antonio Kehl

Equipe de apoio Artur Renzo, Carolina Mercês, Débora Rodrigues, Elaine Ramos, Frederico Indiani, Higor Alves, Ivam Oliveira, Jéssica Soares, Kim Doria, Luciana Capelli, Marcos Duarte, Marina Valeriano, Marissol Robles, Marlene Baptista, Maurício Barbosa, Pedro Davoglio, Raí Alves, Tulio Candiotto

CIP-BRASIL. CATALOGAÇÃO NA PUBLICAÇÃO
SINDICATO NACIONAL DOS EDITORES DE LIVROS, RJ

P141c

Padura, Leonardo, 1955-
Como poeira ao vento / Leonardo Padura ; tradução Monica Stahel. - 1. ed. - São Paulo : Boitempo, 2021.

Tradução de: Como polvo en el viento
ISBN 978-65-5717-100-4

1. Romance cubano. I. Stahel, Monica. II. Título.

21-73186 CDD: 868.992313
CDU: 82-31(729.1)

Camila Donis Hartmann - Bibliotecária - CRB-7/6472

A tradução desta obra contou com apoio do Ministerio de Cultura y Deporte da Espanha.

1ª edição: outubro de 2021
1ª reimpressão: abril de 2022

BOITEMPO
Jinkings Editores Associados Ltda.
Rua Pereira Leite, 373
05442-000 São Paulo SP
Tel.: (11) 3875-7250 | 3875-7285
editor@boitempoeditorial.com.br
boitempoeditorial.com.br | blogdaboitempo.com.br
facebook.com/boitempo | twitter.com/editoraboitempo
youtube.com/tvboitempo | instagram.com/boitempo

Sumário

Para minha Lucía, filha da diáspora.

Para o querido Elizardo Martínez, que no exílio sempre foi, até o último suspiro, um menino aristocrata de El Vedado.

"Perderás a guerra, não tens outro remédio, mas ganharás todas as batalhas."
José Saramago, *O Evangelho segundo Jesus Cristo*

"Al fin llegó el esperado,
se abrieran las puertas de la casa
y de nuevo se encendieron las luces.
[...]
Fuimos pasando de nuevo a la casa.
Éramos los reconocidos de siempre.
*Nadie había faltado a la cita."**
José Lezama Lima, "El Esperado", *Fragmentos a su imán*

"Dust in the wind
All we are is dust in the wind
Dust in the wind
Everything is dust in the wind
*The wind..."***
Kansas, "Dust in The Wind"
Point of Know Return, 1977
Letra de Kerry Livgren

---

* Tradução livre: "No fim chegou o esperado,/ abriram-se as portas da casa/ e de novo acenderam-se as luzes./ [...] Fomos entrando de novo na casa./ Éramos os reconhecidos de sempre./ Ninguém faltara ao encontro". (N. T.)

** Tradução livre: "Poeira ao vento/ Tudo o que somos é poeira ao vento/ Poeira ao vento/ Tudo é poeira ao vento/ O vento...". (N. T.)

1
Adela, Marcos e a ternura

"... nada era real, exceto o acaso."
Paul Auster, *A trilogia de Nova York*

Adela Fitzberg ouviu o toque de trombetas das chamadas da família e leu a palavra *Mãe* na tela do iPhone. Sem se dar tempo para pensar, pois a experiência lhe dizia que era mais saudável não o fazer, a moça deslizou o dedo pela tela do trêmulo telefone verde.

– Loreta? – perguntou ela, como se pudesse ser outra pessoa, e não sua mãe, a telefonar.

Apenas três horas antes, enquanto tomava com sua habitual falta de apetite matinal o falso iogurte grego, que talvez fosse realmente *light*, reforçado com cereais e frutas, e respirava o aroma do café revitalizador que todo dia Marcos se encarregava de coar, a jovem tinha sentido a tentação de mexer no telefone.

Seguindo aquele impulso inusitado, tinha repassado o registro de chamadas e constatado que *Mãe* não a tinha procurado nem uma única vez nos últimos dezesseis meses: em todo aquele tempo, de acordo com a memória telefônica, sempre fora ela, depois de lutar contra suas apreensões, que estabelecera comunicação com Loreta, a um ritmo médio de duas vezes por mês. Talvez pelo precedente de ter realizado uma busca tão inabitual, que de repente começava a adquirir um sentido telepático, Adela não se surpreendera demais. Podia ser que apenas se concretizasse uma caprichosa casualidade. Por isso, sem se permitir pensar, saltara no vazio. Se sobrevivesse, veria o que havia no fundo.

– Ah, Cosi, como tu estás?

A voz grave, própria de pessoa viciada em fumo e álcool – embora a mãe jurasse que nunca tinha fumado e a filha nunca a tivesse visto beber nada mais forte que um Bloody Mary ou um par de taças de vinho tinto –, o uso do enfático *tú* do qual a mulher não conseguira se desapegar quando falava espanhol e o apelido de Cosi, pelo qual a chamava desde bebê – só quando estava muito zangada com ela chamava-a de Adela, e de *Adela Fitzberg*, com nome e sobrenome sublinhados, quando estava muito, muito zangada –, ratificaram o que era evidente. Além disso, logo aumentariam a convicção de que o resultado da comunicação aberta por Loreta, depois de tantos meses, seria estragar-lhe o dia. Era para isso que sua mãe existia?

– Bem... No trabalho... Acabei de chegar... Estou bem... – E não ousou perguntar como ela estava e muito menos se estava acontecendo alguma coisa. Nem sonhar em lhe dizer que não era a melhor hora para falar, pois mais uma vez tinha se atrasado por causa do trânsito infernal de uma *expressway*, que, segundo Loreta clamava, contribuía para envenenar o mundo e os pulmões da filha.

– Fico feliz por você... Eu estou péssima...

– Está doente? Algum problema? Que horas são aí?

– Agora... Seis e dezoito... Ainda está tudo escuro... Muito escuro, um pouco frio. E não. Não estou doente. Doente do corpo... Estou ligando porque sou sua mãe e te amo, Cosi. E porque te amo preciso falar com você. Será que posso?

– Claro, claro... Não está "doente do corpo"? Qual é o problema, Loreta?

Adela fechou os olhos e ouviu o suspiro longo, classicamente trágico de sua progenitora. Como uma espécie de vingança do inconsciente, já que a mãe a chamava de Cosi, desde criança ela chamava Loreta pelo nome e só dizia "mãe" quando estava com vontade de matá-la.

– Como vai com seu namorado?

Dessa vez, foi Adela que suspirou.

– Não tínhamos combinado faz tempo que você não ia querer saber sobre meu namorado? Não, você não está ligando para isso, não é?

Outro suspiro, mais longo, mais profundo. Real? Na última conversa que tiveram numa ligação feita por Loreta, a mãe tinha jurado que nunca voltaria a se interessar pela vida íntima da filha e lhe lançara de novo que, se queria se revolver ainda mais na merda, problema dela: além de cheirar a merda, acabaria engolindo merda. E Adela sabia que a mãe era daquelas pessoas que costumam cumprir suas promessas.

– Vai ser preciso sacrificar o Ringo – disse, por fim, a voz maldormida.

– Do que está falando, mãe?

Como uma súbita avalanche, a imagem do cavalo de pelagem castanha brilhante, com uma estrela de pelo branco na testa, à qual devia o nome Ringo Starr, formara-se na mente da jovem, substituindo a de sua interlocutora. Desde que Loreta se instalara em The Sea Breeze Farm, o haras nas imediações de Tacoma, seu primeiro e maior amor tinha sido aquele belo Cleveland Bay. Porque o garanhão, já adulto, de olhos sempre pálidos e meio chorosos, como os de uma pessoa aflita e lúcida, logo a escolhera como sua alma gêmea.

Ao longo dos anos – dez, doze? – vividos naquele rancho do noroeste do país, Loreta havia decidido que a atenção ao garanhão constituía sua missão pessoal e cuidou dele como nunca tinha se ocupado de nada nem de ninguém na vida. No lombo generoso do exemplar da estirpe dos corcéis de tiro da casa real inglesa, beneficiando-se do passo enérgico e de uma docilidade não habitual para seu caráter de cavalo inteiro e de sangue quente, também Adela havia passeado pela fazenda e pelos bosques daquele rincão do mundo em que sua mãe se confinara.

– Não me faça repetir essas palavras, Cosi.

– Mas o que está acontecendo com ele? Da última vez que falamos... Bom, já faz tempo... – A jovem se interrompeu, lamentando ter pensado que a mãe ligara por alguma de suas chateações habituais ou para zombar de suas relações sentimentais e da decisão de ir morar com o namorado em nada menos que Hialeah. Ainda assim, de todo modo estragaria seu dia: de fato, com o que tinha dito já o estava fazendo.

– Cólicas... Rick e eu passamos dias lidando com ele... Procuramos outra opinião... O melhor veterinário daqui está tratando dele. Mas há dois dias tivemos um diagnóstico definitivo. Fizeram-lhe uma punção abdominal... É grave. E já é velho demais para uma cirurgia, mas forte demais, e não queríamos... Eu já sabia, porém o veterinário nos confirmou a única coisa que se pode fazer.

– Meu Deus... Ele está sofrendo?

– Sim... Há dias... Eu o mantenho bem sedado.

Adela sentiu dificuldade em engolir.

– Não tem remédio?

– Não. Milagres não existem.

– Que idade Ringo tem agora?

– A mesma que você... Vinte e seis... Embora não pareça, já é um velho...

Adela pensou na resposta e engoliu em seco antes de dizer:

– Então ajude-o, Loreta.

Mais um suspiro chegou pelo telefone, e Adela esperou.

– É o que vou fazer... Mas não sei se devo fazer eu mesma ou encarregar Rick disso. Ou o veterinário.

– Faça você. Com carinho.

– Sim... É muito duro, sabe?

– Claro que sei... Você é como mãe dele – lançou a jovem, sem segundas intenções.

– Isso é o pior... O pior... Porque você ainda não tem ideia do que é ser mãe e não poder... O que a gente desfruta e sofre por ser mãe.

– Você sofreu muito, não é? E não pôde o quê? – perguntou Adela, sem tentar se controlar. Apesar da solenidade do momento, tinha caído na armadilha de novo, sempre caía, e se preparou para a descarga materna. Por isso, surpreendeu-se com a saída de Loreta.

– Só queria te dizer isso. Saber que você estava bem, dizer que te amo muito, muito e... Cosi, não posso continuar falando. Acho que vou...

– *I'm so sorry...* – disse Adela, e só naquele momento ela se deu conta do desatino de suas últimas perguntas e do tamanho da dor que a mãe devia sentir: todo o tempo tinha lhe falado em espanhol, sempre usando o delator *tú* cubano e, contra a lógica da experiência do último ano e meio, fora sua mãe a ligar e, mais ainda, a cortar a conversa. Devia estar devastada com a decisão a que se via obrigada, a ponto de ser incapaz de aceitar o duelo verbal que se havia prefigurado.

Adela ficou alguns instantes olhando para o iPhone e, sem conseguir evitar, imaginou o momento em que Loreta manipulava a aterradora seringa metálica e espetava a pele castanha do pescoço de Ringo para enviá-lo ao sono eterno. Da lembrança, os olhos suspicazes e doces do animal nascido com uma estrela na testa a olharam. Deixou o telefone cair na gaveta superior de sua escrivaninha, fechou-a com certa violência e se levantou. Avançou pelo corredor que levava ao vestíbulo do local destinado a *Special Collections* da universidade, onde conseguira arrumar uma vaga de especialista em bibliografia cubana, e, ao passar diante da mesa de Yohandra, a bibliotecária de referência, disse que precisava tomar ar e um café.

– Algum problema? – perguntou Yohandra.

– Sim... Não, nada... – murmurou Adela, sem vontade de explicar a revolução de sentimentos que lhe tinham provocado a ligação da mãe e a visão dos olhos do cavalo, mas voltou-se para Yohandra: – Me dá um cigarro?

Yohandra olhou-a com as sobrancelhas levantadas e tirou um cigarro do maço que guardava na bolsa.

– Está tão mal assim? – perguntou e lhe estendeu o cigarro e um isqueiro.

Adela sussurrou um obrigada, tentou sorrir e depois esboçou uma confirmação quando a colega, mostrando a tela do computador, comentou que parecia que o presidente Obama iria mesmo a Cuba, que cara mais bárbaro... Adela saiu para o jardim arborizado que rodeava o recinto da biblioteca, onde foi recebida pelo choque do calor úmido de Miami que já imperava àquela hora da manhã de abril. O céu, nublado ao norte, lhe advertia a alta probabilidade de que caísse outro aguaceiro vespertino em Hialeah e talvez também mais ao sul, em Miami, o que transformava seu trajeto de volta pelo Palmetto numa tortura física e psicológica sempre disposta a esmagá-la.

Seguindo o rastro do aroma do café cubano recém-passado, ela caminhou pelo *campus* até a lanchonete localizada no térreo do prédio de Arts and Humanities e pediu um café com pouco açúcar. Com o copo de plástico na mão, saiu de novo para o jardim e procurou o banco mais afastado e sombreado para tomar a infusão e fumar às escondidas o primeiro cigarro que acendia em sabe-se lá quantos meses. "Para um dia de merda, um vício merdáceo", pensou, recusando sentir-se vulnerável enquanto desfrutava a invasão de nicotina. Adela Fitzberg teve naquele momento a convicção de que sua má disposição de ânimo não se devia ao sacrifício iminente do velho Ringo. Ou não só a isso. Além de amargar seu dia com uma notícia ruim, por que Loreta lhe telefonara?

A ameaça que anunciaram em forma de cavado nos níveis médios da atmosfera traduziu-se numa chuva impiedosa. Adela mal tinha percorrido metade de seu trajeto de volta para casa pelo Palmetto, autoestrada de dez pistas em que todos os dias, de segunda a sexta-feira, gastava no mínimo duas horas de sua vida, um tempo exasperante durante o qual sempre tinha algum momento para se perguntar quantos milhares de automóveis estariam ao mesmo tempo no asfalto fervente. O céu se rasgava constantemente com descargas elétricas que aceleravam o pulso da jovem e reduziam o empuxo dos motores de veículos que se moviam lado a lado, de Miami ao infinito. O mau humor que a embargava, sustentado pela imagem de uma agulha cravada na veia do pescoço de Ringo, venceu-a quando ela começou a sentir a pressão no baixo-ventre, inconfundível aviso da chegada de sua menstruação. Quase com violência, desligou o som que naquele momento tocava o disco do Habana Abierta de que Marcos tanto gostava: no congestionamento enervante e chuvoso, parecia exagero pretender que todo mundo fosse *happy*, conforme reivindicava a canção. Ainda faltavam três saídas para ela sair da *expressway*, e Adela sentiu vontade de chorar de raiva e impotência. Seu carro avançou uns dez metros e parou de novo.

Logo se completariam dezoito meses desde que a jovem aceitara mudar-se com Marcos para Hialeah, decisão que provocou várias das mais ruidosas discussões entre Adela e Loreta, quando a mãe se declarou total, absoluta, definitivamente impossibilitada de entender as opções da filha, até que no fim de um desses embates admitiu que *Adela Fitzberg* a exasperava e proferiu o juramento de esquecer a vida privada da filha. Com suas qualificações acadêmicas, a jovem deixar Nova York para estudar em Miami, justo em Miami, naquele momento parecera a Loreta um caprichoso despropósito juvenil; uns anos depois, ao terminar o *bachelor* em ciências humanas na FIU, a Universidade Internacional da Flórida, escolher e até conseguir uma vaga miserável na biblioteca da universidade enquanto fazia seu mestrado, em algo tão inútil e com cheiro de subdesenvolvimento como estudos latino-americanos, fora considerado pela progenitora um desperdício de neurônios... Mas, no auge da decadência de Adela, apaixonar-se por um *balsero** cubano e, para completar, apenas uns meses depois mudar-se para viver com aquele sujeito num apartamento imundo da imunda Hialeah, nem mais nem menos que Hialeah, foi para a mãe a prova definitiva da insanidade mental que afetava sua filha e acrescentou mais uma dose aos apuros lamentáveis que, com o tempo, ela repetia, provocariam efeitos devastadores na existência da jovem.

Adela aproveitou uma brecha durante uma daquelas arengas da mãe e gritou que se mudaria pela simples razão de que seu trabalho e seu futuro estavam no sul da Flórida e que, além disso, pela primeira vez na vida sabia que estava apaixonada. Ao ouvi-la, Loreta riu e perguntou que história era aquela de estar apaixonada, se na verdade a decisão só tinha a ver com o tamanho do pinto cubano do namorado dela. Porque pinto grande é o que está sobrando no mundo, Adela Fitzberg, procure na coleção da *National Geographic*, que suponho haver em sua biblioteca ridícula, acrescentou e desligou, para ligar de novo dali a vinte segundos e perguntar se ela conhecia outra pessoa no mundo disposta a sair de um apartamento de Coconut Grove para Hialeah, Hialeah!, ela gritou e desligou de novo. Ao silêncio materno aberto naquele dia, Adela respondeu com a mesma moeda, e elas passaram semanas sem se comunicar.

Adela havia conhecido Marcos no The Hunter, a discoteca próxima ao seu apartamento em Coconut Grove à qual costumava ir nalgumas noites de sexta-feira com Yohandra e outras amigas solteiras. O ambiente descontraído do lugar, mais cubano que gringo, sempre a atraiu, e Adela se deleitava fumando os cigarros H. Upmann que Yohandra mandava vir de Cuba e até dançando com a mulata experiente quando o DJ colocava alguma música de uma ilha que aqueles exilados renegavam as vinte e quatro horas do dia, mas da qual, ao mesmo tempo, não queriam (ou não conseguiam) se desligar. Quando Adela não aguentava mais, adorava dar uma descansada e, da mesa, desfrutar o encantamento de ver

* Indivíduo que sai clandestinamente de Cuba em barcos, ou *balsas*, tentando chegar a outros países, em especial os Estados Unidos. (N. T.)

a amiga dançar, ela que dominava todos os estilos e suas coreografias. A mulata sabia expressar com seus movimentos a profunda sensualidade daqueles ritmos, com cadência e naturalidade ancestrais que, apesar dos empenhos zelosos, para Adela eram inatingíveis.

Adela gostava tanto dessas noites e da companhia de Yohandra que teve até receio de uma sibilina inclinação lésbica se projetar de seu subconsciente. Por isso, quando viajou a Nova York para comparecer ao aniversário de sessenta anos de seu pai (celebração à qual, como em anteriores, Loreta não compareceu), como se não fosse algo importante atreveu-se a comentar sua apreensão com a única pessoa a quem podia recorrer no mundo para tratar de um assunto como aquele que a intrigava, pois sempre se havia sentido e sabido sexualmente definida, mas com a inquietante sensação de que alguma coisa nela não funcionava bem. Bruno Fitzberg, depois da refeição e do vinho tomado no Blue Smoke, o restaurante da 115 East com a 27 Street aonde sempre iam, sorriu ao ouvir a preocupação da filha e a tranquilizou com algo parecido com um diagnóstico da psicanálise que exercia desde seus anos argentinos: o único problema de Adela estava no fato de que ainda era muito jovem e não tinha encontrado o homem pelo qual se apaixonaria, o varão encarregado de despertar todos os instintos femininos que vários namorados e pretendentes juvenis não tinham conseguido desvendar do modo mais pleno.

– Tempo ao tempo – disse ele, como teria dito Loreta. – E não o procure, ele vai aparecer sozinho.

– Parece coisa de príncipe azul de conto de fadas, papai – ironizou.

Bruno Fitzberg tomou-lhe as mãos por cima da mesa e se armou de sua mais perfeita cara e seu melhor sotaque portenhos.

– É o que você merece, querida. Você sabe que é uma mulher bonita e muito feminina. Com esses lábios que matariam de inveja Angelina Jolie e seu cirurgião plástico e esses grandes olhos negros de raro fulgor – disse, entoando a melodia do bolero, e lhe apertou mais as mãos para acrescentar: – Só que não te chegou a comoção... Porque será uma comoção... Mas afinal... E se você fosse lésbica, garota?... Aquela mulata também é bonita, é ótima... Mesmo que não goste de mulheres e seja mais puta que as galinhas, não se iluda.

– E de onde você tirou que ela é mais puta...? – respondeu a garota, recorrendo ao sotaque argentino que usava de modo natural para falar com Bruno.

– A gente sabe, a gente sabe – disse ele, e sorriu.

– Quando você foi me ver em Miami e...?

– *No comments.*

Como se cumprisse uma sina preestabelecida, apenas alguns meses depois daquela conversa Adela conheceu Marcos em sua discoteca favorita.

A noite se anunciava tediosa, porque Yohandra estava com uma faringite e uma febre que a mantiveram enclausurada. A insistência de outras amigas e seu próprio desejo de encontrar sentido na diversão noturna, independentemente da presença ou da ausência de Yohandra e seus cigarros pretos, a impeliram a se arrumar e sair. Mas logo achou que sua rebelião não tinha sentido e, mesmo sabendo que deveria voltar para seu apartamento, que por sorte era perto, pediu uma segunda e depois uma terceira taça de vinho, instalada em sua mesa, quase sempre sozinha, odiando um pouco a si mesma por sua maneira de ser e de viver, sempre tão sem graça, e ao mesmo tempo tentando se distrair observando a habilidade rítmica dos cubanos que frequentavam o lugar e se apropriavam da pista de dança. E, então, irrompeu a centelha.

O sujeito, que ela nunca tinha visto no The Hunter, parecia uma caricatura moldada em Hollywood para um filme da década de 1950: vestia calça larga e camisa de manga comprida, tudo branco, de linho. Os botões de cima da camisa estavam abertos e, sobre o peito pelado ou raspado, destacava-se a medalha brilhante da Nossa Senhora da Caridade do Cobre, pendurada na corrente também dourada. Usava um panamá, falso com toda a certeza (talvez comprado no mercado de pulgas de Miami, junto com a corrente e a medalha brilhantes demais), e quando achava necessário utilizava o chapéu como parte de seu espetáculo particular: tirava-o da cabeça e o movia do modo como um matador passa a capa diante do touro ou jogava-o para o alto para pegá-lo no fim de um giro coreográfico – certamente muito ensaiado. O cabelo, ondulado, preto como azeviche, brilhava por causa da mistura de gel com o suor provocado pelo exercício, e seus pés, enfiados em mocassins de sola fina, sem meias, marcavam os passos com uma precisão milimétrica, quase sem se erguerem do chão lustroso, enquanto deixava aos braços a ilusão de movimento e entregava aos ombros a pulsação profunda e determinante do ritmo marcado pelo baixo.

Com aquele traje e a soltura de suas manobras, Adela, distraída, chegou a pensar que o jovem devia ser um profissional contratado pelos gerentes da discoteca para animar o ambiente, exatamente do modo como havia feito. Porque num momento de clímax musical, quando se impunha o ritmo dos tambores e dos tímpanos, os demais pares foram parando de dançar até formarem um círculo em torno do jovem e da negra de cabelo cacheado e vestido verde brilhante muito justo que era sua parceira de dança. A lascívia das ondulações pélvicas, a desfaçatez dos olhares, os rostos sorridentes e úmidos de suor dos dançarinos expressavam a sensualidade transbordada numa representação de altas voltagens sexuais. Com o fim do número, deu-se o aplauso dos outros dançarinos e curiosos, coroados pelo grito intempestivo do jovem:

– *I love you, Miami!* – tentou dizer, porém o que se ouviu foi algo como ai-lofiú-maiamiiiii…

Adela estava começando a terceira taça de vinho de seu fastio quando sentiu que a seu lado puxavam uma cadeira e viu a figura fantasiada de branco sentar-se ao lado dela.

– E você, garota, qual é seu problema? O namorado te largou ou você não sabe dançar?

Ele cheirava a colônia e suor: a homem, foi a primeira coisa que Adela percebeu, olhando o personagem que, sem pedir licença, se acomodava na cadeira, tomava um gole enorme da Heineken que trazia na mão, tirava o panamá da cabeça para colocá-lo sobre a mesa, enxugava a testa com um lenço vermelho e sorria para ela com destes saudáveis e perfeitos.

– Nem uma coisa nem outra. – Foi o que lhe ocorreu dizer.

– Ah, porque eu, com a maior gentileza e respeito, estaria disposto a resolver qualquer um desses dois problemas – disse e sorriu mais, enquanto erguia uma das sobrancelhas, como para focalizá-la melhor.

– Quando você chegou? – perguntou Adela, admirada com a desfaçatez do jovem.

– Faz dois meses… – baixou a voz. – Dá para notar muito?

– Dá para ver pela língua. Você ainda é rústico.

O rapaz voltou a sorrir. Adela concluiu que era lindo aquele exemplar de macho cubano de produção insular, carregado de todos os atributos visíveis de sua condição e os lastros mais comuns de seu pertencimento.

– Eu lhe causo medo?

– Não, você causa… ternura. Ou se diz provoca ternura? – perguntou Adela, sem evitar a reação de seu subconsciente diante da confissão, motivada por uma daquelas dúvidas idiomáticas que a obcecavam.

– Está acabando comigo, menina… Eu provoco ternura?… Minha nossa. Se continuar assim, vão me deportar.

Finalmente, Adela sorriu. Como era possível chegar àquele exemplar modelo, talvez projetado com estudada manipulação genética?

– *Sorry*… Desculpe… Você dança muito bem. – Ela tratou de consertar as coisas.

– E você? Agora é sério… não sabe dançar mesmo?

– Quem disse que não sei?

– Nada, sabe coisa nenhuma... Quero ver, mostra – disse ele, que voltou a passar o lenço vermelho no rosto e pegou o chapéu largado sobre a mesa. Levantou-se (agora era mais alto?) e estendeu a mão direita para Adela.

Adela observou-o de novo. "Não, não era possível", ela pensou, porque sempre pensava. Pensava demais: o pai lhe dizia isso desde quando era pequena, sem nunca esclarecer se era uma virtude ou um defeito. Mas o processo de tentativa de paquera era tão clássico que dava vontade de rir, e por isso, talvez, evitou pensar mais naquilo e se deixou levar para o terreno do jogo. Não tinha nada a perder. Aceitou a mão do jovem, levantou-se e, antes de dar um passo, lançou sua advertência.

– Se você fizer uma única palhaçada, te deixo sozinho.

– Sem palhaçadas – aceitou.

– O chapéu você comprou no mercado de pulgas?

– De onde você é? É *yuma**, não é?

– Sim, sou americana... Estadunidense. De Nova York. Por quê?

– É que vocês, *yumas*, acham que tudo é *Miky Maus*... Não, garota, é equatoriano, autêntico, de verdade, dos bons. Quem me trouxe de lá foi um amigo que chegou há duas semanas. Estou estreando hoje porque desde de manhã eu tinha, sei lá, uma coisa assim...

– Um pressentimento – adiantou-se ela.

– Ou um anúncio do meu pai Changó**. Eu sabia que algo de bom me aconteceria.

– Você é *santero****?

– Não, mas acredito em tudo... Por via das dúvidas... – disse e mostrou o lenço vermelho e depois a medalha da virgem.

Quase puxando Adela, levou-a para a pista, segurando-lhe a mão esquerda, e depois a pegou pela cintura com a direita e aproximou, e imediatamente a afastou, como se suspeitasse de alguma coisa.

---

* No jargão cubano, *yuma* designa o indivíduo nascido fora de Cuba, mais especificamente nos Estados Unidos. Com inicial maiúscula (*Yuma*) designa um país estrangeiro, em especial os Estados Unidos. (N. T.)

** A *santería* é um sistema religioso que funde crenças católicas com crenças iorubá. Embora seja bastante semelhante ao candomblé, não existe correspondência exata entre ambos, daí mantermos as denominações das divindades e dos elementos da *santería* no original. (N. T.)

*** Sacerdote da *santería*. (N. T.)

– Mas espera, espera... Minha mãe não me deixa dançar com desconhecidas... *What is your name, baby*?

Adela sentiu outro golpe de ternura. Sim, o personagem era rústico, em estado puro, um esboço de modelo.

– Adela Fitzberg.

Ele soltou-lhe a mão direita e estendeu-lhe a sua.

– Muito prazer, Adela-isso-aí... Sou Marcos Martínez Chaple, em Cuba me chamavam de Marquito Lince, às vezes de Mandrake Mago... E... bem, você nasceu em Nova York... mas de onde você é? *Yuma* de verdade, meio argentina, *cubanita* arrependida?

– Tudo ao mesmo tempo.

– Não!... Um coquetel molotov... Bah, tanto faz... Vamos lá, vamos dançar!

Ao dar os dois primeiros passos, Adela mostrou que, realmente, o que se chama de dançar ela não sabia mesmo, e sua única alternativa decente foi deixar-se levar por seu par. Depois a moça saberia que a chave esteve nessa decisão: não só entregou a Marcos as rédeas de uma dança, como o fez com uma docilidade na qual ela não se reconhecia, ainda mais sendo a proprietária de um território em que o jovem era um forasteiro, que carregava uma lista notável de preconceitos e lastros. Porém, sim, deixou-se levar: e Adela foi arrastada cada vez mais para longe, cada vez mais para o fundo, até cair nas turbulências do mundo desmedido e vertiginoso de Marcos Martínez Chaple, o Lince, e depois continuar rodando até cair, em poucos meses, naquele gueto que se anunciava para o mundo como Hialeah, "a cidade que progride", por cuja 49 Street do West finalmente se deslocava agora, avançando pela chamada Palm Spring Mile, entre poças, congestionamentos, buzinas gritantes, deixando para trás mais anúncios comerciais do que era possível assimilar e mais mau gosto do que era saudável contemplar.

Nos dois encontros concretizados antes do primeiro choque sexual, aquela comoção física e psicológica (o pai teria aplaudido a exatidão de sua advertência) que revolveu os ossos e os neurônios de cada um (foi em 18 de agosto de 2014, impossível esquecer a data), Adela pôde descobrir que debaixo do escudo protetor de fantasias que não o eram, de poses exageradas que na verdade eram orgânicas e de tentativas mais ou menos bem-sucedidas de engenho verbal crioulo, o jovem recém-saído de Cuba era, na realidade, uma pessoa, com sua fusão de inocência cósmica e picardia havanesa, capaz de inspirar o que lhe havia *provocado* em sua primeira troca de palavras: ternura. E Adela se apaixonou por Marcos Martínez Chaple.

Em setembro de 2007, o país vivia a euforia de sua estabilidade econômica, a fé na vitória sobre o terrorismo e a esperança de uma mudança. Em Nova York percebiam-se os melancólicos prolegômenos do outono, depois do verão esgotante. Em Miami, é claro, o sol ainda rachava as pedras, e o mar oferecia suas mais belas transparências. E Adela decidiu desfrutar das coisas boas e não se queixar das possíveis agressões ambientais nem se amargurar por causa de uma sempre difícil relação com sua mãe, que naquele momento se encontrava num de seus pontos baixos. Não tinha direito de se lamentar. Fizera suas escolhas, estava exercendo suas decisões: trabalharia no que fosse possível para a campanha do promissor e muito carismático senador Barack Obama, continuaria apostando no antibelicismo e na boa relação com os emigrantes e se estabeleceria no sul da Flórida para lá começar seus estudos universitários na FIU.

Todos os seus dezessete anos, completados em abril daquele 2007, Adela os vivera no apartamento de aluguel congelado de Hamilton Heights, no West Harlem, ocupado havia quase vinte anos por seu pai, Bruno Fitzberg. Naquele lugar sua mãe aportara, poucos meses depois de sair de Cuba, no início de 1989, durante o que ela planejara ser uma breve visita a Boston para participar de um congresso de saúde animal, ao fim do qual resolveu não voltar à ilha, mesmo sabendo muito bem que naquele país era mais fácil e barato ser astronauta que revalidar um diploma de doutor em veterinária obtido numa universidade cubana.

A história fulminante da relação da desertora cubana com o psicanalista argentino havia começado com uma conversa trivial em uma das salas do Metropolitan Museum dedicada aos pintores impressionistas. O bate-papo sobre as figurações de Manet, a alegria das cores de Cézanne e a força de Van Gogh foi seguido por um convite para um café, depois para comer alguma coisa e, no fim da tarde, Loreta Aguirre Bodes e Bruno Fitzberg faziam amor no apartamento de Hamilton Heights. Até onde Adela sabia, sua mãe sempre pensaria que a absoluta falta de amparo em que ela vivia influíra no início de sua relação com o psicanalista argentino e, quase imediatamente e por descuido, para ela inexplicável, provocara o fato de ela engravidar e logo se tornar Loreta Fitzberg. E alguns meses depois, já no decorrer de 1990, mãe de Adela Fitzberg.

Após a separação de Loreta e Bruno, em 2005, os pais combinaram que Adela ficaria no apartamento de Manhattan, seguindo o ensino médio e as aulas de artes plásticas, tendo em vista a possível bolsa privada, ou pelo menos um benévolo empréstimo estatal, que poderia garantir seu ingresso na Columbia University, como esperavam seus progenitores. Os meses de verão, conforme o combinado na divisão de responsabilidades, a menina passaria com a mãe, viajando por algum lugar do país e alocada no apartamento de Union City em que Loreta se instalara, depois de juntar seus livros, seus incensários, seu carma e suas neuras.

Nos dois primeiros anos de distanciamento da mãe, no fim de sua adolescência, Adela exerceu com maior liberdade sua obstinada vocação de se aproximar de suas origens cubanas, uma relação da qual Loreta se afastara radicalmente. Talvez a menina tivesse recebido a influência de uma predisposição genética ou tudo tenha correspondido a uma simples questão de rivalidades entre mãe e filha, mas um persistente sentimento de atração pelo cubano se impregnara com muita força na adolescente, que, na realidade, não podia ser outra coisa que não uma nova-iorquina, se é que isso existe. "Por que não sentia o mesmo pela origem cultural do pai, ou pela educação britânica da mãe, ou pela cultura dos dominicanos que iam se apropriando de sua região e entre os quais havia crescido?", ela se perguntaria alguns anos depois.

No apartamento de West Harlem, Adela tinha sido educada como uma planta sem raízes. Seu pai, argentino de ascendência judaica, odiava silenciosa e muito teimosamente tudo o que se relacionava a seu país de origem (exceto a seleção nacional de futebol, os cortes de carne, os romances de Soriano e Piglia e o acordeão de Piazzolla), do qual escapara por causa de suas militâncias políticas juvenis. Ao mesmo tempo e com igual intensidade, Bruno também detestava a tirania da cultura hebraica de seus pais, que ele considerava manipulada pelo lamentável (às vezes o chamava de fascistoide) sistema político sionista. Por sua vez, sua mãe, de maneira até mais taxativa, também cortara toda e qualquer relação com um país natal que lhe parecia um criadouro de gente mesquinha, orgulhosa sem razão e, por muitas razões, frustrada. E criticava sua cultura de origem com a mesma veemência com que fustigava o estilo de vida inglês, a que se submetera em seus anos de estudo e permanência em Londres como filha de diplomatas cubanos, entre pessoas que em geral tinham a boca em forma de cu de galinha e se dedicavam a destroçar o idioma que elas mesmas tinham criado. E Nova York... sim, era bom, mas também não era tanto assim: clima ruim, muita sujeira e droga, presunção demais.

Com suas negações furibundas, que incluíam até as origens familiares, Loreta impôs à filha o caminho da assimilação: preferia lhe falar em inglês, com o sotaque britânico do qual não conseguira ou não quisera se livrar; fazia Adela ler autores estadunidenses, para sentir que o seu era um universo anglo, embora desinfetado de uns atavismos religiosos e morais que ela qualificava como hipócritas; e por isso até tentaria induzir a filha ao conhecimento de outras sabedorias, segundo ela mais nobres, como as do budismo. Tinham a sorte de viver em Nova York, e era preciso aproveitar o que lhes era presenteado por Nova York (que não dava nada de presente e tinha tudo), ela costumava dizer. De Cuba, melhor nem falar.

Por sorte, graças à insistência do pai, desde pequena Adela falava corretamente o espanhol – às vezes arrastando um tênue sotaque portenho –, embora no início o escrevesse com alguma dificuldade. Por isso empenhou-se no estudo da língua como disciplina básica de seus cursos acadêmicos e, por sua conta, talvez só por espírito de rebeldia, empreendeu a aventura de ler a literatura e a história da ilha de seus antepassados maternos, personagens difusos, dos quais a princípio apenas tinha poucas referências e os inalteráveis juízos tremendistas e condenatórios de sua mãe. Desde que pôde fazê-lo, Adela passou a assistir a concertos de música latina, em que se misturavam instrumentistas e dançarinos de todas as procedências imagináveis e sempre era possível encontrar alguns cubanos. Entre eles, a menina faria amizade com sua contemporânea Anisley, chegada à cidade quando tinha onze anos e, para Adela, mais cubana que "La Guantanamera".

Com Anisley e seus pais – treinador de beisebol e softbol, o pai; médica pediatra reciclada como enfermeira, a mãe –, Adela teve um curso intensivo de cubanidade, do qual participou o primo de Anisley, com quem trocou beijos por várias semanas, até cumprirem ambos a perda tardia de suas respectivas virgindades, aos dezesseis anos (com mais curiosidade que paixão por parte dela). Aqueles fins de semana desfrutados na casa da amiga, no Queens, a introduziram em meandros de uma história não escrita de atitudes, comportamentos, recursos verbais, no conhecimento de lugares e da densidade de uma sociedade política que eles julgavam culpada de seu exílio.

Em lugar da rejeição total que aflorava da atitude de Loreta ou da negação fundamentalista da menor tolerância para com a sociedade cubana sempre presente no discurso de muitas figuras públicas de Miami e Nova Jersey, a família de Anisley mostrou-lhe perspectivas cheias de matizes. Apesar de suas opiniões contrárias ao sistema da ilha, em surdina eles agradeciam à sua procedência as oportunidades que tiveram dentro e, sobretudo, fora de seu país, onde gozavam de vantagens promovidas por uma divergência política que os tornava muito privilegiados em relação à grande maioria dos emigrantes latinos que chegavam aos Estados Unidos, o país maravilhoso em que agora viviam e lutavam...

De modo natural, os membros daquela tribo transpiravam um orgulho sem preconceitos e a satisfação sem complexos de um pertencimento ao qual se aferravam em toda atividade que lhes fosse possível fazê-lo. E o expressavam desde a forma de cozinhar os feijões-pretos até a de cantar as lágrimas, também pretas, do Trío Matamoros; desde o gosto pelos filmes provenientes da ilha que caçavam em festivais nova-iorquinos até a leitura de algum romancista cubano contemporâneo, passando pelas noitadas em que cagavam de rir ouvindo os chistes de Guillermo Álvarez Guedes, histórias picarescas nas quais os da ilha sempre eram os caras mais engenhosos e maledicentes. Se nas ruas a família e outros amigos próximos também vindos de Cuba viviam numa cidade aberta e multicultural chamada Nova York, esses mesmos seres, resistentes ao desenraizamento, dentro de suas casas e em suas reuniões festivas, em muitos sentidos continuavam morando no interior de sua ilha perdida. "Por que sua mãe parecia vir de um planeta diferente, nebuloso e sem contornos definidos?", às vezes a jovem se perguntava.

Graças à proximidade com essa fúria cubana por preservar essências próprias, a adolescente aproximou-se um pouco mais da militância de uma religião sem Deus, que em compensação tinha um apóstolo chamado José Martí, como o patriarca bíblico, poeta profético, para completar. Então a jovem começou a entender e a admirar o credo de Anisley e dos seus: o de continuar sendo quem tinham sido e se negavam a deixar de ser. Só que Adela sentia que, se para ela era possível compreendê-los, jamais conseguiria copiá-los: alguma coisa lhe faltava ou sobrava para ser o que eles eram e queriam continuar sendo.

Entretanto, quando se aproximou a hora de escolher a universidade em que continuaria os estudos, Adela, sem hesitar, informou à mãe que optaria pelo *bachelor* em ciências humanas da Universidade Internacional da Flórida, onde, graças a suas excelentes qualificações, estavam lhe oferecendo uma bolsa que cobria um terço do custo do curso.

Imediatamente, como não podia deixar de acontecer, começara uma guerra na qual o pai se declarou neutro, mas disposto a colaborar economicamente, desde que a moça seguisse seus estudos superiores até obter o mestrado. Por sua vez, a mãe, numa última e desesperada tentativa de retificar o rumo decidido pela jovem, convenceu Adela a passar alguns dias com ela no belíssimo haras onde agora morava e trabalhava, nos arredores de Tacoma. E lá, depois de quatro dias de trégua, quando a moça ousou pensar que sairia ilesa, tiveram uma de suas brigas mais desagradáveis, e por uma temporada Adela deixaria de ser Cosi para ser chamada de *Adela Fitzberg*. Foi justamente nesse transe que a jovem mostrou uma força de caráter que ninguém lhe teria atribuído e enfrentou o furacão de nível cinco que era Loreta Fitzberg (ou teria voltado a ser Aguirre Bodes?), sempre cheia de argumentos empenhados em demonstrar que a filha estava se lançando no monturo político, cultural, urbano de Miami e, com esse ato, transformando sua vida no que costuma haver nos monturos.

Dois meses depois da discussão ferrenha, em setembro do esperançoso outono de 2007, um táxi deixava Adela no 116402 SW, 35 Street, na área de Westchester, onde havia localizado pela internet o *efficiency* de Miguel e Nilda Vasallo e onde moraria até se instalar na residência da universidade. Os sessentões que a esperavam na porta da casa principal começaram por lhe oferecer um suco de goiaba feito por eles mesmos, um docíssimo flã de ovos caseiro e um café recém-coado (também doce), para no fim lhe darem as chaves do *efficiency* e lhe explicarem as maravilhas do local, do quarteirão, do bairro, da cidade, do condado, e muito cubanamente reiterarem que sua casa (a deles) agora era sua casa (a de Adela).

Adela estacionou seu Toyota Prius híbrido em frente à casa da 53 Terrace e da 10 Avenida do West de Hialeah, para a qual ela e Marcos haviam se mudado alguns meses antes. Lá tinham conseguido um aluguel muito acessível quando os últimos norte-americanos residentes no quarteirão, precisando de uma atmosfera menos carregada, a puseram para alugar. Os esforços de Marcos dignificaram muito depressa o aspecto de desleixo que, pelo cansaço dos proprietários, a casa exibia. Agora o jardim da frente, do qual Marcos também cuidava (e com isso descontava uma porcentagem da locação), resplandecia sob os raios de um sol reanimado que voltava para reaquecer uma tarde escura e chuvosa dez minutos antes e extrair da terra vapores infernais. Aquele lado de Hialeah, com casas unifamiliares de telhados de duas ou três águas, alguns jardins floridos e até bem podados, funcionava como um oásis dentro do desarmônico gueto cubano que, em cinco décadas de persistência e anseios de conquista, se formara na cidade.

Ao chegar, a jovem constatou que o namorado ainda não estava em casa: o espaço destinado à sua caminhonete no *driveway* continuava vazio. Por uma vez, a ausência do homem lhe provocou a sensação de alívio: preferia ficar sozinha por um tempo e, depois de tomar o último café do dia, fumar sem pressão nem pressa o cigarro que, previdente, tinha pedido a Yohandra. Antes de entrar, foi até a beira do jardim e levantou o cartaz de linóleo com a imagem de Hilary Clinton, talvez derrubado pelo vendaval ou por algum vizinho republicano fanático. Adela sabia que podiam estar provocando certas sensibilidades, mas a convicção de sua liberdade de opções no país da liberdade de opções a levara a colocar um dos poucos cartazes no quarteirão no qual se apostava no triunfo democrata nas eleições de novembro (para Marcos, acostumado a que nessas questões outros decidissem por ele, tanto fazia quem ocupasse a Casa Branca, desde que não se metesse demais com ele: tanto melhor se o ignorassem, ele dizia).

Mal entrou em casa, pôs o ar-condicionado no máximo e foi para o banheiro, comprovar que estava com a roupa de baixo manchada. Depois de enfiar toda a roupa num saco, lavou a consciência – sempre sentira repulsa por suas menstruações – e colocou o tampão superabsorvente que usava. Um sentimento invasivo de sua feminilidade a deteve diante do espelho vertical parafusado atrás da porta do banheiro e observou sua nudez: os quadris generosos, o monte de Vênus escuro, hirsuto embora bem aparado, os seios pequenos, túrgidos, coroados pelos mamilos cor de canela, o ventre liso, as coxas de carne firme e os glúteos proeminentes. Marcos afirmava que ela era bonita, fazia-a andar nua pela casa e dizia estar convencido de que em seu sangue corriam glóbulos brancos, vermelhos e também alguns pretos, herdados de alguma avó escurinha perdida à qual ela devia os lábios carnudos e a protuberância traseira, entre outras virtudes apetitosas. Como se tivesse necessidade de comprovar, Adela estudou a curva pronunciada das nádegas que tinham merecido tantos olhares lascivos desde que seus atributos físicos começaram a amadurecer.

Vestida com um short minúsculo e uma camiseta cujo tecido da frente mal resistia à pressão dos seios liberados do sutiã, a jovem preparou o espresso e saiu para o terraço coberto, recém-consertado por Marcos, ao qual se tinha acesso pela sala que os da Flórida insistiam em chamar de *flórida*. Dentro do pote de vidro cheio de caracóis e conchas, procurou o isqueiro, depositado ali meses atrás, e começou a tomar o café antes de acender o cigarro. Sentia uma tensão intensa aferrada aos ombros e o peso difuso no baixo-ventre que a perseguiria por pelo menos vinte e quatro horas. Impelida por uma força quase fisiológica, voltou ao quarto, tirou do pequeno cofre da reserva estratégica um cigarro delgado de maconha e, de volta ao terraço, o acendeu.

Logo Adela sentiu diminuírem as tensões da hora e meia gasta na *expressway* e começou a desfrutar da dose de tranquilidade que descia para seu organismo e aliviava a carga das sensações ruins reforçadas pela conversa telefônica matinal. Sua mãe ligara para falar do cavalo doente? Haveria algo mais, até mesmo mais lamentável? Por que ela pressentia que sim, que havia outros lodos no fundo daquela ligação? Intuía porque achava que conhecia a mãe...

Adela fumou até ser tirada da letargia pelo calor da brasa muito próxima de seus dedos e molhou a guimba minúscula no fundo do café para depois procurar onde fazê-la desaparecer, embora soubesse que o cheiro a denunciaria e provocaria a censura de Marcos por ter descumprido o pacto mútuo de só provar aqueles cigarros em ocasiões muito especiais e para se divertirem juntos.

Adela sentiu-se culpada. Viu-se fraca. Descobriu-se lúcida e teve, naquele instante, a estranha sensação de se ver de um ponto de vista exterior: uma mulher jovem que fuma maconha sem ser viciada, que precisa estar sozinha mesmo sabendo-se bem acompanhada, que gosta de planejar o futuro e tem convicção de alcançá-lo, mas que se deixou levar à transição de um presente prolongado sustentado por pregadores de roupa. Ela e seu contrário, ela e seu duplo. Que diabos estava acontecendo com ela, o que a alarmava e, sobretudo, o que ela temia? Tratava-se do sacrifício de um cavalo doente ou da existência de uma mãe como a dela? Ou da possibilidade de ter tomado decisões equivocadas? Das complicações do trabalho, acadêmicas e econômicas em que ela mesma se lançara? Não teve respostas ou não quis dá-las, talvez. Não, dizia a si mesma, não faria mais perguntas nem procuraria alegações para a indisposição invasiva que a perseguia desde aquela manhã, quando lhe chegou um cheiro forte de suor e terra. Imediatamente ouviu a voz:

– Fumaste, *Burt Lancaste*!

O primeiro grande sonho frustrado de Marcos Martínez Chaple foi o de ser um jogador de beisebol famoso. Esse desejo, na realidade, ele compartilhava com uma quantidade tão exagerada de cubanos que arvorá-lo como um fracasso era ridículo: foram tantos os que sofreram essa derrota e tão poucos os que tiveram êxito – atendo-nos às proporções, ou, melhor, às médias, muito abundantes e reveladoras no jogo de *pelota** – que a frustração sempre foi mais comum que a realização. Depois, com os anos e os vaivéns de sua existência, Marcos enfrentaria outros descalabros, embora os seus sempre lhe parecessem menores em comparação com os que vira padecerem muitas pessoas à volta, começando por alguns de seus entes queridos, aviltados em tantos terrenos da vida. Em todo caso, frustração à parte, Marcos devia ao beisebol muitas de suas lembranças mais caras e a origem do espírito competitivo que sempre o acompanharia e lhe abriria algumas das portas pelas quais passaria.

Nos dias de sua infância e sua adolescência, quando em Cuba viviam-se os tempos devastadores da crise econômica da década de 1990, o rapaz teve a noção das dificuldades que arruinavam o país pelos constantes apagões que os assolavam, pela possibilidade de comer no dia só um pedaço pequeno de um pão meio murcho e sempre azedo e por uma sensação permanente de sufoco térmico. Sobretudo, ele sofreu pela dificuldade que se tornou conseguir bolas para praticar seu esporte.

Daqueles tempos turvos e escuros, Marcos conservava no canto predileto de sua memória a ocasião em que decidira uma partida entre a equipe de seu

---

* *Pelota*: "bola", em Cuba também sinônimo de beisebol. (N. T.)

bairro e o mais potente (e, portanto, prepotente) grupo de Boyeros. Naquele jogo específico de suas lembranças, mais um desafio dos milhares jogados entre as duas equipes ao longo de muitos anos, todos os astros tiveram de se alinhar para que, no que se presumia ser o desfecho da partida com mais uma vitória do Boyeros, coubesse a Marcos sua vez no *home plate* com dois companheiros nas bases, duas corridas a menos e dois *outs* na entrada. Como se costumava dizer: ele era a última esperança do time. Sem jamais conseguir explicar de onde tirou forças, coordenação e velocidade de reação, Marcos fez *swing* numa reta com a intenção de cruzá-lo a toda velocidade e acertou a bola com a maça do taco de madeira: o contato foi preciso, contundente, e a esfera de capa porosa, surpreendida por um encontro perfeito, desenvolveu toda a potência de aceleração gerada pela reação das forças colocadas em jogo e voou para além dos arbustos que serviam de limites do campo, para selar a vitória de sua equipe. A apoteose!

Vinte anos depois, quando fechava os olhos e se concentrava, Marcos recuperava aquele microssegundo de graça: ainda ouvia o som do impacto, sentia o choque que seus braços receberam através da madeira e sempre conseguia ver a bola se afastando, subindo, até desaparecer na distância. O estado da felicidade plena, do júbilo transbordante, da mais imaculada satisfação com a vida e com o mundo. O limiar de um sonho logo frustrado.

O primeiro espaço em que alimentou sua aspiração beisebolista fora um campo improvisado na saída do bairro Fontanar, muito perto da casa de sua família, um descampado ao qual, havia décadas, compareciam os meninos dos bairros da região. Aquele terreno prestou grandes serviços aos jovens jogadores, até o dia em que – na época Marcos já estava cursando o pré-universitário – Alguém teve a ideia de roçar justamente aquela terra, entre muitas outras possíveis, para semear uns tubérculos trazidos da Argentina, anunciados como ricos em proteínas e destinados a alimentar milhões de cabeças de um gado capaz de inundar (sempre se falava de inundação) a ilha de carne e leite. No fim, como em tantas outras ocasiões, não houve campo de beisebol, tampouco tubérculos e muito menos gado, para o bem do colesterol de um país onde o tio Horacio, amigo de seus pais, costumava dizer que as vacas tinham entrado na lista de espécies em perigo de extinção.

Os aprendizes de *peloteros** mais bem-dotados tinham a possibilidade de uma ascensão competitiva e de um melhor treinamento quando eram admitidos por alguns dos treinadores ligados ao estádio do eterno Hospital Psiquiátrico de Havana, que ficava perto, um campo com medidas legais onde se organizavam

---

* Jogadores de beisebol. (N. T.)

torneios e se revezavam jogadores de diferentes categorias de idade e qualidade. Marcos nunca esqueceria que uma das primeiras ocasiões em que pôde treinar no campo dos seletos, ele e seus companheiros de lida viram chegar o mulato corpulento e sério, de cabeça raspada, que reconheceram imediatamente, pois o tinham admirado por anos nos estádios oficiais do país e do mundo vestindo o uniforme dos Industriales da capital ou o da seleção nacional, sempre exibindo nas costas o número 26. Boquiabertos, viram aproximar-se o defenestrado, o próprio Orlando Hernández, "El Duque", que em voz baixa falou com o treinador de plantão, o homem que anos atrás fora seu professor. Depois ficaram sabendo que o jogador, campeão olímpico, dono da melhor média entre jogos ganhos e perdidos do beisebol cubano e condenado por toda a vida a não participar de nenhum torneio oficial após ser acusado de planejar uma saída clandestina do país (ou, também disseram, de estar a par da fuga de seu irmão durante uma temporada no México), estava pedindo licença a seu velho professor para jogar ali com seus amigos, quando o campo se encontrasse livre, e que o treinador, preso a seus medos, falava da necessidade de fazer uma consulta antes de dar a oportunidade ao marginalizado.

Sem que se acabasse seu amor pelo beisebol e apesar de sua estatura e de um físico que se foi tornando robusto, aos dezesseis anos Marcos foi obrigado a aceitar que suas habilidades esportivas não eram suficientes sequer para jogar na equipe juvenil do município. Embora não tenha deixado de jogar em suas horas livres e de seguir os campeonatos do país, seu sonho infantil e sua entrega ao beisebol derivariam para o que continuaria sendo quando se estabeleceu nos Estados Unidos: uma paixão que agora só podia manter como espectador ou comparsa, nunca como protagonista.

Seis meses depois de chegar a Hialeah, quando sua situação econômica estava se estabilizando, Marcos começara a dedicar duas horas das tardes das segundas, das quartas e das sextas-feiras e dos sábados a se exercitar gratuitamente no ginásio próximo ao Westland Mall, onde trabalhava um de seus velhos companheiros dos jogos de beisebol em Fontanar, que lhe tinha arranjado um cartão de cortesia para ter acesso gratuito à instalação. Por sua vez, às terças e às quintas-feiras decidira investir esse par de horas da tarde (e às vezes também as manhãs de domingo) como treinador auxiliar da equipe de beisebol dos Tigres de Hialeah. O *coach** principal e alma do conjunto era ninguém menos que Agustín Casamayor,

---

* Treinador. (N. T.)

ex-jogador cubano, primeira base dos Industriales de Havana, que, já em seus tempos de declínio, fora mais um dos ídolos da infância de Marcos.

O campo onde treinavam ficava na área de uns blocos de edifícios muito povoados, na altura da 76 Street do West. Casamayor, decidido a fazer alguma coisa pelos jovens da região, lançara uma convocação para garotos que tivessem entre dez e catorze anos – e não só com o propósito de lhes ensinar de maneira correta (científica, ele dizia) os rudimentos e a filosofia do beisebol enquanto se divertiam jogando, mas, e principalmente, para evitar que ficassem muito tempo na rua, tentados por atrações menos nobres.

Quase todos os adolescentes que se aproximaram, cerca de duas dúzias, eram filhos de cubanos emigrados nos últimos anos, sem recursos para inscrever os filhos numa academia formal. Os pais e as mães, como geralmente acontecia, muitas vezes trabalhavam até de noite, e as crianças passavam o tempo livre fechadas em casa na frente de um computador ou perambulando pelo bairro, flertando com um mundo chulo que poderia marcar-lhes a vida da pior maneira. Então Casamayor, com a contribuição de alguns dos jogadores cubanos estabelecidos nos Estados Unidos e dos pais que pudessem dar alguma coisa, conseguira adquirir os apetrechos necessários e até mandar confeccionar os uniformes dos Tigres numa das poucas oficinas têxteis sobreviventes na cidade. Na época em que Marcos passou a trabalhar com eles, o *team* já participava de uma pequena liga do condado, com mais penas que glórias, mas com a paixão e o orgulho transmitidos por seu *coach* e a responsabilidade de representar a região mais pobre da decadente "cidade que progride".

As horas que dedicava voluntariamente a treinar os meninos representavam para Marcos não apenas um reencontro íntimo com sua paixão pelo beisebol, como também a melhor maneira de relaxar a mente, submetida às inúmeras tensões de um processo de inserção e sobrevivência num mundo que exigia viver com a faca entre os dentes e olhando para os lados. No momento em que vestia a calça de *pelotero*, calçava os *spikes* (os melhores que tivera na vida), enfiava a camisa branca de mangas laranja (quase sempre malcheirosa e suja de terra) e, sobretudo, no momento em que punha o boné na cabeça e saía para a grama avermelhada do campo, sentia-se penetrar numa agradável dimensão do tempo e do espaço em que a vida se reduzia a tentar fazer do melhor jeito possível o que era preciso fazer bem num campo de beisebol: correr, arremessar, rebater, defender e, em especial, pensar como um *pelotero*. E confiava que algum de seus discípulos também sonhasse, como ele sonhara, em ser um grande jogador, lotar estádios, ser querido por fazer com maestria o que tantos cubanos fizeram por mais de um século. Talvez algum conseguisse concretizar o sonho. Chegar inclusive a ser um Rei, como El Duque, várias vezes campeão em Cuba, ouro olímpico e, depois de fugir da ilha, triunfante nas grandes ligas norte-americanas.

No fim de um dos primeiros treinos de que Marcos participou, Casamayor o convidou para tomar umas cervejas em seu apartamento. No domingo anterior, seus filhos o haviam visitado e algumas garrafas sobreviveram aos embates dos beberrões da família e dos entusiastas que vieram de outros apartamentos do prédio, sempre dispostos a cooperar nessas atividades.

– Sabe que meus filhos não gostam de jogar *pelota*? – confessou o *coach* ao entregar para Marcos a garrafa de Corona.

Casamayor escolhera a sacada diminuta de seu andar para desfrutar as cervejas, e Marcos tinha à frente, do outro lado da rua, o bloco de outro condomínio, mais deteriorado que o do velho *pelotero*, com sacadas cheias de varais, as paredes carcomidas e o jardim devastado. O prédio conseguia ser tão feio e tão sujo quanto aqueles que seus avós arquitetos em Fontanar tinham projetado.

– Os filhos dos gatos nem sempre caçam ratos. – Marcos lembrou-se de dizer.

– O problema é que eles não gostam de quase nada... mas querem ter tudo. Não sabem viver. Não entenderam as regras do jogo. Inclusive o que é engenheiro, como você... Não pôde revalidar o diploma e, como sabe muito de computadores e essas coisas, agora entrou num negócio de clonar cartões, comprar coisas e depois vendê-las em domicílio.

Marcos preferiu não arriscar nenhum comentário (várias vezes tinha comprado gasolina roubada de Casamayor Jr.) e limitou-se a assentir.

– E você está bem, não é mesmo? – perguntou, então, o *coach*.

– Acho que sim. Não posso me queixar. Para o pouco tempo que estou aqui...

– Você pensa em tentar revalidar seu diploma de engenheiro?

– Agora não posso. Quase teria de começar do zero... Sabe como é, é preciso ter tempo e dinheiro... Esses americanos são muito foda nessa história de diplomas. Não é como em Cuba, aqui fazer curso universitário custa um bago e a metade do outro...

Casamayor assentiu, bebeu, olhou para o horizonte encravado no bloco de concreto, só com a rua no meio.

– Que desastre... Mais um engenheiro que nunca vai ser engenheiro... Quantos engenheiros e quantos médicos da sua idade saíram de Cuba?

– Eu conheço um monte... Diria que metade dos colegas da universidade... Meu irmão partiu antes de se formar. Mas esse terminou o curso, na França. É que meu irmão é do caralho...

Casamayor se manteve alguns instantes em pensativo silêncio.

– Se não for indiscrição... Por que saiu de Cuba? Hoje qualquer um sai, os jovens como você saem, têm razões de sobra, mas você...

– Eu tinha que sair... Bem, queria ter uma casa e um carro, e lá... nem em sonho.

– Uma casa e um carro podem ser uma boa razão... Sim, claro... Eu fui para seguir meus filhos. Eles também queriam ter uma casa e um carro. Porra: uma casa e um carro... Mas você é diferente, posso sentir...

– Não, Casamayor, eu sou mais um... Um cubano qualquer que agora mora em Hialeah e...

– Por que vem treinar os meninos? Nesse tempo você poderia ganhar dinheiro ou estudar.

Marcos sentiu que a conversa tomava um rumo tenebroso. Quando alguém perguntava muito, ele não conseguia evitar uma pressão no estômago. Efeitos hereditários da famosa paranoia de seu pai? Contágio do medo permanente de Irving, o melhor amigo de sua mãe, que falava até de agentes secretos encarregados de vigiá-lo? Marcos concluiu que sua verdade era tão inócua e imprecisa que ele podia dizê-la a qualquer um.

– Preciso de dinheiro, como todo mundo. Gosto de dinheiro, como quase todo mundo. Mas ser um leão as vinte e quatro horas do dia me esgota... Fazer algo com os outros e pelos outros talvez seja a melhor coisa que minha mãe me inculcou, coitada, a última romântica do mundo... Mas, bem, na realidade não sou como ela. Claro que não... A verdade, velho, é que passo duas horas enfiado neste campo por mim, mais que por você ou pelos meninos. Você me entende?... Olha, uma vez vi um filme em que um homem dizia ao filho que uma bola de beisebol é o universo, e quando ouvi isso... Bem, se você não entende assim, não importa: também não entendo muito. No campo me sinto bem e pra merda o resto... Me dá outra cerveja e não me esquenta a cabeça? Vamos falar de *pelota*? Puxa, ainda não contei do dia em que decidi um jogo com um *home run*. Eu tinha dez anos e, juro, dei uma tacada que ainda sinto aqui, nas mãos...

Por mar, por terra, por ar, por fronteiras do norte, do sul, do leste e do oeste. Pelo estreito da Flórida, pelas cataratas do Niágara, pelas fronteiras mexicanas ou, via Moscou, em busca do remoto estreito de Bering e das neves do Alasca... Nos últimos anos de sua vida em Havana, Marcos Lince tinha se transformado numa enciclopédia das estratégias, maneiras e artimanhas por meio das quais os cubanos podiam entrar nos Estados Unidos e obter a condição que em um ano e um dia lhes permitiria adquirir a residência legal no país vizinho. E Marcos contava com muitos amigos que tinham utilizado alguma daquelas possibilidades, muitos deles com êxito.

Embora entre seus planos (pelo menos os mais imediatos) não constasse a urgência de ir embora para outro lugar, Marcos soube quando tinha chegado sua vez de fazer valer seus conhecimentos e, além do mais, que o tempo o premiava. Então começara por tentar o que podia ser a forma ao mesmo tempo mais rápida e mais complexa: chegar diretamente a um dos *keys* da Flórida e, uma vez em terra, com os "pés secos", apresentar-se diante do primeiro policial que houvesse nos arredores e revelar sua condição legal de cubano. O risco desse trânsito estava na possibilidade de que a embarcação fosse interceptada pela guarda costeira estadunidense e, de acordo com o pactuado, seus tripulantes fossem devolvidos à ilha. As vantagens, se a pessoa chegasse a pôr um pé em território estadunidense, estavam na rapidez da travessia e na redução do número de intermediários, caras perigosos dos quais era preferível ficar longe. Como todos sabiam, a garantia de êxito dependia cinquenta e um por cento da qualidade da embarcação e, o resto, da sorte.

Em sua primeira tentativa de saída, em meados de 2013, Marcos não se despediu da mãe, para não a fazer sofrer a angústia de esperar até saber se o filho estava vivo ou morto, livre ou preso. Como acompanhantes na travessia, teve o pai de um amigo seu com os filhos adolescentes, dois verdadeiros manuais de instruções da prática do beisebol, aspirantes a ingressar algum dia nas ligas principais e ganhar muitos milhões. Mas para os navegantes faltara a porcentagem da sorte, porque a embarcação contratada em Miami por seu amigo era segura, porém não mais veloz que a da guarda costeira que os avistou. Para que o dono da lancha pudesse fugir e não ser acusado de tráfico de pessoas, Marcos e seus acompanhantes (conforme estava combinado) tiveram de colocar os salva-vidas e se jogar no mar, assim os vigias da fronteira se ocupariam de tirá-los da água e a lancha poderia fugir.

Apesar da experiência fracassada, Marcos não se deu por vencido e, quando já planejava uma segunda incursão marítima, outro colega de estudos, engenheiro como ele, telefonou para dizer que acabara de descobrir um caminho novo e inesperado, pelo visto rápido e, ao mesmo tempo, sem riscos de ser devorado pelos tubarões e sem intermediários que pudessem foder com eles.

Marcos e seu amigo Maikel, depois de dois dias de busca intensa dos fundos necessários, estavam prontos para iniciar a aventura (Marcos, diante da iminência da possibilidade, conseguiu que a mãe lhe entregasse, com lágrimas nos olhos, algumas joias da falecida avó arquiteta, as quais o rapaz rematou em algumas horas). De manhã cedo, apresentaram-se na agência de viagens que tivera a louca ideia de lançar no mercado a venda de um pacote turístico para cubanos que quisessem passar dez dias na Itália. Que disparate era aquele? Turistas cubanos na Itália? Embora para os dois amigos continuasse parecendo que aquele filme estava invertido, nove dias depois, com os passaportes carimbados com o visto Schengen, eles voaram para a Itália. Como atestavam as fotos que apareceram em seus perfis do Facebook, os turistas cubanos se divertiram muito em Roma (Leonardo da Vinci: aeroporto de entrada), Florença, Siena, Veneza e Milão (Malpensa: aeroporto de saída), visitando monumentos, tomando vinho, comendo pizzas de verdade e até desfrutando uma noite de amor à veneziana graças a duas turistas espanholas desesperadas.

De volta a Cuba (acompanhados apenas por um terço dos compatriotas turistas que haviam saído com eles alguns dias antes), os jovens se encaminharam imediatamente para os escritórios da Aeroméxico e, com o dinheiro enviado para a Itália por Ramsés, irmão de Marcos, sacaram passagens de ida e volta Havana-Cidade do México-Havana, bilhetes aos quais agora tinham acesso garantido graças ao passaporte adornado com o bendito e muito europeu visto Schengen, que, como prêmio glorioso, conferia aos cubanos a possibilidade de entrar no México.

E dois dias depois voaram para terras astecas, como costumava dizer Marcos, para começar a subida por rodovia até "a inóspita e inospitaleira" Tijuana. Na própria estação rodoviária da cidade, depois de pagarem duzentos dólares cada um ao policial mexicano que os interpelou e pretendia detê-los (a menos que pagassem a cota já estabelecida), os amigos pegaram um táxi (administrado pelo mesmo policial, agora muito amável) que os levou até as imediações do posto de fronteira. Lá se apresentaram para pronunciar as palavras mágicas dotadas da faculdade de abrir as comportas esquivas: somos cubanos, viemos de Cuba, enquanto mostravam passaportes e carteiras de identidade. Fácil assim. Quatro dias depois, com um documento que oficializava a admissão no país, Maikel e Marcos desciam do ônibus Greyhound que os levara até Miami.

Enquanto Maikel se instalava em Fort Lauderdale, Marcos recorreu ao amparo de Laura, irmã de seu tio Horacio, no South West de Miami. Horacio na verdade não era seu tio carnal, mas era como se fosse: colega de estudos e amigo íntimo de seus pais, Darío e Clara, Horacio fora presença constante na casa e na infância de Marcos, que, por alguma razão insondável e premonitória, desde criança costumava chamá-lo de tio, como se aquela proximidade lhe fosse ser útil em algum momento futuro. Em 1994, quando Marcos tinha dez anos, o tio Horacio (o mesmo que explicava ao menino mistérios como a razão pela qual as mangas maduras caíam das árvores e até por que os aviões que viam da casa de Fontanar voavam) tinha saído de Cuba com outras dezenas de milhares de *balseros* e havia muito tempo morava em Porto Rico, casado com uma porto-riquenha, e lá trabalhava como professor de física na universidade. O tio Horacio com quem, meses antes de sair de Cuba, Marcos entrara em contato por Facebook e, previdente, lhe pedira todos os seus telefones.

No entanto, só chegando ao México, a salvo de possíveis escutas cubanas, o jovem finalmente telefonou para Horacio e lhe pediu alguma referência em Miami com disponibilidade para o acolher por alguns dias. Sem hesitar, o físico lhe deu o nome, o endereço e o telefone de sua irmã Laura, que, ele garantiu, o esperaria na sua casa em Miami e lhe entregaria um dinheiro para seus primeiros gastos, que ele enviaria assim que Marcos entrasse nos Estados Unidos. E você gostaria de vir morar em San Juan? Por cortesia, Marcos respondeu ao tio Horacio que precisava pensar, pois na verdade já tinha muito claro onde e como queria viver. Porque, tendo seu pai Darío, seu irmão Ramsés e tantos amigos fora de Cuba, Marcos também era uma enciclopédia de estratégias, maneiras e artimanhas dos cubanos para arranjar a vida no exílio. Já estava provado que o mundo era amplo, mas estava mais que provado que não tinha por que ser total e fodidamente distante.

Duas semanas depois de entrar nos Estados Unidos, Marcos alugou seu primeiro apartamento, um espaço de apenas cinquenta e dois metros quadrados no condomínio Hialeah Club Villas, nas imediações do outrora atraente Westland Mall, agora em decadência. Seu irmão Ramsés e tio Horacio haviam conseguido que seu pai, Darío – agora muito bem de dinheiro, embora resistente a soltá-lo, segundo Ramsés, pão-duro empedernido, na opinião de seu amigo Horacio –, lhe mandasse de Barcelona algum dinheiro. A quantia, bem administrada por Marcos, podia ser suficiente pelo menos para vários meses de um aluguel discreto e para a compra de um carro baratíssimo, de segunda mão, com mecânica decente, pois não era possível viver na Flórida sem transporte próprio.

Em seu Honda Civic 2005 (o jovem colocou nele um farol em bom estado comprado por centavos num ferro-velho cubano, tirou-lhe o amassado do para-lama dianteiro com as ferramentas emprestadas de um amigo funileiro e, preciosista, camuflou o estrago com um *spray* de tinta), com uma mala de roupa e alguns trastes de cozinha dados pela irmã de Horacio, Marcos abriu a porta do apartamento 1.621 do Hialeah Club Villas, recebendo o bafo de nicotina e alcatrão concentrados exalado por algo que parecia ter sido um tapete.

Enquanto abria portas e janelas, despejava cloro na privada, na pia da cozinha e na do banheiro, borrifava tudo com um desinfetante perfumado, tirava o colchão velho e ajeitava o recém-comprado, Marcos prometeu a si mesmo que aquele lugar seria apenas uma parada, o mais provisória possível, e teve o adicional de concluir que, no país do ar-condicionado e dos fundamentalismos sanitários, parecia óbvio que fumar era uma prática errada: depois de urinar pela primeira vez em seu novo alojamento, jogou na privada os cigarros que tinha e deu descarga na bacia cheia de cloro.

Graças a outros amigos e conhecidos, saídos da ilha nos últimos anos e estabelecidos em Hialeah, Marcos começou a integrar-se ao ambiente de uma cidade que podia funcionar como um bairro grande. Duas semanas depois de chegar, recomendado justamente pelo amigo funileiro que lhe emprestara as ferramentas, conseguiu seu primeiro trabalho. Sua função era de ajudante de mecânico, o que na verdade significava limpa-toda-a-merda-e-carrega-todo--o-peso na oficina especializada no conserto das complexas caixas de câmbio de caminhões de grande porte gerenciada por Alipio Narigão, velho amigo de infância do bairro onde crescera seu pai (nesta aldeia todo mundo conhece todo mundo?). Para a sorte de Marcos, Alipio acabava de despedir um auxiliar salvadorenho, um sujeito que, além de trabalhar muito pouco, praticava a mágica de fazer desaparecer alicates, chaves de fenda e jogos de sensores. O salário de dez dólares por hora era na realidade uma miséria, mas Marcos sabia ser melhor ter dez dólares que nada e que, com seus conhecimentos de engenheiro mecânico e seus anos de vida na selva cubana, logo sairia da oficina ou acabaria por dirigi-la. E dedicou-se a estudar o ambiente e analisar as maneiras de se apropriar dele.

Sua primeira avaliação da preferência de muitos cubanos pela cidade de Hialeah foi superficial, embora acertada em essência: lá era possível viver "em cubano" e quase todo mundo conhecia quase todo mundo. Em muitos sentidos, o subúrbio reproduzia os modos e os costumes da ilha, com a notável e salvadora diferença de que a cada dois quarteirões encontrava-se um supermercado com as prateleiras cheias. Ainda que, se a pessoa soubesse onde, como se estivesse em Cuba, também encontrava alguém vendendo muitas das mercadorias oferecidas pelo supermercado (carne, latarias, guloseimas) por metade do preço (sempre era aconselhável verificar a data de validade).

Uma condição importante que havia influenciado aquela preferência territorial dos cubanos era avalizada pela facilidade passada de conseguir emprego nas assim chamadas *factorías* e pela conjuntura, esta ainda vigente, de que naquele lugar, cada vez mais feio e degradado (de onde, é claro, a maioria dos que conseguiam algum sucesso econômico escapava para outros lugares do condado ou do país), podiam-se encontrar os aluguéis mais baixos das áreas cubanas da Flórida. Sobretudo, muito influía na escolha o fato de que lá não era necessário passar pela árdua aprendizagem do inglês para realizar todas as atividades da vida nem sequer para adquirir a nacionalidade estadunidense.

Nos restaurantes de Hialeah comia-se comida cubana e nos cafés tomava-se café cubano, nos locais de diversão ouvia-se música cubana, nas barbearias e nos salões de beleza só trabalhavam cubanos e só se falava merda à cubana (com certa preferência aparecia o tema da queda do comunismo, a qual se aproximava na ilha), enquanto nos hospitais o idioma universal era o espanhol. As igrejas, católicas ou protestantes (com padres e pastores frequentemente hispânicos), tinham como vizinhas as *botánicas* cubanas, que ofereciam todos os artigos necessários para as cerimônias de *santería*, inclusive os animais requeridos nos sacrifícios rituais – para espanto dos civilizadíssimos norte-americanos, mesmo os que se dedicavam à caça ou tinham um arsenal em casa e uma pistola automática no porta-luvas do carro. É claro que os condomínios de edifícios eram habitados por cubanos e, para completar, o chefe de polícia, o dos bombeiros e até o prefeito de Hialeah eram cubanos. A densidade de tal ambiente tornara possível que, numa cafeteria de rede norte-americana, a balconista cubana se negasse a atender uma cliente que não sabia falar espanhol... "Isto é Hialeah, minha filha!", gritara para a gringa.

Em alguns dos livros guardados por sua mãe, Marcos lera sobre um personagem emigrado que carregava seu modo de vida como o caracol que arrasta sua morada: por que guardara na mente essa citação? Seria porque seu destino era transformar-se num caracol, como sua mãe, Clara, embora de outra espécie? Também levaria para sempre nas costas sua casa cultural?

Como a invasão cubana havia deslocado até as mais resistentes das famílias estadunidenses, ao chegar a Hialeah Marcos verificou que os poucos nativos renitentes distinguiam-se colocando uma bandeira da União em algum ponto visível de suas residências, talvez para se lembrarem de em que país viviam. Por sua vez, os centro-americanos, os porto-riquenhos e os venezuelanos fugiam dali tanto quanto lhes era possível, pois quase não suportavam o peso do orgulho e da prepotência dos cubanos, que até morrendo de fome comportavam-se como se fossem seres superiores. Ao mesmo tempo, os afro-americanos do East da cidade (logo Marcos aprendera que, para fazer honra à correção política, deveria chamar assim aqueles que em Cuba sempre tinham sido negros, porque eram negros) só se aproximavam dos cubanos (ou os cubanos deles) para realizar as negociações mais nebulosas, e depois cada um voltava para seu território, pois não parecia recomendável esquentar os ares numa cidade em que vender, alugar e penhorar armas de fogo era um dos negócios mais prósperos.

Depois, uma segunda avaliação do entorno, mais transcendental ou metafísica, revelou-lhe que a essência de Hialeah estava no fato de ali ser viável viver com um pé num território colonizado dentro dos Estados Unidos e o outro em Cuba e que a cidade era o refúgio adequado para refugiados obstinados em manter essa condição e, para concluir, que essa circunstância poderia ser uma mina de ouro. Sua grande descoberta, em contrapartida, foi verificar que naquele enclave hispânico, situado num planeta anglo, falar inglês de maneira correta e fluente transformava o indivíduo num privilegiado.

Quatro meses depois de sua chegada ao subúrbio, quando havia pouco iniciara sua relação com Adela e estava prestes a falar com Agustín Casamayor para se oferecer como treinador auxiliar dos Tigres de Hialeah, Marcos já fora promovido a sócio comercial do Narigão. Sua escalada foi fulminante e começou a se forjar quando pediu a seu empregador que o deixasse falar com seus fornecedores norte-americanos e, talvez só por lhes falar em sua língua de alguma coisa que, além do mais, Marcos conhecia melhor que Alipio, graças a seus estudos, conseguiu preços entre dez e quinze por cento mais baixos em muitas reposições. Inclusive, para surpresa do mecânico, começou a comprar peças pela internet por um quinto do preço anunciado num estabelecimento tradicional.

Foi pouco depois que se tornou imprescindível, no dia em que salvou os computadores do dono da oficina de um vírus empenhado em devorar todas as informações técnicas, laborais e financeiras, pois, para economizar quinhentos dólares, o mecânico havia comprado de um dominicano uma cópia pirata de um novo programa de avaliação do funcionamento das caixas de câmbio dos caminhões GM. Quando o Narigão, quase infartando, já ia levando a unidade central para um técnico amigo, Marcos pediu que ele o deixasse tentar. Com a ajuda do *laptop* da mulher do mecânico, o jovem salvou as informações, limpou a máquina e, de quebra, baixou de um site equatoriano recomendado por outro amigo engenheiro estabelecido em Estocolmo (que lhe forneceu uma senha trucada) o mesmo programa que seu chefe comprara bichado... Uma semana depois, de limpa-toda-a-merda-e-carrega-todo-o-peso foi promovido a encarregado da contabilidade, das contratações e até da realização dos exames técnicos das caixas de embreagem dos veículos e das tarefas logísticas e informáticas que o hábil mecânico era incapaz de realizar da maneira mais fácil e eficaz... se é que sabia fazê-lo. E a partir de então um hondurenho recém-chegado e sem documentos passou a ser o limpa-toda-a-merda-e-carrega-todo-o-peso com um salário de oito dólares por hora, ao passo que Marcos começava a ganhar vinte e cinco e recebia uma pequena porcentagem dos ganhos incrementados da oficina. O patrão gostava dele, mas não era para tanto.

Diante de tal desdobramento de habilidades do jovem engenheiro, Alipio Narigão não pensou demais e aceitou o aporte do capital inicial para o negócio que, depois de sua ascensão no trabalho, Marcos lhe propôs. Assim, em coordenação com outro de seus colegas de universidade, mas esse estabelecido em Moscou, Marcos começou a importar da Rússia peças de reposição para Ladas, Moskvichs e motos alemãs e soviéticas, peças que eram vendidas no varejo ou no atacado no escritório, muito melhorado, da oficina do Narigão, com o fim de serem reexportadas e vendidas em Cuba. Para facilitar a travessia do estreito da Flórida, Marcos associou-se a um ex-segurança cubano, o Gordo Téllez, personagem mais escuso e sujo que a privada entupida da estação ferroviária de Manzanillo, que havia montado uma agência de envios para a ilha graças a antigas relações feitas em seu ofício anterior de cérbero, apesar do qual, ou em virtude do qual, tivera de sair às pressas de Cuba.

Seis meses depois, quando o negócio deslanchou e se ampliou com a venda de peças de carros norte-americanos da década de 1950 (também para serem exportadas para Cuba), Marcos começou a ganhar uma média de três mil dólares por mês, e sua primeira ação concreta de ascensão social foi abandonar o apartamento infecto do Hialeah Club Villas, ao qual, pelo menos uma vez por semana, por diversas razões (brigas, drogas, música a todo volume), a polícia fazia uma visita.

Marcos alugou um apartamento mais amplo, ventilado e confortável na 1708 West e 17 Avenida. Lá, assim que lhe chegou de Cuba, pendurou na principal parede da sala seu diploma de engenheiro mecânico, expedido pelo Ministério da Educação da República de Cuba, e alguns meses mais tarde trazia, da próxima Miami, a mudança de Adela e a própria Adela, aquela moça que não era cubana nem argentina nem miamiana e às vezes nem nova-iorquina... A jovem pela qual, sentindo-se à vontade, arroupado e em condições favoráveis de provocar (ou entregar, ou transmitir) ternura, o cabeça louca Marquitos Lince – ou Mandrake Mago – também se apaixonara.

A partir da comoção hormonal de 18 de agosto de 2014, Adela e Marcos começaram a fazer amor como desesperados. Para eles, qualquer hora era apropriada, qualquer lugar, adequado, todas as posições os satisfaziam. O lugar preferido para seus combates era o quarto do apartamento pequeno, mas muito aconchegante, de Adela, no edifício de Coconut Grove, beneficiado com amplos painéis de vidro pelos quais se via parte da cidade e, ao fundo, o porto, o mar e, no infinito e com imaginação, até as costas e as praias de Cuba, que Marcos descrevia para a namorada como a materialização do paraíso terrestre perdido. Daquele andar alto, os namorados sentiam-se flutuar por cima do mundo e comprovavam que sempre lhes sobravam forças, desejos, fluidos para entregar. Lá tiveram os primeiros vislumbres de como na vida tinham percorrido os caminhos mais tortuosos e rocambolescos só para se cruzarem, pois tinham sido marcados pela sorte e pela história para se encontrarem, se amarem e, ainda que não o soubessem, fecharem um círculo da providência mais extravagante do que jamais teriam sido capazes de imaginar. Outra comoção que logo Adela receberia.

Quatro meses depois do início daquele arrebatamento dos sentidos, o banco ao qual Adela devia quase um terço de seu empréstimo de estudos comunicou-lhe sua preocupação com certos atrasos no pagamento das parcelas. Em 2007, antes da explosão da crise financeira, a jovem obtivera um generoso crédito com empréstimos a juros baixos para completar os gastos de seu curso universitário e de sua subsistência, com a promessa de muitas vantagens. O mesmo banco, agora, a avisava do estado deplorável de suas finanças, e um gerente que ela estava vendo pela primeira vez insinuava que o atraso podia estar relacionado com o preço do aluguel do apartamento localizado numa das melhores regiões da cidade.

A intromissão muito grosseira do obscuro cérebro financeiro em sua existência privada pareceu a Adela uma verdadeira agressão, e ela sentiu a pressão de se saber perseguida e macabramente controlada quanto à maneira como organizava e queria levar a vida. Marcos, cuja experiência cubana pouco lhe permitia entender as vicissitudes do mundo bancário, sugeriu à namorada como solução possível encontrar-se com o filho da puta do gerente do banco e encher de porrada o rabo daquela bicha arrombada. Isso depois de esculhambar a putona da mãe dele. Em inglês, em espanhol e até em sumério.

Quando analisaram friamente a situação, sem pensar duas vezes Marcos propôs que ela cancelasse o aluguel do apartamento e fosse morar com ele em Hialeah, onde os aluguéis eram mais acessíveis, onde ele tinha seu negócio e se sentia tão bem. E a moça, que, por sua educação com códigos que no fundo eram mais norte-americanos que latinos, não tinha ousado propor aquela saída ou tentar o movimento inverso do namorado a Coconut Grove para dividir os gastos, até tinha pensado naquilo muitas vezes, mas resolveu estabelecer-se com Marcos. Não era, de modo algum, repetiu para si mesma até acabar acreditando, a pior opção, e imediatamente sentiu que recuperava uma parcela de sua liberdade e ao mesmo tempo tinha o namorado perto de si todas as noites e todos os dias.

Quando Adela anunciou sua decisão, a mulata Yohandra foi a primeira que lhe perguntou se tinha enlouquecido: sair de um apartamento em Coconut Grove para o chiqueiro de Hialeah? Mas a amiga, desconhecendo a tensão econômica pela qual Adela passava, imediatamente lhe ofereceu o benefício recôndito de uma amável fatalidade: quando a gente se apaixona, vira uma idiota e faz qualquer coisa, vai até morar em Hialeah! A reação de sua mãe, como prevista, foi muito mais contundente:

– Continua descendo, Cosi, está chegando ao fundo. O bom é que está fazendo isso com satisfação – avisou Loreta e, é claro, não desligou o telefone. Aquela sentença seria só o início de uma avalanche de repreensões que sempre davam no mesmo lugar: a submissão da menina ao processo de desperdício de sua juventude e seu ser excepcional. – Cosi: a escuridão sempre gera escuridão – recordou, em plano budista.

– Loreta, por favor – a jovem suplicou, empenhada em não lembrar à mãe que, desde os dias em que ela tomara a decisão de ir estudar na Flórida, Loreta havia deixado de lhe mandar qualquer ajuda econômica.

– Meu amor, sua vida é minha vida. Mas lembre-se de que você é diferente. Sua família é diferente. Todos nós somos diferentes porque somos melhores.

– Não me venha dizer essa merda de novo, Loreta Fitzberg! Que família? Melhores que quem?

– Tá, tá... Mas sempre sou obrigada a dizer: uma pessoa como você, que teve a sorte de não ter conhecido os mais sórdidos comportamentos humanos e não sofreu violência, não passou fome, que só sofreu contratempos passageiros como esse de agora, deveria entender que é melhor, que sua vida foi melhor... Embora tenha resolvido fazer um curso merda, num lugar merda...

No fundo, Adela sabia que a mãe em grande parte tinha razão. Mas naquele momento precisava de um ponto de apoio, uma aprovação mínima para o salto que estava dando na vida e que, na realidade, só em parte tinha relação com seu estado financeiro deplorável, com a paixão amorosa que a dominava ou com o fato de que seu destino imediato fosse mudar-se para a desvalorizada Hialeah. O que alcançava cifras inquietantes era a soma de todos aqueles fatores, dos quais não podia subtrair nenhum.

Para poder fazer seu mestrado da melhor maneira, Adela aceitara um emprego bastante mal remunerado no departamento da biblioteca universitária que abrigava as *Special Collections*, com as quais trabalhava em sua tese para o título a que aspirava. Seu tema de estudo concentrava-se numa complicada análise sócio-histórica de vários epistolários e diários pessoais cubanos do século XIX (Martí, Carlos Manuel de Céspedes, o padre Varela, Domingo del Monte, José Antonio Saco e outras figuras menores) e os conceitos de nação, soberania e identidade partilhados na época com os princípios filosóficos e práticos da fundação de uma pátria. O assunto, mais do que ela esperava, se estendera a muitos tomos impressos e até a arquivos não publicados, e seu propósito inicial logo se revelou excessivamente ambicioso. Ela, porém, não recuaria num empenho que, tinha certeza, a levaria a uma publicação em forma de livro de um estudo revelador e, muito certamente, à possibilidade de aspirar a uma cátedra universitária que, no longo prazo, lhe permitiria realizar seus sonhos. E saldar suas dívidas. Mas tudo isso ficava num futuro primorosamente delineado, embora impreciso, e agora o que a atazanava era o presente, este, sim, muito preciso.

O mais inquietante talvez fosse o fato de que pela primeira vez ela viveria de maneira mais ou menos formal com um homem; também o fato de que era a primeira vez que se sentia apaixonada, portanto, desvalida; a primeira vez que até seu pai lhe disse que não gostava muito de sua decisão de se mudar e se ofereceu para lhe mandar algum dinheiro, que a jovem, num arroubo de dignidade, não quis aceitar. "A liberdade, as ambições e o futuro têm um preço, não é?", ela pensava, "e tenho de pagar o custo dos meus", disse a si mesma. Seria doutora (futuro), autora de um livro (futuro) e a mulher de alguém (presente!).

Quando se mudou para Hialeah, Adela finalmente havia contado para Loreta a história de sua relação com Marcos, de quem antes só dissera que era "um rapaz cubano com o qual estava saindo", evitando qualquer outra explicação sobre um tema que provocaria urticária em sua progenitora e geraria censuras e discussões. Então contou em detalhes quem era o namorado, de onde tinha saído, como estava surpresa consigo mesma e suas reações de mulher cada vez mais dependente.

– Está bem, está bem, não digo mais nada... É trabalhoso, mas acho que entendo... Existem pessoas fracas como você... Pois é... Então, tudo tem a ver com o tamanho do pinto do seu namorado cubano, não é, Cosi? – lançou, com indomável sarcasmo, e riu. Sim, claro, às vezes Loreta era capaz de rir. E Adela, de sentir muito mais vontade de matá-la.

Foi no momento culminante daquela confissão catártica de temores, um duelo verbal que já tirava sangue, que Adela mencionou o nome de Marcos Martínez. Loreta, que permanecera num silêncio inabitual, quase respeitoso, escutando os argumentos da filha, ao ouvir o nome do jovem perguntou:

– Como você disse que se chama seu namorado? O sobrenome?

– Martínez... Marcos Martínez.

O novo silêncio que lhe chegou da outra extremidade do país foi para Adela mais estranho que o, talvez, fastio de alguns momentos antes, enquanto ela expressava para a mãe as diversas manifestações de sua fraqueza de mulher apaixonada e em vias de iniciar uma convivência.

– Marcos Martínez do que mais? – A voz de Loreta soou mais grave, sua entonação, mais inquisitiva.

– Que importância tem isso, Loreta?

Outro silêncio. Um dos suspiros telefônicos maternos.

– Nada, nada... para saber... Um Martínez qualquer... Martínez o quê?

– Martínez Chaple – completou Adela.

– Você vai mal, Adela Fitzberg – sentenciou Loreta imediatamente, e a jovem percebeu que alguma coisa estranha ocorria.

– O que está acontecendo, Loreta?

– Como assim, o que está acontecendo? Está acontecendo tudo... Juntar-se com um *balsero* cubano morto de fome, sem ofício nem benefício, com as unhas sujas de gordura...

– De novo a mesma coisa? Eu já disse que ele não é *balsero*... E que é engenheiro, quase cibernético... Que ele ganha bem... Vende coisas para mandar para Cuba e... É isso que te incomoda?

Mais que um suspiro, o telefone lhe entregou um bufo.

– *What?* Não posso mais falar com você...

– Então, qual é seu problema com meu namorado?

Loreta soltou um de seus mais primorosos suspiros.

– Você me exaspera, Cosi, sempre me exaspera. Preciso meditar, relaxar, relaxar de verdade. Vou levar Ringo para dar um passeio – disse e, sem maiores explicações, cortou a ligação.

Adela sentiu que a conversa lhe deixara um gosto ruim: exatamente como se tivesse mordido uma fruta podre. A reação descomedida da mãe parecia-lhe absurda, intrusiva, excessiva. O fato de Loreta não querer saber nada de Cuba nem dos cubanos era um exercício respeitável de seu arbítrio, mas não lhe dava o direito de criticar daquela maneira a decisão de Adela, que já era muito adulta para precisar de beneplácitos paternos a suas escolhas de vida, mais ainda as sentimentais. Por que aquela animadversão, aquela repulsa orgânica por tudo o que tinha relação com seu país de origem? Estaria Loreta pensando que Adela se apaixonara por um cubano só para aborrecê-la? E como podia ser tão insensível a ponto de deixá-la com a palavra na boca e não lhe dar o menor apoio, o menor espaço de compreensão? A reação ríspida da mãe provocou-lhe um sentimento de rejeição e uma tristeza envolvente que impediram Adela de fazer uma leitura mais profunda da atitude de Loreta Fitzberg.

Foi justo no dia seguinte àquela conversa que Adela recebeu a ligação que, por dezesseis meses, seria a última de sua mãe, até a manhã de primavera de 2016 na qual falaria da gravidade do estado de Ringo.

– Estou ligando para te dizer uma coisa, Cosi – começara Loreta. – Vou falar em espanhol porque quero ser muito precisa. E só quero que me escute, sem perguntar nada... Olha, a vida é uma coisa muito, muito complexa. Você teve uma vida boa, pôde fazer com ela o que quis, e te invejo por isso. Nem todos nós temos a mesma sorte. Eu não tive. Há conjunturas que determinam muitas coisas da vida, e sem perguntarem se estamos de acordo ou não. Há fatos que mudam tudo. Às vezes a gente faz coisas esperando algo, mas depois acontece o contrário...

– Do que você está falando, Loreta? – Adela se atreveu a interrompê-la. – De novo a cantilena do carma e da escuridão?

– Estou falando de mim. Sim, do meu carma... Da minha vida de merda e das decisões que precisei tomar. Das minhas culpas e dos meus pecados, alguns muito grandes... E estou te dizendo isso porque preciso que saiba de uma coisa que talvez você tenha esquecido ou eu não tenha conseguido te mostrar: você é a pessoa mais importante da minha vida, e para te fazer feliz eu seria capaz de qualquer coisa. Fiz coisas. Algumas muito fodidas.

– Você está me assustando.

– *Sorry*... Sinto muito. Mas já estou terminando: ontem falei com seu pai e ele não pôde deixar de me contar das suas dificuldades de dinheiro... De quanto você precisa para sair do aperto e não ir morar com esse homem?

Adela sentiu o sangue lhe subir ao rosto. Bruno Fitzberg não devia ter contado a Loreta sobre seus problemas financeiros.

– Muito dinheiro. Mas não se preocupe. Vou resolver.

– Eu posso te ajudar, Cosi. Se precisar, assalto um banco ou uma diligência... É verdade, você sabe que aqui ganho bem e quase não tenho gastos.

– Agradeço, mas não... Por muitas razões, não quero. Me deixe fazer minha vida, Loreta. Como você fez a sua!

A mãe ficou em silêncio por alguns instantes. Adela esperou uma explosão e quase sentiu alívio quando a ouviu dizer:

– Ok, Cosi, faça da sua vida o que quiser. Sou a pessoa que menos tem o direito de te reprovar por alguma coisa... Quero que você tenha sorte e, aconteça o que acontecer, que seja feliz, minha filha. Eu te amo mais do que você imagina – disse e desligou.

Adela sentiu o clássico nó na garganta: o que teria acontecido? A mãe tinha enlouquecido ou o "indicador de caminhos" com quem ela andava agora em seu aprofundamento budista a trocara por outra? Culpas e pecados? E aquela declaração de amor como conclusão da falação anterior? Sem pensar mais, apertou a tecla para ligar de volta e ouviu a voz metálica com o aviso de que o telefone procurado estava desligado e a convidava a deixar uma mensagem. Adela teve intenção de desligar, mas algo a impediu, e ela disse ao aparelho:

– Loreta Fitzberg, eu também te amo... Mas, meu Deus, velha, como é difícil te amar.

De assombro em assombro, Adela atravessara os primeiros meses de relação com Marcos. Tudo o que tinha estudado e assumido sobre Cuba, conhecido em seus avatares de vida, lido nos muitos documentos com os quais trabalhava desde seu ingresso na universidade e, é claro, vivido na experiência de sua estadia acadêmica de dez dias na ilha durante o ano 2010 pouco lhe serviu na prática cotidiana. Porque, com a existência de algo tão essencialmente cubano como um namorado cubano, toda a sua experiência recebeu uma invasão de vivências e descobertas que a desconcertariam. E, naquele momento, a mudança para Hialeah funcionou como um curso superior de adestramento intensivo em uma matéria quase esotérica, um confronto carnal com o ambiente que lhe revelou a dimensão de sua ignorância.

Instalada com Marcos, fazendo mercado uma vez por semana e *footing* sempre que podia, acompanhando o namorado em algumas de suas gestões ou visitas a velhos e novos amigos e alguma partida dominical dos Tigres, Adela começou a constatar que a relação sanguínea do amante com sua idiossincrasia e sua cultura de origem parecia impermeável ao território em que vivia agora, mesmo em se tratando de Hialeah. Por que uma pessoa assim sai de seu país? Por que alguém se afasta de seu país sem sair dele? (Bem, Heredia, Martí, Saco, Varela, Cirilo Villaverde, todos viveram em seus exílios, muitos deles morreram na diáspora, todos perseguidos pelo pertencimento indelével, conforme revelavam os epistolários e os diários com os quais ela trabalhava.) Por ter vivido entre emigrados, Adela sabia que ninguém vai embora do lugar em que é feliz, a menos que se veja obrigado – e isso em geral é por ter perdido o frágil estado da felicidade. Estava convencida de que Loreta e Bruno tinham abandonado seus países porque neles não eram felizes e por isso tinham feito suas renúncias, tão radical no caso de Loreta e mais dramática no caso de Bruno. E suas reações podiam ser compreensíveis para ela. Mas o próprio Marcos e outros compatriotas seus, sobretudo pessoas de sua geração que ela foi conhecendo, com muita frequência quebravam esse esquema à primeira vista tão lógico.

Até onde Adela sabia – e já era bastante –, Marcos não tinha ideias políticas tão radicais para se ver obrigado a optar pelo exílio nem sentira na ilha a necessidade de trocar sua vida por um contexto cultural diferente, tampouco decidira sair em busca de novas experiências. Pelo contrário, apesar das muitas condições paupérrimas em que vivera, Marcos costumava lembrar com nostalgia de sua infância e sua adolescência no bairro de Fontanar e seus anos de estudante universitário, marcados por um anseio por conhecimento que, como se fosse uma aventura, ele e seus colegas tentavam acalmar por caminhos às vezes sinuosos diante da dificuldade de acesso a muitas informações num lugar onde faltava tudo, inclusive informação. Entretanto, nos relatos do jovem, as pessoas pareciam levar uma vida quase normal, e ele mesmo costumava falar de seus dias e de suas noites em Havana como uma festa permanente.

Num lugar em que muita gente vivia amontoada e sob condições materiais precárias, com pouco ou nenhum dinheiro, Marcos ocupava com a mãe uma casa de vários quartos, cuja beleza ele descrevia com orgulho. Tivera até muito dinheiro para gastar, se era verdade o que ele contava de diversões, festas, roupas, motos e férias em praias de sonho. Tudo era tão descontrolado que, a seu trabalho oficial numa empresa de construções onde dirigia a oficina de manutenção, o jovem engenheiro comparecia, se tanto, umas duas horas por dia, no dia em que ia, e seu chefe era, além do mais, um de seus companheiros de farra.

Adela ouvia aquilo e via-se sem instrumentos que lhe permitissem entender bem como funcionava aquele mecanismo rudimentar e peculiar, as engrenagens de uma sociedade em que o que não era ilegal era proibido, mas as pessoas encontravam brechas e era possível roubar (do Estado) sem se considerar um delinquente e viver melhor sem trabalhar que trabalhando.

Ela sabia, por exemplo, que graças a um golpe de sorte o namorado se tornara um importante fornecedor de queijo branco para restaurantes e pizzarias privadas de Havana: o queijo tinha grande demanda na cidade, e ele havia encontrado maneira de capitalizá-lo, montando inclusive uma equipe de compra e distribuição com braços nas cidades de Camagüey (de onde era transportado escondido em compartimentos de difícil acesso de ônibus interprovinciais) e Havana, onde era consumido. Ao mesmo tempo, não entendia a necessidade de organizar uma rede de contrabando de queijo como se fosse cocaína. E compreendia menos ainda por que Marcos tivera a ideia de sair de Cuba e até tentara fazê-lo na sempre perigosa travessia pelo estreito da Flórida, em cujas profundezas tinham desaparecido sabe-se lá quantos milhares de cubanos.

O mau humor que a acompanhara o dia todo, agravado pela conversa com a mãe, a imagem de Ringo e a seringa metálica, tudo coroado pela indisposição física provocada pela chegada de seu período menstrual, foram tão avassaladores que até a fizeram fumar sozinha um cigarro de maconha e, depois, como se fosse uma urgência, a impeliram à demanda de uma informação que, ela estava convencida, Marcos lhe havia camuflado durante meses com histórias de carências, ausência de perspectiva, tédio, riscos financeiros, comerciais e legais, necessidade de carro e casa própria. Justificativas muito comuns que, por parte de um homem como seu namorado, para ela sempre ficaram incompletas. Naquela tarde, por ser necessário para reordenar seus pensamentos, exigiria a verdade.

Quando Marcos a surpreendeu ainda envolta nos aromas da maconha, Adela não encontrou saída a não ser sorrir diante da reprimenda.

– Tranquilo – disse Marcos, então –, uma vez por ano não faz mal. Mas nunca me deixe fora de uma festa, garota – acrescentou e se inclinou para beijá-la, enquanto deslizava a mão por dentro da manga da camiseta e com os dedos lhe pinçava o mamilo, que, apesar da dor provocada pela pressão, se levantou mais com o contato.

– Não se aproveite das minhas fraquezas, garoto – protestou ela, quando conseguiu voltar a usar a língua para se comunicar.

Marcos sorriu, levou as mãos à virilha avultada e olhou para ela interrogativo.

– Hoje não... Agora não. – Ela quase suplicou. – O Palmetto me deixou morta... E estou com aquilo... E ainda por cima você está fedendo... Dá um jeito de lavar direito essa camiseta.

Marcos assentiu e foi sentar-se na cadeira que ficava do outro lado da mesa do terraço, um móvel que o jovem tinha resgatado de uma lixeira e recuperado com dois parafusos e uma demão de pintura. Na mesma hora, levantou-se, tocando a têmpora, entrou na casa e voltou com duas cervejas nas mãos. Já estava tomando a sua quando estendeu a outra para Adela.

– Também estou moído – confessou, enquanto tirava a camisa ensebada dos treinamentos de beisebol e a colocava no encosto da cadeira. – E isso que, por causa do aguaceiro que caiu, não pudemos treinar. Assim que fomos para o campo, chuá, o corno do aguaceiro... E no domingo temos jogo contra aqueles idiotas dos Maristas, que se acham melhores... Voltei para a oficina e fiquei lá até agora.

– Hoje passei o dia pensando umas coisas. E uma delas é que você nunca me disse por que saiu de Cuba, de verdade.

– Já te contei mil vezes, minha *china**.

– Não. Você me disse coisas... mas não *a sua coisa*... Vocês cubanos, você, minha mãe, Yohandra, todos passam o dia falando, mas nunca dizem tudo...

Marcos olhou-a nos olhos, tomou um farto gole de cerveja e deixou a garrafa sobre a mesa. Com os dedos remexeu o cabelo, como se precisasse tirar alguma coisa do couro cabeludo.

– Em Cuba ninguém diz tudo. Ninguém... E isso a gente aprende desde que nasce... Você quer toda a verdade? Bem... Então lá vai... Tudo... A verdade é que ia estourar que nem um traque... Fomos longe demais nos negócios.

– De que negócios você está falando? Do queijo branco?

Ele negou com a cabeça.

– Dos negócios na empresa em que eu trabalhava. Alguma coisa eu te disse... Mas é que lá se roubava de tudo e se vendia de tudo: materiais de construção, óleo diesel, peças de reposição de caminhões, madeira, peças de banheiro... O que fosse, o que houvesse. E isso desde antes de eu chegar, fazia anos... É o normal, por isso eu não precisava te dizer. Havia empresas que nos mandavam mais mercadoria que a registrada. Outras que não mandavam nada, mas se registrava do mesmo jeito. O diesel era vendido para uns caras que passavam para outros que tinham caminhões ou táxis particulares... O dinheiro caía do céu. Como se viesse pelo encanamento... Uma loucura. Todo mundo roubava tanto que aquilo não poderia durar para sempre, e eu vivia com medo, embora continuasse pegando o que me cabia e aproveitando. O Colorao, meu chefe, já te falei dele; pois o Colorao tinha duas amantes, com casas montadas, e para os dois filhos com a mulher oficial ele tinha comprado uns carros modernos que nem sei quanto custavam... Uma grande suruba... Mas, claro, ele passava dinheiro para os inspetores, os chefes, os policiais... Em Cuba se diz: "*Tiburón se banha, pero salpica*"**.

– Não entendo, como é possível? – interrompeu Adela.

– Nem tente entender. É assim e pronto. Sempre foi assim. Ou como você acha que as pessoas vivem lá? – perguntou ele, então apontou para onde supunha

---

* Literalmente, "chinesa". Neste caso, é um tratamento carinhoso, sem nenhuma referência específica. (N. T.)

** "Tubarão se banha, mas espirra água": expressão popular que se refere ao compartilhamento dos frutos da corrupção. (N. T.)

que ficasse seu lá. – Mas eu tenho olfato... O clima estava mudando e... Bem, embora meu nome não aparecesse em nenhum papel, e minha função fosse olhar para o outro lado e depois esticar a mão para pegar o que me cabia, farejei a explosão chegando e soube que precisava dar o fora, e rápido. Não pensei duas vezes, topei com a história da saída do pai do meu amigo e paguei meu lugar na viagem: dez mil dólares, quase tudo o que eu tinha. Sabe o que é ter dez mil dólares em Cuba?... É como dez milhões aqui!... Imagina que meu salário era de quarenta por mês... Apesar de tudo o que eu gastava, era o que eu tinha... Mas a viagem não deu certo, você já sabe. Dinheiro jogado ao mar... Me mandaram de volta para Cuba e no dia seguinte comecei a procurar de novo como sair, e Deus me jogou uma corda: Maikel me telefonou e me falou da história da Itália.

– E a polícia estava te procurando?

– Não, ainda não, mas a qualquer momento aquilo ia estourar, como estourou.

– Na verdade não estou entendendo quase nada, mas agora entendo ainda menos por que você não ficou na Itália, como outros que foram na viagem, e se arriscou a voltar para Cuba. E se o estivessem esperando?... Você não podia ficar e depois, sei lá, ir para a Espanha com seu pai ou para a França com seu irmão?

– Podia, mas... perder a vida de turista durante dez dias por meia Itália? Não, nem louco... E viver na Espanha com meu pai ou em Toulouse com meu irmão? Nem louco varrido, ainda mais sendo fugitivo da justiça, da máfia e do lobisomem... Meu irmão é um obcecado pela ordem. E meu pai está mais louco que uma cabra: depois que saiu do país, meteu-se a baluarte da luta de classes e do socialismo do século XXI ou do que seja, mas com casa na cidade e no litoral e uma mulher gorda que dá uma de progressista. Imagine, quando eu estava em Cuba, ela, Montse, me dizia de Barcelona que devíamos resistir e vencer... Mas meu irmão Ramsés me contou que ela veste roupa japonesa e sapatos italianos para cantar "A Internacional" com um lenço amarelo da Dolce & Gabbana no pescoço. Dá para entender?

– Não... O caso é que você deu um tiro no escuro voltando para Cuba.

– Para trocar de mala, não é? E aqui estou eu, *baby*... Porque algo me disse que aqui em Yuma você estava me esperando...

No meio de sua confusão, Adela não pôde deixar de sorrir.

– E aconteceu alguma coisa?

– Aconteceu. Quando fazia uns dois meses que eu estava aqui, Colorao passou dos limites em alguma coisa e descobriram tudo. Dizem que meu nome não saiu em nada, só que não acredito... Mas do Colorao cortaram as asas, e isso que ele tinha limpado quase toda a merda. Jogaram-lhe três anos de cadeia na cabeça e confiscaram-lhe até as cuecas, mas com certeza ele tem muito dinheiro enfurnado em algum lugar… Sinto muito por você, só que, como deve imaginar, quando eu tiver um passaporte para viajar, não posso me arriscar a voltar para Cuba. É assim, *china*: não há volta para Johnny. Estou condenado ao exílio eterno. Mas sempre teremos Paris… ou Casablanca… e Hialeah.

Adela se jogara na cama. A seu lado estava o romance de Paul Auster que começara a ler, embora sentisse um desânimo nefasto. De sua posição ela podia ver, pela porta aberta do banheiro e pelos vidros do box, o corpo nu de Marcos sob o chuveiro. Esperava a hora de vê-lo enxaguar os genitais, aos quais estava dedicando vários litros de água e o empenho das duas mãos. Em parte, sua mãe tinha razão: também estava apaixonada pelo membro fibroso do namorado, de tamanho e grossura consideráveis, coroado por uma glande que, para ela, alguns dias parecia um botão de rosa e, em outros, um morango.

Enquanto se esfregava com a toalha – também dedicava tempo a enxugar a virilha –, Marcos falou:

– Olha, *china*, como hoje você está assim, vou me encarregar de fazer a comida... Que cardápio você sugere?

Adela lamentava sua condição menstrual. A nudez do namorado e os eflúvios da maconha a fizeram esquecer suas indisposições físicas, e naquele instante sentia uma umidade suplementar na vagina, superexcitada pelo alvoroço de seus hormônios de mulher. Mas sabia que Marcos também não suportava o contato com sua menstruação e tentou vencer o desejo.

– Não sei, alguma coisa leve... Como estou assim...

– Alguma coisa leve? – perguntou ele, como se estivesse pensando, enquanto vestia a cueca e depois passava desodorante, penteava seus cachos ingovernáveis, repetia a pergunta em voz mais baixa, recuperava sua corrente de ouro com a medalha da Virgem da Caridade, se regava com colônia, e por fim enfiava a bermuda que tinha pendurado na porta do banheiro e entrava no quarto. – Eu cuido disso. Toma sua ducha e descansa um pouco.

– Obrigada... Me dá um beijo?

Marcos se aproximou da cama e a beijou nos lábios.

– Não se assanhe... Tenho que cozinhar...

– Seu cheiro está gostoso...

– E espera até me provar... O sabor é o melhor – disse ele, dando um sorriso muito breve. – Olha, *china*, sobre o que te contei agora mesmo, para você não se horrorizar demais... Como eu disse, tem um milhão de pessoas que vivem como eu vivia em Cuba, da invenção. Algumas ganhando muita grana, outras sobrevivendo, mas sempre inventando alguma coisa... O pessoal da minha idade cresceu numa época em que não havia nada e se criou sem acreditar em nada. No máximo em sobreviver. Tem um pouco de tudo, é verdade, até *comecandelas** da velha escola, mas a maioria... a maioria nem lembra que já existiu um muro em Berlim e que os soviéticos eram nossos irmãos. Não se interessam por política e não engolem as histórias dos políticos de que haverá um futuro melhor, nem as ouvem, e buscam o melhor eles mesmos, do jeito que podem... Os que ficam em Cuba continuam inventando e os outros, pois é, fomos embora, e somos muitos os que fomos embora. E um monte os que continuam indo. Sabe quantos *peloteros* como Duque deram o fora de lá nestes dois ou três anos? Quantos engenheiros como eu?

Adela assentiu. Não sabia o número. Só que tinham sido muitos.

– Por que está me dizendo isso? Não precisava...

– É que, se você vai ler o romance, tem que ir até o fim. E colorim, colorado, este conto está terminado...

Da poltrona que tinham colocado no quarto Marcos pegou uma camisa de beisebol sem mangas e, com os pés, procurou debaixo do assento os chinelos que imitavam os da Birkenstock. Pegou do móvel da sala de jantar as chaves da caminhonete Chevrolet 2014, o celular e a carteira e, já de saída, tirou do cabide que ele mesmo tinha parafusado atrás da porta seu boné "de sair". Era de um azul forte, ornado na frente com um "I" branco gótico: o boné de seus Industriales de Havana. No cabide ficaram o panamá e o boné "da sorte", de um azul mais escuro, já meio desbotado, que exibia o "N" e o "Y" brancos dos Yankees de Nova York: o boné que muitos anos antes o acompanhara durante a travessia para o sul da Flórida.

A *fonda*** da Santa ficava na 12 Avenida com a 68 Street, em frente do último estabelecimento sobrevivente dos Morro Castle que durante anos inundaram

---

* O significado comum no espanhol é "pessoa valente, corajosa". Em Cuba, designa um esquerdista convicto, militante obsessivo. (N. T.)

** Local simples onde se vende comida caseira, geralmente para viagem. (N. T.)

Hialeah de *fritas cubanas*. Marcos tinha descoberto o lugar por recomendação de Alipio Narigão, e desde então a *fonda* se tornara seu lugar preferido para comprar comida caseira feita na hora, no melhor estilo cubano. O cardápio do El Pilón era simples, confiável e contundente: sempre arroz branco e *congrí**; dois tipos de guisado de feijão e duas vezes por semana uma sopa estupenda de costela de vaca; vários pratos de carne, que iam desde o filé de vitela até as *masas de cerdo fritas*** (as mais macias e suculentas da comarca, dizia-se, graças às peças compradas de um criador de porcos de Homestead que os criava ao estilo cubano, ou seja, o melhor do mundo), passando pelo bife de panela, a roupa velha, a rabada e o picadinho com azeitonas, passas e alcaparras; algum peixe não muito recomendado e frango assado ou frito; tubérculos e frutas fervidos e fritos (mandioca, batata, batata-doce, inhame, banana) e saladas de verduras nas quais nunca faltava abacate. As sobremesas, igualmente clássicas: goiaba em calda, *coco rallado*, pudim de pão e flã de ovos. A clientela também era simples e fiel: noventa por cento de cubanos, entre os quais se contavam aqueles que buscavam a sorte com a loteria das raspadinhas, pessoas da terceira idade sem ânimo para cozinhar, empregados dos estabelecimentos comerciais próximos – mais abundantes na hora do almoço, quando Marcos e o Narigão às vezes iam parar ali, sobretudo se fosse dia de sopa de costela.

Pela *fonda* sempre rondavam vários amigos dos tempos cubanos de Santa e de seu marido Tito, um barrigudo com cara de pinguim que, quando não estava bêbado ou raspando cartõezinhos da sorte com os parceiros, encarregava-se do caixa e de atender aos fornecedores que podiam aparecer com produtos insólitos: ostras grandes frescas, caixas de charutos chegadas de Cuba, barris de azeite de oliva grego ou torrones espanhóis no mês de agosto.

Enquanto esperava seu pedido, Marcos tomou uma Heineken conversando com Tito, que estava acompanhado pelo Vesgo e pelo Mongo, seus parceiros (já perdidos nas brumas do alcoolismo). Naquele dia, Tito estava a fim de falar de sua decisão de vender o estabelecimento, isto é uma escravidão, amigo, pois queria comprar um iate e morar em Key West. Marcos, que já sabia que fazia vinte anos que Tito estava vendendo a *fonda*, comprando iates e casas e se mudando para Key West, Palm Beach e até para a Califórnia sem nunca fazer nada,

---

* Prato típico cubano cuja base consiste em arroz e feijão-preto ou vermelho cozidos na mesma panela. (N. T.)

** Prato que consiste basicamente em pedaços de carne de porco fritos. A arte de manter sua maciez e suculência está na escolha da melhor parte do porco e na maneira de cortá-la. (N. T.)

perguntou se não seria melhor vender, se repatriar, abrir um estabelecimento mais ou menos igual em Cuba e passar as férias em Key West. Em Cuba? Nem louco, Tito sempre pulava, independentemente do seu nível alcoólico. Com os *ñángaras** você nunca está seguro: o negócio deles é te foder sempre que podem. Por isso Cuba está como está, amigo, ele dizia, e Marcos ria.

Carregando seus vasilhames de comida, Marcos voltou para casa e constatou que Adela tinha arrumado a mesa e preparava uma limonada que completava de gelo e açúcar mascavo (não dá para tomar café e limonada com Splenda, Stevia nem nenhuma dessas invenções: sempre com açúcar mascavo, Marcos reclamara). Enquanto arrumava os alimentos em pratos e travessas, Marcos sentiu que um forte alento de comodidade o percorria, ali estava sua nova vida, a meio caminho para muitas coisas, ainda em fase de construção, e talvez cheia demais de sonhos: filhos que viriam; necessidade de mais dinheiro para trocar o carro de Adela, começar a pagar a hipoteca de uma casa própria (mas não em Hialeah); o doutorado da moça e algum dia poder liquidar sua dívida universitária; a possibilidade sempre sonhada de voltar a Cuba para passar alguns dias com sua mãe e com o pobre Bernardo, agora muito doente, ou de viajar para a Itália com a namorada para lhe mostrar os lugares que conhecera e outros que tinha vontade de conhecer; talvez a tentativa de validar seu diploma de engenheiro, como Adela lhe pedia. Não, não era uma vida ruim, disse a si mesmo naquele momento, pois Marcos sentia como se flutuasse num cúmulo de ternura compacta que chegara a beirar a perfeição de um projeto possível.

Por isso não o surpreendeu o ataque de devoção que o levou ao patamar da cozinha para segurar Adela pelo quadril e beijá-la na nuca, embriagar-se com o perfume do sabonete, do xampu, do condicionador que reforçavam seu profundo cheiro de mulher. Sua mulher. Ali, em Hialeah, de onde tanta gente queria fugir e onde tanta gente tinha encontrado seu lugar no mundo, onde tantos se empenhavam em viver como exilados e revolver-se em ódios e nostalgias que os amarravam ao passado e outros muitos desfrutavam de sua existência – do jeito que podiam, uns mais, outros menos –, ali Marcos descobrira um espaço que lhe pertencia e uma brecha para vislumbrar o futuro.

Antes de se sentar para comer, o jovem pôs para tocar seu disco favorito dos últimos anos, com sua canção preferida, quase seu grito de guerra como primeira seleção: "Siempre *happy*".

---

* Castristas convictos, militantes às vezes fanáticos e um tanto agressivos. Expressão próxima de *comecandelas*. (N. T.)

Faltava meia hora para começar o episódio da noite da série *Better Call Saul*, e Adela se acomodou em sua poltrona preferida e abriu o romance de Paul Auster. Marcos trouxe do quarto seu *laptop* e o pôs sobre um pano grosso que ele insistia em colocar debaixo da máquina para evitar provocar rachaduras na madeira da mesa da sala de jantar, já desocupada, onde havia como único adorno um vaso cheio de rosas pretas desidratadas e uns galhos escuros trazidos do mar, criação de Adela. Ligou o computador, foi direto para o ícone que o conectava a seu perfil do Facebook e encontrou uma solicitação de amizade: Clara Chaple. O jovem sorriu para si mesmo e resolveu não interromper a leitura de Adela, perdidamente apaixonada pelo bendito Paul Auster e seu mundo do Brooklyn. Marcos aceitou imediatamente a solicitação de amizade da mãe e acessou seu perfil público. A página inicial mostrava uma foto de grupo e, só de vê-la, Marcos foi incapaz de se conter.

– Porra, que bacana!... Olha isso, Adela, olha isso!

Duas semanas antes, Marcos tinha iniciado o procedimento que lhe permitiria entrar no Facebook de sua mãe. Como tudo o que era ligado a Cuba, tinha sido um trâmite com mais complicações e condições que o habitual. Entre as coisas que Marcos não quisera vender para pagar as viagens para a Itália e a saída pelo México estava seu computador, pois por meio dele a mãe mantinha contato por e-mail com Ramsés, o filho residente em Toulouse, e amigos como Irving, em Madri, e Horacio, em San Juan. As ligações telefônicas para Cuba eram possivelmente as mais caras do mundo, e a alternativa do e-mail permitia, além do mais, o envio de fotos, desde que fossem anexadas na baixa resolução que os obstipados servidores de Cuba conseguiam digerir. Mas Marcos insistira na necessidade de ampliar as vias de comunicação entre os filhos e a mãe. Para consegui-lo, decidira habilitar um perfil de Facebook, enquanto ela, em Cuba, abria a conta do correio – paga em parcelas, com dinheiro quase sempre enviado por Marcos, às vezes por Ramsés – que lhe permitiria, se ela se deslocasse para um dos pontos da cidade onde tivessem habilitado "zonas wi-fi", manter encontros e trocar informações, fotos, comentários entre os três e com outras pessoas próximas. Podia até mesmo, se fosse necessário e indispensável, se comunicar com o pai dele, Darío, cujas mensagens, certamente permeadas por sua nova obsessão política, poderiam invalidar o acesso de Clara à rede cubana, muito controlada.

O que acelerou a determinação de Marcos foram a doença de Bernardo, que o preocupava muito e da qual queria estar a par, e a recente abertura de uma dessas zonas wi-fi no seu bairro de Havana, de modo que sua mãe, com o *laptop*, à custa da tecnologia e graças a ela, poderia estar mais perto dos filhos e de afetos dispersos por meio mundo.

Fazia várias noites que Marcos checava seu Facebook, na esperança de que a mãe tivesse posto a maquinaria para funcionar. Ele sabia que, como quase todos os cubanos de sua geração, Clara era uma competentíssima graduada universitária analfabeta tecnológica, e Marcos insistira que ela pedisse ajuda a Bernardo, que, embora cada vez mais combalido, ainda devia saber preparar o terreno. E por fim ocorrera o milagre... Já na noite anterior, justamente a única em vários dias em que Marcos não se ocupara em verificar sua página do Facebook.

Como capa do perfil, Clara colocara uma imagem da casa de Fontanar e, na primeira postagem, a velha foto de grupo com uma legenda: "Nosso clã antes do vendaval. 21 de janeiro de 1990". Marcos se lembrava daquela imagem, que em certa época ficava numa das estantes de sua casa de Fontanar, até que, em algum momento depois da saída de seu pai de Cuba, Clara decidiu tirá-la dali. Mas lá estavam todos, jovens e sorridentes, no dia em que a mãe completara trinta anos.

Adela se apoiara no ombro de Marcos e ainda sorria.

– Estes são você e Ramsés?

– Isso... Ramsés com oito e eu com seis... sem dentes. Olha isso. Como estou feio!

– Os que estão atrás de vocês são Clara e Darío...

– Sim... Vamos ver... Da esquerda para a direita são Fabio e Liuba, os que morreram num acidente em Buenos Aires, os pais da Fabiola; ao lado, Irving e Joel, os gays, que, você os conhece, vivem na Espanha; depois Elisa e o que era seu marido, Bernardo, que agora, você sabe, é marido da minha mãe; estes outros são meu pai e minha mãe; o tio Horacio e a namorada dele na época,

Guesty, que era ótima e eu era apaixonado por ela. Por sinal, depois alguém começou a dizer que a Guesty era espiã. E a última é a Pintada, agora não lembro como ela se chamava, ela estava com Walter, o pintor... Tinha vitiligo e aquele sem-vergonha dizia que gostava dela porque era de duas cores... Isso foi no dia do aniversário da minha mãe, no quintal da minha casa.

– Guesty era espiã?... Espiã de quem? – Adela demorou para perguntar, observando detidamente a jovem Elisa da foto: o cabelo com um corte pajem, os olhos semicerrados no instantâneo, um pouco virada para a esquerda e vestida com um camisão largo que, claramente, se projetava de leve na altura da barriga.

– Bem, não espiã, espiã... Era informante, dedo-duro, os vigiava... Mas certeza que era um dos delírios do meu pai. O coitado era a paranoia em forma de gente... Bom, em Cuba a paranoia corre solta... Foi o Walter que tirou a foto.

– O amigo dos seus pais que se suicidou?

– Sim, apareceu morto no dia seguinte a essa festa.

– No dia seguinte?... Você não tinha me contado isso...

– Bem, agora não sei se foi no dia seguinte, foi mais ou menos... Se jogou de um prédio... Ninguém ficou sabendo muito bem por que ele fez isso, e Horacio sempre disse que Walter não podia ter se suicidado. Meu pai dizia que sim, porque...

– Marcos, quando sua mãe postou essa foto?

– Faz dois dias e, olha...

– Espera, Marcos, e essa mulher, Elisa? – Sem dar atenção aos comentários de Marcos, Adela apontava a jovem de barriga um pouco avultada. Devia ter entre vinte e cinco e trinta anos, tinha cabelo preto ou castanho-escuro e lábios finos. Enquanto a observava, Adela ia sentindo que as premonições, os mal-estares, as frustrações e os dissabores do dia começavam a ganhar sentido, ia entendendo a razão da ligação de Loreta, embora em sua mente ecoasse uma débil afirmação negativa: não, não pode ser.

– Eu já te disse, esta é Elisa, que era mulher deste, Bernardo...

– Ela estava grávida?

– Sim... e aconteceu uma coisa muito estranha com ela...

– Como se chama essa Elisa? O nome completo...

Marcos continuava olhando a foto do grupo, pensou e no fim respondeu.

– Correa! Elisa Correa! – exclamou, satisfeito com a capacidade de recuperação de sua memória. Todos aqueles personagens da imagem postada pela mãe tinham sido presenças constantes em sua infância e adolescência, até que se desgarraram do grupo, uns rumo à morte, outros para sair de Cuba por diferentes caminhos e rumo a diversos destinos, inclusive seu pai, Darío, e seu irmão, Ramsés. De todos eles, só permaneciam em Cuba sua mãe, Clara, e Bernardo, que havia quase vinte anos vivia com ela e que, quando a foto fora tirada, era justamente o marido de Elisa, que talvez tivesse levitado, Marcos comentou.

– Como assim levitado? O que aconteceu com ela? – perguntou Adela, cada vez mais confusa, mas ao mesmo tempo mais convencida.

– Eu estava dizendo que com Elisa aconteceu algo muito estranho... Um dia desapareceu e nunca mais se soube dela... Ninguém sabe se ela foi embora, morreu, se escondeu... Foi meu pai quem inventou que ela tinha levitado...

Adela se afastou de Marcos e ficou em silêncio, até que reagiu.

– Elisa desapareceu depois que tiraram a foto? No início de 1990?

– Sim, foi tudo muito estranho... Há coisas que não sei direito. Minha mãe não gostava muito de falar nessa história, ela ficava mal. Foi tio Horacio que me contou algumas coisas, mas faz muitos anos. E este, Irving, parece que era quem sabia mais, porque todo mundo lhe contava suas coisas, bem, porque ele é gay, sabe como é... Coitado do Irving, eu me dava superbem com ele, um sujeito muito bacana. Não sei se a Elisa se perdeu antes ou depois que prenderam o Irving... Parece que aquilo foi um grande desbaratamento... Vendo Elisa agora, bem, ela parece alguém...

Marcos se virou. Surpreendeu-o ver o rosto de Adela, com os olhos inundados de lágrimas que já lhe corriam pelas bochechas. Marcos sorriu mais.

– O que aconteceu, *china*? Não é para tanto... Tudo isso faz...

– Vinte e seis anos. A idade que eu tenho... É que... Olha bem, olha... Não, Elisa não parece... Essa Elisa Correa é minha mãe!... E essa foto foi tirada em janeiro de 1990, e eu sou filha dessa Elisa, que é minha mãe, Loreta... Meu Deus, Marcos, o que está na barriga dela... Essa barriga sou eu!

Duas horas depois, quando terminou de espremer a memória de Marcos e finalmente foi para a cama, Adela se sentia sem chão. Só se lembrava de um momento em sua vida em que se vira tão descentrada: 11 de setembro de 2001, em seu apartamento do West Harlem. Naquele dia, sua percepção de vida tinha mudado. Mas aquele transe horrível havia transtornado muitas existências, alterado até mesmo a ordem do mundo, e ainda assim não podia ser pior para Adela que o terremoto de revelações e perguntas por que estava passando naquele instante; afinal, o ataque não vinha de fora, mas de bem dentro de si mesma. E porque agora, sim, sabia que doravante a agressão poderia ser até mais devastadora. Só quando o cansaço a venceu e ela caiu na letargia que a levaria ao sono, Adela lembrou que tinha perdido o episódio de *Better Call Saul.*

2
Aniversário

Cada elemento estava disposto como se a composição tivesse sido manipulada por um artista para registrá-la num quadro ou numa foto: no centro, uma mulher aninhada na poltrona de tecido verde-esmeralda, com as pernas levantadas e abraçadas contra o peito, o queixo apoiado em um dos joelhos, o rosto meio escondido pela cascata de cabelo castanho-escuro que, pela iluminação e pela distância, via-se mais moreno. A intensidade das luzes do terraço delineava sua silhueta, cercada por trevas quase insondáveis, próprias de um Caravaggio.

De seu lugar na cozinha, pelo amplo corredor que levava ao terraço coberto e ao jardim de trás, Clara podia observar a figura de Elisa, emoldurada pelas colunas de ferro batido que sustentavam o telhado do terraço e aumentavam a sensação de imagem construída. Com aquela postura, a mulher pretendia proteger-se do relento da madrugada, e a posição fetal que adotara fazia-a parecer vulnerável, cosmicamente abandonada, e ao mesmo tempo permitia a Clara contemplar a pálida face posterior de suas coxas e, mais embaixo, o que devia ser o contraforte de tecido escuro da roupa de baixo apertada contra o vale profundo do períneo. Abstraída do tempo, agredida por instintos palpitantes, sempre contidos, Clara teve a nítida percepção de estar no átrio de um cenário disposto para que, recebida a ordem, ela avançasse, ajoelhando-se junto da mulher e, com delicadeza, a tomasse nos braços, acariciasse suas mãos e depois afastasse suas pernas dobradas para afundar o rosto no centro de sua intimidade e, assim, bebê-la até o fundo.

A imagem entre idílica e sórdida, os desejos acusadores de transgressão que da vagina subitamente umedecida alarmavam-lhe o cérebro e uma intensa sensação de perversão permaneceriam na memória de Clara como uma revelação do que podia ser seu eu mais verdadeiro, reprimido durante anos até por seu próprio subconsciente, e como uma evidência indomável da qual, mesmo que a sentisse longe, superada, até mesmo alheia, nunca na vida conseguiria desligar-se completamente.

As baforadas desesperadas da cafeteira italiana colocada no fogo encarregaram-se de romper o encanto, e Clara desligou o botão do gás. Sem muita consciência do que fazia, a mulher passou várias vezes a mão no rosto, como se tentasse apagar do semblante possíveis efeitos físicos de apetites cada vez mais recorrentes que, apenas em momentos específicos de encontros com uma parte submersa de si mesma e provocados por um eflúvio que emanava de Elisa, só de Elisa, confabulavam para vir à tona saindo das trevas de seu ser.

– Meu Deus, por que diabos me acontece isso? – sussurrou, atribuindo seus desvarios mentais ao esgotamento físico e ao álcool que tomara, enquanto, com gestos mecânicos, punha duas colherinhas de açúcar mascavo na caneca de louça para adoçar o café que, imediatamente, serviu em duas xícaras de plástico. Quando já ia saindo para o quintal com a bandeja carregada, percebeu que havia esquecido alguma coisa, não conseguia saber o quê, e voltou à cozinha para tentar lembrar. Só quando a viu notou que se tratava de uma pequena manta, que acomodou no antebraço.

Elisa continuava na mesma posição, mas Clara procurou manter o olhar à altura de seu rosto e banir o impulso de suas debilidades. Sem soltar a bandeja, com uma inclinação do corpo, aproximou da amiga o braço do qual pendia a manta azul-escura com debruns vermelhos que a identificavam como pertencente à Cubana de Aviación. Elisa lhe sorriu e ajeitou o tecido felpudo sobre os ombros. Com a mão direita, aconchegou as bordas ao pescoço e, com a esquerda, cobriu as pernas e tapou a visão de suas coxas.

– Eu estava congelando. Estou que não me reconheço, pareço uma merda – disse Elisa, reacomodando-se na cadeira.

– Você sabe que aqui em Fontanar sempre refresca muito de madrugada e que, se cai um pingo em Havana, cai em Fontanar – advertiu Clara, precisando dizer a obviedade, ainda temendo que sua voz a denunciasse, e voltou a se inclinar para Elisa pegar uma das xícaras, do mesmo tom azul da manta. – Você deveria dormir, não tomar café... não pegar esse frio.

A primeira madrugada do ano 1990 estava mais fresca que o esperado, pois a tarde e a noite de 31 de dezembro tinham sido agradavelmente cálidas, e os convidados para a ceia de fim de ano, novamente celebrada no quintal da casa de Clara e Darío, não estavam preparados para aquela queda súbita de temperatura.

Elisa levantou os ombros debaixo da manta e estudou a xícara de plástico.

– Onde você arranja essas coisas, Clara? A mantinha, os guardanapos, os potes de sobremesa... Estas xícaras horríveis! Tudo isso é roubado?

– Os vizinhos do bairro... – Clara sorriu. – Vários deles trabalham no aeroporto e levam embora até a gasolina dos aviões.

– Também levam a gasolina?

– Roubam tudo o que aparece... Os que são pilotos e aeromoças da Cubana trazem tudo o que conseguem quando viajam para o exterior e depois vendem. – Clara tomou um gole de café. – Te interessa comprar um videocassete ou um ventilador que refresca de verdade? E estas xícaras são uma maravilha: são russas e só quebram a marteladas.

As duas mulheres sorriram, e Clara sentiu que voltava a ser quem devia ser. Eram cerca de três da madrugada, e só elas ainda estavam no quintal. Darío, marido de Clara, declarou-se morto em vida e foi se arrastando para o quarto depois de conseguir que os pequenos Ramsés e Marcos, supereufóricos por causa do ambiente de festa, fossem para a cama sem sequer escovar os dentes. Bernardo, marido de Elisa, também estava morto, mas sem declaração nenhuma: com seu enésimo copo de rum na mão, dormia curtindo a bebedeira derreado num sofá da sala da frente onde amanheceria na manhã seguinte, ou dois dias depois. Os demais membros do Clã tinham começado a ir embora umas duas horas antes, depois de cumpridos os brindes, os beijos, as felicitações da meia-noite que inaugurava um novo ano que, de todos os pontos cardeais, anunciava-se tenebroso, pletórico de acontecimentos dramáticos. Um ano ruim que logo começou a quebrar tudo o que parecia sólido e cumpriria de sobra, com esmero e abundância, as piores predições.

Os primeiros a ir embora foram Horacio e sua namorada mais recente, Guesty, vários anos mais jovem que as outras mulheres e tão exuberante quanto todas as conquistas do mulato. Muito a contragosto, os seguintes foram Irving e Joel, pois queriam passar alguns momentos com a mãe de Irving, eternamente queixosa de sua solidão. Na sequência, já bem depois da uma da madrugada, foi a vez de Walter, bastante bêbado, e sua mulher dos últimos tempos, Margarita (aliás, "a Pintada", devido às descolorações dérmicas do vitiligo que ela tinha), sempre estraga-prazeres, sempre com sono ou dor de cabeça, com vontade de ir embora antes que Walter passasse da embriaguez alegre à fase agressiva de suas bebedeiras.

Os últimos, quase recém-saídos, foram Fabio e Liuba, com sua filha Fabiola, adormecida, com seu otimismo militante, com sua fé no futuro recarregada para iniciar o ano e ainda orgulhosos do reluzente Moskvich Aleko que alguns meses antes fora concedido a Liuba no Ministério. Aquele automóvel feio, incômodo e pesado, mas novo, era um representante do lote que, para muitos, podia ser o último envio solidário que o conturbado país dos sovietes fizera à ainda irmã ilha socialista. Aproveitando a despedida do casal, Clara passara pela cozinha para coar um café, buscar num armário a manta solicitada pela amiga e, como inesperado tributo, ter a visão desequilibradora das intimidades de Elisa.

– Quando você quiser pode se deitar – insistiu Clara, agora desejosa de ficar sozinha.

– Você quer? – perguntou Elisa.

– Estou morta de cansaço, mas não com sono.

– Eu também não. E, quando estou com sono, eu me deito e não durmo.

As três semanas exatas entre a despedida do ano e seu aniversário, em 21 de janeiro, sempre pareciam para Clara um período quase insuportável. Desde que ela e vários amigos mais próximos começaram os estudos na universidade e Clara decidira voltar a Fontanar, a casa havia se transformado numa espécie de refúgio coletivo e, tacitamente, no lugar perfeito para se despedir do ano e, é claro, festejar a cada 21 de janeiro a dona do imóvel... e comemorar qualquer coisa que lhes acontecesse ou sucedesse.

Naquela casa de sonhos, rodeada de espaços vazios e situada num bairro ainda tranquilo da periferia da cidade, o Clã sempre podia se reunir e todos podiam sentir-se livres: para falar do que não podiam falar em outros lugares, para se acomodar num canto e ler um livro ou desfrutar de uma solidão total ou acompanhada e até para se perder por uma hora em algum dos quatro quartos do andar de cima e desafogar desejos antigos ou recém-estreados.

Mas Clara, com seu sólido senso de responsabilidade e sua profunda propensão à melancolia, ainda sem resolver suas controvérsias afetivas com a casa, sentia-se incapaz de desfrutar desses conclaves com a mesma intensidade que os amigos. No entanto, fazia tempo que se resignara, pois sem nenhuma dúvida quem mais gozava das possibilidades da morada era seu marido, Darío, e o fez desde a época em que, sendo eles ainda namorados, trouxe para a casa de Fontanar uma máquina de escrever pré-histórica, seus livros e os poucos trapos que tinha, disposto a lá se entrincheirar até a morte. Para uma pessoa como ele, nascida numa casa de cômodos da rua Perseverancia e onde presumivelmente lhe caberia passar o resto de sua existência, a sorte de morar numa mansão com banheiro próprio, quarto privado, escritório e até terraço e jardim fora aceita como o melhor presente que a vida poderia lhe ter dado.

Estimulada pelo gosto do café que tomava todas as noites antes de ir para a cama, Clara pegou o maço de cigarros e acendeu um. Em algum momento pensara ser possível começar o ano largando o vício, mas o gosto do café exigia o complemento da nicotina.

– Me dá um – pediu Elisa, e tirou a mão de baixo da manta.

Clara lhe estendeu um cigarro.

– Você não deveria deixar de fumar?

– Vou deixar – garantiu Elisa enquanto acendia o cigarro.

– De quantas semanas você disse que já está?

– Quinze, acho... uns três meses e meio. Já começo a notar a barriga. E meus peitos estão crescendo, pareço uma vaca... Estou ficando horrível.

– Não diga isso, você está lindíssima... Olha, vou propor um trato: daqui a três semanas é meu aniversário. Trinta anos meus, quatro meses da tua barriga... Nesse dia, vamos as duas deixar de fumar?

– Você vai conseguir?

– Acredito que sim. Sou mais forte do que você pensa...

– Pois, olha, vou deixar agora – afirmou Elisa, enquanto dava uma tragada profunda no cigarro que acabara de acender e depois o deixava cair na xícara de plástico com resto de café. – Acabou-se... mas você tem de cumprir também, ok?

Clara sorriu. Sabia que a mulher era das que cumpriam seus propósitos e sempre a invejara por isso. Na verdade, invejava muitas coisas de Elisa, inclusive temia algumas de suas reações, apesar de considerá-la sua amiga mais próxima.

Tinham se conhecido havia quinze anos, quando Elisa voltara de uma permanência de vários anos em Londres e se encontraram numa classe do curso pré-universitário de El Vedado, no qual Clara se matriculou e só tinha alguns poucos conhecidos. Elisa, embora não se ufanasse muito de seus privilégios familiares e de suas experiências mundanas, chegou lançando a mística de ter morado seis anos em Londres com seus pais diplomatas (afirmava ter assistido a um show dos Rolling Stones, visitado a casa de Sherlock Holmes e ter visto uma apresentação de *Jesus Cristo Superstar*), era inteligente, inquieta e fascinante, esbanjava segurança e espírito de rebeldia. Foi então que, quase com alegria e um pouco surpresa, uma Clara tímida, mais para anódina, recebeu o benefício de sua amizade. Desde então, foram inseparáveis e engendraram o núcleo de um grupo de amigos, ao qual já pertencia Irving (companheiro de infância, gay de nascença, apresentava-o Elisa) e ao qual logo incorporou-se Liuba, também velha amiga de Elisa e, depois dela, seu novo namorado, Fabio.

– Essa história da gravidez me deixa louca – confessou Elisa. – Acho que está me transformando. Eu me sinto assim, sei lá, tão diferente...

– Porque você está diferente e porque a gente nunca está preparada. Olhe para mim: saí ilesa e tenho dois pirralhos que não param de se agitar, o dia todo. Principalmente Marcos.

– Ramsés é bom, mas Marcos é especial. É só olhar para perceber.

– Sim, Marcos tem alguma coisa… – admitiu Clara, com um brilho de amor nos olhos. – Não gosto nem de pensar, mas sinto que Ramsés é filho de Darío e Marcos é meu…

– Tenho muito medo, Clara… Enquanto não sai, a gente não sabe o que tem aqui dentro – disse Elisa, apontando para a barriga, levemente protuberante. – Como vai ser? Que caráter vai ter? Com quem vai se parecer?

– Não pense nisso. Por que está pensando nisso? Você sempre foi a mais positiva.

– Pois ando pensando em coisas demais.

– Elisa, se não estava preparada, por que resolveu continuar?… Bom, eu também não estava preparada quando me aconteceu… Agora você tem de assumir e fazer o que estou dizendo: pensamento positivo, garota.

– Sabe por que continuei…

– Sim, mas foi um equívoco. Nem você tinha nada atrofiado lá embaixo nem Bernardo é estéril… Foi um presente de Deus.

– Não acredito em Deus. Você sabe. Como veterinária, acredito na biologia… e em seus caprichos. Ou suas loucuras. E você, camarada, já não é marxista-leninista?

– Ah, Elisa… O que eu sei é que a biologia me diz que um dos dez espermatozoides por metro quadrado que Bernardo tem chegou aonde tinha de chegar e… Um espermatozoide de Bernardo, Elisa? – Clara tinha baixado a voz e se inclinado para a amiga.

– Um presente de Deus, você mesma disse, Clara. Um milagre. E a gente sabe que Deus é grande e todo-poderoso.

Durante os primeiros vinte anos de vida, Clara Chaple Doñate tinha odiado sua casa e, nos últimos dez, a tinha tolerado como um bem inevitável. Mas sua casa sempre a perseguira e sua relação com o lugar começou a mudar quando o que ela queria acreditar e a fizeram acreditar que seria sua vida de repente começou a entortar, a se rachar, a desmoronar. Então a casa, fiel e disposta, se transformaria num complemento físico e existencial, em seu melhor refúgio, e Clara poderia descobrir as proporções de sua grande injustiça doméstica e, é claro, quanto amava aquela casa, sua casa: o caracol que arrastaria como uma bênção e uma condenação, diria a seu filho Marcos muitos anos depois.

O imenso ódio de Clara alimentara-se de doses carregadas de geografia urbana, falta de perspectiva para avaliar as próprias necessidades de vida e uma angustiante sensação de desamparo. Mas, na realidade, seus sentimentos apenas respondiam, como reação orgânica a uma infecção, ao que podia ser a essência mais básica de seu caráter, um traço que descobriria dolorosamente na maturidade: a necessidade, ou o desejo, ou a aspiração de ser uma pessoa anódina, um membro a mais de um rebanho do qual obtinha companhia, complemento e, inclusive, proteção. Entretanto, aquela qualidade que sempre lhe fora esquiva só lhe chegaria com os anos, quando se viu ameaçada pela mais tétrica solidão e pelo abandono de que justamente ela fugira a vida toda. Uma espécie de orfandade com a qual lidaria no declive de sua existência, longe da maioria dos amigos, depois de ver seus filhos partirem, embora, para sua sorte, acompanhada pelo homem menos imaginado e mais apropriado, graças a quem, com atraso, mas oportunamente, descobriria o mais verdadeiro amor.

Durante a infância e a adolescência, a circunstância de morar em Fontanar, uma região durante anos meio despovoada e sempre tão distante do centro da cidade (o que Clara considerava uma fatalidade geográfica), transformara a residência numa gaiola de ouro. O fato de a casa, erguida num bairro urbanizado com pretensões de modernidade, ter o projeto mais ousado e singular de toda a vizinhança, sempre pronta a provocar a admiração de todos os que a visitavam, funcionou durante anos como evidência repulsiva de uma distinção não desejada. Cada vez que algum dos amigos que iria somando em proporção geométrica visitava a casa e se admirava com sua beleza, Clara assimilava os elogios quase como se fossem agressão. Por isso, durante sua época mais gregária do curso pré-universitário, afastou-se ao máximo da casa e, ao entrar na universidade, até tentou oficializar como endereço particular o de sua avó materna, em El Vedado, para poder optar por um espaço na residência estudantil, a apenas dois quilômetros de Fontanar, mas fora do que naquele momento mal podia ser chamado de seu lar. A denúncia de um colega com respeito ao verdadeiro endereço de Clara frustraria a tentativa de conseguir um espaço no alojamento estudantil, e ela voltou para casa. Foi então, de certo modo buscando um remédio para sua solidão, que ela abriu para Darío as portas da morada.

A construção fora erguida em 1957, projetada por seus proprietários, os arquitetos Vicente Chaple e Rosalía Doñate. Inclusive num bairro que pretendia distinguir-se pela modernidade de suas construções, destinado a ser um setor privilegiado de profissionais bem-sucedidos, artistas conhecidos do rádio e da televisão e alguns comerciantes ricos, a casa com que Rosalía e Vicente sonhavam e que construíram para si destacava-se como um grito desafiador. Para começar, a forma da planta era hexagonal e o andar inferior tinha três entradas (ou saídas, conforme o sentido do tráfego): uma pelo que devia ser uma sala-vestíbulo, cujos limites, de colunas e painéis de vidro, formavam um enorme e acolhedor vitral multicolorido esboçado por um pintor amigo dos arquitetos; outra, pela funcional copa-cozinha que se ligava a um terraço com forno de tijolos refratários, espaço também utilizável para as refeições e que se estendia até um jardim posterior, coberto com grama inglesa; e um terceiro acesso que passava por uma sala em forma de triângulo decapitado, com paredes de tijolos vermelhos à vista dispostos em degraus salientes com o propósito de formar nichos e prateleiras de diversos tamanhos e profundidades, em que se podiam colocar livros, discos, rolos de mapas e quadros emoldurados. Bem no centro desse espaço, como um esboço de tronco de pirâmide, durante anos permaneceram colocadas frente a frente as duas mesas de desenho técnico de Vicente e Rosalía. Cada um dos quartos, no segundo andar, tinha um design diferente, e o dos donos e criadores da residência era uma espécie de cubo de vidro com vista para os jardins de trás e da frente.

Segundo Vicente e Rosalía, o atrativo da edificação devia-se, em primeiro e lógico lugar, às singularidades da planta, complementada por uma utilização ousada de vidros, metais e madeiras, funcionais ou ornamentais, da qual tinham participado vários artistas próximos deles, quase todos membros do revolucionário Grupo dos Onze. O segredo de seu magnetismo, eles insistiam em afirmar, com toda a segurança, era responsabilidade dos atributos ocultos nas entranhas dos alicerces: uma ferradura da sorte; uma pequena figura de barro queimado dos aborígenes tainos, representando o Furacão, um deus maior; dois dentes de leite de Rosalía e os restos pulverizados do cordão umbilical de Vicente; uma chave de ferro que, os arquitetos juravam, fora a dos grilhões que colocaram no jovem José Martí quando cumpria pena nas pedreiras de San Lázaro; e um pedaço de pedra brilhante trazido das minas de El Cobre, perto do santuário da milagrosa Virgem da Caridade, que, para surpresa dos arquitetos e até de um geólogo amigo, tinha qualidades magnéticas inusitadas e muito poderosas.

Quando Clara nasceu, seus pais eram dois dos jovens arquitetos mais solicitados do país, em vias de se tornarem ricos e famosos, ligados ao que havia de mais inovador na arte e na cultura da ilha ainda na época de uma dispersão provocada pelas temidas agressões finais de uma ditadura enlouquecida que já se sabia condenada à morte. Depois do triunfo revolucionário de 1959, justo quando alguns amigos voltavam do exílio e outros colegas seus começavam a dar no pé diante das primeiras evidências do caráter do processo em marcha, eles decidiram, como muitos outros, somar-se aos que trabalhavam pela mudança social e pelo novo país. Com seu romantismo e sua fé no estado de ebulição, renegaram sem traumas muitos conceitos de seu vanguardismo burguês e investiram seu talento na projeção de obras funcionais, de alcance social e destinadas à solução das necessidades coletivas.

Granjeando responsabilidades ascendentes em diversos institutos, ministérios, diretorias nacionais, na realidade os arquitetos mal tiveram tempo para realizar novos projetos (alguns edifícios no leste da baía, supermercados que se ergueram em vários pontos da cidade), embora viajassem por uma ilha em pleno fervor revolucionário transmitindo experiências e pelos países socialistas adquirindo mais conhecimentos para depois também os transmitir. Enquanto isso, foram pendurando nas paredes de seu escritório fotos em que apareciam com Mao Tsé-tung (oportunamente substituída por outra em que cumprimentavam Ho Chi Minh), Jean-Paul Sartre (em algum momento também trocada por uma em que conversavam com Salvador Allende) ou com um sorridente Yuri Gagarin (onde antes estivera o testemunho do encontro deles com Nikita Khruschov). Nos dias mais intensos do processo de entrega social, suas mesas de desenho técnico acabariam num canto da garagem da casa. E sua filha Clara, também relegada diante de tantas responsabilidades profissionais e políticas, passou a ser cuidada e educada pelos avós maternos e a viver como nômade entre a casa tutelar de El Vedado e sua própria casa de Fontanar.

Em 1971, depois de passar vários meses nos campos em que se cortava a cana destinada a produzir os prodigiosos dez milhões de toneladas de açúcar, os arquitetos cortadores de cana desintumesceram as mãos calejadas para fazer o primeiro projeto que lhes era encomendado em anos e que seria o último de sua vida. Tratava-se de edifícios multifamiliares de moradias, que deveriam cumprir vários requisitos invioláveis: muito modestos, muito funcionais, muito econômicos. Seus projetos se proporiam a concretizar a mais exata expressão de soluções humanas e estéticas socialistas, necessárias a um país em luta para sair do subdesenvolvimento e empenhado na construção do comunismo como etapa superior e última da evolução da humanidade e onde todos, todos os cidadãos deveriam ter uma moradia digna, tal como lhes fora prometido. Nas mesas de trabalho resgatadas da garagem, Vicente e Rosalía, tomando como fonte de inspiração (sugerida sutilmente por altas esferas de decisão) uns edifícios moscovitas que, com certo esforço, podiam ser readequados ao clima do trópico, empenharam-se durante dois meses e, quando entregaram as plantas e as maquetes, foram parabenizados por sua capacidade de interpretar as pretensões dos gestores do projeto. Os edifícios, que acabariam erguidos no próprio bairro de Fontanar, com urgência de maior presença proletária encarregada de dissipar os ares burgueses do bairro urbanizado, representavam a antítese de sua própria casa, tão exultante e... burguesa. Mesmo assim, na prática, os mestres de obras, pelo bem da rapidez e da economia exigidas, descartaram algumas soluções das plantas que lhes pareceram prescindíveis, trabalharam com os materiais modestos a seu alcance e no fim foram erigidos blocos quadrados e escuros que, levantados com toda a pressa, exibiram escadas de degraus irregulares e coberturas por onde logo se infiltraram as chuvas frequentes que caíam em Fontanar.

Vicente Chaple e Rosalía Doñate, de quem já se falava como candidatos a responsabilidades políticas e administrativas mais elevadas, viveram seu turbilhão de entrega ilimitada até o dia de setembro em que, numa descida da cordilheira de Escambray, onde se projetava fomentar uma comunidade experimental de cultivadores de morango e uva, Vicente adormeceu ao volante de um Ford Falcon argentino recém-estreado. Nunca se soube do que os arquitetos falaram em seu último diálogo. Talvez da felicidade de se dedicarem à construção de um mundo melhor que, logo e de acordo com as leis do desenvolvimento histórico e dialético, a humanidade desfrutaria. Mas Clara, com quinze anos, teve mais um motivo para odiar uma casa que, periodicamente, até permaneceu fechada.

Embora os avós ocupassem um importante espaço afetivo que seus pais nunca preencheram, e nunca mais poderiam preencher, desde criança Clara procurara entre amigos e colegas de escola o complemento necessário para se sentir abrigada, protegida, para vencer sua timidez e pertencer. Por isso, quando resolveu deixar Fontanar para viver com os avós e iniciar os estudos pré-universitários em El Vedado, longe de sua casa, de sua fatalidade geográfica e de seu sentimento de abandono, procurou entre jovens, que até aquele momento ainda não conhecia, a pessoa mais adequada para conectá-la com um mundo novo ao qual devia e queria integrar-se. Clara pensaria mais tarde que tudo estava calculadamente organizado e disposto para que sua necessidade encontrasse a melhor solução na amizade da popular e bonita Elisa, a menina que sabia o significado das letras de todas as canções cantadas em inglês. Uma relação que depois Clara lamentaria não ter reclamado da outra de modo mais radical, pois nunca chegou a ser completa.

Agitando as mãos como se tivesse se queimado, Irving passou diante de Clara, gritando:

– *Macbea, Macbea, corre corre que te meas!** – E entrou no banheiro de serviço do andar de baixo.

Três minutos depois, quando saiu, seu rosto refletia o alívio da evacuação.

– O que você estava gritando, menino? – perguntou Clara, que já tinha ido para a cozinha e terminava de fechar a eterna cafeteira italiana comprada por seus pais na Sears de Havana em 1958.

Irving sorriu.

– Lembra-se daquele magrelo feio do pré-universitário, de sobrenome Macbean mas que todo mundo chamava de Macbea?...

Clara sorriu e assentiu, enquanto aproximava o fósforo aceso da boca do gás.

– Pois quando nos mandavam trabalhar no campo e algum dos brincalhões queria mijar, gritavam assim... *Macbea, Macbea, corre corre que te meas!...* E agora, vindo para cá, eu estava com tanta vontade que lembrei... Sabe quanto tempo fiquei esperando a porra do ônibus? Mais de uma hora sem passar nenhum, e você já imagina como chegou: com gente até o teto... Isso aqui está do caralho, minha amiga... Aonde vamos chegar? Aonde?

– Pois dizem que vai ficar pior – rematou. – A União Soviética está se despedaçando... Quem diria, hein?

– Minha mãe disse... Sabe que minha irmã foi estudar lá e quando voltou estava mais ignorante que antes de ir, além de meio alcoólatra... E a velha sempre

---

* Algo como "Macbea, Macbea, corre pra mijar!". (N. T.)

disse que era muito bonito os *bolos** terem ido ao cosmo e construído o canal Baikal-Amur... Mas alguma coisa não estava funcionando se as lâminas de barbear russas não barbeavam e a pasta de dentes fazia inchar a boca...

– Foi Gorbatchov quem fodeu com a coisa.

– Será que não era a coisa que estava fodida e Gorbatchov publicou nos jornais, como diz Walter? De verdade, Clara, você acha que é possível tornar a sociedade mais justa chutando a bunda das pessoas e com tanto mau gosto e fedor nos sovacos? Veja o caso de Berlim, veja o caso de Berlim... E nós que achávamos que os alemães deviam ser felizes e que, ainda por cima, eram democráticos e tudo!... Sabe que depois da história do muro abriram os arquivos da Stasi e estão descobrindo que todo mundo vigiava e dedurava todo mundo? Um horror! Ai, que medo... Será que eu também tenho dossiê? Com certeza tenho e...

– Você hoje está acelerado. Está pior que Darío. Escuta, cuidado com o que anda falando por aí.

– Mas o que estou dizendo é verdade!

– E o que isso importa? – perguntou Clara, que apagou o fogo da cafeteira e, como sempre, despejou a infusão no bule de louça no qual já tinha colocado o açúcar mascavo. – Pega duas xícaras daí...

Irving se virou, pegou as xícaras de plástico azul-escuras e voltou a colocá-las no lugar. Sem falar, foi até a sala de jantar contígua, abriu o móvel em que se guardavam os restos da louça original da casa e voltou com as duas únicas xícaras de porcelana estilo *art nouveau* sobreviventes.

– E por que você não foi trabalhar hoje, Clarita?

– É preciso economizar petróleo... A oficina vai trabalhar de segunda a quinta-feira. Economizar e não produzir?... O que vai acontecer aqui?

– Um grande colapso... Na minha editora já não tem papel. Nem estão aceitando originais... Venha, vamos nos sentar lá fora. A tarde está linda – disse o homem, enquanto ela servia o café. – Como sempre acontece neste país, com certeza agora mesmo chega alguém e estraga tudo...

– Isso não é exclusividade sua, sem-vergonha. – E ambos riram.

Os dois saíram para o terraço e ocuparam duas poltronas cujos assentos mostravam o desgaste do revestimento. As poltronas, de design sueco, fabricação britânica e adquiridas em Miami, faziam parte do mobiliário original da casa e prestaram seus serviços durante mais de trinta anos. Como tudo, tinham envelhecido e sua idade era patente.

---

* Em Cuba, termo pejorativo para se referir aos soviéticos. (N. T.)

Clara observou Irving tomar o café. O homem o fazia com elegância, tomando pequenos goles, com os olhos revirados. Havia quinze anos que se conheciam, e Clara sabia perfeitamente qual era o processo do ritual: Irving não falaria enquanto não terminasse o café.

– Ficou espetacular – sentenciou o homem enquanto acomodava a xícara na mesa baixa de centro.

Irving fora um dos primeiros amigos feitos por Clara ao ingressar no pré-universitário de El Vedado. Diferentemente de outros estudantes homossexuais, Irving não escondia – ou era impossível fazê-lo – seu amaneiramento e enfrentara com valentia todas as consequências de sua preferência sexual: o desprezo dos colegas e os olhares zangados de alguns professores, que, de acordo com o estabelecido e com o machismo ancestral, o consideravam um ser débil, pouco confiável, física e mentalmente doente. Mas o fato de ser algo assim como um protegido de Elisa tornara sua condição mais suportável para ele. Ao contrário de Irving, Elisa era forte, bonita, combativa, sedutora, muito feminina e ao mesmo tempo disposta a rachar com uma paulada a cabeça do primeiro de quem tivesse de rachar a cabeça com uma paulada, conforme proclamou mais de uma vez. Anos depois da passagem pelo pré-universitário, Darío contaria aos outros amigos das discussões que Elisa tivera no comitê de base da Juventude por defender Irving e até as ameaças de sanção recebidas por causa dessa atitude pela militante, tachada de protetora de bichas e outras imprecações.

– Bom, você vai me ajudar? – perguntou Clara.

– E por que porra você acha que estou aqui, meu *amolzito*? Mais de uma hora esperando o bendito ônibus...

Clara assentiu. Talvez a maior virtude daquele homem que desde a infância sofrera desprezos, violências e marginalizações estivesse em sua pura capacidade de entrega aos outros. Irving não era o mais inteligente deles nem o mais culto, tampouco o mais simpático, mas em contrapartida sempre se comportou como o mais solidário e disposto, e, além de tudo, o mais discreto, e alguns homens do Clã e todas as mulheres costumavam utilizá-lo como confidente de aflições e ambições. Quando algum deles tentava extrair-lhe alguma coisa de outro, em geral encontrava uma proteção escorregadia de evasivas.

– Ainda estou cansada da festa de fim de ano e já estou cansada só de pensar na do meu aniversário e...

– Calma, Clarita. Olha, já falei com seu marido, e Darío vai se ocupar do assunto das bebidas com um paciente que pode resolver isso. Fabio, que tem carro novo e muita gasolina, vou mandá-lo a Pinar del Río para buscar um porco no sítio dos primos de Joel. Vai sair baratíssimo e vai ser presente meu e de Joel... Bernardo e eu vamos cozinhar o resto do que aparecer, sempre aparece alguma coisa, você vai ver: arroz, mandioca... Acho que os pais de Liuba vão conseguir algumas coisas no armazém militar, onde vendem superbarato... E Elisa vai fazer um daqueles brownies de chocolate que ela sabe e...

– O mesmo que comemos no fim do ano e no Natal?

– Os mesmos ingredientes... Os únicos que existem... mas com receitas inovadoras!

– Não brinca, Irving...

– São trinta anos, Clarita! E... Ah, já ia esquecendo, o abominável Walter conseguiu uma caixa de doze rolos de negativos. Os últimos rolos Orwo que chegaram da moribunda República Democrática Alemã. Fotos também garantidas... Será verdade a história da Stasi?

Clara se inclinou e tomou as mãos de Irving.

– Você é o melhor, sabe disso.

– Claro que sei... Olha, por um desses acasos da vida... Será que Bernardo deixou por aí um pouco daquele rum bom do outro dia?

Clara confirmou e se levantou.

– Eu o escondi logo cedo. Ele o queria no café da manhã. Bernardo parece louco com bebida...

De uma estante da cozinha, Clara tirou copos pequenos e, da caixa coletora da geladeira, a garrafa pela metade de rum Caney. Sobre a mesa de centro do terraço, serviu as doses e entregou o copo ao amigo.

– Irving, você que sabe tanto, aconteceu alguma coisa entre Elisa e o abominável Walter, como você o chama?

Irving arqueou as sobrancelhas.

– Não, não sei... Por quê?

Clara negou.

– Deve ser imaginação minha, mas acho que Elisa não está falando com ele... Outro dia ia perguntar a ela, mas fiquei constrangida.

– Minha amiga, não esquenta a cabeça com Walter. A verdade é que ele está impossível. Sempre foi um idiota e agora faz horas extras com trabalho voluntário. E você sabe como é Mãe Coragem...

Clara sorriu a contragosto.

– Bom, eu também queria falar de outra coisa – dispôs-se a mulher. – Por isso te pedi que viesse hoje. Os meninos estão na casa da minha avó e Darío tinha uma reunião do Partido no hospital.

– Como eles gostam de reunião, meu Deus!… E resolvem alguma coisa?

– Ai, Irving, minha nossa, deixa de reclamar… O problema é Darío… – Clara fez uma pausa, e o outro não interveio. Ambos tomaram um gole de rum, e Clara tirou do bolso da saia o maço de cigarros e o isqueiro. – Não estamos bem, não sei o que está acontecendo conosco, eu estou estranha, ele está estranho, e tenho um mau pressentimento… Não, uma suspeita.

Clara acendeu o cigarro, engoliu o resto do rum e voltou a se servir.

– Vai competir com Bernardo? – perguntou Irving, apontando a garrafa de rum com o queixo. – Vamos lá, não estou entendendo picas…

– É que o outro problema é justamente Bernardo… Você viu como ele está?

– Bebendo muito e falando feito louco? Isso não é novidade…

– A gravidez de Elisa. Os médicos tinham dito que ele era estéril.

– Não exatamente – corrigiu Irving.

– Praticamente estéril… Menos espermatozoides que o necessário…

– Aonde você quer chegar, Clarita? Darío ou Bernardo? Que porra você falou de suspeita?

– Quero chegar à gravidez de Elisa… à estranheza de Darío… ao fato de Bernardo não emprenhar…

Irving, negando, levou as mãos à cabeça. Queria ser expressivo.

– Está pensando que talvez Elisa e o seu marido…? – Irving agora juntou os lados das mãos e sorriu. – Ai, você está mal, menina. Tira essa merda da cabeça e tenta ver o que está acontecendo com você e seu marido, porque deve ser outra coisa.

Clara provou o rum e deu outra tragada no cigarro.

– Pois não consigo tirar isso da cabeça… Você sabe que todos vocês… Bom, todos eles sempre gostaram de Elisa: Darío, Fabio, Walter… Até Horacio. Até você, porra.

– Mas todos eles são amigos de Bernardo e não seriam capazes… Além do mais, agora todos estão babando com Guesty, aquela namorada do Horacio: com aquela bunda e aquelas tetas e aquela bobeira dela… Já reparou que ela está sempre com os olhos assim, muito abertos, como se estivesse permanentemente assombrada?… Não, como o lobo da Chapeuzinho Vermelho: para te ver melhor… E, olha, eu gosto de um monte de homens, mas não me deito com eles. São duas coisas diferentes, e você sabe disso.

– Sim, eu sei… E às vezes você gosta de alguma mulher? Você não gostou mesmo de Elisa?

– Ah, para que isso agora?

Clara bebeu do seu copo, deu uma última tragada no cigarro e o amassou no cinzeiro de pé que estava a seu lado.

– Não sei, curiosidade e... E o que você pensaria se eu te dissesse que gosto de uma mulher?

Irving deteve o gesto de levar o copo aos lábios.

– Agora, sim, a coisa está ficando estranha... Você gosta de uma mulher?

– Não sei... Ultimamente está sendo mais difícil para mim fazer com Darío e...

– Você gosta de uma mulher, Clara?

– Não sei, porra! Às vezes sim, às vezes não... O que eu sei é que não sou lésbica...

– Desde quando isso está acontecendo?

– Há anos... na verdade. Mas nunca...

Irving mordeu o lábio superior e, por fim, perguntou:

– Clarita, você gosta de mulheres ou gosta de *uma* mulher?

Clara olhou Irving nos olhos.

– *Uma* mulher – disse, também enfatizando o artigo e sentindo cair de seus ombros uma carga com a qual já não conseguia prosseguir. Não queria mudar de vida, não pretendia complicar outras vidas, ficava horrorizada de pensar em possíveis consequências, não desejava fazer ninguém sofrer, sobretudo seus filhos, menos ainda quando o mundo lá fora ameaçava desmoronar e ela tinha a responsabilidade de escorar o seu próprio. Mas a carga que arrastava era insuportável para ela, e só o fato de a revelar à única pessoa do planeta para quem podia fazê-lo confortou-a com uma sensação de alívio. Sem poder se conter, abriu as mãos, tomou as de Irving, apertou-as com força e, pela primeira vez em vários anos, começou a chorar.

O Clã já se fazia chamar Clã quando vários deles descobriram *1984*, três anos antes do escolhido por Orwell para localizar no tempo sua fábula distópica. Elisa, que o levou ao conclave, tivera acesso ao livro (encapado com a capa de uma revista coreana) graças a Irving, a quem o emprestara um amigo de Joel que o herdara de um amigo que alguns meses antes havia saído de Cuba graças ao êxodo em massa de El Mariel. Ainda comovida pela leitura, Elisa, com o apoio entusiasta de Horacio, encarregou-se de induzir Clara à leitura, e, tantos anos depois, quando do Clã só sobravam restos e o romance finalmente fora publicado em Cuba, Clara resolveu lê-lo de novo.

Mal vencida a releitura das primeiras páginas da inesperada edição cubana de um texto sempre considerado subversivo por agentes culturais soviéticos e cubanos, a mulher lembraria as setenta e duas horas de 1981 que lhe concederam para devorar o livro. Tinha sido como empreender a travessia transtornadora de um túnel de angústia no fim do qual a esperava Elisa, projetando-lhe no rosto e na alma uma luz ofuscante, embora carregada de advertências: seria Orwell um fabulador desenfreado ou um escritor realista?

Ao que parecia, fora Horacio, já no último ano do pré-universitário, que tivera a ideia de batizar o grupo como "o Clã", se bem que depois todos acharam que a criadora do apelido tinha sido Clara – e ela nunca corrigiu o equívoco. Talvez porque a célula germinal fosse formada por Clara, Elisa e Irving, dos quais logo se aproximaram Liuba e Fabio, e porque, depois, a casa de Fontanar, apesar de distante do centro, acabaria sendo o núcleo magnético da confraria.

Horacio também tinha se integrado logo, embora sempre à própria maneira. Sua aproximação começou na volta de uma temporada de dois meses num acampamento de trabalho agrícola no qual ocupara a cama de baixo de um beliche ao qual ninguém aspirava: o que o chefe de brigada tinha designado a Irving. Em parte, por seus diversos deslizes de aprendiz de cientista louco e leitor precoce de autores que esquentavam o cérebro (Camus, Ortega, Burroughs e os demais beat, Solzhenitsyn, *A laranja mecânica* de Anthony Burgess, livros que ninguém sabia de onde ele tirava) e, em boa medida, porque não se importava com a preferência sexual do outro, pois tinha muita clareza da sua, Horacio aceitara o espaço desprezado pelos demais. Assim teve oportunidade de conhecer o colega declaradamente gay – numa época em que ninguém os chamava de gay, mas de *maricón*, *pájaro*, *cherna*, *loca*, *pato*, *ganso*, *yegua*, *cundango* –, pelo qual não precisou sentir compaixão para aceitá-lo: Irving foi tão aberto e acessível que entre eles fundou-se o princípio de uma amizade que estendeu para Horacio uma ponte com o resto do grupo, embora sem se integrar com a mesma consistência dos demais, pois sempre preferira outros ambientes para realizar seus vínculos (e conseguiu muitos, com acentuada inclinação por mulheres curvilíneas e experientes, com mais de vinte anos, solteiras, divorciadas e até casadas).

Depois de Horacio, chegou ao grupo seu amigo Darío, que estava um ano à frente dos outros e já havia reparado em Clara, embora, com a timidez que o rapaz carregava naquele tempo, tenha demorado mais de um ano para passar à ofensiva e mais um para concluir a conquista. Diferentemente dos outros amigos (com exceção de Horacio), Darío não pertencia à casta dos que moravam em casas elegantes e bons apartamentos de Kohly, Miramar e El Vedado. Alguns deles – Elisa, Liuba, Bernardo – eram herdeiros de pais poderosos que viajavam para o estrangeiro e lhes traziam roupas, sapatos, gravadores inexistentes no país e sempre tinham dinheiro para gastar no fim das tardes deleitando-se com sorvetes no Coppelia e até com lanches em El Camelo e Potín. Darío não. Darío provinha de outro mundo. Tinha nascido numa casa de cômodos de Centro Habana, onde ainda vivia com a mãe, empregada como cozinheira, e tinha de ir às festas com os mesmos sapatos com que frequentava o pré-universitário: os unicórnios que ele tinha, costumava dizer. E, se aos outros não importavam muito as desvantagens econômicas e sociais de um estudante tão brilhante e afável como Darío, ele, por sua vez, se dilacerava, e a maneira que encontrara para combater sua carência e sua origem tinha sido, desde a infância, empenhar-se em sempre ser o melhor – o que conseguiu.

Bernardo chegou quando já estavam no segundo ano e foi uma contribuição particular de Elisa: o jovem frequentava a Escuela Vocacional Lenin, a concentração dos estudantes mais notáveis da cidade, e tinham se conhecido durante as férias de verão posteriores ao primeiro ano, quando, com as famílias, se encontraram em uma das casas exclusivas da praia de Varadero reservadas a personagens da nomenclatura (o pai de Elisa trabalhava em alguma coisa relacionada com o Ministério de Relações Exteriores, o de Bernardo era vice-ministro de Saúde Pública e sua mãe diretora de um instituto médico). E Bernardo, já aspirante a se tornar cibernético matemático, era não só inteligente, para muitos um aluno excepcional, sujeito desenvolto e seguro de si, como, para beirar a perfeição, também era bonito: alto, bem nutrido, com cabelo cor de cobre e olhos verde-escuros que lhe davam um ar de mistério. Se fosse preciso mais, era hábil jogador de basquete e de voleibol. O namorado que alguém como Elisa merecia.

Com sua chegada ao grupo – ainda não batizado por Clara ou por Horacio como o Clã –, Bernardo apresentou o lugar ideal para se reunirem e festejarem os fins de semana: sua casa do distrito de Altahabana tinha um quintal enorme; na sala, um bar do qual podiam tirar uma ou outra garrafa de uísque escocês, e seu equipamento de som de última geração – importado do Japão – era capaz de lançar em alto volume os muitos discos e cassetes que ele, Elisa e Liuba tinham – trazidos de todos os lugares, inclusive dos Estados Unidos. Para completar, a casa contava com vários quartos que costumavam ficar completamente disponíveis quando seus pais saíam para alguma das frequentes viagens ao estrangeiro ou às províncias.

Anos depois, quando foi possível ver o passado e entrever o futuro pelas fendas das mais sólidas muralhas, Clara se comoveria ao registrar o denso estado de graça em que viveram aqueles jovens inseridos em plena década de 1970. Seres pletóricos confiantes para quem, inclusive Elisa, Bernardo e Horacio, os mais inconformados com quase tudo – o comprimento do cabelo admitido pelo regulamento, a escassez de cervejas, a avalanche de filmes soviéticos –, o mundo se organizava com uma simplicidade vertical satisfatória que eles admitiam e compartilhavam sem questionamentos: sua missão na vida era serem prospectos do Homem Novo e, por isso, estudar até o fim – o diploma universitário – sem deixar de participar de atividades políticas, trabalhos voluntários, manifestações e, depois, serem bons profissionais. Enquanto isso, desfrutar de festas que às vezes se resolviam com apenas uma garrafa de rum ou de uísque roubado (o mais forte que se fumava eram cigarros da marca Vegueros, compridos e muito escuros), muita música e dança, beijos intensos e alguma incursão num quarto propício entre os que já formavam casais que tinham passado para uma fase superior de intimidade (Elisa e Bernardo os primeiros). Complementavam seus passatempos trocando leituras (Elisa, Horacio, Irving e Bernardo apareciam com obras de localização difícil ou edição recente) e cassetes de música, frequentando sessões de teatro e concertos, acampados em algum lugar remoto, dormindo em botes infláveis ou com uma manta estendida na areia ou no capim e comendo *spam**, carne russa enlatada e frango à jardineira búlgaro.

O enclausuramento físico e mental que padeciam, sem terem consciência de quanto o padeciam (exceto Elisa, a *british*), fazia-os ver o mundo exterior como um mapa de duas cores antagônicas: países socialistas (bons) e países capitalistas (maus). Nos países socialistas (aos quais inclusive era viável viajar), construía-se arduamente o futuro perfeito (embora não estivesse ficando muito bonito, dizia Irving) de igualdade e democracia justa da ditadura proletária confiada à vanguarda política do Partido na fase de construção do comunismo, com cuja chegada seria alcançado o ápice da história, o mundo feliz. Nos decadentes Estados capitalistas imperavam a rapina e a discriminação, a exploração do homem pelo homem, a violência e o racismo, a hipócrita democracia burguesa, geravam-se guerras como a do Vietnã, produziam-se escândalos como o de Watergate, instauravam-se ditaduras sanguinárias como a do Chile, embora devessem reconhecer que de alguns desses lugares vinha a música que gostavam de ouvir, a roupa que preferiam vestir e até a maioria daqueles livros que adoravam ler (garantia Bernardo).

Ao mesmo tempo, o futuro individual e coletivo eles assumiam como uma realidade diáfana e garantida: se fossem bons, ou melhor, se fossem *melhores*, teriam a recompensa pelo esforço e pelo sacrifício com uma existência de plena realização pessoal, social, espiritual (afirmavam Darío e Liuba). Desfrutariam de um país em que se viveria cada vez mais plenamente, pois as metas para alcançar o desenvolvimento e a prosperidade, salvo exceções (muitas vezes provocadas pela ação do inimigo, assegurava Fabio), eram ultrapassadas a cada dia, semana, mês, ano e quinquênio, conforme referendavam os discursos integral e pontualmente reproduzidos nos jornais e depois estudados nas horas de aula dedicadas à reafirmação ideológica. Por isso, cada um deles empenhou-se organicamente (como o exemplar Darío) naquele crescimento que passava pela entrega e pela aceitação sem questionamentos de qualquer limitação, sacrifício ou atribuição. E sonhavam, sonhavam, sonhavam... porque acreditavam.

Quando já estavam na universidade, sentindo-se mais livre de pressões Irving apresentara em público seu namorado Joel, um designer de revistas, negro, varonil, esbelto. Um negro que é asmático e não sabe dançar!, Irving o apresentava,

---

* Redução do inglês *spiced ham*, conserva de carne pré-cozida e enlatada originalmente fabricada pela empresa estadunidense Hormel Foods Corporation. (N. T.)

como se fosse um fenômeno de circo. Aconteceu na época em que já se autodenominavam o Clã e a casa de Bernardo deixara de ser acolhedora, pois haviam sancionado seu pai por algum motivo nunca bem esclarecido e seus privilégios e seu orgulho se esfumaram (uma queda que talvez tivesse provocado sua morte prematura), então o grupo deixara de ser bem recebido na casa de Altahabana, onde, além do mais, já não havia uísque para roubar. Àquela altura Clara cursava engenharia industrial no instituto tecnológico perto de Fontanar e, diante da impossibilidade de morar na residência universitária, resolvera recuperar sua casa e desfrutar nela de toda a liberdade possível, sem fiscalizações familiares. O Clã adotou, então, o hábito de se reunir nas dependências de Clara em todas as ocasiões propícias.

Tinha sido lá, numa tarde fresca de domingo de 1981, que Clara e Darío receberam Horacio, Bernardo e uma Elisa entre eufórica e desassossegada com a leitura inquietante de Orwell. Os outros, cujo semestre de estudos ainda não terminara, tinham prometido aparecer mais tarde, queriam aproveitar o dia estudando e depois refrescar um pouco os neurônios comendo espaguete e falando merda com os amigos, segundo Irving. Quanto a Walter, o elétron que fazia alguns meses girava numa órbita que às vezes cruzava com a do Clã, um pintor que vivia como supunha que os pintores devessem viver, tanto podiam esperá-lo como esquecer-se dele, vê-lo chegar com álcool em garrafas ou com álcool nas veias, só ou acompanhado por alguma daquelas loucas que ele costumava arranjar como namoradas, meio *hippies*, meio pintoras, em geral muito gordas ou muito magras.

Sentados no terraço, tomando os runs sobreviventes da festa do aniversário recente de Clara, Elisa tirou da bolsa tecida estilo latino-americano o exemplar muito manuseado de *1984* e o estendeu para Clara.

– Dou três dias para vocês lerem – disse, incluindo Darío na ordem. – É que tenho de devolvê-lo para Irving, que tem de devolvê-lo logo... Mas vocês não podem deixar de lê-lo.

– Não me afino com ficção científica – comentou Darío ao ler o título apagado do livro.

– Não é ficção científica. Ou não a ficção científica em que você está pensando – explicou Elisa.

– É literatura subversiva – interveio Bernardo. – Anticomunismo puro...

– Não seja dogmático, companheiro... – Horacio entrou na roda. – É uma história sobre controle e vigilância. Sobre como se manipulam as pessoas e se desconjunta o cérebro. E a vida toda...

– E onde se passa? – quis saber Clara.

– Numa sociedade do futuro... – disse Horacio. – Um mundo aparentemente perfeito.

– Comunista ou capitalista? – perguntou Darío.

Elisa arremeteu:

– Pior!... O problema é... o problema é... que faz a gente pensar. E o que a gente pensa dá uma angústia!...

– Por isso é boa literatura – observou Horacio. – E não fica em paz com ninguém: é a metáfora de uma sociedade governada pelo controle e na qual os indivíduos perdem toda possibilidade de liberdade. E todo mundo vigia e pode delatar todo mundo e...

– Então não trata do comunismo nem fala da União Soviética? – perguntou Bernardo, sarcástico, depois de virar de um gole um copo grande de rum. – Não enche, Horacio, não enche...

– Ah, sim, porque você acha que o comunismo pode ser assim, não é? – Horacio inclinou-se para a frente. – Vigilância, controle, medo e delação?

– Claro que não... Mas a propaganda inimiga e o diversionismo ideológico existem ou não? – Bernardo olhou seu copo, doente de tão seco, e negou com a cabeça. – O namorido de Irving vai trazer rum, não é? E Walter não vem hoje?

– Não me interessa ler isso, de verdade – interveio Darío. – Tenho muita literatura de neurociência com que me aborrecer para perder tempo com essas bobagens.

– Mas não são bobagens. Juro que me deixou mal – declarou Elisa. – Se Darío não quer, ele que não leia... mas leia você, Clara. Estou dizendo: você não pode deixar de ler. E depois conversamos...

E Clara obedeceu. Elisa não era apenas líder do rebanho. Encarnava o modelo de Clara, aquela luz tão forte que a ofuscava. Como a iluminação que recebeu ao sair do túnel da leitura de Orwell feita no ameno inverno cubano de 1981, quando o Clã estava muito longe de imaginar que seu futuro seria a quebra ou a alteração de vários de seus poucos ou muitos anseios e o drama da dispersão.

Mais de trinta anos depois daquela primeira e perturbadora leitura de *1984*, quando finalmente caiu em suas mãos a edição cubana recém-impressa do romance, várias vezes Clara voltou os olhos da memória para os anos da inocência e novamente se perguntou o que era melhor: saber ou não saber? Viver no escuro ou descobrir que existem não apenas as sombras, mas também a luz (ou vice-versa)? Acreditar sem duvidar, duvidar e depois perder a fé ou manter a fé e continuar acreditando apesar das dúvidas? Mais uma vez presa do desassossego provocado pela fábula orwelliana (ou seu realismo, teria dito Elisa), a Clara de 2014 que acabava de se despedir de seu filho Marcos sentiu necessidade de se revolver em suas memórias extraviadas e nas convicções extraídas das respostas encontradas ao longo de todos os anos e de todas as perdas. Dolorosas evidências que a induziram a se fazer mais perguntas, a procurar inclusive entender razões capazes de explicar tanto infortúnio. Definir causas e consequências cada vez mais relacionadas com o que tinha sido, com o que era e até com o que seria o declive já iniciado de sua própria vida e da vida de seus amigos queridos: indagações para as quais nem sempre obtinha respostas.

De pé diante das prateleiras de tijolo vermelho, Clara observou, como se os descobrisse naquele instante, os grossos frascos de vidro dentro dos quais flutuavam em formol os cérebros de estudo de Darío, já danificados. Os recipientes tinham ficado ali como testemunho de uma obsessão e prova do pertencimento do neurocirurgião àquele lugar. Fazia muito tempo que, sempre que os via, Clara pensava em tirá-los, sem se decidir a fazê-lo. Num dos nichos reservados aos livros, a mulher acomodou o volume da edição cubana de *1984*, e então aconteceu aquilo que estava desejando ocorrer, o que tinha de ocorrer. Como uma súbita necessidade apresentou-se a exigência de tirar a desgastada edição de *A insustentável leveza do ser*, presente de Horacio antes de sua partida, romance que ela não lia havia mais de quinze anos.

Clara segurou o livro e lembrou que a morte num acidente de trânsito de Teresa e Tomás, os protagonistas do romance, tornara-se para ela a imagem da morte de seus pais, também num acidente. Tomás e Teresa, já sem nada além deles mesmos, tinham encontrado num confim remoto da sociedade o esquivo estado de felicidade. E seus pais, que diziam ter tudo e estavam construindo uma nova sociedade, teriam morrido também felizes, convencidos da validade de seu empenho social? Com concentração inquietante, Clara observou a capa da edição, uma obra de Max Ernst na qual se via uma mulher nua e sem cabeça flutuando à deriva numa substância imprecisa, gasosa ou líquida. Enquanto sacudia com as mãos a poeira acumulada nos cantos do livro, presa da sensação de abandono que lhe deixara a saída de Cuba de seu filho Marcos, pensou que aquela mulher mutilada e sem apoio era ela. Então, viu sair do meio das páginas e cair a seus pés a foto perdida do último jantar do Clã e soube que a mulher flutuante e sem cabeça de Ernst era ela, sim, e convenceu-se de que seus pais não haviam tido a sorte reparadora de Tomás e Teresa.

Darío, sim, amava a casa. Para ele, foi seu Xanadu, um paraíso do qual nem em seus mais intensos e muito frequentes desvarios o jovem concebera que algum dia pudesse chegar a desfrutar.

Desde que, sendo ele ainda namorado de Clara e pouco depois de entrar na universidade, decidiram morar juntos em Fontanar, Darío tinha assumido que *aquele* devia ser seu lugar no mundo, o lugar merecido ao qual devia estar destinado. A partir de então, como se cumprisse uma necessidade orgânica ou um tratamento mental, os poucos períodos livres que lhe deixavam as prolongadas permanências na Faculdade de Medicina e os hospitais onde fez seus árduos aprendizados de insondáveis mistérios neurológicos e onde depois exerceu suas habilidades cada vez mais notáveis até se tornar um especialista conceituado; os dias em que não tinha reuniões partidárias, sindicais ou laborais; os momentos que lhe restavam depois de amar Clara e, quando chegaram os filhos, de curti-los e satisfazer a todas as suas vontades (desde que fosse viável), Darío Martínez adorava dedicar-se a manter e melhorar o lugar de seus sonhos materializados. Sim, definitivamente, acreditou ter entrado em seu paraíso.

Todos conheciam a ponta do *iceberg* de sua história pessoal, mas só Horacio conhecia parte da montanha escondida sob a superfície. Filho de mãe solteira engravidada num estupro sofrido aos dezesseis anos, analfabeta funcional e a duras penas cozinheira num restaurante decadente, a mulher nascera num *solar** promíscuo e tumultuado da rua Perseverancia, em pleno centro de Havana, e

---

* Casa antiga dividida em muitas moradias pequenas onde residem várias famílias, geralmente em condições precárias. Assemelha-se ao cortiço. (N. T.)

lá criara o filho que, apesar do modo como fora gerado, ela fez questão de ter. Embora Darío preferisse não falar de suas origens, os amigos também sabiam que ele vivera até a juventude naquele ambiente degradado, entre algumas pessoas capazes de preservar sua decência e muitas outras envilecidas por gerações de pobreza. No início, só Horacio e depois Clara sabiam que Darío crescera sofrendo muitas vezes desprezo, vergonha e até violência por ser – sempre tinha sido – alguém diferente: um idiota meio retraído que lia livros e ia todos os dias à escola. Que, mesmo com as calças remendadas, graças a suas qualificações, sempre era eleito estudante de vanguarda na competição de pioneiros* e até conquistou o privilégio acadêmico de passar do terceiro para o quinto grau sem cursar o quarto.

A grande diferença entre a mãe e o filho, Horacio comentou certa vez, estava no fato de que ela tinha uma cruz preta na testa, e o menino, uma estrela brilhante. Segundo Bernardo, tudo se devia ao fato de a mãe ter sido uma vítima do capitalismo, e o filho, um beneficiário do socialismo. Para Irving, materialista da escola mística, tudo funcionava como a demonstração terrena de que às vezes Deus existia e tocava com um dedo a testa de algum eleito. Na opinião do implicado, no entanto, sua sorte se resolvia com uma equação mais simples: ele apenas constituía o resultado flagrante da emanação de seus esforços e da urgência física e existencial cuja essência nunca era clara. Porque o que esses mesmos amigos – inclusive Horacio e depois Clara – não sabiam era que, debaixo da parte divulgável desse passado já bastante doloroso, Darío escondia os dados mais sórdidos de sua experiência de vida.

Com a convicção de que nunca recuaria, o jovem vivia traçando metas que dependiam de sua vontade e implicavam sua superação, em todos os campos que devesse jogar, e às vezes até as ultrapassava: quase sempre utilizando sua inteligência, mas, se preciso, com os punhos e a fúria, solução em geral mais efetiva à qual sua infância teve de recorrer, muitas vezes para conquistar o respeito em seu bairro de altas temperaturas humanas. Porque o retraído e estudioso Darío também era uma pessoa vacinada contra o medo da dor física e, por isso, capaz de liberar uma violência vulcânica quando alguém o espicaçava.

Como amava a casa que ultrapassou seus sonhos, Darío podava e limpava o jardim com o mesmo esmero e habilidade com que tratava uma cavidade craniana. Reparava cercas, pintava paredes, limpava tanques e cisternas e, se

---

* *Emulación pioneril*: no curso primário, concurso de classificação dos alunos realizado no âmbito da classe, da escola ou do município. (N. T.)

estivesse a seu alcance, fazia trabalhos de encanamento, eletricidade, carpintaria e alvenaria, pois tinha mãos hábeis e a mente privilegiada: se posso extirpar um tumor cerebral, por que diabos não vou consertar um vazamento de água ou reparar uma pintura descascada? E a casa, durante tantos anos descuidada por seus donos originais, lançados à obra coletiva da construção de um mundo melhor (enquanto o deles se descascava), e periodicamente desabitada depois de sua morte, graças à paixão de Darío logo recuperou a beleza harmônica da qual desfrutaram, até a explosão do desastre e inclusive depois, Clara, os meninos e os outros membros do Clã.

Nos dias anteriores à celebração do fim do ano 1989, primeiro, e depois para os festejos do aniversário de trinta anos de Clara, em janeiro de 1990, Darío tinha se esmerado para que tudo na casa estivesse em ordem, e até tivera a ideia de formar uma tropa de choque em que ele tinha a função de especialista principal e seus filhos, Ramsés, de oito anos, e Marcos, de seis, a de sargentos auxiliares. Clara, por sua vez, afetada pelo desânimo habitual que lhe provocavam as comemorações e por um estado psicológico que o marido chegou a considerar próximo da depressão, ficava na retaguarda para garantir a solução de alguma contingência. Na realidade, naquele ano Darío dedicou-se aos preparativos até com mais fervor do que lhe era habitual, consciente de que urgia fazer alguma coisa que despertasse o entusiasmo de sua mulher e, ao mesmo tempo, que o centrasse numa ação concreta, visível, rentável, em meio a tantas incertezas cujas origens e consequências superavam sua vontade de ferro e pairavam tétricas sobre sua sorte. Porque as convulsões do mundo e de sua intimidade começavam a se prefigurar como insuperáveis e ameaçavam golpear-lhe a testa com um dedo (ou um taco de beisebol?) para fazê-lo cair sentado e mudar sua vida.

Tinha sido em novembro de 1989, quando ainda flutuava no céu de Berlim a poeira levantada pela inesperada queda do Muro, que comunicaram ao médico que a defesa de sua tese de doutorado de especialista de segundo grau em neurocirurgia estava tão adiada quanto as demais atividades acadêmicas na prestigiosa faculdade e no Hospital Neurológico de Leipzig, adjuntos da Faculdade Karl Marx. Por acordos interministeriais dos países do Conselho de Ajuda Mútua Econômica, ele deveria se apresentar no fim de março de 1990 àquele reputado centro de pesquisas e, em alguns meses, receber um título científico homologável em praticamente todos os países da Europa e da América Latina. Mas o fato de a universidade de repente ter ficado como à deriva, assim como os acordos do governo, viera a alterar muitas vidas e a afetar, com aleivosia, o centro de gravidade de um indivíduo específico: Darío Martínez. Como alternativa, o Conselho Científico do Ministério da Saúde mencionara a possibilidade de fazer certos arranjos para que o médico tentasse fazer o curso de doutorado no Instituto de Neurociências de Barcelona, de cuja resposta dependia seu ânimo, embora a cada dia estivesse mais convencido de que aquela árvore não daria frutos.

Três dias antes do aniversário de Clara, Darío conseguira comprar quatro caixas de cerveja de um antigo paciente seu, administrador de um hotel. Enquanto isso, no refeitório operário em que sua mãe trabalhava ela conseguira dez libras de arroz e um saco de cebolas e cabeças de alho. Sentindo-se eufórico, antes de voltar a Fontanar com a valiosa colheita, ele resolveu passar pelo hospital para revisar a programação de cirurgias que o esperava no dia seguinte, seu último trabalho da semana como operador. No escaninho, encontrou a breve mensagem assinada pelo diretor da instituição: lamentava dizer que o acordo científico com Leipzig tinha sido oficial e definitivamente cancelado pela universidade alemã e que a possibilidade de obter o título em Barcelona não podia ser assumida pela parte cubana, pois a situação econômica em que o país estava entrando não permitia a utilização de fundos para tais fins. Todo o dinheiro disponível seria empregado em manter o funcionamento do sistema de saúde e na celebração, no ano seguinte, dos Jogos Pan-Americanos (e as obras de construção mostravam um atraso considerável, advertia o diretor), um evento histórico, como você sabe, no qual Cuba aspira ao primeiro lugar, com o maior número de medalhas, superando seus prepotentes e ricos rivais ianques, para mostrar mais uma vez a superioridade do esporte socialista sobre o esporte escravo. "Sinto muito, prioridades são prioridades." E o retórico diretor acrescentava, com mudança de estilo: "Fica a esperança de que os catalães assumam todas as despesas... De modo que reze para a Moreneta. Seja como for, com título ou não, você é o melhor. Não perca a fé (muito menos na Moreneta)", terminava a mensagem.

Darío sentiu como se o tivessem colocado diante de uma parede que, pela primeira vez na vida adulta, ele não sabia contornar para encontrar saída. Tinha trinta e um anos, diziam-lhe que era o melhor e lhe programavam duas operações delicadas para o dia seguinte, mas percebia que tudo o que tinha concebido dando forma a um futuro maravilhoso e merecido, o que obteria por meio de seus esforços e de seu talento, começava a se desfazer.

Enquanto dirigia seu Lada de volta ao amparo de seu paraíso pessoal, naquela tarde Darío só pensou na conversa inquietante que tivera alguns dias antes com Walter, o maldito do grupo.

Walter Macías fora o último elemento a se integrar ao Clã, na época em que já estavam na universidade, embora o conhecessem desde alguns anos antes. Antigo amigo de Fabio, os então adolescentes tinham frequentado juntos uma escola elementar de artes plásticas onde Fabio compreendeu que à sua sensibilidade faltava o misterioso componente da criatividade e por isso acabaria estudando arquitetura, ao passo que Walter mostrava que se algo lhe sobrava eram a criatividade, a imaginação, a inquietação e a falta de disciplina, pois era um artista. Fabio e Liuba falavam dele com frequência, sempre com admiração, e algumas vezes Walter se juntou a reuniões e festas, quando não estava com os colegas da Escuela de Arte.

Depois Walter Macías desapareceu durante vários anos, quando por algum milagre da natureza ou por irresponsabilidade maiúscula foi enviado para estudar muralismo e escultura monumental na Academia V. I. Súrikov, de Moscou, instituição que se proclamava herdeira da estética e dos métodos de várias das grandes figuras do realismo e depois da vanguarda russa: mestres como Konstantin Mélnikov, Léopold Survage, Vassíli Perov ou o paisagista Aleksei Savrássov prestigiavam sua história. Apesar dos embates do realismo socialista, em cujo apogeu político foi fundada, a academia conseguira tornar-se uma das mais reputadas do mundo por seu rigoroso programa de formação, conforme Walter afirmava com orgulho. E na União Soviética ficou o aprendiz de pintor durante um par de anos, estudando pouco, aprendendo muito e exercendo sua libertinagem, agora à russa – vodca, sexo com meia academia, sumiços de dias com um colega brasileiro que tinha dinheiro saindo pelas orelhas e com quem ele conheceu Samarcanda, banhou-se nas praias de Sochi e visitou um antigo *gulag* perto de Anadir, nas costas do estreito de Bering –, até que, Walter contava sorrindo, nas primeiras férias programadas os responsáveis políticos pelos estudantes cubanos resolveram que um indisciplinado como ele, que se juntava com estrangeiros no estrangeiro, não podia voltar à União Soviética.

De volta a Cuba, Walter conseguiu um trabalho como designer de capas e cartazes numa editora, ao mesmo tempo que começava uma errática carreira como pintor e fotógrafo: demasiado talento, demasiada falta de disciplina, algum desajuste de caráter. Nessa época, o grupo o aceitou como se Walter sempre tivesse estado ali, pois eles divertiam-se com suas histórias absurdas (supunham, às vezes sabiam, que muitas eram puras mentiras) e viam em sua pessoa um praticante da irreverência que só Elisa, com uma história também singular, conseguia manifestar, embora com outros modos, e uma resistência ao álcool com a qual só Bernardo podia competir... sempre para perder.

Walter tinha ido ver Darío no hospital porque, devido a umas frequentes dores de cabeça, ele havia se autodiagnosticado como acometido por tumor cerebral. Só de vê-lo, Darío havia concluído que o tal tumor não existia. No entanto, fez alguns testes físicos e depois outros exames mais profundos que deram o resultado já esperado.

– Então... então... Se não tenho tumor e não estou morrendo, vou me embebedar imediatamente para ter uma boa razão para a porra da minha cabeça doer e, de quebra, para não pensar tanto – dissera Walter, ao saber que só tinha problemas cervicais e que Darío o encaminharia para um ortopedista, entretanto desde já recomendava que tentasse fazer seu trabalho com um colarinho para limitar os movimentos do pescoço.

Outra causa de sua dor, disse o médico, podia ser o estresse, que provoca as reações mais incríveis...

– Estresse de quê, porra? – perguntara Walter, rindo. – Você não sabe que para mim tanto faz oito ou oitenta e oito, que venha a Guerra das Galáxias ou que se produza o Armagedom? E não ficou sabendo que quando estou muito mal mando ver um pito de maconha e vejo o mundo em tecnicolor?

Como tinha marcado Walter para o fim da tarde, Darío aceitou o convite para tomar umas cervejas no bar do restaurante Rancho Luna, onde sempre havia cervejas geladas para Walter, pois o *barman* era amigo dele e o pintor costumava lhe pagar com pequenas aquarelas e bicos de pena que imitavam Servando Cabrera e que o outro vendia para seus clientes russos e búlgaros como sendo originais do mestre.

Darío não conseguia explicar como uma consulta médica, seguida por algo que devia ter sido uma conversa anódina de bar, tomara um rumo enervante e perigoso que lembraria o trajeto de volta a Fontanar, justo no dia que marcara uma frustração incisiva de seus sonhos. Um diálogo que ele reviveria muitas vezes quando se desencadeou a tragédia de Walter.

– Queria te dizer uma coisa... Você sabe que não me importa picas morrer de um tumor no cérebro, não é mesmo? – começara o pintor. – Mas eu precisava saber se estava muito fodido para fazer o que quero fazer, que é o que está me dando essas dores de cabeça.

– Hoje você está em forma: pura abstração conceitualista... É assim que se diz? O caos dos sistemas dinâmicos de que Horacio adora falar – comentara Darío, ainda sorridente. – Porque não estou entendendo picas.

Walter examinou a distância que havia entre eles e os outros bebedores e falou, num sussurro:

– Vou embora… Tenho que ir…

As frases, com suas construções gramaticais e sua localização espaço-temporal, não precisavam de esclarecimento: Walter ia abandonar o país. Ou pelo menos pretendia.

– Como? Para onde? – perguntou Darío, por fim, depois de verificar que ninguém os estava ouvindo falar de um assunto estigmatizante.

– Não sei, mas eu vou… E vou dizer por que preciso que me ajude. Mas disso você não pode falar com ninguém. Sabe como são as coisas aqui. Bom, por isso mesmo vou embora…

– Permite que eu repita que não estou entendendo coisa nenhuma? Por que porra está me dizendo isso?

– Faz meses que alguém está me vigiando. E não é paranoia. Sei que algumas pessoas não gostam de como sou e como vivo e querem me foder… E tem mais, acho… Jura que não vai dizer nada a ninguém? Vai, jura…

– Walter, Walter… Vamos lá, juro, vai…

– Acho que aquela Guesty, namorada do Horacio, é a espiã que soltaram atrás de mim. E que dá informações de mim… E, já que está nessa, de todos os outros, de você também, com certeza.

– Você diz que não está paranoico e não está com estresse? O que foi que fumou hoje, garoto?… Não sei do que está falando, compadre… Uma espiã só para você?… Nem que você fosse o Solzhenitsyn, aquele que… – e Darío percebeu que tinha se excedido.

– Tudo bem, pode não acreditar em mim… Tanto faz, azar seu… Sou um maluco, mas me ajude.

– Como vou te ajudar a ir embora, caralho? Te emprestando meu iate azul e branco pespontado de cinza?

– O diplomata tcheco, aquele que você operou da coluna e ficou seu amigo. Diga que está querendo lhe dar um quadro de presente, me apresenta para ele e depois eu me encarrego. Diga que é um Severando, vá lá…

Darío engoliu em seco. A conversa tinha entrado num terreno pantanoso.

– Não sei se… mas quer ir embora porque o estão perseguindo?

– Também por isso… É que eu não caibo aqui, compadre. Querem que eu seja de um jeito e eu sou de outro. Estou me asfixiando. Me dá dor de cabeça!… E se acontecer o que certamente vai acontecer, vai ficar muito muito difícil, e quando as coisas vão mal sempre apertam os parafusos frouxos. E eu não estou a fim. Já me cansei… Vai me apresentar ao tcheco?

– Está me pedindo para brincar com fogo. Se Guesty ficar sabendo e informar, vão me triturar – disse e forçou um sorriso. – Tem certeza de que quer ir embora?

Acha mesmo que a peituda do Horacio está vigiando você e, de quebra, todos nós? E sabendo disso me pede que te ajude?

– Não tenho certeza de nada, parceiro. Quero fazer alguma coisa e quero tirar essa pressão de cima de mim.

– O que você vai fazer por aí? Viver como pintor?

– Pode ser que sim e pode ser que não volte a pintar na puta da minha vida. Mas o que mais me enche o saco é a clausura e a vigilância. Aqui tudo é ruim… Darío, pela tua mãe, quero ir embora porque quero ir embora, e isso é suficiente. Demais.

Darío achou que talvez estivesse sendo egoísta. Ele também quis ir embora, se bem que para voltar melhor. Sonhava com a possibilidade de participar de congressos, até de ser promovido a diretor do instituto, de ter direito a um carro novo. Por que o outro não poderia ir embora para fazer a vida em outro lugar e talvez ser um pintor ou uma pessoa melhor? Algo daquele comportamento compulsivo de Walter teria a ver com o consumo de alguma droga mais forte que a maconha, conforme ele suspeitava? Mas ser depositário das pretensões do outro o inquietava. Dava medo.

– Sim, é suficiente… – admitiu o médico, que naquele momento desejaria estar muito longe dali, longe de Walter.

– Tudo isso é loucura, compadre. O fato de alguém querer viver em outro lugar ser quase um delito… Ou sem o quase… Não deveria ser um direito? Não deveria ser um problema pessoal e não uma questão de Estado? Todas essas merdas é que me dão vontade de ir embora pro caralho. Não sou um soldado, sou um artista e, além do mais, sou daqueles imbecis que acreditam no direito de se enganar. Se eu quebrar a cara, problema meu, faço porque quero. Vai me ajudar ou não?… Darío… eu sei, eles estão a fim de mim, para me esmagar. Eu sei.

Darío tinha pedido um tempo para as gestões, mas já naquele instante sabia que não propiciaria o contato: Walter o empurrava para brincar com fogo e ele não estava disposto a se queimar. Falar com um diplomata tcheco? Guesty informante? Walter perseguido? Uma fuga do país? O pintor precisava de um psicólogo, não de um neurocirurgião. Ou de um passaporte com visto… Mas o papo ficara flutuando em sua mente e veio à tona enquanto ele dirigia de volta para Fontanar, carregado de cervejas, arroz, umas cabeças de alho e toneladas de frustração.

O médico tinha chegado em casa quando já começava a cair a noite invernal antecipada, reforçada por uma tétrica penumbra urbana, advertência dos efeitos de um dos apagões cada vez mais frequentes. Seu ânimo, já ancorado num ponto baixo, caiu um pouco mais com o corte de eletricidade e, sem nem se preocupar em levantar as janelas de seu precário Lada 1600, deixou-o arrimado ao lado da garagem em vez de guardá-lo. Darío cuidava do carro como de suas mãos de cirurgião: tinha sido concedido a ele três anos antes, em estado ruinoso, quando atribuíram um novo ao retórico diretor do hospital (um Aleko como o de Fabio), e, com ajuda das peças que por diversos meios Clara descobria nos armazéns de sua oficina e com a contribuição das artes de ressuscitação de um mecânico do bairro, o velho Lada voltara a ser um objeto rodante que o médico mimava e defendia.

Com profunda sensação de fastio, Darío contornou a casa, foi para o quintal onde Ramsés, Marcos e outros garotos do bairro tentavam terminar um jogo de futebol com a última luz do dia e pediu aos filhos que tirassem as sacolas amontoadas no porta-malas do carro. Antes de ouvir alguma queixa, o pai avisou que não protestassem. O tom seco da advertência surpreendeu os meninos, que saíram para cumprir a ordem. Pela entrada de trás, Darío foi direto para a cozinha, onde Clara preparava a comida com a iluminação de um velho, mas eficiente, lampião chinês de querosene.

O homem se aproximou e ambos se olharam sem dizer palavra. As expressões manifestavam suas reações à situação: escuridão, mosquitos, inquietações, medos, incertezas. Ele se aproximou, segurou-a pela cintura e beijou-a no pescoço.

– Estou suja – avisou ela.

– Não estou nem aí – disse ele. – Estou com saudade de você. Muita. Estou desmoronando – acrescentou, e ela se virou para lhe oferecer os lábios.

Foi um beijo tão normal e apaixonado que ambos sentiram que era anormal e apaixonado. Gostaram e o prolongaram, enquanto ele lhe acariciava os seios por cima do vestido.

– Se eu tivesse tomado banho, se a comida estivesse pronta, se não tivéssemos dois filhos fedorentos que daqui a três minutos vão começar a berrar porque estão mortos de fome... – elencou ela.

– Esqueça tudo. Não perca o ímpeto. – Ele quase implorou.

– Você está com uma cara de merda fora do comum... O que aconteceu?

– Tudo. Mais do mesmo. Não me faça falar disso – pediu, mas sem conseguir se conter. – A história de ir para Barcelona é quase impossível. Os fundos para esses projetos estão congelados. Não tem dinheiro.

– Não, não tem dinheiro... Nem petróleo, nem eletricidade... Você sabia de tudo isso.

– Mas tenho você... e esses dois selvagens famintos... e esta casa... e vamos dar uma festa... No entanto, quero te contar uma coisa que não te disse.

– O que mais está acontecendo, meu Deus?

– Walter… Guesty… os muros estão caindo… Mas primeiro tira o demônio de dentro de mim, vamos – disse e voltou a beijar a mulher, com mais paixão.

Darío e Clara se lembrariam por muitos anos do embate carnal daquela tarde como o último em que ambos entregaram e receberam o melhor de suas capacidades sexuais. Talvez porque ambos tivessem soltado as legiões de demônios que tinham dentro de si.

Dois dias depois, Clara faria trinta anos. E cinco dias mais tarde se desencadearia a tormenta que alteraria de maneira estranha e definitiva a vida de cada um dos membros do Clã.

Depois de varrer o golfo do México, precedida por uma chuva fina, em 20 de janeiro uma frente fria chegou à ilha. A queda das temperaturas foi imediata, e na tarde do dia 21, com o céu encoberto e uma luz cinzenta, mas brilhante, no quintal de Fontanar o termômetro marcou dezesseis graus, um frio do Ártico para a maioria dos convidados.

Clara quase não dormira na noite anterior. No início, o cansaço conseguiu vencê-la, e quinze minutos depois de ir para a cama seus olhos se fecharam com a mesma facilidade com que voltaram a se abrir às duas e trinta da madrugada, sobressaltada por um sonho no qual procurava umas crianças perdidas que eram seus filhos, mas não eram seus filhos, e ela estava à beira de um abismo onde só se via uma bruma espessa, asfixiante, como se tivesse ficado cega, congelada. Com a mente lúcida e em ebulição, percebeu que lhe custaria pegar no sono de novo. A súbita vigília chegou acompanhada de uma torrente de pensamentos perversos: o fato de ter de organizar e, pior ainda, protagonizar a festa; a sensação complexa de desejo e rejeição que lhe provocavam os encontros íntimos com um Darío cada vez mais desiludido; a inclassificável inquietação que lhe provocava agora a proximidade de Elisa; os anúncios e até as primeiras consequências das dificuldades materiais e espirituais que os envolveriam e turvavam qualquer percepção de futuro. Podia acrescentar também as histórias da paranoia, os planos de Walter e sua suspeita da função de Guesty, que de repente também se levantaram em sua mente para engrossar a avalanche de evidências de que estava assistindo ao começo do fim de muitas coisas. E as que ameaçavam vir depois talvez fossem mais graves e dilacerantes do que poderia imaginar, maquinar, suportar no presente e num futuro familiar, nacional, universal que se foi prefigurando com suas cores mais sombrias na noite de vigília. Como costuma acontecer nas noites de vigília.

Observando o bater dos pingos de chuva e as formas caprichosas que os fios de água adquiriam no painel de vidro que dava para o quintal, a sensação de angústia finalmente foi cedendo, arrastada por uma languidez física e mental. Quase ao amanhecer, veio-lhe um sono no qual, contrariando seus hábitos, mergulhou até as nove da manhã daquele dia destinado a ser o de seu aniversário mais memorável.

Com agasalhos cheirando a guardado, os membros do Clã voltaram naquela tarde ao quintal de Fontanar para festejar os trinta anos de Clara. Os primeiros a chegar foram Bernardo e Elisa, seguidos por Fabio e Liuba, pois Fabio deveria ajudar Darío no já iniciado processo de assar o porco no carvão, enquanto Bernardo e Liuba faziam os preparativos necessários para cozinhar o arroz, os feijões-pretos e as caprichosas mandiocas, que Elisa e Clara se encarregariam de descascar. Para aquecer, Bernardo serviu-se do primeiro copo de rum, e os outros se entreolharam, pressentindo que a capacidade culinária do homem desapareceria antes de concluída a tarefa. Por sorte, Irving e, sobretudo, Joel sempre estariam dispostos a substituí-lo, porque com Horacio e Walter – que costumavam ser os últimos a chegar – quase não se podia contar, menos ainda com a loira Guesty, com suas unhas feitas, nem com Margarita Pintada, mais antipática que a mãe que a pariu, segundo o bondoso juízo de Irving.

Clara presenteou-se com um uma longa chuveirada quente e, sem nem maquiar o rosto, incorporou-se aos trabalhos. Já com uma faca na mão, disposta a despir as mandiocas, debruçou-se na pia para fumar um cigarro. Poderia mesmo deixar de fumar? Dali, graças ao projeto da cozinha concebido por seus pais, desfrutou de uma vista panorâmica do terraço e do quintal, em cujo centro reinava a mesa sobre a qual brilhava o *cake* de chocolate pelo qual Elisa fora enaltecida, já com trinta velinhas vermelhas espetadas. Entretanto, para reforçar o ambiente festivo, do teto pendiam umas correntes de papel e quatro camisinhas infladas, substituindo os balões inexistentes no país. Quando começou a tarefa de descascar as mandiocas, sem poder evitar, a visão entre divertida e surrealista do ambiente trouxe-lhe de volta à consciência, como um bumerangue perverso, a imagem de Elisa aninhada e com as pernas abraçadas. E, como se o pensamento a tivesse chamado, Elisa se aproximou e lhe pediu uma faca para ajudá-la na tarefa.

– Ponha um avental, veja como estas mandiocas estão de terra – disse à amiga, entregando-lhe uma faca.

Elisa pegou o avental que estava pendurado perto da pia e colocou-o de volta no lugar. Tirou o suéter de lã inglesa que a agasalhava e pegou outra vez o avental para se cobrir. Naquele instante, Clara notou o hematoma que a outra tinha no bíceps esquerdo.

– E esse roxo, menina?

Elisa negou e depois sorriu.

– Ossos do ofício... Coice de um cavalo.

– Meu Deus, Elisa!... Você vive com isso... E se te acerta a barriga?

Elisa assentiu.

– Fique tranquila... Hoje pedi uma licença não remunerada até chegar a hora da licença-maternidade.

– Ainda bem. – Clara suspirou e voltou à tarefa.

De onde estava, Clara podia sentir o cheiro de Elisa, agora também empenhada na limpeza das mandiocas. E, como acontecia cada vez com maior frequência, sentiu-se perdida, com a sensação de ser alguém diferente, sem saber quem e como, mas diferente. Exigiu de si mesma pensar em outra coisa.

– Escuta, o que está acontecendo com Bernardo? Não está bebendo demais?

– Está bebendo como sempre.

Clara negou com a cabeça.

– E... Bernardo e você têm algum problema com Walter?

Elisa manteve os olhos em seu trabalho.

– Não, nenhum. É que não o suportamos e... Ai, porra!... Essa mandioca de merda...

Clara ouviu a queixa da amiga e o tilintar metálico de uma faca na pia que a trouxe de volta à realidade. Então viu a polpa do polegar de Elisa se tingir de vermelho com o sangue que começava a brotar.

– Mas como...? Põe o dedo debaixo da torneira.

– Que cagada... – exclamou Elisa e colocou o dedo ferido debaixo do jorro de água, que se turvou com o sangue.

– Não é grande, não é grande – afirmou Clara. – Espera – pediu à outra e tirou um pano limpo de uma gaveta. – Aperta e levanta o dedo.

Elisa obedeceu. A dor se refletia em seu rosto. Clara ajudou-a a segurar o pano.

– Sei inseminar uma vaca e operar um touro, mas nunca vou aprender a descascar mandioca – lamentou-se Elisa.

– Você não nasceu para descascar mandioca... – comentou a outra, e elas sorriram. – Vamos ver...

Clara afrouxou a pressão e, com delicadeza, afastou o pano do dedo ferido. Viu apenas um risco entre os sulcos das impressões digitais, mas ainda podia sangrar.

– Você tem curativo? – perguntou Elisa.

– No banheiro de cima... Vou buscar um. Deixe o dedo tapado e não ponha para baixo.

– Porra, Clara... Lembra que quem sabe de ferimentos sou eu...

Clara tirou o avental e subiu pelos degraus de madeira embutidos na parede. Entrou em seu quarto, foi até o banheiro e revistou o armarinho de espelho até encontrar a caixa de curativos. Abriu: só restavam dois. Com a caixa na mão, saiu do banheiro e, ao entrar no quarto, encontrou Elisa, com o polegar levantado, como se estivesse pedindo carona para o céu.

– Não precisava subir...

– Saí fugindo da Pintada – disse ela. – Ela e o maridinho acabaram de chegar... Não posso com ele... Você tinha de convidá-lo?

– Aquele não é preciso convidar... aparece quando tem de aparecer.

Clara sorriu enquanto pegava um curativo e deixava a caixa sobre uma cômoda. Com cuidado para não o perder, começou a separar as abas das que tinha de puxar.

– Vamos ver, me dá o dedo – pediu a Elisa e, com maior delicadeza ainda, procurando não a machucar, colocou a almofadinha absorvente sobre o ferimento que quase já não sangrava e começou a puxar as abas do curativo para fixá-lo da melhor maneira possível. Enquanto executava a operação, Clara sentiu que a barriga já protuberante de Elisa tocava a sua e respirou ávida o cheiro do perfume, do xampu, dos cosméticos da amiga: cheiros de mulher. Quando terminou de colocar o curativo no dedo, Clara ficou alguns instantes com a mão de Elisa entre as suas. Quanto tempo é um instante? O que cabe num instante? E não soube em que fração daquele instante talvez desprendido do tempo ou senhor de todo o tempo, enquanto seu abdômen plano recebia a pressão do ventre inflado da outra, iniciou-se um movimento (dela? De Elisa? De ambas?), e os lábios das duas mulheres se uniram. Clara percebeu que suas pernas tremiam e seu cérebro processava o sabor frutado da saliva da outra, a polpa de seus lábios, o vigor de sua língua suave e afilada, seus dentes buscando carne. Outro instante ou mais que um instante? O que pensou, o que sentiu, o que degustou e engoliu, deu e recebeu? Qual delas rompera o equilíbrio? Todas essas perguntas ela se faria depois, porque um chamado a paralisou e apagou o intenso processo de assimilação de sensações que alteravam suas pulsações.

– Mami, mami! – gritava seu filho Marcos, já aparecendo na porta do quarto.

Clara ainda segurava nas mãos a mão ferida de Elisa e talvez tenha demorado mais de um instante (o mesmo ou outro instante?) para virar a cabeça, sentir-se enjoada, recuperar-se e falar com o filho caçula.

– Não grita, Marquitos, pelo amor de Deus! – gritou ela, alterada. O que o filho tinha visto?

– O que aconteceu com Elisa? – perguntou o menino.

– Um cortezinho... Já está com curativo – disse Elisa, soltando-se das mãos de Clara e caminhando para Marcos, mostrando o dedo enfaixado. Ao passar ao lado do menino, revolveu-lhe o cabelo com a mão sã, e Clara pensou que na realidade ela queria revolver-lhe as ideias. O que tinha visto seu filho de seis anos? Se tinha visto alguma coisa, o que estaria pensando? A noite toda Clara esperou algum comentário do menino, que não veio naquela noite nem nos dias seguintes. E Clara não obteve resposta a suas perguntas até quase trinta anos depois, quando muitas respostas pouco lhe importavam ou a afetavam de outras maneiras.

Clara juntou-se à festança, embora procurando manter-se longe de Elisa. Cumprimentou os últimos amigos que chegaram – Horacio e Guesty... ao receber o beijo da loira de olhos assombrados, não pôde deixar de pensar na suspeita de Walter e no beijo de Elisa –, pôs as mandiocas no fogo, salpicou-as com sal e serviu-se de um copo do rum Flor de Caña que Walter trouxera: um copo anestesiante. Não queria pensar, não podia permitir-se pensar: teria de pensar demais, precisaria pensar em tudo.

Quando os convidados já estavam reunidos no quintal e no terraço, tomando runs e cervejas, falando de qualquer coisa enquanto a mandioca fervia numa gigantesca caçarola de alumínio, o arroz cozinhava em três panelas térmicas, os feijões perfumados pelo refogado e pelo cominho engrossavam a fogo lento nas panelas de pressão já sem tampa e o porco colocado sobre as brasas do carvão tinha sido virado de novo e exalava seus eflúvios promissores, Bernardo, de copo na mão, pediu atenção. Em voz alta, reivindicou a necessidade de um brinde e fez um gesto para Ramsés, que desligou a música – estava tocando um disco de boleros famosos cantados por Pablo Milanés que Elisa adorava até as lágrimas – e trocou o disco no aparelho de som.

Com o andar já instável por causa dos muitos runs que tomara, o matemático buscou, então, a laje do terraço onde ficaria numa posição elevada com relação ao jardim. Clara procurou evitar os olhares que, sabia, os outros estavam cruzando, talvez com um sorriso brincalhão nos lábios, pois sentiu que observar Bernado lhe provocava uma ponta de culpa. O *flash* da câmera de Walter iluminou o espaço e Bernardo limpou a garganta enquanto esperava se afastar o avião que acabara de decolar do aeroporto de Boyeros, próximo dali.

– Por favor, Ramsés – disse Bernardo, finalmente. O menino sorriu e apertou o *play*.

Os acordes de uma guitarra acústica, inconfundíveis, imediatamente reconhecidos por todos, inundaram o quintal da casa de Fontanar. Alguns sorriram, outros menearam a cabeça, intrigados observaram Bernardo, que permanecia estático, de olhos fechados, quando entrou a voz diáfana de Steve Walsh, o intérprete do Kansas.

I close my eyes, only for a moment,
And the moment's gone
All my dreams pass before my eyes, a curiosity
Dust in the wind
All they are is dust in the wind.*

Bernardo abriu os olhos e os percorreu com o olhar. Clara teve medo de que algo muito grave acontecesse. Sabia que Bernardo adorava aquela canção, mas era difícil imaginar que ela fosse pertinente a uma celebração. O melancólico solo de violino de Robby Steinhardt pairou no ambiente, e entraram os versos e os acordes finais.

Dust in the wind
All we are is dust in the wind
Dust in the wind
Everything is dust in the wind
*The wind...***

Bernardo percorreu novamente os rostos dos espectadores, que tinham ficado em silêncio expectante.

– Não é uma das canções mais belas já compostas?... E não é uma das mais verdadeiras?... Sim, porra, tudo é poeira ao vento... Por isso, antes que todos vocês comecem a encher as respectivas barrigas com porco assado e arroz com feijão, quero dizer uma coisa – agora Bernardo sorriu, novamente com os olhos brilhantes, daquele verde profundo sempre atraente e misterioso. – Não sei se

---

* Tradução livre: "Eu fecho meus olhos, por apenas um momento/ E o momento se foi/ Todos os meus sonhos passam por meus olhos, uma curiosidade/ Poeira ao vento/ Tudo o que eles são é poeira ao vento". (N. T.)

** Tradução livre: "Poeira ao vento/ Tudo o que somos é poeira ao vento/ Poeira ao vento/ Tudo é poeira ao vento/ O vento...". (N. T.)

fizeram a conta... porque cabe a mim fazer as contas, pois para alguma coisa sou cibernético matemático. E as contas dizem que esta é a décima primeira vez que nos reunimos aqui para comemorar o aniversário da nossa querida Clara. A primeira vez foi em 1980, e estávamos todos, menos o abominável Walter, como alguém o chama, que andava pela Sibéria caçando ursos. Tampouco Joel, porque ainda o mantinham escondido, e Margarita, porque não sabíamos que ela existia, e Guesty também não, porque estava na escola primária... Mas nós que estávamos, lembram-se de como éramos em 1980? Do caralho, não? E agora estão vendo como estamos em 1990. Quase todos nós já fizemos trinta anos, e os de então não somos os mesmos, como disse Martí...

– Burro!... Foi Neruda quem disse – observou Irving.

– Um poeta!... O caso é que nunca mais seremos os mesmos nem o mesmo, que não é a mesma coisa embora se escreva quase igual... Porque somos isto: poeira ao vento... Mas com marcas e cicatrizes... estamos juntos, e é isso que eu queria dizer. E estamos juntos porque Clara foi o ímã que nos manteve assim, estreitados, como o Clã que somos – assentiu, bebeu, sorriu. – Clara e esta casa, Clara e sua capacidade de resistência, porque para nos aguentar!... Mas antes de brindar à Santa Clara dos Amigos, Mamãe Clara, quero fazer um primeiro brinde à minha mulher, Elisa, vida minha... O que mais, Irving?

– "*Cuando en aqueste valle al fresco viento/ andábamos cogiendo tiernas flores...*"*

– Obrigada, Irving... Ao fresco vento... um pouco frio, não? – disse Bernardo, e todos, menos Walter, Elisa e Clara, já sorriam. – Eu dizia... Elisa, vida minha, uma mulher pela qual sou capaz até de matar, porque tem crescendo em suas entranhas o filho que, vocês sabem, tanto lutamos para ter. Um filho que, alguém disse que graças a Deus, a um milagre, mas eu digo que graças a mim e a minha mulher, finalmente vamos ter e que, prometo, se for mulher, se chamará Clara Elisa e, se for homem, pois lhe darei o nome de Atila – sorriu, quase todos os outros sorriram –, porque será um bárbaro e o farei ser *pelotero*, boxeador ou músico, que é o melhor que se pode ser neste país de merda. Brindo a Elisa e a seu útero! E à vitória final! Saúde! – gritou e levantou o copo, enquanto os outros respondiam e imitavam o gesto. – E brindo a que Clara faça mais muitos anos e sempre, sempre, estejamos todos unidos para celebrá-la! Saúde, Clara, felicidades! – E ouviram-se gritos, aplausos, assobios e pedidos de mais rum e cerveja.

---

* De "Égloga I", do poeta renascentista espanhol Garcilaso de la Vega. Tradução livre: [Elisa, vida minha, que diria] "Quando neste vale ao fresco vento/ andávamos colhendo ternas flores...". (N. T.)

Até Margarita Pintada estava emocionada depois do discurso de Bernardo, enquanto os amigos de tantos anos se abraçavam e se beijavam, batiam taças e copos, riam, se congratulavam. Clara, por sua vez, evitou aproximar-se de Elisa, entretanto observou com preocupação que a mulher se esquivava de Walter (ou Walter dela?) e com temor o momento em que Elisa e Irving se beijavam e falavam entre eles, com toda a certeza do estranho discurso proferido por um Bernardo que se declarava até disposto a matar pela mulher que, a maioria deles presumia, levava no ventre o filho de outro homem. Ou não?

– Uma foto de todo o Clã! – reclamou, então, Horacio, passando um braço sobre os ombros de Clara enquanto pegava na mão de Guesty para que ela não se sentisse deslocada.

– Vamos lá, fotos...

– Vamos para o jardim, no terraço fico à contraluz! – pediu Walter, mexendo os braços como se estivesse tocando gado.

Fabio, na extrema esquerda, estendeu um braço sobre os ombros de Liuba. Irving pegou na mão do tímido Joel, e colocaram-se ao lado dos arquitetos. Elisa e Bernardo ocuparam o lugar ao lado deles, e a mulher se pôs de frente para o fotógrafo. Clara enlaçou o braço de Darío e sem querer apoiou seu ombro no de Elisa. Horacio, sem soltar Guesty, colocou-se perto dos donos da casa, e na extrema direita ergueu-se Margarita, procurando dissimular sua postura habitual que lhe juntava os joelhos. Ramsés e Marcos correram para se colocar à frente enquanto Liuba chamava Fabiola, que não aparecia.

– Acho que Fabiola está cagando – avisou Marcos, e todos riram no momento em que, de sua posição elevada, Walter, que os observava por trás do visor da câmera, pediu que se juntassem um pouco mais. Então Bernardo pegou Elisa pelos ombros, separou-a alguns centímetros de Clara e a colocou na frente dele, em posição de perfil para a lente.

– Mas continuem rindo, porra, porque Fabiola está cagando! – reclamou Walter, com o olho grudado na câmera, e a luz do *flash* os iluminou uma vez, não se mexam, duas vezes, então Horacio gritou:

– Caralho, o porco está queimando!

E, enquanto Walter rebobinava e tirava da câmera o rolo de filme Orwo terminado, o Clã, sorridente, se dispersou. Como poeira ao vento.

3
Está calor em Havana?

Irving sabia, mas a realidade sempre se empenhava em confirmar: cada um arrasta seus medos. Só que alguns pesam mais que outros.

Quando finalmente saiu das dependências do aeroporto e levou a bofetada do calorão úmido, pensou que, então sim, ia desmaiar. O que é isso! Catorze anos longe da ilha o tinham feito mitificar e esquecer os efeitos de uma sensação térmica devastadora. Cada poro de seu corpo abriu as comportas, e ele pôde sentir como novamente o suor lhe corria, do topo do crânio à ponta dos pés, enfiava-se em seus olhos e lhe dava mais vontade de chorar. Mas Irving sabia que o calor pastoso e sujo não era a única causa de sua transpiração cada vez mais violenta, muito menos de sua vontade quase irrefreável de chorar: a culpa era do medo, os efeitos permanentes daquele medo do qual não podia fugir porque fazia parte do oxigênio que ele respirava na ilha, do estado tóxico que o fizera se afastar. O mesmo medo que, depois de tantos anos, acreditava ter exorcizado e que voltava como um insidioso bumerangue perdido na quarta dimensão para golpeá-lo com pressão envolvente, o medo que o mantivera por horas agarrado ao assento do avião, sem fome e com muita diarreia.

Duas horas e meia antes, ao deixar o veículo já ancorado em sua terra natal, Irving teve de passar entre três fardados que olhavam cada passageiro como se fosse culpado de algo e de tudo. Então aquele medo persecutório tinha explodido, dilatado até a fase superior próxima do terror, e Irving sentiu que continuava crescendo enquanto ele caminhava para as abarrotadas cabines de emigração, ouvindo as pulsações de seu coração, tão fortes que teve receio de desmaiar ou de que, quando fosse sua vez de realizar o trâmite de entrada, o guarda de fronteira pudesse ouvir as batidas.

Para passar pela imigração, trinta minutos de fila: quem chega a Cuba é recebido por uma fila. "O país das filas longas", ele pensou, enquanto lia num anúncio publicitário que tinha chegado a "Um paraíso sob o sol". Quase desidratado por uma transpiração nervosa e pela diarreia, com o corpo dolorido, tremelicante mais que trêmulo, finalmente parou diante da cabine de fronteira, murmurou um boa-noite e entregou seu passaporte cubano ornado com um visto de entrada em seu próprio país, carimbado no consulado de Madri.

– Ir… – começou o atendente.

– Irving Castillo Cuesta – adiantou-se o apavorado.

– Olhe para a câmera – pediu o oficial, e ele olhou para a câmera. Clic. – Veio em que voo?

– Cubana.

– De onde?

– Ah, de Madri…

– Também tem passaporte espanhol?

– Sim.

– Mostre-o.

– Aqui está, companheiro.

– Onde vai se alojar?

– Na casa da minha mãe, que está doentinha, coitada, em El Vedado, rua K, número 312, entre 15 e 17… Ah, segundo andar… Apartamento 24!

– Sua passagem de volta?

– Aqui está…

Irving falava e o outro não o olhava. Sentia que a frouxidão de suas pernas ia aumentando enquanto o funcionário, com distante rigor quase científico, lia, revisava os passaportes, examinava detidamente a passagem aérea e, depois, apertando um pouco os olhos, comparava a informação com alguma coisa que devia estar na tela do computador (diria que tinha estado preso, ou detido, ou como chamavam seus terríveis dias de prisão?) e voltava a olhar para Irving antes de continuar a checagem. Por que está demorando tanto, porra? Sim, certamente aí aparece que estive preso ou detido, eles têm meu expediente digitalizado, um expediente gordo e saudável, dizia a si mesmo o recém-regressado, com ameaçadora alteração das tripas e os poros encharcados.

Naquele instante, desejou que lhe negassem a entrada em seu país e o devolvessem à Espanha no mesmo avião em que tinha viajado. Desde que saíra de Cuba, quase quinze anos atrás, prometendo a si mesmo que nunca voltaria, Irving tinha o mesmo pesadelo que todos os cubanos lançados no exílio: um dia voltava à ilha e... não o deixavam sair de novo. Por mais que explicasse, por mais que dissesse que não tinha feito nada de mau, por mais que suplicasse... Estava na armadilha sem possibilidade de escapatória. E, dos conhecidos, todos confessavam não só ter tido sonho semelhante, mas também um medo como o que o invadia naquele instante que supostamente seria o do feliz regresso – temporário – à pátria.

– Em que ano diz que saiu de Cuba? – voltou à carga o investido de poderes.

– Em 1997... não, desculpe, em 1996. Quase quinze anos...

– Não tinha vindo em catorze anos?

O homem olhou-o mais intensamente e Irving só conseguiu negar com a cabeça, como se reconhecer a cifra exata de sua ausência, a terceira parte de sua vida, pudesse culpá-lo de algum pecado.

– E o motivo da viagem?

O exilado tinha pensado muito naquela pergunta: tinha duas respostas, uma corajosa e outra razoável, ambas verdadeiras. Teria adorado gritar a corajosa: "Porque voltar ao meu país me dá tesão!". Obviamente, optou pela razoável:

– Minha mãe, eu já disse, está muito mal... Minha irmã me pediu...

O funcionário não assentiu nem negou, mas finalmente levantou um carimbo, bateu-o sobre o visto de entrada no passaporte cubano e lhe devolveu todos os documentos.

– Bem-vindo – disse o policial e... sorriu?

O medo cedeu alguns graus, mas não desapareceu. Do outro lado do controle de migração, os aduaneiros, em quantidades incontáveis, inclusive acompanhados por uns cãezinhos orelhudos, que em outro ambiente poderiam ser até simpáticos, percorriam o saguão de espera das bagagens, que demoraram séculos para chegar às esteiras. Os fardados olhavam os passageiros, verificavam as etiquetas das malas, voltavam a examinar passaportes, faziam perguntas aos que se dispunham a sair, perguntas, perguntas, mais perguntas. Está trazendo equipamentos elétricos? Alimentos? Presentes? Livros? Pode me mostrar seu passaporte? Os aduaneiros da Espanha nunca perguntam nada, a menos que alguém transporte no avião dois elefantes pintados de azul. Por que os pintou de azul? Os de Cuba, sim, perguntavam: e davam medo, ele pensou. Naquele carnaval de interrogações, registros, vigilâncias, controles, requisições, olhares mal-humorados e mais interrogações (uma mulher de jaleco branco lhe perguntou se tivera febre, se vinha da África, coisas estranhas, e ele esteve prestes a dizer: tenho caganeira, mas sorriu e negou a cada queixa), Irving teve de fazer uma escala no banheiro infecto do aeroporto e, enquanto evacuava um líquido ardido, verificou que não havia papel higiênico e não teria outra opção senão a de usar seu lenço para limpar a bunda irritada, quase em carne viva de tanta agressão defecatória, e perguntou a si mesmo, mil, duas mil vezes, como era possível que um sujeito tão frouxo como ele tivesse ousado voltar e se meter sozinho no que podia ser a boca do lobo mau.

O táxi que o levou até a cidade não tinha ar-condicionado, e Irving baixou as duas janelas traseiras para receber algum alívio da brisa produzida pela velocidade. Lá fora reinava uma escuridão quase tenebrosa, um vapor noturno sufocante, e ele percebeu um primeiro vislumbre de que estava em território próprio quando, em meio à penumbra, ao calor e à persistência do medo, o carro passou diante do mal iluminado posto de gasolina de Fontanar. Irving pensou, então, em como seria seu reencontro com Clara, com o novo Bernardo, restos de um clã desfeito, marcado pelos desaparecimentos e até mortes concretas e mortes anunciadas, e com tantas lembranças dos momentos bons, maus ou piores que haviam passado juntos ao longo de vinte anos de amizade compartilhada e outros vinte de amizade mantida à base da distância e da nostalgia. Aquele reencontro também lhe dava medo. O que teria com sua mãe simplesmente o aterrorizava.

Sim, de fato: cada um arrasta seus medos. Só que uns pesam mais que outros.

Seria verdade que ninguém abandona o lugar em que foi feliz, como sempre advertia um Horacio filosófico, carregado de leituras importantes? E o lugar em que não o foi, mas que é seu lugar e do qual nunca teria desejado nem cogitado se afastar? É possível precisar o instante em que ocorre a alteração de uma existência, aquele rompimento funesto destinado a empurrar uma ou várias vidas para rumos inesperados? Quanto dura, quanto pesa, quanto decide um instante preciso ou impreciso, visível ou talvez despercebido no momento de sua eclosão, como teria formulado Clara com essas ou outras palavras? E a felicidade: quanto dura a felicidade? E, depois do contratempo, seria possível a existência de uma vitória final, como costumava dizer Bernardo? Ou, sobretudo, como certa vez reclamara Darío: é preciso viver se fazendo perguntas assim, sem respostas convincentes, às vezes nem sequer consoladoras?

Por muitos anos Irving andaria pela vida como um condenado, arrastando a bola de ferro de interrogações que de certo modo resumiam seu destino, pois jamais poderia tirar da lembrança o despertar conturbado que tivera na manhã do domingo 27 de janeiro de 1990 e que acabaria marcando uma das origens – às vezes, tendia a pensar que todas as origens – da decisão de optar por uma distância física que talvez nunca implicasse o encontro da felicidade, embora prefigurasse a descoberta de um alívio reconstituinte e, de fato, o propiciaria.

Como acontecia nos últimos tempos, naquela noite de sábado para domingo Irving dormira no apartamentinho de seu namorado Joel, em El Cerro, e desfrutara de um sono plácido, sem dúvida alimentado pela satisfação das horas passadas na companhia de vários colegas da já moribunda editora, depois de assistir a uma apresentação teatral e tomar uns tragos na casa de um deles.

Apesar das carências de que todos se queixavam, a reunião pós-teatral tivera os ingredientes espirituais e materiais (rum, cones de amendoim e biscoitos untados com alguma coisa) que a fizeram satisfatória e, para Irving, até necessária, pois para ele tinha funcionado como uma válvula de escape das tensões que vinha acumulando havia vários dias. Mas ele se empenhou em assumi-la como um salto destinado a apagar uma experiência lamentável, aproveitá-la como uma extensão da festa de aniversário de Clara, celebrada quatro dias antes. Porque o encontro de aniversário em Fontanar, ele já sabia – e uma laceração esverdeada em seu rosto o ratificava – reunira pela última vez todos os membros do Clã. E porque logo (e isso ele ainda não sabia), naquela manhã luminosa e fresca do domingo 27 de janeiro de 1990, a presumida reunião derradeira de amigos começaria a se encher de conotações alarmantes, puramente macabras.

O toque do telefone o tinha expulsado do sono profundo e vazio de que costumava desfrutar sempre que se sentia em paz consigo mesmo, uma modorra viscosa que ele gostava de prolongar nas manhãs de domingo, revolvendo-se na preguiça e na lentidão. Ao abrir os olhos, alertado pelos toques, o homem percebeu que seu cérebro ainda flutuava nos remanescentes dos álcoois ásperos da noite de bebedeira. E, movendo-se torpemente, chutou uma cadeira (no espaço minúsculo de Joel, Irving vivia chutando móveis) e mal conseguiu abafar uma reação de raiva e dor (que porra está fazendo aqui essa cadeira de merda?) antes de alcançar o maldito telefone que não parava de tocar, ouvindo protestos em surdina de Joel.

– Sim... – sussurrou quando conseguiu levantar o fone, tentando não incomodar Joel, que recuperava a respiração funda de sua letargia aprazível.

– Irving, é Horacio...

– Horacio? Quintus Horatius Flaccus? – Até conseguiu brincar. – E por que está me ligando hoje, domingo, a esta hora, pedaço de imbecil?

O outro demorou alguns instantes para reagir.

– É que... São quase onze da manhã e... Mas você não está sabendo de nada? Não, claro, você não sabe...

Irving não entendeu. Ainda não tinha lucidez para entender coisa nenhuma. Sem ter tomado café, era difícil pensar, quase impossível assimilar alguma coisa; entretanto, foi com o telefone para o mais longe possível de Joel.

– Mas, rapaz, o que é que eu tenho de saber...?

Olhou o teto do apartamento, atravessado por rachaduras, o relógio que marcava dez para as onze da manhã, a cadeira fora do lugar na qual tinha tropeçado e depois para Joel, novamente esparramado apesar dos toques e das vozes, exibindo uma ereção magnífica que tensionava o lençol que o cobria. Teria de fazer alguma coisa com aquele pedaço de carne negra endurecida, ele pensou. As manhãs pastosas de domingo servem também para buscar essas coisas, ainda conseguiu pensar. E depois pensaria que tudo o que foi visto e sentido durante os segundos de silêncio que Horacio abrira conformavam o último estado de um cotidiano simples que se desvaneceria para sempre quando o amigo enfim soltou a bomba.

– Walter está morto…

– Como é que é…?

– Walter está morto, porra!

– Ai, minha mãe!

– Se suicidou na noite passada.

Exceto pelos sonhos ruins nos quais sempre fugia de alguma coisa e o acordavam alterado e suarento, às vezes dominado por uma vontade avassaladora de chorar e ir embora para qualquer lugar ou talvez desaparecer no nada, para Irving, no fim das contas, não fora difícil demais começar a construir sua vida nova em Madri.

As primeiras semanas, como geralmente acontece, foram inquietantes e complicadas, pois ele tinha de dormir no sofá do apartamentinho da Embajadores onde morava a irmã de Joel com o marido e os dois filhos, ambos nascidos na Espanha. Para usar o banheiro sempre aguentava até que os outros tivessem finalizado seus processos, e nos fins de semana rezava para que saíssem para dar um passeio ou fazer compras e então se regalava com longos banhos de chuveiro. Graças a uns poucos milhares de pesetas enviados de Barcelona por Darío, podia contribuir com uma quantia para os gastos da casa (a água de seu banho, a eletricidade); ou, quando saía à rua para encontrar qualquer pessoa conhecida ou indicada que lhe pudesse conseguir ou prometer um emprego, qualquer emprego, e sentia que estava desfalecendo, podia entrar num bar e gastar algumas pesetas em café com leite e umas torradas, nas quais punha toda a manteiga e geleia possíveis. Ao mesmo tempo, para não gastar em transporte, de mapa na mão caminhava muitos quilômetros, que lhe geraram a vantagem de começar a conhecer a cidade na qual, embora nem se atrevesse a supor, viveria pelo resto da vida.

Desde que fez as primeiras gestões, Irving tinha esperado em suspense respostas de possíveis empregadores dispostos a correr o risco de aceitá-lo sem ter ainda as licenças necessárias, sabendo, além do mais – todo mundo lembrava, principalmente Darío, quando ligava para ele de Barcelona –, que com seus quase quarenta anos e a situação do mercado de trabalho do país suas possibilidades não eram muito promissoras. Mas ele tinha fé nos resquícios de sorte que ainda devia conservar e logo tivera o primeiro lampejo de que a fortuna não o havia abandonado por completo: depois de duas semanas na Espanha, começou a ganhar algum dinheiro cuidando de uma idosa que morava no último andar do edifício da Embajadores quando a filha dela, mais ou menos amiga da irmã de Joel, saía de Madri por três ou quatro dias em função do trabalho. Como, além do mais, limpava o apartamento melhor que a ucraniana que costumava fazê-lo e, ainda por cima, sabia cozinhar pratos que a anciã adorava, seu salário duplicou e seu trabalho se sistematizou. Algumas semanas depois, graças a um designer cubano que tinha sido seu colega na editora, Irving (sem deixar de cuidar da idosa nas noites em que era requisitado, com isso desfrutando da vantagem adicional de não ocupar o sofá nem o banheiro da irmã de Joel) conseguiu um trabalho mais estável numa gráfica onde precisava supervisionar a qualidade das impressões – tanto de livros como de etiquetas –, enquanto o exploravam alegremente, pedindo que controlasse todo o processo, desde a programação dos sistemas de impressão até ajustes de cores e formatos nas máquinas.

Com aqueles dois salários muito mínimos, Irving começou até a economizar para poder optar pela liberdade e pela urgência de morar sozinho. Centrado em sua necessidade, quando passava diante das vitrines das lojas seguia direto, sem se deter para olhar tanta roupa linda em promoções, vendas de saldos, em liquidação total. Nos supermercados, entrava e olhava, estudava e aprendia, analisava tantas comidas, algumas inclusive desconhecidas para ele. Diante das docerias, sofria, contemplava bolos tentadores, estimulantes de uma salivação que às vezes era mais poderosa que sua disciplina, e com frequência acabava, vencido pela tentação, caindo em alguma extravagância: como a de comprar aquele croissant rutilante, o primeiro que provava na vida e que, acompanhado de um café cortado, transportou-o à própria glória. Irving observava, calculava, projetava, economizava. Tentava pôr suas coisas em ordem e, em sua mente, entender os funcionamentos básicos da cidade, obrigado a aprender tudo de novo, como se fosse – assim ele se via – um alienígena lançado a outro planeta.

Para começar aquele processo de reinstalação, a irmã de Joel o levara para comprar um celular (o marido espanhol não podia saber que ela estava lhe dando aquele presente) que lhe permitiria ser localizado, depois o levou para abrir a primeira conta bancária que Irving teria na vida e na qual depositou as três mil e setenta e duas pesetas que tinha, pois conseguira poupar da compra de um agasalho, necessário para as noites ainda frescas da primavera madrilenha, graças ao fato de Darío, junto com um cheque de três mil pesetas, ter mandado de Barcelona uma jaqueta, um par de camisetas e algumas camisas, peças praticamente novas que, o amigo confessou, já não lhe cobriam bem a barriga.

Ainda nos primeiros meses de exílio, o que mais assediava o homem era o sonho persecutório de sua estadia de seis dias e cinco noites numa unidade de investigação criminal onde ficara recluso por causa da morte de Walter. Algo ou alguém o havia apontado, criando suspeitas de possíveis conexões com uma tragédia cercada de ambiguidades, possíveis motivos e conhecidos ódios pessoais. Embora os demais amigos tenham tido os próprios encontros com a polícia, os de Irving foram muito mais intensos, e nem sequer o tempo, primeiro, e a distância, depois, conseguiram curá-lo totalmente do trauma angustiante de se ver obrigado a responder várias vezes às mesmas perguntas, feitas com delicadeza ou gritadas em seu ouvido. E do medo que desde aquele instante o prendeu com um forte abraço.

Joel, que ficara em Cuba esperando encontrar brecha em algum consulado europeu para viajar e juntar-se a ele, pediu-lhe, antes do que Irving esperava, que acelerasse a busca de um alojamento. Acontece que sua irmã, muito generosa – uma negra belíssima, versão feminina de Joel –, suplicara que ele pedisse de maneira muito discreta ao namorado (assim o tinha chamado, ria Joel do outro lado do telefone e do mundo) que, quando pudesse, saísse de sua casa, porque ela não queria perder o marido, o homem era melhor que pão, mas tinha o mesmo mau humor que todos os espanhóis desde os tempos de Mío Cid. Irving disse ao namorado que entendia e que naquela mesma noite – apenas oito semanas depois de sua chegada à Espanha – comentara com seus protetores a intenção de encontrar um lugar para se mudar.

Foi o próprio cunhado de Joel, entusiasmado com a notícia de que o hóspede logo se esfumaria, que o recomendou a um amigo que sabia bastante de apartamentos de aluguel baratos, mas ótimos, muitos deles na região do centro. Uns dias depois, por um preço razoável, inquilino de um aposento bem iluminado com banheiro próprio no apartamento de uma extrovertida designer, lésbica e andaluza (que, como devia ser, se chamava Macarena e até mesmo reduziu o aluguel em troca da limpeza de todo o imóvel), Irving transformou-se em cidadão da República Democrática de Chueca.

No bairro de Chueca, Irving assistiu ao espetáculo de um beijo, em plena rua, entre dois homens bigodudos e musculosos; e também, horrorizado, presenciou o quadro grotesco de um jovem que injetava na veia uma dose de heroína, numa concorrida praça pública. Lá viveu seu primeiro verão espanhol e aprendeu, em sua pele desidratada, a coisa horrível que é o calor madrilenho. Sobretudo, conheceu a existência de um estado quase extenuante de liberdade e ausência de preconceitos que nunca imaginara que pudesse haver. Logo sentiu que talvez tivesse encontrado seu lugar no mundo. Teria descoberto seu próprio paraíso um expulso do paraíso próprio?

Assim que o retornado pisou na cidade que fora sua, surpreendeu-o a sensação de estar entrando num mundo cujos esquemas e marcos ele conhecia, mas não *re*-conhecia. Em princípio, tudo estava onde deveria estar: o mar, para além do muro do Malecón e, do outro lado, a avenida pela qual circulavam os veículos. Em seus lugares, os edifícios altos de El Vedado, o bairro arborizado onde tinha nascido e vivido até partir para o exílio, uma região com muitos parques também arborizados e algumas ruas ainda revestidas pelos paralelepípedos com que em sua época foram pavimentadas. Cruzou com pessoas de movimentos harmoniosos, vestidas com roupas leves, jovens sorridentes, rostos sensuais, a imagem de uma vida normal que podia, devia, ter sido a sua. Ao mesmo tempo, como uma reação sibilina, começou a perceber uma densidade ambiental desconhecida, como se estivesse se deslocando por um território exaurido, onde tudo se encontrava em fase de demolição, carcomido, vencido pela apatia mais que pelos anos, um universo encardido, fétido, como à espera de um milagre salvador. Topava com outras pessoas que lhe pareciam inusitadas, estranhas, criaturas brotadas da profusa precariedade circundante, desgastadas, caricaturas malfeitas das pessoas entre as quais ele vivera, às quais pertencera durante os primeiros trinta e seis anos de sua vida sem as ter visto por aquele prisma sombrio, forjado pela distância, pela ausência, pelas descobertas, pelas lembranças, pelo esquecimento e pelo abandono.

Qual era seu mundo? Onde estava? O que lhe acontecera? O que percorria em seu retorno ainda constituía *seu mundo* ou estava apenas atravessando uma holografia degradada do lugar ao qual acreditara pertencer e que agora se revelava alheio, disposto a rechaçá-lo? Era agora, irreversivelmente, um homem dividido em duas metades que se repeliam, um homem de cinquenta anos que não conseguia se recolocar naquele que durante trinta e seis anos fora seu lugar e que nunca se reconheceria no território que havia quase quinze começara a sê-lo sem nunca o conseguir totalmente?

O reencontro com sua mãe tinha sido demolidor. Embora a anciã só se queixasse de achaques normais, como se estivesse além de dores e penas, de alívios e esperanças, o ser enrugado cujas faces beijou e molhou com suas lágrimas pareceu-lhe a imagem de um cadáver ainda quente (debilmente quente). Tudo nela tinha se reduzido, consumido, como se desgastado, e o homem chorou, incitado pela culpa de não ter compartilhado com ela os que seriam, eram, seus últimos anos, talvez suas semanas finais.

A impressão mais devastadora, entretanto, fora produzida por sua única irmã, quatro anos mais velha que ele, que poderia passar por gêmea de sua mãe. Prematuramente envelhecida, o cabelo branco e escasso, a boca desdentada e meio contraída pelo derrame sofrido dois anos antes, agora só parecia capaz de proferir lamentos e queixas, reclamações e maldições, acusações e carências, amontoadas em frases pastosas, envolvidas em chuvas de saliva e vapores de mau hálito, imprecações repetidas sempre de novo, como se fosse movida por uma nora verbal desequilibrada. Duzentos e vinte pesos, duzentos e vinte pesos, era o que mais repisava, referindo-se ao montante de sua aposentadoria, equivalente a dez dólares ao mês... Sua mãe e sua irmã estavam passando fome?

Na própria noite de sua chegada, Irving teve a impressão pungente de que estava vendo pela última vez dois seres quase irreconhecíveis, que só tinham aguentado a respiração até ali, até esta submersão, remando durante os anos de sua ausência graças às ajudas que ele tirava de seus bolsos magros. Dinheiro insuficiente que, no entanto, tinha garantido às mulheres a sobrevivência justa à qual tinham chegado quase rastejando, confinadas num apartamento que um dia teve um toque de graça, uma atmosfera de lar, e agora parecia um depósito de detritos: abarrotado de frascos de remédio vazios, aparelhos sem serventia, móveis destripados, livros empoeirados, paredes sem memória da última vez em que tinham recebido uma demão de pintura, ungidas de fedores interiores e exteriores. O que fora sua casa apresentava-se agora como a antessala de todas as mortes, o panteão de suas lembranças. O golpe fora tão brutal, tão obstinado em superar as expectativas mais fatalistas que lhe tinham chegado a Madri por meio de Clara e Bernardo, através da visita que Joel lhes fizera alguns anos antes, que, sem se dar conta, Irving perdeu a sensação persecutória do medo para receber em plena consciência a de uma consternação infinita pela agonia visível de dois seres que a duras penas ele reconhecia.

O pior foi que ele, carregando a experiência de ter dormido em beliches de acampamentos agrícolas em muitos períodos da vida, com estruturas de sacos de juta, sobre colchonetes empelotados, agora percebeu que não podia evitar sentir asco ao deitar no lençol acinzentado da cama que lhe prepararam com o melhorzinho que tinham, segundo lhe informou a boca desdentada da irmã, engenheira nuclear graduada em Moscou e aposentada antes do tempo por causa de seus padecimentos físicos (polineurite generalizada, paralisia facial) e de sua deterioração mental (ansiedades e depressões alternadas). Duzentos e vinte pesos, duzentos e vinte pesos... E chorou quase toda a madrugada, sufocado por suas mesquinhas pulcritudes, pelo peso de uma impotência sideral que o fazia sentir-se egoísta e desnaturado, um tipo de dor repugnante que inaugurava com um tétrico panorama filial a noite do regresso a sua pátria, até que o esgotamento físico e mental o venceu. Quando amanheceu e ele abriu os olhos (duzentos e vinte pesos, duzentos e vinte pesos...), fugiu de sua casa numa tentativa de escapar de si mesmo para se perder na cidade, própria e alheia ao mesmo tempo, o território de suas melhores e suas piores lembranças. A terra agreste de sua outra vida, agora irremediavelmente morta e enterrada, como outras vidas, literalmente mortas e enterradas.

Diante de um hotel que não existia quando saíra de Cuba, pegou um táxi.

– Para Fontanar, por favor. Quanto é?

– O senhor é cubano, não é?

– Sim.

– Vamos ver, para o senhor... Dez *fulas*... Ou duzentos e vinte pesos...

Se apenas três dias depois da festa de aniversário Walter não tivesse aparecido em Fontanar com as fotos da comemoração e, com toda a certeza, para insistir nos pedidos que fizera a Darío; se o pintor e Irving não tivessem se encontrado lá e tido uma discussão amarga e violenta durante aquela que seria a última visita de Walter à casa de Clara e Darío; se os dias anteriores e posteriores a 26 de janeiro de 1990 não tivessem sido repletos de notícias ruins e até piores e de acontecimentos estranhos que serviram para compor um ápice de vivências terríveis e dolorosas... Se todos aqueles atritos não tivessem inflamado o ambiente e, sobretudo, se Walter não tivesse morrido arrebentado na calçada depois de voar do décimo oitavo andar naquela maldita noite de 26 de janeiro, então certas atitudes e ações do falecido e de várias das pessoas que estiveram perto dele, começando por Elisa e continuando por Irving, com toda a certeza teriam tido outras leituras. Mais ou menos dramáticas ou memoráveis, embora sem dúvida diferentes. Inclusive, algumas daquelas conjunturas não teriam merecido nenhuma leitura e teriam terminado no limbo do esquecimento.

Contrariando o que chocaria vários amigos por ser uma atitude incomum, pois conheciam a indolência de Walter, o homem aparecera na casa de Fontanar na tarde de 24 de janeiro com duas dúzias de fotos impressas, das muitas que havia tirado apenas três dias antes, durante a comemoração do aniversário de Clara. Walter explicou que estava ali para ver a recém-homenageada antes dos outros amigos para lhe dar a oportunidade de escolher as fotos com que desejava ficar e depois ele distribuiria as restantes entre os demais. Clara, num primeiro momento surpreendida pela eficiência de Walter (além dos rolos de filme, também conseguira papel fotográfico; não só tinha tirado as fotos como também as tinha imprimido) e pela possibilidade de escolher, selecionou vários instantâneos, entre eles a imagem em que apareciam, sorridentes, todos os membros do Clã.

Depois de ver as imagens e de tomar um café, Walter e Darío foram para o fundo do quintal, onde falaram durante um bom tempo. É claro: Walter se apressara com a revelação e a impressão das fotos para propiciar aquele diálogo com Darío, Clara disse a si mesma, de seu ponto de observação na cozinha. Ou pensou nisso depois, quando se fez seus próprios interrogatórios?

Irving, que, ele sim, tinha anunciado sua visita, chegou à casa enquanto os outros dois permaneciam no quintal e sentou-se com Clara na sala-vestíbulo. Lá tomou, numa xícara de porcelana, o café ainda morno (não havia sobrado pó para fazer mais) e passou um tempo contemplando as fotos escolhidas pela amiga e as destinadas a serem distribuídas para os outros fotografados. No início, fez comentários, até zombou de como alguns convidados tinham sido registrados (os olhos de "para te ver melhor" de Guesty; a cara de bêbado de Bernardo), mas em certo momento continuou o processo em silêncio.

Irving se deslocara até Fontanar porque estava preocupado com um ensimesmamento, uma espécie de retraimento até físico que havia notado na atitude de Clara durante a festa de aniversário. Embora soubesse que tal comportamento podia ser normal na mulher, tão avessa às festanças, daquela vez poderia estar relacionado à inquietante confissão que ela lhe fizera vários dias antes: uma revelação capaz de estar gerando ventos que, caso chegassem a se liberar, certamente se transformariam numa tormenta de proporções devastadoras. Ou não tão devastadoras, Irving disse a si mesmo, depois de pensar melhor, e resolveu ir falar com Clara: afinal, não seria a primeira vez que dois casamentos aparentemente perfeitos iriam por água abaixo pela pressão de uma relação emergente, impossível de dominar. Porque cada um – como ele – tinha direito de exercer seus desejos como quisesse, ainda que o transe provocasse dores e rompimentos dolorosos, curáveis ou não. Ninguém morreria por isso, ele pensara. Logo saberia que talvez estivesse enganado.

Talvez por ter tais ideias em mente, Irving dedicou mais tempo a observar a foto do grupo, a única em que apareciam todos os amigos, inclusive Guesty e Margarita, e na qual só faltava Walter, por estar atrás da câmera.

– Não sei por quê... esta foto me dá uma tristeza – disse ele e, por fim, a devolveu a Clara, junto às outras.

– Eu a acho patética, mais que triste. Veja como Bernardo está exibindo a barriga de sua mulher. O que está acontecendo com Bernardo? Aquele espetáculo que ele montou...

– Eu... eu... É que eu acho que esta foto não vai poder se repetir... Porque... Ai, Clara, nesta noite Horacio me disse que quer ir embora.

– Horacio? – Clara se alarmou.

– Sim, Horacio.

Clara pensou um instante antes de se arriscar.

– Pois Walter também quer. Está falando disso com Darío lá atrás. Ele veio por isso, as fotos foram o pretexto.

Irving voltou a olhar a imagem.

– Está vendo?... De repente todos querem ir embora, alguma coisa se fodeu ou sempre esteve fodida e agora está explodindo...

– Irving, você vive dizendo que cada um tem o direito de fazer o que quiser com a própria vida. Se alguém resolve ir embora, que vá... O que me preocupa é que Walter não deixa Darío em paz. Quer que ele o ajude a conseguir um visto – disse, então lhe contou a conversa entre Walter e o marido havia algumas semanas e da qual ela só soubera os detalhes dois ou três dias antes de seu aniversário. Junto com as intenções de Walter, Clara conhecera as suspeitas paranoicas dele sobre a possível razão da presença no grupo da loira Guesty.

– É uma loucura, Clara – comentou Irving ao receber a informação. – Mas... se Walter sabe que essa moça é dedo-duro, como ele diz, por que não disse ao Horacio, que foi quem a trouxe? Ao Horacio, que quer ir embora e...? E Walter não sabe que se alguém se inteirar de que Darío falou com um diplomata para que ele pudesse ir embora...? Menina, ele não está cansado de saber que pode arrebentar com a vida do teu marido e de quebra com a tua e a dos teus filhos também? Que neste país não se brinca com isso? Ele não está abusando da confiança e da amizade?

Clara assentiu.

– Sim... acho que sim. Porque Walter sabe que Darío está movendo céus e terra para poder fazer o doutorado em Barcelona. É sua única e talvez sua última possibilidade... Se ele der a menor escorregada, vão crucificá-lo.

Irving suspirou.

– Que porra está acontecendo conosco, Clara? As pessoas ficaram loucas? Isso que você dizia de Bernardo exibir a barriga de Elisa e até dar nome à criança que vai nascer... Um sujeito com a cabeça de Bernardo, o que ele pretende, o que está acontecendo? Porque, não, isso não é bebedeira.

– Está acontecendo que muitas coisas vêm desmoronando... e os destroços do desastre estão nos caindo na cabeça... E vou te dizer uma coisa que não disse nem a mim mesma... Se Darío conseguir ir para Barcelona fazer sua tese, tenho certeza de que ele é que não vai voltar para Cuba.

– O quê? – O assombro de Irving foi explosivo. – Ele também?

Clara esfregou as mãos na saia antes de responder:

– Todos os dias ele me diz que está cansado. Que não aguenta mais. Que vai ao hospital pelos pacientes que estão fodidos e precisam dele, mas que se sente à beira de alguma coisa... e que vai cair. E como casal... já não estamos funcionando. Vivemos discutindo... Não sei quanto vamos aguentar assim. Às vezes temos uma briga e depois Darío começa a chorar, me pede perdão... Vai mal, Irving, vai mal.

Irving meneou a cabeça, olhando para onde Darío e Walter, esquecidos do entorno, falavam e gesticulavam.

– E o caso de vocês não tem nada a ver, mesmo, com o que você me disse de Elisa? – murmurou Irving.

– Não sei, não sei – admitiu Clara. – Já não sei de nada... Não me fale nisso.

– Só quero te avisar, antes que seja tarde ou pior. Você também pode fazer com a tua vida o que te der vontade, mas olhe para os lados, Clarita... Elisa é Elisa... E ela é capaz de qualquer coisa: tanto de te salvar como de te matar. Às vezes ela é muito estranha...

– Estranha em que sentido?

Irving tocou a têmpora: estranha daqui, da cabeça.

– Você sabe, Clara... Por isso ela foi para a cama com Horacio, e parece que também com Walter, e se deixou engravidar não sei por quem e resolveu parir, sabendo que o marido é estéril. Eu achava que conhecia melhor Elisa, mas...

Os olhos de Clara permaneceram abertos e brilhantes enquanto Irving voltava a tocar a têmpora. Teria ouvido o que tinha ouvido?

– Do que você está falando agora?

– Dos desastres de Elisa... dos que eu sei e você deve saber. Pode ser que haja outros. Mas desses dois eu sei. Foi para a cama com os dois, com os dois! E você não viu o jeito de Liuba com Fabio outro dia quando saiu o assunto da gravidez de Elisa?

Clara, atônita, negava com a cabeça.

– Meu Deus, Irving, não pode ser... É verdade que Elisa transou com Walter e Horacio? – Finalmente ela conseguiu falar. – Mesmo? Com os dois?

– Depois te conto direito o que Horacio me disse... Agora se acalme que os dois estão chegando... – pediu Irving ao ver que Darío e Walter se aproximavam da casa. Lá fora caía a tarde fresca de fim de janeiro, uma tarde bonita que, sem que eles soubessem ainda, logo se estragaria e marcaria as memórias e os destinos do Clã. Pelo céu de Fontanar passou, naquele instante, um avião que se afastava da ilha.

Darío e Walter entraram na sala com quatro copos e a garrafa de rum que o fotógrafo levara.

– Para você não dizer que estamos na miséria – disse Darío a Irving e, depois de entregar os copos para Clara, deu a mão ao amigo. Walter e Irving se cumprimentaram, mal apertando as mãos, e Darío se pôs a servir o rum.

– Para mim, não, hoje não. – Clara o deteve. – Está querendo me dar dor de cabeça. Tenho de cozinhar... Vocês dois vão ficar para jantar? – perguntou ela, olhando para as visitas.

– Eu não... vou tomar um trago e vou embora – disse Irving. – Venho outro dia, Clarita...

– Se o que você tem é suficiente, eu fico – interveio Walter. – Não estou com vontade de ver a cara da Pintada. Outro dia quase a enforquei...

– O que aconteceu, rapaz? – perguntou Clara.

– Aconteceu que não a suporto e não me suporto. Aconteceu que disse para ela ir embora e ela me disse que não ia. Teve um ataque de histeria e avançou em mim e... Por fim, ontem à noite ela se foi pra casa do caralho. Vamos ver se não volta mais...

– Walter, Walter... Cuidado com o que você faz – advertiu Clara. – Olha, fica para jantar, sempre dá. Para menos, mas dá. – E saiu para a cozinha, de onde gritou: – Fica também, Irving, vai, preciso te falar umas coisas...

Os três homens permaneceram alguns instantes em silêncio. Um ar denso pairava no ambiente e de algum modo os envolvia com sua escuridão.

– Walter, compadre, desculpa por me meter em algo que não me interessa... ou que me interessa, sim – começou a falar Irving, respondendo a um impulso recôndito, quase sem pensar, talvez sem intenção, e não pôde deixar de falar: – Não sei em que apuros você está nem por quê, mas... você não acha abuso de confiança o que está fazendo com Darío?

A primeira reação de Walter foi sorrir. E aquelas reações do fotógrafo eram justamente o que, nele, sempre tinha incomodado Irving. Certa expressão de superioridade, uma autossuficiência ostensiva que ele alimentava com seu comportamento cultivado de gênio irreverente e maldito, de pessoa ingovernável e mundana, de pragmático para quem o resto do mundo compunha uma legião a seu serviço, Irving pensava. A segunda resposta de Walter foi taxativa, embora a tenha lançado em voz baixa, como calmo; portanto, foi mais ameaçadora:

– E você, porra, quem te deu vela nesse enterro*?

* Tradução literal da expressão "*quién te dio vela en este entierro?*", que corresponde aproximadamente a "quem lhe deu o direito de se meter?". (N. T.)

Darío congelou ao ouvir a resposta de Walter. Irving engoliu em seco, mas reagiu:

– Quem me deu foi minha amizade com este homem e a mulher dele há quase vinte anos. A decência e o bom senso. Quem me deu foi tua prepotência de merda. Quem você acha que é? O centro do mundo?

Walter voltou a sorrir.

– Pois enfia todas essas velas no cu, onde tantos paus você enfiou, bichona de merda. – Walter finalmente explodiu. – Não fale assim comigo! Ouviu?

Darío, que conhecia mais que todos os outros amigos as ebulições dos comportamentos violentos, muitas vezes se perguntaria como não vira chegar o que se aproximava e se manteve paralisado diante da áspera conversa dos outros dois. Quando Clara, alarmada com as vozes, saiu da cozinha, de avental e com uma faca na mão, Darío estava questionando se aquele homem descontrolado era o Walter que eles conheciam (sim, era) ou se a paranoia o tinha perturbado (sim, o dominara). Porque era o mesmo Walter que, até alguns minutos antes, quase choroso, mais uma vez implorava sua ajuda.

– Cavalheiros, por favor... – Darío finalmente reagiu e tentou mediar. – Deixem disso...

– O que está acontecendo aqui? – perguntou Clara, sempre com a faca na mão.

– Está acontecendo que essa bicha intrometida não quer... – começou Walter, exibindo um meio-sorriso, e se deteve no momento em que Irving lhe jogou na cara sua dose de rum.

Ao longo dos anos, Irving reconstruiria em sua mente aqueles minutos de sua vida. Fora aquele o instante de ruptura? Irving conseguiria até acompanhar a cena como se assistisse a um filme, por alguns momentos projetado em câmara lenta, e via-se de fora, como uma representação caricatural de si mesmo. Em muitas ocasiões reconstruiu o cenário mentalmente, foi dando várias explicações para seu comportamento e para o de Walter, e quase chegou a entender o seu: uma carga de tristeza, ansiedade e frustração com o que estava vivendo o fez comportar-se como um ser diferente do que sempre tinha sido e seria por natureza. Irônico e escarnecedor, talvez, como escudo para resistir às agressões a que o expunham suas preferências sexuais. Tímido e comedido, talvez, porque se sabia eternamente em observação e julgamento. Mas nunca violento e agressivo para agir da maneira como fez (por que não me detive, por quê?) quando, como se estivesse desejando fazê-lo havia anos, e talvez por isso mesmo, jogou o rum na cara de Walter. Ou só teria sido porque o pintor se revelara para ele como um possível provocador, com muitas chances de ser ele mesmo o filho da puta que os vigiava enquanto desviava a atenção para Guesty e por isso atraía Darío para o que Clara qualificara como sua crucificação?, também pensaria, sem poder definir depois se essa ideia o movera naquele instante de clímax.

Surpreso com a agressão, Walter permanecera alguns tensos segundos olhando o próprio copo, como se procurasse no recipiente a resposta adequada, até que, com delicadeza, colocou-o numa mesa auxiliar e, com a mão, limpou o rosto, como se estivesse apenas enxugando o suor. Finalmente levantou a vista, e seu olhar, avermelhado pelo álcool que lhe irritava as pupilas e pela ira em ebulição, encarou seu agressor. Então, como uma mola que se solta, lançou-se sobre Irving, com o braço estendido para trás, o qual ele projetou com velocidade e força e se transformou num soco brutal que fez girar o rosto de seu adversário. Depois, sem intervalo mensurável, chutou o outro na virilha e, enquanto Irving se dobrava de dor, golpeou-lhe a nuca com as duas mãos para acabar de derrubá-lo, numa queda estrepitosa.

Clara começara a gritar, com as mãos na boca, a faca junto de uma das bochechas, quando Darío, espantado pela velocidade dos movimentos de Walter, finalmente reagiu e se lançou sobre o homem, que já se dispunha a chutar outra vez o que estava caído.

– Caralho! – gritou o médico. – Você está louco, porra – continuava gritando, depois de dar um empurrão violento em Walter para impedir o pontapé com que ele pretendia acertar a cabeça de Irving. Com o choque, Walter perdeu o equilíbrio e tropeçou na mesa baixa em que tinha deixado o copo e caiu por cima dela, para ir bater o rosto contra a parede sem poder amortecer o golpe, enquanto o copo se despedaçava.

Por alguns segundos, tudo ficou como uma sequência congelada, na qual só eram audíveis a respiração de Darío e os gemidos de Irving. Mas, de repente, como cumprindo uma ordem, o cenário voltou a se mover. Irving, com uma capacidade de recuperação inesperada, levantou-se e correu até Clara para arrebatar-lhe a faca da mão e se virar para ir ao encontro de Walter, aturdido, que já tentava se levantar, enquanto com uma das mãos tocava o arco da sobrancelha em que havia um corte que sangrava. Clara, por puro reflexo, agarrou Irving pela camisa, até que o tecido se rasgou e o homem ficou livre, mas Darío, que também ia ao encontro dele, aproveitou a oportunidade precisa para lhe dar uma rasteira. Irving perdeu o equilíbrio, inclinou-se para o lado e, para evitar o golpe da queda, teve de soltar a faca, que deslizou até os pés de Clara. Entre Irving caído e Walter novamente em pé, Darío escolheu Walter e, pegando-o pelas axilas com uma trava de imobilização, começou a tirá-lo da casa. Por sua vez, Clara, lívida e chorosa, levou a faca para a cozinha e, sem saber o que fazer, levantou a saia e sentou-se a cavalo sobre o peito de Irving, tentando mantê-lo contra o chão ou pelo menos dificultar que se pusesse em pé.

Com as coxas da mulher muito perto do rosto, Irving afrouxou o corpo e começou a chorar. Soluços abafados, profundos, de dor e de vergonha mais que de ira.

– Meu Deus, Irving, meu Deus – disse Clara, que, com as mãos, tomou o rosto do amigo e inclinou-se sobre ele, para os dois chorarem juntos.

Nessa posição entre ridícula e lasciva, Darío os encontrou quando voltou para dentro de casa e informou:

– Walter foi embora... Manolo, daqui do lado, levou-o ao hospital para verem o ferimento do rosto... Acho que vai levar uns dois ou três pontos. – E perguntou, já em voz alta: – O que foi que aconteceu aqui? O que está acontecendo conosco, saco?

Darío inclinou-se sobre sua mulher e seu amigo. Tentou envolvê-los num abraço protetor e sentiu que ele também podia chorar: sim, que porra, que caralho, que merda estava acontecendo com eles?

Nos últimos dias de vida, Walter Macías Albear foi um fantasma.

O breve velório do morto precisou esperar quarenta e oito horas para se efetuar, e o enterro foi realizado na tarde chuvosa, escura e muito fria de 29 de janeiro de 1990. O mau tempo pode ter contribuído para que fossem poucos os que acompanharam o funeral. Talvez outras razões tenham influído. A mãe de Walter e suas duas irmãs – seu pai, oficial da reserva militar, morrera alguns anos antes combatendo em Angola –, mais que doloridas, pareciam enfurecidas, talvez com o jovem que tomara a decisão de se matar, talvez com o mundo que o impelira a tomar a terrível decisão. Ou talvez com a vida em geral, que podia desferir esses golpes devastadores, aferrar-se a uma família.

Os investigadores da polícia e da medicina legal retiveram por um dia e meio o corpo do falecido, dedicando-se a realizar algumas investigações que, para os amigos do morto, atônitos, só tinham um sentido: justamente a falta de sentido do ato suicida que, segundo todas as evidências conhecidas, o homem cometera.

Pouco a pouco, foi possível resgatar alguns fatos. Na noite de 26 de janeiro Walter entrara num edifício da rua E, em El Vedado. Ninguém sabia como tivera acesso ao prédio, cuja porta da frente devia estar trancada por causa da onda de roubos desencadeada no país. Ninguém o tinha visto entrar. Ninguém explicava como tinha aberto o cadeado que, segundo os moradores, trancava a porta de ferro, único acesso possível à cobertura da torre de dezoito andares de onde, segundo tudo indicava, seu corpo havia caído. Um cadeado que, para tornar o panorama mais inexplicável e alarmante, a polícia parecia ter encontrado fechado no ferrolho, do lado interno do prédio, e que, a não ser por um maço de cigarros largado num banco de madeira e uma guimba esmagada no piso da cobertura, poderia ter posto em dúvida que o presumível suicida tivesse estado ali. Ninguém sabia tampouco, é claro, se ele estava só ou acompanhado. Mas, se seu último voo tinha sido a partir da cobertura e se estivesse certo o comentário de que o cadeado da escada de acesso aparecera fechado (durante muitos anos nenhum deles pôde estabelecer a origem do dado nem se era verdadeiro ou falso), o fato implicava a existência de uma companhia que turvava – e muito – o sucedido. Ninguém encontrou um recado, um indício, uma evidência que denunciasse as terríveis intenções do homem que pouco depois das oito da noite se arrebentara na calçada. Os forenses informaram que em seu organismo havia vestígios recentes de álcool (estava bêbado?), mas não de outro tipo de drogas.

Das pessoas mais próximas de Walter, ninguém o vira nos últimos dias, muitas das mais achegadas, inclusive, desde a noite do aniversário de Clara, e vários de seus colegas pintores, como os do ateliê em que costumava imprimir suas gravuras, declararam que não tinham notícias dele havia semanas. Margarita, a mulher que mais ou menos o acompanhara durante os últimos meses, havia decidido deixá-lo na noite de 23 de janeiro (não mencionou nenhuma discussão, só que o homem estava como deprimido ou iracundo ou mais louco que de costume) e o fizera sem se despedir, quando ele estava fechado na câmara escura montada na antiga garagem da casa. Margarita negava ter tido algum contato com ele posterior a sua mudança para a residência de um irmão que morava em Guanabacoa, no outro extremo da cidade, onde ela estava na hora do acontecido. Eram dois dias vazios que começavam com uma briga em Fontanar, passavam por um hospital onde lhe deram dois pontos de sutura na arcada superciliar e depois submergiam na escuridão, e só voltavam a se iluminar com o salto mortal de um décimo oitavo andar.

Enquanto isso, nas conversas que começaram a ter os achegados que haviam compartilhado com Walter os dias anteriores àquelas suas últimas quarenta e oito horas de vida, passaram a surgir indícios de comportamentos estranhos do morto, inclusive, como era de esperar, a briga com Irving. Mas nenhum episódio bastava para justificar a decisão: porque de comportamentos estranhos estava repleta a existência de um jovem que passara pela vida varrendo tudo e agora se esfumava dela como um furacão tropical.

A revelação de Darío de que Walter se sentia acossado (não disse por quem) e por isso buscava meio de sair de Cuba constituiu a maior novidade para os que ainda não sabiam dessa pretensão. Mas, se ele planejava ir embora, começar de novo, em outro lugar, por que se matar? Só porque era difícil sair de Cuba? Isso qualquer um sabia, Walter sabia... Ou será que ele tinha caído ou se lançado no vazio porque estava bêbado, se é que estava bêbado? E todos, mais ou menos assombrados, mais ou menos comovidos, cada um de seu jeito pessoal, repetiram-se a pergunta que começara a persegui-los: o que está acontecendo conosco?

Antes e depois do funeral, todos os membros do Clã, separadamente ou por pares ou trios, foram interrogados pelos investigadores, primeiro como se representassem apenas fontes de informação, depois como potenciais envolvidos em alguma fase com elementos que permitissem esclarecer as intenções de realizar aquele ato, conhecedores de algum indício revelador ligado à morte de Walter.

O caráter em si muito procaz da situação, que se tornava mais exasperante com a intervenção policial inquisitiva, foi envolvendo os jovens, provocando suas reações peculiares ou imprevisíveis. Elisa negava-se a falar no assunto, dizia que a afetava; Bernardo, segundo o que lhe era conforme, bebia tudo o que lhe cabia no corpo, como se buscasse mais que nunca a inconsciência alcoólica; a Pintada teve vários ataques histéricos e precisou de tratamento psicológico, pois se culpava pelo que tinha acontecido, Walter estava cada vez mais estranho, afirmava, como louco, repetia, e ela devia ter percebido a possibilidade daquele desfecho; Darío, acossado por um sentimento de culpa, retraiu-se a ponto de não querer falar com ninguém e pediu duas semanas de licença, não se sentia em condições de fazer cirurgias; Fabio e Liuba, apesar de serem os amigos mais antigos do morto, até de certa maneira amigos de sua família, distanciaram-se e, em seu melhor estilo, nem sequer assistiram ao funeral; Joel, depois de tomar conhecimento da morte de Walter, envergonhou-se da fúria que o tomara desde que soubera da briga do suicida com seu namorado, enquanto Irving, tão combativo, caiu numa modorra depressiva e começou a sentir o assédio do medo, pois acreditava ser o único de todos os amigos próximos que tinha motivos contundentes e conhecidos para desejar ou até provocar a morte de Walter: e seu medo foi justificado.

Por sua vez, Guesty exigiu de Horacio que não voltasse a procurá-la, e, quando Clara e Darío souberam dela, várias semanas depois, já de posse da nova evidência trazida por Irving acerca do possível papel da loira como informante policial, a moça lhes gritou que fossem todos à merda e avisou que não pensava em voltar a se aproximar do grupo. Horacio, seriamente afetado, foi tomado por uma melancolia culposa, pois acusava a si mesmo de não ter sabido enxergar as intenções de Walter e não ter tido a perspicácia de perceber a razão atroz pela qual um sujeito como Walter, inclusive bêbado, poderia tomar uma decisão assim. E, por essa falta de lógica, Horacio, homem que só acreditava em causas e efeitos decodificáveis e expressos em fórmulas, fazia a si mesmo as perguntas mais inquietantes e repetia sua convicção de que algo muito estranho havia acontecido. Entretanto, diferentemente das atitudes dos outros, sua reação foi ir em frente, como se rompesse a inércia, e por sua conta começou uma investigação obsessiva sobre os motivos que teriam induzido a decisão de Walter… se é que fora uma decisão de Walter.

Graças a essa atitude, duas semanas depois da noite fatal, Horacio pôde projetar uma luz nas trevas gerais. Aos amigos reunidos na casa de Fontanar durante uma comemoração insossa do dia de São Valentim (nessa ocasião Fabio e Liuba estavam presentes) contou que dois dias antes o tinham chamado ao quartel colonial que servia de gabinete central do Departamento de Investigações Criminais e, naquela mesma tarde, tivera um outro encontro com os policiais, dessa vez em sua casa. Diferentemente de entrevistas ou interrogatórios anteriores, nas duas últimas oportunidades Horacio notou uma mudança das estratégias dos investigadores: nas duas ocasiões as perguntas só se destinavam a saber sobre a personalidade e as atitudes de Walter e os motivos presumíveis de seu suicídio, cada vez mais certo, ao passo que deixavam de lhe perguntar sobre as relações do falecido com outros membros do Clã e com alguns de seus colegas pintores. Será que os policiais sabiam de algo que separava definitivamente a ação de Walter de qualquer possível ligação com os membros assíduos do grupo? Será que já tinham explicação para o cadeado fechado, talvez por algum morador eficiente ou distraído (quem foi o primeiro a mencionar o bendito cadeado?), e a convicção de que se tratava de suicídio – por isso tinham perdido todo o interesse por outras pessoas? Horacio estava convencido de que alguma coisa havia mudado, sem ousar conjeturar qual teria sido o motivo, quando Elisa, tão apagada nos últimos dias, levantou novamente seu voo de águia e lhe deu aos gritos uma resposta que congelou os outros amigos.

– Pois é fácil, Horacio… O que aconteceu foi que finalmente alguém admitiu que Walter era um consumado filho da puta, louco, dependente de drogas, bêbado, histérico e sem escrúpulos, e que caras assim podem fazer coisas assim… – disse, como se tivesse recuperado seu caráter e, como se o tivesse perdido um momento depois, a mulher começou a chorar. Foi a primeira e única vez que vários dos amigos a viram chorar.

Na manhã seguinte àquela reunião, as conclusões de Horacio foram por terra quando Irving recebeu em seu apartamento dois oficiais da polícia que lhe pediram que os acompanhasse a seu gabinete. Seria a quarta vez que o interrogariam, só que nessa ocasião não foi um diálogo de um par de horas. Uma ordem fiscal autorizava a detenção indefinida de Irving Castillo Cuesta para a investigação em curso da morte de Walter Macías Albear.

Irving nunca suportaria ouvir a canção de Joaquín Sabina "19 días y 500 noches". Só de ouvir esse estribilho paradoxal e inteligente, sua memória o remetia aos seis dias e cinco noites que, para Irving, foram centenas de dias e de noites que ficou detido no antigo quartel militar da populosa rua havanesa del Ejido. Aquelas jornadas, mensuráveis ou incontáveis, foram uma passagem pelo inferno da qual Irving jamais se recuperaria completamente, pois sairia doente de hipertensão e medo. No pouco que contou nos primeiros dias a alguns amigos sobre a experiência vivida e no muito que contou a seu companheiro Joel e a suas queridas amigas Elisa e Clara, Irving nunca mencionou que o tivessem submetido a algum tipo de violência física. Ao contrário, conduziam-no com hermética amabilidade aos diversos cubículos de interrogatório pelos quais transitou e onde teve de falar com os dois oficiais, Rodríguez e Fernández, que, juntos ou separadamente, encarregaram-se de interrogá-lo mais de vinte vezes, em algumas ocasiões por apenas dez minutos, em outras por várias horas, ao fim das quais o detido sentia-se à beira de um colapso nervoso.

A cela do edifício colonial em que o colocaram tinha uma cama com estrutura de arame coberta por um colchonete, era úmida e fria naquela época do ano, e num nicho do teto havia uma lâmpada fluorescente que nunca se apagava, o que logo o fez perder a noção das horas e dos dias. Recebia refeições a intervalos que às vezes lhe pareciam mais curtos, às vezes mais espaçados, e sempre com componentes iguais (um prato de plástico com arroz, um pouco de caldo de ervilha ou feijão-vermelho, dois croquetes e um pedaço de pão), o que também não contribuía para ele saber se estava tomando café da manhã, almoçando ou jantando. Nunca lhe deram café, e a falta de cafeína lhe provocou uma cefaleia permanente.

Os primeiros encontros com os investigadores foram réplicas dos que já tivera. Irving precisou repetir várias vezes seus movimentos durante a noite de 26 de janeiro: ida ao teatro (localizado a apenas sete quadras do edifício mortal), visita à casa de um amigo, copos de rum e sempre, o tempo todo, na presença de outras pessoas. Irving achou que procuravam uma brecha no que constituía seu álibi, como se não lhes bastasse o testemunho de Joel e de outras três pessoas ou se tratasse de um verdadeiro complô.

Numa oportunidade, depois de repetir a mesma história pela quinta ou enésima vez, um dos investigadores (foi Rodríguez, o mulato; o outro, Fernández, era loiro) pediu-lhe que não se mexesse na cadeira enquanto ele não ordenasse. As mãos sobre as coxas, a cabeça voltada para a frente, os pés firmes no chão. Depois de vinte minutos mantendo a posição, Irving sentiu que seu corpo se entorpecia, começava a deixar de lhe pertencer, mas, morto de medo, não se mexeu. Aos quarenta, descobriu que era seu cérebro que estava entorpecido e frouxo. Aos cinquenta minutos – achava, supunha, especulava com minutos indefiníveis –, desmaiou. Vários anos depois, quando Irving já estava vivendo na Espanha havia muito tempo, Horacio enviou-lhe a descrição literária do procedimento: encontrara-o, com os detalhes e as circunstâncias mencionados por Irving, num romance de um tal Vasili Grossman. Seus interrogadores pareciam ter frequentado a mesma academia que os personagens soviéticos de um romancista morto na rigorosa marginalização típica da escola política soviética.

O detento também teve de contar muitas vezes a história de sua briga com Walter e, é claro, como mecanismo de defesa, desde o início revelou como origem da disputa a obsessão de Walter por abandonar o país, com o que ele supunha que demonizaria o suicida. Confiava em que Darío não falaria do empenho de Walter nem mencionaria o diplomata tcheco, pois sabia que revelar a solicitação do pintor poderia complicar a vida de Darío por não ter denunciado policial ou politicamente o propósito do agora morto Walter Macías. Mas, quando os interrogadores lhe falaram dessa ideia de Walter como meio de escapar para o exterior, foi fácil para ele deduzir que Darío a tinha confessado (ou fora outro dos que sabiam?), talvez convencido de que seria salvo pelo fato de não ter atendido à súplica do suicida. Sendo assim, ele já não podia fazer nada senão ratificar a informação.

O outro assunto escabroso do qual Irving tentara escapar tinha a ver com a possível dependência de Walter do consumo de drogas. Entretanto, os policiais sabiam tanto do assunto que, num momento de lucidez, ele compreendeu a insensatez de sua atitude e admitiu que certa vez o ouvira falar que fumara maconha. Embora nunca, jamais a tivesse provado na frente dele, observou Irving, que só confirmou a adição alcoólica do falecido. E, é claro, não tinha nem ideia de onde Walter arranjava o que consumia, se é que consumia alguma droga.

O que mais o surpreendeu em seus diálogos com a polícia foram as perguntas sobre a suposta relação carnal de Elisa com Walter. Irving especulou sobre a origem de uma informação tão íntima e concluiu que algum dos que estavam a par (Darío, Clara, Horacio, a própria Elisa?) podia ter feito aquela revelação. Com o álibi que tinha, acaso o interrogavam para tirar-lhe alguma coisa que os levasse a Elisa, Bernardo ou outro do grupo? Apavorado com essa possibilidade nada descartável, sempre repetia que ouvira o comentário, mas que nem Elisa e muito menos Walter lhe tinham falado sobre alguma relação carnal entre eles. Isso era o que ele sabia. A quem Horacio contado essa história e de onde a tirara? Dos que sabiam da ligação entre o morto e a jovem grávida, quem falara à polícia? Irving agora sabia por experiência própria que, sob pressão, qualquer um entregaria aquelas e outras informações.

À medida que soltava algumas possíveis confidências e voltava a responder às mesmas perguntas, em vez de alívio Irving começou a sentir como se estivesse sozinho, vazio, cego. A partir do momento em que não havia nada a esconder, tudo se reduziu a ele, a sua impotência e seu medo, que pouco se protegiam com o escudo de sua inocência. Porque os interrogatórios não pararam.

O pior era que as perguntas se repetiam sempre, de novo, em tons e formulações diferentes, obrigando-o a lembrar o que tinha respondido para tentar não cair em contradições, até que sua estratégia deixou de lhe importar: ele era inocente porque era inocente e, se queriam algo que os levasse a Elisa ou Bernardo, ele não lhes podia dar nada. O investigador Rodríguez insistia em que outra pessoa havia participado da morte de Walter e que, portanto, se tratava de um assassinato. E eles não parariam enquanto não encontrassem o culpado. Por sua vez, o oficial Fernández reiterava que tudo se tratava de pura rotina, havia casos de suicídio que, por diversas razões, precisavam ficar completamente estabelecidos como tais (ainda mais em se tratando de um artista, a gente sabe como são os artistas) e lhe dava confiança, prometendo que quando tudo se esclarecesse imediatamente ele voltaria para casa e para o trabalho. Se Irving não estivesse enganado (embora nunca pudesse jurá-lo), jamais nenhum dos policiais o acusara de ter assassinado Walter... Por que então o estavam retendo e fustigando? Aferravam-se a ele porque, conhecendo sua inclinação sexual, consideravam-no fraco, pusilânime, dissimulado, capaz de apontar os outros?

Foi num dos deslocamentos para um cubículo de interrogatórios, durante o que podia ser o quinto ou o centésimo dia de sua detenção, que Irving teve uma visão fugaz, que não sabia se era delírio ou realidade: ia avançando pelo corredor em forma de túnel no instante em que se abriu uma porta de um lugar e ele virou a cabeça. Então, viu, ou acreditou ver, ou sonhou que via, sentada atrás de um escrivaninha, com alguns papéis na mão, uma jovem loira, de olhos como assombrados (ele viu seus olhos?)... Devia ser Guesty, a namorada de Horacio que o próprio Walter afirmava ser uma infiltrada da polícia no Clã. Depois dessa imagem veloz, mas por demais inquietante (o que teria dito na frente dela, o que lhe confiara Horacio, quanto Guesty sabia dele e de seus amigos?), o tremor nas pernas que o atacou impediu que continuasse andando e já estava quase desarticulado quando Rodríguez teve de ajudá-lo a sentar-se no chão para imediatamente chamar o médico. Quando lhe tirou a pressão, o médico ordenou que o levassem para a enfermaria, onde lhe aplicou uma injeção na veia depois de lhe colocar um comprimido debaixo da língua, para deixá-lo em repouso por algumas horas.

A cabeça de Irving não parava de girar quando ele se recuperou do sono vazio ao qual foi levado pelo forte tratamento relaxante e hipotensor aplicado pelo médico do quartel. Se de fato a mulher que entrevira era Guesty e se, como tudo parecia indicar, Guesty trabalhava para a polícia, então ele e seus amigos podiam considerar-se andando nus pelo mundo: muitas de suas intimidades estiveram em exibição, e de cada um deles sabiam o imaginável e o inimaginável e teriam muitas respostas para o que lhe tinham perguntado nos interrogatórios. Ainda por cima, agora sabia que, sim, claro, tal como presumia, cada um deles teria seu dossiê novinho em folha. O único alívio que veio em sua ajuda foi a consciência de que ele e os amigos não tinham nada lamentável (ou lamentável demais) a esconder, num país em que quase todo mundo escondia alguma coisa, e de que ele só dissera verdades em suas conversas policiais nos seis dias e nas cinco noites mais tenebrosos de sua existência.

Irving nunca teria certeza se a loira vislumbrada era Guesty, e nenhum dos membros do Clã, inclusive o persistente Horacio, o saberia de modo inequívoco. Nem sequer estariam convencidos quando, anos mais tarde, Darío topou com a loira assombrada na ponte Vecchio de Florença e lhe perguntou se ela se dedicara a vigiá-los...

No dia seguinte ao colapso nervoso (ou teriam sido mil dias depois?), depois de um par de interrogatórios muito menos tenazes, um oficial que Irving não conhecia foi buscá-lo na cela para comunicar que podia ir para casa e lhe pedir desculpas pelos incômodos que porventura lhe haviam causado. Ao sair do edifício lhe dariam um documento para que justificasse suas ausências ao trabalho, assim seu salário não seria afetado por elas. Disse que os investigadores esperavam que o retido compreendesse que ele, Irving, por razões óbvias vira-se envolvido na investigação de um possível homicídio, um processo ainda em curso, e confiava que seus colegas o tivessem tratado com o devido respeito à sua integridade física e psicológica. O fato de, por fim, terem sabido como o morto obteve acesso à cobertura do edifício esclarecia muitas coisas, acrescentou, sem dar mais detalhes. Foi no instante em que o oficial lhe estendeu a mão que Irving, que durante toda a explicação de praxe assentira veementemente, teve a noção exata de seu desamparo cósmico e começou a chorar, com soluços que lhe saíam da alma mais que dos pulmões, e adquiriu a perversa percepção de que o medo vivido no que foram apenas seis dias e cinco noites o acompanharia, assim como a afecção crônica de alta pressão arterial, pelo resto de sua permanência na terra.

Sempre, até o fim, inclusive para além do fim, na realidade física ou nas lembranças, na proximidade ou na distância, para eles ficaria Fontanar. O caracol de Clara. O Aleph. O centro magnético gerado talvez por uma pedra acobreada imantada, tirada da terra e devolvida a ela.

No dia seguinte a sua volta à rua, ainda com a sensação de que em qualquer momento podiam requisitá-lo e levá-lo novamente ao inferno, Irving venceu seus medos. Acompanhado por Joel, viajou até a casa que em outros tempos Clara odiara, o lugar onde tantas vezes se sentiram felizes, pois Irving sabia que devia aos amigos a crônica de sua passagem pelos quartéis policiais onde perdera dez libras de peso e ganhara a revelação da nudez em que, assim afirmava, viveram por meses (ou até anos?) os atos e os pensamentos de todos e cada um deles.

O Clã que se reuniu naquela tarde era uma equipe comovida até as bases, na qual se misturavam os medos com os sentimentos fúnebres, a ira com o desassossego. Junto com Irving e seu fiel Joel estavam Clara e Darío, os anfitriões, e também Horacio, os ressurgidos Fabio e Liuba e Elisa, com o anúncio de que Bernardo não viria porque estava com uma gripe invernal, inclusive com febre. Em algum lugar desconhecido Horacio arranjara um frango canadense e peitudo, destrinchado por Clara para que a cada um coubesse um pedaço no arroz com frango que ela se dispôs a preparar, enquanto Liuba trazia uma caixa de croquetes de carne, *Made in Vietnam*, que deram no Ministério como prêmio pelo cumprimento de metas que ninguém se lembrava de ter conhecido nem cumprido. Como por sorte, a reserva secreta de garrafas que Darío recebera de presente dos pacientes parecia não ter fundo (embora ele sempre avisasse que a provisão estava acabando), o médico trouxe um litro de White Horse que apresentou como sendo o melhor remédio para a ansiedade dos presentes, inclusive recomendável, com aval médico, para os hipertensos... e suficiente, em virtude da ausência da sede insaciável do agora doente Bernardo e da voracidade já acalmada para sempre de Walter.

Acomodados no terraço, ninguém se importou em ver como o sol se punha com pressa invernal e um magnífico desdobramento de cores ígneas, pois Irving narrava sua experiência sem poder renunciar às ênfases e aos silêncios dramáticos que tão bem ele manejava e que, com ou sem consciência, o fizeram reservar para o momento culminante a revelação de sua visão fugaz da loira Guesty (estava fardada ou com roupa civil?) e seu esgotamento físico e psicológico.

– Eu a vi de relance, dois segundos, mas juraria pela minha mãe que era ela. Aqueles olhos... – afirmou, olhando para Horacio.

– "O medo devora a alma", como disse Fassbinder – sentenciou o físico, que começara a negar com a cabeça.

– Fas quem? – perguntou Fabio.

– Não importa, um sujeito que faz filmes... E, e... – Horacio parecia ter perdido o fio do raciocínio. – Sim, e o terror faz ter visões ou seja o que for... Isso de a Guesty ser uma superespiã era história do Walter... Porque... Sabem de uma coisa? Bem, pensei muito nisso e acho que, se alguém aqui era polícia, ou melhor, informante, podia ser o Walter...

– Vou fazer como você, Horacio – interveio Fabio novamente. – "O ataque é a melhor defesa", como disse outro que dizia coisas...

– Napoleão? – interferiu Darío, tentando aliviar tensões, e tomou um gole do copo que tinha numa das mãos e deu uma mordida no croquete vietnamita que brandia na outra. O sabor indefinível do artefato provocou-lhe uma estranha reação química na memória afetiva. – Ou quem disse foi Nguyen Sun, o guerrilheiro? – E sorriu com a evocação do herói da radionovela que derrubava aviões ianques com as flechas de sua irredenta balesta de vietcongue.

– Falando sério, cavalheiros – voltou Fabio. – Eu conhecia Walter há um monte de anos, e ele podia ser qualquer coisa, menos polícia. Qualquer coisa... Até suicida.

– E não era um provocador? – entrou Irving.

– Ou um filho da puta – rebateu Joel. – Irving lhe disse isso e vejam como ele ficou. Por quê? Porque era um filho da puta, apesar de agora estar morto. E ninguém venha me dizer que não se fala mal dos mortos... Um filho da puta abjeto...

Horacio não parava de menear a cabeça. Algo arcano, como a oscilação do pêndulo de movimento perpétuo, parecia impeli-lo.

– Não quero defender ninguém, Fabio. Quero ser racional... Para que alguém ia querer nos vigiar, porra?

– Não sei... mas...

– Vai ver que nos vigiava por ofício, por deformação, por vício, por via das dúvidas... – lançou Elisa, até então num mutismo inabitual. – Esqueça-se de ser racional, Horacio. Bem sei que às vezes tudo isso é irracional e pronto. Tanto podia ser Guesty como Walter que...

– Não gosto de falar nisso – interrompeu-a Liuba. – Me deixa nervosa...

– Pois fique nervosa – devolveu Elisa. – Eu sei. Juro pelo meu pai que bem sei. Qualquer um aqui pode ser um filho da puta espião. E eu acho que era Walter. Caso contrário, por que tanta investigação da polícia?

– Tudo bem, chega, Elisa... – Liuba quase suplicou. – Mudem de assunto!

– Sempre se pode falar de *pelota* – admitiu Horacio.

Afinal, ele ficava aliviado com o pedido de Liuba de deixar um terreno pantanoso, no qual se tinha afundado até o queixo. Mas disse a si mesmo que precisava pensar e ia pensar: por que Liuba rechaçava o assunto com tanta veemência?, perguntou-se para começar. Seria ela a informante? E também dizia a si mesmo que talvez Irving tivesse visto Guesty, tudo era possível. Do que ele não tinha dúvida, conforme confessou semanas depois para Irving, quando para o grupo de amigos começaram a soar novos alarmes com estridência muito maior, era de sua convicção de que em tudo o que acontecera havia algo muito mais nebuloso que uma simples e sempre duvidosa vigilância de ofício por parte de quem quer que fosse, que, como bem dizia Elisa, podia ser qualquer um. Definitivamente, em algum lugar havia merda acumulada, merda de verdade, e ele podia sentir o cheiro, embora não tivesse condições de vê-la. Mas encontraria a fonte de onde emanava o mau cheiro.

– E sabem a última coisa que me disse o oficial que me soltou? – perguntou Irving, e muitas sobrancelhas se arquearam: o que ele disse? – Que já sabiam como Walter tinha entrado na cobertura.

– Como souberam? – indagou Elisa.

– Ele tinha a chave do cadeado? – estranhou Fabio.

– Suponho... – admitiu Irving.

– E onde a conseguiu? – quis saber Clara, ao que Irving levantou os ombros.

– Então te soltaram porque acham que ele se suicidou, não é? – concluiu Fabio.

– E te disseram se o cadeado estava mesmo fechado por dentro do edifício? – interveio Horacio, e, diante da falta de resposta de Irving, a interrogação ficou em aberto.

Irving, que por causa de seu novo problema só aceitou uma dose de uísque, e Elisa, que deixara de beber e fumar por causa da gravidez, em algum momento, já depois de anoitecer, afastaram-se do grupo cada vez mais embriagado e saíram para a penumbra do quintal. Talvez com necessidade de falar ou atraídos pelo ímã de uma compenetração que sempre os aproximava ou porque simplesmente tinham se enfastiado da discussão que mais uma vez recaíra sobre a verdadeira catadura ética e humana do falecido Walter e as possíveis razões de seu agora quase comprovado suicídio.

Nas últimas semanas, o ventre de Elisa se tornara mais notável, embora ela o achasse pequeno para os quase cinco meses de gravidez que já contava. Sua condição de gestante, que a mulher considerava agressiva e a estava tornando mais gorda e lenta, no parecer de Irving a embelezava; ele o confessou, acariciando-lhe a protuberância do ventre.

– O pior não é o físico – confessou Elisa. – É o que me provoca aqui dentro – disse e tocou na testa. – Eu me sinto diferente…

– Porque você está diferente, com todos os hormônios remexidos – reafirmou o outro. – E porque tem um problema para resolver.

Elisa assentiu.

– Mais de um… Mas agora me esquece e esquece minha barriga e vamos aos meus problemas… Porque, se os policiais acham que Walter se suicidou, não entendo por que te deixaram lá tantos dias… Não sabe como pensei em você e em tudo por que estava passando.

– Você não pode imaginar… Agora há pouco contei muito por cima… O que deixei de dizer é o pior.

– O que você não nos disse, Irving?

Com o dorso de uma das mãos, ele limpou os olhos umedecidos, suspirou e voltou o olhar para a escuridão insondável. Assim se via por dentro: envolvido em trevas ameaçadoras.

– Que eu creio que os policiais me interrogaram para que eu lhes dissesse alguma coisa de você ou de Bernardo. Se tinham problemas com Walter. Eles sabem de alguma coisa.

– Minha nossa, Irving! Não sabem picas… Porque não há nenhum problema entre nós e Walter. Se eles te soltaram, foi porque não sabem nada.

– Pois não tenho tanta certeza, não mesmo.

– Mas o que você acha que eles podem saber?

– Mais ou menos o mesmo que nós, porém com mais detalhes, Elisa, vida minha… Que pode haver algo nebuloso no suicídio de Walter. Essa história do cadeado que estava fechado…

– Chega de encher o saco com o cadeado, Irving. Onde havia algo nebuloso era na mente de Walter e no fogo que ele deve ter tomado. Por isso se jogou lá de cima ou caiu por idiotice, tanto faz…

– E se Walter era realmente policial e por isso os policiais estão tão preocupados? Você mesma disse…

– Como aquele infeliz ia ser policial, porra? Eu sei o que é um policial! Me criei com um de verdade! E Walter não era porra nenhuma… E acho que Guesty também não.

Irving se deteve e olhou para ela.

– Você sabe que ele não era da polícia nem nada… Sabe porque transou com ele, não é?

Elisa olhou fixo para ele e quase conseguiu sorrir.

– Do que está falando?

– Horacio acha que sim, não sei por que, mas ele acha. E não sei se ele ou alguém com quem ele comentou disse para os policiais… Eles me disseram. E talvez também tenham dito para Bernardo. Ele te disse alguma coisa sobre isso?… Elisa, Bernardo pode ter matado…?

Elisa se detivera e observava o outro. Respondeu às perguntas de Irving negando com a cabeça. Por um momento fechou os olhos, e Irving notou que ela tinha empalidecido, mas voltou a olhar para ele e reagiu:

– Mas que loucuras são essas, porra…! Não, nunca transei com ele… Te juro pelo que há de mais sagrado… por esta barriga que estou carregando – disse, e o outro sentiu que aquela afirmação o aliviava. – Além disso, todo mundo sabe que na noite em que aquele imbecil se matou Bernardo estava comigo, na minha casa, e… bêbado como um cão. Deixem Bernardo sossegado.

– Então…? Tua barriga?

A resposta da mulher demorou alguns segundos.

– É um presente de Deus, eu já disse…

– Ai, Elisa, pelo que você mais ama… Olha, eu também pensei muito em você quando estava lá dentro… Pensava na tua força. Quisera eu ter a tua força para aguentar melhor o que estava vivendo.

Elisa negou de novo com a cabeça.

– Lá dentro nenhuma força vale… Ou vale só a que você tinha: saber que não fez nada. É a única coisa que pode te sustentar.

– Mas nem isso ajuda a gente a suportar o medo.

– Pois neste momento todos nós estamos com medo.

– Bernardo?

– Ele também está com medo, embora não saiba se transei com alguém, muito menos se matei ninguém! O que mais posso dizer, porra? Você imagina Bernardo matando alguém?… Eu também estou com medo.

– Mas você continua sendo forte.

– Não, não acredite… Isto – tocou o ventre avultado – me torna vulnerável. Já te disse: me sinto diferente. Às vezes, nem eu mesma me conheço. Há dias que me olho no espelho e não me vejo: não encontro Elisa… E, quando tudo isso passar, sou eu que vou matar Horacio, te juro – disse ela, e Irving viu lágrimas correrem pelo rosto da amiga, seu ídolo, seu modelo que de repente fez beicinho e a duras penas conseguiu dizer: – Porque nunca nem me ocorreu transar com Walter… Com quem transei, sim, foi com Horacio.

– Meu Deus, Elisa, meu Deus… O que está dizendo?

– O que você ouviu, porra – sussurrou e deu um soluço.

– Ai, minha nossa… Mas não fique assim – disse o homem e a abraçou, a beijou na testa, limpou-lhe as lágrimas, sentiu-a real e próxima. Sua Elisa.

Irving não suspeitava que naquela noite fresca de Fontanar, quando penetrava num dos segredos capazes de alterar várias vidas, também estava abraçando, beijando, falando com sua amiga Elisa Correa pela última vez em muitos anos ou em todos os anos.

Outra vez o mar. Desde a entrada daquele quarto andar, por cima de alguns pinheiros, palmeiras e outras poucas casas, beneficiando-se da elevação que escalava para algumas montanhas discretas, podia-se contemplar à vontade a extensão hipnótica, de um azul desbotado, do manso Mediterrâneo. O mar, outra vez o mar que havia justo um ano ele não via, depois de ter vivido toda a sua existência perto do oceano. E o mar agora lhe transmitia sensações equívocas que iam desde a paz interior e o gozo estético até a turbulência da lista de suas muitas perdas e ausências (seu namorado, sua mãe, seus amigos, seu mundo, talvez irrecuperáveis). E foi naquela manhã, vendo um mar que sentia seu, mas que não era o seu, que Irving teve a mais insidiosa convicção de que seu desenraizamento seria um padecimento de grandes efeitos ou talvez incurável, como sua hipertensão arterial. Sua opção, uma soma de ganhos e perdas.

Na noite anterior voara de Madri ao aeroporto El Prat, nos arredores de Barcelona, onde Darío o esperava, e depois, a bordo de um reluzente Citroën Xantia do ano, que exalava agradáveis aromas de couro, viajaram por estradas escuras até Calafell, aquele antigo povoado de pescadores, cada vez mais invadido por segundas residências e, nos meses propícios, por veranistas, que ficava na costa de Baix Penedès, a meio caminho entre Tarragona e Barcelona. Era lá, no bairro urbanizado de Segur de Calafell, que o afortunado Darío e Montse, sua mulher catalã, tinham comprado recentemente sua segunda residência.

O apartamento ocupava todo o quarto andar, uma espécie de ático ou *penthouse*, como o chamariam em Cuba, e coroava um edifício que, como o Citroën, ainda cheirava a novo. Com razão, o apartamento devia ser o mais recente e justificado motivo de orgulho de Darío, que, assim que chegaram, sob o pretexto de lhe mostrar o cubículo dos convidados, obrigou-o a percorrer toda a moradia – quartos, banheiros, ampla copa-cozinha e até um quarto de trabalho, onde viu entrelaçadas uma flâmula do Barça e outra da Catalunha. A exibição terminou no generoso terraço voltado para a costa, uma cortina escura àquela hora da noite, em cuja profundidade pressentia-se a promessa de que na manhã seguinte, acordado antes dos anfitriões, Irving desfrutaria a sós, com a xícara de café na mão.

Desde sua chegada à Espanha, um ano antes, Irving tivera várias conversas por telefone com Darío, recebera do médico algumas ajudas materiais – agasalhos que ficavam pequenos para ele, três ou quatro envios de dinheiro –, mas só agora estavam se reencontrando, pois o velho amigo – que já estava havia cinco anos fora de Cuba – advertira-o de sua animadversão por Madri, que chamava de Capital do Reino, prepotente e ditatorial. De que porra ele estava falando? Aquele Darío era o mesmo Darío? De que coisas da ditadura estava se queixando agora, inflamado, raivoso, inclusive por telefone e em voz alta?

Claro que Irving não se surpreendeu muito quando Montse ligou para perguntar se ele podia viajar para a Catalunha para passar com eles o fim de semana prolongado que se aproximava, alojados no apartamento de Segur de Calafell, estreado havia muito pouco. Darío já não aguentava de vontade de vê-lo, disse a mulher, e, se Irving aceitasse, naquela mesma tarde lhe enviariam uma passagem de ponte aérea. E claro que um Irving, agora, sim, assombrado com as proporções do convite – que incluiria, Montse *dixit*, e tudo parecia catalanamente organizado: passeio por Tarragona e suas ruínas romanas e, é claro, um dia para visitar Barcelona e conhecer o apartamento que ocupavam na cidade –, aceitou e imediatamente se aprontou para a viagem que tanto o tentava, que de certa forma ele temia, e que de outro modo não teria meios para realizar.

Quando deixou o saguão do aeroporto e saiu para o vestíbulo, Irving teve a primeira das comoções que experimentaria ao longo dos quatro dias de estadia catalã: um senhor que lhe era familiar, completamente calvo ou de cabeça raspada, de rosto redondo como uma bolacha, trajando um elegante sobretudo Burberry e acompanhado por uma loira cheia de carnes dez anos mais jovem que ele, sorria com os braços abertos e excessiva alegria. Teve de se esforçar para aceitar que aquela era a atual estampa do homem cativante de quem se despedira no aeroporto de Havana quase sete anos antes, magro até os ossos, com a cabeça ainda povoada por uma cabeleira que começava a encanecer e choroso no instante da partida, assumida (no maior segredo) como uma viagem sem retorno.

Sem ter superado a sensação de estranhamento físico, o recém-chegado surpreendeu-se um pouco mais com a alteração fonética e de entonação que agora carregavam as palavras e as frases do velho amigo, dono de um sotaque catalão na pronúncia, como se tivesse nascido numa aldeia de Gerona. Sem se sentir preparado para a radicalidade das várias e pasmosas transformações sofridas por Darío – movia-se de maneira diferente, gesticulava de outro modo? –, Irving sentiu o estranho incômodo de estar diante, próximo, entre os braços, de uma pessoa a qual, ao mesmo tempo, conhecia e desconhecia.

Uma hora depois, enquanto lhe mostrava o apartamento de Segur de Calafell (um *chollo*, ele dizia, não uma *ganga**) de mão dada com Montse, como se fossem dois jovens namorados desfrutando plenamente de uma triunfal cumplicidade (entre eles, por certo, só falavam em catalão), Irving teve a perversa ideia de que o convite de Darío devia-se à necessidade de que justamente alguém como ele, Irving, fosse testemunha e possível divulgador de seu êxito, representado de maneira estrepitosa por uma casa de sonhos. Darío e as casas bonitas por meio das quais materializava seu invencível empenho em se distanciar do *solar* sombrio e violento de suas origens! Sim, devia ser essa a razão, pensou Irving, e ainda sorria divertido na manhã seguinte a sua chegada, desfrutando da solidão matinal. Como se sabe, dizia Irving a si mesmo, para um cubano é mais importante que os outros saibam que ele está transando com uma mulher apetitosa que o próprio fato de fazê-lo... Como poderia não funcionar esse traço de identificação em se tratando de Darío e uma casa nova, de frente para o mar, segunda residência, além do mais!

– Ficou bom o café, embora já esteja meio frio. – A voz às suas costas tirou Irving de suas reflexões, e ele se virou para ver Darío, que, xícara na mão, vestido com um sedoso roupão florido, deu-lhe um tapinha no ombro antes de se sentar na poltrona próxima. – Vamos esperar Montse acordar para tomar o café da manhã. Vejamos a que horas a beldade ressuscita, com aqueles comprimidos que toma...

Irving voltou a sentir-se deslocado, ou talvez recolocado onde sempre devia ter estado: o Darío de 1997 continuava meio calvo e gordo como na noite anterior, vestido agora com um traje caseiro classicamente elegante, muito burguês para seus códigos, mas falava novamente como o Darío que conhecera em Cuba. Com a voz e a entonação cubanas recuperadas, sua imagem começava a se recompor entre o presente e a lembrança.

– Não tem problema, vamos esperá-la. – Irving aceitou e sorriu. – Quer que eu passe um café fresco?

—Sim, vai... Mas pega do Illy. Na estante da... da esquerda. Merda, que vontade eu tenho de voltar à Itália!

---

* *Chollo* (em castelhano da Espanha), *ganga* (em castelhano de Cuba): pechincha. (N. T.)

Irving voltou à cozinha e preparou a cafeteria italiana com pó de café também italiano. Sabia que Darío, tão caseiro, nunca tinha gostado de preparar a infusão, e sua mente o levou a pensar na mistura de grãos com leve sabor de café e sempre com o perigo de entupir a cafeteira que, lá em Fontanar, estariam tomando Clara e os filhos de Darío. Se é que ainda tinham café.

– Agora eu estava pensando – começou Irving, ao voltar ao terraço carregando as duas xícaras cheirosas.

– Em Clara e no café – interrompeu Darío.

– Como você adivinhou, porra?

– Porque te conheço... e me conheço... há anos demais e bem demais, bobão. Tenho que comprar umas xicrinhas de porcelana para você! – disse Darío, que, antes de tomar um gole do café recém-coado, levantou-se, deu um passo e abriu os braços para estreitar Irving contra seu peito. – Isso é do caralho, Irving, do caralho.

Irving, surpreendido pela explosão de afeto do velho amigo, sempre mais que comedido naquele tipo de manifestações físicas, recuperou-se num instante e respondeu como sabia e devia fazer:

– Darío... caralho é o que você está me apertando... Você está pelado por baixo desse roupão de bicha velha.

E os dois riram. Riram como fazia muito tempo não riam: e não pela intensidade, mas pela qualidade do riso.

Depois do café da manhã, em seu catalão fluente, Darío propôs a Montse que aproveitassem a manhã tão esplendorosa (assim a qualificou: *esplendorosa*) e fizessem uma caminhada pelo calçadão marítimo do povoado. A mulher se desculpou, também em catalão, pois queria terminar de corrigir uns trabalhos de seus alunos da Universidade de Barcelona e fazer umas ligações para concretizar a venda de um apartamento, negócio do qual ela obtinha seus maiores ganhos.

– Vão vocês – acrescentou ela, em espanhol. – Pego vocês lá embaixo às duas para tomarmos um aperitivo e então vamos almoçar em Tarragona, tudo bem? Prometi a Irving ver as ruínas romanas e...

– Tudo bem, meu amor. *Adéu*...

Para a caminhada, Darío tinha se paramentado com calça e camisa de linho, branquíssimas, sólidas sandálias de couro e chapéu de fibras tecidas (compramos em Creta, esclareceu) para resguardá-lo do sol, mas, apesar disso, Montse insistiu em lhe aplicar um creme protetor perfumado e viscoso nas bochechas, na testa e no pescoço. Ao vê-lo com aquela roupa e umas listras brancas de chefe indígena no rosto, Irving pensou que Darío voltara a se distanciar dele ou que no mesmo corpo viviam agora duas criaturas parecidas, embora diferentes: o homem que foi e ainda era e o novo homem que necessitava ser. Lembrou que o primeiro homem, apenas algumas semanas antes de partir para o exílio, debaixo do inclemente sol cubano que curtia o couro, estava cavando no quintal da casa de Fontanar a fim de tirar algumas batatas-doces raquíticas para o almoço, sem chapéu nem camisa nem conhecimento de que havia cremes L'Occitane en Provence como o que agora o perfumava e lhe dava aparência de tigre domesticado. Um solzinho de merda de maio em Segur de Calafell dava câncer de pele e o sol furioso de Cuba não? Mas Irving não se intimidou e persistiu em sua bermuda e sua camiseta sem mangas.

Os amigos desceram a costa ao encontro do mar e, com o léxico e a entonação cubanos recuperados, Darío falou a Irving de sua satisfação com a nova vida. Fazia o mesmo trabalho que em Cuba – abria cabeças e manuseava massas encefálicas, rachava costas e retificava colunas vertebrais com parafusos – e obtinha, com seu trabalho, recompensas nunca sonhadas.

– Ir embora de Cuba foi a melhor coisa que me aconteceu, meu parceiro. E agradeço por isso aos que me incentivaram a fazê-lo. Não sei como estaria vivendo lá, mas com certeza cada vez pior. Aquilo não tem conserto, não tem conserto...

Irving assentiu. Não encontrava nada para responder à satisfação de Darío com seu exílio e a seus julgamentos sobre sua previsível vida cubana e as possibilidades e recomposição nacional. Decidiu que não valia a pena estragar um estado de euforia, real ou fingido ou com uma mistura dos dois condimentos. Por isso, absteve-se de falar de Clara e de seus dois filhos, Ramsés e Marcos, deixados para trás, em outra vida sob todos os aspectos insatisfatória e, pior, segundo as próprias opiniões do médico.

– Além do mais, veja a mulher que encontrei – continuou Darío. – Me trata como se eu fosse Deus... É um pouco *creizy*, é verdade, mas é um anjo. E não é tacanha...! E na cama...! Nem te conto. Assim, gordinha e tudo, como você está vendo... – E, depois de uma pausa, acrescentou: – Me deixa de um jeito como Clara já não me deixava.

Irving lembrou suas conversas sobre o assunto com Clara e lhe pareceu que já tinham falado havia mil anos; resolveu manter-se no presente.

– Fico feliz – disse Irving, e não conseguiu morder a língua. – E vocês trepam em catalão?

Darío riu.

– Você, como sempre...

Tinham chegado ao amplo calçadão, em cuja borda havia uma fileira de palmeiras que se perdia na distância e, do outro lado, uma extensão de areia limpa e um mar tranquilo, mas inacessível pela insuportável frieza.

– Irving, meu irmão, você não sabe o que os catalães sofreram por quererem ser catalães – começou Darío. – Mas eu os entendo. Eu, que vivi em Cuba e vi os caninos dos americanos, os entendo. E por isso compartilho suas pretensões. Você vai ver, não vai ser amanhã nem depois, mas algum dia isso vai explodir, ouça o que estou dizendo... E, se eu vivo e trabalho aqui, me sinto bem aqui... por que não ser como os daqui?... Aqueles rapazinhos de Madri são...

– Que estranho – interveio Irving. – Lá você era dos que não falavam de política...

– Porque não se podia falar de política... Só obedecer. Você bem sabe, não venha se fazer...

– Nós falávamos de política. Em voz baixa, mas falávamos... E você era do Partido...

– É verdade... – admitiu Darío. – E o que resolveram falando? Além de se queixarem, mudou alguma coisa?... Olha, Irving, sabe o que é o melhor de tudo o que me aconteceu aqui?

– Melhor ainda? – diante da pausa, Irving sentiu-se impelido a perguntar.

– Pois o fato de eu poder falar do que me dá vontade com quem me dá vontade. Posso viver sem máscara, parceiro, sem máscara. E sem paranoia, garoto! E não me faça lembrar como eram as coisas lá, por favor...

Irving assentiu, desistindo de seu empenho em tentar fixar uma imagem de um Darío agora disposto a atirar em todas as direções, porque, além do mais, compreendeu que não tinha competência para fazê-lo: cada um tinha o direito de pensar e viver como desejasse, tendo como único limite o de que suas decisões e seus atos não prejudicassem os outros. Ele mesmo sempre reclamara essa possibilidade e não era o mais indicado para criticar Darío por desfrutar de suas satisfações materiais e espirituais.

– Fico feliz por você, Darío. De verdade mesmo... E me desculpe se às vezes me torno um pouco *soquete**... Minha mãe me chamava assim, *soquete*...

– Sabe de uma coisa, Irving?... Não tenho que te desculpar por nada... Ontem li na tua cara o que você estava pensando... – disse, tocando na cabeça coberta com o chapéu de palha. – E, como te conheço há não sei quantos anos... Sim, é verdade, eu quis te convidar para você ver como vivo. Antes de você ir embora vou mostrar também o apartamento de Montse em Barcelona e minha biblioteca. Quero te levar ao hospital onde trabalho, parece um hotel cinco estrelas. Lá me tratam de senhor e doutor e professor, não de companheiro... E quero que você

---

* Tonto, tosco, lerdo. (N. T.)

veja tudo isto – abriu os braços como se a praia, o calçadão, os edifícios à volta também fizessem parte de seus pertences – não porque tenha me tornado mais idiota do que sempre fui. Isso já não é possível...

– Não, me lembrei daquele lema que tínhamos de gritar no secundário... "Sempre se pode mais!"...

– Vai continuar me aporrinhando?... Pois é, a verdade verdadeira é que tenho de trabalhar uns trinta anos para pagar este apartamento aqui na praia e que, não fosse Montse e o dinheiro que ela tem, eu não estaria, e de quebra nem você nem eu estaríamos onde estamos agora, gozando da parte bonita do mundo. E não me esqueci das filhadaputices históricas graças às quais esta é a parte bonita do mundo e não a Bolívia ou o Congo... Sim, pedi a Montse que te convidasse para que visse tudo isso, você, Irving, que sabe que minha vida toda foi uma luta para me afastar da merda em que nasci e cresci, embora não imagine as coisas pelas quais passei... Estou fazendo isso para que você, que é meu amigo e que, quando eu estava para sair de Cuba, me deu a metade de tudo o que tinha, e isso não vou esquecer nunca, mesmo que agora eu fale catalão, como eu ia dizendo, porra, para que um irmão como você me diga que não me enganei... Porque eu já te contei a parte boa da minha vida, mas a parte fodida também existe, e é isto: quando vejo tudo o que tenho e o que posso ter, há dias em que penso que talvez nada disso seja importante, ou talvez seja, sim, não sei. Mas às vezes também penso que não é mais importante do que eu já não tenho porque perdi... ou porque tiraram de mim. Inclusive as companheiras faxinólogas, sim, as que limpam o chão, que lá me coavam o café que às vezes meus pacientes me davam de presente e me pediam um par de inhames se me tivessem dado inhames... Você me entende, Irving?

– Eu te entendo, Darío... E se alguém não entender... pois que vá à merda, compadre.

– Sim, tomar no cu...

– E tudo bem... – Irving olhou o mar, diferente do seu, mas mar, impossível de abarcar, tentador – E... não, Darío, não acho que você tenha se enganado. Lá em Cuba aconteceram coisas demais que foderam a existência de alguns de nós... Ainda por cima Walter, Elisa, não saber ou saber que alguém nos vigiava, os problemas que eu sei que você tinha com Clara... Você fez o que achava que devia fazer, e pronto... Ah, e certamente, desculpe, mas devo lembrar que alguns de nós adoramos tomar no cu.

Na manhã de 15 de fevereiro de 1990, Irving tinha ido, para não fazer nada, à editora moribunda que por tempo indefinido não editaria mais livros por causa da escassez nacional de papel. Ao meio-dia, dispunha-se a almoçar sua marmita de arroz, ervilhas aguadas, uns fiapos de couve e dois croquetes de massa inclassificável cobertos por uma espécie de bolhas estouradas, quase a mesma dieta que recebera em seus dias de confinamento policial. Uma dieta que, alternando os ovos cozidos com os croquetes ou com o fétido picadinho de soja, se transformara no sustento nacional. Foi então que lhe avisaram que havia uma ligação na recepção e não era possível passá-la, pois, novamente por causa da falta de eletricidade, o PBX deixara de funcionar. Maldizendo a sorte, com a colher na mão, Irving desceu as escadas e levantou o fone para receber o golpe de uma lufada de um furacão ressuscitado.

– Irving, finalmente, velho... Sou eu – disse Clara.

– Ah, diga, como vai?

– Irving... você sabe alguma coisa de Elisa?

– Elisa?... Bom, eu a vi ontem à noite como você e...

– E depois?

– Depois? – Irving sentiu acenderem-se luzes de alarme. – O que aconteceu, Clara?

– É que Bernardo não sabe onde Elisa está. E os pais dela também não... Não foi trabalhar, não está em nenhum hospital... Ninguém sabe onde ela está.

– E você não conhece Elisa?... Aquela lá está onde lhe dá vontade... Não, Clara, não esquenta a cabeça com ela. Não está em nenhum hospital? Pois então não aconteceu nada – disse ele, tentando acreditar. Não, não queria acreditar em outra coisa.

– Está bem... se você está dizendo. Mas agora vem o que mais me preocupa... o difícil.

– O difícil?

– É que Elisa está louca. Irving... Ontem à noite, depois que vocês foram embora, quando só estávamos ela, Darío e eu... Bernardo chegou, meio bêbado, coitado, como era de esperar. E Elisa lhe soltou que não estava grávida dele.

Irving fechou os olhos antes de exclamar:

– Ela disse! Ela me jurou que não ia dizer nada para ele... Quase me disse que a barriga podia ser de Bernardo.

– Pois soltou na nossa frente.

– E disse quem era o pai? – Irving quase gritou.

– Não, isso ela não disse... Mas sabe o que foi mais esquisito? Bernardo ficou como se nada tivesse acontecido. Acho que ele sabia... Porque ficou assim, até terminar seu copo, e depois se levantou e foi embora, sem dizer palavra. Ai, Irving, será que Bernardo fez alguma coisa para Elisa e é por isso que ela não aparece?

Irving sentiu um tremor mais profundo lhe percorrer o corpo. As possibilidades que Clara levantava agora pareciam um disparate em se tratando de um homem como Bernardo, no fundo fraco demais e, quando alcoolizado, quase pusilânime. Mas de homens fracos e pusilânimes que são capazes de tomar decisões drásticas e cometer atos terríveis o mundo também está cheio. E nesses casos o álcool não ajuda.

– Onde está Bernardo?

– Sei lá, menino! – Clara agora parecia alterada. – Ele me ligou faz um tempo para perguntar se eu sabia de alguma coisa.

– Vou ligar já para ele... Vou procurá-lo... E você fique tranquila, Clara, todos nós sabemos como Elisa é – repetiu a frase como se aquele conhecimento do caráter da mulher fosse um protetor universal contra qualquer adversidade. – Vai, a gente se vê...

– Ai, Irving, que coisa é essa?

– Tranquila, menina. – Ele tentou acalmá-la.

– Para de me dizer para ficar tranquila, porra! – explodiu de repente a mulher, em geral de boa paz. – Não consigo ficar tranquila!... Irving, estou com medo – admitiu. – Isso não é normal.

– Clara, fique tranquila... quer dizer, fique calma... Me deixa procurar Bernardo e vamos ver o que descobrimos. Te ligo assim que puder ou vou direto para sua casa. Tran... Bom, você vai ver que não está acontecendo nada, você já sabe como Elisa é – voltou a dizer e desligou.

Pouco depois das quatro da tarde, quando um Irving derrotado pela impossibilidade de encontrar Bernardo finalmente entrou na casa de Fontanar e deu com uma Clara cada vez mais exaltada, constatou que no terraço de trás, junto com Darío, estavam Fabio, Liuba e Horacio, como se tivessem sido convocados para uma reunião. Joel chegaria ao anoitecer. E quando os amigos tinham esgotado as cotas de especulação, pelas oito da noite, finalmente apareceu Bernardo.

Tinha sido um par de horas antes, nos minutos muito breves em que o sol de fevereiro desaparece no horizonte, que Horacio tentara apartar-se do grupo e levar Irving para a frente da casa.

– Irving... – começou e abriu um parêntese de silêncio para verificar que ninguém poderia ouvi-los. – Nestes dias... Elisa te falou de mim?

Naquele momento, Irving maldisse ser o depósito das dúvidas e pecados de seus amigos. Incomodado, soltou as amarras.

– Sim, Horacio... que você transou com ela. Não sei quantas vezes.

Horacio bufou.

– Duas vezes. E foi bem o contrário, compadre. Ela transou comigo. Você sabe que eu nunca faria isso com um amigo.

– Da castidade do teu pau eu tenho muitas dúvidas, parceiro. Você trepou com ela!

– Juro... Eu não a procurei, foi ela, você sabe como é e... Mas isso não importa agora... Agora... diz a verdade, Irving, Elisa te disse se ela achava que a barriga era minha?

– Depois do que aconteceu ontem à noite... De quem mais poderia ser, rapaz? Se Bernardo não emprenha...

– Eu não sou tão louco. Sempre usei preservativo...

– Então era mesmo um presente de Deus?

– Ou podia ser um presente de Walter – disse Horacio.

– Ela me jurou que não tinha transado com ele.

– E você acreditou?

– O que está querendo me dizer, Horacio?

– Que... nada, não estou dizendo nada. Nunca mais vou dizer nada – murmurou o físico, voltando para dentro da casa enquanto Irving advertia:

– Elisa quer te matar por você andar dizendo que ela transou com Walter...

Irving o viu se afastar e, pela primeira vez desde que Clara lhe telefonara ao meio-dia, o homem teve a convicção de que algo terrível estaria ocorrendo. O que acontecera com Elisa? A Elisa direta, sem medos nem duplicidades que ele conhecera, que acreditava continuar conhecendo, como alguém assim podia se enredar naquele labirinto de ocultações, traições, negações, inclusive mentiras? Ter confessado ao marido que ele não era o pai da criatura que crescia dentro dela podia ser considerada uma relação ainda normal, o único modo de não viver numa falsidade absurda e cruel, mas a maneira pela qual o fizera parecia-lhe imprópria, essencialmente humilhante, um ataque que o bom Bernardo não merecia. E por que justamente diante de Clara e de Darío? O que achariam do que Elisa lhe dissera? Talvez agisse impelida pelo acúmulo de acontecimentos estranhos, que para Irving começavam a ser reveladores de algumas atitudes recentes da amiga, mais ríspidas que habitualmente, como se levasse dentro dela uma ira, um desespero que a pressionava e a fazia bater contra as paredes, agredindo quem a rodeava. O que está acontecendo, o que está acontecendo conosco?, Irving também começou a se questionar.

Pouco depois, quando Bernardo chegou, Clara foi a primeira a se precipitar.

– Soube de alguma coisa? – perguntou assim que o viu entrar.

– Nada – disse Bernardo. – Não se sabe de nada...

– Você andou bebendo? – indagou Irving.

– Um trago... só um trago. Ainda não consegui nem me embebedar.

– Vamos lá, o que aconteceu? – questionou Darío.

Irving aproveitou o diálogo para observar as reações de Clara, Horacio e Bernardo: tanto quanto sabia, eram os membros do grupo com relações mais íntimas, passadas ou presentes, com Elisa e, talvez de alguma forma, com causas e consequências do desaparecimento da mulher. Entretanto, depois de sua conversa com Horacio e da confissão de Elisa de que o físico não era pai do filho que estava para chegar, uma dúvida o corroía e o fazia pensar que qualquer habitante conhecido ou desconhecido do planeta podia ter alguma relação nebulosa com ela. Com quanta gente Elisa tinha transado?

– Estou desbaratado... Vocês me dão um minuto?... Preciso de outro trago. E de alguma coisa para comer – disse Bernardo, por fim. – Tomei só um café, o dia todo... Darío, posso tomar uma ducha? Estou sujo. Estou me sentindo sujo.

Enquanto Bernardo tomava banho, Clara e Liuba empenharam-se em preparar alguns pratos com os restos do jantar da noite anterior e do almoço que alguns nem tinham tocado. E, com um par de garrafas de rum sobreviventes da pálida comemoração da véspera, dia de São Valentim, foram todos sentar-se no terraço. A temperatura voltara a subir e estava agradável ficar naquele lugar, embora o motivo fosse lamentável e o ambiente estivesse carregado de eletricidade. Em algum momento, Ramsés e Marcos passaram entre os reunidos e Marcos aproximou-se da mãe para perguntar se alguém mais tinha morrido, provocando uma resposta ríspida de Clara.

Assim que provou o primeiro gole de rum, Bernardo deixou sobre uma mesa auxiliar a toalha com que saíra do banho e começou a falar.

– Vocês sabem o que Elisa me disse ontem à noite, você contou para eles, Clara? – E a mulher assentiu. – A mim não surpreendeu, eu sabia que aquela gravidez não era minha… Esperava que em algum momento ela me confessasse. Mas me dizer assim, na frente de outras pessoas… na frente de Clara e Darío… Isso foi uma baixeza.

– Acho que estava um pouco alterada – interveio Darío. – Faz dias que estamos todos um pouco alterados. E ela, em seu estado…

– Não, ela me disse daquele jeito porque queria que todos ficassem sabendo. Para me humilhar…

– Por favor, Bernardo! – Irving se precipitou. – Você não sabia que aquela gravidez não era sua?

O silêncio caiu no terraço como uma pedra. Bernardo terminou o rum antes de responder.

– Sabia, sim, por mim… mas não por ela. Perguntei mil vezes, e ela me dizia que não podia ser de ninguém mais… Isso dizia ela!… De modo que não vou negar que, quando ela me lançou que não era minha, tive vontade de espancá-la, aqui mesmo… – disse e apontou o território do terraço em que estavam. – Acontece que eu posso ser um beberrão e não emprenhar, mas sou melhor que ela. Por isso a esperei lá fora, e quando fomos embora eu a deixei em casa e disse que ia pra casa do caralho, que hoje de manhã passaria para pegar algumas coisas minhas e que não queria voltar a vê-la na porra da minha vida, que ela era um ímã para atrair desgraça… Hoje de manhã, quando cheguei, lá pelas dez, Elisa não estava em casa, e fiquei contente. Na verdade, não queria vê-la nem queria que ela me dissesse nada, porque podia me tirar dos eixos… Quando fui pegar o que era meu, procurei uma valise de couro que nós tínhamos e não a encontrei, mas não me preocupei. Naquela casa se perde tudo… Peguei umas coisas minhas, mas também não encontrei um crucifixo mexicano, pintado à mão, que comprei quando fui ao México e sempre estava sobre minha escrivaninha e que ela adora… Por isso, antes de sair, telefonei para a casa de seus pais para conferir se ela estava lá, e eles me disseram que não sabiam nada de Elisa. Foi aí que liguei para cá, e Clara também não sabia dela. Então me lembrei da valise, voltei a procurá-la por toda a casa e não apareceu. E verificando me pareceu que estavam faltando algumas coisas dela. Havia menos roupa íntima, com certeza… e faltavam mais duas ou três coisas.

– Então ela não está perdida... Levou coisas e está escondida – afirmou Horacio.

Irving notou um tom de alívio na voz do homem e lamentou contradizê-lo.

– Elisa não se esconde de ninguém, Horacio. Acho que Elisa foi embora...

– Mas foi embora para onde? – exclamou Clara. – O que você sabe, Irving?

– Não sei nada!... Estou supondo e...

– Irving tem razão – voltou a falar Bernardo. – De quem e por que se esconderia? De mim não precisava se esconder... Elisa foi embora... Com certeza...

Fábio pigarreou antes de falar:

– E tem certeza de que não está em algum hospital?... Um aborto, uma dor... Vai ver que não pôde dar seu nome.

– Fui à maternidade e ela não está lá. Nem no hospital de Marinao nem no de Luyanó... Então liguei para Mojena, aquele que estudou conosco, porque estava acompanhando a gravidez, e também não sabia de nada. Se tivesse havido algum problema com a barriga, Elisa o teria procurado...

– Ontem ela me disse que estava tudo bem com a barriga – sussurrou Liuba, sabendo que o assunto era doloroso.

– Será que não estamos fazendo tempestade em copo d'água? – Darío tentou tranquilizá-los. – Continuo pensando que ela está em algum lugar e a qualquer momento... Como alguém vai embora de Cuba assim, sem mais nem menos, porra?

– Então fui à casa do pai dela – continuou Bernardo, como se não tivesse ouvido os últimos comentários. – Vocês sabem as ligações que Roberto Correa tem... Bem, o caso é que ele me disse que não tinha ideia de onde Elisa podia estar, que fazia dias não a via. A mãe sabia menos ainda, está cada vez mais perdida. – E tocou na têmpora. – Eu propus a Roberto que fôssemos à polícia denunciar seu desaparecimento...

– Porra, Bernardo! – protestou Irving.

– Porra o quê, Irving? – Bernardo estava alterado.

– Nada, meter a polícia nisso... De novo a polícia... Vai ver vão dizer que a estão mantendo sequestrada!... O que teu sogro disse? Aquele espertalhão sabe muito...

Embora Elisa nunca o tivesse confirmado, todos os outros suspeitavam que seu pai, Roberto Correa, não fora um simples diplomata, com as funções elementares de inteligência cumpridas por ofício pelos diplomatas, tampouco o diretor de empresas que representara nos últimos anos. A confirmação lhes chegara nos últimos meses, quando, por causa do processo do verão anterior contra oficiais do exército e da inteligência, acusados de delitos relacionados ao narcotráfico e à traição à pátria, Roberto Correa fora mandado para casa depois de ser afastado das funções que cumpria no Ministério do Exterior, pelas quais precisava viajar ao estrangeiro com frequência – nos últimos anos, sobretudo ao Panamá, um dos epicentros da trama das drogas e das contas bancárias abertas com os dólares obtidos em diversos negócios. E, se Elisa tinha desaparecido voluntariamente, não era absurdo pensar que aquele personagem obscuro, que mesmo marginalizado devia conservar algumas influências, podia estar por trás da evaporação da filha.

– Ele me disse que ia fazer umas ligações… E, para você ficar tranquilo, Irving… Me avisou que nem pensasse em ir à polícia, que poderia ser pior. Que eu fosse para casa que ele me ligaria.

– E você foi ou não foi à polícia? – insistiu Irving. A revelação que Horacio fizera antes sobre a certeza de uma relação carnal de Elisa com Walter aumentava a morbidez de uma trama que revelava cada vez mais duplicidades.

– Não… fui para casa… Estava me sentindo… não, estou me sentindo como a merda que sou. E porque acho que não me importa muito onde Elisa tenha se metido. Melhor que tenha ido pra casa do caralho… Com certeza foi pra casa do caralho…

– Você não tem culpa de nada, Bernardo – interveio o cauto Joel, que manifestou seu senso elementar da verdade. – Porque, se alguém nessa história é uma merda, esse alguém é Elisa.

– Melhor você não falar, querido, por favor – atalhou Irving.

– Falo e falo bem!… É que não aguento filhadaputice. – Joel se revirou, empurrou seu prato, levantou-se da mesa e foi sozinho para o fundo do quintal.

– Mas um policial veio me procurar – disse Bernardo.

– Roberto telefonou para a polícia? – Irving voltava a se sentir alarmado.

– É um amigo do meu sogro… Me fez perguntas… Nem sei, coisas de Elisa, coisas nossas… Falamos cerca de meia hora, até que, por fim, ele me disse para não me preocupar, eles dariam um jeito de encontrá-la. Foi por culpa desse policial que demorei para chegar, e graças a ele não me embebedei…

Um silêncio denso caiu sobre a mesa. Bernardo tomou seu copo até o fundo e o deslizou até Fabio, que voltou a enchê-lo de rum.

– Elisa foi embora de Cuba – disse Fabio, então, e os outros, com exceção de Bernardo, voltaram os olhos para ele.

– Você sabe de alguma coisa? – perguntou Liuba, olhando para o marido com as sobrancelhas muito erguidas.

– O que vou saber, menina?... Claro que não sei de nada... mas penso a mesma coisa que Bernardo e Irving. Aposto minha cabeça que Elisa não está escondida porra nenhuma. Que ela foi embora... O pai ajudou, e ela foi embora.

– Mas como? – Liuba insistiu. – Foi assim, sem mais nem menos, pela carinha bonita dela? Do que você está falando?... Foi para o aeroporto e subiu num avião? Não fala bobagem, Fabio... E por que ela foi embora? Se Elisa tinha ovários para dizer a Bernardo o que disse... Mas como e para onde ela foi?

– Numa lancha? Com aquela barriga? – As perguntas de Clara eram carregadas de ansiedade.

– Há outras maneiras de ir embora – observou Fabio. – Complicadas, mas possíveis. Porque, sim, Liuba, pode ser que Elisa tenha saído pelo aeroporto. – E indicou com a mão a direção em que todos sabiam que ficava o terminal de Rancho Boyeros. – Ela tinha passaporte, não é mesmo?

Irving assentiu e interveio:

– Se foi de lancha, de avião, de foguete... isso ela não decidiu assim de repente. Deve ter pensado e preparado. Claro, claro, por isso ontem lançou para Bernardo a história da barriga... Não foi para te humilhar, Bernardo, foi para ser sincera... E não disse nada para ninguém... porque não queria que soubéssemos. E porque estava com medo de alguma coisa... E não me olhem assim... Qualquer um sente medo em algum momento, até Elisa Correa. Ela mesma me disse!

O que lhes tinha acontecido? O que tinha acontecido com eles? Irving também o perguntou a si mesmo desde aquelas semanas conturbadas do início de 1990 – e se perguntaria muitas vezes por muitos anos mais. Alguma coisa se quebrara, e logo ele teve a certeza de que se tratava de uma ruptura definitiva. Tinham chegado ao ponto em que os de então jamais voltariam a ser os mesmos nem o mesmo. Um poeta o formulara mais ou menos assim. E assim pensava Irving.

Dias obscuros seguiram-se ao desaparecimento de Elisa, enquanto nada ainda indicava como e para onde a mulher fugira. E, embora explorassem hipóteses, também não chegavam a obter nenhuma certeza das razões de seu desaparecimento. Ou, se alguém sabia de alguma coisa, não dizia. A falta de notícias inclusive aumentou a especulação, no início descartada, de que Elisa pudesse estar morta. Porque, ao fato de Walter ter-se suicidado e ao mistério que ainda envolvia as causas de sua decisão (se realmente optara pelo suicídio conforme a polícia parecia ter aceitado), o que ocorrera com Elisa acrescentava uma superdose de sordidez aos acontecimentos anteriores e posteriores.

Horacio, mais que os outros, estimulado por sua mente acostumada às estratégias lógicas, sempre necessitada de razões, causas para consequências, se fazia perguntas: haveria alguma relação entre um fato e outro? Walter e sua morte teriam a ver com a gravidez de Elisa, com sua evaporação? No extremo de sua perspicácia e para indignação de Irving e Clara, o físico se perguntou, lhes perguntou: e Elisa não teria a ver, indireta ou até diretamente, com o destino de Walter?

As noitadas na casa de Fontanar a duras penas sobreviveram aos embates interiores e exteriores que desde então começaram a se produzir. Um Clã já reduzido, dentro do qual apareceram sentimentos de culpa, abandono, traição, vergonha, ressentiu-se de tais agressões, entre as quais também não faltou a venenosa suspeita da presença de um delator. Guesty? Walter? Outros dos frequentadores?

Durante os meses incontíveis que chegavam e passavam, com muitos pontos de interrogação pendentes sobre as cabeças, incrementou-se para os membros do Clã, assim como para todos os habitantes do país, o pesado clima do desespero e do desencanto, da angústia e do desassossego. Uma gigantesca incerteza agora cobria tudo, enquanto um mundo conhecido e estrito se desfazia. O presente os asfixiava com carências e dilemas dolorosos, e o futuro foi se esmaecendo numa bruma impenetrável.

Irving quis acreditar que o mais prejudicado afetiva e psicologicamente pelo desaparecimento de Elisa e pela morte de Walter fora ele. O trauma de sua experiência policial e a proximidade que sempre tivera com a líder do rebanho, sua amiga e protetora nos anos mais difíceis, avalizavam a presunção. Mas o lançamento de um Bernardo humilhado nos fossos do álcool, a patente tristeza de Clara, os assomos de depressão de um lutador como Darío, as pesquisas obsessivas de Horacio e o distanciamento paulatino e silencioso de Fabio e Liuba podiam disputar com ele a supremacia da dor.

O que mais afetou Irving foi, na verdade, aquele medo que se instalara em sua alma. Foi um medo superior, incontrolável e muito mais corrosivo que o temor, presente por tanto tempo, das reações sociais, políticas e até pessoais com respeito a sua sexualidade ou a certas maneiras de entender e querer viver a vida. Agora temia tudo ou quase tudo. Media cada uma de suas palavras, vigiava seus atos, até virava a cabeça nas ruas. A doença daquele novo medo total e envolvente roubou de Irving uma porcentagem importante da alegria, da desenvoltura, da ironia vital. Começou a transformá-lo em outro, não exatamente melhor.

A seu redor, enquanto isso, a demolição continuava num ritmo cada dia mais acelerado, o país ficava sem aliados políticos e, sobretudo, sem alimentos, petróleo, transporte, eletricidade, remédios, papel e até charutos e rum, e decretava-se a chegada de um novo momento histórico que, com amável eufemismo, foi batizado como Período Especial em Tempos de Paz. Um período? Quanto tempo dura um período? É composto por instantes, momentos, dias, anos, décadas, séculos? Para a única vida fugaz e irrepetível que temos, quanto dela cabe num período sem limites previsíveis? O Paleolítico e o Neolítico, com milhares de anos a reboque, não eram períodos?...

O fato é que a realidade da ilha entrou num túnel escuro cuja saída não se vislumbrava. A editora em que Irving e Joel trabalhavam praticamente fechou, e eles e muitos colegas seus foram mandados para um ateliê onde, não se sabia bem para que fins comerciais (se é que existiam), teciam-se retalhos com a técnica do macramê (ou seria parte de um tratamento psiquiátrico coletivo?). Liuba e Fabio, os arquitetos, foram deslocados para uns escritórios onde, quando se podia trabalhar, tinham de contabilizar as moradias existentes na cidade com comprometimentos significativos e até com perigo de desmoronamento e, pela primeira vez, tiveram noção de uma crise da construção e habitacional (assim eles a chamavam) alimentada e ao mesmo tempo silenciada durante anos (diziam baixando a voz): um conhecimento que lhes revelou quantitativa e qualitativamente a certeza de que vivam numa cidade à beira do colapso, num país com um quarto de suas construções em estado de agonia, muitas delas escoradas com paus e espeques.

Clara, por sua vez, diante da impossibilidade de sua empresa, recebeu a condição trabalhista de "interrupta" e foi mandada para casa com setenta por cento de um salário, que imediatamente se transformou em nada diante do preço dos produtos que se avaliavam de acordo com o câmbio do peso cubano em relação ao dólar: cento e vinte pesos por um dólar, a moeda do inimigo, cuja posse era ilegal e condenada com anos de cárcere. Clara ganhava agora três dólares. E um frango, granjeado no mercado clandestino, custava entre um dólar e um dólar e cinquenta, conforme o tamanho. Clara ganhava dois frangos por mês...

Em algum momento nos discursos oficiais começou-se a falar, inclusive, numa forma de resistência nacional chamada Opção Zero. Consistiria essencialmente em esvaziar as cidades e mandar as pessoas para zonas rurais do país a fim de viverem numa economia de subsistência bastante parecida com a de uma comunidade de indígenas agricultores-coletores (período Paleolítico ou Neolítico?). E foi diante daquela perspectiva e no cúmulo de seu sufoco que Irving, de acordo com Joel e sem comentar com ninguém, também decidiu que sua melhor opção era ir embora, naquele momento sem saber como nem para onde.

Quando a crise nacional começou a se aprofundar, no início do ano 1992, os membros sobreviventes do Clã, incluindo na época Fabio e Liuba, cada vez mais esquivos e derrotados, reuniram-se em Fontanar por um motivo justificadamente festivo. Por obra de um milagre divino – vários assim pensavam –, o Colégio Médico da Catalunha concedera a Darío uma bolsa em Barcelona com todos os gastos cobertos para que ele terminasse seus estudos de novas técnicas cirúrgicas e realizasse seus exames como especialista de segundo grau em neurocirurgia.

A proximidade entre a possível data de partida de Darío e o dia do aniversário de Clara foi razão para que recuperassem a tradição quebrada no ano anterior, 1991, quando o fantasma intranquilo de uma Elisa esfumada e o espírito vagante de um Walter morto e enterrado ainda pesavam demais neles para que se animassem a organizar uma festa. Mas o tempo tinha passado, e a sorte de Darío merecia celebração.

O trigésimo segundo aniversário de Clara foi um evento pobre, mas imaginativo. Darío contribuiu com uns frangos magros que estava criando no quintal da casa de Fontanar e Joel pôde mandar vir de Pinar del Río umas libras de batata-doce, mandioca e inhame, e com os tubérculos, os frangos magros e uns pés e duas orelhas de porco que Horacio conseguira comprar prepararam um poderoso *ajiaco** como prato único. Cerveja não houve; vinho, muito pouco e caseiro; rum apareceu algum, e Darío tirou do baú das lembranças outra garrafa *magnum* de uísque White Horse. Desta vez, esclareceu, com juramento e tudo, que estavam gastando a última reserva de guerra. Ramsés, que já tinha dez anos e mostrava habilidades mais que notáveis para conseguir aquilo a que se propunha, arranjara um rolo de filme com o pai de um amigo do colégio e o colocaram na câmera de Fabio para que o menino, treinado por Joel, se tornasse o encarregado de deixar o testemunho gráfico do aniversário da mãe e da despedida do pai. E assim fizeram a festa, se embebedaram, cantaram, se divertiram, porque precisavam se embebedar, cantar e se divertir para não chorar nem cortar os pulsos.

Duas semanas depois, quando a saída de Darío parecia iminente (enfim tinham mandado a passagem de avião!), Irving, à beira de um desmaio, conseguiu chegar à casa de Fontanar a bordo da bicicleta chinesa na qual agora se deslocava. Não podia permitir que Darío viajasse sem se despedir dele e lhe dar um presente muito especial.

Quando se deixou cair no primeiro assento que encontrou na casa, Irving soube que Clara estava sozinha. Darío ainda não chegara de uma das últimas e infinitas gestões necessárias para conseguir as autorizações de que precisava antes de viajar. Marcos e Ramsés tinham ido com suas bicicletas a um bairro vizinho, onde àquela hora havia eletricidade, para ver a transmissão pela televisão de um jogo de *pelota*. Enquanto mastigava um biscoito borrachento e tomava um copo de água com açúcar de emergência que Clara lhe ofereceu, Irving teve noção do silêncio avassalador que reinava na casa: nem uma voz, nem um motor, nem um rádio quebravam uma atmosfera que lhe pareceu quase sepulcral. Benefício ou fardo do apagão.

Acomodados nas almofadas já destripadas das poltronas do terraço, Clara e Irving tiveram a casa toda para eles. A mulher havia preparado um chá de folhas

---

* Espécie de ensopado com carnes, legumes e verduras. (N. T.)

de laranjeira, também muito doce, que contribuiu para reforçar a recuperação do ciclista urbano exaurido.

– Quando falou com Darío, você disse que estava trazendo um presente... Que presente é esse, menino? – perguntou Clara, sem conseguir evitar um sorriso, que Irving, mais restabelecido, tentou retribuir.

– Pois você vai cair pra trás, meu *amolcito*... – começou a dizer, enquanto tirava um embrulho do bolso da calça e o abria, sem parar de falar. – Antes de ontem saí de bicicleta de onde fazemos aqueles macramês espantosos e, quando virei a esquina... o que foi que eu vi?... Uma carteira jogada na rua. Dei uma tremenda freada, olhei para todos os lados, não vi ninguém e a peguei... E dentro, o que tinha dentro? – Então terminou de abrir o que levava embrulhado e abanou na frente de Clara várias notas de vinte dólares...

– Mas Irving!

– Deus pôs aquela carteira ali. Pôs para que eu a pegasse. Porque, além destes cento e vinte dólares... sabe a única coisa que havia na carteira?... Pois era uma figurinha da Virgem Maria. Nem uma identificação, nem um papelzinho, nem um telefone... Nada! A Virgem e cento e vinte dólares!...

Clara não saía do espanto, mas sua mente logo recuperou a capacidade de raciocínio.

– E o presente...?

– Como é uma dádiva divina, vou dar metade a Darío, para que ele tenha mais um dinheirinho quando chegar à Espanha.

– Mas... você está louco?... Lá vão dar a ele um ordenado, e com este dinheiro, aqui, você pode...

– Clarita, já falei com Joel e ele está de acordo. Com este dinheiro podemos comprar coisas que em dois dias vão ser mais merda para a privada engolir. Então pega, guarda lá em cima estes sessenta dólares e que Darío os aproveite em Barcelona.

Clara pegou as três notas que Irving lhe estendia, olhou-as, ávida, assombrada, quase aturdida, e depois levantou os olhos para o amigo.

– Porra, Irving, você... – E não soube mais o que dizer para apreciar o gesto de desprendimento quase inumano.

Ao voltar do quarto, Clara carregava dois envelopes de papel pardo e comentou com Irving que no dia anterior Ramsés trouxera as fotos da tarde do aniversário-despedida. Então entregou a Irving o envelope mais volumoso. O homem o abriu e começou a ver as fotos.

– Ai, Clara, seu filho não tem futuro como fotógrafo – disse e sorriu ao ver que das vinte e quatro fotos impressas havia algumas meio fora de foco, outras em que as cabeças apareciam cortadas. Fotos de pares, trios, grupos e de todos os presentes reunidos foram passando pelas mãos de Irving, que as observou em silêncio, sério em alguns momentos, sorridente em outros.

– Essa do grupo não está tão ruim, não é mesmo? – perguntou Clara.

– Não… eu até diria que é a melhor.

– Sim, também acho… mas agora veja isto – disse e tirou uma do envelope que tinha nas mãos. Era a foto do Clã tirada dois anos antes por Walter e onde também apareciam Elisa, Guesty e a Pintada. Ao vê-la, Irving sentiu uma tristeza aguda e uma pontada de seus medos.

– Do caralho – conseguiu dizer.

– Agora compare as fotos e me diga alguma coisa. Acho que do caralho é pouco.

Irving fez o exercício ao qual Clara o convidava e imediatamente teve de levar a mão à boca.

– Porra!… O que aconteceu conosco? – gritou ele.

Entre o momento em que fora tomada uma imagem e a outra só tinham se passado dois anos. Mas fora um lapso tão intenso e cruel que só de olhar observavam-se seus efeitos nocivos. Não é que faltasse Elisa nem que Marcos tivesse crescido tanto quanto geralmente cresce uma criança entre os seis e os oito anos e agora parecesse uma minhoca de olhos saltados e boca descomunal com dentes de cavalo. Notável era a devastação dos adultos que se repetiam. Embora nas duas imagens quase todos estivessem sorrindo, os rostos eram muito diferentes, como foles esvaziados, pois em cada um dos corpos registrados nas fotos mais recentes deviam faltar entre vinte e quarenta libras. Além do mais, Bernardo parecia arroxeado, Horacio tinha os olhos afundados num rosto extremamente delgado, o vestido de Liuba parecia grande para ela, a barriguinha de Fabio era uma cavidade abdominal, as caras de Irving e Clara, duas paisagens depois de uma batalha cruenta. Entre um e outro, Darío, o que fora uma cabeleira preta, orgulhosa e bem penteada transformara-se num território em processo de desertificação e descoloração. Só o negro Joel, talvez pela capacidade de resistência conferida por sua genética, parecia o mesmo nas duas fotos… os outros eram evidências alarmantes da passagem dos anos que haviam erodido tantas coisas, não só as aparências físicas, mas também muitas esperanças de um grupo de jovens que agora, definitivamente, não o eram nem pareciam.

Irving, que desde sua experiência policial tornara-se chorão, sentiu correrem-lhe as lágrimas pelo rosto agora mirrado, de bochechas fundas.

– Coitados de nós – conseguiu dizer.

– Também tive vontade de chorar quando comparei as fotos. É terrível.

Irving assentiu.

– Nesta – pegou a mais recente – estão faltando Elisa, a Pintada e aquela safada da Guesty. Ah, e Ramsés...

– Porque Walter não está.

– Porque Walter não está – ratificou Irving.

– Como aconteceram coisas em dois anos!

– Sim... outro dia eu estava pensando... Se Elisa pariu, deve ter um filho de um ano e meio. Será que é menino ou menina?

– Eu também estava pensando – interveio Clara. – Walter se matou, Elisa desapareceu, e começou a derrocada. Ou terá sido o inverso: primeiro começou a derrocada e depois?...

– Não consigo parar de pensar em Elisa. Às vezes tento imaginar como está vivendo, onde, e não posso...

– Quanto a mim, ela me fodeu a vida – admitiu Clara. – Ou a salvou? Porque vou te dizer uma coisa antes de contar outra. Mas quero que você nunca diga para ninguém...

– Deixa de mistério, menina... Você sabe que nem cagando de medo e com pressão quatrocentos por duzentos eu disse aos policiais que Darío sabia que Walter queria ir embora com o tcheco. Ficaram sabendo o que Walter pretendia pelo teu marido, não por mim, e também não fui eu quem contou que Elisa e Walter tinham tido alguma coisa, se é que tiveram...

– Desculpe, Irving... A paranoia é contagiosa.

Irving assentiu.

– E o medo devora a alma... como disse não sei quem... Vamos lá, conta...

– No dia desta foto – e mostrou ao amigo a imagem de 1990 – ... Elisa e eu nos beijamos...

– Eu sabia! – lançou Irving, colocando a palma da mão na testa, ao que Clara olhou para ele com jeito interrogativo.

– Ela te disse? – Irving negou e Clara titubeou. – Marcos te disse alguma coisa? – Irving negou, mexendo a cabeça com mais veemência.

– Marcos?

– Ele entrou no quarto quando estávamos nos beijando e não sei o que viu... Como você sabia, então?

– Sabia porque sabia. Pela sua cara e pela de Elisa... Veja você nesta foto, meu *amolcito*...

– Dava para notar?

– Eu notei... mas lembre que eu estava em vantagem.

– Meu Deus – murmurou Clara. – Foi a melhor e a pior noite da minha vida... E quando ela desapareceu... imagine você. Sabe de uma coisa? Achei que tudo se complicaria quando na minha frente ela confessou para Bernardo que a gravidez não era dele, que podia ser que Elisa me pedisse para viver comigo, nem sei o que pensei. Estava cagando de medo... Você sabe como Elisa era...

– Como Elisa *é*... Capaz de qualquer coisa.

Clara negou, depois assentiu.

– O que não imaginei foi que tudo se enredasse como se enredou. No início até fiquei pensando se Elisa não teria se escondido por causa do que fizemos...

– Não, não creio... Por isso?... Elisa sempre foi Elisa... e com certeza continua sendo, esteja onde estiver... Você sabe como gosto dela... Mas às vezes achava que ela tinha o demônio dentro de si. Que nunca a conhecemos de verdade – sentenciou Irving. – Bem, você ia me dizer outra coisa.

Por um instinto aprendido até por seus últimos e mais lentos neurônios, Clara espiou à volta. Devia saber que não havia ninguém por perto, mas a pressão do medo e os ímpetos da paranoia costumam ser incontroláveis e velozes em suas manifestações. E sobretudo contagiosos.

– Bem, é que... Darío vai embora...

– Vai embora? – Irving murmurou as duas palavras, embora em sua mente tenham ressoado como um grito. Em Cuba aquela construção só tem uma leitura: vai embora de vez*.

– Sim... vai. Ele quer ficar na Espanha.

---

* Refere-se a *irse*, que significa "ir embora" e tem conotação definitiva. (N. T.)

– Não quero ir embora. Não quero ir embora – dissera Irving.

– O quê? – perguntou Clara. – Você não vai embora?

– Sim, claro que vou. Mas não quero. Que não é a mesma coisa nem se escreve do mesmo jeito.

O último dia de sua vida passada Irving consumira, como não poderia deixar de ser, na casa de Fontanar, muito perto do aeroporto pelo qual, se nada se alterasse, ele sairia naquela noite de 1996 ao encontro de um futuro imprevisível, embora talvez menos incerto que seu presente. Um futuro pretensamente libertador, mas cheio de escuridão, rupturas, sentimentos de culpa e outros medos. Aguentaria a distância, venceria a nostalgia situada no futuro, mas que já estava sentindo?

Os restos cada vez mais combalidos do que fora um clã vultoso, agora transformado num mostruário dos últimos exemplares de uma espécie ameaçada de extinção, tornavam mais difícil e ao mesmo tempo mais agradável o transe de outra despedida, o ato de um novo abandono decidido como exigência de um cansaço invencível ou irreversível. Antes Irving passara pelas experiências das partidas de Darío, Horacio, Fabio e Liuba, todos em circunstâncias diversas, com despedidas ruidosas ou em surdina. Também sofrera o traumático desaparecimento de Elisa e o suicídio de Walter, sentidos sempre como separação, como capítulos finais que, todos eles, ampliavam o prologado epílogo de uma história coletiva.

Entretanto, a lembrança mais arraigada do dia de sua própria despedida, acompanhado apenas por Clara, Joel e Bernardo, este felizmente sóbrio, também foi o medo: o medo de que não o deixassem partir e o medo de partir, de querer voltar e não poder voltar, inclusive de que as diarreias nervosas que lhe dava seu cólon suspeitosamente irritável não cedessem e que ele vivesse a circunstância humilhante de cagar nas calças antes que levantasse voo o avião que o tiraria de seu país, conforme presumia, para todo o sempre.

Durante quatro anos Irving planejara sua saída e buscara estratégias e vias mais diversas para realizá-la. Antes da ruptura dramática de sua vida e da vida do grupo de amigos que tinha como núcleo a casa de Fontanar, Irving nunca chegou a considerar seriamente a ideia de ir embora para algum lugar. Como qualquer ser humano normal e com inquietações intelectuais, a possibilidade de viajar sempre o tentara. Mas entre viajar e emigrar existe um fosso insondável. E entre emigrar e obter uma onerosa licença de "saída definitiva", com a transformação de cidadão em apátrida, um horror semelhante ao desterro.

Uma mescla explosiva de felicidade e tristeza havia dominado o espírito de Irving. Mas era impelido, sobretudo, por uma determinação mais poderosa que o pertencimento ou o desenraizamento, a família ou os amigos: o desejo de viver sem medo.

Como sempre lhe agradara, Irving havia declarado as manhãs de domingo como suas horas de folga e de solidão consigo mesmo. E o lugar que acabara por escolher para desfrutar daquele ritual fora o Parque del Retiro.

Desde que, em 1999, Joel finalmente chegara a Madri e, vários meses depois e graças a uma influência de seu cunhado, começara a trabalhar como supervisor de um serviço telefônico da Comunidade de Madri, o casal tinha se despedido da amável designer lésbica (Irving e Macarena choraram na despedida, pois ambos eram chorões e, conforme convinha, um pouco dramáticos) e se instalado num apartamento muito modesto da *calle* Santa Brígida, no próprio bairro de Chueca, onde Irving se sentia tão à vontade. O local era pouco mais que um estúdio, com um banheiro de dimensões aceitáveis, um quarto generoso, uma cozinha-refeitório-sala de boas proporções e uma pequena sacada dando para a rua. O engenho de Irving e as habilidades manuais de Joel logo conseguiram transformar o espaço num lugar acolhedor e funcional. Agora no apartamentinho cabia tudo de que precisavam (aproveitaram as partes mortas do pé-direito alto para, com um sistema de roldanas e cabos de aço, subir coisas: livros, cadeiras dobráveis, baús com roupas de inverno) e a cozinha-refeitório-sala foi concebida como um ambiente em que podiam receber os amigos cubanos e espanhóis que os visitavam com certa frequência e ajudavam Irving a combater suas nostalgias e Joel a aliviar sua melancolia ancestral de negro transplantado.

Quer Joel tivesse de ir ao trabalho, quer ficasse em casa, de acordo com seu turno na escala de tarefas, todas as manhãs de domingo Irving saía da minúscula *calle* Santa Brígida – uma quadra de apenas cem metros de comprimento – e, fazendo um percurso sinuoso mais tranquilo, ia rumo à *calle* del Barquillo, na altura das Infantas, para sair em Alcalá quase ao lado da Cibeles. Antes, num bar da pracinha Vázquez de Mella comia um croissant e uma porção de churros, que molhava numa xícara de café cortado, e na banca da *plaza* Del Rey comprava a edição dominical de *El País*. Com o jornal embaixo do braço e o sabor do café no paladar, atravessava a Recoletos ou o *paseo* del Prado, subia a ladeira, olhava a Puerta de Alcalá – que *ahí está, ahí está*, cantarolava sempre – e entrava no parque pela intersecção de Alcalá com a *calle* de Alfonso XII.

Em suas muitas caminhadas e estadas no parque madrilenho, Irving acabara por encontrar seu lugar predileto: desde o Estanque Grande do parque, avançando pelo caminho que não por acaso se chamava Paseo de Cuba, chegava-se à pracinha em cujo centro se erguia a fonte do anjo caído com sua dramática escultura de bronze, inspirada no grupo clássico *Laocoonte e seus filhos* e dedicada ao demônio, nem mais nem menos. Ali, nas manhãs de verão, ele se acomodava em algum banco discreto em que as árvores do jardim o protegessem do sol e, no inverno, em outro que o beneficiasse com seu calor, enquanto se dedicava a ver passarem as pessoas, o tempo, suas ideias. Num certo momento, abria a volumosa edição dominical do jornal e, depois de folheá-lo, decidia-se pela leitura de alguns artigos de fundo e, salvo casos excepcionais, algum comentário noticioso da atualidade. Na verdade, pensava Irving, o mais provável era que as notícias resenhadas, em geral aterradoras, em sua maioria deixassem de sê-lo no dia seguinte, empurradas por outras igualmente aterradoras, porque assim estavam as coisas no mundo.

Antes da leitura, ou no decorrer dela, Irving sempre dedicava algum tempo a observar a estranha escultura *O anjo caído*, criada pelo artista Ricardo Bellver em 1885 e colocada num pedestal projetado pelo arquiteto Francisco Jareño, que não desmerecia a qualidade da peça que sustentava. O que atraía o passeante dominical eram a dramaticidade e o movimento do conjunto, a expressão aterrorizada do anjo lançado no inferno por sua vaidade, condenado a se tornar morador das trevas; o deslocamento das serpentes que se agarravam a seus braços e suas pernas para lhe provocar dor e reforçar seu remorso pelo emprego equivocado de suas qualidades; a forma ousada de suas asas, uma voltada para o céu perdido, outra para as entranhas da terra de sua condenação; e as expressões diabólicas dos monstros que rodeavam o octógono do pedestal, lançando água no tanque pelas comissuras de suas mandíbulas.

A contemplação da representação do mito luciferiano conseguia transmitir a Irving uma impressão enigmática, de certo modo sórdida. Era como um ímã, ou uma mensagem misteriosa, que lhe comunicava algo que ele sentia não ter recursos para decifrar, intuindo que por alguma razão o chamava. Irving não se considerava religioso e, por isso, descartara qualquer convicção mística, embora se afirmasse que em alguma parte da escultura os fundidores franceses tinham colocado um 666, a mais demoníaca das cifras – Irving demoraria um tempo para encontrá-la –, e estava provado que a fonte estava assentada exatamente a seiscentos e sessenta e seis metros acima do nível do mar. Ele preferia pensar que a força estética da obra devia ser a causa da atração, ou a recôndita relação que se empenhara em estabelecer entre a escultura e determinada poesia de Lezama Lima que em algum momento havia lido sem conseguir decifrar. Entretanto, uma inquietante convicção dizia-lhe que faltava um elemento, havia um dado com maior capacidade de feitiço naquela preferência e comunicação pessoal entre o símbolo da mais alta traição e a lição do mais terrível castigo, entre ele e a noção da perda da glória e a condenação ao suplício sem fim: um deambular eterno entre os homens que, segundo lera, constituía a verdadeira pena sofrida pelos deportados celestiais. Até o advento do Juízo Final.

Quando observava o bronze, a mente de Irving sempre acabava por soltar amarras e levá-lo a outras reflexões e ideias que o acompanhavam, ou melhor, o perseguiam. Sua experiência madrilenha podia ser considerada mais que satisfatória, já premiada inclusive com a companhia de Joel, amor de sua vida, e com as amizades criadas ao longo de vários anos com cubanos, espanhóis, inclusive pessoas de outras procedências, entre as quais se sentia tão bem que começara a considerá-las seus amigos. Seus segundos amigos, na verdade. E pudera conhecer lugares com que sempre sonhara e que julgara inalcançáveis: Berlim e Genebra; Paris e Aix-en-Provence; a costa catalã, onde Darío tinha sua segunda residência, e ele e Joel, um lugar sempre à disposição para passar um fim de semana, que costumavam aproveitar, sobretudo, quando o verão transformava Madri num forno de assar pão. A seu alcance, no dia a dia, tinha a costa de Moyano, onde por pouco dinheiro podia comprar, de segunda mão, a literatura que queria ler e até a que não sabia que estava querendo ler, e, além de tudo, além de tudo tinha Madri inteira.

No entanto, a sensação de habitar um espaço alheio e um tempo equivocado nunca deixara de persegui-lo. Sentia que sua condição de exilado, ou de emigrante, ou de expatriado – tanto fazia, o resultado para ele era o mesmo –, impedido de planejar mesmo que um breve regresso, condenara-o a viver uma existência trucidada, a partir da qual podia imaginar um futuro, mas na qual não podia se desligar de um passado que o levara até ali e a ser quem era, o que era e como era. A convicção de não pertencer jamais o abandonava.

Desde sua saída para o exílio, o transplantado inclusive sofria de certa hipocondria, uma sensação de distanciamento entre seu corpo satisfeito (em Chueca, em Madri) e sua alma à deriva (no infinito purgatório dos anjos caídos). O fato de ter superado muitos de seus medos, de acreditar sentir-se a salvo deles, tinha sido seu maior ganho, mas a ausência de uma verdadeira capacidade de adaptação e de uma habilidade de apropriação o espicaçavam. Invejava a faculdade – pelo menos a que era exibida em público – de um Darío que dizia sentir-se cada dia mais catalão e impedido de pensar em Cuba, ou de Horacio, que se proclamava já quase porto-riquenho. Irving, em contrapartida, era perseguido por um processo de busca de identificação de códigos reveladores do alheio que nunca tinha sido necessário estabelecer no próprio, pois nascia com eles – ou até contra eles, ou apesar deles.

Talvez por seu caráter de nadador contra a corrente, Irving nem sequer tinha o consolo de revolver-se no ódio. Não era capaz de praticar a busca e a identificação de culpados, o exercício de lançar acusações no qual alguns de seus compatriotas exilados se empenhavam, ancorados numa eterna lamentação e num repúdio visceral à perda sofrida ou às lacerações recebidas na realidade ou forjadas por suas imaginações. Aquela algaravia de diatribes muitas vezes lhe soava como estratégia defensiva contra o desenraizamento; e outras vezes como um modo de ganhar a vida exibindo os martírios sofridos ou inventados, tal como certa escritora muito limitada literariamente que, para abrir um espaço para si, apropriara-se de todas as condenações possíveis, ao passo que, na verdade – ele bem sabia, todos sabiam –, antes de se autodesterrar ela vivera em Cuba e fora de Cuba como uma privilegiada, à sombra de um poder que, ainda por cima, até a ajudara a sair para o exílio.

Ele, por sua vez, procurava acumular satisfações e desfrutar de suas vantagens, saboreava-as tanto quanto o ritual de suas manhãs dominicais, e assim fugia de um ressentimento que, no caso, seria justificado. Mas nada resolveriam suas lamentações, fariam com que ele adoecesse, embora no fundo de sua mais íntima intimidade (só em algumas ocasiões abria-se com Joel, em alguns comentários com Darío ou em alguma das cartas que enviava para Clara, Horacio e agora também para o renascido Bernardo) se sentisse apanhado por uma tristeza impermeável: aquele calor não era seu calor, seus novos amigos eram só isso, novos (ou segundos) amigos, não *seus amigos*, suas perdas eram irreparáveis e as mangas e os abacates que comia não o satisfaziam. E ele voltava a se perguntar: o que acontecera com eles, porra? Por que tinham caído num estado tão lamentável de satisfações e insatisfações cruzadas?

Numa manhã calorenta de julho de 2004, quando já estava morando em Madri havia quase oito anos e vários com a possibilidade de praticar seu agradável rito dominical, por alguma ou nenhuma razão dedicara mais tempo que o habitual a observar a escultura *O anjo caído* e a revolver-se um pouco em suas altas reflexões, pois lhe avisaram de Cuba da deterioração da saúde de sua mãe e das derrapagens da mente de sua irmã. Deveria voltar, aguentaria voltar? Entrincheirado em seu banco sombreado, Irving tinha de manter a cabeça num ângulo que lhe permitisse observar o grupo escultórico e, em certo momento, sempre por alguma razão (claro, precisava haver uma razão), inclinara a cabeça e baixara o olhar. Uma atração magnética? Um cruzamento de ondas cerebrais afins? Manobras do destino?

Ela estava ali, do outro lado da fonte. Imediatamente o homem sentiu seu coração dar uma cambalhota: sim, fazia quase quinze anos que não a via, mas não teve dúvida. A mulher loira que, com *O anjo caído* à esquerda, estendia um braço sobre uma adolescente de cabelo escuro para se deixar fotografar por um homem robusto, calvo e sorridente... aquela mulher era Elisa Correa.

Com o coração acelerado, Irving se levantou sem deixar de olhar para o trio, claramente familiar, que voltava a observar a escultura, quase de frente para ele, com a fonte no meio. Sentia um latejar nas têmporas, sintoma inequívoco de que estava tendo uma subida da pressão arterial. Pensava ou queria pensar e mal conseguia: Elisa, um homem e uma adolescente belíssima, de cabelo preto e lábios carnudos. Sua filha? O presente de Deus? Irving não conseguia processar o que estava acontecendo nem o que queria, devia ou precisava fazer, tudo o que havia pensado, especulado, sonhado durante tantos anos se algum dia voltasse a se encontrar com Elisa. Por fim, conseguiu dar um passo à frente, sem deixar de olhar para o trio.

E foi naquele instante (um instante preciso, só um instante: um tempo quase imensurável) que os olhos da mulher desceram da figura de *O anjo caído* para o nível dos humanos e os olhares de Irving e da que não podia ser outra que não sua querida Elisa se encontraram. Irving, segurando o rosto com as mãos, sorriu, prestes a sair correndo atrás dela. De maneira quase imperceptível, do outro lado da fonte, a mulher loira fez um gesto com a cabeça que indicava negação. Para não dar margem a dúvidas, a mulher repetiu o movimento e desviou o olhar. Irving parou de sorrir. Seus ouvidos poderiam explodir.

Então Elisa, porque era Elisa Correa, sua Elisa vida minha, deu meia-volta e começou a se afastar da fonte, seguida pelo homem calvo e robusto que estendeu o braço direito sobre os ombros da adolescente de cabelo muito preto na qual Irving acreditou perceber traços a ele familiares. Logo o trio em retirada confundiu-se com as pessoas que passeavam pelo parque Buen Retiro e depois se esfumaram na distância e na luz reverberante do sol madrilenho. Como se nunca tivessem existido. Irving, quase em estado de choque, recuou o passo dado e se deixou cair no banco que tinha ocupado. Acabava de ver Elisa, e aquela mulher que fora sua amiga de alma e protetora nos tempos mais árduos o proibira de se aproximar? Era possível aquilo ter acontecido?... "*Acuérdome, durmiendo aquí alguna hora,/ que despertando, a Elisa vi a mi lado**"?...

A seus pés, dobrada ao meio, estava a edição dominical de *El País*, em cuja primeira página destacava-se um título GRÉCIA GANHA A EUROCOPA e uma chamada antológica que acrescentava: "Os gregos, ombro a ombro como um só hoplita, aguentaram o primeiro tempo e no reatamento imolaram Portugal".

---

* Garcilaso de la Vega, "Égloga I", Nemeroso. Tradução livre: "Lembro, dormindo aqui alguma hora,/ que despertando, Elisa vi a meu lado". (N. T.)

4
A filha de ninguém

Até 11 de setembro de 2001, Adela tivera uma vida. Naquele dia, às nove horas e dois minutos da manhã, aos onze anos e quatro meses de idade, a adolescente começou a transitar por outra vida, a que a partir de então foi a sua. Naquela manhã, ela adquiriu a perniciosa sensação de medo do que não somos capazes de controlar, a invasão dos fardos pesados da dor e da morte onde antes só houvera leveza e inocência. Aprendeu inclusive a odiar, a sentir raiva e impotência e quis fugir, sem saber como nem para onde.

Seu pai, Bruno, havia saído para o trabalho antes das oito, pois tinha um primeiro paciente às oito e trinta no consultório que compartilhava, localizado em Tribeca, Lower Manhattan. Sua mãe, Loreta, acabara de tomar um banho e podia fazer as coisas com calma. Às terças-feiras não começava a trabalhar antes do meio-dia, plantão da clínica veterinária onde era médica auxiliar, um longo turno que se prolongava até meia-noite. Adela, por sua vez, na tarde anterior trouxera da biblioteca do colégio os livros que precisava consultar para o *paper* que devia entregar naquela semana – o primeiro do curso – e resolveu ficar em casa, onde sempre trabalhava melhor.

Loreta tinha colocado no fogo o segundo café matinal e Adela esperava ficar pronto para ir ao quartinho que servia de escritório a seu pai, quando uma gritaria fora de horário, mais estridente que de costume, começou a percorrer o bairro e subia da rua até o apartamento, no terceiro andar do edifício velho mas agradável da 568 West com a 149 Street, em Hamilton Heights. As pessoas gritavam em inglês e em espanhol, perguntando-se o que era aquilo e pedindo que todos ligassem a televisão.

– *What the hell is going on with these lunatics now?*... Juro, Cosi, estou com o saco cheio desses dominicanos – murmurou Loreta, que ajeitou no pescoço o roupão de flanela e segurou as abas para ir até a pequena sacada. Quando voltou à sala, pegou o controle remoto, ligou a indestrutível Sony Trinitron e procurou o canal local. – *Oh, my God! Oh, my God!* – exclamou a mãe, e Adela foi para a sala.

Na tela da televisão via-se a Torre Norte do World Trade Center transformada numa tocha sinistra. Mãe e filha, sem palavras, olhavam a imagem e liam a legenda que corria na borda inferior: um acidente aéreo. Um Boeing se chocara contra o edifício às oito horas e quarenta e seis minutos da manhã.

– Mas, mas... *What are they talking about*? – perguntou-se Loreta.

– Ai, Loreta, ai, Loreta – disse Adela.

A mulher e a adolescente, em pé, observavam a quebra de todas as lógicas. O cinema de Hollywood transformado em realidade próxima, quando alguns minutos depois seus olhos receberam as imagens do inimaginável: pelo canto da tela entrara um avião (outro!) que foi desaparecer no interior da Torre Sul, provocando uma nuvem de poeira que logo explodiu em chamas. Mãe e filha, com as mãos tapando a boca para evitar os gritos, sentiram que além das lógicas estavam se rompendo os equilíbrios, as crenças, o último limite da razão, e Adela ficou muito medo. Das ruas chegavam gritos de "ataque, ataque" e a menina começou a tremer e a chorar, enquanto um fio de urina lhe corria pelas pernas. O que viria agora? Mais aviões, bombas, explosões? A guerra? A morte? E seu pai? Onde estava seu pai?

Quinze anos depois, quando viu a foto postada pela mãe de Marcos no perfil do Facebook e teve a prova patente de que Elisa Correa era a mulher que sempre conhecera como Loreta Fitzberg, ou Loreta Aguirre Bodes como solteira, e que, com certeza quase total – pelo menos uma certeza, pelo amor de Deus –, devia ser sua mãe, tinha de ser, Adela soube que sua vida voltara a mudar. De novo as lógicas se rompiam, a razão se alterava e mais uma vez teria de lutar contra seus medos e suas incertezas. Um avião se chocara contra a torre de sua identidade, um ataque fora perpetrado contra a essência de seu ser.

Azul infinito. Voltou a levantar o olhar. Não se lembrava de algum dia ter visto céu de um azul tão diáfano, sem o traço de uma nuvem e com tamanha capacidade de provocar a sensação de prefigurar o inabarcável, a própria perfeição, a representação da morada do Criador. Dessa vez, era aquele céu impoluto que a recebia e lhe comunicava algo, talvez transcendente ou apenas tranquilizador, que ela ainda não estava em condições de decifrar. Em outras oportunidades tinham sido os bosques de coníferas, os fiordes, as montanhas coroadas de geleiras e neves eternas daquelas paragens, as marcas empenhadas em lhe revelar de modo muito ostensível a pequenez do ser humano diante da criação divina que haviam sentido os poetas José María Heredia e também a insignificante Adela Fitzberg, anos antes, na contemplação do espetáculo das cataratas do Niágara, diante das quais a jovem voltou a ler os versos do primeiro poeta cubano gravados numa faixa com a qual eram lembradas sua existência tumultuada e sua obra magnífica.

Agora, sob um céu tão tranquilo e por alguma razão inquietante, Adela deixava para trás a cidade de Tacoma atravessando a ponte Narrows, sempre impressionante e agora duplicada, sobre o braço de mar do estreito de Puget. A seta do GPS de seu celular indicava-lhe seguir depois a rodovia 16 para atravessar a Península Olímpica em diagonal e chegar ao povoado de Gig Harbor, onde mais de uma vez fora jantar com a mãe num restaurante que se erguia à beira da garganta da Henderson Bay.

Até Gig Harbor, Adela conseguia dirigir recorrendo apenas à memória e às indicações das rodovias. Lembrava que na saída do povoado devia atravessar a pequena ponte Purdy, sobre uma curva da baía e, já na Key Peninsula, continuar pela rodovia 302, deixando para trás o colorido mercado de frutas e produtos regionais que achava tão atraente, para depois fazer uma espécie de arco na Avenida 118 do NW. Dali, seguindo agora as indicações do GPS, procuraria a direção de Minter e tentaria ver a primeira placa que indicava a estrada para o povoado The Home, que sempre lhe servira como referência para saber que estava nas imediações de The Sea Breeze Farm, o rancho onde havia mais de dez anos Loreta trabalhava e morava. Ou, nas palavras da mãe, o próprio e lindíssimo *back arse of nowhere*, ou cu do mundo, conforme lhe viera à mente, um lugar remoto ao qual só costumavam chegar os que até lá se empenhassem em chegar.

Nas ocasiões anteriores em que visitara Loreta (a última tinha sido havia dois anos, alguns meses antes de conhecer Marcos), sempre a mãe a buscara no aeroporto Sea-Tac, que atendia às cidades de Seattle e Tacoma, pois a mulher sabia que deveria amparar a filha, incapaz de superar completamente o trauma que, depois do 11 de Setembro, começara a sofrer: cada avião que pegava lhe parecia uma bomba voadora, e saía tão cansada como se tivesse corrido desde seu ponto de partida. Mas agora a velha caminhonete Ford que Loreta costumava dirigir não tinha aparecido, e Adela tivera de se arranjar por conta própria. À violência mental provocada pelo voo que saíra de Miami com escala e transferência em Dallas, naquele dia a moça somava os temores das revelações necessárias que ela buscava.

Na noite em que vira a fotografia tirada em 21 de janeiro de 1990 por um fotógrafo que, para culminar, apareceria morto uns dias depois e na qual se via a mulher que tinha de ser sua mãe, grávida dela e ao lado de quem era o marido e talvez seu pai biológico, rodeada por seus velhos amigos, Adela não sentiu forças nem clareza mental para tentar falar com Loreta e decidiu esperar até de manhã para ligar. Mas, quando tentou, o celular da mãe estava desligado. Voltou a digitar o número a cada uma ou duas horas, mas o resultado foi sempre o mesmo. À noite, optara por ligar para o pai e, sem compartilhar o que tinha descoberto, perguntou se ele sabia de outro jeito para localizar Loreta em caso de urgência: o telefone da fazenda ou o número pessoal da senhorita Miller, dona do haras. Mas Bruno também não tinha outro meio de localizar sua ex, com quem mantivera contatos muito esporádicos, embora tivesse percebido que algo importante acontecia com a jovem.

– E você está bem, filha? – perguntou o homem que até então ela tinha considerado seu pai.

– Sim, um pouco cansada. Só isso...

– E por que tanto interesse em localizar sua mãe? Você sabe como ela é...

– Não. Não sei como ela é. Por isso quero falar com ela. Quando eu a localizar, te ligo, pai. – A palavra "pai" estivera prestes a se desmanchar na boca de Adela, e ela sentiu como se o diálogo a incendiasse. – Com você também preciso falar. Mas fique tranquilo, não é nada urgente. – E desligou antes de desatar a chorar.

Sem pensar mais, Adela procurou e comprou um voo até Sea-Tac para a manhã seguinte e comunicou a Marcos a decisão de ir em busca de respostas com uma determinação inapelável. O jovem lhe propôs as alternativas de localizar o número de telefone do haras, de ligar para Havana e falar com a mãe dele para tentar saber alguma coisa que pudesse esclarecer o suposto mistério ou tentar por meio de San Juan, para ouvir a opinião de Horacio, ou talvez melhor com Irving, lá em Madri, o que mais sabia de tudo. No entanto, Adela não permitiu: era uma questão entre ela e a mãe, não queria nenhuma interferência.

Depois de ligar para sua chefe na universidade e pedir uma semana de licença não remunerada, a jovem se dedicou a preparar a bagagem necessária para ir às paragens do norte, onde, segundo verificou na internet, as noites ainda primaveris estavam por volta dos dez graus centígrados.

Da porta do quarto, Marcos a via buscar e fazer as malas.

– Com toda essa história da foto… Eu me lembrei de uma das últimas vezes em que vi Elisa lá em Cuba… Na foto ela está com um curativo no dedo… Minha mãe fez o curativo no andar de cima da minha casa. Fecho os olhos e vejo as duas, uma de frente para a outra, muito próximas uma da outra… Tinha me esquecido disso…

Marcos abriu os olhos e meneou a cabeça.

– E como era essa Elisa? Que lembrança você tem dela?

– Não sei, Adela, já disse, eu tinha seis anos… Não era loira como Loreta, tinha alguma coisa diferente, por isso não a relacionei com as fotos que você tem dela… Porra, como eu ia pensar que alguém que se chama Loreta podia ser a Elisa que conheci há… sei lá quantos anos? Minha mãe, o tio Horacio, meu pai… Acho que você deve falar com eles, sim. Sempre falavam de Elisa… Ou perguntar de uma vez para Bruno…

– Não, primeiro vou falar com ela. Por favor…

– E se Elisa for uma mulher muito parecida com sua mãe, mas não for ela?

– É ela, Marcos. E ela sabe quem você é… Eu já te disse.

– E se aconteceu alguma coisa com ela e por isso não está atendendo ao telefone?

– Não aconteceu nada. Eu sei.

– E se ela já não estiver no haras?

– Pois vou procurá-la… Não continue, eu vou de qualquer jeito.

– Tudo bem... Mas me deixa te dizer uma coisa que... – Marcos hesitava. – Bernardo, o marido de Elisa, não podia ter filhos... Muitas vezes ouvi dizer que a gravidez de Elisa não era dele.

Adela tentou assimilar a informação. Demorou alguns instantes.

– De quem era, então?

– Não sei. Acho que ninguém sabia. Acho... Se você quiser, posso ligar para...

– Não, não... Porra, agora estou me sentindo como se fosse filha de ninguém.

De acordo com o GPS, Adela já estava no caminho de Vipond, que corria muito perto de um braço de mar e a aproximava de seu destino. Sua lembrança do lugar onde estivera em várias ocasiões, inclusive até uma semana inteira em verões anteriores a sua mudança para a Flórida, ia confirmando o acerto da informação do satélite, até que, aliviada, viu o portão metálico pelo qual se tinha acesso à fazenda, bem no início de uma curva fechada que o caminho de Vipond fazia, já quase em seu fim, na baía de Minter.

O lugar sempre propiciara a Adela uma intensa sensação de paz e equilíbrio. A combinação de prados e bosques de pinheiros, abetos e cedros, a proximidade de um dos braços de mar que desciam do estreito de Juan de Fuca, na vizinha fronteira do Canadá, e as construções de madeira da casa principal, dos estábulos, dos silos para a forragem e as rações, com suas telhas escurecidas pelos musgos perpétuos da região, formavam um conjunto capaz de expressar uma magnífica harmonia e provocar a mais compacta paz espiritual. Segundo Loreta, aquele enclave preciso, talvez por causa de desconhecidas e profundas concentrações de minerais, por estar tão perto do pico Tahoma, "a montanha que foi Deus", tinha poderes magnéticos especiais, uma força oculta, embora tangível, capaz de afetar diretamente os ânimos e a consciência das pessoas. Por sua proximidade com o mar e porque o primeiro reprodutor Cleveland Bay que Miss Miller comprara havia quarenta anos se chamava assim, o rancho foi batizado como The Sea Breeze.

A partir da década de 1970, o haras, então quase em ruínas, passara a ser propriedade de uma jovem originária de Chicago, amante de cavalos, agora viúva por duas vezes e já sexagenária, que todos chamavam de "senhorita" Miller.

Dona de uma história tumultuada de rebelde da contracultura, vivida nas décadas de 1960 e 1970, a então jovem Miss Miller mudara com os pais advogados para a Costa Oeste dos Estados Unidos e lá se vinculara a grupos ativistas pelos direitos civis, jovens contrários à Guerra do Vietnã, participara da cultura *hippie* e se deleitara com concertos nas praias da Califórnia, onde – contava a mulher – fumou uma plantação de maconha e experimentou LSD. Quando seu namorado daquele tempo resolveu escapar para o Canadá para não se alistar no exército, a jovem, que na época tinha o sobrenome da família, Sanders, encontrou o que só deveria ter sido um refúgio provisório naquele lugar à margem da civilização, num estado de conservação bastante deplorável, mas a um pulo da fronteira canadense. Talvez tenha sido o poder telúrico do lugar que a fez deter-se ali, vivendo numa cabana anexa à casa principal que os proprietários originais lhe alugaram por uns poucos dólares.

Miss Miller nunca chegou a atravessar a fronteira. A primeira e única notícia que recebeu do namorado, dois meses depois de sua fuga, foi a de que tinha morrido numa briga de rua em Vancouver, nem mais nem menos que nas mãos de um vietnamita do qual, ao que parecia, pretendia comprar drogas. Paralisada pelo trauma provocado pelo episódio e desencantada de seus ideais e suas militâncias, Margaret Sanders decidiu chamar-se a partir de então Miss Miller e começou a buscar capital para a compra da estância. O dinheiro apareceu quase imediatamente, graças à generosidade de seus pais, ricos advogados vinculados ao mundo do espetáculo, que faziam a inversão a fundo perdido com a confiança de que a jovem rebelde, que até se aproximara de grupos neoanarquistas promotores de atos violentos, lançasse âncoras em algum lugar, longe de tentações perigosas.

E a eterna senhorita Miller, já casada com o jovem inglês Tom Foster, também amante de cavalos e ainda mais desencantado do mundo, fomentou naquele lugar idílico e remoto uma estância na qual a base de todo o sistema era constituída pela união com a natureza e com o universo. Então, seu maior tesouro era a posse de duas éguas jovens, chegadas uns meses depois do reprodutor Sea Breeze, trazido por Tom Foster de Manchester, Inglaterra. Eram todos animais certificados como exemplares puros da raça Cleveland Bay, cada vez mais estranha, cujos espécimes por dois séculos serviram como corcéis de tiro para as carruagens da realeza britânica.

Adela penetrou com seu jipe de aluguel pelo caminho de cascalho, tendo o cuidado de evitar os curiosos pavões reais, que grasnavam avisando da presença de um forasteiro, e parou o carro perto da trilha dos estábulos e dos pastos. O cheiro de natureza – capim, bosque, mar, animais, detritos orgânicos – a envolveu como um abraço quando viu sair das cocheiras Rick Adams, o jovem e atraente treinador que trabalhava com sua mãe. Ao lado de Rick (que ela sempre achara fisicamente parecido com Brad Pitt dos tempos de *Clube da luta*) trotavam dois labradores gigantescos, com seus inevitáveis olhares doces de boas pessoas.

Quando a reconheceu, Rick sorriu. Desde a primeira vez que o vira, Adela suspeitou que, apesar da diferença de idade e de ele ter esposa e filhos em Gig Harbor, o caubói Rick era amante de sua mãe. O cumprimento foi afetuoso.

– E o que está fazendo por aqui? – perguntou Rick, como se fosse a pergunta de praxe.

– O que poderia ser?... Vim ver minha mãe...

– Mas você não sabia...?

– Saber o quê?

– Que há dois dias ela foi embora...

– Era isso... Para onde ela foi? Até quando?

Rick sorriu e balançou a cabeça. Alguma coisa estava errada.

– Meu Deus... Venha, vamos tomar café – convidou-a e foi andando na frente para a "aldeia", como costumavam chamar as quatro cabanas que se erguiam além dos estábulos e onde podiam morar os empregados permanentes da estância, inclusive Loreta, acomodada na maior e mais confortável. Adela sabia que, mais de uma vez, Miss Miller oferecera a sua mãe quarto e espaço numa ala da casa principal, que quando seu último marido era vivo funcionava como área para hóspedes e que, desde a morte do homem, estava desocupada. Mas Loreta preferira conservar seu espaço.

Adela viu os peões que trabalhavam nos estábulos e no campo de treinamento. Reconheceu o mexicano Andrés e o índio puyallup de nome próprio impronunciável, do qual tinham tirado as duas primeiras sílabas para batizá-lo como Wapo. Os dois eram empregados da fazenda desde antes da chegada de Loreta, e tinha sido o índio, herdeiro de uma tradição de nomadismo, que afirmara para a veterinária que, segundo seus antepassados, o lugar agora ocupado por The Sea Breeze era magnético: física e emocionalmente magnético. De onde eles estavam, Andrés a cumprimentou em espanhol e Wapo tentou imitá-lo, ambos sorrindo.

Rick a fez entrar na cabana, ofereceu-lhe assento e começou a preparar a máquina de café filtrado, tipo americano, enquanto falava.

– Loreta me disse que tinha falado com você... Que tinha contado como Ringo estava.

– Foi sacrificado? Ela que fez?

– Não te falou disso?... Sim, ela mesma fez. Não quis deixar que eu fizesse... O pobre Ringo estava sofrendo. Com os problemas e a idade dele... não havia outra solução.

Adela sentiu que o café começava a cheirar a café. Mas sabia que o líquido resultante não teria gosto de café. Pelo menos do que ela considerava café desde que fora morar em Miami e provara a poção escura contundente que os cubanos costumavam tomar.

– Quando o sacrificaram?

– Faz três dias...

– No mesmo dia em que ela me ligou... Fazia um ano e meio que não me telefonava... Depois tentei falar com ela, mas o telefone já estava desligado.

– Não queria falar com ninguém. A história de Ringo a afetou muito. O tempo todo ela dizia que era como seu filho.

– Isso ela me disse...

– E depois falou com Miss Miller... Sabe há quantos anos sua mãe trabalha aqui?

– Doze – lançou Adela.

– Onze... e há nove não tirava férias. O mais longe que ela esteve nesses anos foi nas ocasiões em que viajou para Seattle ou Portland por questões de trabalho, exposições, quase sempre com Miss Miller... E pediu à patroa um tempo para se afastar. Miss disse que tirasse o tempo necessário...

– Quanto?

– Acho que não falaram em quanto. O necessário, não é?

– E em que lugar?

– Loreta não sabia. Ou não quis dizer... Ao menos para mim. Às vezes ela dizia que queria ir ao Alasca. Dizia que uma pessoa que tinha conhecido em outra de suas vidas, você sabe como ela fala, um homem que era conde ou algo assim, lhe havia transmitido o sonho de algum dia ir ao Alasca. Por isso estou dizendo que pode ser que ela esteja no Alasca...

– Sem telefone?

– Sem telefone. Está em cima da mesa da cabana dela. Foi com duas mochilas e a caminhonete. Também não ligou para seu pai?

– Não – disse Adela, por fim. A seu estado de ânimo dos últimos dias, agora começava a se somar uma sensação perniciosa de rancor e abandono. Loreta estava fugindo dela, não da dor pela morte de um cavalo, por mais que o desejasse: fugia da filha que tinha enganado, como antes fugira de Elisa Correa e de só Deus sabe quantas outras coisas.

– Rick, minha mãe tirou passaporte?... Ela tinha um quando fomos para a Espanha, mas depois não sei se o renovou. Ela não foi comigo e com meu pai para a Argentina...

– Acho que tirou de novo faz dois ou três anos. Para o caso de algum dia ir para o Tibete ou o Japão, sabe como é... Cada lugar: Alasca, Tibete, Japão! De todo modo, fale com Miss Miller... E em Tacoma mora o mestre espiritual dela, o iluminado Chaq – sugeriu Rick. – Talvez ele saiba de alguma coisa, se ela foi para o Japão... Loreta está cada vez mais metida nessas coisas de budismo e meditação.

Adela assentiu.

– E é verdade que ela não te disse nada sobre aonde ia?

Rick negou, enquanto tomava café de sua xícara alta.

– Nem mesmo vocês sendo amantes?

– Quem te disse que nós somos amantes? – sorriu Rick.

– Minhas percepções… mas tanto faz.

– Não somos amantes, querida… Tuas percepções são um desastre…

– Com Loreta nada é seguro… Então ela não te disse nada?

– Ela me perguntou se eu podia cuidar da fazenda. Disse que precisava ficar sozinha… No dia em que foi embora, eu vim me despedir, e quando entrei ela estava no banho. Havia várias coisas na mesa, e vi seu passaporte numa capa. Mas havia outro, me deu curiosidade e o peguei. Era um passaporte cubano, de capa vermelha… Fiquei mais curioso, porque nunca tinha visto um passaporte cubano, e comecei a folheá-lo…

– Estava em nome de quem?

– Reparei nisso… Elisa L. Elisa Loreta, não é? E seu sobrenome cubano… Claro, ela era solteira.

– Você se lembra do sobrenome?

– Não, porque não me pareceu estranho… Um sobrenome cubano… Na foto, Loreta não se parecia com Loreta… Estava diferente.

– Mais jovem?

– Sim, claro, mais jovem – confirmou o homem. – Mas… não sei, diferente.

– Acho que não se chamava Loreta e não era loira – disse Adela, olhando à volta. Algo tinha se remexido, dentro ou fora dela. – Rick, você pode me autorizar ou tem de ser Miss Miller para me dar licença de ficar um ou dois dias aqui? Na cabana da minha mãe…

Adela observou o celular sobre a mesa: aberto, sem a bateria e o lugar do chip de memória vazio. Ao lado do aparelho havia uma cruz de madeira que Adela identificou: uma peça de artesanato mexicana que a mãe costumava ter nos locais de trabalho ou no quarto, que ela afirmava ser seu talismã. Nem um copo, uma xícara, uma migalha de pão ou marca de umidade, nenhum rastro que revelasse rotina ou pressa: sobre o tampo polido da mesa, só o telefone canibalizado e seu talismã, como uma advertência, como o melhor sinal. Não quero falar com ninguém, não quero que ninguém fale comigo, não quero que ninguém me encontre, não quero ter passado. Quem estou procurando, Loreta Fitzberg ou Elisa Correa, Loreta Aguirre Bodes? Elisa L., talvez Loreta? Do que está fugindo essa mulher, de quem, por quê? Para onde?

A moça sentiu que a tensão, o medo, a ira, a incerteza que a tinham acompanhado por três dias venciam seu corpo e, com o crucifixo mexicano, foi para a cama. Encontrou-a arrumada, com lençóis limpos, como se a esperasse, e deixou-se cair no colchão. Com os pés, descalçou as botas de inverno e, com um travesseiro que em suas entranhas cheirava a Loreta, cobriu o rosto para tentar afogar a vontade de chorar de raiva e impotência. Em algum momento, adormeceu, com o crucifixo entre as mãos.

Quando acordou, várias horas depois, a noite antecipada do norte havia submergido tudo nas trevas. Tateando, acendeu a luminária de leitura colocada na cabeceira e foi para o banheiro, acendendo luzes no caminho. Estava com uma sede corrosiva, como se de ressaca alcoólica, e atravessou a sala, que também fazia as vezes de refeitório e cozinha. Então viu a folha de papel que alguém enfiara por baixo da porta: Rick dizia que Miss Miller a convidava para jantar às sete da noite. Adela olhou o relógio: seis e quarenta. Quase não tinha tempo de tomar uma ducha, pensou, mas se sentia suja, encardida, e preferiu chegar ao encontro com alguns minutos de atraso, embora sabendo que estava limpa. Precisava despojar-se de fardos. E desejou que o jantar não fosse à base de algum daqueles salmões que se viam nadar no aluvião, muito menos dos que se amontoavam no criadouro, onde comiam até a própria merda.

Rick, de banho tomado e com uma camisa de vaqueiro limpa, esperava por ela ao lado da porta da casa. Sorriu ao vê-la chegar e perguntou como estava se sentindo. Melhor, ela disse, e ele abriu a porta. Adela conhecia a casa e o seguiu por um vestíbulo depois do qual ficava a sala de jantar da mansão. À cabeceira de uma mesa de oito cadeiras, coberta com uma toalha de linho, viu Miss Miller sentada, com o cabelo branco caindo-lhe sobre os ombros e seu sorriso de mulher satisfeita, talvez trajando o mesmo vestido *chemisier* de brim cru com que a vira dois anos antes, ou ainda dois anos antes disso. A dona da estância que agora valia vários milhões de dólares se levantou, e Adela se aproximou para beijá-la na bochecha já flácida que a outra lhe ofereceu como um presente.

As taças de vinho estavam servidas, e Miss Miller deu-lhe as boas-vindas erguendo a sua. Depois, indicou para Adela a cadeira a sua esquerda, e Rick ocupou a da direita.

Quando Adela se sentou, a senhorita Miller remexeu num de seus bolsos, tirou um envelope de carta dobrado ao meio e o estendeu para Adela.

– Sua mãe me pediu que lhe desse se você viesse até aqui.

– Obrigada – disse Adela. Viu seu nome escrito e hesitou, sem saber se deveria abri-lo. A senhorita Miller fez um gesto, alentando-a, e Adela rasgou a borda do envelope. Dentro só havia um cheque em seu nome, de quarenta mil dólares. Adela quase não se surpreendeu.

No estilo agora mais radical de Miss Miller, todo o jantar teve caráter vegetariano, talvez vegano, pois também não serviram queijo nem manteiga. Adela não pôde deixar de pensar em Marcos e sua insaciável avidez cubana por carne e também lembrou que não ligara para ele. O que estaria fazendo o namorado, lá na quente Hialeah? Já teria telefonado para a mãe?

– E o que você vai fazer, então? – perguntou Miss Miller quando tomavam a segunda taça de vinho, vencida a etapa informativa da conversa.

– Preciso encontrá-la. Preciso falar com ela – repetiu Adela. – E a verdade é que não sei o que fazer... Posso ficar uns dois dias antes de voltar?

– Você espera que ela retorne em dois dias? – indagou a mulher. – Pode ficar quanto quiser, é claro, mas não creio que Loreta volte para Minter em dois dias.

– Obrigada, Miss Miller… Mas o que ela lhe disse? Deu a entender o que queria, aonde poderia ir?

– Disse o que você já sabe. Precisava de férias e claro que as merecia. Merecia mesmo… Insisti que fosse Rick ou até o veterinário de Tacoma que sacrificasse Ringo, e ela parecia de acordo. De repente, mudou de ideia. Sua mãe é uma mulher muito valente, Adela. Dessas que também enfrentam as coisas difíceis da vida. E o que aconteceu com Ringo foi terrível para ela.

A jovem assentiu e olhou para Rick, que permanecia em silêncio. O olhar de Adela o incentivou a falar.

– Loreta estava participando do projeto Água Limpa, para descontaminar de substâncias nocivas ou degradadas a água que usamos nas fazendas. Fazia propaganda em toda a região. Há dois meses, trouxe um músico inglês que canta músicas dos Beatles e organizou um concerto aqui pelo Água Limpa… também queria denunciar os criadouros de salmão. Estava muito focada nisso.

– Nela isso é normal – admitiu Adela. – Então… devo pensar que foi embora por um tempo por causa da morte de Ringo?

– Eu diria que sim – respondeu Miss Miller, com demasiada presteza.

– Não tenho tanta certeza – lançou Rick. – Eu nunca tinha visto Loreta ansiosa, como alterada. Não sei… Pode ter sido uma impressão.

Por alguma coisa na maneira como Miss Miller ficou olhando para Rick, mais que impressão, Adela teve certeza de que sua mãe, de cinquenta e seis anos, devia ser amante daquele homem, talvez uns dois anos mais velho que Marcos. E que o tinha abandonado sem compaixão, como fizera antes com Bruno Fitzberg e, de certa forma, com ela, sua Cosi, e com uma jovem cubana chamada Elisa L. Correa.

Do que falaria com Rick na cama, nos estábulos, quando iam a Tacoma comprar alguma coisa, jantar num restaurante? Algum dia lhe teria contado de seu passado em Cuba? Quem era sua mãe, quem a conhecia? Adela terminou a taça de vinho e forçou um sorriso.

Depois do jantar, Rick levou Adela ao lugar onde tinham enterrado Ringo, ao lado do túmulo de seu pai, Sea Breeze, e de sua mãe, Paloma. Loreta não participara do enterro, contou Rick. Ele mesmo tinha se encarregado do processo, com ajuda de Wapo e Andrés.

– Ficou um bom tempo com Ringo depois que ele morreu. Quando o deixou, as últimas coisas que ela fez foram cortar-lhe uma mecha da crina e cobrir-lhe a cabeça com uma manta – disse Rick. – Loreta acha que os cavalos, além de memória e inteligência, têm sentimentos.

– Ela sempre dizia que Ringo era especial. Ou que tinha algo especial.

– Tinha algo especial – ratificou o caubói.

Apesar da diferença de horário e de seu mau humor, Adela ligou para Marcos quando Rick se despediu e ela ficou sozinha. Por sorte, naquela noite havia jogo de beisebol na Costa Oeste e o namorado não podia perder uma atuação dos Yankees de Nova York, uma das equipes com que ele simpatizava porque justamente com aquele time seu ídolo, Duque Hernández, alcançara a glória de ganhar três vezes seguidas a coroa da Série Mundial das Grandes Ligas. Adela lhe fez um resumo do que tinha acontecido e disse que ficaria mais dois dias por Tacoma, pois tinha a esperança de averiguar alguma coisa.

– Mas não demore, *china*... Hoje tio Horacio me telefonou... Parece que vai cair uma estrela, porque ele vem amanhã e vai ficar uns dias em Miami. Vou encontrá-lo, claro, e acho que você também deveria falar com ele, não?

– Acho que sim – admitiu ela. – Você lhe perguntou alguma coisa sobre a minha mãe?

– Você me disse para não perguntar... nem a ele nem à minha mãe. Apesar de que Horacio já viu a foto e falamos um pouco disso... Irving também a viu e pôs um comentário longo na página da minha mãe... Adela, eles viram a foto, o que importa eu perguntar o que sabem de Elisa... ou de Loreta?

– Não sei, não quero... Dá para você respeitar isso? Preciso falar com ela, saber o que ela vai me contar... Saber por ela por que fez o que fez, que não é uma coisa qualquer, é muito forte... Ter primeiro a versão dela...

– Tudo bem, como quiser... Quer saber? Quando você fica assim, parece mais *yuma* que outra coisa. Se você fosse cubana, cubana de verdade, teria aprontado uma gritaria e um tremendo tendepá...

– Ai, Marcos.

– É verdade. Escuta, você está com muita saudade de mim?

– Mas eu saí de Miami hoje de manhã, menino!

– Pois eu estou morto de saudade e... porra, porra, que tacada! – gritou Marcos, e Adela resolveu deixá-lo com seu jogo. Em outro momento falaria do cheque e de suas especulações.

Dormira tanto à tarde que tinha certeza de quanto seria difícil agora pegar no sono, embora para seu organismo já fosse cerca de meia-noite da Costa Leste. Sabendo que ia cometer uma espécie de pecado, procurou na mochila o maço de cigarros comprado no aeroporto de Miami e, com o telefone no bolso, saiu para a noite alta da baía de Minter para procurar o lugar mais apropriado para sujar seus pulmões. Resolveu enveredar por uma leve descida entre as árvores, que levava ao braço de mar em forma de aluvião que desembocava na Henderson Bay e, mais além, no oceano Pacífico. Sentada numa pedra, envolvida pela penumbra compacta que permitia contemplar o firmamento carregado de estrelas, ouviu o movimento da corrente no vigoroso processo de subida da maré. Adela sabia que com a água do oceano entravam pelo aluvião os salmões adultos que, seguindo um comando gravado em sua natureza, nadavam centenas de milhas em busca de seu lugar de origem para desovar em águas tranquilas, como berços apropriados para seus alevinos. Os peixes que voltavam de suas vagâncias pelo mundo como filhos pródigos reclamados pelo instinto mais recôndito do pertencimento saltavam, procurando vencer obstáculos, e os lombos rosados cintilavam com a luz da lua. No dia seguinte, quando a maré começasse a baixar, aqueles mesmos salmões deslizariam na direção do mar aberto e, exauridos pelo esforço de tantos dias, alguns ficariam encalhados, surpreendidos pelas marés drásticas da baía, e seriam presas fáceis de ursos e águias.

Adela acendeu o cigarro e confirmou que seu iPhone tinha cobertura. Abriu a conexão, seguiu o caminho do Facebook de Marcos até a página pública da mãe dele e voltou a ver a foto que alterara sua existência.

Embaixo do instantâneo encontrou poucos comentários, muito sintéticos, alguns limitados a um simples "gostei", como o de Horacio, ou uma exclamação de horror fingido postada por Darío. Desceu e, por fim, encontrou o texto do amigo de Clara chamado Irving. Entre a foto de 1990 e a imagem atual de Irving pareciam ter se passado mil anos, não vinte e seis.

> Ai, Clara do meu coração, parabéns por ter entrado no Facebook, você, a engenheira mais pré-histórica e anti-informática do mundo. Mas por que para começar você nos dá esse banho de lembranças quando para viver longe é preferível o esquecimento? (Suspeito que para viver perto às vezes também é preferível.) Quantos anos! Que nostalgia! Que dor!... Ver a imagem da última noite em que nosso Clã esteve reunido e saber que agora somos um clã disperso. O que nos aconteceu? Por que tinha de nos acontecer? É possível culpar alguém? Adianta culpar alguém?... Uns aí, outros aqui, outros no céu, como os pobres Fabio e Liuba, mais algum a caminho da Glória, e Elisa... Onde está minha doce Elisa????? Elisa, vida minha, talvez leias isto enquanto sem mim colhes flores... Sei que você está viva. Eu sei. Você sabe que sei, porque um anjo caído me disse. E quer que te diga uma coisa? Creio que eu já poderia te perdoar tudo. Tudo. Sei que vou entender tuas razões, inclusive se não as entender. E sabe por quê? Porque sempre gostei de você e ainda

gosto, você sabe... E também gosto de você, Clara. E de você, Bernardo, querido, cuide-se muito, tudo vai dar certo... E até de você, Horacio, que nunca me telefona porque é mais falso que uma nota de cinco pesos com a cara da Alicia Alonso!

Adela leu duas vezes o comentário e se convenceu de que naquele parágrafo devia haver muita informação que ela não tinha como decifrar. Um anjo caído? O que ela sabia do anjo caído?... Mas a jovem voltava a confirmar que existira uma vida de Elisa, com amigos, cumplicidades e segredos que por alguma razão a mãe encerrara e que, vinte e seis anos depois, insistia em manter trancada. Por que antes, por que ainda agora? Sua mãe e a mãe de Marcos tinham sido amigas íntimas, e eles, sem ideia de que havia aquela ligação, tinham se encontrado e se amavam. Adela compreendia que o mundo, como costumavam dizer os cubanos, era do tamanho de um lenço. Ou, como sua mãe gostava de sentenciar, já em plano budista: algo tão pequeno como o bico de uma ave e que, no entanto, está predestinado e tem consequências.

O que tinha visto? Tinha visto o que acreditava ter visto? Não queria pensar. Pensar o enervava, o desequilibrava. Sempre vivera com um senso de imediatez, adquirido desde a infância, quando aprendera que só tinham de se preocupar com a comida que consumiriam naquele dia e, no dia seguinte, começar a se preocupar com a da jornada em curso, e pensar demais implicava gasto inútil de neurônios. Mas, com a foto postada por sua mãe no Facebook, algumas colunas de sua própria existência tinham se abalado.

Desde que se despedira de Adela naquela manhã, já estava lhe pesando um incômodo estranho. E ao longo do dia sentira crescer em sua mente a pressão das ideias e das dúvidas. O que tinha visto, porra? Aborrecido, mal conseguira concentrar-se no trabalho, e à tarde, durante o treino dos Tigres de Hialeah, correu, lançou, rebateu como se estivesse se preparando para um campeonato, quando a única coisa que desejava era maltratar o corpo, esgotar seu físico e embotar sua mente. Vestido com a camiseta malcheirosa que ainda não tivera tempo nem vontade de lavar, passou pela *fonda* de Santa e Tito para levar o jantar da noite. Tomou banho e, aproveitando a ausência de Adela, lavou no chuveiro a imunda camiseta de mangas amarelas cujo fedor nem ele suportava mais. Comeu, tomou duas Heineken, escovou os dentes, ligou a televisão e começou a olhar sem ver um jogo de beisebol. Tirou da caixinha de madeira o cigarro de maconha que lhe vendera o salvadorenho que trabalhara na oficina do Narigão e, contrariando todas as proibições, fumou-o dentro de casa, com o olhar pregado na televisão e os pés sobre a mesinha de centro em que repousava um pedaço de madeira, polida pelas correntes, recolhida por Adela na beira do mar, que podia lembrar uma cabeça de tartaruga ou um falo prodigioso. Naquele momento a ausência da mulher lhe doeu um pouco mais.

Sem pensar mais, pegou o telefone e pediu à pessoa que de Hialeah fazia conexões baratas com Cuba que realizasse uma chamada para o número de sua mãe. Disseram que esperasse alguns minutos que fariam uma conexão por meia hora. Na manhã seguinte ele deveria passar para pagar oito dólares.

Quando soou o toque anunciando que os piratas telefônicos da cidade estavam estabelecendo a comunicação com Havana, Marcos hesitou. Sabia que estava prestes a trair uma exigência da namorada, mas ele precisava saber. Não mais por Adela, e sim por si mesmo.

Os primeiros compassos do diálogo com a mãe foram gastos nas perguntas de praxe. Clara estava bem, embora o joelho direito continuasse dando problemas e tivessem indicado um ultrassom que seria feito no hospital ortopédico perto da casa de Fontanar, onde ainda trabalhava um colega de Darío. Marcos pediu que depois ela avisasse se lhe recomendassem algum remédio impossível de encontrar em Cuba, para procurá-lo numa farmácia de Hialeah onde costumavam lhe vender certos produtos, às vezes até sem a necessária receita médica, ou reclamá-lo do pai, em Barcelona.

Quem andava mal naqueles dias era Bernardo, sua mãe comentou então, os soros citostáticos sempre lhe provocavam reações muito fortes que inclusive alteravam certas afecções fisiológicas (neurite, prostatite e outras "ites") que, apesar do longo tempo de sobriedade, lhe foram deixadas como herança pelos anos de convívio cotidiano com o álcool. E Bernardo decidira não se submeter mais à tortura dos soros. Clara sabia o que implicava essa decisão, definitivamente as coisas iam cada vez pior, e, como não podia deixar de fazer, ela se encarregava de cuidar dele da melhor maneira possível.

– Por isso no que escreveu Irving diz para ele se cuidar? – quis saber Marcos.

– Não sei – disse Clara, muito direta. – Ele não sabe da recaída.

– Mami... Ele está muito mal?

– Tem tratamento, não se preocupe... Eu tenho fé.

– Que mania essa de todos vocês de não falar claro... Vai ou não vai mais tomar os soros?... Está bem, está bem. Diga a Bernardo que mando um beijo... E nesta semana um pouco de dinheiro para vocês comerem melhor, para que peguem um carro, se precisar...

– Não, fique tranquilo, não precisa...

– Precisa, sim, mami. Aí sempre precisa...

– Tudo bem... – E em voz mais alta, sem tirar a boca do fone: – Bernardo, é Marcos, está te mandando um beijo... Está dizendo que outro para você... O quê?... – Clara fez uma pausa. – Bernardo diz que... que se você encontrar

Obama é para dizer que, quando ele esteve em Cuba, não veio vê-lo... Ah, e que você não escreveu nada da foto que postamos no Facebook...

Marcos, que ainda não sabia se devia fazê-lo, resolveu naquele instante aproveitar o comentário relacionado com a foto do Clã para enveredar pelo caminho que tanto precisava trilhar e até aquele momento tinha evitado. A mãe contou como a reencontrara, havia vários meses, depois que Irving, Horacio, Darío e Ramsés tinham viajado para ver Bernardo, e foi a própria Clara que perguntou a Marcos se ele se lembrava do dia em que fora tirada.

– Acho que lembro que Walter tirou muitas fotos... Ou me lembro de você contar.

– E o que você disse de Fabiola?

– É verdade, é verdade... Que ela tinha ido cagar!

Mãe e filho riram. E Marcos se sentiu mesquinho, embora sem possibilidade de voltar atrás.

– Mas sabe de uma coisa, mami?... Naquela foto vi algo que me fez lembrar uma coisa da qual não tenho certeza ou acho que não tenho certeza. Ou sim... não sei...

– O quê, filho?

Marcos fechou os olhos.

– Podemos falar? Bernardo está por perto?

– O que foi...?

– Mami, Elisa está com um curativo no dedo...

Em Fontanar, Clara fez silêncio.

– Sim, porque ela tinha se cortado descascando umas mandiocas, eu lembro.

– Mami... E você pôs o curativo no dedo dela?

– Sim... eu pus.

– No quarto seu e de Pipo?

Outro silêncio de Clara, mais demorado.

– Disso não me lembro, na verdade...

Marcos encheu os pulmões de ar antes de submergir no poço que, havia dois dias, o chamava como uma exigência perversa.

– Pois acho que eu lembro. Que entrei no quarto e estavam você e Elisa, e você estava segurando a mão de Elisa... O que mais eu vi, mami?

– Deve ser isso, eu estava pondo o curativo em Elisa. – A resposta chegou imediata, e Marcos fez uma pausa.

– E por que eu acho que vi mais alguma coisa?...

– Não sei o que você pode ter visto.

– Mami, por favor, me diga... Não me faça...

O jovem não teve a coragem suficiente para lançar a pergunta. Sua mãe demorou para voltar a falar: e o fez num tom mais baixo, com o ritmo de quem escolhe cada palavra, e ele já soube a resposta.

– Então você nos viu?

Marcos assentiu várias vezes antes de responder.

– Tinha se apagado da minha mente... Não sei por que porra essa lembrança me voltou. Eu vi vocês se beijando, mami. Na boca...

A mudez de Clara foi tão longa que Marcos teve tempo de pensar que estava sendo cruel, que estava invadindo sem direito uma intimidade obscura.

– Pelo amor de Deus, Marcos. Foi só isso... Um momento, não sei, de fraqueza. Coisas estranhas que acontecem com a gente... Você acha que sou lésbica?

– Não, mami, não acho nem me importa, você é minha mãe e gosto de você do mesmo jeito... Gosto de você mais que de qualquer outra pessoa no mundo. Mas... depois disso Elisa desapareceu. Você acha que o que fizeram teve a ver?

Clara precisou pensar.

– Por que está me perguntando isso, Marcos?

O jovem também precisou de um tempo. Clara tinha tocado no ponto nevrálgico da questão: será que desrespeitaria a vontade de Adela e diria à mãe que tinha acontecido aquela coisa tão louca de Elisa reaparecer sob a forma de Loreta e de mãe da namorada dele?

– Por uma coisa que ainda não posso te dizer... Mas o que você me disser pode me ajudar a saber...

– O que você não pode me dizer? A saber o quê?

– Uma coisa que preciso saber, porra! – Marcos se exaltou.

– Marcos, você não tem direito...

– Desculpe, mami, sei que não tenho direito... Me desculpe, por favor... Não é para me meter em sua vida privada, sei que você está muito mal com a doença de Bernardo, aí, sozinha com ele... mas, por favor, velha, só me diz isso: o que vocês fizeram teve a ver com o fato de Elisa desaparecer? E... com a morte de Walter?

Clara guardou outro silêncio dos que iam marcando aquele diálogo dilacerante. Marcos encheu-se de paciência e esperou.

– Tira o Walter disso... Uma coisa não tem nenhuma relação com a outra... Olha, Marcos, Elisa era uma pessoa muito complexa... Estava tendo de lidar com muita coisa...

– Uma gravidez, por exemplo.

– Uma gravidez muito complicada... Bernardo não podia ter filhos, não pode e...

– Tem certeza absoluta de que a barriga não era de Bernardo?

– Absoluta não... Creio que não era e ele também...

– E Bernardo sempre soube que não era dele? Vocês já sabiam que ele era estéril?

Marcos sentiu que estava entrando num território cada vez mais sombrio, no qual as peças em jogo se descolocavam e impossibilitavam os movimentos lógicos e lícitos.

– No início ele quis acreditar que era dele – disse Clara. – Ele dizia... Uma vez me disse que chegou mesmo a acreditar que fosse.

– E Elisa? O que ela dizia?... Com essa relação que vocês tinham...

– Não tínhamos relação nenhuma! – protestou Clara. Isso aconteceu naquele dia... mas só éramos amigas havia muito tempo. Só amigas...

– Ok, ok... E ela não te contou nada?

– Disse que aquela gravidez era um presente de Deus. Um milagre... Disse isso a todos os amigos... Também Irving diz isso, ele que sabia tudo de todos, porque sempre contávamos para ele.

Marcos desejou ter outro cigarro de maconha. Ou pelo menos um de fumo escuro. A ansiedade o devorava. Mas já não conseguia se conter.

– E alguém pensou que Walter tinha se matado por alguma coisa que tinha a ver com Elisa ou algo assim?... Não sei...

– Algumas vezes pensamos... Principalmente depois que prenderam Irving porque suspeitavam que ele tivesse alguma relação com a morte de Walter.

– Sim, me lembro disso... E o que aconteceu?

– Irving ficou preso alguns dias e depois o soltaram, ele não tinha nada a ver com a história de Walter... O caso de Walter tinha sido suicídio... Estranho, mas suicídio... Elisa desapareceu depois.

– E... alguém pensou que Elisa... não sei... tinha participado desse suicídio?

– Não estou entendendo, filho. Participar de um suicídio?... Elisa não teve a ver com o fato de Walter se matar. Nem Elisa, nem ninguém. Walter estava meio louco...

– Tudo bem... Vejamos, pelo que me consta, nunca mais se soube de Elisa, não é mesmo?

– Não. Nunca soubemos. Pelo menos eu...

– Se estava viva, morta, escondida?

– Não, nada.

De repente Marcos sentiu um sopro de alívio.

– Mas Irving diz que ela está viva, em algum lugar... E o que você acha? Não o que vocês comentaram naqueles dias ou o que ouvi depois, quando vocês puxavam o assunto... Diga o que você acha de verdade... Diga a verdade, por favor... Não quero ter de ficar sabendo das coisas por Irving ou Horacio... Menos ainda por meu pai...

Clara suspirou alto.

– Não, não fale nisso com Darío, por favor... nem com ninguém.

– Claro que não, mami. Não se preocupe... Isso é entre mim e você.

– Bem, Elisa confessou a Bernardo que sua gravidez não era dele... Disse isso na frente de Darío e de mim, e depois Bernardo falou para todo mundo... Você não sabia disso?... Mas Elisa nunca confessou de quem era.

– Saco! – exclamou Marcos. – E de quem você acredita que poderia ser? Você, Irving, meu pai, em quem vocês punham a culpa? O que Bernardo acha?

– Ai, filho...

– Mami, porra...

– Achamos que podia ser de Horacio... ou de Walter. Ou de outro...

Marcos demorou alguns instantes para processar a informação. O que era Elisa, caralho? Um demônio?

– Que disparate – foi a única coisa que ousou dizer. – De qualquer um dos dois ou de nenhum dos dois?

– Sim... Bom, Horacio... Horacio disse para Irving que tinha transado com Elisa, mas que não a podia ter engravidado...

– Porra, mami...

– Ai, Marquitos, tenho certeza, não sei por que, mas tenho certeza de que Elisa está viva em algum lugar do mundo. Há vinte e seis anos estou com essa ideia cravada aqui, nesta coisa feia e cinzenta que seu pai manipula como se fosse massa de pão... estou com ela aqui no cérebro. E sabe de uma coisa?... Irving diz que ela está viva porque acha que uma vez a viu em Madri, mas Irving passa a vida vendo fantasmas... Mas ele não pôde falar com ela... O que peço, filho, é que quando você puder me diga o que não quer me dizer agora. Você sabe se Elisa está viva ou se está morta?

Adela dedicou parte da noite a revistar a fundo a cabana onde por mais de dez anos vivera Loreta Fitzberg. Não podia saber o que carregara na mochila, mas não podia ser muita coisa, e então foi revelador o fato de naquele lugar haver tão poucos vestígios de caráter pessoal: apenas um crucifixo de madeira abandonado. A cabana, que em temporadas anteriores ela compartilhara com a mãe, desta vez dava a impressão de ter sido só um lugar de passagem. Na estante dos livros encontrou unicamente obras de veterinária, quase todas vindas com Loreta de Nova York, além de revistas e folhetos sobre questões ambientalistas e manuais baratos de prática de ioga e sobre budismo, mas nenhum romance, embora ela se lembrasse de ter visto a mãe ali mesmo lendo romances, sobretudo de Philip Roth, Paul Auster, John Fante e Elmore Leonard, seus favoritos. Ao lado do *closet*, um par de botas velhas e, dentro, algumas mudas de roupa informal, própria para o trabalho, e um par de vestidos mais elegantes, fora de moda, sem etiqueta, comprados naquelas lojas do Exército de Salvação de que Loreta tanto gostava. Nem roupa íntima, nem perfumes, nem cremes, nem adornos femininos nos lugares em que ela os tinha visto. Adela sabia que a mãe nunca dera muita importância a enfeites e joias, mas tinha algumas, e desde pequena a via passar hidratante nas mãos e nos antebraços, pois sua pele era afetada pelo uso de luvas e pela frequência de lavagens quando lidava com os animais. Também produtos de cabeleireiro com os quais ela mesma clareava o cabelo. Ou um colar de prata com elos muito entalhados, um presente de Bruno Fitzberg trazido da Argentina, quando Adela e o pai fizeram sua única viagem juntos ao país do sul.

Na cozinha encontrou alguns poucos utensílios e alguns alimentos insuficientes: café, infusões de ervas, um saco de quinoa peruana e duas latas de feijões fritos mexicanos já vencidos. Em visitas anteriores, Loreta preferia levá-la para jantar em Gig Harbor ou em Tacoma, e no almoço comiam com os outros trabalhadores os pratos preparados por Miss Miller e Mikela, a empregada grega de mau humor, mas com excelentes habilidades culinárias. Nos gaveteiros, roupa de cama, toalhas, mantas, edredons, tudo bem dobrado e aparentemente não utilizados havia muito tempo.

Na cabana não constavam televisão ou rádio, e isso Adela já sabia: sua ausência fazia parte do empenho de distanciamento do mundo exercido por Loreta desde que deixara Nova York. Mas ela já não havia lhe falado da série *The Wire*? O *laptop* que Adela conhecia devia ter ido embora com Loreta, assim como, com toda a certeza, o resto dos pertences importantes, talvez reveladores, pensou a jovem: documentos pessoais, fotos, cartas, objetos de asseio e remédios. Os passaportes que Rick vira. Se é que não tinha jogado tudo no mar, para começar sem rastros aquela outra possível travessia da qual costumava falar, e disposta a enfrentar um novo naufrágio, talvez outro renascimento que, desde sua aproximação do budismo, ela pretendia seguir, lembrou a filha. Uma travessia espiritual? Buscando o quê? Sentir-se leve, solta, de lugar nenhum, militante de um desenraizamento total e absoluto, talvez libertador para ela. Liberdade, *freedom*, eram palavras comuns em seu vocabulário. E para essa travessia precisava de passaportes? Seria capaz, como os salmões, de voltar ao lugar de origem mesmo que lhe custasse a vida?

Decrépita e pretensiosa, atraente e repulsiva, amável e agressiva, exótica e própria, Havana lhe pareceu tudo isso. E tudo ao mesmo tempo. Um lugar com cada um dos ingredientes necessários para satisfazer muitas de suas expectativas e, simultaneamente, para enchê-la de angústias e perguntas. Era o que esperava e também o contrário do que durante anos construíra em sua mente. Entendia cada uma das palavras das mensagens que lhe transmitia, mas não o sentido de muitas frases. As pessoas que viu nas ruas, com quem se relacionou na universidade, as que a atenderam na Casa de Visitas contratada pelo professor que organizara a viagem, todas lhe eram próximas e alheias, quase conhecidas ou completamente inconcebíveis, seres humanos normais ou possíveis alienígenas. Nunca soube quem mentia ou quem dizia a verdade, menos ainda por quê. Em contrapartida, teve a convicção de que sua origem estadunidense não constituía um estigma num país com o qual o governo do seu se comportara de maneira asquerosamente agressiva, conforme ela o via. Na terra mesquinha de que sua mãe costumava falar, poderia ter ideia de que ninguém a odiaria?

Para quem vivera seus primeiros dezessete anos numa cidade tão inapreensível como Nova York, um lugar com tais contrastes podia ser assimilado como um espaço com comportamentos singulares, embora compreensíveis. Só que, em seu caso, com um conhecimento armado dos preconceitos e estereótipos mais favoráveis ou mais condenatórios, de leituras literárias, conferências acadêmicas e lendas urbanas, a realidade que ela constatou ou pelo menos acreditou ter constatado durante seus dias em Havana no ano 2010 permitiu-lhe ver um panorama peculiar, blindado para suas pretensões de decodificação. Parecia um território de certa forma paralelo ao resto do mundo, um planeta que só vivendo nele se conseguiria chegar a entender – embora anos depois, ao falar com Marcos sobre aquela experiência, ele duvidaria dessa possibilidade.

A viagem acadêmica fora planejada por um dos catedráticos de estudos cubanos da FIU e puderam aderir a ele vinte alunos do último ano de *bachelor* em Humanidades, que Adela cursava. Só quando todo o programa estava montado, com os vistos carimbados e as passagens de avião emitidas, a moça comunicou a decisão à mãe, já presumindo uma reação atômica. Loreta, para surpresa da jovem e talvez pelos efeitos benéficos que pareciam exercer sobre ela o ambiente do rancho equino, uma aproximação cada vez maior do budismo e a chegada aos cinquenta anos, apenas lhe sussurrara um que porra você vai buscar em Cuba, Cosi, mas já que está nessa... aproveite. E Adela, preparada para a grande explosão, não soube o que responder: um passado desconhecido e furtado por sua mãe? Satisfazer uma curiosidade intelectual e humana? Encontrar algo de si mesma que ela se sentia sem recursos para definir do que se tratava?

Loreta avisou que fazia anos que não sabia nada de seus parentes, se é que estes ainda existiam e viviam em Cuba, e lembrou-lhe que de sua família próxima já não restava nada: seus pais – os fantasmagóricos avós cubanos de Adela – tinham morrido num acidente de trânsito quando Loreta cursava a universidade, e os avós maternos, que a tinham acolhido, também tinham morrido havia mais de vinte anos, pouco depois de sua saída da ilha, e aquela fora a última relação pessoal que mantivera com seu lugar de origem, ela repetiu. A casa dos avós mortos, como não havia herdeiros, passara a ser propriedade do Estado, e Loreta soubera que agora era ocupada por uns escritórios que, como sempre, já deviam ter esvaziado a mansão. Seu centro de ensino médio havia sido o pré-universitário de El Vedado, e seu local favorito, uma cafeteria chamada El Carmelo, dois lugares de que não sabia se gostaria que a filha lhe trouxesse fotos para ver seu estado vinte anos depois. E mais de uma vez anunciou que o país imaginado por Adela era muito melhor que o que encontraria na realidade e a advertiu de que ela estava cometendo um erro ao provocar aquele confronto despropositado. E assim encerrou o assunto.

Anos depois, quando Marcos lhe perguntava pela experiência vivida em Cuba, o jovem ria com a enumeração de lugares e conhecimentos que podia aparecer em qualquer guia turístico: a vila colonial de Trinidad, o daiquiri no El Floridita, os *mogotes* e vales tabaqueiros de Pinar del Río, a casa de Hemingway, a deterioração de Centro Habana e a invencível elegância de El Vedado, o bairro onde Loreta vivera e estudara, e também Clara, mãe de Marcos. Além disso, Adela lhe falou das pretensões de levá-la para a cama por parte de cada um dos cubanos de menos de noventa anos com quem ela teve contato, o que o jovem achou a coisa mais natural do mundo. Você é muito boa e lá é estrangeira, minha *china*, ele disse.

No entanto, Adela fizera outras buscas e tivera outros encontros com revelações inquietantes cuja verdadeira importância ela não teve capacidade de aquilatar. Porque, mesmo quando a jovem comprovou como podia ser difícil encontrar informações num país quase completamente alheio ao mundo digital e onde com tudo se lidava como sendo segredo de Estado (inclusive a leitura de certos jornais em arcaicas bibliotecas públicas), graças aos contatos do professor guia ela conseguiu consultar alguns registros do Ministério de Educação Superior. E lá confirmou até que ponto a mãe tinha razão quanto à desordem generalizada reinante na ilha: na lista dos egressos da Faculdade de Veterinária de Havana do ano 1982 não aparecia ninguém chamado Loreta Aguirre Bodes. Seriam possíveis tanta negligência e falta de profissionalismo? Talvez sim, disse naquele momento seu professor guia. Ou teriam tirado o título de sua mãe por ela ter desertado? Tudo se podia esperar de Cuba, comentaria Marcos naquele momento, e para confirmar contou a história da evaporação civil e esportiva a que fora submetido Duque Hernández, seu grande ídolo *pelotero*. No socialismo você nunca sabe o passado que te espera, sentenciou o jovem.

Por muitos meses, o acúmulo de experiências vividas durante sua estadia em Cuba e a intensa ausência de traços da vida passada da mãe agitaram-se em sua cabeça como um turbilhão. Mas os tópicos e os vazios devem ter contribuído para que o fracasso na busca de uma âncora com a qual fixar a origem materna remota e, com essa origem, algo de sua própria identidade, apenas a afetassem como uma decepção a mais.

Entretanto, sua incapacidade de entender as tramas cubanas e a si mesma lhe proporcionou um ímpeto definitivo: ao regressar da ilha, Adela tomara a decisão não só de terminar sua graduação universitária, como também de se doutorar no conhecimento de um contexto e tentar abrir algumas frestas para penetrar naquele mundo paralelo ao qual pertencia parte dela. Com os estudos das origens do país, podia ser que entendesse melhor as próprias origens.

Talvez por ter tido todas aquelas percepções turbulentas e por se ter visto confrontada com grandes decisões, a ausência do nome de Loreta no registro que revira e a impossibilidade de situá-la em algum lugar do país não a inquietaram como depois acharia que a deveriam ter feito. E Adela só avaliaria as proporções de sua frivolidade e de sua deplorável capacidade para perceber dissimulações humanas quando a verdade pediu passagem e, com ela, a luz. O holofote sob o qual vivia agora e cuja iluminação quente não lhe permitia ver outra coisa senão rostos sem contornos definidos.

A música melíflua e as frases de inflexões longas e descendentes filtravam-se pelas paredes de madeira e chegavam ao portal. O iluminado Chaq e seus discípulos estavam em pleno exercício de meditação na Hongwanji Buddhist Church de Tacoma, onde se reunia a mais numerosa *sangha* budista da cidade. A mulher de idade indefinida e rosto plácido que fazia as vezes de recepcionista ou cérbera do lugar deu as informações a Adela e comentou que, se ela também desejasse meditar, podia passar para a sala: era bem-vinda, não precisava pagar pelo acesso, acrescentou. A paz de espírito e a recepção de boas energias estavam ali ao alcance de todos. Adela disse que só queria falar com o senhor Chaq e preferia esperar no portal do templo. E, caso não se incomodasse, fumar um cigarro. A mulher se incomodava, sim, e Adela se absteve de acender o cigarro.

Adela pensou se já seria o momento de ligar para seu pai, Bruno Fitzberg, o homem que as novas evidências indicavam que na realidade não era seu pai, seu pai biológico. Quanto ele saberia? Quanto não saberia? Adela abrigava a débil esperança de que o tal iluminado ou "indicador de caminhos" lhe apontasse algum para rastrear sua mãe.

Uma hora depois, começaram a sair do templo os membros da *sangha* que assistiam à sessão de meditação. Havia mais mulheres que homens, quase todos com mais de quarenta anos, alguns talvez mais de oitenta: gente que já viveu e se descobre com a necessidade de ter uma relação melhor com o mundo e com vontade de reparar uma existência certamente insatisfatória. Adela, dominada pelo desassossego, sentiu inveja a ver aquelas expressões relaxadas de seres convencidos de estarem recarregados de energias positivas, de afortunados que tomaram o caminho indicado e descobriram (ou estão no processo de descobrir) não uma, mas quatro nobres verdades capazes de proporcionar alívio a eles e ao resto do universo, tão carente de verdades, de melhoras e de energias renováveis. Esperou até a mulher de idade indefinida lhe dizer que podia entrar, que o iluminado a esperava.

Adela entrou numa sala de paredes brancas revestida por um tapete verde, como um gramado inglês. Num canto, uma estátua de Buda de um metro e meio de altura, em posição de meditação, com brilho de bronze sujo. Encostadas numa parede viu várias cadeiras dobráveis, fechadas, talvez utilizadas pouco antes por alguns dos meditantes já impossibilitados de se sentar na posição de lótus. Numa mesa com toalha branca, uma cafeteira e duas travessas com algumas bolachas. No ar pairava um cheiro adocicado e agradável, embora ela não visse nada que parecesse um piveteiro ou um incensário. Ao fundo, contra uma janela resguardada por uma cortina que deixava entrar alguma luz, distinguiu a figura do homem sentado. O traje cor de Fanta laranja, reforçado em tom e brilho pelo efeito da contraluz, e a cabeça raspada com forma de lâmpada faziam o homem parecer aceso, mais que iluminado. Adela se descalçou para ir até o indicador de caminhos e só quando chegou muito perto conseguiu uma composição precisa de seu aspecto: era um homem branco, de uns cinquenta anos, de feições muito regulares, embora no lado direito do rosto tivesse uma cicatriz escura que lhe corria da têmpora ao maxilar.

– Boa tarde, sinto incomodá-lo – disse ela, ao se aproximar.

– *Om Shanti* – saudou o homem, e ofereceu-lhe o chão atapetado diante dele. – Não é incômodo... Você prefere uma cadeira?

Adela não pensou duas vezes e se deixou cair, cruzando as pernas, procurando replicar a posição do anfitrião.

– Vim porque estou tentando localizar minha mãe... Ela é sua discípula.

– Loreta – afirmou o mestre.

Adela assentiu.

– Moro na Flórida e vim vê-la, mas há três dias pediu férias e ninguém sabe aonde pode ter ido... Talvez o senhor... Dizem que eram muito próximos. Que ela falava em ir algum dia ao Japão ou ao Tibete, ou, creio... ao Alasca.

O iluminado sorriu. A cicatriz se esticou, mas exibiu uma dentadura perfeita.

– Ao Japão ela queria ir... A Quioto, ver o tempo das mil deidades de Sanjusangen-dō, uma maravilha da fé e do engenho humano... Loreta é uma mulher de muito caráter. Falávamos muito... de nossa filosofia. Ela sempre queria aprender. Vencer a ignorância, sabe?

– Me desculpe, não sei muito de budismo. Ela falava de libertação... de travessias espirituais... Não lhe disse por que ia embora e para onde?

O homem voltou a sorrir.

– Não... Passou para me dizer que ia, e não lhe perguntei para onde nem se voltaria em algum momento. Eu não tinha o direito de fazê-lo. A vida individual de cada um merece o respeito dos outros. Cada pessoa é responsável por seus atos... Só posso te dizer que Loreta várias vezes me confessou que desejava levar outra vida. Não estava falando de um renascimento budista. Falava desta vida, de mudar algo desta vida... E isso pode implicar ir embora. Para o Japão, para o Tibete. Ou para Seattle, aqui ao lado. Ou não sair do lugar...

– Ela não estava contente em The Sea Breeze?

– Sim... Dizia que lá havia encontrado o lugar do mundo que mais a equilibrava... Mas ainda assim não estava contente consigo mesma. E a doença e a decisão de sacrificar aquele cavalo...

– Ringo.

– Ringo – assentiu o homem. – Falamos disso por telefone. Várias vezes. Foi muito duro para ela... O sofrimento sempre é duro.

– E Loreta lhe contou alguma coisa da vida que levara? É que aconteceu algo muito grave que tem a ver comigo e com essa vida passada da minha mãe.

O iluminado deslizou as palmas das mãos sobre as coxas até alcançar os joelhos. Repetiu o movimento várias vezes antes de falar.

– Algo grave?

– Sim, para mim... e creio que para ela.

O homem voltou a friccionar as coxas.

– Não creio que vá trair a confiança de Loreta nem violar sua intimidade. Você é filha dela e... Loreta certa vez me contou que estava convicta de ter vivido outras encarnações. Há muitos embusteiros que falam desse tipo de experiência, mas também existem pessoas especiais capazes de ter essa percepção... E ela... mentiu para mim? Não, não creio... Ou mentia muito bem... – O homem fez uma pausa. – Ela acredita que numa dessas vidas teve alguma relação com a morte de uma pessoa... E me contou que tinha passado seus primeiros trinta anos como uma pessoa e que um carma ruim, em parte produzido por ela, a fez pagar como consequência começar a viver outra existência... a que ela tem agora.

– A morte de uma pessoa?... Falou de Cuba? – Adela tentou cercar a informação.

Nas vidas reais ou imaginadas que Loreta vivera, entre possíveis verdades e supostas fabulações, rangia aquele dado inquietante, talvez relacionado ao que a jovem sabia e ia sabendo agora da vida da mãe. Suas fugas deviam-se a um ato tão irreversível como ter provocado uma morte? O tal Walter que tirara a foto do grupo não tinha se suicidado? Mas por que razão? E tudo aquilo, inclusive a morte, teria a ver com sua renúncia radical a Cuba e a qualquer relação vital e palpável com seu passado? O que era verdade e o que era mentira no que Loreta contava de suas outras "vidas"? Adela sentia-se sem chance de esclarecer nada.

– Ela só me disse que vinha de Cuba e que preferia não falar nada de seu país. Que lhe fazia mal e que o tinha enterrado... Quer dizer, o país... e com ele seu passado. E essa pode ser uma atitude sábia. O grande ensinamento de Buda é que a única maneira de se libertar por completo do sofrimento é libertar-se radicalmente do desejo; e a forma de conseguir isso é educar a mente para experimentar a realidade tal como ela se apresenta. Sei que não é fácil... Uma das superações mais importantes que Buda nos apontou é exatamente a do passado, porque já foi vivido, bem ou mal, já transcorreu e não é reparável. E, ao mesmo tempo, não tentar projetar o futuro... pois ainda não ocorreu, e querer predizê-lo é fonte de ansiedade, e a ansiedade gera sofrimento. Por isso estimulei Loreta a tomar esse caminho, a empreender sua viagem espiritual... E eu sempre me perguntava se o que lhe fazia mal eram as lembranças, a nostalgia ou a culpa. Ou o ódio. E essa é uma questão, porque os cubanos costumam praticá-lo bastante... – O iluminado fez uma pausa, e Adela esperou. – Certa vez perguntei isso a ela, porque esses são pesos dos quais a meditação ajuda a nos desprendermos... Segundo ela, ainda arrastava todos esses e outros fardos dos quais necessitava se aliviar. E que as formas que encontrara antes de descobrir os ensinamentos do Buda tinham sido a negação, a rejeição, às vezes até a agressão...

Adela assentiu.

– Não creio que Buda tenha podido ajudá-la muito.

O iluminado sorriu.

– Pois eu creio que sim... Quando penso, creio que talvez sua atitude tenha sido uma reação ao exílio.... Todos os exílios têm um componente traumático. Para muitas pessoas, sair de sua terra e chegar a outra é abandonar uma vida e encontrar-se com outra diferente, já iniciada, que elas têm de aprender a montar desde o princípio e isso pode ser fonte de muitos conflitos mentais... Mas, sabe, algumas vezes duvidei se era verdade que Loreta tinha vindo de Cuba...

– Por quê?

– Eu também vivi na Flórida e sei alguma coisa dos cubanos. Na minha outra vida... – disse ele disse, apontando para a cicatriz que lhe cruzava a borda do rosto. – Sua mãe não se parece com eles.

– Bem, é que há muitos tipos de cubanos... E ela não lhe falou de mim?

– De você... pois ela me disse que gostava muito de você...

– E mais alguma coisa?

– Que você a preocupava... Mas Loreta me confia sentimentos, nunca histórias. Não sei as razões de suas preocupações... nem dessa relação dela com uma morte... Já te disse, a meditação a ajuda a melhorar esses sentimentos. Meditar é bom para mudar o sinal de nossas energias, e eu me alegrava em poder colaborar. Creio que sua mãe procura vencer a ignorância, embora não pretenda a sabedoria. Pode ser que tenha perdido a ambição. Mas ela busca uma libertação, isso, sim. Encontrar a plenitude do presente. E sonha com essa travessia espiritual...

Adela assentiu com mais insistência. A imagem de si mesma que sua mãe oferecera àquele homem em quem confiava e ao qual se entregava espiritualmente parecia ser a mais habitual nela. Pelo menos até onde agora acreditava conhecê-la. Porque mais de uma vez a ouvira dizer que a única coisa de que não se arrependia era de ser mãe: tudo o mais teria desejado mudar. Ela mesma era um grandessíssimo erro, costumava dizer. E sempre repetia aquela palavra: liberdade, *freedom*. Por isso se exilara?

– Minha mãe e eu temos uma relação complicada... Neste instante creio que o senhor a conhece melhor que eu... Então... nenhuma pista?

– Lamento, menina, nenhuma pista. Das que você procura... Porque, se você sabe escutar, eu te disse muito.

Adela voltou a assentir. Quanto aquele homem sabia e quanto lhe escondia? Todo o seu proselitismo lhe pareceu um escudo empunhado para se esquivar de sua indagação. E pensou se teria sentido ou não fazer a indagação que começava a inquietá-la. Arriscou.

– E o senhor acredita que em algum momento, para alcançar outra de suas vidas, o renascimento budista... não sei... Acha que Loreta poderia pensar em se suicidar?

O iluminado recuperou seu sorriso. Adela sentiu que era uma reação franca, sem segundas intenções, e isso lhe provocou alívio imediato.

– Agora vejo mesmo que você conhece pouco sua mãe. Eu jamais me faria uma pergunta como essa. Não sobre Loreta. Ela se considera uma sobrevivente. E arrasta uma ignorância, uma pena, um erro... ou vários... pois carregará todos eles até o fim ou até se libertar. E não creio que Loreta Fitzberg esteja pensando em seu fim físico. Talvez em outros fins, mas não nesse que você está me perguntando, menina.

Adela meditou nas palavras do "indicador de caminhos".

– Acha que ela voltou para Cuba? – lançou, pois de repente se levantara essa possibilidade que até então não havia considerado.

– É possível. Tudo é possível.

– E se queria fugir de si mesma? E se viveu a vida presente como uma fuga? Não podia cansar-se de tanto fugir sem se libertar do que a perseguia porque não há refúgio para algumas perseguições?

– Volto ao mesmo: tudo é possível – disse, salomônico, o homem da cicatriz e da túnica cor de açafrão, e voltou a apalpar as coxas antes de acrescentar: – Por mais que você caminhe, por mais que se afaste, seu inferno pessoal sempre vai junto. Você pode se despojar de fardos, ter uma vida melhor num lugar melhor, tomar distância das energias ruins. Buda é um bom caminho. Outros creem em Deus e no céu, alguns na sociedade de iguais... mas para todos há penas e culpas indeléveis, e no máximo você pode aprender a viver com elas. Eu disse algo assim para Loreta na primeira vez em que nos falamos...

Adela voltou ao rancho sem respostas para muitas de suas perguntas, ou talvez com todas as respostas, ela pensou, com as últimas frases do iluminado em mente. Mas também voltava com uma convicção: aquele iluminado safado sabia muito mais do que dizia. Um sujeito escorregadio como cobra.

Como ainda era hora de trabalho, ela pôde estacionar o jipe alugado sem cruzar com ninguém. Lembrou, então, que fazia horas que estava com vontade de fumar e foi até o caminho do bosque que levava ao braço de mar. A maré estava em seu ponto mais baixo, e as gaivotas faziam sua coleta de peixes e ostras. Adela viu no céu, sempre impoluto, o voo imponente de duas águias em busca de salmões encalhados. Enquanto fumava pensou que, com tanta confusão na mente, talvez não fosse o melhor momento de falar com Bruno Fitzberg. Na solidão do bosque do norte onde a vida podia ser tão simples e tão cruel, tão sincera e dramaticamente equilibrada, onde cada um ocupava o lugar que lhe cabia numa organização que preserva sua lógica essencial, sentiu, ao mesmo tempo, que estava no melhor trampolim possível para se lançar no vazio. Era como a águia que, em função de seu lugar na ordem natural, ela viu descer até a água e sair voando com um salmão enorme entre as garras, ou ela era o salmão capturado? Estaria sendo afetada pelo potente sortilégio do lugar? Sua mãe também teria sido beneficiária daquele sentimento no canto tranquilo do mundo que considerou seu paraíso encontrado e onde era tão fácil cair em tais transes de comunicação com a natureza e o eterno? O que acontecera com Elisa Correa, quais eram suas penas, cargas e culpas, o inferno pessoal do qual havia vinte e seis anos ela fugia, tentando se libertar?

– Papai, podemos falar agora?

– Sim, claro... bem... se não for urgente, melhor eu te ligar daqui a dez minutos. *Va bene*?

– *Va bene* – disse ela, antes de desligar.

Adela começou a pensar o que poderia estar fazendo Bruno Fitzberg para lhe pedir dez minutos. Em Nova York, eram sete da noite e talvez o homem estivesse voltando para casa de seu trabalho cotidiano. Desde que morava sozinho, muitas vezes, quando não queria cozinhar, passava pelo restaurante dominicano da West 157 com a Broadway, onde vendiam bolinhos de mandioca, quibes, empanadas e, é claro, arroz e *habichuelas*, que era como os de Quisqueya chamavam os feijões-vermelhos. Além disso, lá trabalhava uma dominicana chamada Marisley, de quarenta anos e uma bunda antológica, orgulhosa da caída suave de seu cabelo tratado com produtos químicos, que Adela suspeitava (mais que suspeitava, depois que viu a cartela de Viagra no estojo de pronto-socorro de seu apartamento) que desse a Bruno algo além de alimentos para o estômago. Outras vezes o homem comprava alguns produtos no armazém da 149 com a Broadway e preparava algum prato de carne de vaca ou de porco, pois renunciara havia anos às limitações de sua origem religiosa. Seu lugar preferido do bairro era o que seus moradores chamavam de "jardim comunitário", um pequeno espaço arborizado, com bancos e mesas de madeira onde, quando não havia jogo de dominó, podia-se até ouvir o trinado dos pássaros no meio da abarrotada Manhattan. Às vezes ele sentava ali e tomava um rum (ou dois, três) com seu compatriota Edgardo Sguiglia e o ator dominicano Freddy Ginebra, seu amigo.

Na região de West Harlem, onde Bruno morava fazia trinta anos, onde Adela crescera, o fato de ser argentino, dominicano ou cubano não implicava nenhuma distinção a favor ou contra: seus vizinhos, brancos, negros, asiáticos, latinos, provinham dos quatro pontos cardeais do planeta, e cada um deles sentia que aquele era seu espaço no mundo. Exceto quando a maioria dominicana estava em festa e o ritmo do merengue invadia as ruas do bairro e os outros habitantes queriam sumir ou que sumissem todos os dominicanos do planeta Terra. Bruno Fitzberg sentia-se sozinho com tanta companhia? Adela achava que sim, e doía-lhe a solidão do homem que até umas horas antes fora seu pai e do qual continuava gostando como se realmente o fosse. De fato, disse a si mesma, era a pessoa de quem mais gostava no mundo, com exceção de Marcos, a quem amava de outro modo. Quanto saberia? Quanto não saberia Bruno Fitzberg? Conheceria quem era seu pai verdadeiro? As trombetas familiares do celular a tiraram da meditação, e ela aceitou a ligação.

– Desculpe, querida, eu estava na rua – começou o homem.

– Fazendo o quê?

– O cardápio da noite… Hoje os dominicanos tinham cabrito guisado…

– Você adora como Marisley faz cabrito…

– E vai muito bem com o malbec que tenho aqui… O gordo Edgardo e Freddy o Louco vêm prová-lo… Bom seria se você também pudesse me acompanhar, querida… Sempre sinto falta de você.

– E eu te amo. Você sabe?

– Claro que sei…

– Mas sabe que gosto de você de verdade-verdade… E que eu gostaria de estar com você, te fazendo companhia.

O homem fez silêncio. Por fim, respondeu:

– Eu sei, eu sei… O que aconteceu, minha criança?

Adela não adiou seu salto no vazio.

– Preciso que você me diga quem é Elisa Correa. E que me diga por que, se você não é meu pai biológico, nem você nem ela nunca me contaram. Vim até o haras para vê-la, mas Loreta desapareceu. De novo…

Bruno Fitzberg ficou tanto tempo em silêncio que Adela ficou com receio de que a ligação tivesse caído.

– Papai? Papai?

– Estou aqui, querida… Espera… Bem, então chegou a hora. E, como sempre, sua mãe deixa os outros em apuros… Foge e acha que assim resolve tudo… Joga a merda no ventilador e espera que ele devolva ar fresco… Adela, filha, isso não podemos conversar assim… Depois te ligo para dizer a que horas chego amanhã ao aeroporto de Tacoma.

Adela passou toda a noite e o dia seguinte pensando no que Bruno Fitzberg poderia lhe dizer. E descobriu que estava com muito medo. Mas tinha necessidade daquela verdade: só assim poderia iluminar os meandros de sua vida passada e talvez programar sua existência futura. Disposta a dar um espaço neutro ou favorável ao pai, procurou no guia de Tacoma um restaurante argentino cujos donos fossem argentinos e reservou uma mesa para as sete da noite.

No trajeto do aeroporto até a cidade, Adela tentou não forçar a conversa e só fez perguntas a Bruno sobre assuntos de trabalho, sobre sua comentada aposentadoria, seu desejo mencionado nos últimos contatos de voltar pela primeira vez em mais de dez anos àquele país remoto chamado Argentina, de onde saíra espantado com a capacidade de provocar horror nos seres humanos e aonde só regressara para levar sua filha adolescente por duas semanas. Bruno adoraria que, se enfim voltasse, Adela fizesse de novo a viagem com ele.

– É que eu tenho medo de tudo… Creio que mais medo que antes – dizia o homem. – Sabe? Sinto que já não sou de lá, mas que também não posso ser de lugar nenhum. Mais que vivos, lá tenho mortos. Você sabe: meus pais, além do meu irmão e do meu primo assassinados pelos militares. E depois minha irmã, sua tia Martina, o coração dela se cansou, coitada. Mas sabe de uma coisa? A tia de Córdoba ainda está viva, lembra, a que falaaaa aaaassim, alongando os aaaas? Já tem noventa anos… Ai, filha, que merda… Aqui não sei bem de onde sou. Lá tenho certeza de que nunca vou saber.

– Às vezes me acontece a mesma coisa… No seu caso eu entendo, mas no meu?

O restaurante pretendia ser tão típico que se chamava La Pampa, e Bruno estava desconfiado, apesar das garantias oferecidas por Adela.

– *Che*..., carne argentina de verdade? – perguntou Bruno quando o garçom se aproximou, e o fez em espanhol estritamente portenho.

– Garanto, *flaco* – exclamou o atendente, homem da idade de Bruno.

– Você é portenho?

– De La Boca...

– Logo imaginei... Vou avisando, sou torcedor do River... Vamos ver, *che*, então não é verdade que há quinze anos o governo daqui não deixa importar carne de lá?

O garçom sorriu. Bruno suspeitou que o único argentino naquele lugar era o garçom, portenho e de La Boca.

– *Flaco*, se você sabe, por que pergunta? Você é bobo ou não sabe que neste país tudo é falso?... Mas, bom, garanto mesmo que é a melhor carne que se come na cidade. Não é argentina, mas, vai, é quase, quase como se fosse.

– Jura pela tua mãe?

O garçom sorriu de novo e Adela teve a impressão de estar assistindo a uma comédia dos anos quarenta.

– E pela memória de Gardel, pela mão de Maradona e pelo papa Francisco, já que estamos nessa. Sensacional o papa, não é, *flaco*?... É mesmo a melhor carne do lugar...

– Então um *asado* para dois... Mas bem abundante... Estou sem comer desde o café da manhã.

– *Chorizo* e *morcilla*?

– Mas *chinchulines* não... mesmo que você garanta e jure por... E um malbec de Mendoza. O mais arrebatador, tanto faz o preço.

O garçom sorriu um pouco mais e admirou Adela. Talvez pensasse que o velho tinha arranjado aquela beleza de lábios polpudos e Bruno soube interpretar sua picardia portenha.

– A moça é minha filha, *che*... Vai, cara, mexa-se...

– É para já, *flaco*.

Adela e o garçom riram e Bruno se juntou ao riso. Quando o atendente se afastou, Bruno olhou para a filha e ergueu os ombros: nada a fazer.

– Vocês, argentinos, quando se juntam... se tornam mais argentinos?

– É uma desgraça nacional. Olha, é preciso ter cuidado porque a segunda pessoa que um argentino quer foder é outro argentino... Porque a que mais ele tem vontade de foder é um uruguaio.

– Eu adoraria mesmo voltar com você algum dia...

Bruno assentiu e suspirou.

– Sim, temos de ir... embora seja um país de merda – disse e fechou os olhos, apertando as pálpebras com o polegar e o indicador. Quando tirou a mão, falou: – Querida, há vinte e seis anos estou ensaiando este discurso. Fiz mil versões, como você deve imaginar... Desde ontem estou revisando a última versão que tenho na cabeça, e é um romance lamentável, mas é a única que posso fazer e a que é verdade, minha criança. Pelo menos a verdade cheia de vazios que eu sei. Porque outra coisa que sei, pela minha profissão, é que sua mãe pode agir como uma embusteira compulsiva. O mais foda, minha filha, é que clinicamente ela é isso.

Como os demais espectadores das palestras da convenção realizada na Northern University que o levara a Boston, Massachusetts, exatamente na tarde de 6 de abril, Bruno Fitzberg fora convidado a fazer um percurso guiado por pontos históricos da cidade colonial, um dos berços da revolução da independência norte-americana. O passeio incluía a contemplação de edifícios vetustos, muito antigos, afirmavam, de até uns trezentos anos. Quando já se dispunha a tomar o ônibus que levaria os visitantes, Bruno pensou que fazia frio demais para uma história tão curta e optou por rumar para o famoso Museum of Fine Arts da cidade, uma visita postergada por diversas circunstâncias em suas várias idas a Boston. Sabia, como todo mundo, que o esplêndido edifício neoclássico exibia uma das coleções mais importantes da pintura francesa do século XIX, especialmente dos movimentos próximos ao impressionismo, ou seja, justamente a época da história da arte de que ele mais gostava e que fizera de D'Orsay seu preferido entre todos os museus do mundo. A possibilidade de contemplar de uma só vez mais de trinta Monet, pinturas e esculturas de Degas, obras de Renoir, Millet e Gauguin oferecia-se a ele como a melhor maneira de utilizar o tempo, além do mais, a salvo do vento gélido do Atlântico norte.

Essa foi a soma de conjunturas precisas que levou Bruno Fitzberg a percorrer, naquela tarde e não em outra entre todas as tardes do mundo, as salas de pintura europeia do museu e, diante de um quadro de Renoir, encontrar, em pleno transe de ensimesmamento, a jovem de cabelo castanho vestida com um agasalho vermelho de lã já estreito demais para seu estado avançado de gestação.

Foi ela que deu brecha para a conversa. A mulher fez o que parecia um comentário casual, de admiração incontida pelas liberdades cromáticas e de composição tomadas na obra, pela sensação de vida que conseguia transmitir, e depois trocaram um par de comentários de admiração por Renoir. Ao ouvir seu sotaque, pensou que ela fosse britânica, embora tivesse suas dúvidas, e arriscou-se a perguntar sua origem. Ela respondeu: "Não sou de lugar nenhum". E, com aquela resposta demasiado cerebral, pedante e enigmática – que Bruno achou até simpática, como se tivesse sido dita por um personagem de García Márquez ao chegar a Macondo –, esteve prestes a terminar o encontro, ainda apenas uma troca sem consequências.

Sorrindo com a resposta da jovem, Bruno dispunha-se a continuar seu percurso quando leu que aquele óleo de Renoir, intitulado "Le Déjeuner des canotiers", estava naqueles dias no Boston Fine Arts por empréstimo da Phillips Collection de Washington, quando ele teria jurado que o vira no D'Orsay. A informação o fez voltar à pintura, para então compreender que, não, na verdade não a vira antes em nenhum museu, só a tinha fundido na memória com "Bal du Moulin de la Galette". Outra obra-prima do pintor, aquela, sim, devorada por ele na pinacoteca de Paris.

O que aconteceu nos minutos transcorridos entre o comentário pedante da jovem grávida e a revelação de que o homem havia misturado na mente duas peças próximas de Renoir, mas, sobretudo, o modo pelo qual o encontro fortuito de duas pessoas diante de uma pintura se encheria de consequências nos meses seguintes e até nos próximos anos sempre fez o psicanalista perguntar-se o que teria ocorrido com sua vida, com a daquela mulher e com a da criatura que ela carregava no ventre se ele não tivesse resolvido visitar o museu em vez de fazer o percurso histórico. E se, por um recôndito acaso, "Le Déjeuner des canotiers" não estivesse em Boston por empréstimo, graças à Phillips Collection, e ele não se tivesse atrasado lendo a informação que acompanhava o quadro que nunca pertencera ao D'Orsay e, claro, era então a primeira oportunidade de observar de perto, e em todo o esplendor, a obra original. E, é claro, espremeria o cérebro pensando se alguma coisa teria acontecido ou não se não tivesse ouvido, já na segunda vez que se afastava da obra, a jovem grávida de agasalho vermelho estreito demais dizer:

– A mulher que está encostada na grade sou eu.

Bruno sentiu um choque na nuca, voltou-se e olhou para a grávida, depois de novo para o quadro, e sorriu. Uma mulher jovem de 1990 pretender aparecer retratada num quadro de Renoir pintado cento e dez anos antes era, mais que pedantismo, um escárnio insolente ou manifestação de um possível estado de loucura – embora Bruno, conhecedor das alterações da psique humana, tivesse tomado partido da primeira possibilidade ao observar a jovem mais detidamente e comprovasse que, de fato, ela se parecia com a figura feminina criada pelo mestre francês.

– Não me olhe assim, senhor... Não acredita em reencarnação?... Aquela jovem sou eu, em minha vida anterior, e aqueles outros homens e mulheres foram meus amigos naquela vida, e muitos deles encontrei nesta.

Divertido, Bruno resolveu entrar na dela.

– E a senhora se lembra de suas vidas passadas?

– De cada minuto de cada vida...

– Isso deve ser tremendo – decidiu dar-lhe corda. – Como Funes, o memorioso de Borges... E como a senhora se chamava nessa outra vida?

Daquela vez, a jovem pensou alguns instantes antes de responder:

– Aline... Como a moça que chegaria a ser esposa de Renoir.

– E como você se chama agora, nesta vida ou encarnação?

A jovem voltou a pensar.

– Loreta Aguirre Bodes.

– Com esses sobrenomes você já não parece muito francesa...

– Não importa... Em cada reencarnação, ou melhor seria dizer renascimento, a gente é o que é, não o que foi.

– Com esses sobrenomes talvez nesta vida de agora você fale espanhol.

Loreta sorriu.

– Sim – disse ela, mudando de idioma. – E o senhor?

– Também. E eu sei, sim, de onde venho: sou argentino. Embora não o pratique – atalhou e riu. – E me chamo Bruno Fitzberg e... se sou uma reencarnação ou um renascido, não tenho ideia...

Loreta e Bruno percorreram juntos o resto das salas dedicadas aos impressionistas, comentaram a delicadeza de Degas, a pureza de Monet, a energia das pinceladas de Van Gogh e o alegre mistério transmitido pelas peças coloridas de Cézanne; quando Loreta se sentiu cansada por causa do peso adicional que carregava em seu interior, aceitou o convite de Bruno para tomar um café no restaurante do museu. Sim, estava com vontade de urinar, precisava se sentar. Cada dia urinava mais e suas pernas estavam se inflamando, disse, estou horrível, enquanto tocava o ventre volumoso e dizia que já estava pelo antepenúltimo mês.

Sentados a uma mesa, mediados pelo café, falaram um pouco dos impressionistas (ela sabia mais que ele sobre aqueles artistas), de budismo e dos renascimentos (alguma coisa elementar os dois sabiam) e, por insistência de Bruno, que não tinha nada melhor para fazer, acabaram jantando no lugar. Como conversaram por mais de duas horas, o psicanalista argentino de passagem por Boston ficou sabendo que a moça grávida tinha nascido em Cuba e vivido vários anos em Londres, onde fizera cursos de artes plásticas e visitara muitos museus magníficos. Loreta confessou, além disso, que fazia apenas um mês que estava nos Estados Unidos, acolhida por uma amiga inglesa que fazia doutorado em Harvard.

– E seu esposo?

– Não existe esposo.

– E isso? – Ele apontou para a barriga.

– Produção independente – disse ela.

– Um dos amigos que estão no quadro de Renoir? – acrescentou ele, e os dois riram.

– Talvez – acrescentou ela.

Na noite antecipada do norte, quando saíram à rua, caía uma chuva fina. Naquele mês de abril, em Boston mal despontava uma primavera ainda muito fria e as árvores continuavam nuas, esperando um sinal do clima para que sua biologia lhes ordenasse criar folhas e florescer. Bruno, cujo hotel ficava a apenas duas quadras do museu, resolveu pedir um táxi para levar Loreta até seu alojamento – em seu estado era perigoso caminhar pelas ruas agora escorregadias. Quando se despediram, Loreta ficou com o número de telefone de Bruno, e ele, com a promessa de que, se ela visitasse Nova York, telefonaria. Quanto a Bruno Fitzberg, também levou algo menos concreto, muito mais inquietante: a aura da mais absurda ideia de que encontrara na realidade uma personagem saída de um quadro de Renoir, pois via na memória Loreta Aguirre Bodes, aliás "Aline", mas de forma esfumaçada. Recebia uma imagem completa e ao mesmo tempo imprecisa, inacabada, com uma beleza singular ainda que lhe fosse impossível definir exatamente todos os seus traços: com a sensação de que a mulher tanto podia ser real quanto uma criatura saída de uma ficção ou de um quadro. E com a convicção, naquele instante, de que nunca voltaria a vê-la fora de uma obra-prima de Renoir.

Seis meses depois, já era outono em Nova York, e o Metropolitan Museum exibia uma mostra especial da escola dos impressionistas. Bruno Fitzberg, que já quase não pensava na simpática, culta e ao mesmo tempo pedante mulher grávida que conhecera em Boston, esperava o melhor dia para ir até lá ver a exposição. Então, na noite de 8 de outubro, recebeu a ligação: Loreta Aguirre Bodes estaria no dia seguinte em Nova York e pretendia ver os impressionistas no Metropolitan. Ele a acompanharia? Ficaram de se ver às três, na escadaria do museu: na primeira hora Bruno reservaria as entradas para evitar fila.

Num carregador de bebê em forma de camiseta, Loreta levava sua filha, nascida havia quatro meses: "Te apresento Adela", disse para Bruno. Era uma bebê lindíssima, de aparência saudável, com enormes olhos pretos e lábios bem delineados. Loreta e Bruno se cumprimentaram com um beijo na face, como se seu único contato os tivesse levado a esse nível de proximidade, e Bruno Fitzberg reafirmou sua convicção de que, sem saber, estivera esperando, com um anseio cuja proporção só agora se revelava, por um provável reencontro com a mulher imprecisa. Algum anzol o prendera e, ao ver Loreta, sentiu o forte puxão da vara. Embora Bruno desejasse muito falar, durante a hora e meia que dedicaram a percorrer as salas da antologia disseram apenas alguma coisa sobre as obras e novamente ele se surpreendeu com o conhecimento que a jovem mãe acumulava do mundo estético dos impressionistas, entre os quais distinguia Monet, Renoir e Manet, ao passo que detestava – disse-o assim – Gauguin. De Van Gogh, ela gostava dos retratos e dos céus e, de Cézanne, da dramaticidade das cores. Logo soube que Loreta, além de estudar artes plásticas, praticara equitação em seus anos londrinos e em sua vida cubana acabara se dirigindo para a veterinária. De tudo aquilo, Bruno não entendia bem como uma jovem da Cuba revolucionária que não era exilada pudera passar anos morando em Londres e até montando a cavalo, e Loreta lhe disse que Cuba era mais complexa que um lema, mas se tratava de um assunto do qual não queria falar: por isso estava refugiada nos Estados Unidos. "Você fugiu de Cuba?" "Sim, de certo modo fugi... Com Adela dentro."

Ao sair do museu, Loreta propôs a Bruno ir até o edifício Dakota, onde John Lennon havia morado e em frente ao qual o ex-Beatle tinha sido assassinado. Bruno não tinha em mente que era 9 de outubro, dia do aniversário do músico, e Loreta queria conhecer o lugar e, se fosse possível – foi possível –, pôr uma flor na calçada contígua ao lado da montanha de flores e velas lá colocadas em memória do homem que, Loreta lhe lembrou, afirmara que a felicidade é uma arma quente.

Bruno adorava um restaurante do Village: chamava-se Blue Smoke, a carne que vendiam como argentina era realmente argentina, e sempre havia mesa para ele. E lá jantaram, naquela noite, Loreta, Bruno e Adela, a quem, entre o primeiro e o segundo prato dos adultos, coube sugar as mamas da mãe, e Bruno recordou o gracejo: "Menina, troco minha comida pela tua". Às dez da noite, sem terem tomado álcool e sem a mediação de muito mais palavras e explicações, os três entraram no apartamento do homem em West Harlem, onde naquela noite Bruno e Loreta fariam amor pela primeira vez e, nos anos seguintes, Adela cresceria.

Nos dias seguintes àquele catalisador encontro nova-iorquino, enquanto Loreta conseguia o emprego de auxiliar numa clínica veterinária do Brooklyn, que era a razão que a levara a Nova York, Bruno Fitzberg descobriria possibilidades, potencialidades, dependências insuspeitas numa relação sexual muito satisfatória, cálida e imaginativa, tremendamente viciante, e vínculos pessoais com uma mulher enigmática e uma criança muito bonita que o faziam sentir-se ancorado de um modo que jamais experimentara.

Com o passar dos dias e o aumento da intimidade, Loreta finalmente revelou ao amante algumas das que, por anos, ele acreditou serem suas verdades, as razões da existência de uma Loreta Aguirre Bodes que na realidade se chamava Elisa Lucinda Correa – Lucinda por causa de sua avó, reduzida por ela a um "L" desde a infância. Elisa lhe confidenciou que tivera de esconder seu nome real para sair de Cuba com o passaporte em nome de Loreta, carimbado com visto inglês que, havia anos, seu pai lhe entregara. Com aquele passaporte (autêntico para todos os efeitos, só que com o nome trocado), ela chegara a Boston, onde imediatamente pedira asilo político estadunidense. A posse daquele documento falsificado devia-se ao fato de seu pai, o de Elisa, ter sido um alto oficial da inteligência cubana que fazia seu trabalho de espião sob a cobertura de adido comercial da embaixada de seu país. Elisa vivera durante seus anos em Londres com o progenitor, convivendo com crianças britânicas endinheiradas que estudavam pintura e praticavam equitação (como a amiga que a acolhera em Boston). E, se fosse necessário escapar do território britânico, Elisa, seu pai e sua mãe tinham aqueles outros passaportes com nomes alterados.

Um ano antes, seu pai vira-se envolvido (injustamente, segundo Elisa) num processo de investigação que incluía dezenas de militares de alta patente e de policiais da ilha, acusados de infrações que chegavam à traição da pátria. Ainda que não se pudesse provar nenhuma felonia nem ato de corrupção de sua parte, o pai de Elisa fora destituído de suas patentes e confinado a sua casa, longe de toda atividade oficial, embora seu nome não tivesse aparecido em nenhum dos processos executados. (Bruno suspeitaria que a indulgência para com o espião se devesse a um acerto em troca da revelação de segredos que inculpavam seus ex-companheiros ou de outros acordos obscuros, como geralmente ocorre nessas tramas.) Enquanto isso, o pai da pequena Adela, um jovem oficial da contrainteligência cubana chamado Rafael Suárez del Villar, diante da iminência de uma detenção, se suicidara jogando-se do oitavo andar (mais ou menos) de um edifício.

Quando terminou o relato rocambolesco, Loreta avisou Bruno de que jamais voltaria a falar daquela história tenebrosa que ela preferia esquecer, de uma experiência de vida e relações que não pretendia manter, de uma existência que fora a sua e já não voltaria a ser e da qual a única coisa que ela conservava era sua filha. Uma menina sem pai, sem pátria, sem passado familiar, à qual pretendia dar uma existência o mais afastada possível de uma trama nefasta de fidelidades turvas e de traições duvidosas ou reais, com a qual cortara todos os fios conectores: renunciando inclusive e para sempre a seu próprio nome, negando-se a evocar qualquer lembrança, a sofrer a mais leve nostalgia. E, se confiara sua história a Bruno, era apenas porque, se finalmente decidissem viver juntos, ele merecia saber quem ela era antes de tomar uma decisão tão importante.

Quanto Bruno Fitzberg acreditara naquela história rocambolesca que, vista em perspectiva, parecia digna de John le Carré? Bruno acreditou em tudo. Ou quis acreditar em tudo. Estavam nas semanas finais de 1990 quando as notícias que chegavam do destino da União Soviética eram cada vez mais alarmantes e reveladoras do estado de agonia daquele país e do projeto político que pôs em prática, ao passo que dos outros países já ex-socialistas do Leste recebiam-se notícias surpreendentes de crimes, corrupção, vigilâncias, férreos ocultamentos de verdades que agora começavam a ser divulgadas. E entre essas histórias, às vezes até truculentas, flutuavam as mais diversas e extensas tramas de espionagem e controle exercido por órgãos como a KGB e seu mais qualificado discípulo, a Stasi alemã. Ou os desmandos da Securitate de Ceausescu. Crônicas malucas, pelas quais Ian Fleming teria pagado para oferecê-las para James Bond e Orwell para incluí-las em *1984* (livro que Loreta adorava) e que se transformavam em notícias cotidianas dos jornais. E Bruno quis acreditar porque, independentemente de jogos políticos, redes de espionagem, traições programadas, nele agia uma força mais poderosa e letal: apaixonara-se por Elisa Correa, agora chamada Loreta Aguirre Bodes, e já pretendia viver com ela. E, ainda que sua perspicácia profissional o alertasse de que se tratava de uma pessoa avariada, sua exigência sentimental se impôs.

Algumas semanas mais tarde, em um juizado da cidade, Elisa Correa Miranda, aliás Loreta Aguirre Bodes, aliás Aline em outra existência vivida na *belle époque*, aceitou a aliança que a ligava a Bruno e passou a se chamar Loreta Fitzberg, e sua filha, reconhecida pelo agora esposo da mãe, foi legalmente rebatizada Adela Fitzberg, filha de Bruno e Loreta, e inscrita como nascida em 27 de maio de 1990.

Bruno Fitzberg não podia negar que, por anos, fora feliz com a esposa e a filha. E que tinha sido saudável, inclusive satisfatório para ele, oferecer àquela filha uma fábula agradável com a qual pudesse viver uma existência sem os fardos de um passado sórdido, talvez traumático. Por isso não se sentia culpado de ter enganado Adela. Agira convencido de que estava fazendo um bem e, vinte e cinco anos depois, diante da jovem que finalmente descobrira parte da verdade – ou parte de uma grande mentira? –, enquanto revelava segredos enormes e tanto tempo encobertos, continuava pensando que fizera o certo e esperava que sua filha – pois Adela era sua filha, embora não tivesse seu sangue – o entendesse. Bruno não pretendia que Adela Suárez del Villar Correa, para todos os efeitos legais estadunidenses chamada Adela Fitzberg, nativa de Nova York, lhe perdoasse, se é que havia o que perdoar, só que o entendesse. E que, se pudesse, continuasse a considerá-lo seu pai e a amá-lo como tal.

Marcos não se considerava um ser humano simples, embora fosse amante da simplicidade e do equilíbrio. E, se em sua juventude havanesa vivera uma vida louca, sem pensar muito em consequências, foi devido em boa medida à entropia ambiental que dificultava estabelecer uma coerência. Mas o engenheiro Marcos Martínez, o Lince, Mandrake Mago, na realidade adorava a estabilidade, embora muitas vezes não a tivesse conseguido atingir.

Talvez por exigências de seu caráter, agora queria escapar do poço de incertezas em que caíra. A falta de respaldos firmes, o refreado, mas pujante, desejo de entender, a explosiva revelação de um segredo que o fazia pensar e continuar pensando o enterravam cada vez mais num estado de ânimo pernicioso. Além disso, queria proteger Adela de uma convulsão que ameaçava descentrá-la ou já a tinha descentrado. E o único escudo possível era armar-se de conhecimento e saber como lidar com ele depois.

Mesmo sabendo que desobedecia a um desejo de Adela, a necessidade o venceu. No dia seguinte ao da conversa com sua mãe, abriu na tela do computador a foto postada no Facebook e digitou o número de seu tio Horacio, em San Juan. Depois da troca de formalidades, Marcos entrou direto no caminho que se propusera a percorrer.

– Afinal, você chega aqui amanhã?

– Sim, vou por dois dias. Vamos nos ver, não é?

– Sim, já estou te esperando... Escuta, tio, o que me diz da foto do grupo que mami publicou?

– Que me fez pensar em tantas coisas... Coisas em que gosto de pensar e outras que gostaria de não lembrar.

– Coisas como quais?

– Muitas – suspirou Horacio. – A morte de Walter... A doença de Bernardo... A loucura em que vivi... Histórias daquela época. O que eu era e o que sou. E que olho para mim mesmo e parece que vejo outra pessoa diferente demais da que fui. E não sei se melhor...

– Por que está dizendo isso? Você está bem...

– Não, eu não deveria me queixar. Tenho uma vida boa. Faço o que gosto. Não me arrependo de quase nada. Deus me protegeu... Sabe que quando tiramos aquela foto eu não acreditava em Deus?

– E agora você acredita mesmo?

– Acho que sim. Não sei bem... Apesar de nem aparecer em igreja... A física explica quase tudo. Mas não tudo... Você sabe disso.

– Nem a religião... No entanto, parece que ajuda muito. Sabia que meu irmão Ramsés se fez santo antes de sair de Cuba?

– Sim, sua mãe me disse. Eu não podia acreditar. Mas parece que lá isso agora é quase moda: todo mundo quer acreditar em alguma coisa. Clara e o pobre Bernardo também são crentes.

– Mas o foda é que um monte de gente já não acredita em nada...

– Quando falo com quem vai para Cuba, parece que a pessoa esteve em outro país. Bem, as vezes que fui também me senti como perdido.

– Porque é outro país... Escuta, tio, desculpe minha ignorância... Quantos filhos você tem?

Horacio deve ter se surpreendido com a pergunta.

– Dois, as gêmeas... Você sabe.

– Certeza?

– Certeza... O que está acontecendo com você, rapaz?

Marcos tinha movido o mouse auxiliar do *laptop*, clicado no ícone de envio e lançado no ciberespaço uma imagem já selecionada.

– Veja agora no computador a foto que acabei de te mandar.

Horacio, em sua casa acolhedora de um bairro urbanizado de San Juan, em cujo jardim àquela hora coaxavam as pererecas diminutas, abriu sua caixa de e-mails, clicou na mensagem de Marcos e depois na imagem recebida.

– Ah, estou vendo. Sua namorada Adela – disse o homem.

– Não vai me dizer nada? – sondou Marcos.

– O que quer que eu diga, Marquitos? Que sua namorada é maravilhosa?

– O óbvio, saco!... Que você tem outra filha. Ou pelo menos diga que estou louco.

– Você está louco... Olha, é melhor a gente se falar amanhã, quando eu aterrissar em Miami.

– Estou te esperando, com a luva aberta, para te pegar no *fly*... E não me venha com mentiras, por favor!

– Marcos, você não é nenhum ignorante idiota... Mas me diga uma coisa, você sabe o que é a verdade?

– A verdade é a verdade. O que não é mentira.

– Está certo... A verdade é aquilo em que a gente acredita. Que Deus existe, por exemplo... Não vou poder te dizer nada além daquilo em que acredito. E lembre-se de que o útil nem sempre é doce.

Adela estava terminando de pôr seus pertences no *carry-on* colocado sobre a cama da cabana quando lembrou que tinha deixado sua escova de dentes no banheiro. Foi buscá-la e, quando se viu diante da pia, mais uma vez olhou seu rosto refletido no espelho. E voltou a se perguntar quem era ela.

5
Quintus Horatius

"Para cada ação há uma reação igual e contrária."
Terceira lei de Newton

Quintín Horacio nasceu em Havana, em 8 de novembro de 1958, e foi batizado com esse nome porque o pai era admirador de Quintus Horatius e suas odes e epístolas, especialmente a intitulada *Epístola aos pisões*, a famosa *Ars poetica*. Seu pai, Renato Forquet, maçom, livre-pensador e contador graduado, funcionário de uma empresa importadora estadunidense estabelecida em Havana, graças à qual ganhava um excelente salário, saiu de Cuba para os Estados Unidos em 8 de janeiro de 1960 para o que considerava uma breve estadia enquanto o ambiente se acalmava e a vida recuperava seu curso normal, algo que, inevitavelmente, teria de ocorrer, repetia Renato. Deixava em casa, com o que avaliou que seria dinheiro suficiente para viver pelo menos dois anos, sua esposa Eslinda e seus filhos Laura (de quatro anos), além do pequeno Horacio. Estava se separando deles só por um tempo e porque Eslinda era uma mestiça apenas suficientemente escura (ou suficientemente clara) para ser considerada negra pelos estadunidenses, correndo o risco de se ver exposta a reações lamentáveis de marginalização racial. Também mantinha em seu lugar sua biblioteca muito querida, de uns quarenta ou cinquenta volumes, muitos dos quais dedicados à literatura latina: César, Plutarco, *Eneida* de Virgílio, e só levou para um exílio que não considerava exílio as obras de Horacio.

O rumo dos acontecimentos acabou não sendo o previsto por Renato Forquet ao sair de seu país, e sua estadia começou a se prolongar. Os meses se transformaram em anos. Em Miami ele alugara um apartamento e, graças a seu domínio do inglês, logo conseguiu um novo trabalho como contador. Estava decidido a esperar e não voltar a sua pátria enquanto a vida não recuperasse o que para ele devia ser seu curso normal, tal como dissera ao partir. Renato, que tinha estudado nos Estados Unidos na aurora da década de 1950, considerava o comunismo uma aberração política e achava que ele, num país comunista, mesmo sendo um homem pacífico, só teria dois destinos: a prisão ou o paredão de fuzilamento.

Durante dez anos, por meio de cartas que demoravam a chegar e às vezes não chegavam, de ligações telefônicas difíceis e esporádicas, Eslinda e Renato mantiveram a distância sua relação de casal, até que a própria separação os venceu ou os convenceu do absurdo da decisão.

Cumprindo ordens do pai, o menino Horacio fizera coisas não muito comuns na Cuba de 1960, como ter professores particulares de inglês, de taquigrafia e datilografia e de história nacional norte-americana, para contar com esses apoios caso precisasse emigrar. Horacio cresceu com a imagem de Renato Forquet que a mãe lhe oferecia, enquanto lia várias vezes cada carta sua, especialmente as orações nas quais se dirigia a ele e lhe dava conselhos ou recomendações ou se interessava por seus estudos. Até que, em dado momento, Renato Forquet acabou assumindo sua condição de exilado com retorno difícil ou improvável e, num mau dia, se evaporou. O pai, então, se transformou num ser invisível, mas ainda latente, uma presença cada vez mais difusa de quem o filho não conservava nenhuma lembrança viva, só as imagens de algumas fotos de sua vida cubana e de seus primeiros anos no exílio.

Quando se fez o silêncio de seu pai – fim da década de 1960 –, Horacio até se alegrou com o sumiço do progenitor, pois nos formulários escolares que com frequência tinha de preencher finalmente pôde aceitar que tinha, SIM, familiares no estrangeiro (pai: Estados Unidos), mas, sem medo de mentir, pôde admitir que NÃO mantinha nenhuma relação com ele, tal como se esperava de um jovem estudante revolucionário. Os exilados eram apátridas, e a Pátria, encarnada pelo processo da revolução, sempre devia estar acima de tudo, inclusive da família.

Quando em 1994 saiu de Cuba para os Estados Unidos, Horacio indagou pelo destino do pai entre alguns velhos cubanos residentes em Miami, especialmente maçons como ele. Vários se lembravam dele, nenhum o localizava. O que pouco tempo depois Horacio encontrou de seu progenitor, aquele fantasma insondável, tão amante da literatura latina quanto temeroso da ideologia comunista, foi uma tumba discreta em um cemitério de Tampa, coroada por uma lápide quase miserável, gravada com a insígnia maçônica e na qual se afirmava que Renato Forquet Sánchez, pai e esposo querido, irmão maçom, morrera em maio de 1994, aos setenta e quatro anos de idade. Justo três meses antes de Horacio sair da ilha e começar a procurá-lo no exílio. Pai e esposo querido de quem, por quem? Horacio, que como físico empírico sempre tentava conhecer a origem das ações que geram as reações, lamentaria que por apenas algumas semanas jamais conseguiria saber como e por que o pai se fizera admirador de um poeta latino e se na verdade saíra da ilha com a convicção de que regressaria para viver com a família quando a sociedade recuperasse o que aquele homem devia ou podia considerar seu curso normal. Sobretudo, jamais saberia se ele deixara a mulher para trás por amor ou desamor, para protegê-la ou para não se envergonhar dela... e de seu filho ostensivamente mulato. Queria saber sua verdade, mas concluiu que o melhor era não conhecer os detalhes da maneira como seu progenitor vivera seu exílio e se, como suspeitava pela inscrição de sua lápide, tivera uma nova família e possíveis irmãos de Horacio.

Diante da tumba, o recém-chegado teve vontade de chorar, mas também de chutar o túmulo: uma mistura de amor, ódio, ressentimento e vergonha levavam seus sentimentos de um extremo a outro. Como átomos enlouquecidos por terem se extraviado da órbita.

Horacio sabia o que era o curso anormal de uma vida, isso sim, porque a sua sempre o tinha seguido. Para um homem como ele, com alto coeficiente de inteligência e um pensamento organizado de acordo com leis de cumprimento inexorável, o mundo era – ou deveria ser – um sistema lógico de causas e efeitos, ações que engendram reações. Um estado no qual palavras como "sempre", "nunca", "possível" ou "impossível" e "necessariamente" costumam ter significados precisos e valores em geral absolutos, para não pecar por demasiado absolutos, segundo costumava dizer. E ele não sabia muito bem por que sua própria existência fora um eterno e infrutífero combate contra um comportamento da natureza – e Horacio incluía nela a natureza humana – em permanente *caos* e *desordem*, que ele lutaria a cada dia para estabilizar e conduzir a uma situação de *equilíbrio.*

Talvez para compensar essa exigência vital e graças a sua proverbial inteligência, Horacio penetrara no universo da física, embora gostasse de pensar que sua vocação mais verdadeira sempre tivesse sido a filosofia, como nos tempos dos grandes gregos clássicos. Só que, no país quente e ao mesmo tempo leve e predestinado em que cresceu e estudou, tentar ser filósofo e falar do intangível e do necessário poderia conduzi-lo ao auge da anormalidade prática e existencial. Além disso, num lugar em que se praticava uma ideologia com princípios indiscutíveis, supra-humanos, cânones já estabelecidos pela história, a opção de pensar muito às vezes não era tão saudável.

Os dias e as semanas que se seguiram à morte de Walter, que logo se complicaram até se obscurecerem com o desaparecimento de Elisa, foram tempos de enorme desassossego para Horacio. Em meio a acontecimentos tão desequilibradores, o fato de sua namorada Guesty também sumir enquanto se revelava sua possível função de dedo-duro dentro do Clã piorava seu ânimo e deteriorava sua relação com a verdade, aquela âncora sem a qual Horacio pensava não poder viver. Por isso, com espírito científico dedicou-se a tentar esclarecer evidências que lhe permitissem explicar que porra tinha acontecido a sua volta e que caralho ele mesmo tinha feito ou deixado de fazer para que aqueles acontecimentos desequilibradores ocorressem. Puro efeito clássico de ação e reação? De causas e consequências?

Claro, a tão difundida sensação de paranoia provocada pela vigilância real ou imaginada de que tinham sido objeto também o afetou, embora não com a mesma intensidade que a Irving ou Darío, sem falar em Walter. Em todo aquele turbilhão de acontecimentos, o que menos preocupou Horacio, na verdade, foi o possível vínculo de trabalho de Guesty, que desde o início ele insistia em descartar como suposta informante. Porque, sem confessar para ninguém, a ausência de Guesty o aliviou: na verdade, embora fosse evidente que a jovem tinha um corpo espetacular e um rosto de concurso, seu comportamento sexual podia ser considerado pouco imaginativo, quase insatisfatório, de acordo com a experiência abundante que ele tinha no assunto. E Horacio pensava: se fazer sexo com ele era parte de uma missão de inteligência, por isso Guesty a cumpria cabal embora insipidamente? Se era uma missão de trabalho, seu salário incluiria recompensas por horas noturnas e horas extras? Ou simplesmente ela era ruim de cama porque era ruim de cama?

Quanto a moça teria averiguado e poderia ter informado sobre ele e seus amigos também não o intranquilizou muito. Horacio e os membros do Clã, como quase todos os integrantes de sua geração, haviam aprendido desde crianças como e onde falar (Horacio, afetado pelo exílio do pai, tinha mestria no assunto), embora nunca pudessem garantir com quem o faziam (o verdadeiro caráter ou as intenções do interlocutor ou escuta). Ainda assim, muitos deles tentavam ter – e alguns até conseguiam – comportamentos não excessivamente maníacos e permitiam-se falar, opinar, inclusive discordar além de certos limites do que era considerado permissível, mesmo que dentro do legalmente impunível (se Alguém não decidisse o contrário, o que podia acontecer, pois a política funciona como uma ciência arbitrária e a maquinaria do controle como um mecanismo em movimento perpétuo, sem fronteiras definidas, com apetite voraz).

O grupo, quanto ao mais, era bastante inocente em suas apreciações da realidade político-social e, talvez com exceção dos desmandos de Walter, algum desafogo alcoólico de Bernardo, um gracejo de Irving ou uma saída cáustica de Elisa, pouco se podia dizer deles que todo mundo não soubesse por fazer parte de sua vida e de sua projeção pública. A falta de "densidade" das possíveis inconformidades políticas do Clã fazia Horacio duvidar da filiação policial atribuída a Guesty, pois para que vigiar indivíduos tão pouco interessantes que, na realidade, nem sequer mereciam tal empenho e de cuja vida qualquer um que desejasse poderia saber tudo o que havia para saber? O Exército de Espionagem do Cidadão (Orwell o chamaria assim, ele pensava) teria tantos efetivos disponíveis para dedicar a eles um membro profissional, assalariado e em tempo integral?

Mas, enquanto Horacio repetia para os amigos que esquecessem Guesty e seu possível trabalho, sem comentar com ninguém e como não podia deixar de fazer, o mulato saiu em busca da moça porque ele precisava da *sua* verdade.

Numa tarde, atravessou toda a cidade até os confins do oeste, onde se erguiam os edifícios em série do bairro San Agustín. Em duas ocasiões Horacio a acompanhara até lá, sempre tarde da noite, e nem seu senso afiado de orientação o ajudou muito a se localizar no dédalo de cubos de blocos e concreto de mesmo estilo (feio) que formavam o bairro. Depois de muito perguntar, chegou ao apartamento de um quinto andar onde morava alguém que devia ser Guesty. Só naquele momento Horacio soube que Guesty não se chamava Guesty, mas María Georgina, e teve um sobressalto: seria Guesty seu nome de guerra? O físico sabia que a jovem morava com o pai, mas foi uma mulher de uns cinquenta anos quem abriu a porta do apartamento em que María Georgina pernoitava e lhe informou que a moça já não morava lá: mudara-se com um namorado para o outro extremo da cidade, para o enclave ainda mais labiríntico e sem graça de Alamar. E, não, ela não tinha seu endereço nem queria ter. Enfim: quando o namorado lhe desse o fora, disse a mulher, certamente apareceria por ali de novo, como outras nem sabia quantas vezes. E à pergunta de Horacio a mulher esclareceu que, sim, Guesty escolhera apresentar-se com um apelido porque a fazia parecer mais moderna. Aquela puta, a mulher acrescentou e fechou a porta.

Ao sair de San Agustín, com a autoestima já bastante machucada (tinha sido mais um na lista, pelo visto longa, de Guesty), Horacio pensou que talvez pudesse tentar localizar a moça na empresa onde ela dizia que trabalhava (uma das encarregadas das obras em andamento para os Jogos Pan-Americanos de 1991) e, no dia seguinte, chegou aos escritórios da construtora, onde ninguém conhecia Guesty... mas, sim, María Georgina, auxiliar de economia.

Postado numa esquina, Horacio esperou o encerramento da jornada de trabalho e no fim viu Guesty sair (os olhos em permanente assombro, a bunda magnífica, os seios protuberantes) do edifício da empresa. Notou, então, que suas mãos suavam. Chegado o momento, estava com medo de saber a verdade?

Horacio quis ir embora, mas não pôde. Então, apressou-se para alcançar a jovem, que, ao sentir a proximidade do corredor, se virou. Seus olhos pareceram mais assombrados ainda ao ver o ex-namorado.

– O que está fazendo aqui? O que você quer, porra? – disse ela, com raiva mal contida.

– Desculpe… Te perguntar… – começou Horacio. Mas ela reagiu.

– Não tem que perguntar picas… Some… Por culpa de vocês fiquei um dia presa e agora meu irmão está preso por causa de dois cigarros de maconha… Loucos, filhos da puta, não quero saber de você nem de nenhum dos outros safados e veados.

– E o que você disse a eles, Guesty? – assumiu Horacio, um tom de súplica.

– Tudo! Tudo o que me deu na cabeça e mais um monte de coisas! Um de vocês disse que eu dizia ser policial e… isso enfureceu mais os policiais! Disseram que se eu estivesse me fazendo passar por…

– Não estou entendendo, bom, Walter achava que você…

– Então o louco de merda que se matou dizia isso de mim!… Ha, ha… E vocês acreditaram… Bando de idiotas! Vai embora, anda!

– Então você…?

– Some, saco! – gritou ela, com todas as forças, e começou a correr, afastando-se do físico, que só naquele instante se viu criticamente observado por outros funcionários da empresa.

Meia hora depois, quando realizava o milagre de tomar uma cerveja no Bar de los Perritos do Hotel Colina, lugar para ele cheio de lembranças difíceis de definir como boas ou ruins, Horacio resolveu que ia suprimir o capítulo Guesty de sua vida e da vida do Clã, cobrindo-o com um manto de silêncio. Sentia-se culpado, envergonhado, com o orgulho mortalmente ferido. Era degradante que, no fim, tivesse servido como fio condutor para muitas intimidades de seus amigos e que, mais ainda, o tivesse feito por meio de uma mulher que era boa, mas trepava mal, que era mais puta por vocação que informante policial por ofício e que era capaz de soltar tantos insultos por segundo. A inexistente castidade de seu pinto – teria dito Irving – fora a responsável pela confusão. Além do mais, se Guesty não era delatora, quem era? Walter? Outro deles?… Fabio?… Horacio teve mais razões para procurar nunca mais tocar no assunto.

O perturbador sumiço de Elisa, em contrapartida, arrastaria Horacio a outras preocupações e enredos mais complicados, menos possíveis de rechaçar, pois ele mesmo poderia ter alguma implicação direta no caso, fossem quais fossem o motivo e as proporções da evaporação: um ocultamento, uma fuga, até um assassinato com cadáver desaparecido?

O grande problema de Horacio estava no fato que, desde que se conheceram no curso pré-universitário de El Vedado, ele se sentira atraído por aquela garota descontraída. Talvez porque fosse mais forte e ousada que ele e quase todas as pessoas que conhecia na época; talvez por que em seu olhar e em seus gestos enxergasse uma lascívia inquietante; talvez porque Elisa tivesse aparecido munida de uma educação e uma cultura quase superior à dele e, sobretudo, com saberes pouco habituais naquele tempo (a pintura impressionista!); e, inclusive, por ela ser uma manipuladora e calculista nata que, com muitos argumentos, se inclinara para Bernardo, o bonito, inteligente, bem situado socialmente Bernardo, e não para um mulato morto de fome, sem pai poderoso nem casa em Altahabana, tampouco automóvel nos fins de semana e muito menos férias garantidas em casas especiais de Varadero.

Com os anos, as convivências e seus êxitos sexuais, os desejos de Horacio submergiram e deram lugar a uma amizade em confiável equilíbrio estático e térmico. Mas não desapareceram (a energia nunca se destrói, só se transforma). E, num momento de tensão dinâmica, o demônio de Elisa despertara e acontecera o que de algum modo e algum dia teria de acontecer.

Horacio já havia começado sua relação com Guesty, que era sete, oito anos mais jovem que os membros originais do Clã, e tanto homens como mulheres sentiram-se desafiados com a presença física da cubana loira de olhos azuis caucasianos, pálpebras sempre abertas e nádegas de negra mandinga. E, embora Horacio não tivesse muito prazer com suas práticas sexuais, manteve a intimidade com Guesty porque se deleitava, e muito, com o que os outros presumiam que devia ser aquela relação com uma jovem tão atraente, embora bastante elementar. Depois ele lamentaria ter adotado a deplorável atitude cubana de antepor o que os outros pensam ao que se prefere.

Naquela tarde espantosamente quente e úmida do início de setembro de 1989, Horacio saíra da universidade em que, graças a seu excelente expediente acadêmico, cinco anos antes ele se tornara o professor mais jovem da Faculdade de Física, onde ministrava o curso de física experimental e, como não tinha nada melhor para fazer, começara a preparar sua tese de doutorado na especialidade de ciência dos materiais, sua área preferida. Com tempo livre, sufocado pelo calor e pela vontade de não fazer nada, Horacio resolvera tomar umas cervejas – se por sorte houvesse – no Bar de los Perritos, do Hotel Colina, perto dali, onde gostava muito de se refugiar. Antes, também porque tinha tempo e ócio sobrando, resolvera passar pela livraria da L com a 27 para ver se havia chegado alguma novidade interessante. Foi lá que Elisa e Horacio se encontraram.

Fazia vários dias que não se viam e se cumprimentaram com o afeto de sempre. Elisa comentou que estava ali a caminho do apartamento de uma colega de trabalho, enviada por um mês para atender umas poucas vacas que ainda pastavam nas planícies de Camagüey (e não é ironia, Elisa esclareceu, as vacas em Cuba são uma espécie em perigo de extinção, disse, e Horacio gostou tanto da frase que se apropriou dela), e Elisa se comprometera a alimentar o gato da colega. Enquanto falavam, percorreram juntos as estantes do local sem encontrar nada apetecível, lembraram suas leituras quase clandestinas de Orwell, Kundera, Cabrera Infante e Burroughs, e depois, como não estavam com pressa, mas, sim, com muito calor e vontade de falar, atravessaram a rua juntos em busca das possíveis cervejas para as quais Horacio a convidou. E alguma coisa estava se preparando para acontecer, pois na penumbra refrigerada do bar, incrivelmente vazio numa tarde tão asfixiante, encontraram uma mesa afastada e um barman sorridente que lhes anunciou que, sim, ainda havia cervejas e estavam bem frias.

Se Elisa não tivesse dado o primeiro passo, ele teria ousado? Horacio sempre acharia que não. Mas aquela pergunta só começou a incomodá-lo de maneira cáustica quando Walter se matou e só depois a mulher desapareceu, e por isso ele mesmo duvidava da valia de suas respostas prejulgadas e até do alcance de seus atos. Mas, fosse qual fosse o ângulo sob o qual se considerasse, a verdade é que ao fim das segundas cervejas, muito longe de um possível estado de embriaguez e mais perto de uma sensação de relaxamento, os demônios saíram de suas cavernas.

Passaram o tempo comentando a gravidade do panorama em que viviam, haviam celebrado recentemente as causas 1 e 2 de 1989, inclusive com fuzilamentos, e, por alguma razão ignorada por Elisa – que evitava falar no assunto –, seu pai poderoso fora mandado para casa, talvez já punido, talvez ainda em investigação. Enquanto isso, na Alemanha Democrática a temperatura política subia de modo surpreendente e, na União Soviética, Gorbatchov permitia explosões acumuladas e controladas durante sete décadas e que agora eram publicadas em revistas como *Sputnik* e *Novedades en Moscú* (cuja circulação seria interceptada na ilha). E, é claro, também falaram de algumas bobagens, que incluíram (justo quando estavam liquidando as segundas cervejas) a relação de Horacio com Guesty, algo que provocava riso em Elisa, que qualificou a jovem de bunduda fronteiriça... Estavam nisso quando o amável garçom trouxe as terceiras cervejas e, mesmo antes de provar a sua, Elisa olhou-o nos olhos e perguntou:

– E você ainda gostaria de transar comigo?

Pego de surpresa, Horacio achou que tivesse ouvido mal. Especialmente pela inclusão do advérbio de tempo na interrogação: *ainda*?

– O que está me perguntando, Elisa? – conseguiu dizer, sem ter podido ainda organizar seus pensamentos.

– O que você ouviu, Horacio... Há anos você quer e não sei se ainda... Antes você gostava das maduronas, mas como agora gosta das mais jovens...

– Não enche o saco, Elisa – lançou e tomou um gole longo de cerveja.

Horacio, é claro, *sabia* que *ainda* queria transar com ela, sempre quisera, embora também tivesse interiorizado a impossibilidade de fazê-lo ou de desejá-lo, a ponto de quase o ter esquecido. Afinal, Bernardo era seu amigo, e na ética de Horacio as mulheres dos amigos *necessariamente* perdiam a condição de objetivo sexual e passavam a só fazer parte da paisagem.

– Pensei que você fosse mais consistente – disse ela.

– Consistente?

– Sim, consistente... Na física a consistência se associa à coerência... não é?

Horacio sorriu.

– Não... mas soa bem.

– Pois na vida, sim... E, se você fosse coerente, ainda quereria. Porque sei que há anos você está com isso aqui – disse ela, tocando com um dedo na testa de Horacio e imediatamente desatando o vendaval: desceu a mão aberta pelo rosto do homem, percorreu-lhe o pescoço e o peito e a depositou na coxa. Horacio acompanhou o movimento do braço e recebeu uma forte sensação de alarme que lhe invadiu o corpo todo e acabou de lhe desorganizar o cérebro.

Na penumbra do bar, sem mais palavras, deram-se os primeiros beijos e trocaram carícias termodinâmicas. Por cima da calça, Elisa agarrou-lhe o membro e sorriu ao comprovar sua consistência e suas dimensões. O resto foi entrar na selva.

– Você tem preservativos?

Horacio apontou sua pasta.

– Sempre ando armado.

No apartamento da colega de trabalho de Elisa, perto dali, tiveram a primeira sessão de sexo, bastante atrapalhada pela pressa, pela ansiedade, pelo desconhecimento. Horacio tentou tomar a iniciativa, mas Elisa sabia dominar seus competidores e o combate teve algo de corpo a corpo. Quando já estavam se vestindo, ele lhe perguntou sobre um hematoma que ela tinha no braço, e a mulher respondeu que eram ossos de seu ofício: o coice reflexo de um cavalo que ela pretendia curar. E Horacio logo esqueceu esse diálogo. Ou acreditou ter esquecido.

Dois dias depois, tiveram um encontro mais satisfatório para ambas as partes, sobretudo para Horacio. Deixando-se levar pela mulher, descobriu e desfrutou as capacidades, as desinibições e as manhas de Elisa, com habilidade inclusive para enfiar-lhe a camisinha com a boca enquanto lhe acariciava os testículos e lhe tocava o ânus até o fundo, provocando-lhe gemidos prostáticos de prazer. Foram dois assaltos tão intensos que pelo resto da vida Horacio guardaria a lembrança daquela tarde como referência para sua vultosa vida sexual. Afinal, esgotados, conversaram sobre o que estavam fazendo. Horacio sentia-se exultante, mas ao mesmo tempo culpado (por Bernardo) e manipulado (por Elisa); satisfeito, mas com vontade de mais. No entanto, o homem sabia que se colocara à beira de um precipício sem fundo e que o passo seguinte talvez implicasse uma queda mortal, embora as causas do falecimento pudessem ser diversas. De momento, deixou nas mãos de Elisa a decisão do futuro.

– Nos vemos de novo depois de amanhã? – perguntou ele, quando Elisa, ainda nua, começou a encher o pote do gato de comida.

– Se você quiser – disse ela, inclinada diante do pote.

– Veja como estou morto de querer – disse ele, aproveitando a posição da mulher para abri-lhe as nádegas e depois deslizar-lhe várias vezes o pênis pelo sulco do períneo, friccionando a vulva e roçando o ânus, até que ela se afastou, sorrindo, dando um passo à frente.

– Está bom por hoje... Vamos, vai se lavar e se vestir... Depois de amanhã. Me espera lá embaixo – disse ela e o beijou, enquanto o empurrava para o banheiro.

No trajeto até o ponto de ônibus da calle 23, Horacio quis caminhar de braço dado com Elisa, mas soube se conter. Quando chegou o que ela tomava, despediram-se com um beijo de amigos. Dois minutos depois, quando o físico já começava a se ressentir da ausência da mulher, deu-se conta de que havia esquecido o relógio sobre a mesinha de cabeceira da amiga de Elisa. Fechou os olhos e conseguiu ver, abandonado a sua sorte, ao lado do pé de bronze do abajur, seu pequeno e velho Patek Philippe, herança de seu pai. E consolou-se com a convicção de que no próximo episódio recuperaria aquele objeto do tempo e da memória.

Conforme combinaram, dois dias depois Horacio esperou a mulher na escadaria que dava acesso aos apartamentos. Pôs-se o sol, instalou-se a noite, a ansiedade devorou Horacio, e Elisa não chegou. Quando decidiu que já tinha esperado o suficiente, ao descer a rua olhou para a sacada do apartamento da colega de Elisa e surpreendeu-se ao vê-lo com as portas abertas e iluminado. Elisa estivera ali o tempo todo e ele gastara a tarde esperando-a embaixo como um imbecil, morrendo de desejo? Horacio voltou atrás e subiu a escada do edifício, bateu à porta que duas vezes havia transposto. O homem emudeceu quando a porta se abriu e viu à frente a mulher desconhecida... A mesma mulher que vira entra no imóvel uma hora antes com uma mochila nas costas? Diante do silêncio estupefato de Horacio, a mulher tomou a iniciativa:

– Pois não?

Horacio precisou de mais alguns segundos para se recompor.

– Desculpe, boa noite... Eu... desculpe – e, quando ia dar meia-volta e fugir do ridículo, uma força de gravidade o fez se deter, já munido de uma decisão arriscada e logo saberia que fatal. – Olha, eu sou amigo de sua colega Elisa e... noutro dia a acompanhei porque havia um vazamento no banheiro, e meu relógio ficou aqui. É um Patek Philippe, quadrado, com uma correia de pele de crocodilo muito gasta e...

A quase certa dona da casa negou com a cabeça.

– Como o senhor se chama?

– Horacio... por quê?

– Espere aqui um momento – disse a mulher, deu meia-volta e, quando retornou, vinha com um telefone sem fio grudado ao ouvido. – Elisa?... Sim, sou eu... Elisa... você conhece Horacio?... Ahã... Ele está aqui procurando o relógio dele que ficou na minha casa... Não, não, não me explique nada... Não, Elisa!... Conversamos amanhã. – E desligou, evidentemente aborrecida.

Horacio, no vão da porta, sentia o suor correr-lhe pela testa e pelas bochechas, o estômago se retorcer, o escroto se enrugar. Até onde tinha enfiado as patas? A dona do apartamento, depois de desligar, deu meia-volta e sumiu no interior da casa. Quando voltou, trazia nas mãos uma pequena sacola plástica.

– Dentro estão seu relógio e seu isqueiro... estava embaixo da cama – disse, entregou a sacola para Horacio e acrescentou: – Boa noite. – E lhe fechou a porta na cara.

Sem abrir a sacola, Horacio saiu à rua. Sentia no rosto a ardência da vergonha e na boca o sabor mesquinho de suas fraquezas. Caminhou até a esquina, sob a única lâmpada da iluminação pública que havia na quadra, abriu o pacote e viu seu relógio junto com um isqueiro grosso e comprido. Tirou o acendedor de benzina e sentiu que alguma coisa se detinha dentro dele: era um par de cilindros soldados um ao outro, de cor ocre desbotada, manchados por alguns brilhos de seu verniz dourado original e com umas letras em caracteres cirílicos gravados em um dos lados. O isqueiro de Walter.

Ao voltar para casa, depois das nove da noite, Horacio sentiu que suas frustrações e sua ira diminuíam enquanto ele era invadido por uma benfazeja sensação de alívio. Porque, apesar dos desejos que o haviam acompanhado até uma hora antes, o melhor era que Elisa nunca voltasse a aparecer em sua vida e não correr riscos tão mortais como o de se apaixonar por ela. E agora tinha todos os motivos para não o fazer. Com uma mistura de ira e distensão, de repente sentiu-se muito necessitado de se desafogar, ligou para Guesty, a moça acudiu em sua ajuda, e Horacio se satisfez o melhor que pôde.

Três semanas depois, quando voltou a ver Elisa, ela estava acompanhada por Bernardo, e a mulher se comportou como se seus encontros íntimos nunca tivessem acontecido. *Kaputt.* Alívio.

Alguns meses depois, quando Elisa evaporou e ele processava suas conclusões despeitadas, o significado e as consequências do desaparecimento da mulher começavam a lhe parecer *necessariamente* sinistros. Sobretudo porque, se Bernardo não era capaz de engendrar e ele usara preservativos em seus dois únicos encontros com Elisa... Feitas as contas e cotejadas as datas, Elisa devia estar transando com o homem que a engravidara justamente nos mesmos dias em que fazia sexo com ele. E esse homem devia ser Walter, o dono do isqueiro de benzina com letras do alfabeto cirílico gravadas que aparecera embaixo da cama em que, duas tardes de sua vida, Horacio fizera amor com a mulher agora evaporada.

Apesar das evidências e das conclusões policiais, desde o início Horacio não acreditou nem jamais acreditaria que Walter tinha se suicidado. Nem a vida desorganizada do pintor, mais caótica em sua anormalidade do que poderia ser considerado normal; nem sua paranoia e seu delírio de perseguição; nem a presumível frustração de criador e, portanto, vital para ele como artista; e, muitíssimo menos, a possibilidade de que fosse o pai de um filho a caminho: nenhuma razão lhe parecia suficiente para que Walter decidisse atentar contra si mesmo. Deveria ter havido algo mais que nem Horacio, nem os outros membros do Clã, nem mesmo a própria polícia tinham descoberto (ou comentado), para concluir pela necessidade ou pela opção pelo suicídio de um sujeito como Walter. Ou ele estava mais louco do que parecia, ou completamente bêbado, ou se sentia tão acossado a ponto de escolher aquele caminho?

Mas, se não tinha se suicidado, quem o teria lançado no vazio? Podia ser verdade a história do cadeado fechado por dentro da porta que dava acesso à cobertura do edifício? Aquele dado dava ao acontecimento um matiz terrível: lançara-o alguém que Walter conhecia tanto a ponto de subir com a pessoa à cobertura de onde voou para a rua. E, se fosse assim e o tivessem empurrado, por que essa pessoa fechara por dentro o bendito cadeado e criara uma nova evidência quando o suicídio poderia passar como possibilidade viável? Ou a história do cadeado era apenas uma fábula policial para esquentar o ambiente e conseguir informações reveladoras? Por que os policiais tinham tanta certeza de que Walter caíra da cobertura e não, por exemplo, de um apartamento do último, penúltimo, antepenúltimo andar? Só porque encontraram algumas evidências de que ele estivera no lugar?

Com aquelas perguntas que se cruzavam e se anulavam e com bem poucas respostas aceitáveis em mente, Horacio empenhou-se na busca de algum indício capaz de orientá-lo a uma descoberta que precisava e, ao mesmo tempo, temia fazer. Porque, se Walter andara transando com Elisa, conforme denunciava a presença do isqueiro exatamente no lugar onde o esquecera, e além do mais a engravidara (pois nem Bernardo nem ele, Horacio, o tinham feito), naquela relação podiam estar as origens do desaparecimento de Elisa (viva? Morta?) e talvez o fim de Walter (suicídio ou assassinato?).

Como era de esperar, Bernardo foi o primeiro alvo de suas suspeitas. O alcoolismo galopante do homem, a possibilidade de ter tomado conhecimento da relação entre sua mulher e Walter e a humilhação a que Elisa o submetera podiam ser motivos suficientes para levá-lo a cometer algum ato descabido. Claro, a própria ciência do caráter do matemático e sua perda de orgulho e de consistência – como diria Elisa – tornavam difícil considerá-lo capaz de cometer algo tão brutal como um assassinato (ou dois). Até mesmo a polícia pensava assim e, além de tudo, aceitara o álibi de Bernardo para a noite do suposto suicídio de Walter. Um álibi confirmado por Elisa. Ou era Bernardo quem confirmava um álibi de Elisa, que, ao se saber ameaçada pelo curso da investigação, se mandara sem dizer para onde?

Em suas pesquisas por outras bandas, Horacio foi obtendo informações interessantes, algumas muito inquietantes e que seus amigos desconheciam, sobre um Walter que a cada vez se revelava um mundo a ser explorado. Uma das mais obscuras foi a história de sua relação, durante a permanência na academia de artes plásticas de Moscou, com uma jovem angolana, mulata e bonita, filha de um alto dirigente partidário do país africano, a qual ele engravidara e que tinha morrido num hospital de Moscou depois de fazer um aborto semiclandestino (ou totalmente clandestino) a que Walter, ao que parecia, a intimara. O episódio, segundo contara a Horacio um pintor que frequentara a academia junto a Walter, fora sepultado pelas autoridades soviéticas – especialistas em ocultamentos –, pois até poderia gerar consequências internacionais. O acontecimento, é claro, acabou sendo a verdadeira causa da revogação da bolsa de estudos de Walter decretada pelos responsáveis por estudantes cubanos na União Soviética, embora nunca tenha constado como tal no expediente do expulso – talvez por exigências também soviéticas, com objetivo de apagar qualquer vestígio da verdade encoberta.

Outra revelação incômoda que Horacio chegou a conhecer foi a relação de Walter com um presumível fornecedor de maconha. Decidido a vasculhar por essa vertente, ficou sabendo da proximidade de Walter com um indivíduo preso por tráfico de drogas (cocaína também?) que, comentou-se, obtinha-as de alguém que, de algum modo, tinha acesso a drogas confiscadas por diferentes procedimentos. O homem teria confessado quem o abastecia de drogas e também a quem as fornecia e, no processo, mencionado Walter? Delação muito possível.

Cada uma de suas descobertas escabrosas e o surgimento de outros detalhes menores serviram para Horacio criar uma imagem mais completa do homem a quem pensava conhecer com profundidade e que, na verdade, era mais insondável do que ele e os amigos do Clã tinham imaginado. Talvez, pensava, o inapreensível Walter tivesse razão (alguma razão) ao se acreditar perseguido, vigiado por alguém (por quem, uma vez descartada a tão malfalada Guesty?). Mas se os policiais espionassem Walter... não saberiam muito mais que Horacio e seus amigos? E o que sabiam não os levara a aceitar a solução do suicídio e ao encerramento da investigação? Será que Horacio não estava pretendendo encontrar o que nunca havia existido?

Entre as interrogações que continuavam perseguindo Horacio, em dado momento se destacou uma que o paralisou: quanto ele e os amigos sabiam do passado e de muitas questões do presente de Walter? Teria algum fundamento a suspeita de que ele também consumia cocaína, algo tão explosivo em Cuba? De repente, as opiniões cáusticas e ousadas do pintor, atitudes como a de tentar envolver Darío em seus divulgados projetos de fuga, seus sumiços periódicos pouco ou mal explicados, suas confissões de que consumia maconha (ou tinha dito que consumia drogas?), as mentiras sobre seu passado, tudo somado à insistência de que estava sendo vigiado (por Guesty) e perseguido (por quem?), o que de tudo aquilo era verdade?... Horacio chegou a ponto de se sentir pressionado por uma opção cada vez mais plausível: não seria Walter um provocador, o verdadeiro espião infiltrado no Clã? E, como um peso a mais, assaltou-o outra pergunta: Elisa, a desaparecida, saberia alguma coisa dessa trama tão possível quanto escabrosa? Horacio viu-se diante de um muro que não podia saltar nem contornar, muito menos penetrar. Por fim, resolveu embainhar sua espada. Mas não a quebrou.

Tudo parecia indicar que o Armagedom se aproximava: a qualquer momento o mundo podia acabar.

Faltava tudo, e a única coisa que sobrava era tempo. Um tempo atroz, dotado de uma estranha capacidade de dilatação como reflexo de sua relatividade: o prazo entre uma e outra refeição se abria como um páramo tenso e intransponível do qual às vezes não se sabia se seria possível sair; os turnos de apagões transformaram-se em períodos exasperantes, intermináveis; as horas necessárias para deslocar-se de um ponto a outro da cidade, em um tempo exaustivo sobre uma bicicleta chinesa ou em intervalos quase sempre invencíveis quando se esperava algum transporte público. Os horários de trabalho em escritórios, fábricas e dependências de qualquer tipo se reduziram, assim como os da programação dos dois canais de televisão existentes, os das sessões de cinema quando ainda as havia e até os das aulas nas escolas. Consequentemente, todo mundo agora tinha mais tempo, embora para a maioria o ganho fosse inútil, pois tratava-se de um tempo vazio e instável, deformado, como se atravessasse um relógio mole de Dalí.

Eram tantas as coisas que escasseavam ou tinham desaparecido que as pessoas até deixaram de sentir sua falta, como se nunca tivessem existido, enquanto se desperdiçava a única coisa que abundava e que, no entanto, não havia possibilidade de preservar nem de recuperar e muitas vezes nem sequer de usar bem: o pântano daquele tempo pastoso, vivido em câmera lenta, para o qual, além do mais, também não se vislumbrava uma solução, um possível reajuste de cronômetros e expectativas. Um tempo que teimava em gerar um extenso sentimento de cansaço histórico.

Para Horacio, em contrapartida, aquele tempo dilatado e tenebroso foi uma bênção: foi o prazo útil durante o qual, para se salvar da loucura e do desespero a que o ambiente o empurrava, ele se empenhou na preparação de sua tese de doutorado em ciências físicas com um trabalho no campo da ciência dos materiais. Dispôs-se, então, a aprofundar uma análise sobre semicondutores que iniciara como auxiliar de pesquisa em seus anos de licenciatura e em cuja elaboração e redação mergulhou com toda a paixão, inteligência e entusiasmo. O trabalho o absorveu durante quase dois anos e o manteve beneficamente abstraído de muitos avatares do mundo circundante. Inclusive ocupando-se ele mesmo de reparar os equipamentos necessários a seus experimentos, instrumentos alemães e soviéticos desgastados pelo uso e pelo abuso que o físico devolvia à vida com elementos de outros equipamentos mais gastos. E seu empenho foi tal que conseguiu terminar a tese na primavera de 1992. Quase um recorde.

Quando ele entregou seu estudo, o reitor da faculdade passou do assombro à comoção ao ver que, junto com a pesquisa, vinham dois artigos (Horacio os chamou de "descartes" de seu trabalho de doutorado) já aprovados para publicação em revistas acadêmicas do México e da Espanha. O presidente da banca examinadora, assim que leu uma das três cópias do calhamaço de trezentas páginas redigido por Horacio, e depois de comprovar que ele havia obtido êxito nos exames de filosofia marxista e idioma inglês, prometeu que, na reunião seguinte da Comissão Nacional de Graus Científicos, exigiria a formação de uma banca para que examinassem e avaliassem o trabalho do jovem. A pesquisa era brilhante, ele disse, a melhor para uma graduação científica que lera em vários anos, e sabia que todos o aprovariam. E assim aconteceu nos últimos dias do primeiro semestre do período acadêmico de 1992-1993, e Horacio se tornou doutor em ciências físicas pela Universidade de Havana. O estudo do jovem provocou tamanho entusiasmo por parte do presidente que, à saída do conclave, como inesperada recompensa adicional, o catedrático propôs ao novo doutor que se juntasse a uma equipe de trabalho que ele coordenava e tinha previsto realizar diversos estudos sobre semicondutores em colaboração com universidades brasileiras, sim, lá no Brasil.

Em meio a carências e incertezas, apagões e cansaços nacionais, a obtenção do doutorado e a possibilidade de viajar, conhecer, sair, sobreviver, foram a luz que, por vários meses, manteve Horacio iluminado. Até que também essa luz agonizou.

Sempre que podia, Horacio costumava assassinar algumas das horas que também haviam se acrescentado a seus dias de doutor em ciências e costumava fazê-lo sentado no muro do Malecón, dedicando-se a olhar o mar e, se seus neurônios despertassem, a pensar. Contemplava o mar e não estava certo de que agora o pélago azul tivesse as mesmas cores, densidade e qualidades que três, quatro anos antes ou três, quatro séculos antes. A sensação de impenetrabilidade que brotava da mancha líquida sem dúvida aumentara, potenciando a noção de confinamento, condenação, asfixia: a evidência de uma prodigiosa mudança física e química ou a evidência mais patente de uma insuperável insularidade legal, geográfica e espiritual.

Os dias de empenho febril na elaboração de sua tese de doutorado, encerrado por tantas horas no laboratório cada vez mais paupérrimo da faculdade ou nas salas da biblioteca central, começavam a lhe parecer cada vez mais remotos, como vividos por uma pessoa diferente da que sentia ser agora. E o sonho de se saber útil, recompensado, reciclado com o projeto de colaboração universitária com o Brasil, no Brasil (como havia sonhado, como havia prefigurado seu futuro científico!), desembocara numa frustração esmagadora. Por que, em vez de conceder a ele – todos o consideravam o candidato ideal até um pouco antes do desfecho: seus companheiros de cátedra, o reitor, o reconhecido professor que presidira a banca de doutorado, todos eles de repente esquivos –, a vaga foi concedida "a dedo" por Alguém do Ministério a um velho professor da universidade de Camagüey, cheio de méritos trabalhistas, militâncias partidárias e publicações inócuas. Com a frustração de seu projeto científico e de vida, chegou a Horacio uma mensagem oficial de consolo: ele encabeçava a lista para a próxima oportunidade.

E, como não podia deixar de fazer, constatando a paralisia generalizada ao redor, Horacio perguntou a si mesmo: que oportunidade?

Necessitado de desafios mentais terminada sua tese, Horacio começara por sua conta e risco a estudar grego clássico, com o velho sonho de penetrar nas essências dos fundadores da filosofia e da ciência física. Mas o que ele chamava de entropia ambiental (calor, escuridão, inclusive fome e perda da noção de futuro) foi mais poderoso e o erodiu. Uma sensação de derrota, um lastro de esgotamento acabou por se apossar do ânimo antes exultante do físico e o paralisou, tal como paralisou o país e tanta gente sua. Por isso Horacio ia para o Malecón, olhava e olhava o mar e sempre, sempre, se perguntava: o que aconteceu conosco? Olhava mais para o mar e depois observava ao redor e via que a cidade se quebrava, escurecia, se degradava. Contemplava novamente o mar e encontrava apenas um vazio tenebroso, dominava-o um desânimo cósmico (do grego *kosmos*; universo concebido como um todo ordenado, por oposição ao caos). Então voltava a dirigir os olhos para o mar e o desafiava: vou te vencer, dizia, às vezes gritando com as ondas, se tivesse força suficiente. E olhava, olhava, olhava o mar e sonhava com algo difuso, situado além, na outra margem daquele mesmo mar, e se alertava: tenho trinta e quatro anos, não oitenta e quatro; vou resistir, não vou ficar louco, não vou... E no fim voltava a perguntar: o que aconteceu conosco? E se respondia, como num diálogo de surdos: tenho de ir embora, tenho de ir embora, não vou ficar louco.

Foi nos primeiros dias de 1994, quando saía do buraco da rua em que caíra com sua bicicleta e via nos dedos o sangue que lhe brotava de um corte na testa, que maldisse até a mãe, falou que não aguentava mais e tomou a decisão definitiva de se mandar, por qualquer caminho que fosse: tinha só uma vida, queria vivê-la e não a perder na frustração, na loucura nem num buraco de rua onde deixara um pedaço de sua pele e, de quebra, suas últimas esperanças. Como Darío em seu tempo: ou ia embora de verdade, ou enlouqueceria, concluiu.

Duas semanas depois, fez o esforço titânico de ir com sua pesada bicicleta chinesa até Fontanar: não poderia deixar de ir, era 21 de janeiro, data do aniversário de trinta e quatro anos de Clara. E o que ele viu e assimilou naquele dia foi a mais primitiva imagem de um desastre de proporções bíblicas. Dos amigos que por anos se reuniram para celebrar a amizade, a juventude, as esperanças, só ficaram uns restos devastados. À morte de Walter e ao desaparecimento de Elisa se seguiria, alguns meses mais tarde, a fuga de Darío, assim que pôs um pé na terra espanhola onde deveria completar seus estudos de especialista. No fim de 1992, os fugitivos tinham sido Fabio e Liuba, dos confiantes e otimistas.

Enviados como delegados especiais a um congresso de arquitetos em Buenos Aires, não participaram de nenhuma sessão do evento: com ajuda de um primo de Liuba radicado na Argentina, sumiram, deixando para trás sua filha Fabiola, com a promessa incerta de tirá-la do país quando possível, pois bem sabiam que um dos castigos aos desertores era a retenção por anos de seus familiares.

Os sobreviventes persistiram no costume da comemoração: Irving e Joel, que conseguiram pegar um ônibus dos trabalhadores do aeroporto, pagando um pedágio ao motorista; Bernardo, recolhido havia vários dias à casa de Clara, numa das tentativas de se afastar dos álcoois que já lhe tinham dado uma cor violácea ao rosto e diluído alguns milhares de neurônios; o próprio Horacio, pedalando a bicicleta chinesa com a qual sustentava uma encarniçada relação de amor-ódio: o jovem doutor em física, que de mulato lindo e consistente se transformara em mulato magro e depressivo, com a pele tostada de sol, com uma cicatriz na testa e em pleno trânsito por um estado inusitado e prolongado de castidade. E Clara, a homenageada, enclausurada como um molusco em seu caracol, sustentando a casa que em outros tempos detestara e na qual fazia malabarismos para manter funcionando o estômago de seus filhos Ramsés e Marcos, ambos já beirando a adolescência, sempre famintos, cada vez mais compridos, flexíveis como junco.

Com os parcos recursos de que dispunham, os sobreviventes conseguiram juntar uns croquetes de miúdos incertos (contribuição de Horacio), uns biscoitos para untar com uma pasta amarela carregada de mostarda (obra de Joel) e uma salada fria de espaguete e iscas de frango (preparada por Irving) e tiveram a agradável surpresa de encontrar sobre a mesa do terraço umas salsichas mexicanas, um pedaço de queijo holandês, uns *tamales**, um ensopado das mandiocas cultivadas pela própria Clara regadas com muita laranja amarga e, para maior alegria, duas garrafas de rum decente. Várias daquelas provisões milagrosas e brilhantes Clara comprara em consideração muito especial a seus amigos, investindo a quinta parte do presente salvador de fim de ano e de aniversário que Darío enviara de Madri: duzentos dólares! (Com sua cordura habitual, Clara destinaria o resto daquela fortuna à alimentação dos filhos e calculava que, apertando os cintos, renderia… seis, oito meses?… pelo menos até que Darío ressuscitasse.)

Entusiasmados com a possibilidade de um banquete régio, os membros da confraria dizimada desfrutaram de uma tarde que se transformou em noite e depois em madrugada graças ao conhecimento de Bernardo (depois de decretar

---

* *Tamal* é um prato típico da América Central à base de massa de milho, bastante semelhante à pamonha. (N. T.)

uma moratória em sua alardeada cura alcoólica, iniciada seis dias antes) do lugar em que vendiam um rum caseiro que queimava a garganta, mas embebedava mais e melhor que outras bebidas com soleira. Como o tempo era a única coisa que lhes pertencia, no fim do dia, embriagados até o limite e suas capacidades, todos se acomodaram em camas, sofás e colchonetes e dormiram a bebedeira de álcool, de lamentos e até de alegrias às quais, apesar de tudo, eram levados por sua juventude em dissolução e por sua capacidade de resistência.

Antes de entrar no estado de hipnose festiva ao qual seria conduzido pela comida e pelos runs tragados com velocidade competitiva e alienante, Horacio fizera um de seus diagnósticos periódicos do estado de sua vida e da vida de seres com que compartilhara anos de cumplicidade. Relembrou os tempos em que tinham ímpeto e sonhos, enquanto exploravam suas capacidades e se faziam mais aptos para entregar à sociedade e a eles mesmos os frutos de seus esforços e conhecimentos. Viu naquele passado que cada vez parecia mais idílico, até irreal, seres tão entregues e vitais que agora lhe pareciam extraordinários na inocência, na pureza e na confiança que tinham destilado. Cada um de seus deslizes e seus desmandos de então eram, para ele, componentes comuns da existência: ciúmes, medos, infidelidades, ambições, mesmo ocultamentos e farsas (de Elisa, inclusive de Walter, o presumível delator). Viu de longe seres que pareciam felizes, reunidos naquele mesmo terraço, jovens dos quais nem mesmo o mais cáustico, inconformado, visionário de todos teria tido condições de prefigurar até que ponto se desintegrariam, provocando o desespero, a abulia paralisante, a dispersão já iniciada.

– Que porra aconteceu conosco? – A pergunta lhe saiu da alma.

Clara, Bernardo, Irving e Joel olharam para Horacio, como se fosse um extraterrestre indagando em que mundo caíra seu disco voador depois de se extraviar de sua órbita.

– Para que isso agora, Horacio? – exclamou Clara, e os outros assentiram, convencidos da inoportunidade da pergunta.

Naquele instante, Bernardo levantou o copo, mas um impulso de sua inteligência alertou-o de que aquele era o trago destinado a fazê-lo atravessar sua porosa fronteira de alcoolista para o limbo da inconsciência etílica. Acomodou o copo com cuidado na mesinha de centro e até sorriu, antes de falar:

– Aconteceu tudo, Horacio...

– Falem baixinho, pelo amor de Deus – advertiu Irving.

– Conosco aconteceu tudo – continuou Bernardo, negando-se a baixar a voz –, e sem nos pedir licença. Os sonhos agora são insônias ou pesadelos.

Aconteceu que perdemos. Esse é o destino de uma geração – sentenciou e recuperou seu copo com a mão já trêmula, tomando tudo de um só gole. – E assim vamos, companheiros, irmãos de luta: de derrota em derrota... Até a vitória final!

– Cale-se agora e não beba mais, Bernardo! – reagiu Irving, ou o medo de Irving.

– Pois vou continuar bebendo, parceiro... – resmungou Bernardo. – E você, Horacio, pare de se queixar. Estamos cercados de merda, mas também cheios de merda... Nossas merdas. Como as tuas, que é um filho da puta que trepou com a minha mulher.

Um silêncio dramático caiu sobre o grupo, até que Horacio, que tinha desviado o olhar para a quintal, ousou rompê-lo.

– Não me perdoe nunca, Bernardo. Sim, sou um filho da puta... Uma pessoa ruim...

– Vai pra casa do caralho – resmungou Bernardo.

– Sim, tenho de ir embora, mesmo que seja pra casa do caralho.

– Sim, vai, vamos, vai de uma vez – gritou Bernardo, e fez uma tentativa inútil de ficar em pé. Horacio apenas assentiu, como se não tivesse ouvido um insulto, como se o outro tivesse falado num idioma incompreensível. Desejava até que Bernardo tivesse forças para se levantar e esmurrá-lo, conforme ele merecia.

– E para onde você vai a essa hora, rapaz? – perguntou Irving.

Horacio reagiu, olhou para o amigo e negou com a cabeça.

– Porra, como é que você não entende, Irving?... A fome está te paralisando o cérebro, igual a mim, ou você está bêbado como esse idiota que nem me dá uma cuspida, como eu mereço?... Tenho de ir embora deste país. Tenho de ir, saco!

A crise dentro da crise se deflagrou no verão do ano muito sombrio 1994, quando Horacio já tomara a resolução que, talvez como reação oposta à decisão de seu pai, jamais pensara em tomar. Como uma observação perniciosa, contudo, aquela exigência já ocupava todas as suas meditações, aproximando-o da ansiedade e até da demência. Ir embora, ir embora, ir embora.

À volta, o desespero de muita gente para escapar da escuridão e das carências chegou a transbordar e a subir uma escada para algum ou nenhum lugar. Primeiro foram as invasões a duas embaixadas europeias por várias dezenas de aspirantes a asilo nos Estados Unidos ou em Burkina Fasso, era indiferente, assaltantes aos quais foi negada a saída da ilha. Depois começou o sequestro de embarcações que ou arribavam em costas estadunidenses com sua carga de desesperados, ou ficavam à deriva ou até naufragavam (ou, pior, faziam-nas naufragar, inclusive com métodos drásticos), e algumas delas deixavam até dezenas de vítimas das quais quase não se falava, mas que existiam. No entanto, a ansiedade não se acalmava sequer com o aumento do perigo. E dos sequestros oportunistas passou-se aos roubos a mão armada de lanchas e botes, com violências desenfreadas, e houve mais e novas vítimas.

O calor do ambiente, não só atmosférico, era sentido na rua, como uma caçarola quente, quando, em 5 de agosto, a partir de alguns meios de difusão da Flórida, divulgou-se o anúncio da iminente saída para a ilha de uma frota de embarcações com o objetivo de recolher em frente das costas de Havana os cubanos que desejassem emigrar. A notícia ou o boato, que ninguém se preocupou em confirmar, transformou-se num pavio de pólvora que percorreu a cidade, aquecendo-se com o desespero e a credulidade de muitos e, finalmente, encontrou a centelha encarregada de provocar a explosão.

As pessoas, convencidas de que logo chegariam as naus salvadoras, ou pelo menos com vontade de saber se a informação era verdadeira ou apenas movidas pela curiosidade de presenciar o espetáculo prometido, lançaram-se às ruas do centro da cidade dirigindo-se a um Malecón em cujo horizonte não se vislumbrava nem se vislumbraria nenhuma nau salvadora. Sem ideia do que fazer, muitos se sentiram pressionados pela frustração, pela impotência, pela exaustão, pela raiva acumuladas. Aos gritos de um seguiram-se os de outros, depois lançaram-se as pedras oportunistas que logo se voltaram para as vitrines dos estabelecimentos em que havia algo para carregar. A polícia viu-se superada pela velocidade e pelo tamanho da avalanche e, ao que parece, os agentes receberam ordem de não intervir e deixar o trabalho de repressão para brigadas de resposta rápida que, com trajes proletários e paus ou cavilhas em punho, saíram para conter a turba e se produziu um enfrentamento no qual couros cabeludos se racharam, braços e costelas se quebraram, até olhos saltaram das órbitas, enquanto se efetuavam detenções. Alguém gritou que Fidel estava chegando, que Fidel estava perto, e muitos gritos de protesto de repente se tornaram vivas ao líder. No fim, os exaltados se dispersaram, mas a tensão não: a energia não desaparece, Horacio pensaria depois. Sempre se transforma.

Cinco dias mais tarde, finalmente se levantou a tampa da válvula de escape quando o governo anunciou, desta vez oficialmente, que as fronteiras do país estavam abertas para que quem quisesse sair saísse como pudesse. O impossível se fazia real, factível, assim, por decreto?

A reação funcionou como se um disparo de arrancada tivesse sido dado. A partir do próprio dia em que o decreto foi lançado, as costas do norte da ilha, como por arte de magia – na realidade, como resposta ansiosa –, viram-se inundadas dos mais diversos objetos flutuantes, identificados ou inidentificáveis. Praticamente nenhum dos poucos botes existentes no país permaneceu atracado, e todos os que cabiam em seus espaços se acomodaram e começaram a remar. Balsas construídas em poucas horas com tanques de metal, com câmaras de pneus ou só com tábuas velhas e pedaços de poliespuma foram lançadas ao mar à mercê de um motor reciclado, uma vela feita com lençóis encardidos, remos, o favor da corrente ou a fé na vontade divina. As pessoas corriam para o litoral no intuito de comprar, exigir ou mendigar um lugar nos artefatos flutuantes, para se despedir dos navegantes. Enquanto isso, as sempre temíveis lanchas da guarda costeira, que por décadas haviam impedido tantas fugas, permaneciam em seus embarcadouros, e a polícia só intervinha em casos de brigas.

A esperança dos navegantes improvisados estava num rápido resgate em águas internacionais pelo corpo da guarda costeira norte-americana, que também se viu transbordado pelo vendaval. Tinham sacado a rolha de um champanhe previamente agitado até o limite da possibilidade de contenção.

Ao ouvir a notícia de que as fronteiras estavam abertas, Horacio não pensou mais, pois já pensara o suficiente: demais. Na mesma tarde, enfiou numa mochila uns poucos pertences (inclusive o exemplar de *Princípios matemáticos da filosofia natural* que pertencera ao pai e o isqueiro russo de Walter, que, vinte e dois anos depois, acabaria sabendo para que tinha guardado) e foi para o povoado de Cojímar, onde as pessoas tinham começado a se aglomerar e os primeiros botes e balsas saíam. Um ex-colega da universidade, físico como ele, enfastiado como ele, decidido a emigrar como ele, já o esperava em sua casa, e juntos foram falar com um parente do amigo que estava aprontando seu velho barco de pesca. Os dois físicos, conhecedores do princípio da conservação da energia, das leis da mecânica e da entropia, entendidos das qualidades de qualquer mecanismo dotado da propriedade de gerar energia ou movimento (pelo menos na teoria), empenharam-se em ajustar e vedar um motor decrépito e em contrapesar umas hélices rústicas, com o que ganharam certo espaço na embarcação que, com oito tripulantes a bordo (dois a mais do que deveria carregar), em meio a explosões e tosses provocadas pela combustão de um diesel meio adulterado, saiu das margens do rio Cojímar ao entardecer de 17 de agosto.

Dois dias depois, enquanto o governo estadunidense anunciava que os balseiros interceptados em alto-mar seriam levados para bases militares como as de Panamá e Guantánamo, Horacio e seus companheiros de travessia, resgatados por um providencial iate de recreio, já entravam num refúgio de Homestead, no sul da Flórida, onde se iniciaria o trâmite para obtenção do *status* de refugiado em território dos Estados Unidos. Ao passar para a barraca dos escritórios, o físico viu do outro lado de uma cerca metálica um grupo de homens cuja procedência depois saberia: eram haitianos. Os negros os observavam em silêncio, como se fossem seres extraordinários, resignados a não terem a sorte dos recém-chegados que, pelo simples fato de serem cubanos, eram admitidos rapidamente, mesmo tendo a pele escura como eles.

Naquela noite, no catre que lhe designaram no centro de refugiados, Horacio sentiu que o abandonava o fluxo de adrenalina que o mantivera em pé durante cinco dias nos quais mal tinha comido e dormido. E então chorou, impelido por uma mistura de euforia e tristeza, até que a exaustão o derrotou. Horacio sonhou que encontrava seu pai, embora a figura paterna tivesse evidente semelhança com a mais popular imagem do são Lázaro venerado pelos cubanos: um velho cheio de chagas, sustentado por muletas e rodeado por cães que, em vez de lamber as pústulas do homem, mostravam as presas para quem se aproximasse do leproso aleijado. Atrás do santo e dos cães caminhavam uns homens muito semelhantes aos haitianos entrevistos à tarde, só que não tinham olhos em seus rostos negros. Ao despertar, sobressaltado, Horacio teve a premonição de que nunca veria o pai nem lhe poderia fazer as perguntas que o obcecavam havia tantos anos.

Horacio conheceu Marissa em Tampa, quando a jovem chegou à Flórida a serviço da companhia telefônica para a qual ela trabalhava, cujos escritórios centrais ficavam em Nova York. Marissa, porto-riquenha, vinte e oito anos, informática, solteira, tinha um caráter cuja fortaleza era capaz de paralisar seus pretendentes, ao mesmo tempo tinha um riso que contagiava com alegria e vontade de viver e fora premiada com olhos pretos que transmitiam mistérios que qualquer homem desejaria desvendar.

Horacio chegaria a pensar que seu encontro com Marissa, justamente Marissa, fora uma agradável montagem de um destino empenhado em reorganizar sua vida de estrangeiro, seu destino de exilado. De superar o caos. Estava havia apenas três semanas em Tampa, na costa oeste da Flórida, e ainda nem imaginava que seu pai estivesse enterrado na cidade para a qual, aleatoriamente, ele fora enviado por um escritório de ajuda aos refugiados. A dependência federal, sabendo que esse refugiado era capaz de se comunicar em inglês, conseguira para ele um trabalho numa locadora de automóveis e lhe proporcionara os meios para o aluguel de um pequeno apartamento.

Horacio, que nunca tivera um carro nem a esperança realista de chegar a ter, de repente se vira rodeado de máquinas novas, potentes, brilhantes e, pelo espírito de pesquisador, quando terminava de limpar o chão, jogar fora o lixo, desempoeirar e lustrar os carros em exposição no estacionamento ao ar livre, dedicava todas as horas possíveis – agora justamente o que lhe faltava era tempo – a estudar os modelos que estavam para alugar e suas afinidades com os clientes potenciais, a ler manuais e informes técnicos. Sua inteligência, sua formação – conhecia todas as leis que possibilitavam a existência das máquinas rodantes e os segredos de seu funcionamento e eficiência – e sua capacidade de ler em inglês com notável fluência e inclusive de se expressar com a necessária correção (graças à ordem do pai exilado de fazê-lo estudar inglês quando menino) o tiraram em tempo recorde do trabalho de auxiliar, serviço para o qual o escritório de ajuda aos refugiados enviou para cobrir a vaga outro cubano, também recém-chegado.

Já instalado no gabinete de administração do estabelecimento, na mesma manhã de sua estreia como agente de locações, Horacio presenciou a entrada tempestuosa de uma jovem morena vestida de executiva. A mulher, com um contrato na mão, queixava-se, em inglês e com veemência, de que o automóvel alugado por sua empresa não correspondia ao que lhe tinham entregado no dia anterior no aeroporto. A jovem, coroada por uma juba preta que, quando se agitava, lhe cobria o olho esquerdo, argumentava que sua empresa era cliente habitual da agência e lembrava que ela viajava todos os meses para Tampa e... O colega de Horacio, da administração, finalmente conseguiu reagir à torrente de palavras e pediu à cliente que não se preocupasse, seu companheiro atenderia imediatamente à reclamação e resolveria o problema, e fez um gesto com a mão para Horacio: é tua, vamos lá.

Enquanto caminhavam para o estacionamento, Horacio ia lendo o contrato e tentando explicar à jovem que talvez fosse possível fazer alguma coisa, mas que o carro entregue era o que correspondia àquele documento específico. Talvez sua empresa em Nova York tivesse cometido um erro e...

– *Sorry, where you come from?* – perguntou a moça, ainda em inglês, talvez intrigada com o sotaque de Horacio.

– *I'm Cuban.*

– Ah, eu imaginava... E quando chegou? – disse ela em espanhol, quase sorridente.

– Faz dois meses... e meio.

– Você é dos que vieram nas balsas?

– Sim... Bom, num bote...

– Meu Deus, mas vocês são todos loucos! – exclamou ela.

– Nos deixaram loucos... E você fala muito bem espanhol...

– Claro, sou porto-riquenha... Não dá para notar?

Horacio sorriu, olhou para ela e arriscou:

– A verdade é que... não sei... com esse disfarce seu...

Ela sorriu.

– E meu pai é cubano, como você... Ele saiu de Cuba há trinta anos... num bote! É *balsero*, como você...

E foi nesse instante que Horacio sentiu que o deus invocado pela jovem em algum momento parecia ter surgido numa nuvem do céu e talvez estivesse disposto a baixar a mão para lhe tocar a testa.

Enquanto procuravam o carro que Horacio resolvera lhe dar (justo o que a executiva exigia), Marissa ficou sabendo de alguns detalhes da viagem do *balsero*, de seus estudos acadêmicos e do conhecimento de inglês que lhe permitira uma primeira promoção no trabalho. Também de vários dos muitos temores que o assediavam no início de um árduo processo de adaptação que mal se iniciara ("Aqui você tem de aprender tudo de novo. As portas se abrem para fora; em Cuba, para dentro"). E, antes de ir embora em seu carro alugado, ela o convidou para jantar, para lhe agradecer a amabilidade e mostrar alguma coisa de uma cidade com longa história na crônica dos exílios cubanos: seu bisavô, havanês, havia trabalhado ali como tabaqueiro e, segundo seu pai, também *balsero*, em Ivor City ouvira Martí falar e apertara a mão do Apóstolo*. Incrível, não?

Dois dias depois, quando se despediram em frente da agência de locação, Horacio e Marissa guardavam a estranha sensação de que estiveram se procurando sem saber que estavam se procurando, e ela deu o passo definitivo.

– Fique com meu telefone, para o caso de precisar, não sei para quê... Todos os meses venho trabalhar dois ou três dias aqui em Tampa. A gente se vê quando eu voltar, você me dá este mesmo carro e me conta como vai indo?

Três meses depois, Horacio chegava a Nova York. Já corria o mês de janeiro de 1995, o inverno estava no momento culminante e o refugiado achou que não seria capaz de viver naquele lugar turbulento e com um clima que, para ele, era extremo. Mas uma mistura tão potente como a de uma necessidade de ternura com o instinto de sobrevivência o fez reconsiderar suas escolhas: no distrito do Queens esperava-o uma mulher bonita, jovem e descontraída que, como saída de uma lâmpada mágica, lhe dera esperanças de refazer sua vida. E, com trinta e cinco anos completos, ele queria refazer sua vida. Finalmente encontrar, se existisse, a normalidade.

A partir de então, Horacio estaria convencido de que o acaso convocara uma jovem executiva porto-riquenha, filha de um *balsero* cubano e bisneta de um tabaqueiro de Tampa, um carro bem designado mas mal recebido, a maldade de seu colega de escritório, que o empurrou para o suposto fosso dos leões, e sua cara de animal assustado para que tudo funcionasse como uma insólita combinação

---

* Forma pela qual os cubanos se referiam a José Martí. (N. T.)

de elementos dispostos a condensar a sorte destinada a lançá-lo por caminhos que jamais imaginara trilhar.

A conjunção acabou sendo tão forte e propícia que, um ano depois, Horacio Forquet se transformaria no esposo de Marissa Martínez; três anos mais tarde, no pai de gêmeas – Alba e Aurora. Ao fim de cinco anos, graças ao incentivo de sua mulher, à posse de um doutorado cubano reconhecido pela academia norte-americana e à sua inteligência, o emigrado Quintín Horacio Forquet se iniciaria como professor auxiliar de física I e II na Universidade de Porto Rico, na qual ingressaria com um contrato inicial de seis meses, que, se sua avaliação como docente fosse satisfatória, seria renovado de imediato. Desse modo, entrara no caminho pedregoso, mas transitável, de exílio que, dez anos depois de ter saído de seu país, permitiria ao físico cubano conseguir o título de catedrático da Universidade de Río Piedras.

Horacio adorava contar a história da primeira impressão que seu sogro tivera da cidade de San Juan.

O exilado Felipe Martínez, de vinte e quatro anos, foi recebido no aeroporto por um ex-colega de estudos no colégio dos maristas de Havana, que, antes de levá-lo para sua casa, resolveu mostrar a cidade ao forasteiro. Felipe, havanês pelos quatro lados, ao escapar de sua ilha já estava cursando o quarto ano de engenharia e conhecia melhor que sua casa os *night clubs* de La Rampa, as sessenta salas de cinema de Havana, os brilhos do Tropicana e as penumbras pecaminosas dos antros da praia de Marianao, onde teve ocasião de ver dançar as Mulatas Bronceas e tocar o legendário Chori, o timbaleiro que marcara com sua assinatura centenas de paredes da cidade. Por isso Felipe observou desapaixonadamente as ruas de Santurce, os modestos cinemas e restaurantes de Río Piedras e os edifícios carcomidos do Viejo San Juan, quase sem fazer comentários. Quando terminaram o périplo, cervejas na mão e dispostos a comer um *mofongo con chicharrones de puerco** numa *fonda* do Viejo San Juan, o amigo finalmente perguntou o que achava da cidade, e com toda a sinceridade o recém-chegado sentenciou:

– É, garoto, até que é bom. Parece Bolondrón. – E o orgulho do anfitrião ficou em frangalhos ao ouvir que o outro colocava a capital porto-riquenha no nível de um povoado perdido da planície de Matanzas.

Se Horacio se divertia com o episódio era porque, ao chegar a San Juan, apesar de ser um homem sem eira nem beira, que deixara para trás uma Havana

---

* Prato típico porto-riquenho que tem por base uma bola de purê de banana-da-terra frita, recheada principalmente com torresmo e toucinho. (N. T.)

cada vez menos glamorosa e esperava encontrar em Porto Rico o caminho para reconstruir suas aspirações, para ele a capital da ilha também parecera Bolondrón: um Bolondrón com supermercados bem abastecidos, vendedores de rua que já não existiam em Havana e núcleos residenciais em condomínios fechados, mas sem dúvida distante do esplendor que um dia já tivera sua cidade, de cuja longa decadência ele fora testemunha.

É justo dizer que a inconformidade urbana de Horacio era de pura raiz cubana, embora de projeções universais. Ao havanês Horacio, Nova York parecera caótica, suja, vulgar, com aquelas lojas de ofertas pornô em plena Broadway com a 42, as espeluncas de The Deuce, uma megalópole abarrotada de sem-tetos encolhidos nos portais de seus edifícios pretensiosos, de estruturas asfixiantes e cheia de uns negros com mais cara de maus que os negros mais maus de seu bairro natal, em Centro Habana. E o que dizer de Miami, a cidade pela qual entrara nos Estados Unidos: não, também não era nem poderia ser seu lugar. Cada vez que, por alguma razão, Horacio tinha de viajar para aquele enclave no sul da Flórida, ele recuperava a convicção adquirida nos poucos dias de 1994 em que vivera ali. Ao chegar a Miami, quiseram colocá-lo num bairro de negros que parecia saído do fundo do Terceiro Mundo (casas sem janelas, gente se drogando nas esquinas, mulheres cozinhando no que seriam os jardins das casas), e de onde ele fugiu apavorado quando se abriu a possibilidade de ir para Tampa. Além do mais, em Miami sempre o agredia a sensação de se mover em círculos infinitos ou de percorrer um subúrbio interminável (um Fontanar ou um Altahabana gigantescos) que se revolvia em sua falta programada de personalidade e onde cada esquina podia ser uma réplica da anterior: um posto de gasolina, um McDonald's e um Walgreens nesta; outro posto de gasolina, um Wendy's e uma farmácia CVS na seguinte; mais um posto de gasolina, um Taco Bell e um Kentucky Fried Chicken na próxima... para depois recomeçar com o primeiro circuito percorrido. E sempre procurando não perder o rumo e ir dar no tórrido bairro dos negros.

Entretanto, o que mais o enervava em Miami era uma atmosfera sombria sob a reverberação solar, como coberta por um verniz espesso, por trás do qual até a emigração cubana era estratificada por épocas e posições econômicas – históricos, *marielitos**, *balseros* –, enquanto persistia na vocação de replicar a intolerância nacional da qual esses emigrantes diziam ter fugido. Existia no ambiente uma propensão ao fundamentalismo do qual seus compatriotas apenas tinham invertido

---

* Emigrados cubanos que saíram em grandes levas pelo porto de Mariel, em 1980, em busca de asilo nos Estados Unidos. (N. T.)

o sinal político, embora para Horacio o mais enervante tivesse sido ouvir os protestos de muitos desses emigrados (inclusive alguns dos que em seu tempo foram desprezados, chegados durante o êxodo do porto de Mariel), preocupados em 1994 com o caos que poderia provocar uma nova onda de emigrados, na qual, afirmavam para justificar sua mesquinhez, estariam vindo muitos agentes castristas sob a aparência de *balseros*. E, embora soubesse que também era possível viver ali dando as costas para essa atmosfera, ele nunca achou que aquele pudesse ser seu lugar. Ainda que, na realidade, Horacio sentisse que ele não tinha lugar.

Partira de Marissa a proposta de se mudarem para Porto Rico a fim de que Horacio tentasse revalidar seus títulos científicos e se candidatasse a uma vaga de professor universitário, como havia sido em Cuba. Sem comentar com Horacio, a jovem, eficiente executiva em tempo integral, pedira a seu pai, engenheiro, que indagasse sobre a possibilidade dessa reinserção. Felipe Martínez podia utilizar suas ótimas ligações com os círculos acadêmicos da ilha, indagar entre seus amigos cubanos professores e até decanos na UPR, ou *Iupi*, como costumavam chamá-la em inglês. A resposta esperançosa que chegou de San Juan (talvez, não é fácil, mas é possível, respondera Felipe Martínez) a incentivou a pedir uma transferência em sua empresa. Assim, com o marido cubano novo em folha, doutor em física empregado como mecânico reparador de equipamentos de áudio no negócio de outro amigo cubano no Queens, Marissa, agora Forquet, voltou à casa paterna na ilha de origem, mesmo perdendo vinte por cento de seu salário. Como ganho patente e consolador, os recém-casados, animais tropicais que eram, livravam-se do inclemente inverno nova-iorquino de 1996.

Como o sogro, também Horacio encontrou em Porto Rico o espaço que lhe permitia se reconstruir e, como ele, teve filhos porto-riquenhos com sua mulher porto-riquenha. Do mesmo modo que Felipe Martínez e por causas muito semelhantes, Horacio sofreu a pena do desenraizamento. Os dois homens, que tanto haviam lutado para sair de Cuba, que haviam renegado o ambiente cubano e arriscado a vida atravessando temerariamente o estreito da Flórida, acabaram sendo dois seres com o coração ferido por uma laceração que não teria cura: um estado de ser sem voltar a ser, um viver no ar, com as raízes expostas (desenraizados), com excessiva propensão a idealizar um passado glorioso (quase sempre exagerado) de noites de farra, bebedeiras, música, mulheres bonitas, de dias de aprendizado e crescimento. Mais que exilados, os dois comungaram como refugiados perpétuos, alimentados pela memória afetiva e pelo amável engano de um sonhado retorno. Vivos ou mortos.

Sentado na ponta da cadeira de ferro colocada na entrada da casa de Westchester onde morava sua irmã Laura (uma cadeira propriamente decorativa, na qual ninguém nunca se sentava), Horacio olhava para o relógio quando enfim viu Marcos chegar, com dez minutos de atraso: vestido de branco, como gostava, e trazendo na cabeça um boné azul-marinho dos Yankees de Nova York.

– Minha nossa, tio, você não sabe como está aquele Palmetto! – gritou Marcos pela janela de sua caminhonete.

– E esse boné é…?

– Aquele mesmo. O que você me deu de presente há…

– Treze anos. Quando fui enterrar minha mãe – disse Horacio, comovido com o que podia significar para Marcos e para ele o fato de o filho de seus amigos Clara e Darío ter conservado durante tantos anos aquele presente.

O jovem e o homem que o vira nascer voltavam a se encontrar frente a frente pela segunda vez desde que Marcos saíra de Cuba, quase dois anos antes. No primeiro encontro, poucos depois da chegada do rapaz, Horacio dera uma demonstração de amor realizando um esforço supremo contra suas animadversões: viajara até Miami para saudar Marcos e lhe dar os apoios possíveis.

Marcos não deixava de admirar que, aos cinquenta e seis anos, Horacio conservasse cada fio de seus cabelos pretos e rebeldes de mulato claro (obra de uma tintura Clairol for men, como tanta gente em Miami?) e que, diferentemente de sua mãe Clara, de seu pai Darío e até do presumido Irving, não tivesse engordado nem uma libra além das que devia ter na foto tirada em Fontanar vinte e seis anos antes, quando todos eram tão jovens e formavam um Clã. Em compensação, Horacio só com esforço conseguia colocar a estampa de um jovem de trinta e dois anos, desenvolto e sem dúvida alguma muito bem-apessoado, na imagem do menino magro, de uns dez anos, queimado pelo sol e intenso em suas atitudes e paixões, que recordava seus últimos encontros cubanos, sempre com um boné de beisebol e uma luva puída de *pelotero* na mão esquerda, ou do rapazinho veloz e inalcançável que mal vira em suas duas viagens de visita à ilha, vários anos depois. Mas a inteligência do olhar de Marcos o reconciliava com as visões da lembrança. Agora, aos se reencontrarem os dois homens, mordidos pela ansiedade das dúvidas, fundiram-se num abraço e até se beijaram na face, porque, apesar da tormenta que se vislumbrava em seus horizontes pessoais, ambos estavam felizes pela concretização do encontro.

Horacio chegara de San Juan naquela mesma manhã e, como sempre acontecia em suas breves estadas em Miami, instalara-se na casa de sua irmã Laura, com quem não tinha as melhores relações, mas onde se obrigava a aportar para não piorar a situação fraterna com a opção de ir para um hotel ou para a casa de algum amigo. Também voltava ali porque adorava os dois sobrinhos, uns anos mais velhos que suas gêmeas porto-riquenhas, primos que, aqueles sim, se adoravam e procuravam todas as oportunidades de passar algum tempo juntos, fosse em Miami, em San Juan, fosse nas ocasiões em que se reuniam em Nova York ou em lugares como a Disney de Orlando, ou Londres, já adolescentes.

Depois de tomar o inevitável café ao qual foram convidados pela irmã de Horacio – a mesma que acolhera Marcos no momento de sua chegada à Flórida –, os dois homens se despediram da família e se foram na caminhonete do jovem para o restaurante peruano em que Horacio preferia comer em todas as suas espaçadas visitas à cidade.

No caminho, trocaram as últimas informações de que ainda não sabiam sobre suas respectivas existências. Sem confessar a descoberta de Adela e, portanto, quem realmente era sua namorada (ou pelo menos quem era metade de sua namorada), Marcos comentou com Horacio que a moça tinha viajado para ver a mãe, Loreta, que morava na periferia da periferia de Tacoma. O cu do mundo, disseram os dois. Horacio, por sua vez, amordaçando sua curiosidade ascendente – Loreta? Quem era a tal Loreta, mãe de Adela? –, confiou-lhe que viajara para Miami sob o pretexto de uma conferência universitária (o evento existia, mas ele só daria uma passada no dia seguinte), pois na verdade aparecera porque queria conhecer a famosa Adela e tentar esclarecer o absurdo que Marcos lançara e que, desde então, mantinha-o sem dormir, arrebentando os neurônios com as mais loucas elucubrações. O jovem, precisando de tempo e espaço, naquele momento evitou o tema culminante da conversa.

– Então desde que cheguei, há quase dois anos, você não tinha voltado a Miami? – perguntou Marcos, admirado.

– Você sabe que quase nunca venho... Ou acha que eu teria vindo sem te avisar?

– Não sei... As pessoas vão embora de Cuba e ficam esquisitas pra caralho.

– Eu não me chamo Darío... Continuo sendo o mesmo – protestou Horacio.

– Você é que pensa – rebateu Marcos. – Aliás, você sabe se está acontecendo alguma coisa com Bernardo?

– Alguma coisa como?

– Se ele está pior... Minha mãe me mantém à parte.

– Parece que sim. A vida desregrada está cobrando seu preço.

– Mas alguma coisa mais grave...

– Mais grave que o câncer?... Então ele está pior? O que diz sua mãe?

– Mami não diz nada, claro...

– Tua mãe quer te proteger. Clara sempre quer proteger todo mundo... Ela sabe que você gosta muito do coitado do Bernardo.

– Tio, não diga que ele é coitado, por favor. Você não.

– Tudo bem... Fiz uma cagada com ele. Mas Bernardo me disse que me tinha perdoado.

No restaurante, escolheram uma mesa afastada, perto de um painel de vidro que dava para uma parede de buganvílias. Discutiram o cardápio, e Marcos se deixou convencer: de entrada dividiram um ceviche de peixe e depois comeriam um *chupe** de camarões, o daqui é ótimo, Horacio garantiu, quase tão bom quanto os de Lima. São porções enormes, mas, se você ficar com fome, pedimos mais. Para beber, um Marqués de Cáceres, o mais recomendável da esquálida carta de vinhos, que desmerecia a qualidade dos pratos.

Já com as taças servidas, Horacio se lançou ao ataque.

– Vamos lá, Marquitos... O que você me disse outro dia, quando me mostrou a foto de Adela... Que porra é essa?

Marcos assentiu, mas contra-atacou. Tinha planejado o rumo da conversa e pretendia cumprir o programa.

– Antes me diga uma coisa, por favor... Quem era Elisa?

O mulato sorriu com sua dentadura perfeita e intacta, mas imediatamente perdeu o sorriso.

---

* Espécie de sopa cremosa à base de caldo de peixe, guarnecida de vários temperos e legumes, especialmente milho e favas. (N. T.)

– Por que está me perguntando isso?

– Porque quero saber. Vai…

– Ok… Pois neste instante creio que não sei… Sempre foi um pouco esquisita… Isso você sabe. E sabe outras coisas… mas está me deixando nervoso, Marquitos… O que está acontecendo? Elisa?

– Sim, Elisa… Quem era…? – insistiu Marcos.

– Já te disse que não sei. É verdade. Há anos também me pergunto… Perguntou isso para Clara?

– Sim, perguntei…

– E o que ela te disse?

Marcos não queria, mas também teve de sorrir.

– Veio com evasivas, como você… Que numa época achou que sabia tudo dela, que pensava que fosse sua melhor amiga, que depois já não sabia se o que achava era verdade.

– E por que você acha que eu devo saber mais?

Marcos hesitou, debatendo-se entre várias respostas possíveis. Horacio saberia alguma coisa do que havia acontecido entre Elisa e sua mãe? Naquele momento resolveu não fazer rodeios, pois, com o que pretendia dizer, bem sabia que podia estar abrindo uma Caixa de Pandora. Não, não tinha alternativa.

– Porque você transou com ela. E a engravidou…

Horacio negou com a cabeça e depois tomou um gole de vinho da sua taça.

– Quem te disse isso?

– Ninguém me disse – respondeu Marcos, tentando proteger sua mãe, e naquele instante compreendeu seu erro: também devia ter perguntado a Irving, ele que sabia tudo, e a seu pai, Darío, membro e testemunha das intrigas do antigo Clã. Sua intenção de obedecer às exigências de Adela e preservar os segredos de Clara o tinham perturbado.

– Sim, transei com ela… mas não a engravidei… É curioso – continuou Horacio. – Sim, muito curioso, éramos todos tão fofoqueiros e gostávamos tanto de falar do que fazíamos e acontecíamos entre nós, e de repente houve coisas das quais deixamos de falar. Eu mesmo escondi algumas… É que às vezes acontecem coisas tão fodidas que… De verdade, Marquitos, quem te disse que eu tinha transado com Elisa e a tinha engravidado?

– Já disse que não foi ninguém.

– Não enche, Marcos. Com certeza você ouviu dizer na sua casa.

– Se ouvi, não lembro. Juro pelo que há de mais sagrado.

– E o que é o mais sagrado para você?

Marcos sorriu. Sim, aquele homem continuava sendo seu tio Horacio, o físico racional e às vezes frio, o sujeito que sempre queria entender tudo. Causas e consequências. A ação que provoca uma reação. As leis de cumprimento obrigatório. A verdade.

– Creio que minha mãe, desde que meu pai foi embora… Bom, você sabe, minha mãe deu um duro danado para sustentar a mim e Ramsés nos tempos mais fodidos de lá. Lembro como ela ficava contente cada vez que você mandava uns dólares e ela podia comprar alguma coisa que nós queríamos. Para mim ela comprou um *walkman*, daqueles com fita cassete. Para Ramsés, uma máquina fotográfica… O que meu pai mandava era para a comida.

– Eu devia ter mandado mais, mais vezes – lamentou-se Horacio.

– Não, não devia… Ela sempre há de agradecer tuas ajudas. Eu também… E me desculpe por dizer que as pessoas mudam quando vão embora de Cuba. Você continuou sendo o mesmo, pelo menos conosco… Voltou duas ou três vezes só para nos ver.

– Sim e não. Na primeira vez, fui para o enterro da minha mãe. Depois, para ajudar Laura e o marido a saírem… E agora pelo coitado do Bernardo… desculpe, por Bernardo.

Marcos sorriu.

– Irving e você… Comparados com meu pai, ganham por nocaute no primeiro *round.*

– Imagine. É verdade que a gente muda muito, e nem sempre para melhor, embora viva melhor…

– É verdade – admitiu Marcos. – Mas você não vai me escapar. Como foi teu caso com Elisa?

A garçonete chegou com o prato de ceviche, e Horacio aproveitou a pausa obrigatória. Aonde Marcos queria chegar?

– Transei duas vezes com ela. Só duas vezes. Embora seja melhor dizer que foi ela que transou comigo. Depois aconteceram umas coisas, ela saiu grávida e se obstinou em parir. Então confessou para Irving o que tínhamos feito e… de repente aconteceram mais umas coisas e todo mundo ficou sabendo, inclusive Bernardo. Um desastre. Ainda me dá vergonha… Penso em Bernardo e tenho vontade de me arrebentar a cabeça… Mas juro que foi ela que abriu aquela porta. Juro pelas minhas filhas. Eu te disse que Bernardo me perdoou?

– E quando foi que vocês transaram?

– Isso é importante?

– Você sabe que sim... pelo que veio depois. O ciclone Flora, que ia e voltava e acabava com tudo, como dizia minha mãe.

– Em setembro de 1989... Só duas vezes!

Marcos deixou clara sua intenção contando nos dedos diante dos olhos de Horacio.

– Setembro, outubro, novembro, dezembro de 1989, janeiro de 1990, fevereiro, março, abril e maio: nove meses. Adela nasceu em fins de maio de 1990... Bom, isso é o que dizem Loreta Fitzberg e a certidão de nascimento e...

– Esquece isso. Nas duas vezes eu usei camisinha... sempre levo alguma comigo, por via das dúvidas – disse, pegando a carteira no bolso traseiro da calça e de um compartimento fechado tirando uma embalagem com dois preservativos. – Sempre e... mas do que estamos falando, porra? Quem é essa Loreta? Quem é tua namorada? Não vai me dizer que Loreta e Elisa...?

– Tio, porra digo eu... Mas você não está vendo? Você não se olha no espelho?

Horacio passou a mão no rosto e depois afastou de si a taça de vinho.

– Marcos, Marcos... Tem certeza de que a mãe de Adela é Elisa e não Loreta Fitzberg?

– Adela vai me matar se ficar sabendo... Sim, Loreta Fitzberg é Elisa Correa...

– A que se chama Loreta é Elisa? – Horacio parecia um lutador de boxe em choque. – A mãe da tua namorada?

O jovem assentiu e Horacio fez um longo silêncio. Olhou para Marcos, olhou para a taça, olhou para as buganvílias plantadas ao longo do vidro do restaurante.

– Como diabos você e a filha de Elisa...!

– Isso se chama conjunções cósmicas – Marcos tentou sorrir, em vão. – Carma... acho.

– E Adela não sabia que sua mãe era Elisa Correa? Porra, como...?

– Não... sempre a conheceu como Loreta... Loreta Fitzberg, desde que se casou aqui nos Estados Unidos com Bruno Fitzberg, o homem que Adela sempre pensou que fosse seu pai...

– Caralho! – murmurou Horacio, e abriu outro silêncio. – Vai me dar dor de cabeça... E o que Elisa disse para Adela de toda essa história?

– Nada.

– Como nada, Marquitos?

– Bem, tudo isso é meio louco, mas... Quando Adela viu as fotos de vocês e soube quem era a mãe, foi vê-la no haras, lá pelos lados de Tacoma, onde Loreta trabalha... e ela tinha ido embora.

– Para onde?

– Não se sabe... desapareceu.

Horacio, então, sorriu:

– Que merda essa mãe dela... Essa é Elisa! Vai embora e deixa a coisa pegando fogo!

– Então, não está achando muito claro que você...?

– As coisas não são tão simples, Marquitos – interrompeu Horacio. – Aliás, são bem complicadinhas, para ser mais brando... Veja, embora Elisa tenha negado, eu sei que ela transou com Walter nos mesmos dias em que transou comigo – disse Horacio, enfiando a mão num bolso da calça e colocando sobre a mesa, ao lado do prato de ceviche, um isqueiro de benzina que para Marcos mais pareceu um objeto de museu. Horacio o tinha guardado durante vinte e seis anos talvez só para tê-lo à mão naquele momento, ele pensou. – Trepou com ele no mesmo lugar em que transou comigo... E pode ter transado com outro, com outros...

– O que Walter tem a ver com isso...? – Marcos apontou para o isqueiro.

– Leia o que está escrito do lado desse acendedor...

Marcos levantou o isqueiro, de um dourado sujo, formado por dois cilindros unidos com solda, e viu umas letras gravadas em um dos lados.

– Está em russo, não é? O que está escrito?

– Não importa o que está escrito... mas o idioma em que está escrito... Esse acendedor era de Walter, ele trouxe quando esteve em Moscou e o esqueceu ou perdeu na casa em que Elisa ia transar comigo. E também com Walter. E se eu usei camisinha, sempre...

Horacio mostrou a palma das mãos, vazias.

– Mas... – Marcos tentava processar a informação que podia alterar todas as suas suposições, algumas de suas convicções. – Walter era meio loiro, Elisa é branca, branca, você é meio mulato e... Meu Deus, tio, vou ter de te mostrar de novo a foto de Adela?

Horacio tomou sua taça até o fundo.

– Elisa dizia que sua barriga era um presente de Deus... Um milagre... Concebida sem pecado... E Cuba está cheia de mulatos como eu...

– Pois eu continuo acreditando que foi um milagre teu. E, hoje, só com um fio de cabelo ou um ranho é muito fácil saber se o carpinteiro José foi o pai de Jesus e se você é o pai de Adela. Há uma coisa que se chama DNA e... – Marcos tirou do bolso da camisa um envelope de plástico com um fio de cabelo preto dentro.

– Marcos, Marcos, não me enche o saco... Não vou fazer teste nenhum... Olha, há uns quinze anos Irving viu Elisa em Madri, e com ela estava uma garota... que devia ser tua Adela... e o sacana do Irving me pôs o diabo no corpo.

Disse que a garota se parecia demais comigo… Mas eu sabia, ou acreditava, que qualquer relação entre mim e a filha de Elisa era impossível e tentei tirar aquilo da cabeça… Mas o diabo sempre esteve aqui, enchendo o saco… Mais de dez anos… Mas pense, Marquitos, sabe o que pode implicar que sua namorada seja minha filha? O que teve ou não teve a ver com o suicídio ou seja o que for de Walter? E com a decisão de Elisa de ir embora e desaparecer? E, mais que tudo, o que tem a ver com minha vida se Adela é minha filha de verdade? Você faz ideia do que tudo isso significa, Marcos?

– Sim. Ou não.

– Um grande pandemônio.

– O grande pandemônio… Olha, Adela volta amanhã. Por que não nos encontramos os três e você fala com ela?

Quando tinha onze anos e era, depois de Darío, o melhor aluno da escola primária número 19 Carlos Manuel de Céspedes da regional Centro Habana, Quintín Horacio, que cursava o sétimo grau e estava tendo aulas de física pela primeira vez, ousara ler o livro deixado por seu pai, intitulado *Princípios matemáticos da filosofia natural* [*Philosophiæ naturalis principia mathematica*], de Isaac Newton, numa sólida edição valenciana de 1932. E essa leitura decidiu sua vida.

Apesar de sua juventude e graças a sua inteligência, desde então Horacio pôde concluir, com Newton, que, para compreender o funcionamento do universo, é preciso encaixar as observações do mundo material em teorias gerais.

Em 1687, depois de lhe cair ou não uma maçã na cabeça, quando Newton publicou um livro que mudaria a história da ciência e até da humanidade, o físico apresentou uma teoria geral do movimento com a possibilidade de explicar e predizer os deslocamentos de todos os corpos do universo. E patenteou três fórmulas matemáticas: as famosas Leis de Newton, das quais Horacio ouvira falar pela primeira vez por meio de seu professor de física do sétimo grau.

Graças a essas três condensações elaboradas por Newton, que, no entanto, mais cedo ou mais tarde alguém teria de estabelecer, pois existiam de modo patente na realidade, o mundo se tornou ao mesmo tempo mais simples e mais complexo. Sabendo a medida da massa, conhecia-se a direção e a velocidade de qualquer objeto; e tendo em conta as forças (gravidade, fricção) capazes de afetá-lo, podia-se checar aonde chegaria, como chegaria e até mesmo quando. Porque sempre, sempre, havia condições de predizer seu movimento. Pelas mãos de Newton, podiam-se até explicar supostos milagres. Um milagre? Um presente de Deus? Os efeitos da mais incontestável das leis de Newton?

Horacio, com mais olheiras que as que costumava exibir, tomou às dez da manhã o Uber que o levou ao laboratório clínico do Kendall Regional Medical Center, onde, naquela mesma manhã, assim que foram abertas as instalações do laboratório, conseguira marcar um horário para que fizessem um teste de DNA dele e outro do cabelo de Adela Fitzberg, que na noite anterior Marcos lhe entregara. O físico sabia que agora aquela era a única ação possível, porque ele mesmo precisava desvendar de uma vez por todas aquele mistério e livrar-se de uma culpa que lhe atribuíam. Ou assumi-la. Esquecer tudo ou aceitar uma responsabilidade que, até a noite anterior, ele se obstinara em considerar um soberano disparate, apesar inclusive da evidência das semelhanças físicas em que Irving e Marcos insistiam.

O homem passara a noite quase toda em claro, mais uma vez empenhado em reconstruir na memória as fases de seus dois encontros sexuais com Elisa, quase vinte e seis anos antes. A intensidade dos preparativos, a mistura de vergonha e êxtase que os ornamentou, a disposição sempre ofensiva de Elisa, tudo foi colocado na ordem cronológica e dramática que ele conseguiu extrair de suas lembranças preservadas e recorrentes. Em cada embate de penetração, Horacio sempre se viu com o membro coberto pela camisinha e começou até a sentir uma ereção quando se lembrou do modo como, em um dos assaltos, Elisa o embainhara com a boca enquanto lhe acariciava até o fundo o esfíncter anal.

Durante o jantar, Marcos lhe falara da confiabilidade de 99,8 por cento daquela proteção e, rindo, lembrara o episódio da série *Friends* em que Ross engravida Rachel por culpa dos 0,2 por cento de falibilidade advertida pelas letras miúdas da embalagem dos preservativos. Horacio o tinha mandado à merda, mas não conseguia deixar de pensar, de voltar a armar a cena dos acontecimentos, as chegadas ao apartamento, as carícias, as ansiedades e as precauções imediatas.

Quando estava entrando em letargia e prestes a dormir, para lá das três da madrugada, uma flecha saída de sua memória voou em busca de um alvo. Horacio viu as nádegas de Elisa, levemente abertas, o corpo inclinado para a frente para colocar mais comida no pote metálico do gato da dona do apartamento. Viu a protuberância peluda de sua vulva, o botão estrelado do ânus. E também viu, com nitidez pavorosa, o processo de sua aproximação daquelas nádegas. Lembrou-se de como ele as abrira com as mãos, quase ouviu o sorriso da mulher, sua voz, fique quieto, você está sujo, vai tomar um banho, ou algo assim ela dissera, e sua memória voltou a respirar o odor adocicado dos fluidos. Então recuperou o prazer vivido durante o ato de pegar o membro que começava a ressuscitar enquanto ele se aplicava em friccioná-lo no caminho que levava do ânus visível à vulva e aos lábios genitais já impossíveis de observar de sua perspectiva superior, mas perceptíveis em sua suave umidade viscosa pela pele ultrassensível de sua glande descoberta. Tinha se lavado antes daquela ação erótica que durara apenas um minuto? Uma gota de sêmen última e predestinada poderia ter caído no lugar preciso e, cumprindo a lei inexorável da gravidade, justamente universal, ter deslizado por um plano inclinado até o ímã do centro da existência e depois, à mercê da gravidade e das braçadas de algumas células persistentes, avançado o necessário para propiciar o enorme milagre do encontro do espermatozoide furtivo com um óvulo disposto, maduro, voraz? Um milagre? Um presente de Deus? As olheiras que exibia quando entrou no laboratório denunciavam a noite passada em claro.

Três horas depois, enquanto o voo procedente de Dallas em que Adela viajava aterrissava no aeroporto Internacional de Miami, Horacio deixava-se cair no assento do avião que o levaria de volta a San Juan. O físico que quisera ser filósofo fechou os olhos, tentou relaxar e disse a si mesmo: o que será será.

6
Santa Clara dos amigos

Da barra que separa o saguão do aeroporto do labirinto de faixas e colunas que leva às cabines de controle de migração, Clara murmurou um proteja-o, meu Deus, enquanto o via se afastar, sentindo seu estômago e sua vida se retorcerem. Com o nó de angústia que já tinha na garganta, viu Marcos entregar o passaporte e o cartão de embarque ao guarda de fronteira, que os verificou, leu, comprovou durante dois, três minutos (os minutos sempre têm a mesma duração? Quanto, quanto duraram aqueles minutos exasperantes?), e respirou aliviada quando o oficial devolveu os documentos ao jovem e lhe indicou por onde passar para chegar ao recinto dos embarques. Marcos se virou, sorridente, com aquela segurança capaz de beirar a insolência, uma confiança que aterrorizava Clara, e fez um amplo gesto de despedida para a mãe. Imediatamente levantou do peito a medalha da virgem, pendurada na corrente de ouro que, minutos antes, Clara tirara de si e pendurara no pescoço do filho. E finalmente o jovem atravessou a barreira: a mesma barreira que em outras duas ocasiões, em diferentes projetos e salas daquele aeroporto, vira o marido e o filho mais velho atravessarem, sempre com a sensação sufocante de que os estava perdendo, de que talvez os estivesse vendo pela última vez. Com a certeza de que na possível viagem sem volta levavam junto mais que um pedaço de sua vida, uma parte de seu corpo, mais reduzido a cada partida por amputações radicais.

Graças ao novo projeto do terminal agora era possível observar o processo que continuava e, como se tratava de Marcos, o filho de seu coração, Clara permaneceu no mesmo lugar, às vezes erguendo-se na ponta dos pés para enxergar melhor o trânsito do filho pelo controle de segurança e, já do outro lado do scanner, entre uma dezena de passageiros, ver ou achar que viu o sorriso do rapaz e o novo gesto de adeus, mais amplo, mais definitivo. A última coisa que Clara viu foram as costas de Marcos carregando a mochila, quando ele se perdia pelas escadas que levavam à área dos portões de embarque.

Com o coração ainda palpitante, a mulher permaneceu no mesmo lugar por vários minutos, não poderia dizer quantos, sentindo o ânimo entristecer ainda um pouco mais – sempre havia espaço para a tristeza – e, ao mesmo tempo, a consciência se alegrar e se aliviar com a convicção de que o filho querido estava entrando numa dimensão insondável, inatingível mesmo para ela, na qual se poria a salvo dos riscos entre os quais vivera nos últimos anos: a prisão por seus desmandos, a loucura por suas ansiedades ou a morte por suas tentativas de evasão quase suicidas. Clara deu graças a Deus, a quem fora se confiando havia vários anos, e pediu-lhe que acompanhasse o filho e velasse por ele. Sempre, meu Deus. Que ele tenha a casa e o carro que quer, que tenha amores, família e filhos, que seja feliz!

Passou-lhe pela mente, então, a lembrança de outras saídas para o exílio vividas no país nas últimas décadas. As daqueles que saíam quase como fugitivos nos anos 1960, depois de terem perdido os trabalhos, os bens, a cidadania e, em muitos casos, depois de passarem meses trabalhando em plantações de cana, como condenados. Os que abordaram as lanchas chegadas ao porto de Mariel, em 1980, insultados pelas multidões que os qualificavam como escórias, antissociais, veados ou putas, e até chegavam a ser vítimas de agressões físicas por parte de hordas de revolucionários febris. Para sorte dela, nem o ex-marido nem os dois filhos tinham passado por tais vexames, e seu querido Marcos abandonava o país como se na realidade fosse dar um passeio por algum lugar do mundo. Graças a Deus.

Quando enfim ouviu o anúncio do embarque do voo da Aeroméxico com destino à Cidade do México, Clara abandonou seu posto de vigilância e atravessou o vestíbulo do terminal em busca das portas deslizantes que davam acesso à rua. Ao sair ao portal do edifício, procurou Bernardo com os olhos e o localizou na extremidade do que fora uma fileira de cadeiras, da qual o homem ocupava a única sobrevivente. Clara pensou que, já indo para o auge dos cinquenta, e apesar de certos achaques, Bernardo continuava sendo um homem atraente, agraciado com uma tranquila beleza masculina e uma capacidade renascida de transmitir a serenidade que tanto a ajudara a se reconciliar com a vida.

– Vamos ver como ele vai embora – ordenou Clara, ao passar ao lado do homem.

– Aqui de fora não dá para ver porra nenhuma. Agora eles saem por aquilo que parece um túnel – avisou Bernardo, que já a seguia.

– Eu sei, Bernardo... Mas dá para ver o avião. Quero ver a decolagem.

– Ele já está lá dentro, Clara, já vai embora... Fique tranquila.

– É que eu quero ver, porra – insistiu a mulher, sem dúvida alterada, e continuou avançando em busca da rampa que descia para a saída do prédio central do aeroporto e de onde era possível ver os aviões estacionados naquela ala do terminal.

Encostados na grade, como estátuas de sal, de mãos dadas, Clara e Bernardo esperaram até o avião da Aeroméxico se pôr em marcha, rumar para a pista de decolagem e lá ficar esperando a autorização para voltar a se deslocar. Seguiram a manobra do avião, parecia um brinquedo teleguiado que, rodando novamente, perdeu-se numa curva da pista para depois reaparecer, já levantando voo e pronto para se esfumar na distância e entre as nuvens.

– Sabe de uma coisa? – disse Bernardo, finalmente. – Ainda não entendo como essas geringonças conseguem voar.

Clara assentiu.

– E eu não entendo como consegui aguentar que me arrancassem tantos pedaços... Tenho cinquenta e quatro anos e parece que vivi mil... Venha, querido, vamos embora. Ai, Bernardo, que vontade de chorar...

A ausência de Darío, que se prefigurava como eterna, carregada de rupturas irreparáveis, fora para Clara uma castração e, ao mesmo tempo, um alívio.

Num primeiro momento sentiu-se libertada, mas sem saber o que fazer com essa liberdade. Entretanto, logo descobriu que, sobretudo, resultaria na possibilidade de desfrutar uma iluminação de sua consciência. Foi uma aquisição que se revelou para ela como efeito imprevisto produzido por aquela libertação que começou a sentir com o distanciamento do homem com quem convivera desde o fim da adolescência. Clara percebeu, aos trinta e dois anos completos, que ganhava uma perspectiva inesperada, muito mais propícia para conhecer a si mesma de um modo que logo se mostrou revelador, mesmo trazendo mais perguntas inquietantes que respostas reparadoras.

Darío se fora sem fazer despedidas festivas, dissimulando tanto quanto podia o peso da excitação e do medo que o atazanavam, quase escondido, como o fugitivo que assumia ser e realmente era. Sua decisão de não voltar, mantida no maior segredo, chegou a se transformar numa obsessão doentia, mesmo que tanto ele como sua companheira de quase quinze anos soubessem o que significava a determinação do neurocirurgião: entraria automaticamente na categoria de desertor. E, como desertor que abandona seu exército e se soma às hostes do inimigo, Darío se transformaria em traidor e, para efeitos políticos e até legais, em apátrida. Como apátrida, perderia todos os seus direitos de cidadão, inclusive a nacionalidade, a profissão e a possibilidade de retornar de visita a seu país por um período de expiação ou condenação que podia ser de sete, dez, mil anos, até que Alguém levantasse a interdição ou chegasse o presumível Armagedom do qual Horacio costumava falar. Para os da família, transformados em reféns ou culpados oficiais, implicava a impossibilidade de viajar para se reunir a ele pelos próximos cinco ou dois mil anos.

Ao mesmo tempo, Darío e Clara sabiam o que implicavam esses estigmas: o fim de uma vida e a possibilidade ou necessidade de cada um deles construir uma nova para si. Darío a partir do zero, com o apoio de seu ímpeto e sua inteligência e a pressão das incertezas e da distância; Clara sobre as ruínas da existência até então consumida, sufocada por seu cansaço e pelas carências, mais o peso multiplicado de suas responsabilidades, ainda que pela primeira vez em sua vida adulta sem estar sob a sombra de outra pessoa. Sozinha. O princípio de alguma coisa, o fim de muitas coisas.

Talvez por ambos saberem tudo o que estava em jogo, a separação foi muito menos onerosa, sem subestimar nada de sua dramaticidade, na verdade muito mais bem assimilada por um e por outro ao assumirem com conhecimento de causa (e efeitos) tudo o que implicava... E os meninos, repetia, se repetia Darío, atazanado pela culpa. Os meninos com o tempo vão entender, até me agradecer, se algum dia quiserem ir embora vou ajudá-los, sempre serei pai deles, e tentava afastar-se, assim, de uma persecutória sensação de fuga de sua responsabilidade e da evidência de seu egoísmo, por mais que achasse justificada a resolução de renunciar ao país natal em busca de sua realização individual no prazo efêmero de sua única vida humana e terrena.

Em silêncio, sem aprofundar feridas dolorosas, Clara aceitava o que viesse, pois conhecia melhor que ninguém o que movia a decisão do homem: sua necessidade visceral de se afastar do tremendo fosso de violências e misérias de onde saíra, avançar, distanciar-se, ir cada vez mais para longe e para o alto, sempre sem olhar para trás. Embora no processo se afastasse também daqueles filhos que, ela sabia, ele amava mais que tudo na vida.

Nos meses posteriores à partida de Darío, finalmente concretizada em março de 1992, quando se tornava mais densa e escura a crise nacional que fizera desaparecer até os bens mais indispensáveis para viver, Clara descobriu em si mesma forças que nunca imaginara ter. A urgência de manter os filhos à tona transformou-a numa espécie de guerrilheira capaz de praticar todas as artes de sobrevivência que estivessem a seu alcance. Como sua empresa de projeto e construção de obras de engenharia na prática fechara as portas desde que entregara as últimas obras destinadas aos Jogos Pan-Americanos de 1991 – projetos inconsistentes, embora pretensamente funcionais; construções muito celebradas, embora de execução apressada; estruturas cheias de defeitos exemplares que logo cobrariam seu preço, como quase todos sabiam, embora ninguém ousasse dizê-lo em público –, Clara adquiriu a condição de trabalhadora "interrupta", com o salário reduzido, na verdade transformado em nada pelos custos de vida desenfreados.

Enquanto outros se ocupavam se lamentando e matando o tempo, a engenheira Clara Chaple Doñate, nascida em berço de ouro e talvez em outra história destinada a viver como privilegiada, lançou-se com toda a energia numa busca obsessiva pelos meios necessários para não morrer de inanição. Então a mulher percorreu, numa bicicleta chinesa, as fazendas vizinhas, onde comprou mangas, abacates, goiabas, mamões, que depois anunciou na rua; em casa, às vezes até com lenha colhida em lixões (faltava gás, eletricidade), cozinhou e envasou doces de frutas que vendeu ali perto, na entrada do Hospital Ortopédico e em frente do posto de gasolina, quando havia gasolina; com a ajuda de Horacio, saqueou até o último parafuso útil do carro de Darío, antes que viessem confiscá-lo quando, aos onze meses e vinte e nove dias, a deserção do médico fosse oficializada, e depois forneceu peças no varejo aos mecânicos da região. Inclusive retomou o cuidado da horta em que se transformara o jardim original de grama verde (nessa tarefa, com ajuda de Irving, Joel e também dos meninos), ampliou suas dimensões e diversificou as semeaduras com as espécies mais resistentes e generosas: abóboras, batatas-doces, inhames, mamões, bananas, que cresceram abonados pela fé e pela persistência.

A horta chegou a ter um aspecto tão próspero que Clara adotou um dobermann para afugentar possíveis ladrões de mamões e batatas-doces. O cão era jovem, esquálido e comovente, tinha a cauda e as orelhas intactas, e Clara o vira umas duas vezes nas imediações do hospital, perambulando em busca de comida improvável. Ao vê-lo, ela concluiu que, como vinha acontecendo com dolorosa frequência, seus donos tinham se desfeito dele por não terem como alimentá-lo. Na terceira vez em que o viu, Clara lhe deu um dos pães com croquetes que vendia junto com os vidros de doce em conserva; o cão o devorou com duas dentadas e depois olhou para ela à espera de mais comida. Comovida com o olhar do animal, que parecia não entender nada de como o mundo funcionava (ou só o essencial: funcionava mal), Clara lhe deu outro pão com croquete e não pensou mais. Decidiu recolher o cão e levá-lo para casa, com a condição de que, na distribuição de funções, ele se tornasse o guardião de seu trigal, como ela costumava dizer. Para reafirmar a pretensa ferocidade de um dobermann, que se mostrou o mais manso do mundo, Marcos o batizou de Dánger e se encarregou de seus cuidados e alimentação pelos doze anos que o cão viveria com eles (desde os primeiros meses dormindo no sofá da sala sem cuidar de porra nenhuma), até morrer, velho, cego e desdentado, nos braços do então já jovem Marcos.

A atividade de Clara foi tão frenética que só fraquejou nos momentos de muito sufoco e cansaço, quando achava que não ia aguentar uma fase tão tenebrosa cujo fim não se vislumbrava nem nos discursos mais otimistas que reclamavam espírito de luta e mais sacrifícios, esforços, resistência, muita confiança. Nesses momentos de debilidade, algumas vezes a mulher sentiu falta da presença do homem com quem vivera por tantos anos, a única pessoa com quem havia transado na vida. Entretanto, talvez o que a tenha salvo do desespero foi que, em muitos desses momentos de suas reflexões mais pessimistas, Clara sentiu que também desfrutava a paz trazida pela ausência do marido, de seu marido. As brigas frequentes que tinham por qualquer motivo, a tensão transmitida por Darío desde que seus planos de realização profissional se estancaram e, mais tarde, enquanto esperava e preparava a viagem sem volta, tudo isso somado a uma paulatina e crescente falta de apetite sexual por parte dela deram um rumo mais agradável a sua solidão. E Clara começou a usufruir daquela vitória pírrica, justamente ela, que tanto lutara para não ficar sozinha.

A morte de Walter e o desaparecimento de Elisa foram por muito tempo duas comoções que turvaram seu ânimo e a perseguiram como interrogações incisivas que, apesar das muitas especulações dos amigos (ou talvez por serem tantas as especulações), não lhe ofereciam respostas convincentes. Dois atos tão radicais não podiam ser motivados por saídas intempestivas, por decisões de um instante de desespero. Sobretudo o fato de sua proximidade no tempo, a suspeita de que houvesse uma relação carnal entre o suicida e a fugitiva, o que poderia implicar até a responsabilidade de Walter na gravidez de Elisa e a de Elisa na decisão de Walter, puseram muita lenha naquela fogueira que, com o tempo, perderia calor, mas não se apagaria.

Pressionada por seus pensamentos, durante meses Clara teve sonhos em que Elisa aparecia: sonhos de enredos e situações diversas, às vezes sem desaparecimento concreto, outras com desaparecimento e retorno, inclusive sonhos doces que anunciavam o poder de rebelião de seu subconsciente e a despertavam suarenta e com a vagina úmida ou sonhos amargos nos quais afloravam ciúmes ferinos e uma exigente necessidade de posse. Desvarios e obsessões que não contou a ninguém, pois, disse a si mesma em várias ocasiões, tratava-se de emanações de uma mente apaixonada ou talvez desequilibrada. E naqueles amanheceres e insônias, e sempre que se acariciava, Clara se perguntava: será que sou lésbica? Como poderia ser lésbica e não saber durante tantos anos da vida? Que tipo de lésbica sou eu que outras mulheres não me atraem? O desgaste da relação com Darío teria sido uma manifestação do lesbianismo latente e finalmente despertado ou só um processo natural de esgotamento molecular, como o do metal que se quebra? Que poder tinha Elisa sobre ela para tê-la descentrado e, com seu desaparecimento, ter-lhe provocado uma angustiante sensação de perda e vazio que, depois, a ausência de Darío não deixaria?

Quando caía nesses transes e se indagava sobre seu mais verdadeiro caráter, Clara tentava lembrar os tempos em que tivera duas gravidezes, muito próximas uma da outra, e como durante esses períodos sua feminidade atingira a mais consumada expressão. Ao mesmo tempo que sentia a plenitude psicológica que a gestação implicava, suas reações eróticas disparavam durante aqueles meses de alteração hormonal, ao longo dos quais, com frequência quase doentia, pedia a Darío sua contribuição. Clara sentia-se sempre disposta e sempre seu apetite via-se premiado com contínuos orgasmos que, em condições normais, raramente atingia. Era tanta a necessidade e Darío fora tão complacente e eficaz que a primeira dor anunciando a chegada de Marcos a surpreendeu inclinada na cama, com as pernas abertas e penetrada por trás pelo marido. Era aquela mesma mulher desenfreada a que depois dos partos recuperava uma rotina sexual apenas eficiente e com os anos chegara a sentir pouca ou nenhuma atração pelo marido e muita pela amiga que a acompanhara por tanto tempo? Quem sou, o que sou?, acabava se perguntando.

Seis anos depois da saída de Darío, Clara chegou a uma resposta física e emocional muito satisfatória para suas inquisições íntimas. Estava com trinta e oito anos e um cansaço gigantesco. Quando se olhava no espelho, costumava ver-se enorme, até gorda, embora na realidade tivesse perdido várias libras com suas azáfamas e a má alimentação dos últimos anos. Em seu cabelo começavam-se a ver algumas cãs delatoras, e a mulher não se lembrava da última vez em que fora a um cabeleireiro de verdade para melhorar seu aspecto com produtos de verdade. Quase toda a sua roupa eram modelos anteriores a 1990, pois desde então só entrara em seu guarda-roupa alguma roupa íntima nova... Desde que tivera a última sessão de sexo com o marido, dois dias antes de sua partida (mais para satisfazê-lo e acalmá-lo que por desejo dela, mais por fraternidade que por atração), em seis longos anos, não voltara a transar com um homem, e suas masturbações foram se espaçando no tempo até ela esquecer, entre uma e outra, quando se tinha acariciado pela última vez... E então teve a sensação cada vez mais persistente de que ainda gozava da capacidade de amar um homem; de fato, estava convencida de que, pela maneira como se sentia, realmente o amava.

E Clara se deixou levar por aquela corrente doce: amou de outra maneira e em outras condições, com mais anos, mas com sua capacidade de resposta ainda muito funcional, pois descobriu que suas fibras sensuais, por tanto tempo em letargia, continuavam vivas e com a faculdade de replicar à exigência de entregar prazer e de senti-lo, mas não lambendo o clitóris de outra fêmea, como fizera em alguns de seus sonhos, e sim com um pênis real entre as mãos, entre os lábios, enfiado entre suas pernas, com a carícia de uma língua de homem no clitóris dela e com o prêmio necessário de orgasmos revitalizantes. Foi a época em que, além do mais, Clara descobriu a tranquilidade que traz o fato de ter um Deus particular do qual esperar consolos inexistentes em outros lugares. E, como o necessitava, desejava, podia… voltou a sentir-se acompanhada.

No dia 21 de janeiro de 1995, Clara fez trinta e cinco anos e teve ao lado os filhos e dois amigos. Porque o invencível Irving, arrastando Joel e armado com duas garrafas de um vinho de má qualidade, empenhou-se em fazer, pela cidade moribunda, a viagem intergaláctica de El Cerro a Fontanar e comemorar o que sempre haveria que celebrar: mais um ano de vida e amizade entre os que ainda tinham vida e podiam expressar a amizade de perto.

Por se tratar de uma ocasião especial, Clara, desesperada e com justa razão, vira-se diante da conjuntura de considerar que, se aquele dia cozinhasse de corpo inteiro o único frango que tinham, depois não saberia o que comer durante o resto da semana (do restrito salva-vidas enviado por Darío para o fim de ano, só restava o frango). Na noite anterior ao encontro, Ramsés, que ouvira os lamentos repetidos da mãe, sentiu-se comovido e, depois de muito meditar, apiedou-se dela.

– Vou avisando, mami – disse ele a Clara, enquanto fazia uma entrada turbulenta na cozinha, com aquela voz que começava a se rachar com a chegada da adolescência –, é pelo seu aniversário! E é por ser você! – E comunicou que tinha decidido lhe dar de presente, para fazer a comida festiva, um dos coelhos que ele criava no quintal.

Fazia três anos que o menino promovia num canto do jardim que se tornara horta uma criação de coelhos que costumava vender a muito bom preço. Mas, por ser filho de seu pai, como afirmava Clara, Ramsés gostava mais de ter dinheiro que de gastá-lo e, se o utilizava, era para investir em algo que lhe proporcionasse mais ganho, como a cabra que comprara, levara para emprenhar e, já parida e com a cria, vendeu pelo triplo do que tinha custado; ou a máquina de moer grãos meio enferrujada e com motor queimado que havia comprado por uns poucos pesos para depois consertar o motor, lubrificá-la e pintá-la, colocá-la a serviço da alimentação de seus coelhos e, além disso, vender sua capacidade de moenda aos criadores de galinhas, porcos e coelhos da vizinhança, o que lhe rendia mais ganhos.

Como os coelhos de Ramsés sempre eram vendidos a outros criadores ou gente que os procurava para comer, nos três anos que passara sustentando a criação não se tinha provado nem um único dos animais na casa de Fontanar e, é claro, nenhum fora sacrificado. Por isso, quando ao meio-dia de 21 de janeiro Irving e Joel chegaram, encontraram um problema de solução muito difícil: a comida estava viva numa coelheira, pois nem Clara nem Ramsés, muito menos Marcos, tinham coragem de fazer o que era preciso antes de meter o animal na panela.

Ao se inteirar da situação, Irving proclamou que ele resolveria o problema e, com ar decidido, seguido por Dánger, foi até as coelheiras, de onde voltou cinco minutos depois, negando com a cabeça, com a faca imaculada na mão, sempre seguido por Dánger.

– Acho que hoje não vamos comer coelho – sentenciou.

Então Joel olhou para o namorado, e Clara identificou em seus olhos uma ira assassina, que talvez se encaminhasse da maneira melhor e mais necessária.

– Você sempre me faz a mesma coisa, Irving! – gritou Joel, arrancando-lhe a faca e perguntou qual era o animal condenado. Vinte minutos depois, Joel lavava na pia o corpo longo e avermelhado do coelho já despelado, decapitado e com as extremidades das patas amputadas, enquanto perguntava: – Também sou eu que vou ter de cozinhá-lo?

Do guisado de coelho preparado por Irving não sobraram nem os ossos, dos quais Dánger se encarregou. Assim que sossegaram os estômagos, Ramsés e Marcos se despediram da mãe e dos amigos: Ramsés ia ver uns galos de briga recém-trazidos de Pinar del Río dos quais talvez comprasse algum para começar uma criação ou para vender aos aficionados da rinha, e Marcos saiu correndo para jogar uma partida de *pelota* com os amigos antes que anoitecesse. Naquela tarde, Marcos decidiu o jogo com uma tacada enorme, quilométrica, a tacada que lembraria pelo resto da vida como um de seus momentos de glória.

Já com a segunda garrafa de vinho pela metade, o silêncio deixado pela partida dos meninos e uma envolvente abulia da qual desfrutavam em meio a tantas tensões, Clara finalmente arriscou perguntar a Irving pelo ausente Bernardo, de quem, segundo o outro dissera, trazia notícias.

– Estou me sentindo tão bem que... Temos de falar disso agora? – perguntou Irving, ao que Clara assentiu.

– E de outras coisas...

– De que coisas, de que coisas?

– Não, primeiro você... Diga, encontrou Bernardo? O que está acontecendo agora?

Irving olhou para Joel, que reagiu.

– Não olhe para mim... Ou vou ter de matar esse outro coelho?

– Tudo bem, tudo bem – falou Irving, e se dirigiu para Clara. – Há uns dias passamos pela casa dele em Altahabana e... descobrimos que já não é a casa dele.

– O que está dizendo, rapaz?

Irving, então, contou do que podia ser a penúltima queda de Bernardo em seu processo de alcoolismo suicida: porque achava que da próxima ele não conseguiria se levantar.

– Fomos à casa dele porque tivemos de ir ao armazém de onde nos mandam as cordas com que fazemos os macramês, que fica lá perto, na *calle* Perla, e resolvi que seria bom aproveitar para vê-lo e dizer que hoje viríamos aqui. Toquei e quem veio abrir a porta foi uma mulher que eu não conhecia, achei estranho. Quando perguntei por Bernardo, ela me disse que ele não morava mais lá. Tinha permutado com eles...

– Bernardo permutou a casa? Quem são eles? – Clara não acreditava no que estava ouvindo.

A casa de Altahabana, atribuída aos pais de Bernardo depois da saída de seus donos originais para a Costa Rica, era uma verdadeira mansão com um quintal, antes bem cuidado, um portão enorme, amplos janelões de vidro coloridos. Trocada pelo quê?

– Trocou com eles... Bem, com essa família, por um apartamento em Santos Suárez. Fiquei como você está agora, não entendi nada, no entanto, é claro, logo deduzi o que tinha acontecido... e foi o que aconteceu. Agora Bernardo mora num apartamento, num corredor do segundo andar... e com dinheiro suficiente para se embebedar durante os próximos cinco ou seis anos, se tanto. Ele e o dinheiro. Porque calculo que aquela gente deve ter dado uma boa quantidade pelo casarão que têm agora...

– Meu Deus!... E... você foi vê-lo?

– Não, não quero vê-lo. O que vou dizer para ele que já não dissemos? Bernardo não tem salvação.

– Mas... Não, não pode ser. Por que você não me disse nada?... É preciso desfazer essa permuta, aproveitaram-se dele...

– Se você desfizer essa permuta, no mês que vem Bernardo vai fazer outra. Será que você não entende, Clara? O que Bernardo quer é morrer... e para conseguir isso ele precisa de dinheiro, muito álcool, e ninguém vai impedir isso. Já estava meio perdido, mas Elisa acabou de foder com a vida dele e ele não quer viver. E acho que não temos direito de impedir que ele se mate.

Clara assentiu, ainda que negasse por dentro. Em contrapartida, Joel foi o primeiro a reagir.

– Irving, juro que não aguento quando você vira veadotrágico. "Ele não quer viver", "não temos direito"... O que é preciso fazer com Bernardo é lhe dar dez chutes na bunda e enfiá-lo de cabeça numa clínica...

– Interná-lo de novo? – ironizou Irving. – Veadotrágico, eu?

Clara continuou assentindo, cada vez com mais veemência.

– Eu não posso deixá-lo... Temos de fazer alguma coisa, o que Joel está dizendo... sem os chutes. É que... No que estamos nos transformando? O que aconteceu conosco, porra?

A mulher se levantou, saiu da sala de jantar, atravessou a sala ao lado e se perdeu por trás da parede de tijolos à vista para onde se abria o espaço do que fora o escritório de seus pais e, depois, de Darío e dela. Quando voltou, trazia um envelope de carta.

– Leia isto – disse, estendendo o envelope para Irving. – Em voz alta, para Joel ouvir e eu ouvir de novo. Vamos ver se entendo direito.

– O que é isso, o testamento de Darío?

– Antes fosse – lançou Clara. – Se nos deixasse alguma coisa...

Irving olhou para ela intrigado e levantou os olhos quando leu o nome e o endereço do remetente.

– Escreveram?

– Vamos, leia...

Irving desdobrou as folhas e começou a leitura:

– "Buenos Aires, 22 de dezembro de 1994. Querida Clara dos amigos: Logo mais é fim de ano e seu aniversário e sinto uma necessidade imensa te escrever esta carta. Como você sabe, nunca me deu isso de escrever nem de falar muito, porque Liuba diz que tenho o pensamento organizado em linhas cruzadas e medidas calculadas e que também por isso nunca pude ser o que teria desejado, um pintor, um artista, você sabe, e tive de me conformar com o consolo da arquitetura. E acho que é verdade. Não, não acho, é verdade.

"Veja que na verdade esta carta devia ter começado dizendo, conforme merece uma carta: Clara, desejo que, ao recebê-la, você, Ramsés e Marcos estejam bem. Que Irving, Joel, Horacio e Bernardo, que certamente você continua vendo, também estejam bem."

– Fabio nem sabia que Horacio tinha ido embora há seis meses – interrompeu Clara.

– Diga de novo qual a data da carta – reclamou Joel.

– Dia vinte e dois do mês passado... Faz um mês. Quando chegou, Clara?

– Ontem... mas vai, continua.

– "Que meu querido e falso Darío – avançou Irving –, lá em sua Catalunha, também esteja muito bem... E dizer, claro, como se deve fazer numa boa carta, que estamos bem... mas para você não posso mentir. Eu estou mal, muito fodido. Não de saúde física, não, não vou morrer (por enquanto), mas minha doença é outra, também muito ruim, uma doença que está dentro dessa cavidade que seu marido adora abrir: na cabeça, na cuca, no coco, na cachola, no bestunto. Porque estou sofrendo, como diria minha avó, de 'mal de ausências': a de minha filha Fabiola que me atormenta, nem sei como tivemos coragem de deixá-la para trás; a de vocês, meus amigos, de quem Liuba e eu nos afastamos e de quem nem sequer nos despedimos por medo de que nos estragasse a viagem, você sabe. Até a perda das coisas em que acreditei, penso que acreditei sinceramente, e em que já não acredito, embora me dê trabalho pensar que algum dia terei vontade de acreditar em outras, embora seja difícil não acreditar em nada. A da distância de um mundo onde eu era quem sou, sabia quem sou, como se torna evidente em outro mundo no qual não sei o que serei. Do caralho, não é? (Veja, sou tão ruim para fazer cartas que, passando esta a limpo, me dou conta de que demorei três dias com ela, porque achava que sempre faltavam coisas, e tenho certeza de que me faltam coisas a dizer. Mas esta é a última cópia, vai assim mesmo.)

"Bem, vou te contar: desde que chegamos a Buenos Aires, tivemos a sorte de contar com a hospitalidade de Oscar, primo-irmão de Liuba que vive aqui há vinte anos. Moramos no que foi seu escritório de trabalho, um quarto no quintal da casa dele, com banheiro independente, aquecimento e tudo, mas, apesar da amabilidade de Oscar e de sua mulher Camila, com a sensação de que somos hóspedes de passagem.

"Desde que chegamos, já há catorze meses, fizemos todas as gestões possíveis para começar a trabalhar e regularizar nossa situação, mas aqui as coisas também não são fáceis. Para conseguir que alguém te dê emprego sempre é preciso que essa pessoa te faça um contrato de trabalho, e com esse contrato você começa a ser pessoa: porque então pode pedir uma carteira de estrangeiro residente e se 'regularizar' (aprendi aqui essa bendita palavra que repito todo dia)... O problema é que para fazer esse contrato de trabalho o empregador pede que se tenha essa carteira de residência e você entra num círculo vicioso. (Ou será viscoso?) Mas, bem, já sabíamos que era assim, mas não que era tão difícil e que talvez nunca voltemos a trabalhar como arquitetos, dos que fazem e assinam os projetos. Por isso até agora só pudemos fazer alguns trabalhos ilegais, como desenhistas, até bem pagos; no entanto, temos a promessa de que o escritório de um amigo de Oscar finalmente fará para nós o maldito contrato de trabalho, embora seja como desenhistas, para começarmos a ser regulares, como os *peloteros* que jogam todos os dias. Minha nossa, que difícil... Como tenho saudade da *pelota*!

"Quando tivermos esses documentos e um pouco mais de dinheiro, queremos morar sozinhos. E começar os outros mil trâmites necessários para legalizar os títulos, o que não é fácil, mas é possível. E, se conseguirmos, então voltar a ser arquitetos, talvez arquitetos de verdade pela primeira vez na vida. Acontece que a gente queria que o tempo voasse, sabe, que as coisas fossem se acertando mais depressa, que a vida entrasse nos trilhos e a gente pudesse avançar num rumo concreto. Você entende? Por exemplo, neste momento nós dois estamos trabalhando numa obra do que foi o porto velho da cidade, Puerto Madero, de onde saem os *ferryboats* que vão para Montevidéu, porque essa parte do rio da Prata é como se fosse um mar, mais que um rio, no entanto pela cor de chocolate sujo da água sabe-se que é rio. É um edifício de doze andares, e um amigo do amigo de Oscar, que é o construtor, nos paga para sermos uma espécie de capatazes ou mestres de obras do projeto, porque somos mais qualificados (sabemos mais) que um mestre de obras e nos pagam menos que a um mestre de obras daqui, e estamos felizes de ganharmos esse dinheiro até... nos regularizarmos!"

– Eles precisavam ter ido embora? – perguntou Clara.

– É do caralho – resmungou Joel.

Irving assentiu, mas continuou lendo.

– "De Buenos Aires direi que é uma cidade espetacular. Quando temos tempo, bem, como às vezes temos muito tempo e gostamos de cidades, saímos para caminhar e há dias em que vamos mais longe para descobrir esta cidade enorme, e pegamos (já aprendi que aqui não se pode dizer *cogemos**, *coger* é 'trepar' em argentino) o metrô ou algum transporte coletivo, que são as *guaguas*** daqui (aqui *guaguas* são crianças: imagine o que é *coger una guagua!*)." – Irving não pôde deixar de sorrir e murmurou: aqui já superamos isso, não se pode nem *coger una guagua****, e continuou: – "e descobrimos coisas, como, por exemplo,

---

* Do verbo *coger*, ou seja, pegar. (N. T.)

** Em Cuba, *guagua* significa ônibus. (N. T.)

*** Em Cuba, tomar um ônibus; na Argentina, trepar com uma criança. (N. T.)

que no número trezentos e quarenta e oito da *calle* Corrientes não há segundo andar interior, como diz o tango que Gardel cantava, nem nada: só uma parede com o número famoso".

– Que farsa! – exclamou Joel.

– "Mas nessa própria *calle* Corrientes há umas livrarias maravilhosas, que ficam abertas até meia-noite e onde servem café, como em uma pela qual me apaixonei e tem um nome que adoro, Clásica y Moderna, que, bem, fica na *calle* Callao e não na Corrientes, mas é maravilhosa do mesmo jeito, ou mais, e onde há todos os livros que você e Horacio gostariam de ler... E ao lado da Corrientes fica a *calle* Lavalle, cheia de cinemas com filmes em lançamento e também teatros nos quais há peças que ficam dez anos ou mais em cartaz (não podemos nos dar ao luxo de ver nenhuma), e na *calle* Callao, de que falei e que cruza com a Corrientes, há não sei quantas pizzarias onde fazem umas pizzas de morrer, com muitíssimo queijo, e sempre dá para comprá-las sem ter de ficar duas horas na fila. Descendo pela Callao chega-se a La Recoleta, um dos bons bairros daqui, onde há o cemitério com o túmulo de Evita Perón e nem sei mais quanta gente famosa (até o de Sarmiento*, aquele da civilização ou barbárie, lembra?), e muito perto há um café que se chama, veja só, La Biela, ao qual dizem que Jorge Luis Borges ia muito.

"Quando caminhamos por Buenos Aires e vemos todos esses lugares lindos (na periferia, claro, há *villas miseria*** onde as pessoas vivem no meio da merda, você sabe), uns lugares onde tudo parece tão normal, então nos perguntamos como foi possível que aqui mesmo, nesta cidade espetacular, com tantas livrarias, cinemas, teatros, salões de dança que se chamam *milongas*, as pessoas vivessem com tanto medo de que as fizessem desaparecer, de que as torturassem, de morrer, de viver assim durante tantos anos. Bem, até tão poucos anos atrás. Você se lembra do filme *Hay unos tipos abajo*, de Luis Brandoni, em que há uns homens que não se sabe quem são e o protagonista, que não fez nada, os vê embaixo de sua casa e caga de medo porque acha que vão levá-lo preso? Pois esse medo que existiu aqui nos dá medo pelo que foi, mas ao mesmo tempo nos reconcilia com nossos medos daí, que agora nos parecem nada em comparação com os daqui. Embora, cada vez penso mais, não devessem ter existido, também não deveriam existir. Sentir medo te fode a vida. Provocar medo envilece quem o provoca. Martí disse isso?... É que Martí disse tantas coisas..."

---

* Jornalista, escritor e político argentino, foi presidente do país de 1868 a 1874. Sua obra literária mais conhecida é *Facundo: civilización y barbárie*. (N. T.)

** Aglomerações de construções clandestinas, precárias, semelhantes às favelas brasileiras. (N. T.)

– Ele também tinha medo? – Irving baixou os papéis e olhou para o quintal, onde começava a cair a tarde.

– É o que ele diz – comentou Clara. – Você vai ver…

– Sempre parecia tão seguro, enrolado na bandeira vermelha e com o punho erguido. Falava do futuro luminoso e…

– Por que ele tem de comparar os medos? – mais que perguntar, Joel se questionou e se respondeu: – Todos os medos são horríveis.

– Lembram que ele quase se cagou quando ficou sabendo que Guesty podia ser informante? – recordou Irving.

– Porra, Guesty… Com tudo o que aconteceu, já quase nem me lembrava dela – confessou Joel, que reagiu diante do olhar de Irving. – Eu não sou como você…

– Filha da grandessíssima puta, aquela Guesty –, resmungou Irving. – E Horacio que dizia que não, que não podia ser! Se eu a vi naquele lugar horrível onde…!

– Ora, deixem disso… Continue, Irving, agora vem o bom. – Clara o alentou.

– Tem alguma coisa boa?… Ok, vou continuar…

– "Bom, essa, sim, foi Martí que escreveu: 'Prefiro ser estrangeiro em outras pátrias a sê-lo na minha. Prefiro ser estrangeiro a ser escravizado nela'… Do caralho, o Apóstolo, não é?"

– Do caralho – admitiu Joel.

– O que aconteceu com Fabio? Está dizendo que aqui se sentia escravizado? Fabio? – Irving respirou várias vezes antes de continuar a leitura. – Juro pela minha mãe que não estou entendendo nada.

– Tem gente que fica como louca quando sai daqui – sentenciou Joel, e os outros assentiram. – Daqui a pouco vai dizer que foi preso político…

Clara olhou para Joel: adorava as sentenças axiomáticas do homem.

– "Uma coisa estranha que também nos acontece quando damos essas caminhadas (de estrangeiros) por Buenos Aires é que sempre descobrimos coisas novas, é lógico, mas nunca sentimos (falamos sobre isso e acontece com os dois) que algum dia serão nossas. Vamos ver se me explico melhor: o que vemos está ali, nós vemos, também estamos ali, mas não somos daqui. Porque aqui é como se não existíssemos, é como se fôssemos fantasmas, ou invisíveis, e sabemos que ninguém vai nos ligar para saber como estamos, por onde andávamos, o que estamos fazendo, nenhum amigo vai me perguntar quem ganhou o jogo ontem à noite. Não estamos na memória de ninguém e ninguém está na nossa memória. Somos e ao mesmo tempo não somos, vão se passar montes de anos para começarmos a ser algo mais que espectros. Não sei se você me entende, só importa que você saiba isto: aqui não somos o que éramos aí.

"Bem, se depois de dez meses estou te escrevendo agora pela segunda vez, longa e extensamente pela primeira, não é para dizer as coisas que te disse, embora também para dizê-las, e por isso vou deixar essas coisas na carta, que já é a mais longa que escrevi na vida. Mas a verdadeira, verdadeira razão para eu te escrever agora é que eu queria te pedir perdão. Na realidade, pedir perdão a todos os amigos."

Irving se deteve.

– Que porra é essa?

– Eu te disse para continuar, menino.

– Ai, minha nossa – murmurou Irving, e voltou os olhos ao papel manuscrito.

– "Porque, se nos afastamos de vocês e quase não voltamos a te ver depois do que aconteceu com Walter e em seguida com Elisa, foi porque um dia, cerca de um mês depois do desaparecimento de Elisa, o vice-ministro que tinha a ver com nosso trabalho chamou Liuba a seu escritório, e quando ela chegou havia outra pessoa, que não disse quem era, mas que Liuba soube depois quem era, ou melhor, o que era, que lhe perguntou coisas sobre Walter, sobre Elisa, sobre Darío e sua relação com um diplomata tcheco, e sobre Horacio... sobre você também, Clara. Perguntou mil coisas. Diz ela que o sujeito sabia tudo de todos, e na hora de ir embora ele disse a Liuba que ela e eu devíamos ter cuidado com os amigos que frequentávamos, que a situação do país era muito difícil e que não se podiam admitir..." – Irving engoliu em seco e murmurou um meu Deus, respirou fundo para buscar forças e continuou – "... não se podiam admitir deslizes de nenhum tipo".

– Fazia anos que eu não ouvia essa palavra! – exclamou Joel.

– Terrível, não? Os deslizes de que acusavam qualquer um...

– Eu era o rei dos deslizes, e se não fosse por Elisa... E não perguntaram de mim para Liuba?... Que estranho...

– Diz que sabiam tudo de nós – interrompeu Clara. – O que havia para saber de nós?

– Eu sempre soube que tinha uma ficha. Estão vendo como era verdade?... Bom, me deixem terminar, falta pouco – pediu Irving, depois de virar a folha, e voltou à leitura.

– "Quando Liuba me contou aquilo, você já imagina como fiquei. Tinha vontade de procurar o sujeito e perguntar como ele se atrevia. Quem ele achava que era? Por que tinha dito tudo aquilo para Liuba na frente do nosso chefe?

Era uma advertência ou uma ameaça?... E Liuba, que estava apavorada, me disse que era melhor não criarmos um problema maior. Porque podia ser maior.

"Imagine só, isso eu não disse para ninguém, e só disse para Liuba muito tempo depois, mas imagine tudo o que pensei, porque, dois ou três meses antes do que aconteceu com Walter, ele me tinha dito que uma pessoa que ele conhecia (não me disse quem, e creio que eu nem quis saber, inclusive naquele momento nem quis acreditar em Walter), pois essa pessoa tinha dito para ele andar na linha porque 'estão atrás de você, estão te caçando'. Foi isso que Walter me disse, e veja o que ele fez depois. Creio que, apesar de sua presunção, de bancar o rebelde sem causa, a verdade é que estava se cagando de medo. Ou meio louco, bem, mais louco que sempre..."

– Isso é verdade – comentou Clara. – Walter disse isso a Darío... estavam acontecendo coisas estranhas com Walter...

– Continuando – avisou Irving, enquanto assentia. – "Por tudo isso, quando aquele sujeito falou com Liuba, decidimos nos afastar de vocês. Com dor no coração, mas não podíamos fazer outra coisa, creio que qualquer um teria feito o mesmo... Não é verdade?... Clara querida, espero que você me entenda, que nos entenda, quer dizer. Não podíamos fazer outra coisa. E por tudo isso começamos a nos sentir perseguidos. Isso mesmo. Sobretudo Liuba, que parece muito forte, mas não é. A coitada começou a ter problemas para dormir. Ainda tem. O medo, você sabe como é... E, sem pensar muito bem se estávamos cometendo um equívoco ou fazendo o certo, decidimos vir para cá, inclusive deixando Fabiola aí até não sei quando, mas esperamos que não seja por muito tempo, não sabe como temos saudade dela. Você pode nos perdoar?... Espero que sim. E também os outros amigos.

"Por ora, daqui, onde ainda não estamos regularizados e vamos ser invisíveis por muito tempo, ou talvez não, e até possamos algum dia construir alguma coisa... Bem, definitivamente escrever não é a minha, sempre me atrapalho e neste instante estou me sentindo um merda... Daqui te mandamos muitos beijos e nossos melhores votos para este fim de ano e que você tenha um lindo dia de aniversário, como você merece, com seus filhos e nossos amigos. Beijos e abraços. Teu Fabio".

Em silêncio, Irving dobrou as três folhas de papel. Joel, já em pé, parecia um animal enjaulado. Clara, sentada, mantinha os olhos baixos. Irving devolveu as folhas manuscritas ao envelope e, quando foi estendê-lo para Clara, exclamou:

– Mas que filho da puta fodido!... Sabem o que mais? É tudo mentira. Ele inventou tudo isso...

– Por que ele ia inventar, Irving? Inventar que alguém estava nos dedurando? Guesty, Walter, sei lá eu... Não, Fabio não precisava me escrever esta carta nem inventar nada...

– Precisava, sim, Clara, precisava... Porque é melhor ter um culpado que ser culpado. Porque, de todos nós, eles eram os que tinham mais medo porque podiam perder as quatro merdas que lhes tinham dado, medo de deixarem de ser as personalidadezinhas que se achavam importantes. E, quando viram que as quatro merdas estavam acabando e que não haveria mais, e que aquele carro russo que lhes tinham dado era um pedaço de lata que devorava gasolina, estava sempre quebrado e que de personalidades eles não tinham porra nenhuma... então foram embora. A questão é simples assim, Clara, aqueles dois são cínicos assim, como outro monte de iguaizinhos a eles que passavam a vida cantando "A Internacional" e, quando o sapato apertou, saíram voando... Porra, eu sempre soube, sempre soube! E agora estou achando que eram eles que nos deduravam! E agora dizem que foram embora porque ficaram com medo de um sujeito da segurança... Não venham me encher o saco...

Clara ouvia Irving e sentiu-se desarmada. Será que ele tinha razão em alguma de suas afirmações? E, se tinha ou não tinha razão, como poderiam saber? E de novo, em outra volta da nora incansável, sempre disposta a lhes dar motivos piores: por que aquilo estava acontecendo com eles? Só com eles?

Quatro meses depois, no já tórrido e muito chuvoso mês de maio cubano, Clara recebeu uma ligação de María del Carmen, irmã de Fabio. Com a voz tomada pela dor, a mulher lhe deu a notícia que deixava para sempre sem resposta as acusações de Irving e sem possibilidade de esclarecimento as revelações da carta de Fabio, suas verdades duvidosas, seus supostos embustes e os motivos mais reais que moveram sua escrita e os que decidiram a deserção. E, afinal, também a sorte dos arquitetos: Liuba e Fabio tinham morrido num acidente em Buenos Aires. O andaime colocado num andar alto de um edifício em construção se abrira, e os arquitetos, que não trabalhavam nem ganhavam como arquitetos, morriam diante de um rio imenso que arrastava águas escuras. Os contratantes nem sequer pagariam por sua morte: como Fabio e Liuba eram irregulares, nenhum seguro os protegia. Sim, pensou Clara, seus antigos amigos tinham morrido transformados em irregulares, em estrangeiros, ou pior: sendo não pessoas.

De sua cama do hospital, Bernardo os viu entrar e, em meio a lágrimas, veio-lhe a tosse que o obrigou a levantar a máscara através da qual recebia oxigênio. Sem falar, Clara e Irving se aproximaram, um de cada lado da cama, e, enquanto o homem lhes tomava as mãos, a mulher lhe acariciava o peito mal coberto pela camisa de um pijama dois números menor do que, apesar de sua magreza, o corpo do homem requeria.

– Ai, Bernardo, Bernardo – sussurrou Clara, enxugando as lágrimas que caíam dos olhos ainda injetados de sangue e gás butano. Com sua maltratada lucidez, Bernardo suplicou-lhes que, ao menos uma vez, lhe concedessem o que mais necessitava: nenhuma repreensão.

O próprio Bernardo jamais conseguiu dizer o que tinha acontecido nem como, mas concluiu que sua vida fora salva por Deus e pela próstata inflamada do vizinho do apartamento ao lado do dele, um enviado do céu que, enquanto esvaziava a bexiga às três da madrugada, alarmou-se com o cheiro de gás que invadia seu banheiro. O homem, depois de confirmar que seus bicos de gás estavam fechados, saiu pelo corredor dos apartamentos, farejando como um cão, para descobrir que o cheiro parecia vir do apartamento contíguo, onde morava o beberrão instalado ali havia alguns meses e onde luzes estavam acesas. O vizinho resolveu bater na porta e depois chutá-la e gritar. Apesar da insistência, não recebeu resposta. Incomodado com os ruídos, o morador do terceiro apartamento abriu a porta e perguntou que porra estava acontecendo, e o afetado de prostatite lhe pediu ajuda. Havia um vazamento de gás no primeiro apartamento e ninguém saía, ele disse, enquanto voltava a chutar a porta para referendar a informação. Isso vai explodir!

Os dois homens, então, tomaram a decisão que salvaria a vida de Bernardo: chutaram juntos a porta até deslocar a fechadura e entraram no apartamento, onde encontraram um bico de gás ligado sobre o qual havia uma panela fumegante, em brasa. E deitado no sofá, inconsciente, à beira da asfixia ou talvez já morto por aspiração de butano e pelo álcool que devia ter nas veias, o bêbado que lhes coubera por azar ter como novo inquilino daquele apartamento.

Quando tentou reconstruir o cenário encontrado por seus salvadores, Bernardo garantiu que não se lembrava de nada do que tinha acontecido. Além do mais, podia jurar, fosse como fosse, que naquela noite estava tão fora da realidade que não tinha considerado a possibilidade de suicídio, como em outras tantas noites e principalmente naqueles amanheceres que o surpreendiam fedendo a vômito, álcool, suor e urina em sua cama ou num portal de qualquer ponto da cidade. Não, naquela noite não. Por que colocou uma panela no fogo, pelo que tudo indicava cheia de água que, ao ferver, apagara o fogo? Bernardo não sabia e não saberia nunca. Também não lembrava que, umas horas antes, o atendente do bar miserável da *calle* Lacret, o lugar cavernoso do qual o ex-cibernético se tornara frequentador, no momento de fechar o deixara sentado no portal do estabelecimento com as mãos agarradas a uma lata de refrigerante com metade de rum. Ao lado de Bernardo, no mesmo portal, já dormia Chancleta, seu mais renhido concorrente entre os fregueses do bar. Menos ainda era capaz de dizer como chegara à que agora era sua casa e como conseguira entrar. Porque sua última lembrança se remetia ao meio-dia anterior, quando tinha tirado do cofre onde as guardava umas notas do dinheiro que recebera na troca de sua mansão por aquele apartamento da *calle* La Sola.

A degradação de Bernardo fora um processo de queda livre que os amigos presumiam que acabaria da pior maneira. Se nos tempos de universidade ganhara prestígio por sua divertida capacidade de tomar bebida alcoólica sem que seus efeitos lhe reduzissem a inteligência, com os anos sua dependência transformou-se numa preocupação que, ao se agravar, Elisa tentara resolver com um par de internações em clínicas para dependentes que só tiveram o efeito de afastá-lo por vários meses da garrafa de rum, com recaídas mais estrepitosas.

Para quem o conhecia estava claro que a recorrência à bebida aumentara desde o momento em que Elisa anunciara sua gravidez e Bernardo tivera a convicção de que a criatura engendrada não era dele, pois, além de saber que não tinha condições de procriar, havia meses sua mulher quase não fazia sexo com ele. Depois, a morte de Walter, episódio do qual se negava a falar por causa de sua relação pessoal problemática com o falecido, e o quase imediato desaparecimento de Elisa o aproximaram mais ainda do álcool e o lançaram por uma ladeira em cuja descida teria apenas duas ou três paradas breves, inclusive outra internação inútil para tratamento de alcoolismo. Uma viagem ao inferno que o levaria a perder o trabalho, seu computador e sua coleção de discos e fitas cassete, depois o carro que herdara dos pais e, finalmente, a casa magnífica e boa parte do dinheiro, até transformá-lo no ser de pele acinzentada, olhos mais vermelhos que verdes e lábios rachados que chegara ao hospital no amanhecer de 18 de setembro de 1995 com graves sinais de asfixia e intoxicação alcoólica e respiratória. O fundo do poço.

No dia seguinte à visita dos amigos, quando recebeu alta médica, Bernardo aceitou a decisão irrevogável de Clara, Irving e Joel: moraria por tempo indeterminado na casa de Fontanar e seria internado numa clínica de cura de alcoolismo e tratamento psicológico. Então o homem jurou solenemente diante do Deus que segundo ele o salvara, e por tabela diante dos amigos que o exigiam, nunca mais se aproximar do demônio engarrafado.

Graças a um funcionário do Ministério de Saúde Pública que fora colega dos pais do cibernético quando eram personalidades poderosas, Irving conseguira para Bernardo a internação numa clínica nova, bastante exclusiva, aberta fora da cidade e especializada em terapias para cura de dependências. Só que, como Bernardo não podia pagar em dólares a estadia no lugar, tiveram de esperar duas semanas por um leito disponível. Um Bernardo convencido de que Deus lhe tinha enviado o último dos barcos destinado a sua salvação resolveu que, daquela vez, sim, teria vontade para resistir sem voltar a beber, ingerindo só os ansiolíticos receitados ao sair da internação por intoxicação.

Clara então foi testemunha do início da transição de Bernardo para a sobriedade. Todo dia a mulher descia para preparar o café da manhã dos filhos com os alimentos de que dispunha: quase sempre havia um pedaço de pão, às vezes leite, outras iogurte de soja – que Marcos, cujo estômago o impedia de engolir aquilo, despejava dissimuladamente na vasilha de Dánger, o devorador –, ocasionalmente sorvete derretido, um ovo para cada um dos meninos se tivessem chegado os da cota ou se Ramsés tivesse rapinado algum, e até o luxo de um cachorro-quente enquanto duravam os envios de Darío e os que Horacio começara a realizar aleatoriamente, que incluíam quarenta por cento para Irving e Joel.

Na tímida claridade do amanhecer, Clara encontrava Bernardo já sentado no terraço dos fundos, às vezes estático, outras vezes com o tronco em movimento afirmativo, como se estivesse cavando um poço de petróleo. O homem costumava coçar os braços e a nuca com as unhas roídas até as cutículas, que às vezes sangravam, ocasionalmente transpirando, ao passo que a cor acinzentada da pele começava a mostrar rosáceas arroxeadas, como se estivesse de novo à beira da asfixia. E sempre, todas as manhãs, com as páginas abertas ou fechada sobre as coxas, Bernardo segurava a Bíblia, um dos poucos pertences que tinha pedido a Irving e Joel que lhe trouxessem do apartamento da *calle* La Sola. A Bíblia que o acompanharia nos dias mais difíceis de sua pretendida reconversão humana.

Mais tarde pela manhã, quando Clara ia ao quintal regar a horta e dar a primeira porção de capim para os coelhos e o milho moído para a criação de galos de briga de Ramsés, o homem a seguia, tentando ajudar, embora muitas vezes sem conseguir, pois em geral ficava como absorvido quando mergulhava nos dois ou três assuntos que se tornaram suas obsessões.

– Sabe o pior que acontece comigo?... – podia começar e sempre fazia uma pausa. – O tempo. O tempo que cresceu, engordou, e o dia não acaba... Quando eu ficava bêbado, ele tinha menos horas, agora tem não sei quantas, e é uma agonia, te juro. Quero que chegue a noite para eu dormir e, quando me deito, durmo duas horas e acordo sem sono e... me apavoro porque sei que tenho mais tempo para pensar, um dia mais longo para viver sem saber muito bem que porra vou fazer.

– Quando você se curar vai poder aproveitar esse tempo que tem agora – costumava dizer Clara.

– Mas quando eu me curar, porque vou me curar, sim, o problema é que não sei o que vou fazer da vida. Como cibernético, estou desatualizado; perdi minha casa; não tenho mulher nem posso ter filhos; tenho trinta e seis anos e sinto como se tivesse mil; estou vazio por dentro e não sei como vou me preencher com alguma coisa, porque não sei se ainda existe alguma coisa que possa me preencher. – E às vezes ele chorava.

– Vamos, vamos... Quando você se curar vai encontrar o que fazer. – Clara voltava a intervir. – Olha para mim, plantando mandioca e dando comida aos coelhos depois de passar cinco anos quebrando a cabeça na faculdade de engenharia... Mas você, Horacio e Darío sempre foram brilhantes. Por isso Darío está trabalhando como médico e já vai revalidar o título de especialista. Horacio a mesma coisa, e vai viver em Porto Rico. Por que você não vai poder, Bernardo?

– A única coisa que me consola é ter descoberto que Deus existe. Lembra aqueles seminários de ateísmo científico que nos davam no pré-universitário e na universidade? – Clara sempre assentia, e quando Irving e Joel participavam daquelas conversas também assentiam, às vezes brincavam. – Eu acreditava em tudo, pois estava convencido de que era ateu ou agnóstico. Mas o fato é que descobri que só achava que era ateu porque padecia de falta de fé, não por convicção. E agora sei que Deus existe...

– Você tem provas? – Em geral era Irving que fazia essa pergunta, tentando instigar o amigo.

– O fato de eu ter feito tudo o que fiz para me matar, estar prestes a me foder no dia em que não pensei em me matar e continuar vivo... Quer mais provas?

– Porque foi Deus que te salvou no dia do gás? Mandou um anjo ou um querubim com a bundinha rosadinha?

– Não enche o saco, você... Foram meus vizinhos. Mas mandados por Deus... E não pensem que estou louco, embora pareça e soe assim. Já sei que o álcool diluiu metade dos meus neurônios, mas penso com os que me sobraram e acho que as coisas acontecem porque têm de acontecer e que nós somos incapazes de mudar o que vai acontecer. Algo, Alguém organiza o mundo...

– Ou desorganiza – intervinha Joel. – Veja como ele está fodido...

– Está mesmo – acrescentava Irving. – Vocês leram sobre a Iugoslávia? Lembram como tudo funcionava bem lá? E o que me dizem da extinta União Soviética e da máfia russa?

– Calma, Irving. São duas coisas diferentes... Eu sei que são duas coisas diferentes, e, ainda que não tenham explicação, essa ausência de explicação vem dessa força superior que não precisa de explicação. É porque é. Os judeus dizem assim: o que será será.

– Assim é muito fácil, Bernardo. Não confunda as coisas...

– E por que não aceita se é fácil como acabou de dizer?

– Porque não acredito em Deus. Não acredito que existe um Deus...

– E te incomoda agora eu acreditar que existe, sim?

– Claro que não. Estou brincando. Ou não... Bom, o fato é que me alegra muito que Deus esteja com você e que, além de te salvar de morrer, ele agora esteja te ajudando a viver. Entre tanta porcaria que nos cerca, essa seria uma boa ação divina.

– E é... esse é o mistério... Vocês lembram que sempre gostei de entrar nas igrejas e me sentar um pouco para olhar? – Clara assentia, Irving assentia, Joel se mantinha imóvel, pois não conhecia alguns detalhes do passado do homem. – Quando fui ao México a trabalho, me deleitei visitando igrejas, sempre estavam cheias de gente, com uns santos que pareciam vivos e com muitos ex-votos. E quando fui a Moscou visitei algumas que restavam, dentro havia no máximo uns poucos velhos, mas eram tão bonitas quanto as do México, embora diferentes, é claro. E agora penso que as igrejas me atraíam porque havia algo adormecido dentro de mim, e uma força maligna impedia que saísse e encontrasse minha verdadeira vontade de crer.

– O diabo? – perguntou Joel, um dia.

– O diabo é a representação do mal. Só. Por isso é tão fácil culpá-lo de tudo. Mas há muito mais que o diabo. Há também os homens… Uma vez li que os maniqueístas proclamam que o mundo é um campo de batalha entre o bem e o mal. Segundo eles, uma força maligna criou a matéria, ao passo que uma força boa se encarregou do espírito. As pessoas estão encurraladas entre essas duas tensões e precisam escolher… Entre essas pessoas existem os homens que nos manipulam, nos submetem e nos obrigam a fazer o que eles querem e a pensar como eles querem. Eu conheço muitos desses, não é preciso ser maniqueísta para conhecê-los… E também há os indivíduos concretos que têm o mal dentro de si e agem como ele. Indivíduos como Walter. Pessoas como Elisa… Meus dois demônios particulares… Vocês acham que ainda estou bêbado e falando bobagem?

A permanência de Bernardo na clínica para dependentes tinha se prolongado mais que o previsto no momento da internação, pois os psicólogos – disseram algo muito breve para Irving e Clara num primeiro encontro – consideravam que o paciente estava profundamente lesado e preferiam retê-lo até terem certeza de que a terapia havia funcionado com toda a eficácia (ou falta dela) possível nesses casos.

– Ele ficou louco? – quis saber Irving, ao que o psicólogo riu.

– Não, louco não. Seu amigo está sob efeitos físicos e psicológicos de um trauma. E a mente humana é um grande mistério. Às vezes, para suportar, encontra mecanismos muito complexos.

Ao se aproximar o momento da alta médica, já mais explícitos e pelo visto confiantes em seu êxito, advertiram de que o paciente deveria levar uma vida o mais organizada possível e evitar desequilíbrios emocionais. Havia condições para lhe garantir essa estabilidade? Imediatamente Clara lhes disse que sim: ela se comprometia a lhe garantir tudo o que estivesse a seu alcance em busca da maior estabilidade. Para isso, levaria Bernardo para morar em sua casa, onde, em meio às anormalidades cotidianas que todos viviam havia alguns anos, ela e os filhos poderiam criar uma atmosfera o mais parecida possível com o que consideravam normalidade, inclusive uma vida de família.

Quando Bernardo finalmente voltou à casa de Fontanar, no início de dezembro, Ramsés e Marcos não puderam controlar seu assombro: o homem que estavam acostumados a ver quase sempre bêbado, pálido, vulgar e falastrão, com arroubos que iam da violência à depressão, ou, antes da internação, deambulando e se deslocando como um zumbi magro e falando de coisas estranhas, fora substituído por alguém mais gordo, desencardido e tranquilo. Para completar, Bernardo fazia exercícios físicos todas as manhãs, aos domingos assistia à missa na velha igreja de Calabazar (acompanhado por Clara, empenhada em mantê-lo ainda sob estrita vigilância) e, além da Bíblia, lia livros de computação e ligava para antigos colegas com a intenção de arranjar um trabalho e recuperar sua profissão. No entanto, para evitar tentações, Clara, os meninos e Irving resolveram fazer ceias de Natal e de fim de ano muito familiares (dessa vez, Darío enviara pontualmente a necessária ajuda monetária), sem álcoois nem extravagâncias, apesar das reclamações de Bernardo, que lhes garantia que não voltaria a beber e que não importava que outros o fizessem na frente dele, porque não tinha intenção de voltar ao inferno.

Na última noite do ano, quando Ramsés e Marcos já tinham saído em busca das próprias diversões numa festa que haveria na casa da namorada de Ramsés, no bairro de Boyeros, próximo dali, os quatro sobreviventes do reduzidíssimo Clã sentaram-se no terraço, diante da horta de Clara, para cumprir o rito de aguardar a chegada de 1996, que – assim esperavam – não teria remédio senão ser melhor (pelo menos não pior) que o período terrível que em algumas horas encerrariam. Por insistência de Bernardo, Clara pusera para gelar uma garrafa de sidra para que ela, Irving e Joel brindassem, ao passo que ele o faria com água, com absoluta convicção de que, em outra vida melhor, à qual já aspirava, alguém se encarregaria de transformá-la em vinho.

– E não estou brincando... Sei que vou ter outra vida. E não no além, nem no céu, nem sequer vou ver a água se transformar em vinho... Estou falando dos anos que me restam... E vai ser uma vida melhor. Algo de bom vai me acontecer. Sinto aqui. – E tocou no peito.

– Menos mal... – lançou Irving. – Porque assim, nós, ateus, vamos poder ver...

– Pode zombar à vontade, bobalhão.

– É que, por mais que eu queira, não te vejo acreditando em anjos que engravidam virgens, em são Pedro com as chaves do céu na mão e essas coisas...

– Porque não acredito nessas coisas. Acho que existe um poder superior que chamamos de Deus, uma essência dotada de vontade e força superiores, só isso.

– Mas você lê muito a Bíblia – interveio o discreto Joel.

– Porque nela há uma verdade. Só que contada de maneira cifrada, a partir da sabedoria de alguns que conheceram a verdade quando o mundo era mais simples, mas os homens já eram iguais a nós: os mesmos defeitos, as mesmas virtudes, a mesma necessidade de ter um apoio. – Bernardo parecia convicto de sua descoberta, e os outros resolveram respeitar suas convicções. Será que o álcool o tinha deixado meio abilolado? – Vejam, depois que fui internado na clínica e nestas semanas em que estou aqui, dediquei-me a pensar muito sobre o que foi minha vida e no que ela pode se transformar, e sabem qual foi a primeira coisa que descobri?

– Que estamos indo de derrota em derrota… – Irving recitou a frase de que Bernardo tanto gostava.

– Que somos *dust in the wind*? – sugeriu Clara.

– Além disso, claro… – Bernardo olhou para as mãos. – Todas essas contas me deixaram fodido. E sabem por quê? Por causa do que eu dizia, ou queria dizer, que descobri. Bom, se pararem de falar bobagem e me deixarem continuar. – Olhou-os e reparou em Irving, que fez uma cruz nos lábios: estavam lacrados. – Pois descobri que, se eu me embebedava, se há uns dez anos passei mais tempo inconsciente que lúcido, é porque não queria pensar. Simples assim. E não queria pensar porque a sobriedade pode ser um estado assustador para alguém como eu, quando se dá conta de que não tem nada a que se apegar. E fui perdendo quase tudo, exceto a fidelidade de vocês, de Darío, diria que até de Fabio, coitado do Fabio… Sabem que um dia Fabio quis me amarrar debaixo de uma árvore, como Aureliano Buendía, para que eu não pudesse beber?… Por parte das minhas perdas fui o único responsável. Por outras, tenho culpados aos montes. Como meus pais, que não se importavam muito comigo enquanto se comportavam durante anos como *comecandelas* revolucionários. Até que lhes cortaram as asas, por serem prepotentes, arrogantes, déspotas com os que estavam à volta e, além de tudo, corruptos por miudezas: cem ou duzentos dólares das diárias de viagem, um pouco mais de gasolina, tráfico de influência recebendo em troca presentes ou viagens. Por que vocês acham que no trabalho me mandaram para o México se eu tinha sido o último a chegar?… Isso mesmo. Vocês nunca souberam disso, eu tinha horror de confessar, e por isso agora estão fazendo essas caras ao ouvirem como aqueles pobres-diabos que morreram afogados em ressentimento e amargura não tinham nada a ver com o que diziam em público e com a carteira vermelha que levavam no bolso… E o mais fodido foi ouvir como eles e outros iguais com quem competiam se vangloriavam do que faziam e tinham, para depois botarem a máscara de comunistas íntegros e passear pelo mundo, fodendo de passagem qualquer infeliz. Por isso morreram desprezados, odiados e odiando. Entre pessoas como eles não existem fidelidades, devoram umas às outras, as de cima cagam nas de baixo.

– Bernardo, você tem que falar disso? – perguntou Clara, em tom dissuasivo. Sabia que aquela confissão podia ser escabrosa e, é claro, dilacerante.

– Sim, Clara, porque não vou confessar a um padre que não conheço, que também pode ser um sacana e vai me dizer que isso se resolve com umas tantas orações de penitência. Só posso dizer para vocês... Porque entre pessoas como meu pai e minha mãe vi e ouvi muita coisa, mas tive overdose quando conheci meu sogro, o poderoso Roberto Correa... Se conheço uma pessoa cínica e filha da puta essencial neste país é aquele velho espertalhão. Ele é tão ruim que enlouqueceu a mulher, mãe de Elisa, vocês sabem, arrebentou-lhe a vida, embora ela também se comportasse como sacana. Mais que isso, Roberto foi ruim até com ele mesmo e por isso meteu-se um tiro na cabeça e agora deve estar no inferno com chicote na mão, como auxiliar do diabo, fodendo com quem puder foder. Porque essa foi sua vocação na vida: foder com as pessoas, e, para falar do que me cabe, fodeu com a vida da filha dele. Porque, apesar de Elisa sempre ter tentado fugir daquele mundo de fraudes e prepotências em que o pai vivia, com seus lemas heroicos e até suas medalhas, aquele mundo a atingia e a afetava. A atingiu e a afetou. Passou a se achar, como se diz agora... E Elisa, a rebelde e boa amiga, transformou-se numa manipuladora das pessoas e acabou fazendo algumas das barbaridades que fez... Não me olhem com essas caras, porra! Não era uma manipuladora, não era uma líder?... Sei do que estou falando... E por isso nunca pude saber o que foi que aconteceu entre Elisa e Walter. Não, não estou dizendo que transaram ou não nem que ele a engravidou ou não. Sempre achei que não, que não chegaram a isso, embora também ache possível, apesar de você dizer que não houve nada disso entre eles, Irving, porque Elisa te jurou e você sempre acreditava nela. Não, estou falando de algo mais obscuro ainda, de algo que nunca lhe disse e tem a ver com eles dois e o pai de Elisa... e comigo. E não é que eu tenha ficado paranoico como Darío ou que esteja procurando justificar algo ou alguém, começando por mim mesmo... É que sei que entre eles havia alguma relação que não consegui descobrir, mas tenho certeza de que teve a ver com tudo o que aconteceu.

– Desculpe, Bernardo, vou quebrar o lacre, porque não estou entendendo aonde você vai chegar... Aconteceu alguma coisa entre eles e por isso Walter se matou?

– Eu não disse isso, Irving, não me interprete mal... Estou dizendo que havia uma relação entre Walter e Roberto Correa. Sei que houve e de alguma maneira Elisa estava envolvida.

Irving ergueu a mão.

– Espera... Lembro que Elisa apresentou Walter ao pai porque Roberto queria saber alguma coisa de um quadro. Se era autêntico ou falso.

– Não, isso foi muito antes, quando Walter começou a nos encontrar. Estou falando de outra coisa, outro tipo de relação – explicou Bernardo. – A que eles tinham quando aconteceu a história com Walter.

– Quando destituíram Roberto Correa? – quis esclarecer Joel.

– Sim… Elisa não queria nem saber o que o pai tinha feito, até que ponto ele tinha se sujado em toda aquela questão das drogas e dos dólares que explodiu no ano 1989. Acho que ela tinha vergonha de tudo aquilo. E em algum lugar de toda aquela merda aparecia a cara de Walter, e Elisa sentiu que era algo tão fodido que talvez por isso, quando Walter se matou, ela tenha resolvido desaparecer. E, para criar uma nuvem, começou a jogar merda no ventilador… E parte dessa merda fui eu que engoli. Engoli merda por ser tão fraco, por não querer ser tão fraco ou sei lá por quê… ou sei: porque ela me manipulava… Mas o resto, a montanha de merda, cobriu a eles… Houve coisas que nunca fiquei sabendo e outras que sei, sim, mas nunca vou falar nelas, nem que me ponham na fogueira e… Já falei demais, agora vou me calar, já não sou o Bernardo que fui…

Naquela última noite de 1995, Irving e Clara reagiram como se aceitassem sem duvidar as revelações de Bernardo. Ambos compartilhavam a intenção de proteger o amigo e participar do apoio de que ele precisava em seu processo de reconversão. Por isso nenhum dos dois se arriscou a comentar algo que ambos pensaram enquanto ouviam a confissão do matemático: que papel tivera Bernardo naquela trama tortuosa? Que tipo de relação existira entre o pintor e o pai de Elisa, que não a de um conhecedor capaz de certificar a autenticidade de uma pintura? Podia estar certo o que Fabio lhes contara, que na verdade estavam vigiando Walter? Quem e por quê? De que parte de toda aquela história Bernardo se negava a falar, mesmo que sob tortura? Seria a parte que dava sentido a tudo o que acontecera? E, embora ambos conhecessem muito pouco das sujeiras dos mundos dos poderes invisíveis, bem sabiam do alcance que podem ter seus tentáculos e da maneira como podem nos pegar, às vezes sem serem provocados. E depois nos cobrir de merda, como dizia Bernardo.

– O que eu sei é que Elisa estava cada vez mais distante do espertalhão. – Irving limitou-se a comentar. – Ela sabia que o pai era tão ladino que até podia escapar do grande desbaratamento que houve naquele ano entre os da segurança de Estado e os militares… Lembro como se fosse ontem que, depois dos dias em que estive preso, quando contei o que tinha acontecido, Elisa me disse que ela também tinha medo… Mas não me disse por quê… E me jurou que nunca tinha transado com Walter. E claro que eu acreditei, Bernardo, ela não tinha por que mentir para mim…

– A gravidez pode afetar muito as mulheres e… Elisa estava bem confusa. – Clara entrou na arena. – Creio que também tinha medo de perder o controle, como a mãe, coitada… Ainda está viva?

– Não sei – admitiu Bernardo. – Estava louca varrida…

– Meu Deus – disse Clara, prosseguindo. – O que não entendo, Bernardo, é por que vocês não se separaram e… Você era apaixonado por ela, tudo bem, mas se te fazia tão mal…

– Agora também não entendo. Naquele momento eu estava tão perdido que passei a iniciativa para ela. Mas não sei por que ela deixou as coisas correrem, quando o melhor teria sido romper de uma vez, pelo menos comigo, e não me envolver nos enredos dela. Se estava transando com outro ou com outros… Esse é um mistério importante… Não sei… O que mais lamento, e foi por aí que comecei, é que nunca poderei saber essa e outras verdades – disse Bernardo. – O foda é que, se há uma resposta ao que ainda nos perguntamos, nem sequer Elisa a tem inteira. Nem Walter a teve… Acho que quem a tinha era Roberto Correa.

– E por que, então, você não esquece toda essa confusão, compadre? – Joel finalmente interferiu, adiantando-se a Clara e Irving, e logo sentenciou: – O sujeito se matou e está bem morto, e ele que vá à merda. E de quebra Elisa e Walter também…

Bernardo olhou para Joel e sorriu.

– Você sempre tem razão, compadre… E agora que falei com vocês… acabou-se. Não, não vou voltar a essas histórias, inclusive vou tentar esquecê-las… Somar tudo isso a minhas abstinências e começar vida nova em 1996… E agora só faltam dez minutos para a meia-noite…

– É verdade, nem tinha me dado conta – admitiu Irving.

– Este vai ter de ser um bom ano – continuou Bernardo. – Nós merecemos.

Joel tirou a sidra da geladeira e a abriu. Serviu-a em três taças enquanto Clara trazia uma com água para Bernardo. Algum vizinho disparou para o ar para saudar o novo ano, e os quatro amigos beberam, se abraçaram, se beijaram, se desejaram um feliz 1996. Sim, eles mereciam.

Foi uns dias depois que Clara e Irving falaram em particular da confissão de Bernardo. Então ambos chegariam a pensar o que seria mais lógico e conveniente concluir: que na realidade o homem abandonado, enganado e humilhado por Elisa precisava erguer uma muralha de argumentos, talvez verdadeiros, às vezes incompletos, não mais para proteger a mulher, e sim para se apoiar na árdua reconstrução de sua vida, em que estava empenhado. E é claro que sua aproximação da filosofia do pecado, da culpa e da redenção contribuía para alimentar sua percepção de acontecimentos e atitudes que tanto haviam influído em sua degradação: o mundo era uma luta maniqueísta entre o bem e o mal, a maldade vinha de fora e ele fora sua vítima, Bernardo parecia pensar, porque era o melhor para sua salvação. E também para os outros amigos, inclusive para os mortos.

A possibilidade que apenas duas semanas depois de iniciado 1996 se abriria para Irving de viajar e afastar-se de seus medos foi o primeiro indício dos esperados benefícios do novo ano.

Assim que teve a notícia, Irving ligou para Clara, que estivera toda a manhã na expectativa, e informou que o consulado espanhol tinha engolido a falsa carta de convite arranjada por Darío para que ele assistisse a um seminário de desenho gráfico em Madri. Finalmente lhe tinham dado o bendito visto pelo qual tanto tinha penado!, gritava Irving, e a mulher sentira junto a enorme alegria que significava o júbilo do amigo, além de espreitar a tristeza pela partida iminente, mais uma que ela precisaria assimilar em sua já vultosa agenda de desapegos afetivos.

Era óbvio, e como sempre costumava acontecer, que para eles todas as corridas tinham de ser de obstáculos. Depois de contar as economias que ele e Joel tinham feito para a viagem pretendida, cortando gastos inclusive à custa da alimentação, o aspirante a viajante verificou que mal tinha metade do dinheiro para a passagem mais barata que a amiga de uma amiga de Joel, com contatos na Air Europa, conseguira reservar para ele: faltavam-lhe trezentos e dez dos setecentos e quarenta e nove dólares que deveria abonar em alguns dias. A primeira solução ao alcance de Irving foi vender tudo o que tinha, sabendo que, como não tinha quase nada, o remate renderia bem pouco. Um primeiro alívio chegou por meio de Bernardo, que imediatamente lhe deu de presente cem dólares do dinheiro sobrevivente da permuta da casa. Mas continuavam faltando duzentos para completar a quantidade necessária. A opção que lhe sobrava era pedir um empréstimo a Horacio e Darío, cem dólares por cabeça, cifra que todos achavam mais que razoável.

Numa tarde, na sala de jantar da casa de Fontanar, Clara, Bernardo e Irving faziam contas que não fechavam, redigiam a lista do que Irving ainda podia vender e falavam do empréstimo de urgência que ainda tinha de pedir, quando aconteceu o que todos consideraram um milagre. Ramsés, que em sua cadeira parecia concentrado em resolver os problemas de matemática dos deveres da escola, para cuja compreensão inclusive pedira a ajuda de Bernardo, saiu da sala por alguns minutos e voltou com um envelope, o qual estendeu para Irving.

– Veja, está em pesos cubanos, vai ser preciso trocar. É do negócio dos coelhos e dos galos de briga... Deve ter uns cem dólares. Assim você tem de pedir menos. Ou o mesmo, mas assim sobra alguma coisa para quando você chegar à Espanha.

Num primeiro momento Clara e Irving não entenderam o que o menino dizia. Só quando Irving pegou o envelope e tirou um maço grosso de notas, muito manuseadas, atadas com um elástico, todos sentiram o peso da comoção. Assim que foi capaz de reagir, Irving deu a resposta previsível.

– Minha nossa, Ramsés... Agradeço de alma, mas não posso pegar teu dinheiro. Por favor, guarda isso... – disse e, levantando-se, estendeu o envelope para o menino.

– Não vou pegar, Irving. Esse dinheiro já é seu. – Ramsés virou as costas e voltou para a cadeira.

– Mas meu filho... – Clara tentou argumentar, quando Bernardo interferiu.

– Clara, Irving... o que deu em vocês? Podem pedir dinheiro para Darío e Horacio e não podem aceitar um presente de Ramsés? Por favor, deixem de falar com ele como se fosse uma criança, ele já tem quinze anos e sabe o que faz.

– Não é justo, Bernardo – insistiu Irving. – Ele precisa de mil coisas e por isso economizou esse dinheiro...

– Tudo de que ele precisa neste momento sua mãe garantiu. Esta casa, três refeições por dia, roupa limpa para ir à escola... O que nós tínhamos quando estávamos no pré-universitário? E nos frustramos por isso?... Eu era o que mais tinha e... me frustrei de todo jeito, mas por outras coisas mais graves que vocês sabem de cor. E metam de uma vez na cabeça: Ramsés não é Darío. É filho de Darío e de Clara...

Chacoalhados pelo discurso de Bernardo, os outros dois ficaram sem argumentos, apenas com a convicção de que o menino não tinha por que resolver os problemas deles. Mas Clara sentiu-se inundada por uma sensação de orgulho, e Irving, invadido por uma ternura que teve necessidade de expressar:

– Obrigado, Ramsés. – E, tomando o rosto do jovem entre as mãos, deu-lhe um beijo na testa.

– De nada, Irving – murmurou o menino, e se fez de ocupado em desvendar os mistérios de uma operação trigonométrica.

Cada vez com mais frequência, mas sobretudo comovida até as fibras da alma com a iminente partida de Irving, Clara perguntava-se por que tanta gente próxima a ela tinha optado pela distância. De seu entorno mais íntimo já tinham ido embora seu ex-marido Darío, depois Fabio e Liuba e, pouco depois, Horacio. Agora era a vez de Irving, a quem, quando pudesse, Joel se juntaria. E Elisa? Também Elisa? Certamente Elisa.

Por que todos aqueles amigos, que tinham vivido naturalmente numa proximidade afetiva, apegados a seu mundo e pertencimento, empenhados durante anos numa superação pessoal e profissional a que tiveram acesso em seu país, decidiam depois continuar a vida num exílio em que, ela presumia, assim Fabio sentira, nunca voltariam a ser o que tinham sido e nunca chegariam a ser nada mais que transplantados, com muitas de suas raízes expostas? Ou chegariam a ser outra coisa que não estrangeiros, refugiados, irregulares, exilados, apátridas?

Vários deles, de modo coerente e, de acordo com a memória de Clara, por inércia e também de maneira orgânica, tinham comungado desde jovens a ideologia oficial e, por seus méritos e sua disposição, chegado a ingressar em suas vanguardas exclusivas: militantes da Juventude Comunista, primeiro, e do partido depois, como o próprio Darío, como Liuba e Fabio. Um Darío sempre disposto a reconhecer que em outra sociedade um sujeito como ele jamais teria tido as mesmas oportunidades, ou os convictos e até dogmáticos Liuba e Fabio, os mais combativos crentes. Até que, seja lá por que razões, deixaram de acreditar ou de acreditar que acreditavam ou de fazer os outros acreditarem que eles acreditavam... E havia outros. O rebelde Horacio mais de três vezes abjurara em público seu pai exilado nos Estados Unidos e estava agora nos

Estados Unidos. E Elisa? A Elisa que, recém-chegada de Londres, costumava lhes falar da desumanização e da alienação – eram suas palavras – das sociedades de consumo, pois, parafraseava, nelas o homem era o lobo do homem e alguns poucos exploravam muitos. E lembrou como todos concordavam ao ouvir tais discursos, pois achavam justos seus princípios e também seus fins.

Até onde Clara conhecia seus amigos próximos – e acreditava conhecê-los bastante –, nenhum deles fora um ser político, impulsionado por motivações de essência política, mesmo que a bendita política afetasse cada uma das moléculas do país e, quisessem ou não, seus habitantes. Ao mesmo tempo, salvo talvez Liuba e Fabio, só talvez, os outros nunca tiveram aspirações de ostentar poder nem de obter algum êxito econômico, intenções de enriquecer e de viver como ricos. Por que tantos iam embora? Todos eles sabiam que, nem sonhando, com seus esforços e talentos nunca chegariam a ser ricos nem realmente poderosos, se afinal fossem essas as aspirações que os alentavam no fundo da alma...

Clara conseguia entender as motivações de cada um deles, inclusive as possíveis aspirações à riqueza econômica. Conhecia muito bem as razões pessoais de Darío, impelido por sua necessidade visceral de se distanciar do que ele fora. As de Fabio e Liuba, que se revelaram eternos mascarados, oportunistas com necessidade de representatividade, alguma dose de poder, benefícios, e de repente angustiados por uma incapacidade de suportar os rigores de uma vida abundante em rigores. Horacio, por sua vez e até onde Clara sabia, devia ter-se movido projetado por seu inconformismo existencial. O físico precisava, como de oxigênio, de um espaço para pensar, crer, trabalhar, e essas exigências elementares resumiam seu modo tremendamente racional de explicar a vida. E, sobre a opção de seu querido Irving, pouco tinha a argumentar: estava escapando de sua doença crônica, o medo, ainda que escapando também sentisse medo, e, por essa relação com seus temores opostos ou aparentados, Clara o considerava o mais valente de todos.

Em contrapartida, o outro aspecto da pergunta também a obcecava, às vezes mais, e vinha complicar suas conclusões: e por que outros ficavam? Por que enquanto tantos iam embora muitas centenas de milhares permaneciam? Por que Bernardo? Por que ela e outros como ela? Uns confessavam sua satisfação e até sua confiança no futuro que chegaria (embora entre esses satisfeitos e confiantes a cada momento se produzissem ruidosas deserções); outros, sua abulia paralisante; outros, sua necessidade de preservar seu pertencimento; *et cetera et cetera*. Tinha à frente todas as cores do espectro, as visíveis e as invisíveis, as verdadeiras e as falsas.

Os tropeços pessoais de Bernardo com toda a certeza haviam mitigado qualquer impulso, se é que algum dia o teve, deixando-o angustiado e conformado com o que tinha: antes o álcool; agora, afirmava, seu Deus tão peculiar, quase heterodoxo, meio maniqueísta e mais materialista que esotérico. Ela mesma, por sua vez, apenas sabia que permanecia onde sempre estivera porque ali estavam seus filhos, sua casa, sua memória e trinta e tantos anos de sua vida: a forma e o sentido de seu caracol. Ou a segurava a atração da pedra de cobre imantada, vinda do lugar mais sagrado da ilha, e enterrada nos alicerces de uma casa da qual tanto quisera fugir e que afinal a agarrara? Talvez. Mas também permanecia ali porque, quanto mais sufocada se sentia, e até quando se arriscava a pensar que talvez em outro lugar saísse do túnel de carências materiais e limitações profissionais no qual estava submersa havia cinco, seis anos, Clara sempre considerara que, apesar de todos os pesares, era mais fácil aguentar que se refazer. O simples fato de se ver obrigada a ser outra coisa, em outro lugar, a apavorava. E esse seu medo pessoal a amarrava à terra, a paralisava. Enquanto isso, confiava em que as coisas mudariam, a vida melhoraria: porque era isso que mereciam os que resistiam e permaneciam e se fodiam, tinham feito por ganhá-lo, para eles e para os filhos.

A encruzilhada em que sua geração se vira colocada parecia-lhe dramática demais, definitivamente cruel e até imerecida (ou muito merecida?). Porque talvez nunca tivesse existido no país tanta gente empenhada em ser melhor, tanta gente pura e convicta, favorecida pelos benefícios de uma sociedade e, talvez por isso mesmo, tantos conformados com a obediência exigida e programada, com as múltiplas renúncias que abrangiam os mais diversos níveis das afinidades individuais e sociais: renúncias a bens materiais, a crenças consideradas heterodoxas, a desavenças políticas, a preferências pessoais do mais amplo espectro. Abdicações que iam de ter fé na existência de um Deus a preferir cabelo comprido e que incluíam o uso sexual do cu e até aceitar não ver (que remédio) na televisão uma atuação do The Mamas and the Papas, porque Alguém decidia que sua música era perniciosa para a ideologia e esse Alguém impunha sua decisão como forma de proteção decretada, nunca solicitada.

E com as renúncias chegou a aceitação do sacrifício: cortes de cana, trabalhos agrícolas, filas para tudo, a disposição de combater e morrer em guerras travadas em lugares longínquos. Muitos deles – assim pensava Clara – haviam aceitado o projeto do mundo no qual lhes coubera viver e, além do mais, acreditaram nele e trabalharam para melhorá-lo, e muitos haviam participado sem sinais de dissidências da unanimidade de critérios, convencidos de que o necessário era essa unanimidade ordenada e através da qual, como proclamava Bernardo, algum dia chegariam à vitória final. Ou ao fim da história na sociedade perfeita, o maravilhoso universo dos iguais.

Talvez a quebra de um equilíbrio precário disfarçado de normalidade à qual se acostumaram os tenha alterado brutalmente, tenha feito muitos verem sua vida e o mundo de outras maneiras. Uma ruptura profunda que acabou por empurrá-los em todas as direções, depois de transitar por décadas num único sentido, percorrendo o caminho que outras pessoas lhes tinham traçado, atribuído. E que eles tinham percorrido, quase sempre sem reparos, pois não havia espaço para reparos, só para a obediência. Por isso também Clara queria e podia entender os que iam embora, inclusive os que tiravam suas máscaras e renunciavam a suas antigas militâncias para começar a professar outras, às vezes de sinal invertido, pois essa atitude encarnava uma manifestação da condição humana em suas expressões sociais: a simulação camaleônica, a traição, o oportunismo ou a mais sincera conversão provocada pelo desencanto... E, é claro, queria e podia entender aqueles que, pela razão que fosse, acreditando ou sem acreditar, decidiam ficar e continuar a vida mais ou menos desfeita, mais ou menos redefinida, mais insatisfeita ou declaradamente satisfatória, arvorando inclusive a convicção de ter a sorte de viver no epicentro do mundo melhor, ao qual deviam professar gratidão, fidelidade.

Enfim, compreendia todos: os que negavam, os que concordavam, os que duvidavam. Os que não olhavam para trás tanto quanto os que viravam a cabeça e lhes doía o que viam, e o diziam. Ou se calavam. Os que persistiam e os que aplaudiam tanto quanto os cansados, os discretos, os vociferantes, os movidos somente pela inércia.

Clara não se considerava um ser político, como talvez tivesse sido Elisa, nem uma filósofa essencial, como Horacio, tampouco uma bala em busca de um alvo preciso, como Darío, nem sequer uma mística como o novo Bernardo. Talvez por isso a dramática complexidade da conjuntura histórica que lhes coubera por destino viver, no momento em que alcançavam sua maturidade vital e profissional, justificasse para ela todas aquelas decisões e as tornasse igualmente respeitáveis. E, pensava, aquele devia ser o princípio básico da liberdade essencial da espécie que criara o universo social: o direito pessoal de respeitar as escolhas dos outros, a liberdade de ter voz e dizer o que se pensa (a favor ou contra), a exigência de que fossem aceitas as decisões de cada um, com um limite único e inviolável marcado pela fronteira onde a vontade de uns não se transformasse na falta de opção de outros, em que um bem individual ou social não derivasse no mal individual e social de outros. Isso era exigido pelos vetustos Dez Mandamentos entregues no monte Sinai e pelo Contrato Social que regulava (ou pretendia regular) a lei da selva, a lei do mais forte, a lei do mais poderoso e os protegia delas.

Tudo podia ser simples assim? Não, não era simples assim e pelo visto nunca seria. Porque sempre haveria outros, aqui ou ali, antes e agora, alegando que sua fé era a única verdadeira ou porque detinham o poder por causa de seu dinheiro, ou de sua força, ou de seu ódio, atacariam de uma trincheira ou de outra, de dentro ou de fora, quem não visse o mundo da mesma perspectiva. Sempre haveria os videntes encarregados de exigir que a sociedade se entendesse a partir de seu prisma ou que os demais fossem cegos, surdos, mudos. E esses supostos iluminados se dedicariam, como se dedicavam (aqui e ali, é claro), a agredir, macular, desqualificar os heterodoxos, a dividir o universo em certos e equivocados, em fiéis e traidores, em ganhadores e perdedores históricos.

Ao fim, sim, veja que coisa. Pois na verdade tudo era simples assim: ou você me segue e apoia, ou eu te ataco. Ou aceita o que eu digo, ou se condena com sua negação. Mais elementar ainda, maniqueísta, como diria Bernardo: ou você está comigo, ou está contra mim, com a razão ou com a loucura, com o bem ou com o mal, com os tírios ou com os troianos. Aqui e também ali. A isso se chegara e, para os fundamentalismos dominantes entre os que estavam vivendo, os demais caminhos possíveis eram inconcebíveis, puramente inadmissíveis. Ser ou não ser: essa era a máxima que quase todos aplicavam, em todas as partes, para dominar os que constituíam o objeto de sua aplicação.

Dessa maneira inquietante, Clara o pensou e entendeu em 1996. Com toda a certeza em 1986, quando vivia imbuída em realidades diferentes, não teria entendido a trama do mesmo modo, inclusive teria se aterrorizado ao encontrar alguém com percepções como as que ela tinha agora e talvez o tivesse qualificado de inconformista sem causa, de desviado ideológico. Possivelmente em 2006 também não pensaria da mesma forma, porque o mundo se movia, as pessoas mudavam, seus filhos lhe diriam que não queriam ser como ela. Porque nunca nos banhamos duas vezes na mesma água de um rio e, se fosse assim, seria enfadonho demais, um poço de água turva. E se chegasse viva a 2016? E a um 2026 com uma configuração inimaginável até para os escritores de ficção científica?

Mas seu entendimento, suas justificativas e suas convicções não a salvavam das lacerações pessoais às quais se via exposta. Porque a Clara de 1996 sabia que sofreria (e sofreu plenamente) a ausência de um Irving que deixaria em sua vida um oco que demoraria muito para ser preenchido ou que nunca o seria. Seria, e de fato foi, um vazio ubíquo, ilimitado, suscetível de lhe provocar a sensação de ter perdido as muletas que mais e melhor a haviam sustentado. Por isso, na tarde da despedida, organizada na casa de Fontanar, ela anunciou que preferia não o acompanhar ao aeroporto, sob o pretexto de deixar Irving e Joel sozinhos, embora na verdade assolada pela inconfessada convicção de sentir-se incapaz de suportar o instante de outra separação.

Porque Clara ainda não sabia, embora estivesse ciente das possibilidades prefiguradas no horizonte, que a vida a confrontaria com novos e mais dolorosos desapegos. Por isso, a mulher e o amigo mais querido se abraçaram, se beijaram, choraram, prometeram-se cartas e telefonemas e maldisseram as tramas que os tinham levado àquele momento doloroso. Por que você vai embora? Por que não fica aqui comigo? O que faço com minha solidão?, ela teria vontade de perguntar, mas bem sabia que não tinha direito de fazê-lo, porque conhecia as respostas e seu dever de aceitá-las.

Apenas dois meses depois da saída de Irving, Clara foi convocada por sua empresa para se reincorporar a seu trabalho como engenheira, e o chamado trouxe de muitas maneiras um alívio ao ânimo da mulher. Embora economicamente retornar a sua profissão não resolvesse suas carências, imediatamente, reanimada pela possibilidade de voltar a ser um pouco mais útil e sentir-se mais plena, Clara viu-se abstraída de outras tantas preocupações e centrada em ocupações como a de revisar seu guarda--roupa, congelado por anos, e depois pedir a uma costureira que lhe reformasse algumas peças com ajustes necessários e soluções mais modernas. Assumiu também a urgência do gasto de passar pelo cabeleireiro para um corte, um tratamento e aplicar o primeiro tingimento de sua vida, para esconder as cãs surgidas nos últimos anos. Também desempoeirou livros, folhetos, conferências guardadas por anos, e pôs seus neurônios ao sol. No processo, a mulher sentiu que recuperava algo de sua autoestima e inclusive ousou olhar-se novamente nos espelhos.

A volta de Clara a seus afazeres profissionais provocou uma lógica alteração no equilíbrio que se estabelecera em seus domínios. Por isso, depois de uma reunião de família da qual Bernardo participou como um membro ativo a mais, os quatro habitantes da casa de Fontanar conseguiram chegar a alguns acordos para manter os arrimos da sobrevivência, pois o fato de Clara recuperar seu salário integral na verdade não eliminava as tensões monetárias, aumentadas desde que Darío iniciara sua relação com uma jovem catalã chamada Montserrat, que parecia empenhada em absorver a maior parte de seu interesse e fazê-lo esquecer ainda mais suas responsabilidades de pai.

Como Bernardo descobrira que para ele era mais rentável dedicar-se ao conserto de computadores e à instalação de *softwares* em domicílio e em geral era dono de seus horários, ofereceu-se para os cuidados matutinos dos galos de briga e coelhos, e, nas tardes em que fosse possível, cultivar e regar a semeadura, que aos poucos começou a se reduzir com o afastamento de Clara. Marcos, o mais jovem e o ventoinha da família, jurou ao irmão, Ramsés, que também ajudaria... sempre que pudesse. Ao passo que Ramsés, já concretizado o ingresso num curso pré-universitário que, como a maioria dessas escolas, ficava fora da cidade, vendeu sua máquina de moer grãos e metade de seus animais, com o que obteve dinheiro suficiente para comprar de um vizinho, piloto da Cubana de Aviación, seu primeiro computador pessoal.

Naqueles meses do verão de 1996, as pessoas no país começaram a sentir que alguma coisa estava melhorando na vida, apesar das muitas dificuldades que se mantinham intactas. Pelo menos os apagões se espaçaram e, nos mercados reabertos para que os camponeses vendessem suas produções, era possível comprar alguns alimentos quando o dinheiro dava para isso. Porque tudo começou a adquirir uma lógica nova e mais comum: quanto mais dinheiro se tinha, melhor se podia viver.

Bernardo representara um esteio importante para Clara, cada vez mais necessitada de suportes práticos e emocionais. Mas, tal como começaram a se forjar, os apoios mútuos, a proximidade e as necessidades espirituais e afetivas passaram a perfurar as muralhas (o caracol de Clara), e na tarde em que a mulher voltou do cabeleireiro com o cabelo beneficiado por uma discreta descoloração em mechas e um corte elegante, vestida com uma velha saia reformada que deixava seus joelhos à mostra e lhe marcava melhor a curva das nádegas e quadris, Bernardo não teve opção senão a de deixar escapar sua até então contida e crescente percepção.

– Porra, Clara, como você está bonita...

Ao que ela respondeu:

– Obrigada... E, como não sou bonita, agradeço ainda mais.

As cartas estavam na mesa. Só faltava tirar uma e começar o jogo.

Naquele domingo do fim da primavera de 1997, Irving passou sua primeira manhã no parque del Retiro de Madri e, enquanto perambulava, enveredou pelo *paseo* de Cuba e descobriu a escultura *O anjo caído*, que exerceria sobre ele uma estranha atração, nunca saberia se mística ou estética ou se as duas percepções tinham funcionado ao mesmo tempo.

Seis horas depois, na manhã do meridiano havanês, Bernardo e Clara, recém--saídos da missa na velha igreja de Calabazar, decidiram que, em vez de voltar à casa de Fontanar para fazer o mesmo que faziam todos os domingos – cuidar de animais e plantas, cozinhar, limpar pisos, reinstalar programas e excluir parasitas de computadores –, dariam uma caminhada pelos jardins do parque Lênin, próximo dali, onde nenhum dos dois entrava havia nem sabiam quantos anos. Como Ramsés e Marcos tinham ido passar o fim de semana numa casa em Las Playas del Este com a família da nova namorada do mais velho, ao menos uma vez Clara não teria a pressão de fazer toda a comida possível para encher estômagos insaciáveis adolescentes, e foi ela quem propôs o passeio, porque queria dar um passeio. Ou procurava mais?

Como todo o país, o parque Lênin sofrera a passagem devastadora dos anos daquela década, e suas instalações e jardins haviam perdido o esplendor original. Os restaurantes e os cafés estavam desabastecidos e o aquário era uma lembrança do passado, enquanto o anfiteatro flutuante, onde numa noite memorável eles tinham visto Joan Manuel Serrat atuar, já nem isso era. No entanto, o fato de a flora ter crescido de maneira pouco ou nada controlada dava um aspecto mais humano ao gigantesco pulmão do sul da cidade, e refazer os caminhos asfaltados ou atravessar relvados e arvoredos transmitia uma sensação de paz num país que vivera uma longa guerra sem pólvora, feroz e devastadora como uma guerra de verdade.

Tinham avançado talvez um quilômetro para o interior do parque quando Clara e Bernardo resolveram sentar-se junto de um bosque de bambus que, quando balançavam com a brisa, produziam um ruído como o de animal adormecido e satisfeito.

No trajeto tinham falado de trivialidades cotidianas, Clara, da impossibilidade de iniciar novos projetos na empresa, da atual relação amorosa de Ramsés, de como cairia bem uma demão de tinta na casa de Fontanar. Bernardo comentou sua decisão de começar a fazer exercícios mais fortes que a calistenia, pois estava engordando e sentia um pouco de dor nos joelhos, e talvez se aproximasse dos jovens que jogavam basquete numa quadra improvisada num descampado do bairro, mas tinha de fazê-lo com cautela física, pois, apesar de ter sido um jogador melhor que todos eles, seus quase quarenta anos já lhe pesavam.

– Estamos ficando velhos – disse ele.

– Já não somos tão jovens – esclareceu ela, e ambos sorriram.

Debaixo dos bambus, beneficiados pela sombra e pela brisa, permaneceram longos minutos em silêncio, observando os jardins quase desertos, e perceberam-se relaxados, embargados pela tranquila euforia de se sentirem vivos. Tão forte foi aquela sensação, por tantos anos perdida, que Clara teve necessidade de expressá-la, só que a seu modo.

– No que você está pensando? – perguntou a Bernardo.

O homem sorriu antes de olhar para ela.

– Sabe que eu ia te perguntar exatamente isso? No que você está pensando?

– Ora, eu perguntei primeiro.

– Ok. Ok... Estava pensando... que estou me sentindo bem. E estava pensando que estou me sentindo bem graças a você.

– Por que graças a mim?

– Porque você me salvou.

– Não tinha sido Deus?

– Ele foi o da ideia, do projeto. Mas foi você quem executou a obra... E posso te jurar que não vou voltar atrás. De modo que, se não quiser, não precisa vir comigo à igreja. Já não precisa cuidar de mim...

– Já faz um tempo que não venho para cuidar de você. Venho porque quero.

– Eu não ousava te perguntar... Você agora acredita em Deus mesmo?

– Acho que sim, às vezes, mas o importante não é isso. Venho à igreja porque gosto de estar ali com você e com gente que, equivocada ou não, acredita em alguma coisa. E eu tinha necessidade de acreditar em alguma coisa. Aqui eu sou a crente, Bernardo. E agora acredito em você... Sei que você não vai voltar atrás.

Ele sorriu um pouco mais.

– Isso não é ser crente, mas ser crédula. E o crédulo aqui sou eu...

Agora foi ela quem sorriu.

– Estamos falando bobagem?

– Não, que nada... Estamos falando de algo importante, que é acreditar ou não acreditar, em Deus e nas pessoas, em si mesmo... E você diz que acredita em mim. E sabe em que eu acredito?

– No todo-poderoso que organiza ou desorganiza tudo.

– Sim, mas acontece que agora o vejo de outra forma... Eu o vejo como um caminho...

– Para o céu? O paraíso?

– Sim, mas na terra. Algumas pessoas têm a sorte de encontrar esse caminho, outras não. Estou descobrindo que eu nem sequer sabia que esse caminho podia existir e que sempre esteve ali, diante de mim.

– Do que você está falando agora?

Bernardo levantou o olhar para o alto dos bambus, depois o baixou para o campo e se decidiu a olhar para Clara.

– De que acredito que tudo o que aconteceu estava disposto para que você e eu chegássemos a este lugar, hoje, não outro dia, mas hoje, a esta hora, e então nós dois pensaríamos a mesma coisa. Porque estamos pensando a mesma coisa.

– Como você sabe o que estou pensando?

– Eu não sei, Clara. Eu sinto – disse e levou a mão direita até o queixo da mulher e o segurou com delicadeza para começar a aproximar seu rosto do rosto dela e beijá-la nos lábios.

Embora Clara também já soubesse que ia acontecer com eles o que estava acontecendo, nunca ousou pensar que se concretizaria nas proporções em que se desenvolveria a partir daquele instante (quanto dura um instante?), quando recebeu a saliva de homem de Bernardo e entregou sua saliva de mulher. Seu coração palpitava de um modo que tinha esquecido ou de um modo novo? Embora estivesse convencida de que ainda era uma pessoa com capacidade de entregar amor, fazia tempo que duvidava de suas condições de recebê-lo. Amara seus amigos, e seus amigos a abandonaram. Amava seus filhos, mas sabia que eles amariam mais outras pessoas e que, por amor ou por desamor, também a abandonariam. Amara Darío, apesar de suspeitar que ele a tinha amado mais pelo que ela tinha, pelo que significava, que por ela ser quem era. Amara Elisa, pois tinha certeza de que amara a mulher, mas sempre com a impressão de que jamais receberia dela algo semelhante ao amor, pois achava que Elisa não era capaz de amar ninguém. E seus pais a tinham amado? E seus avós só a tinham acolhido ou a tinham amado de verdade? As respostas possíveis eram nebulosas, algumas dolorosas. E agora, à beira dos quarenta anos, depois de tanto tempo sentindo-se sozinha, abandonada, cansada, confusa, depois de ter duvidado tanto de sua sexualidade e de suas reações eróticas, Clara descobria onde menos teria esperado vinte, quinze, dez, cinco, um ano atrás, a mina dourada do amor mais pleno e satisfatório, o que se costuma qualificar como o amor da vida: o amor que se dá e se recebe na mesma proporção sem que se calculem medidas, aquele que se vive sem sobressaltos, mas sempre com surpresas, e mostra o poder de abrir o caminho para o paraíso na terra: esse minúsculo espaço físico e mental em que apenas cabem dois seres guarnecidos com a necessidade de viver um para o outro. Duas pessoas que se acreditavam vencidas e que, na cumplicidade e na proximidade, descobriam que ainda podiam lutar e refazer um caminho.

O recinto do velório cheirava a flores murchas, vapores humanos concentrados, tristeza, desamparo e morte, e Clara sentiu o assédio de náuseas furtivas que lhe fizeram lembrar as primeiras semanas de suas já longínquas gravidezes. A mulher voltou a olhar para seu relógio, tensa e ansiosa. Faltava apenas uma hora para vencer o prazo marcado para realizar o traslado do cadáver da funerária para o cemitério. E Horacio ainda não tinha aparecido. Com discrição, ela tocou o braço de Bernardo e indicou-lhe com o olhar que fosse com ela para fora.

– Você está pálida…

– Esse cheiro me mata – disse ela, que inspirou e expirou várias vezes e voltou a olhar o relógio. – E o calor… Falta menos de uma hora e ele não chega…

– Vai chegar. Fique tranquila – disse o homem, acariciando-lhe uma bochecha. – Vem, encosta aqui – ordenou, indicando o muro que separava a entrada para os carros fúnebres do que deveria ser o jardim, agora cheio de guimbas de cigarro, latas vazias, papéis e com uma buganvília maltratada, mas invencível que em meio às adversidades teimava em florescer.

Clara bem sabia que não eram só a ansiedade e o odor da morte que agiam sobre ela. O fato de Bernardo e Horacio voltarem a se encontrar, apesar dos anos transcorridos e das profundas alterações sofridas pelo caráter de seu namorado, podia fazer explodir aquela pólvora molhada. Apaziguava-a muito ter testemunhado as preocupações do novo Bernardo com a decadência física da mãe de Horacio, e o fato de que fazia vários anos, desde que o prometera na despedida do ano 1995, que ele não falava dos tempos turbulentos anteriores ao desaparecimento de Elisa, com sua polêmica gravidez às costas. Suas quedas estrepitosas ao fundo do abismo e sua quase milagrosa ressurreição pareciam ter cicatrizado definitivamente a terrível ferida, e o Bernardo renascido não só era um homem melhor, como, para ela, o melhor dos homens. Os mistérios da vida, a insondável profundidade da alma humana.

Apenas trinta minutos antes da hora limite declarada como inalterável pelos agentes funerários (não há câmara de refrigeração para o cadáver e às cinco horas os coveiros vão embora, esses não esperam!), Clara e Bernardo, do muro em que permaneciam apoiados, finalmente viram Horacio chegar no táxi que o trouxera do aeroporto. E, ao ver o amigo aproximar-se deles, Clara desmoronou. Um pranto agoniado, malsão, sacudiu-lhe o corpo, e o recém-retornado, depois de sete anos de ausência, abraçou-a sem dizer palavra, enquanto por suas faces corriam as primeiras lágrimas que vertia pela morte da mãe e por tudo o que vinha sentindo nos últimos dias de agonia, até a consumação do desenlace esperado. Depois, sempre sem palavras, Horacio aproximou-se de Bernardo e também o abraçou, e trocaram-se sussurros de pêsames e gratidão.

Vários meses antes, sua irmã Laura advertira Horacio da iminência do fim, que acabou não sendo tão iminente e deu ao físico o tempo necessário para se embrenhar na embaraçosa tarefa de pedir aos escritórios consulares cubanos em Washington a emissão de um passaporte com o devido visto em forma de permissão para entrar em seu país natal, um salvo-conduto que só se concedia depois que Alguém decidisse se o exilado o merecia ou não, dependendo de suas atuações e suas filiações (especialmente de caráter político) antes e depois da saída da pátria. Por sorte, apenas seis dias antes do desenlace, cada vez mais esperado, Horacio recebera o documento com todos os carimbos e as autorizações exigidas para viajar ao lugar que algum dia fora seu. E a toda pressa ele finalizou as providências da viagem.

A cerimônia de inumação no panteão familiar do cemitério de Colón foi breve e pouco concorrida: algumas amigas e vizinhos da falecida, alguns colegas e amigos de Laura e seu marido, e os únicos afetos verdadeiros que restavam a Horacio na ilha: Clara, Bernardo e Marcos, pois Ramsés estava fora de Havana, recluso num acampamento de estudantes enviados para realizar um treinamento militar.

Naquela primeira noite de seu regresso, depois de sete anos agitados de distanciamento, Horacio resolveu passar na companhia da irmã, buscando uma estabilização de suas tensas relações. Um sentimento de culpa difuso por não ter acompanhado o fim da mãe o perseguia como uma sombra nefasta que adquiria tonalidades muito sombrias com alguns comentários, mais ou menos velados, que a irmã insinuara com maior insistência no período final. Em sua defesa, Horacio tinha uma resposta única e incontestável que só dizia a si mesmo: graças a suas ajudas monetárias e medicinais os anos de decadência da mãe haviam sido menos lamentáveis, pois seus envios proporcionaram alívio para suas doenças e sustento alimentar num país em que ainda, e só Deus sabia por quanto tempo, as carências e a falta de recursos para superá-las continuavam e continuariam perseguindo as pessoas. Embora nunca o mencionasse, muitas vezes aqueles salva-vidas enviados de Nova York ou de San Juan representavam uma redução significativa de seus fundos, não exatamente abundantes. Para sorte dele, Marissa o ajudara com sua compreensão e seu apoio e, desde que em 1998 as gêmeas nasceram e os gastos aumentaram, também seu sogro, Felipe Martínez, o fez, com sutil discrição.

Horacio tinha planejado ficar só cinco dias em Cuba, pois a morte da mãe o encontrara em pleno desenvolvimento de seu primeiro semestre contratado como professor auxiliar de física I e II na Universidade de Porto Rico, na qual acabara subindo de categoria e onde já pretendia ser promovido a um cargo fixo como catedrático efetivo, sempre graças a seu doutorado em Havana.

Por isso, só na segunda noite do retorno obrigatório passara por Fontanar para buscar Clara, Bernardo e Marcos e levá-los para comer num dos restaurantes particulares que tinham surgido em meados da década anterior e, com muito esforço e perseverança por parte dos donos, sobreviveram à pressão que gerava a pouca vontade política de que essas opções existissem num Estado de operários e camponeses, segundo se dizia. O restaurante fora sugerido por Bernardo, que sabia de sua existência no bairro de Rancho Boyeros, perto da casa de Clara, um lugar do qual se falava pela qualidade e contundência dos pratos. O tempo em que ficaram na casa de Fontanar, e depois os primeiros minutos no "Paladar del Gordo", como Bernardo chamava o restaurante, foram gastos com os comentários sobre os motivos tristes que tinham trazido o *balsero* de volta. Horacio agradeceu muito aos amigos sobreviventes da dispersão por estarem perto de sua mãe e de sua irmã Laura sempre que possível e dando o apoio possível. Aquela demonstração de solidariedade, que correspondia à que Horacio tivera com Clara, enviando de vez em quando um dinheiro que a tirava de apuros, era para cada um deles um dever forjado nos anos de íntima convivência e cumplicidade compartilhadas. Apesar de vários pesares dos quais ninguém falaria, conforme Clara exigira.

Sentindo-se beneficiário daquela condição, pela primeira vez Horacio contou a alguém que não fosse Marissa a história do encontro do túmulo de seu pai, em Tampa, e lembrou como vivera na infância e na adolescência a vergonha de ter um progenitor considerado um apátrida, um *gusano**.

---

* Literalmente, "verme". Assim eram chamados depreciativamente os cubanos contrários à revolução. (N. T.)

Depois de devorar seu prato enorme de espeto de porco com arroz, feijão-preto, *tostones** e inhame cozido, que engoliu com duas latas de refrigerante, Marcos desculpou-se com tio Horacio e se despediu, disposto a ver um jogo de *pelota* noturno na casa de um colega de escola que morava na região. Clara lembrou-o que tinha aula no dia seguinte, Bernardo perguntou que times iam jogar e Horacio quis saber como ia sua prática de beisebol, antes de tirar da mochila o boné dos Yankees de Nova York que trouxera de presente para o garoto. Marcos, com os olhos arregalados, recebeu o boné como um tesouro e o pôs na cabeça na mesma hora, dizendo que era *cool*, ou seja, bacana.

– Obrigado, tio… E como você sabia que eu era dos Yankees?

– Duque Hernández me disse – afirmou Horacio, sorrindo pela primeira vez naquela noite.

Horacio tinha perguntado a Bernardo se não o incomodava que Clara e ele tomassem vinho, e o homem disse que a bebida já não o tentava, embora tivesse inveja de quem podia desfrutá-la, assim como tinha inveja dos astronautas. Horacio pediu, então, uma garrafa de um tinto chileno apenas correto, mas tomável.

– É que eu preciso beber alguma coisa – comentou ele, enquanto provava o vinho. – Desde que cheguei sinto como se minha mente e meu corpo estivessem separados. Como se não soubesse muito bem quem eu sou.

– Porque você foi embora, porque voltou, porque foi e agora voltou? – Clara o metralhou.

– Eu tinha de ir, Clara… Vocês se lembram do que era este país quando fui embora e do que eu era quando saí daqui… Agora o país e eu, nós dois, estamos um pouco mais sossegados, não é?… Mas tenho uma sensação estranha… Quando soube que minha mãe tinha morrido, senti pela primeira vez que deixava de ser filho de alguém, e isso fez eu me dar conta de que estou começando outra etapa da minha vida. Alguma coisa se acabou. Ela teve um espaço grande demais na minha vida, bem, vocês sabem. Darío viveu isso comigo…

– Darío sempre teve inveja de você pela mãe que te coube… Mas você é um sujeito de sorte: agora tem sua mulher e suas filhas – disse Clara. – E um trabalho do qual gosta.

– Sim, um homem de sorte. Mas também perdi coisas demais.

– Não faça essa conta – finalmente Bernardo interveio. – A nós coube sermos perdedores.

Horacio sorriu pela segunda vez.

---

* Banana-da-terra cortada em rodelas e frita. (N. T.)

– Mas veja o que você ganhou – disse ele, pegando uma das mãos de Clara. – Quem diria, hein? Vocês não sabem como me alegra ver os dois...

– Alguma coisa boa tinha de me acontecer... depois do que... depois da minha longa temporada no inferno.

Diante do caos cósmico a que o tema os conduzia, os três se decidiram pelo silêncio.

– Anteontem, quando peguei o voo de San Juan para Miami, estava me sentindo miserável – comentou Horacio, por fim. – Estava fazendo as contas, essas que a gente faz das coisas que perdeu, e me lembrei de como tinha vivido os últimos anos aqui, quase enlouquecendo, sem nada a que me agarrar, também eu pagando por meus pecados... – disse e olhou para Bernardo. – Eu me lamentava por não ter podido conhecer meu pai e saber suas verdades, por não ter podido estar no fim ao lado da minha mãe, coitada, outra perdedora, a quem eu devo tanto... Estava me sentindo muito fodido, muito infeliz, e então parece que o Deus em que você crê agora, Bernardo, me preparou uma armadilha. A mulher que estava sentada a meu lado, uma moça de uns trinta anos, muito bonita, para quem eu quase não tinha olhado, me pediu licença para passar e ir ao banheiro. Quando ela saiu, deixou sobre o assento umas folhas impressas que estava lendo e não pude deixar de olhar os papéis. Ela, ou alguém, sublinhara várias linhas do texto que diziam coisas como que no mundo há duzentos e cinquenta milhões de crianças entre cinco e catorze anos que trabalham em condições miseráveis; que duzentos milhões dessas crianças moram na rua; que no mundo há dois bilhões e oitocentos milhões de pessoas, sim, dois bilhões e oitocentos milhões que enfrentam a pobreza e um bilhão e trezentos milhões são indigentes e... Voltei a ler aquelas cifras horríveis, que a gente ouve a toda hora e às vezes entram por um ouvido e saem pelo outro, com tantos milhões, bilhões, que são números sem cara, mas são pessoas, como nós, embora muito mais fodidas... E a moça voltou do banheiro. Por que tive de ler aqueles números espantosos justo naquele momento? Será que alguém tinha mesmo preparado aquilo para mim? Eu sentia uma pressão no peito e de repente me lembrei de duas coisas... do olhar de um haitiano que estava no campo de refugiados quando cheguei aos Estados Unidos. O homem me observava como se eu fosse o que era: um privilegiado, porque vinha de Cuba, e não do Haiti, como ele. E também me lembrei de que graças à minha mãe eu não fui dormir nem um dia sem comer, e exatamente neste país onde estamos agora pude até me tornar doutor em ciências, e isso me arranjou a vida quando fui embora. E tive a convicção de que nós, que nos consideramos perdedores, porque somos, também somos afortunados... no fim das contas, não é?

A reflexão de Horacio caiu em cima deles como uma rocha. Contemplaram os pratos com sobras de uma comida que já não lhes cabia no estômago (para alegria de Dánger), e Clara se deu conta de que não se lembrava da última vez que tinha ido a um restaurante. Pensou em suas fomes dos últimos anos e nas de muita gente à volta e no que tinha feito para que seus filhos não a padecessem. E lembrou que aqueles filhos seus, para aliviar o sacrifício materno, também tinham trabalhado como homens, cultivando bananas e batatas-doces, criando coelhos e galinhas, carregando com ela sacos de mangas e abacates, catando lenha onde houvesse para cozinhar os doces que depois ela venderia a outros que acalmavam a fome com geleias dulcíssimas.

– Desse caos a todos nós coube um pouco, Horacio. Pode ser que de uma maneira menos trágica, mas também fodida. – Ela conseguiu dizer e voltou a tomar seu vinho.

– Sim, tem razão – admitiu o recém-chegado. – Aliás, Irving ligou para me dar os pêsames… Quem de vocês lhe avisou?

Clara e Bernardo se olharam e os dois negaram, sentindo-se culpados. De algum modo podiam ter mandado uma mensagem para Irving e Darío, mas não o fizeram.

– Irving sempre fica sabendo de tudo. – Bernardo tentou resolver o enigma.

– E com ele acontece de tudo… – disse Horacio, e continuou: – Irving não lhes contou que há pouco tempo viu Elisa?

Do que Horacio estava falando? E por que o físico mencionava Elisa quando Clara tinha pedido que não falasse nela na frente de Bernardo? Embora Bernardo tivesse jurado que havia superado o fato de Horacio ter transado com aquela que ainda era sua mulher, nem o tempo e tudo o que acontecera diminuíam a sordidez do despautério. A cicatriz sempre existiria, e mexer nela podia abalar sensibilidades latentes.

Bernardo, talvez mais comovido com a pergunta do físico que com suas próprias lembranças e humilhações, foi o primeiro a reagir.

– Você está dizendo que Irving viu Elisa? Na Espanha?

Horacio baixou o olhar. Clara percebeu que o amigo agora lamentava seu erro de cálculo, que seu caos interno talvez o tivesse empurrado por um caminho pelo qual não deveria ter enveredado.

– É uma história estranha – disse ele, por fim, e começou a relatar o que Irving lhe contara que havia acontecido uns meses antes, diante da escultura *O anjo caído*, no parque del Retiro de Madri. Mas o recém-chegado teve a precaução de não entrar no terreno da especulação mais irritante que o assediava desde que soubera da história e com a qual Irving lhe inoculara uma preocupação persistente que, embora sendo um absurdo, despertara sua ansiedade: a mulher vista por Irving em Madri, a mulher que só podia ser Elisa, viva e saltitante, e que lhe proibira de se aproximar, estava acompanhada de uma adolescente de cabelo escuro, pele morena e lábios grossos que, Irving lhe contou quase gritando, se parecia demais com Quintín Horacio Forquet, Quintus Horatius em latim.

O intervalo luminoso de abril, nem frio, nem quente demais, quando ainda não há ameaças de furacão, as mangueiras amadurecem seus primeiros frutos e os flamboaiãs começam a florescer, representa uma espécie de presente da natureza que, com a pressa e as tensões, é um verdadeiro desperdício deixar passar sem ser saboreado, sem ser desfrutado. Definitivamente, nos trópicos abril não é o mês mais cruel.

Clara sempre tivera consciência da beleza dos amanheceres de abril e se impunha, sim, desfrutá-los. Sentada no terraço da casa, com uma xícara grande de café e o único cigarro a que reduzira seu consumo diário de fumo, a mulher costumava presentear-se com o espetáculo da claridade do novo dia que ia abrindo passagem pelas trevas já em retirada, até que o reflexo aceso do sol começava a se desenhar no levante, colorindo um céu que, em geral, se oferecia desprovido de nuvens.

Inclusive nos tempos mais árduos de uma crise que os lançara na luta pela sobrevivência cotidiana, quando Clara despertava ainda arrastando cansaços acumulados e nunca totalmente vencidos, a mulher lutava para se reservar aqueles quinze, vinte minutos mágicos dos amanheceres (com maior empenho quando eram os de abril) para assimilar o componente agradável da solidão, uma espécie de sensação de harmonia que, oferecendo-lhe paz espiritual, restituía-lhe a força e o ímpeto físico. E em algum momento começara a pensar que, se Deus existia, sua melhor representação, a de sua beleza e de seu poder, devia ser uma alvorada de abril na ilha em que lhe coubera nascer e viver e na qual, assim presumia, em sua hora morreria.

Os primeiros anos do século transcorriam lentos, travados, instalando uma nova normalidade na qual, embora parecessem superados os tempos desoladores dos apagões, do quase desaparecimento da comida, do transporte e das esperanças, ainda não se vislumbrava uma saída definitiva das tensões das carências e das insuficiências de uma economia nacional que afetava a familiar. No entanto, desde que Clara fora reincorporada ao trabalho e começara sua relação satisfatória de mulher madura, sua vida se conectara com um estado de superação que lhe havia proporcionado muitos alívios. Com os filhos perto e empenhados nos estudos, Bernardo transformado no melhor amante e companheiro que jamais sonhara que poderia ter, com sua casa assumida como um refúgio agradável – finalmente pintada de novo, com cal tingida de verde, os quatro moradores com o pincel na mão –, Clara sentia-se mais reconciliada consigo mesma e com sua sorte, dona daquela estabilidade que, acompanhada pelo já velho e cego Dánger, permitia-lhe desfrutar mais plenamente as auroras de abril. E não foi exceção aquele esplendoroso amanhecer de 18 de abril de 2004.

O sol começava a se levantar entre os troncos de algumas palmeiras-reais cravadas no horizonte visível, e Clara, tomado o café, fumado o cigarro, dispôs-se a enfrentar o novo dia da melhor maneira possível. Outro dia.

Quando já ia colocando na torradeira, que tinham conseguido comprar, os pães que os três homens da casa molhariam no leite do café da manhã – voltaram a ter leite, em pó, mas leite – e montava a segunda cafeteira da manhã – ainda havia café suficiente –, ouviu nos degraus de madeira da escada a descida segura de Marcos, o primeiro comensal de todas as manhãs, que naquele dia parecia ter antecipado em quinze minutos sua saída para o pré-universitário em que terminava o último curso. Mas Clara surpreendeu-se ao ver, em vez de Marcos, Ramsés entrar na cozinha, ainda com o short e a camiseta velhos que usava para dormir e não, como era seu costume, vestido para engolir o que houvesse e sair correndo para a universidade.

– Caiu da cama? – perguntou ela, e Ramsés sorriu.

O rapaz se pôs de cócoras para presentear Dánger com carícias na base das orelhas, que derretiam o dobermann que o rapaz adorava e mimava com intensidade cada vez maior à medida que sua velhice do cão avançava. Depois olhou se ainda havia café na jarrinha em que Clara depositava os restos da primeira coada e tomou um gole direto do recipiente.

– Eu queria te dizer uma coisa – falou Ramsés, finalmente.

– Vai tomar café já? – perguntou ela.

– Depois, mais tarde...

– A que horas você entra hoje na aula?

Ramsés abriu um parêntese de silêncio.

– Disso que eu quero te falar. É que hoje eu não vou à aula...

– Tem treino?

Ramsés negou com a cabeça.

– Vai me deixar falar?

Clara ouviu a entonação e não teve de pensar muito para saber que estava acontecendo alguma coisa. Ia perguntar o que, mas se conteve.

– Não, o que eu queria dizer é que não vou mais à universidade... Espera, espera. – O rapaz se precipitou ao perceber a reação que certamente a mãe teria. – Vou pedir licença. Porque já decidi que quero ir embora.

Clara pensou, ou quis pensar, que não tinha entendido, que tinha ouvido mal, embora soubesse que tinha ouvido bem e entendido claramente o que o filho acabava de dizer.

– Mas...

– Mami, se eu terminar a faculdade, vou ter de esperar pelo menos dois ou três anos para me deixarem sair do país. Se eu não me formar, posso ir embora quando quiser. Esta é a hora. Tenho de fazer isso.

Clara olhou para o filho, depois desviou os olhos para o quintal onde tinham acontecido tantas coisas em tantos anos.

– Você planejou com seu pai?

– Ele vai me ajudar, sim.

– E por que não me disse...?

– Porque estava esperando a última hora... Não queria que você já se sentisse mal.

Clara assentiu. Voltou a olhar para o quintal. Teve vontade de acender outro cigarro. Sentiu que alguma coisa se extraviava em sua mente ou seu corpo. Um apoio que ao cair lhe provocava uma sensação de perda, gerava um vazio e mudava a essência de um amanhecer de abril. Porque ela sabia: não tinha direito de censurar nada nem sequer de tentar perguntar por razões, pois razões podia haver de sobra – e todas válidas, incontestáveis. Ramsés era mais um dos jovens que tomavam tal determinação. Só que Ramsés era seu filho, era brilhante, responsável e centrado. O pão colocado na torradeira começava a cheirar, reclamando atenção.

– Como você vai? Por onde? Para onde? – perguntou ela, enquanto colocava as fatias torradas num prato, para depois apagar a cafeteira em que a água coada já fervia e invadia a cozinha com seu aroma.

– Não sei, mami.

– Você pensou bem, Ramsés? Falta um ano para se formar...

– E vou me formar. Não sei onde nem como, mas vou me formar. Te juro... A única coisa que sei agora é que vou embora. E sabe por quê?

– Posso imaginar... Por que gostaria de viver melhor que aqui, não é?

– Sim, por isso também... Mas vou embora sobretudo porque aqui, quando eu me formar, vão me dar o título de engenheiro, mais ou menos igual ao seu, na mesma universidade onde você se formou e... porque não quero que aos quarenta e tantos anos minha vida seja parecida com a sua, mami.

– O quê?...

– Desculpe se o que eu disse te ofende. Me perdoe. Porque você foi a melhor mãe que qualquer um poderia ter, a pessoa que sempre pensa nos outros antes de pensar em si, que é capaz de dar aos outros até o que não tem... Porque você é a melhor pessoa que eu conheço. Mas sua vida se transformou em merda...

– O que você está dizendo? – gritou Clara, finalmente desatada sua assolada capacidade de reação. – Com que direito...?

– Claro que não tenho direito de julgar sua vida. Mas você também não tem direito de decidir a minha. A coisa é simples... O que teria acontecido conosco se o sacana do meu pai não nos tivesse mandado o que você mesma chamava de "salva-vidas"? E se Horacio e até o coitado do Irving não tivessem o tempo todo se lembrado de nós? – Clara sentiu que o filho a apedrejava com verdades incontestáveis mais que com pedras pesadas. – Só te peço que não faça disso uma tragédia, que continue gostando de mim do mesmo jeito e me perdoe se estou dizendo alguma coisa que não devo... Sei que você vai sofrer agora, está sofrendo neste instante, mas também sei que vai me entender. E vai me apoiar, porque você é você e é minha mãe. Não é verdade, mami?

7
A mulher que falava com os cavalos

"... you're gonna carry that weight [...]
*a long time..."**
The Beatles, "Carry That Weight"
Abbey Road, 1969
Letra de Paul McCartney

* Tradução livre: "Você vai carregar esse peso [...]/ Por muito tempo...". (N. T.)

A nuvem marcava um traço horizontal, aplicado como de uma só pincelada, que parecia displicente, talvez para reforçar o caráter de sua fugacidade cósmica e essencial. A esteira fundia seu branco com o branco das neves perenes, apoiando-se em improvável repouso no pico da montanha que, afirmavam, fora Deus. Em cima, embaixo, dos lados, o manto azul do céu, sem mais nuvens à vista, perdia-se no insondável e projetava uma densidade envolvente, como só podem prefigurar o infinito e o eterno. As árvores que cobriam o terreno ainda virgem na margem oeste do braço de mar do estreito de Puget pareciam coloridas folha por folha, com os tons mais ousados da paleta de Cézanne e a paixão furiosa de Van Gogh, pensou: do roxo ao vermelho, do alaranjado ao azul, todas as tonalidades possíveis do verde e do ocre, reproduzindo-se sobre a água mansa como num gigantesco espelho de prata.

A imagem em seu conjunto, de um poder telúrico capaz de remeter às origens do mundo, era tão avassaladora que parecia concebida para provocar aquele efeito que Loreta Fitzberg assimilou como uma comoção premonitória que, anos depois, naquele mesmo lugar, também afetaria sua filha. Agora lá estava ela, que havia tanto perdera Deus, que talvez nunca o tivesse tido, diante da obra de Deus ou, como pensaram os primeiros homens da criação, diante de *Tahoma*, o próprio Deus. E soube que aquele era o lugar onde devia estar.

Oito dias levara para chegar de Nova York a um canto do mundo que a recebia com um espetáculo consagrado a lhe enviar uma mensagem de harmonia, com códigos tão diáfanos que comoviam por sua generosidade. Oito dias durante os quais devorara milhares de quilômetros, sempre com a proa para oeste, em silêncio ou ouvindo estações de rádio locais que se desvaneciam no éter para serem substituídas por outras estações de rádio locais, comendo em restaurantes de estrada, urinando em postos de gasolina, dormindo em motéis de caminhoneiros. Oito dias acompanhada apenas por suas muitas cargas interiores, fugindo, outra vez, sem tempo que a pressionasse, mas com meta definida, como se fugir fosse sua sina inapelável.

Se alguma coisa a deleitava do trajeto que iniciara na agência de venda de carros de segunda mão de Union City, com as duas mochilas de roupa, a caixa de livros e três ou quatro objetos que constituíam todos os seus pertences entesourados em quarenta e sete anos de vida, com o celular desligado e suas esquálidas contas bancárias canceladas, era a certeza de que ninguém no mundo sabia onde ela estava nem para onde ia. Ninguém no mundo, inclusive ela mesma, sabia até alguns minutos antes se chegaria aonde se propunha chegar e o que aconteceria se conseguisse chegar.

Por isso, finalmente diante do comovente cenário dos quatro mil e quatrocentos metros de altura do monte Rainier, em língua lushootseed chamado de *Tahoma*, a montanha divina que foi Deus, Loreta Fitzberg soube que havia chegado, sim, aonde queria e que lá ficaria. Até que voltasse a fugir. Buda advertia, e ela sabia: as três realidades do universo são que tudo muda sem cessar, que nenhum estado tem existência perpétua e que nada sobre a imensa face da Terra ou no diminuto coração de uma pessoa é completamente satisfatório.

Loreta conhecera Margaret Miller em dezembro de 2001, num haras do norte do estado de Nova York. O diretor da clínica em que trabalhava pedira que ela fosse até a estância para fazer o exame médico de um garanhão Cleveland Bay que seria vendido por uma quantia muito elevada. Loreta, empregada e paga apenas como auxiliar médica por não ter o diploma revalidado, era na realidade a especialista encarregada de atender os equinos dos clientes do estabelecimento (alguns deles, donos dos cavalos saudosos de pradarias que percorriam em círculos alienantes o asfalto das imediações do Central Park). Como outras vezes, Loreta examinaria o animal, o médico-chefe assinaria o certificado e, por se tratar de uma venda, a auxiliar receberia uma bonificação quando se fechasse o contrato.

A veterinária nunca tivera diante de si um Cleveland Bay. Na realidade, muito poucos criadores e doutores tinham atendido um animal daquela raça, com mais de mil anos e que no século XX beirava a extinção. Empregados durante muito tempo como corcéis de tiro na guerra e na paz, se viram salvos do desaparecimento pela conjuntura de, graças a seu porte aristocrático, terem sido por dois séculos os animais de engate das carruagens da casa real inglesa, que os preservara para aquela função e revitalizara sua reprodução. Entretanto, os Cleveland Bay puros mal chegavam, no mundo, a poucos milhares de exemplares.

Loreta chegou ao haras passadas as dez da manhã e, depois de se apresentar, foi conduzida pelo dono da estância ao estábulo onde estava seu paciente. No caminho, o proprietário explicou que se tratava de um animal de dez anos, em excelente estado físico, que ele só tinha decidido vender porque Miss Margaret Miller, gerente de uma fazenda dos arredores de Tacoma, fizera uma oferta irresistível. O Cleveland Bay, chamado Ringo Starr, era filho de Sea Breeze, um garanhão trazido da Inglaterra, com o qual vários anos atrás a própria Margaret Miller e seu marido britânico fomentaram sua criação de espécimes da raça exclusiva; com eles, pelo visto, o casal fizera excelente negócio. E Ringo, vendido quando potro e contra a vontade da Miller, era, sem dúvida, o mais bonito dos descendentes de Sea Breeze, embora seu dono atual pudesse testemunhar que era também o mais caprichoso e forte de caráter, algo pouco frequente entre os membros da variedade, bons para tudo: tiro, trote, inclusive salto.

– Além disso, ele sabe que é bonito – acrescentou o provável vendedor –, e por isso é um animal orgulhoso e convencido. É muito inteligente, mas gosta de fazer o que lhe dá vontade. Você vai gostar dele ou odiá-lo. Ou vice-versa: ele vai gostar de você ou vai te odiar – completou e apontou para a construção de madeira de pinho canadense e teto de ardósia que fazia as vezes de estábulo. – E aquela que está ali, saindo do estábulo, é a senhora Margaret Miller... que, não sei bem por que, gosta de ser chamada de Miss Miller.

Loreta, que assentia enquanto assimilava as informações, dirigiu o olhar para a mulher robusta que saía do alojamento dos cavalos. Próxima ou talvez um pouco além dos cinquenta, era difícil definir, pois ela vestia um *chemisier* de brim e calçava umas botas incongruentes, tinha o cabelo comprido, solto e sem tingir, e mostrava sobre o peito, pendurado num cordão, o símbolo de paz e amor.

– Miss Miller – disse o dono do rancho, e apontou para Loreta –, esta é a especialista...

Loreta se aproximou da mulher robusta e se apresentou.

– Loreta Fitzberg.

– Margaret Miller, casada duas vezes... mas me chame de Miss Miller – disse ela, sorrindo.

– Eu as acompanho – acrescentou o patrão, e entraram no estábulo, onde Loreta recebeu a lufada daquele odor de que tanto gostava. Imediatamente, como atraída por um ímã, a veterinária pôde ver, na segunda baia, a cabeça perfeita do Cleveland Bay, de um castanho intenso, coroada por uma nítida estrela branca entre os olhos.

Loreta se aproximou do animal e lhe sorriu. Sem dúvida era bonito. O garanhão também a olhou, com uma intensidade quase intimidante, e a mulher, que vira e examinara tantos cavalos em seus mais de vinte anos de experiência médica, sentiu uma estranha alteração em suas percepções: aquele animal tinha um olhar aquoso e brilhante, com um laivo de tristeza, embora com a força de alguém armado de uma inteligência singular, certamente superior. Seus olhos falavam, e Loreta soube de imediato que ela tinha recursos para entender sua linguagem.

– Olá, precioso – saudou-o a veterinária e, antes de lhe oferecer uma carícia, tocou com a ponta do indicador direito a estrela branca que lhe brilhava na testa, para depois abrir a mão e deslizar a palma por um dos lados da cabeça e deixar-se farejar pelo animal. Quando julgou oportuno, o cavalo esticou o pescoço para cheirar a cabeça da recém-chegada, então voltar à sua mão e, depois de pensar um pouco, colocar os beiços sobre ela, como se a beijasse. Loreta sorriu mais, deu uma breve exclamação de agrado e desceu a mão pelo queixo do animal para lhe percorrer o pescoço e refazer o caminho até voltar à testa estrelada.

– Primeira impressão? – soltou Miss Miller às suas costas.

Loreta continuou acariciando Ringo e finalmente respondeu:

– Ele está estressado e um pouco desidratado, tem os beiços ressecados. Sabe que está acontecendo alguma coisa com ele. Veja como está respirando... é ansiedade.

– E o que te diz esse estado de ânimo?

– Que não está se sentindo bem. Como uma criança entre estranhos.

– E o que mais?

– Que precisa de água com sais hidratantes e... de amor... E que se eu pudesse o tiraria daqui e ficaria com ele – disse ela. – Ele não gosta deste lugar...

– Muito bem... Pois faça seu trabalho e comece a me dar segundas impressões – propôs Miss Miller, virando-se para o proprietário da estância. – Por favor, pode nos deixar sozinhas, a doutora e eu?

O homem sorriu sem vontade e murmurou um tudo bem não muito conformado antes de abandonar o estábulo. Loreta também sorriu: a tal senhorita parecia uma mulher valente, mesmo sendo partidária da paz e do amor.

– Doutora, pode me lembrar seu nome, por favor? – pediu a mulher.

– Loreta Fitzberg. E não sou doutora. Fui em outra vida, não sou mais.

– Posso chamá-la simplesmente de Loreta?

– Nenhum problema...

– Obrigada, Loreta... Veja... vamos lá... Sabe quanto estão me pedindo por este cavalo?

– Muito dinheiro – respondeu Loreta, enquanto já preparava uma solução hidratante.

– Isso mesmo. É uma boa quantia. Mais uma razão para agora eu lhe dizer o seguinte: quero levar este animal. Acabou de entrar na maturidade e não parece ter nenhum defeito... Além disso, é filho do melhor cavalo que tive, Sea Breeze, que significou muito para mim... Só não o comprarei se você me disser algo terrível que me convença a não comprá-lo. Sabe por quê?

– Acho que sei, Miss Miller.

– Faça a prova – desafiou a outra.

– Porque Ringo tem algo especial. Porque ele é especial.

Miss Miller sorriu, assentindo.

– É especial – ratificou a mulher. – Pelo menos para mim.

– Por que o venderam?

– Eu não queria, mas precisávamos do dinheiro. Agora tenho dinheiro e quero recuperá-lo... Prefere que eu saia para poder examiná-lo sozinha?

– Não, pode ficar... Só vou lhe pedir um favor.

– Diga.

– Que não me interrompa nem diga nada... Vou falar com ele.

– Feito – disse Miss Miller, e recuou vários passos para se sentar num banquinho quase na porta de saída do estábulo, a uns quinze metros da baia de Ringo.

Miss Miller depois diria a Loreta que em seus cerca de trinta anos como dona de cavalos, ao que podia somar o fato de ser um dos pouquíssimos criadores especializados nos Cleveland Bay, nunca tinha visto coisa igual.

Loreta tinha aberto o portão e entrado no cubículo ocupado por Ringo, que foi para um canto. Ela ia carregando um recipiente limpo com a água enriquecida. Mas, desde que tocara o metal da porta, a veterinária começara a falar com o animal, em voz muito baixa, mas audível, como se rezasse uma oração que se estendeu por vários minutos, enquanto despejava a água no bebedouro limpo, tirava da baia o que estava usado, afastava para um canto a palha seca. Quando mulher e cavalo finalmente ficaram frente a frente, depois de outro reconhecimento olfativo por parte do animal e de voltarem a se olhar durante um tempo, revelaram-se as proporções do feitiço em curso: o Cleveland Bay baixou a cabeça e começou a beber quase com ansiedade a solução preparada. Quando o recipiente estava pela metade, olhou para Loreta, que continuava falando com ele, e aproximou sua testa à da mulher e suas cabeças se uniram. Mulher e cavalo permaneceram vários minutos naquela posição, enquanto Loreta continuava sua conversa e Ringo bufava e mexia os beiços, de onde caíam gotas de água. Pessoa e animal unidos, como se estivessem longe do mundo ou dentro de um mundo do qual eram os únicos habitantes. Miss Miller também lhe diria que fora testemunha da mais fulminante e comovente declaração de amor. Anos mais tarde, Loreta afirmaria que fora o encontro mágico de duas almas gêmeas, que só precisam estar próximas para estabelecer suas conexões.

Duas horas depois, quando Miss Miller terminou de ler o atestado de saúde que a especialista tinha redigido e levaria ao diretor da clínica para validá-lo e incluí-lo na ficha do cavalo, a quase nova proprietária de Ringo a acompanhou primeiro para se despedir do animal e, depois, até onde a proprietária deixara seu carro. Miss Miller lhe contou algo de sua juventude agitada, em cuja honra tinha o sobrenome Miller e no peito o símbolo de paz e amor. Loreta, por sua vez, comentou sobre seus dias ingleses, quando aprendera equitação e se tornara aficionada de cavalos, um amor que a levaria depois a estudar veterinária, em Cuba, embora nos Estados Unidos não pudesse exercer a profissão legalmente. E, antes de se despedir, Miss Miller lhe entregou um pedaço de papel.

– Loreta, aqui estão meu endereço e meu telefone... Como você sabe, moro no outro extremo do país, quase numa esquina do mundo. Você mora em Nova York, que é o centro do universo... Mas nunca se sabe... Se algum dia quiser me visitar, será bem-vinda. O lugar onde moro é tranquilo e bonito, para mim o melhor dos lugares possíveis. Vale a pena conhecê-lo... E, como nunca se sabe, se algum dia quiser vir trabalhar comigo e cuidar do Ringo e de meus outros cavalos... creio que também será bem-vinda.

– Muito obrigada, Miss Miller. Sempre é bom ter uma alternativa assim. Obrigada.

– Não há de quê... Sou eu que devo agradecer por ter permitido que eu visse o que vi hoje... Definitivamente creio que você tem um dom.

– É puro ofício, não se deixe enganar. O especial aqui é Ringo. E fico muito feliz que ele vá viver com alguém como você. Se lhe der uma vida melhor.

– Prometo que vou cuidar dele como ele merece.

– E eu prometo que um dia irei vê-los. Ringo e você, Miss Miller. Um dia... E sempre cuide para que ele tome muita água, por favor – disse Loreta, estendendo a mão para receber a da mulher robusta, a mesma mulher que, cinco anos depois, acompanhada por um Cleveland Bay iluminado com uma estrela entre os olhos, a receberia na entrada de uma estância das imediações de Tacoma, batizada como The Sea Breeze Farm.

Nos dias que se seguiram a sua instalação em The Sea Breeze, Loreta pensou muitas vezes nas razões que poderia dar à filha Adela para explicar sua decisão de ir embora sem se despedir, sem dizer seu destino a ninguém, sequer a ela, sua Cosipreciosa. Mas sempre lhe escapou qualquer argumentação coerente, pois ela mesma não tinha clareza total sobre suas motivações. O fato é que, naquele canto do mundo cheio de magnetismo – entre bosques de cedros e coníferas centenárias, mares de subidas e descidas prodigiosas, montanhas que se incrustavam no céu, onde o som do silêncio podia ser tão avassalador, rodeada por seis cavalos Cleveland Bay, para culminar, apaixonada por um deles –, a mulher disposta a quebrar todas as âncoras tinha encontrado, justo ali, o que parecia ser seu lugar no universo, seu paraíso particular, fora um ganho posterior, de certa forma adicional, que no momento de partir ela não sabia que receberia. Era seu carma. A consequência das causas. E, embora nas conversas por telefone mantidas com a filha tivesse alegado a rejeição acumulada pelo caos na grande cidade, o achado compensador da amável paragem e o melhor salário que lhe tinham pagado na vida como bons condimentos para sua decisão, sempre lhe omitiu o motivo ou os motivos que com maior força a tinham mobilizado, disposta a afastar-se da vida e do âmbito em que permanecera por dezesseis anos de sua existência. Um fosso de onde saíra como o mergulhador que, à beira da asfixia, emerge das profundezas em busca de oxigênio.

Um ano antes de sua partida, em 2005, concretizara-se a separação de Loreta e Bruno Fitzberg. A morte da união se produzira sem dramas, pois chegava como resultado de um desgaste patente, talvez gerado pela incapacidade que Loreta tinha de manter por tanto tempo uma fidelidade, qualquer fidelidade das que conhecera até então. Embora ela nunca tivesse admitido, Bruno sabia que a mulher mantinha relações sexuais com outro homem, talvez as tivesse tido com mais homens, no plural e por tempo indefinido. Entre eles quase com certeza o diretor da clínica em que ela trabalhava. Entretanto, as possíveis aventuras da mulher não tinham sido uma causa: na realidade representavam o resultado de sua necessidade visceral de se rebelar e romper equilíbrios, mesmo que seu avanço derrubasse pedestais. E a vida em comum com Bruno Fitzberg já se tornara um lastro do qual ela precisava se soltar.

Graças a um acordo satisfatório para ambas as partes, tinham decidido que Adela continuaria morando com o pai em West Harlem. Lá tinha o conforto e a proximidade do colégio onde terminaria seus estudos pré-universitários, duas condições que não encontraria no apartamento de Union City para onde Loreta se mudaria. Ambos aspiravam a que a menina, muito madura para sua idade e dotada de inteligência e perseverança proverbiais, pudesse ingressar na Columbia University, preparar-se para estudar direito e começar sua vida independente.

Com muito alívio para Loreta, à filha também parecera a melhor solução, pois, reconhecera com toda a sinceridade, não achava nenhuma graça em sair de sua casa e de seu bairro, afastar-se de seus lugares e suas amizades, dos salões onde dançava salsa e merengue e da quadra onde jogava softbol todos os domingos. Que gostos os seus, Cosi, mas enquanto for só isso e você não enfiar coisas esquisitas no corpo...

Durante um ano todo, a partir da separação, Loreta conseguira manter uma relação civilizada com o ex-marido e o mais próxima possível com a filha. Três ou quatro vezes por semana, passava as tardes no apartamento de Hamilton Heights e cozinhava para todos. Quando estava com ânimo, entrava na bagunça em que se transformara o quarto da adolescente, organizava-o até onde fosse possível e punha uma leva de roupa na lavadora. Se necessário, inclusive, dedicava algum tempo a ajudar Adela a preparar os *papers* da escola que lhe vinham aos montes e a buscar na rede os programas de auxílios estatais e federais para jovens como ela, com suas qualificações acadêmicas. O novo ritmo da vida familiar parecia tão habitual que Loreta até assumiu que aquela podia ser uma nova normalidade: dias de trabalho na clínica, horas de proximidade com a filha, viagens diárias de ida e volta, de metrô e ônibus, entre Union City e Manhattan. Mas, no fundo (ou não tão longe), ela sabia que estava enganando a si mesma.

O impulso de mudar revelou-se a ela com toda a intensidade numa noite em que cobria o plantão médico da clínica. Tinha quarenta e seis anos, começara a padecer os embates de uma menopausa precoce, seu salário continuava bastante discreto (não havia aumentado pelo fato de ela transar com seu chefe) e não lhe permitia desfrutar as aparentes vantagens de morar no barulho de Nova York. Enquanto isso, para espanto da mulher, sua Cosi insistia com interesse cada vez maior em sua exasperante cubanofilia, e ela se descobria cada vez mais inconformada consigo mesma, condição existencial que não conseguia suportar pois era capaz de trazer à tona o pior de seu caráter. A vida lhe exigia dar uma virada no leme e tentar algum dia ser ela mesma. E, sem mais rodeios, lançara-se à conquista de seu *far far west*.

Duas semanas depois de ter chegado a The Sea Breeze, finalmente julgara oportuno ligar seu celular e, depois de comprovar que tinha várias ligações perdidas e mensagens de texto de Adela, inclusive alguma de Bruno e de seu último amante (um *chef* austríaco dono de duas serpentes, praticante de ioga como ela), acabou ligando para a filha e dizendo onde estava, mas mal falou da razão por que estava ali.

Loreta sabia que várias razões de sua debandada eram francamente inconfessáveis para alguém com suas responsabilidades: só tinha ido embora porque queria buscar a si mesma? Ou porque, na realidade, sentia-se melhor rodeada de animais que agradeciam sua existência e seu afeto que de pessoas empenhadas em exigir dela cuidados, palavras, fidelidades, compromissos? Ou porque Loreta Fitzberg não gostava de Loreta Fitzberg nem da vida que levava ou do ambiente que a cercava, tal como anos atrás Elisa Correa, na encruzilhada mais sórdida de sua existência, enjoara de ser Elisa Correa e de viver no mundo perigoso e em decomposição em que habitava e, por isso, obrigava-se a tentar, mais uma vez, uma nova encarnação? Ou, mais corretamente, um verdadeiro renascimento?

Dan Carlson, o simpático segundo marido de Miss Miller, morreu quando Loreta estava havia pouco mais de um ano trabalhando em The Sea Breeze. Um icto pouco previsível para um homem com seu físico e seu bom caráter deixou-o num coma que durou cinco dias e do qual só saiu para a morte.

Dan Carlson fora por doze anos companheiro de Margaret Miller, que já enviuvara do primeiro marido, Thomas Foster, pai de suas duas filhas, morto num acidente de trânsito provocado pelos efeitos de um brutal encontro próximo com seu amigo Jack Daniel's. Com Thomas, inglês, amante de cavalos e dono de uma pequena fortuna pessoal, o casal fomentara, no fim dos turvos anos 1970, o que seria The Sea Breeze quando trouxera da Inglaterra o primeiro de seus Cleveland Bay.

Cinco anos antes daquele primeiro casamento, em 1972, a jovem Miss Miller, de vinte e três anos, então chamada Margaret Sanders, perdeu o que tinha sido e continuaria sendo para sempre o homem de sua vida: o tempestuoso Robert Miller, Bob, com quem compartilhara quatro anos de louca juventude. Segundo Miss Miller contava, o rebelde Bob, que se negava a ir para a Guerra do Vietnã, cada vez mais sanguinária, tinha fugido para o Canadá, onde, numa virada macabra do destino, terminou seu périplo apunhalado por um vietnamita vendedor de drogas. Sentindo-se viúva sem se ter casado, Margaret Sanders adotara, então, o sobrenome do namorado morto e, por ser solteira, o *miss* que lhe cabia. Desde então pediria que a chamassem de Miss Miller, enquanto para todos os efeitos legais – e até a morte – passou a se chamar Margaret Miller, a *femme fatale* que em sua passagem pela vida iria deixando para trás namorados e maridos defuntos.

Com a partida de Dan, a sempre disposta Miss Miller caíra numa espécie de letargia, como se tivesse perdido o interesse por tudo o que a cercava, inclusive sua fazenda magnífica. Não admitiu que suas filhas fossem lhe fazer companhia (em algum momento as qualificaria como mulherzinhas burguesas) nem muito menos que a tirassem da estância para levá-la a seus luxuosos apartamentos de Chicago e Pittsburgh, onde viviam com seus respectivos maridos, advogados de escritórios famosos.

Foi em vista da crise que espreitava a fazenda que Loreta Fitzberg acionou sua veia de líder e, junto com os eternos peões, o índio puyallup Wapo e o mexicano Andrés, assumiu a manutenção dos rigorosos ritmos cotidianos do rancho, com o espírito de organização e entrega que a mulher sabia ostentar quando decidia ostentar. Para Loreta, na verdade, salvar a estância implicava uma maneira de salvar a si mesma, pois já havia decidido que aquele era seu lugar no mundo. E uma das medidas que tomou foi contratar o caubói Rick para que a complementasse nos cuidados e nos treinamentos dos animais (Ringo ficava fora do contrato) e se encarregasse dos aparatosos e violentos processos de cobrição ou extração de sêmen. Enquanto isso, ela se dedicaria mais aos assuntos financeiros, médicos e logísticos.

Justo por volta dessa época, em pleno verão de 2007 e pouco antes de sua já confirmada mudança para o sul da Flórida para ingressar na FIU, Adela visitou Loreta pela primeira vez em The Sea Breeze Farm. Quando mãe e filha se encontraram no aeroporto de Seattle-Tacoma, fazia mais de um ano que não se viam, e ambas constataram que tinham mudado muito naquele período. Adela, aos dezessete anos, em muito poucos meses se transformara numa mulher belíssima, em que todos os traços, antes exagerados, pareciam ter atingido a maior harmonia: os lábios carnudos agora eram grossos e firmes, mais escuros que sua tez morena, só precisando de um pouco de brilho para realçar sua beleza latina; seus quadris e suas nádegas deixaram de ser da menina e adolescente arredondada para destacar-se como apoios do talhe, que se estreitara e no qual pugnavam os seios, pequenos, afilados.

– Mas como você está linda, Cosipreciosa! – A mãe não pôde deixar de exclamar ao vê-la.

Adela, por sua vez, encontrou uma mulher beirando os cinquenta, mais delgada, mais morena, definitivamente mais musculosa, mais encaixada em si mesma e com um ar de satisfação brilhando nos olhos.

– E você está perfeita… Melhor que antes – arriscou-se a dizer Adela, quando finalmente se soltou do abraço em que a mãe a envolvia.

– Obrigada e... larga agora a cara de merda... Você já está em terra firme – sorriu Loreta, sabedora das reações psicossomáticas que, desde havia alguns anos, as viagens por ar provocavam na menina.

No caminho puseram-se em dia sobre algumas das questões mais importantes da vida, as quais não implicavam revelações íntimas. Loreta falou da situação complicada que vivia na fazenda desde a morte do esposo de Miss Miller, embora ela tivesse conseguido manter tudo sob controle. Por sorte, a patroa da estância parecia prestes a recuperar suas proverbiais energias, e ela precisava, pois a temporada de inverno na região costumava exigir muito num haras. Adela, por sua vez, só falou do pai, Bruno, do muito que ela sentira falta de Loreta (até exagerou um pouco) e de suas ajudas alimentares, docentes e higiênicas; na hora evitou censurá-la pelo modo como havia desaparecido, para evitar um previsível contra-ataque materno pela decisão já tomada de estudar na Flórida em vez de fazê-lo em Nova York. Certamente teriam tempo de discutir e até de puxar-se os cabelos.

Como já as esperavam, o portão da fazenda estava aberto, e Loreta dirigiu a caminhonete até as imediações da cabana – antigo escritório e reino do falecido Thomas Foster – que, por ocasião de sua chegada, Miss Miller oferecera à veterinária para que tivesse um local privado. Adela observava enlevada o lugar, as construções funcionais, harmoniosas, todas parecendo recém-pintadas, os espaços gramados pelos quais se moviam pavões reais, uns cavalinhos em miniatura meio brinquedos de pelúcia e dois cães labradores canadenses, tudo delimitado pelos densos bosques circundantes. A primeira impressão que dava o paraíso encontrado por Loreta Fitzberg era enérgica, sem dúvida magnética, como a mulher costumava qualificá-lo.

– Deixe suas coisas no carro... Vou te apresentar – ordenou Loreta, e Adela avançou atrás dela para o lado das amplas edificações de madeira e telhas nas quais, supôs corretamente, ficavam os estábulos.

De dentro do recinto saíram para recebê-las Andrés e o índio Wapo, encantados em ter a visita da filha de Loreta, que lhes perguntou, sorrindo, depois de passar o braço sobre o ombro de Adela:

–Parece comigo, não é?

Com o braço sempre nos ombros de Adela, enquanto comentava que o outro empregado, seu colaborador Rick Adams, chegaria em algum momento depois de cumprir umas tarefas, Loreta a fez entrar no estábulo principal. As cabeças de cor castanha de quatro éguas e um macho jovem chamado Cuore, por causa da mancha que tinha no peito, todos Cleveland Bay, assomavam em suas respectivas baias. Os animais tinham ouvido as vozes e, curiosos, buscavam contato visual com sua treinadora e a possibilidade de identificar uma voz que não lhes era familiar. Chamando-os pelo nome, Loreta foi apresentando cada um dos animais para Adela, detendo-se por um tempo com vários deles para comentar algo sobre seu caráter e dar-lhes as carícias que exigiam. Enquanto falava, a treinadora ia desenvolvendo seu papel na obra que montara: de vez em quando, com acento *british* exagerado, mencionava a existência de um senhor muito caprichoso (chamava-o *sir*), que sabe que é o mais bonito do mundo, mas que, quando resolve, pode ser muito presunçoso e desagradável. Bem, comporta-se como o aristocrata que ele é.

Adela não pediu explicações ao compreender o caráter da encenação em curso e se adiantou para assomar à última baia, a mais ampla, com uma porta aberta para um espaço de terra de sacrifício, como chamavam o terreno cercado, ao ar livre, que servia de complemento às baias. Como o animal estava de costas para o corredor, Adela só conseguiu ver suas ancas magníficas, redondas e potentes, a cauda de um preto brilhante destacando-se no tom baio perfeito de sua pelagem recém-escovada.

– E o que você me diz deste príncipe? – disse Loreta, ao chegar aonde estava a filha.

O animal manteve-se estático, como se não tivesse ouvido nada.

– Hoje não está num bom dia, não, não... – acrescentou Loreta, e então o cavalo lançou para trás quatro ou cinco coices suaves, muito marcados. – É que ele está zangado porque não o levaram para passear... Mas, mas... *sir* Ringo, não vai receber a visita? – E fez um gesto para Adela falar.

– Boa tarde, senhor Ringo – disse Adela, e o animal, ao ouvir a voz desconhecida, caiu na cilada e virou a cabeça, mostrando a testa coroada com a estrela branca que lhe iluminava a cara e a alma. – Olá, olá...

O garanhão mexeu várias vezes os beiços antes de sair do lugar e, com displicente dignidade, chegar perto da divisória da baia e aproximar a cabeça da de Adela para cheirá-la detidamente.

– Adela, você já o conhecia por fotos... mas agora te ofereço de corpo presente Ringo Starr... o rei da fazenda.

No fim da tarde, depois que Loreta o passeou pelo descampado que ficava além da pista de treino, Adela montou pela primeira vez no lombo generoso e potente de Ringo, o animal que disputara com ela o amor de sua mãe. E, em muitos sentidos, ganhara a competição.

Loreta não se surpreendeu muito quando Mikela, a empregada grega da casa, aproximou-se da pista para cumprimentar Adela e dizer à mãe e à filha que

Miss Miller as convidava para jantar e, por ser uma boa ocasião, pedira a ela que preparasse sua especialidade suprema, o *souvlaki* cretense.

Enquanto tomavam banho e se preparavam para o jantar, Loreta falou à filha das conjunções cósmicas que a tinham levado àquele lugar. Voltou a dizer, como se precisasse deixar bem estabelecido: tinha certeza de que encontrara o lugar onde melhor se sentira na vida. E com essa convicção tivera muito a ver a existência de Ringo. Entre ela e o animal se estabelecera uma relação que para Loreta era difícil racionalizar, mas funcionava de uma maneira que ela qualificou como comunhão espiritual. Como se ela e o Cleveland Bay estivessem destinados a se encontrar, a se complementar, a ser o que chamou de almas gêmeas. Ou será que em outras vidas o cavalo tinha sido uma pessoa, talvez muito extraordinária?

Não era a primeira vez que Adela ouvia a mãe falar em relações difíceis de explicar, mais ainda de fazer os outros entenderem. Fazia vários anos que Loreta começara a se aproximar dos preceitos do budismo, e no início Adela quase se assustara com a afirmação da mãe de que tinha a impressão de ter vivido outras existências (como fantasma, como espírito errante?, ela pensava quando criança) e a noção muito definida de que sua condenação seria a de em outros tempos viver mais algumas, até chegar a seu nirvana. Não especificava como e quando tivera suas encarnações anteriores, garantia que a surpreendiam como lampejos de uma memória adormecida, e, quando Adela tentava despertar essa memória no sentido mais real e intrigante – o passado concreto, vivido pela mãe naquele país tão próximo e distante chamado Cuba –, Loreta costumava dizer com toda a seriedade que daquela vida precisa não lembrava nada e não queria nem tinha necessidade de fazê-lo.

Às sete as duas mulheres entraram na casa principal da fazenda e, sem esperar que alguém as recebesse, Loreta se fez seguir por Adela até um salão de paredes de vidro voltado para a parte florestada da fazenda e, um pouco além, para o braço de mar da baía de Minter.

Miss Miller ocupava uma confortável poltrona de couro verde, de costas para o salão contíguo que fazia as vezes de sala de jantar e de frente para o painel de vidro, como se observasse sua glória. Na mesa de centro, diante dela, repousava uma garrafa de vidro lavrado que continha *tsikoudia* cretense e duas taças. A terceira estava em sua mão direita, com metade daquela aguardente de uvas também conhecida como *raki* – a mulher dizia que devia ser uma das cinco pessoas sem ascendentes helênicos a tomá-la em todo o estado de Washington e que se afeiçoara a ela por influência da eficiente Mikela, que a mandava vir de sua ilha grega.

– Boa tarde, querida – anunciou-se Loreta, e a mulher virou a cabeça para depois se levantar.

– Boa tarde…

– Boa tarde, Miss Miller… Muito prazer em conhecê-la e obrigada pelo convite – disse Adela, estendendo a mão para a mulher, que, sem a soltar, aproximou-se da moça e a beijou na bochecha, enquanto ponderava a beleza da jovem. Miss Miller tinha posto um de seus vestidos *chemisier* e estava com o cabelo, sem dúvida recém-lavado, mais branco que castanho, solto sobre os ombros. Adela teve a impressão, apesar de seus mencionados achaques de ânimo, de que a senhora estava muito bem para seus quase sessenta anos.

– Obrigada vocês por aceitarem… Hoje será a primeira vez em meses que vou me sentar ali – disse e apontou para a sala de jantar, em que a mesa, de dimensões que podiam acomodar uns oito comensais, estava coberta por uma toalha de linho e com três conjuntos de talheres, copos e guardanapos já postos. – Imagino que você já saiba por quê…

– Sim, e sinto muito – disse Adela.

– Obrigada. Mas hoje não vamos falar de coisas tristes… – pediu a mulher, que imediatamente tentou dar outros rumos à conversa. – Sua mãe me disse que você vinha vê-la porque vai estudar na Flórida… Sabe que percorri quase todo este país e nunca estive na Flórida? Por que escolheu ir para lá?

Adela, que teria preferido outro assunto, tentou simplificar e condensar a resposta: uma boa bolsa, seu interesse por Cuba e pelos estudos latino-americanos, o desejo de conhecer um mundo que devia ser mais complicado que os estereótipos com que geralmente o caracterizavam. Foi aí que Loreta, até então em silêncio, interveio:

– Miss Miller, não vai nos convidar para uma taça de seu *tsikoudia*?

A noitada foi cordial, e a comida, deliciosa. Adela, que mal tomava uma cerveja ou um copo de vinho, desfrutou-a envolvida numa leve euforia etílica provocada pela forte aguardente cretense pela qual, dizia Miss Miller, deviam ser acompanhados os pratos preparados por Mikela. As habilidades culinárias da grega foram elogiadas pelas três mulheres, e Loreta teve a convicção, conforme disse mais tarde para Adela, de que Miss Miller saíra da parte mais escura do túnel em que a lançara a morte de Dan Carlson e estava voltando a ser a mulher que sempre fora: afável, boa conversadora, apaixonada pela vida, com vocação para mandar (ou *mandona*, ela disse em espanhol).

Adela continuava surpresa com o comportamento comedido da mãe, e aquela atitude lhe deu a percepção mais palpável de quanto a beneficiara a mudança para um recanto remoto do noroeste. Porque os outros quase três dias que Adela passou em The Sea Breeze naquele verão de 2007 foram um dos momentos em que a moça desfrutou uma relação mais distendida e intensa com sua mãe. Loreta, focada em suas responsabilidades, agora inclusive acompanhada duas vezes por Miss Miller, assumiu Adela como parte de sua equipe, e a garota sentiu-se reconfortada com isso. Vestida com uma roupa de trabalho da mãe e botas de corte militar fornecidas por Miss Miller, sob as ordens de Loreta e Rick a jovem ajudou a alimentar os cavalos, recolheu esterco com a pá, espalhou cascalho nos potreiros e até teve a honra de protagonizar o banho, a limpeza dos cascos, a penteadura da crina e da cauda e a escovação final de Ringo na manhã anterior a sua partida, depois de uma cavalgada em que Loreta gineteou o garanhão e Adela gineteou a dócil égua chamada (no melhor estilo Sea Breeze) Mama Cass, na qual, após o banho regulamentar, também ajudou a mãe a aplicar o tratamento para um fungo que lhe atacara os cascos.

No fim daquelas tardes, enquanto Loreta realizava suas últimas tarefas, Miss Miller e a citadina Adela, exausta, mas satisfeita, desciam até a costa do braço de mar da baía de Minter que se limitava ao norte com o território da fazenda. Observar o espetáculo das vertiginosas subidas e descidas da maré, surpreender-se com o salto de algum salmão, seguir o voo das imponentes águias-reais e admirar as pescarias das gaivotas foram verdadeiras descobertas para a jovem nova-iorquina. Miss Miller, por sua vez, contava para Adela algumas das peripécias de sua vida, muito agitada até seus vinte e cinco anos, quando foi alterada de maneira muito radical pela morte de seu querido Bob. E depois sua vida mudada, como se tivesse sido substituída por outra pessoa, graças à construção de seu pequeno reino de The Sea Breeze, com o apoio de seus falecidos maridos. Mas a mulher também ofereceu à jovem um retrato de sua mãe que em muitos aspectos era diferente do que ela conhecera e acreditava seguir conhecendo.

– Loreta não fala muito de si mesma – dissera-lhe Miss Miller numa daquelas tardes. – Sei que ela está aqui porque queria mudar de vida, mas isso é só o evidente. Entre Nova York e uma clínica veterinária e Minter e uma fazenda de cavalos Cleveland Bay há uma distância que quase não dá para medir. Não só pelas geografias, mas pelos sentidos possíveis da vida. Lá vive-se preocupado com o futuro; aqui só nos preocupamos com o dia presente e os ciclos do clima, um presente que se repete e às veze parece eterno, como este mar, estas montanhas, estes bosques e seus ritmos orgânicos... Também sei que sua mãe diz que este lugar é onde se sentiu melhor, o que é mais fácil de explicar. Pelo menos para mim, que senti o mesmo há quarenta anos e sinto o mesmo ainda hoje. Por isso, sempre que viajo, e em certa época viajei muito pela Europa e pela Ásia (meu primeiro marido amava as ilhas gregas e por isso Mikela está aqui há trinta anos), logo sinto o desejo de voltar rápido demais para o que deveria solicitar minha curiosidade por conhecer outros mundos... Mas, que eu saiba, o desejo de sua mãe é não se mover daqui. Desde que ela contratou Rick, quase nem vai a Seattle. Só a Tacoma em algumas tardes para suas sessões de meditação... E sabe de uma coisa? Creio que já somos amigas de verdade e que sem ela não teria conseguido começar a superar a morte de meu marido. Mas isso não me dá outros direitos e eu não lhe pergunto o que buscava aqui, o que encontrou aqui, além dessas coisas evidentes que eu te disse. E muito menos eu perguntaria por que ela veio. Esse é segredo dela, ou talvez seu tesouro... E os bons segredos não se confessam e os melhores tesouros estão enterrados, quanto mais fundo, melhor. Não é que ela quisesse mudar coisas de sua vida, é que precisava fazê-lo. Sei do que estou falando...

Como o voo de volta para Nova York decolava às nove e vinte e cinco da noite, às cinco da tarde do dia de seu retorno Adela despediu-se com beijos e abraços de Miss Miller e dos trabalhadores da estância, o mexicano Andrés, o índio Wapo e o caubói Rick – um sujeito cordial e, além do mais, muito bem-apessoado, dono de uma notável semelhança com o mais atraente Brad Pitt –, enquanto a mãe colocava sua mochila na caminhonete e verificava a densidade de cada pneu. Conforme o que Loreta dispusera, jantariam cedo num restaurante em Gig Harbor, de frente para o mar, e depois iriam para o aeroporto.

Sentadas a uma mesa que dava para a língua de mar, ambas se deliciaram com o bacalhau grelhado, e Loreta pediu uma taça de vinho branco que, disse ela, podia se permitir. Falaram novamente da recuperação favorável de Miss Miller, e Loreta contou que a dona da estância lhe confessara que depois de muitos anos voltara a fumar maconha e a tinha convidado a experimentar, mas ela não tivera coragem: nunca consumira nenhuma droga que não fossem os cigarros que provara na juventude e algum trago de álcool e temia, pois sabia que essas evasões, que no início sempre eram assumidas como diversões inocentes, podiam levar a desenlaces terríveis. Adela perguntou à mãe se o caubói Rick era seu amante, e Loreta sorriu, negando com a cabeça, para garantir que já não estava a fim desses afãs. Enquanto esperavam as sobremesas, Adela olhou para o relógio, sentindo necessidade de verificar se estavam no tempo certo, e foi como se aquele gesto de inquietação desse a ordem de arrancada.

– Não se preocupe, Cosi, estamos bem... Você vai para Nova York, vai... e em um mês estará jogando sua vida na privada.

– Por favor, Loreta, para que isso agora? Vou estudar numa universidade tão boa quanto outra qualquer, e pronto – defendeu-se Adela, sem intenção de brigar, menos ainda naquele momento, depois de ter desfrutado uns dias de proximidade com a mãe e num lugar de sabor tão autêntico. – Vamos terminar a festa em paz, por favor...

– Olha que eu me pergunto, me pergunto... e não entendo. O que foi que você meteu nessa cabeça linda, minha Cosi? – continuou Loreta.

Adela suspirou. Tinha chegado a hora. Os benefícios espirituais de The Sea Breeze e seu entorno não foram potentes a ponto de mudar a essência do caráter de Loreta, conforme comprovaria alguns minutos depois.

– Também posso me fazer essa pergunta a respeito de você... O que tem na cabeça uma mãe que deixa a filha de quinze anos sem dizer para que diabo de lugar se foi e por quê? Quantas vezes você me perguntou por meu pai? Quer saber o que senti quando você desapareceu?... Você, a ecológica, democrata, humanista... a que fala com os cavalos e diz que eles têm alma... Com exceção dos cavalos... você se importa de verdade com alguém que não seja você mesma?

– Você sabe que é mais importante para mim que tudo no mundo. E não compare o desastre da minha vida com a sua, Adela. Eu mal conseguia sair de um fosso e me arrastar. Estou sempre saindo de um fosso... Você pode chegar ao céu... Mas vivendo em Miami e se enfiando no mundo dos cubanos, numa cidade de província de um estado provinciano... Eu já te disse que quem anda com merda acaba cheirando a merda? Veja, eu cheiro a cavalo...

– Que coisa tão horrível os cubanos te fizeram para você pensar assim? Algum dia vai me dizer?

– Já te disse mil vezes... Cuba é um país maldito e nós, cubanos, somos sua pior maldição. Somos gente que prefere odiar e invejar a crescer com o que tem. O caso clássico de quem se alegra em ficar caolho se o vizinho ficar cego. Um país inteiro que pensa e vive assim...

– Não acho isso, Loreta.

– Porque você tem a sorte de não ter nascido em Cuba e de não ter vivido lá mais da metade da sua vida. E pode ser que não seja o país inteiro, cada um de seus não sei quantos milhões de habitantes, não. Mas sempre os que dão o tom são os mais persistentes, os que gritam e arvoram as bandeiras... Os mesquinhos que se alimentam de ódio e inveja. E são muitos, acredite. E em Miami alguns costumam piorar... Lembra por que temos o presidente que temos?... Por causa dos cubanos...

– Em todos os lugares há cínicos e hipócritas... mas também gente normal, e até boas pessoas, não é?

– Sim, tem razão. Conheci algumas dessas boas pessoas. Gostei delas. Elas gostaram de mim. Algumas até fizeram coisas muito... complicadas, por mim.

– Agora te entendo menos, com essa tua obsessão...

– A única coisa que você precisa entender é que lutei muito para te salvar de ser o que fui. Você não sabe as coisas que fiz.

– Não, é verdade que não sei... Quais foram essas coisas terríveis que te aconteceram? Tudo isso que você diz tem a ver com o comunismo?

– Antes tivesse – soltou Loreta. – Seria mais fácil culpar o comunismo de tudo... Mas, como sempre digo, o comunismo é consequência, não causa. Uma consequência que pode agravar certas coisas, por muitas razões, mas a condição humana é a mesma em qualquer sistema, porque é eterna... Uma das poucas coisas eternas... O que está no fundo de tudo é a vaidade, o mais falso dos orgulhos, uma capacidade que os transborda de fazer o mal... É uma doença nacional.

– E você diz e sabe essas coisas porque é cubana, não é mesmo, mãe? Porque você também é assim? Por isso enganou meu pai e se cansou de mim e deu o fora sem olhar para os lados? – disse Adela, e pelo modo como a mãe a olhou percebeu que talvez tivesse exagerado. Mas a mãe o merecia.

Loreta afastou a sobremesa que tinham acabado de colocar à frente. Tinha várias respostas para dar à filha e pensou qual seria a mais ferina, embora não fosse a que, sem imaginar, Adela lhe estava pedindo, a resposta capaz de explicar tantas coisas e que ela só daria se chegasse o Apocalipse.

– Adela Fitzberg – começou, enfatizando o sobrenome –, você não tem o direito de me julgar. Não sabe mesmo nada da minha vida. Só viu a ponta do *iceberg*...

– Me mostra o resto, você é minha mãe – interrompeu-a Adela.

– Se eu dissesse metade, não, um quarto do que você me disse, o filho da puta do meu pai teria me esbofeteado e a sem-vergonha da minha mãe o teria aplaudido, depois os dois teriam cantado o hino nacional ou "La Guantanamera"... Como odeio "La Guantanamera"!... Não, não vou falar mais de tudo isso... Você teve muita sorte, e a única coisa que eu quero é que não a desperdice. E sabe por quê? Porque eu te amo, Adela. Pode ser que eu não seja a mãe que você gostaria que eu fosse, mas eu te amo e fiz muitas coisas por você, algumas terríveis.

– Não me cobre mais isso, porra! Eu não aguento!... E não ouse dizer que nós somos melhores! Somos uma merda! – gritou Adela, e se levantou. Vários comensais voltaram os olhos para as duas mulheres, perguntando-se o que elas teriam dito numa língua incompreensível que talvez lhes soasse ligeiramente identificável. Estavam falando mexicano?

Loreta ficou sentada e mal levantou o olhar para seguir a saída de Adela. Fechou os olhos por um instante e, então, aproximou a sobremesa e começou a comer para, depois da segunda colherada, fazer um gesto com a mão e pedir a conta. Voltou a se concentrar no doce enquanto se perguntava por que não conseguira ficar calada, por que não pudera encerrar a visita da filha como um encontro feliz, destinado a aproximá-las. Estaria certo o ensinamento de Buda de que nunca, jamais, nada é completamente satisfatório? Para ela não era, pois sempre dava um passo além e agia como o escorpião que se mata cravando em si mesmo seu aguilhão venenoso: alguém cuja condição essencial a condena. Porque, afinal, por mais que fugisse de todos e de si mesma, por mais que negasse e renegasse, por mais longe do fosso que procurasse ficar, por mais que meditasse e tentasse aliviar sua mente de pesos onerosos, ela nunca deixaria de ser Elisa Correa, a cubana que tinha sido e, apesar de todo o empenho, sempre seria. Como um carma, como a maldição que, na distribuição de culpas, também atribuía a sua origem nacional.

Dez minutos depois, ao sair do restaurante, Loreta procurou a filha com os olhos. A claridade prolongada dos verões do norte ainda imperava, mas não se via Adela pelos arredores. Então, Loreta soube o que havia acontecido. Aproximou-se da caminhonete e confirmou que a mochila de Adela não estava lá. A menina tinha ido embora, sabia Deus com que meios. Afinal, Adela era sua filha, dizia a si mesma quando o celular notificou que recebera uma mensagem: "Como é difícil te amar, Loreta Fitzberg!".

Miss Miller insistira em que era importante. Não podiam deixar de comemorar os primeiros cinquenta anos de vida de Loreta, em 20 de abril de 2009. Para Loreta Fitzberg, em contrapartida, o fato de chegar a uma cifra tão assustadora não tinha outro significado senão a ratificação de que estava entrando na última etapa de sua vida e de que, apesar de tudo, fazia-o da melhor maneira que teria sido capaz de imaginar. A conjuntura que a levara a se mudar para The Sea Breeze e lá encontrar seu lugar no mundo constituía um prêmio inesperado que ela tentava desfrutar a cada dia, a cada hora, como Buda ensinava.

Duas semanas antes do aniversário, Loreta recebera uma nova visita de Adela. A jovem aproveitara o fim de semana prolongado da Semana Santa e o bom pretexto do aniversário para ir a Tacoma pela primeira vez depois da amarga discussão com que se tinham afastado, quase dois anos antes, e que, com altos e baixos de intensidade, continuara por telefone durante vários meses, até que Loreta decidiu aparentar que aceitava sua derrota. E, ainda que ambas soubessem que muitas de suas contas continuavam pendentes, gastaram os quatro dias da visita da jovem sem trazer à luz seus ressentimentos, como se fossem mãe e filha normais e amorosas, como em algumas ocasiões as duas pensavam que gostariam de chegar a ser.

Para mostrar o tamanho da reconciliação, Loreta inclusive permitira que Adela sempre cavalgasse Ringo nos passeios diários que ofereciam ao animal. O belo Cleveland Bay aproximava-se dos vinte anos de vida e ainda gozava de sua potência sexual. Periodicamente extraíam-lhe o sêmen, vendido a muito bom preço ou conservado num banco de Tacoma, e na primavera cobria parte da eguada da fazenda, enquanto o jovem Cuore, seu sucessor, já se ocupava de algumas fêmeas. Nas épocas de cio, as éguas eram transferidas a uma estância vizinha para que os machos não sentissem os cheiros inquietantes dos hormônios. No dia escolhido, Ringo e Cuore eram levados para aquele lugar onde havia uma baia especial, preparada para os exercícios fogosos e violentos de monta. Mas agora Ringo parecia mais tranquilo; seu olhar, mais profundo e melancólico; e sua crina preta estava salpicada por uns fios brancos, como se ele e sua alma gêmea comungassem também em suas alterações físicas.

Loreta se despedira da filha no aeroporto de Sea-Tac com enorme sensação de alívio e profunda satisfação por ter se controlado quando a jovem lhe contou sobre o desenvolvimento de seus estudos de *bachelor* em Humanidades da FIU e seus planos de se aprofundar mais em seu pântano com a aspiração de realizar, no sul da Flórida, também os cursos de mestrado e, andava pensando muito, inclusive o doutorado. Fazia tempo que descartara também a ideia de se encaminhar para o campo do direito (conforme a mãe teria desejado), pois pretendia dedicar-se aos estudos latino-americanos, especializando-se na cultura cubana, sua paixão. A mãe assumiu que a filha insistia em bater naquela tecla desafinada como provocação, mas ela aguentou firme, inclusive quando Adela confessou que tivera um namorado colombiano e que agora andava paquerando um cubano. Que desastre, Adela Fitzberg!, ela pensou, mas não atacou. Nem sequer quando Adela confessou que estava pensando em fazer uma viagem acadêmica para Cuba! Estaria ficando tão, tão velha, e mais tranquila, como seu cavalo?, chegou a se perguntar. Ou seu autocontrole se devia à ascensão no conhecimento dos ensinamentos de Buda e às influências benéficas de seu novo indicador de caminhos, o iluminado Chaq?

A veterinária sabia muito bem que os três anos vividos em The Sea Breeze tinham provocado alterações notáveis em seu caráter e em sua percepção do mundo, embora sem imaginar que pudessem ser tão radicais. Vinte anos antes, quando atravessava o momento mais sombrio de sua existência e, carregando uma gravidez, lançara-se numa aventura desesperada e incerta, se alguém lhe dissesse que o paraíso existia e que ela o descobriria, Elisa Correa teria negado em cheio. E, se esse alguém tivesse ousado mais, afirmando que aquela Elisa Correa, já transformada em alguém com o nome de Loreta Fitzberg, encontraria o melhor dos mundos possíveis num haras, no próprio *back arse of nowhere*, rodeado de montanhas cheias de geleiras, mares gélidos e bosques impenetráveis, falando mais com um cavalo que com qualquer pessoa, até teria sido capaz de lhe cuspir na cara, considerando-o embusteiro, ou de crucificá-lo como falso profeta.

Naqueles três anos, Loreta confirmara que, se a bondade humana constitui uma qualidade difícil de encontrar, não é impossível achá-la e que tivera a sorte de topar com ela várias vezes. Sua cumplicidade espiritual com Miss Miller o havia demonstrado de maneira patente, e por isso tinha uma consistente gratidão à mulher, semelhante à que ainda tinha a algumas figuras de seu passado cubano, vedado com tanto esmero.

O que mais satisfazia a Loreta, no entanto, era perceber que, com o passar do tempo e naquele lugar benéfico, estava se livrando de muitos de seus demônios. Tanto se distanciava deles que às vezes conseguia esquecer por dias sua incômoda existência anterior e sentir-se forte, liberta. Conseguia não pensar em seu passado, não ter em mente o nome de Cuba, a ideia de Cuba, sua vida em Cuba, não se sentir amarrada a nada do passado que não fosse sua filha. E, no presente, focar o que estava dentro de um haras que constituía o maior de seus ganhos, um milagre redentor. E esse estado de satisfação ela devia a um cavalo, a seu aprofundamento nos ensinamentos de Buda e, sobretudo, à mulher generosa, excepcional na espécie humana, que a convidava a festejar seus cinquenta anos de existência com um jantar num restaurante italiano de Tacoma, segundo ela, o melhor de uma cidade com poucos restaurantes recomendáveis.

Para poder tomar vinho e champanhe, a dona da estância decidira que iriam de táxi. A qualidade da comida, feita por um *chef* napolitano, foi mais que correta. O *pinot noir* californiano quase excelente. O champanhe francês, fiel a sua origem. A conversa com Miss Miller – trajada para a ocasião com um vestido preto, sóbrio, um pouco fora de moda, quase elegante, sobre o qual brilhava sua joia de paz e amor, pendente de um cordão que ela estava estreando – foi animada, sempre inteligente, e serviu à mulher para lembrar, aos sessenta anos, sua chegada aos cinquenta, quando ainda se sentia com forças para devorar o mundo. Mas a morte de Dan Carlson, ela reconheceu, fora um golpe devastador. Loreta, por sua vez, lhe falou de sua satisfação em viver em The Sea Breeze, de como o mundo pode se reduzir a uma fazenda e estar completo e ser melhor.

O vinho, o champanhe e as duas taças de grapa italiana com que encerraram o jantar as tornaram mais loquazes, proporcionaram-lhes uma alegria mais desinibida, que elas desfrutaram um pouco mais dando um passeio até os jardins do museu das esculturas de vidro, onde fumaram os cigarros que Miss Miller pedira ao garçom italiano ao lhe entregar a gorjeta.

Por volta da meia-noite, tomaram o táxi que as levaria de volta a Minter. A noite tornara-se fresca demais, e Miss Miller pediu ao motorista que ligasse o aquecimento, mas não muito alto. Transitar pelas ruas quase vazias da cidade umedecida pela chuva, assistir ao espetáculo de luzes e cabos da ponte Narrows, a silhueta escura dos bosques próximos, rompida pela iluminação de alguma casa próxima à orla do estreito de Puget, mergulhou-as num silêncio contemplativo em que se mantiveram quando já percorriam a península Olímpica em direção a Gig Harbor, e Loreta sentiu a mão cálida, resoluta, pousar em sua perna, justo no equador entre o joelho e os genitais. Talvez um pouco mais ao norte... Loreta não mostrou reação alguma nem sequer voltou o rosto, mas em seu interior mobilizou-se um exército de sensações de tocaia.

Depois Loreta não saberia se pensou, o que pensou, quanto pensou (havia desejado, esperado, necessitado aquela mão e o que viria com ela?). Naquele instante, só sentiu como o calor da palma de Miss Miller transformava-se em fogo, e ela, sempre com os olhos voltados para a janela do táxi, colocava sua mão sobre a da mulher e começava a deslizá-la para seu centro de gravidade, adormecido até uns minutos antes. Recebeu uma leve carícia e um tremor a percorreu, a percepção de que se umedecia com sorrateira rapidez. Só então virou o rosto e, no assento traseiro do táxi, enquanto deixavam Gig Harbor para trás, a mulher que acabava de fazer cinquenta anos e a que já tinha sessenta beijaram-se nos lábios, transvasaram suas salivas com retrogosto de álcool e se sentiram vivas, a ponto de entrar num estado de êxtase e satisfação. As palavras e as racionalizações viriam depois.

Embora Miss Miller – ou Mag, como Loreta a chamava agora – lhe tivesse proposto várias vezes que se mudasse para a casa principal da fazenda, onde dormia muitas noites, ela preferira manter a cabana como seu espaço pessoal. Se nas primeiras semanas as duas mulheres mantiveram discretamente oculta a relação iniciada, logo cada um dos empregados presumiu o que ocorria entre a patroa e a treinadora. E se assombraram porque deviam se assombrar, e não muito mais que isso.

Naqueles primeiros dias da precária tentativa de clandestinidade, Loreta finalmente se fez várias perguntas. O fato de que desde sua chegada ao haras tivesse se sentido cada vez mais próxima de Miss Miller e gostasse dessa proximidade, de suas conversas, de sua inteligência, não implicava necessariamente uma atração de outro tipo. Em algum momento dessas muitas conversas, Loreta lembrava que Miss Miller falara de sua incapacidade de entender as lésbicas: o masculino fora para ela um complemento necessário não só pelo aspecto sexual (e dera a entender que em seus tempos finais Dan Carlson cumpria pouco suas funções), mas também pelo sentido de oposição, de uma relativa dependência feminina que sempre lhe agradara, apesar da imagem de fortaleza e segurança que talvez projetasse.

Loreta, por sua vez e a contragosto, não teve escolha senão lembrar o que acontecera vinte anos atrás com sua amiga Clara, um processo que se anuviara em sua memória, como quase todo o seu passado. Lembrava como enfim admitira que em seu organismo e em sua mente palpitava uma avassaladora inclinação lésbica que, bem o tinha confirmado, jamais reduzira sua capacidade de satisfazer aos homens enquanto ela, por sua vez, obtinha dos varões uma retribuição compensadora, pelo menos orgânica. Era ou não era lésbica?

Toda uma série de acontecimentos que qualificou como complicados e turbulentos, ocorridos justamente a partir do dia em que ela e Clara romperam o celofane que as expunha a uma complicada intimidade, impedira o desenvolvimento da relação erótica que se vislumbrava. Uma relação que, Loreta reconhecia, ela havia desejado muito, que na verdade preparara de maneiras sibilinas, procurando fazer que Clara ousasse dar o primeiro passo, tal como ocorrera com Miss Miller. O extraordinário era que, sempre se sentindo mulher, existia nela um espírito dominante, talvez masculino, que não tivera oportunidade de crescer com Clara e que por fim explodira com Miss Miller.

– É que somos bissexuais, querida – riu Miss Miller quando ouviu as dúvidas da amante. – E me agrada que você seja o elemento Alfa dessa coisa que temos dentro e fora da cama. Só sexo e prazer? Companhia e complemento? Ou... amor?

Os encontros sexuais das duas mulheres maduras tiveram num primeiro momento um arrebatamento quase juvenil, que com os meses foi se assentando até se tornar uma prazerosa relação de casal baseada na complementação e na desinibição. Ou será que Miss Miller tinha razão e se tratava da existência do que se chamava amor? Na intimidade, nuas na elegante cama inglesa *king size* do aposento de Miss Miller, as duas sentiram-se plenas e ativas, compartilharam cigarros de maconha (aos cinquenta anos, Loreta finalmente atravessou a vala que, por medos e experiências ruins, tanto temera cruzar), excitaram-se com filmes pornô, experimentaram com pênis de borracha em ereção consistente, lubrificaram-se com manteiga, azeite de oliva grego, cuspe e até se untaram com geleias que lambiam. Ambas confessaram em algum momento que jamais tinham tido orgasmos tão intensos nem explorado estratégias tão radicais e reconheceram que os homens de sua vida talvez tivessem sido potentes, fortes, resistentes, mas pouco criativos; homens, no fim das contas.

– Bem, não, embora tenha gostado de alguns homens, você não é tão bissexual. – Em algumas semanas, Miss Miller teve de retificar seu juízo anterior e calculou: – Setenta e trinta?

Embora Loreta não tivesse abandonado totalmente sua cabana, o recinto passou a ser, sobretudo, seu escritório e o refúgio necessário para os dias em que, apesar de seu amor, era amor, sim, o que sentia, as turbulências de seu carma exigiam que estivesse sozinha consigo mesma. Loreta manteve o hábito de almoçar com os outros empregados da fazenda, mas jantava com Miss Miller para depois, às vezes com uma taça de *tsikoudia*, ambas se acomodarem no salão da televisão, como um casal estabelecido, para ver filmes ou séries a que ambas tinham se afeiçoado: *The Wire, Breaking Bad* ou *Fargo*, aquela maravilhosa criação dos irmãos Coen. Antes ou depois do jantar, antes ou depois de desfrutar o que a televisão lhes oferecia de bom, as mulheres falavam do presente, menos do passado e nunca de um futuro que não fosse o da fazenda. Do passado a que mais falava era Miss Miller, que adorava evocar suas histórias heroicas de rebelde da contracultura que se tornou fazendeira e empresária por uma dessas reviravoltas caprichosas do destino (teu carma, Loreta a retificava). A mulher se dizia satisfeita com sua vida passada e muito contente com sua existência presente, em que os melhores componentes eram sua relação com Loreta e a boa saúde da propriedade dedicada à criação dos muito bem cotados Cleveland Bay.

A outra, menos loquaz, só falava com frequência de sua filha Adela. Logo de início a mulher pedira a Miss Miller que mantivesse a menina à margem do vínculo amoroso – não porque se envergonhasse ou achasse aquilo inadequado, mas porque sua relação com Adela sempre fora espinhosa e ela não queria dar mais armas à jovem. Loreta se preocupava, na realidade se aborrecia muito, com as inclinações da jovem pelo mundo cubano do qual ela provinha e do qual se empenhara em mantê-la afastada.

– Só que, quanto mais eu insistia em protegê-la disso, mais ela teimava em se aproximar – comentou, numa noite fria e escura de inverno, vários meses depois de iniciada a fase tranquila de sua relação.

– Por que você diz "protegê-la"? – perguntou Miss Miller. – Como se fosse uma doença.

– Sim, é uma doença. Porque é um mundo malsão, Mag, e não queria que ela se contagiasse. No início eu não sabia muito bem o que fazia, agora sei que eu estava realizando um dos ensinamentos de Buda: queria protegê-la do sofrimento.

– Também sofrimento?... Você nunca fala desse passado que parece tão terrível. O que Cuba te fez?

– Te contei muito – rebateu Loreta. – Que saí de lá grávida, que aportei em Boston na casa de uma amiga inglesa e lá conheci Bruno. Depois, minha mudança de identidade... e tudo o mais.

– Mas antes, antes... Você fugiu porque estava grávida de uma espécie de espião ou de *ranger* cubano? Estava fugindo dele? É verdade que a espionagem cubana é uma das melhores do mundo?

Loreta não queria mentir para a mulher que lhe tinha melhorado a vida oferecendo-lhe teto, a custódia de Ringo e depois lhe devolvera o regozijo de sentir algo próximo de uma alegria de viver, perdida havia muitos anos. Mas nem toda a verdade podia ser divulgada, pelo menos não até o momento. Por isso Loreta contou à namorada a versão de sua vida que Bruno Fitzberg conhecia, inclusive mais detalhada e muito menos retocada e podada que a fábula oferecida à própria filha. Mas Miss Miller era muito perspicaz para não perceber que havia fios soltos e, em outra daquelas noites de diálogo, ambas nuas na cama *king size*, Loreta sentiu-se obrigada a entregar algo mais do passado que marcara sua existência e os caminhos que a tinham levado até aquele leito.

– Mag, vou te contar uma coisa que ninguém sabe, Adela menos ainda... Bruno também não soube... Os que foram meus amigos mal ficaram sabendo de alguma coisa... E hoje é a única vez que vou te contar. Não o farei de novo porque só pensar nisso me faz muito mal...

– Não, querida... você não é obrigada a me dizer nada – desculpou-se Miss Miller.

– É melhor você saber. Precisa saber... Tenho necessidade de que você saiba.

– Não, por favor...

– Não se assuste, não é nada horrível... Bom, um pouco... É que, quando um mundo desmorona, há duas possibilidades... tentar reconstruí-lo ou abandoná-lo à sorte e, se possível, erguer um novo. Foi isso que fiz ou tentei fazer. E me impeliram a isso o medo, a dor, o horror, o asco – começou Loreta, já sem poder deter-se.

E revelou à namorada que na verdade ela não se chamava Loreta Fitzberg nem Aguirre Bodes como solteira, mas Elisa, Elisa Correa, e que o pai de Adela não era nenhum espião nem nada parecido, mas um amigo, não importava o nome, um amigo dela e do que então era seu marido, que se comprovara ser estéril. Aquela gravidez inesperada, jurava que não procurada, quase incrível ou milagrosa, começou a complicar tudo. Uma gravidez da qual ela não quisera livrar-se porque algo lhe dizia que talvez fosse sua única oportunidade de ser mãe na vida, porque, além do mais, cada dia sentia com mais força uma atração por sua amiga Clara, muito próxima dela desde a adolescência. Uma gravidez que, em vez de lhe dar forças, como a outras mulheres, a fez se sentir vulnerável como nunca fora nem voltaria a ser...

Mas o drama escondia ramificações. Já um tempo antes de sua gravidez marcar um clímax dramático em sua vida, Loreta descobrira que outro dos amigos mais ou menos próximo do grupo que eles, esses amigos, chamavam de Clã tinha uma relação estranha com seu pai, Roberto Correa. O pintor Walter era uma bala perdida, um fracassado; seu pai, diplomata durante anos e depois diretor de uma empresa muito importante, um homem do governo. Em algum momento ela tivera a infeliz ideia de aproximar o pintor e seu pai, que precisava de um conhecedor a confirmar a autenticidade de um quadro de um artista cubano falecido havia poucos anos e cada vez mais cotado, em cuja órbita Walter circulara.

Por aquela ligação, na hora assumida como uma decisão inocente, e por ser filha de Roberto Correa e próxima de Walter, ela se vira associada a uma trama de drogas, contrabando de arte, vigilâncias reais e supostas, tentativas de chantagem e até ameaças de morte. Ela não tinha certeza absoluta, mas achava que talvez aquela concatenação de acontecimentos e relações obscuras tivesse levado ao suicídio de Walter. E podia supor que também tivessem levado ao suicídio de seu pai um tempo depois, quando Elisa, graças a um passaporte falso e com um visto britânico válido, já tinha fugido de seu país. Nenhum de seus amigos ou parentes voltara a saber dela desde então. Nenhum deles sabia quem ou como era Adela. O verdadeiro pai de sua filha não sabia que ele era o pai de sua filha. Loreta Fitzberg matara Elisa Correa e espalhara suas cinzas ao vento.

– *Dust in the wind* – disse, citando Bernardo. – Desde então, eu me senti obrigada a viver como outra pessoa, a negar a que tinha sido, a transformar Adela na filha de Loreta Fitzberg. Mag, como você deve imaginar, essa decisão me provocou uma tensão tremenda. Tinha de estar sempre alerta, não podia esquecer que eu era uma nova pessoa, com o passado redesenhado. Porque para mim não havia volta, não havia possibilidade de um arrependimento que poderia ser catastrófico. O corte tinha de ser radical…

– Meu Deus, querida… – sussurrou Miss Miller. – Você tinha de fazer uma coisa dessas?

– Naquele momento, senti que devia fazer. Agora não sei… Creio que faria de novo. Tive muito medo… Você acha exagero?

– O preço foi muito alto…

– Ou não, talvez só o preço justo para salvar algo de bom de um pântano em que eu tinha caído ou no qual me tinham jogado… Entende agora por que eu não queria falar dessa história com cheiro de podre? Por que vim viver aqui, onde tenho certeza de que ninguém vai me encontrar nem por acaso, como aconteceu há alguns anos em Madri?

– Entendo… – disse a outra, que obedeceu a um impulso avassalador, a uma debilidade que não era própria dela. – Entendo, porque há coisas de que a gente prefere se esquecer, às vezes até se autoenganar. É a mesma razão pela qual nunca digo que meu namorado Bob Miller no fim aceitou ir para o Vietnã. Sim, é verdade, Bob queria se alistar. Dizia que não tinha o direito de tirar o corpo do que outros homens como ele estavam vivendo, alguns que tinham sido seus amigos, seu próprio irmão Fred, que era seu herói… Fui eu que quase o obriguei a desertar e ir para o Canadá, queria protegê-lo, como você diz... E depois... enquanto ele me esperava em Vancouver, foi morto da maneira mais absurda. Talvez do Vietnã e da guerra ele tivesse voltado... E me senti culpada e tive de aprender a viver com o peso da culpa pela morte de Bob sempre comigo...

Confessadas, exibindo peles que já não eram lisas, as duas mulheres sentiram naquela noite que uma nudez visceral as mostrava tal como eram por dentro e por fora, de um modo como nenhuma outra pessoa no mundo sabia que eram e como eram. Dois seres com a vida alterada pela violência e pela morte, pelas decisões sem retorno, radicais e desesperadas. Loreta e Margaret Miller reconheciam-se fugitivas sem escapatória das culpas que engendraram e desde então arrastavam.

Procurando esvaziar-se pelos condutos mais propícios das cargas opressivas de suas consciências, voltaram a se amar naquela noite, decididas a não falar de novo, nem naquele dia nem nunca mais, de um passado que merecia permanecer enterrado. Morto como Walter Macías, Roberto Correa e Bob Miller. Um passado amputado por Loreta Fitzberg de seus componentes mais sórdidos. Uma cicatriz mostrada só pela metade por uma sempre insondável Elisa Correa.

Dos muitos ensinamentos de Buda, o que mais comovia Loreta era o princípio básico de que as boas ações feitas neste mundo sempre respondem a algo e provocam algo. E, é claro, também as maldades, as mesquinharias, os egoísmos, as manifestações de ódio. Tudo o que se faz conduz a esse algo, benéfico ou perverso, que se esperou ou que não se imaginou, mas que foi forjado com ou sem consciência. Esse encadeamento de causas e consequências muitas pessoas chamam de sorte (boa ou má) ou destino. Mas, na verdade, é carma: a causa que desencadeia uma soma de consequências, de algum modo previsíveis, se seguirmos seus rastros. Graças a seus aprendizados, Loreta bem sabia que o escuro dá como resultado o escuro; o brilhante gera o brilhante; e o que não é nem escuro nem brilhante não poderá fomentar nada que seja um ou outro. Tão simples e ao mesmo tempo complexa é a vida, cada vida construída. E, apesar da plenitude que desfrutava, o escuro e inconfessável da sua – também o sabia e temia – estava destinado a levá-la a um estado sombrio. Tudo por ter posto em contato um pintor, que ela nunca chegou a considerar verdadeiro amigo, e seu pai, personagem sempre nebuloso, habitante das trevas?

Como quase todos os membros de sua geração, educados num férreo ateísmo oficial, Loreta vivera seus primeiros trinta anos distante de qualquer misticismo religioso, aceitando convicta o credo de que o materialismo histórico e dialético constituía a única explicação científica e válida do universo, da sociedade, da história, até do comportamento de cada um dos seres que habitam o planeta. E, claro, de que a base econômica determina a superestrutura; de que a luta de classes é o motor da história; de que a religião é o ópio do povo e outras verdades de caráter tão indiscutível quanto mandamentos…

Ela, sempre tão liberal em seus pensamentos e opções, fora uma das mais fundamentalistas nas críticas à religião durante os seminários estudantis celebrados com base na revelação de que uma colega de estudos, afetada por alguma doença, se envolvera numa cerimônia para receber "o santo". *Changó? Yemayá? Elegguá?*, tanto fazia. Tratava-se apenas de retrógrados ritos africanos trazidos a Cuba pelos pobres negros escravizados pelos ricos capitalistas do passado. Quem poderia pensar que um daqueles santos primitivos e animistas tinha o poder de restituir a saúde a alguém, lhe resolver um problema legal ou familiar ou lhe dar alguma proteção? A colega em questão, apesar de suas boas notas acadêmicas e seu irrepreensível comportamento social, sem dúvida arrastava uma inadmissível debilidade ideológica, uma ruptura em sua fé política, e, portanto, não merecia ser eleita aluna exemplar. E, graças ao discurso de Elisa, não a elegeram. Pior ainda, a mulher também lembrava, acabara sendo o caso que Walter costumava contar de um jovem pintor que, por praticar ioga e meditação, foi expulso da escola em que havia estudado e depois ensinava, pois não era confiável devido a suas patentes debilidades ideológicas.

Talvez os lastros de sua formação a tivessem vacinado contra a possibilidade de ter fé e crenças transcendentalistas, mas o conhecimento do budismo, iniciado como simples curiosidade intelectual graças à leitura de um par de livros daqueles que não circulavam em Cuba e que Horacio conseguia de alguma maneira, revelara-lhe que, sem necessidade de aceitar a presença de um Deus onipotente, havia outras maneiras de crer em algo que está no material, e mais além, e cujo maior objetivo é o conhecimento de verdades universais e a superação individual de nossas limitações, justamente qualificadas como ignorância.

Foi em Nova York, uns meses depois do ataque terrorista de 11 de Setembro de 2001, que se sentiu cada vez mais motivada por um colega da clínica que, como o pintor cubano estigmatizado, praticava ioga e meditação. Uma Loreta na época transbordante de ira teve, então, sua primeira aproximação de um universo com o qual havia anos ela flertava. Embora Nova York parecesse o lugar menos propício para cultivar uma filosofia que defendia a busca da paz interior, a mulher, tão necessitada de um alívio, deixou-se tentar pelo colega e começou a ir uma vez ou outra à casa de meditação de Rutherford, subúrbio de Nova Jersey, onde, uma vez por semana, reunia-se uma *sangha* budista. E logo ela sentiu os efeitos benéficos da companhia de um grupo de pessoas, quase todas enfastiadas de si mesmas e do mundo em desintegração e desequilíbrio em que viviam, gente que pelo menos por duas horas se afastava do caos circundante e interno, respirava, relaxava, deixava a mente vagar e depois tomava chá verde.

Loreta teria uma comprovação do poder de seu carma alguns meses depois de se estabelecer em The Sea Breeze. Na época, ela atravessava um dos períodos mais críticos de sua relação com Adela, que já insistia em estudar no sul da Flórida, quando numa de suas esporádicas viagens a Tacoma, graças a uma decisão que outros qualificariam como casualidade, preferiu precisamente nesse dia tomar uma rua secundária e não a avenida principal da região. Devido a essa escolha (aparentemente) muito casual, Loreta passara com sua caminhonete diante da Hongwanji Buddhist Church, o templo budista próximo do centro histórico da cidade. Ali vira o anúncio da conferência sobre ética budista que aconteceria no domingo pelo iluminado Stephen Kim, doutor em religiões e línguas orientais em Berkeley, uma intervenção à qual se seguiria a apresentação do novo responsável pelo recinto, o também iluminado chamado Chaq.

Trajando seu melhor vestido, Loreta chegou pontualmente às dez da manhã do domingo ao templo, que encontrou abarrotado de público vindo inclusive de Seattle e das pequenas cidades dos arredores, pois a fama do doutor Kim se espalhara entre os praticantes da Costa Oeste, conforme ela soube graças a uma pesquisa na internet. Da cadeira que conseguiu, no fundo do recinto, Loreta ouviu com atenção as palavras do famoso doutor de Berkeley, que na realidade lhe disseram pouco de novo sobre as origens e as essências de uma amável concepção da vida, uma espécie de religião sem deus nem clero, tampouco intenções de travar guerras santas, pois apenas defendia o crescimento pessoal, a superação dos pesares e a paz interior mediante o conhecimento de si mesmo e, a partir dessas conquistas, uma relação harmônica com o resto da sociedade e com a natureza. O mais interessante foi a explicação das fontes filosóficas e religiosas das quais bebera Siddharta Gautama em sua longa viagem espiritual em busca da paz.

Em contrapartida, quando chegou a vez do recém-introduzido iluminado Chaq, um homem já com mais de quarenta anos, de cabelo loiro ou descolorido e uma cicatriz escura que lhe percorria o lado direito da face, trajado com um camisão branco e uma calça da mesma cor que lhe cobria os pés descalços, Loreta percebeu uma intensa comoção benéfica. Aquele homem, sem dúvida experimentado, sem títulos nem doutorados, falava sobre os prodígios da meditação e transmitia – ou ela o percebia assim – uma sensação de restituição de tudo com a qual Loreta sentiu exaltante simpatia.

– Com a prática dos ensinamentos de Buda nos protegemos do sofrimento – dizia o iluminado Chaq, com modulações suaves da voz, de certo modo inadequada a seu aspecto físico rude. – Buda nos revelou que as três realidades que regem o mundo são que nada é permanente, que nada tem nenhuma essência perdurável e que nada nunca chegará a nos parecer totalmente satisfatório. E nos advertiu de que nosso sofrimento aparece por causa da ignorância desses preceitos. As pessoas costumam buscar uma essência permanente, fixa: isso que chamam de estabilidade. Às vezes em forma de Deus, de nação, de dinheiro: puras invenções... mas, como essas graças jamais conseguem nos satisfazer, desejamos ter um pouco mais, nos sentimos infelizes e sofremos... Todos os nossos problemas têm origem em nossa ignorância. E a ignorância só se elimina com a prática de *dharma. Dharma* significa proteção. Proteção. Proteção – repetiu ele, e Loreta já não teve dúvida de que o homem se dirigia a ela, talvez só a ela. – Todos dela necessitamos porque somos fracos, vulneráveis, mesmo que nos creiamos fortes. Por isso muita gente que conhecemos se mune de armas... Por isso terminei minha vida anterior numa prisão, condenado por delitos muito repugnantes. Fui traficante de drogas que podem ter matado muitas pessoas. Eu fui... – E nesse instante sua voz quase se rompeu e ele cobriu o rosto com ambas as mãos, para depois continuar, com mais veemência. – Vivemos numa sociedade doente que não nos deixa enxergar o essencial. A qualidade de uma vida não depende só do progresso material, mas de cultivarmos a paz e a harmonia em nosso interior e as projetarmos para o que nos rodeia. Sim, todos nós carregamos culpas. Todos cometemos erros, não importa se intencionalmente ou sem consciência. Mas cada um de vocês pode encontrar dentro de si algo melhor e aspirar a um renascimento com menos ignorância, com mais verdade. Por meio da meditação, do *dharma*, Gautama descobriu que havia uma forma de libertação. Nossa liberdade depende de sermos capazes de aceitar que as coisas são como são, que a vida não tem nenhum sentido e que é um absurdo tentar encontrá-lo. Se soubermos e assumirmos isso, então não haverá sofrimento – disse ele, e sua voz subira alguns graus na escala, seus olhos adquiriram um brilho estranho, quando concluiu: – *Om Shanti.* – E sentou-se, com o olhar como perdido no infinito, talvez mergulhado num transe.

Naquela mesma semana, Loreta juntou-se à comunidade budista que se reunia naquele templo de Tacoma. A maioria dos membros da *sangha* era de adultos, perto dos cinquenta anos ou mais, pessoas que ela foi sabendo que carregavam histórias muitas vezes dramáticas, como o próprio Chaq.

Foi na quinta ou na sexta sessão de meditação e aprendizagem que o iluminado pediu a Loreta que o esperasse ao fim para falar com ela. A mulher não se surpreendeu: desde o primeiro momento, sabia que aquele encontro logo ocorreria.

Embora a noite de outono fosse fria, Chaq e Loreta sentaram-se no portal do templo, enquanto um dos colaboradores do iluminado, depois de lhes servir uma xícara de ban-chá, o preferido do indicador, se retirava discreto para dentro. O homem de aspecto rude e com o rosto marcado por cicatriz contou a Loreta, sem que ela tivesse perguntado, algumas coisas de sua vida passada. Sua participação como sargento de infantaria na Guerra do Golfo, a proximidade que então vivera com a morte, o medo e o ódio; a experiência posterior com as drogas e a perda de sua família e de seus bens, suas relações com narcotraficantes cubanos e colombianos de Miami, às quais devia a cicatriz do rosto e sua passagem pela prisão. Cinco anos vividos no fundo do abismo, ou além do fundo, do qual tentou sair internando-se num sanatório para dependentes, onde conheceu o homem que lhe abriu a porta para a comunhão com os ensinamentos de Buda. Por quase meia hora o agora iluminado Chaq lhe falou de suas peripécias mundanas e, então, disse a Loreta que estava lhe contando sua vida ruim só para que ela soubesse que, com força interior, quase tudo podia ser superado. Inclusive os estigmas do passado. As cargas que, ele sabia, acompanhavam a mulher. Loreta olhou para ele, assentiu e se calou, embora pela primeira vez desde sua saída de Cuba sentisse vontade de fazer uma confissão.

Aquele foi o início de uma relação que ajudou Loreta a sentir-se muito melhor consigo mesma. Nos primeiros meses, perseguiu-a a suspeita de que ela e o indicador de caminhos terminariam numa cama. Entretanto, nenhum dos dois deu esse passo, e Loreta desfrutou mais a companhia do homem que a ajudava a crescer do modo que ela mais necessitava: libertando-a de seus demônios. Por isso Loreta, sem tocar no fundo das questões, foi lhe confiando seus temores mais persistentes, seus ódios mais invencíveis, seus amores mais perversos, suas gratidões eternas. Estava vomitando alguma coisa e sentia o alívio do desafogo.

Depois, quando iniciou a relação amorosa com Miss Miller e encontrou reservas de si mesma que acreditava esgotadas, Loreta o assumiu como um sinal de crescimento espiritual. Então, quando admitiu que a filha tinha o direito de viver do modo que a jovem decidisse e seus embates diminuíram notavelmente, ela o atribuiu aos efeitos do processo de sua melhora interior. Inclusive, quando se convenceu de que a felicidade podia ser acomodar-se na sela e deixar que Ringo decidisse o destino e o ritmo do passeio, percebeu que talvez estivesse encerrando o ciclo de suas maldições e aproximando-se da iluminação. Mas, ao fim, comprovaria que Buda tinha razão: por mais luz que se tente projetar, o escuro sempre gera escuridão.

Oito dias antes de Clara postar em sua página do Facebook a foto do Clã tirada em janeiro de 1990 e desencadear a tormenta que durante vinte e seis anos Loreta Fitzberg lutara para exorcizar, a mulher recuperou a convicção de que não existem equilíbrios eternos e talvez nem sequer a possibilidade de atingir o nirvana. A vertigem e o caos, conforme lhe ensinara Horacio trinta anos antes, sempre acabam por se impor. Cada ação provoca uma reação. Somos o resultado de uma grande desordem. Vivemos num carrossel que não se detém e, com sua força centrífuga, sempre pretende nos expulsar para o espaço. Por mais que você corra, seu passado sempre te alcança.

Loreta viveu com esses temores desde que soube que uma espiral arrevesada do carma havia conspirado com tantas decisões e soluções aparentemente casuais para levar sua filha Adela a conhecer em Miami Marcos Martínez Chaple, justamente Marquitos, e a se apaixonar quase imediatamente por ele. Loreta teve, então, a certeza de que a muralha que levantara com a primeira e mais radical de suas fugas começava a sofrer um cerco que certamente a acabaria demolindo.

O encontro que, quase quinze anos antes, tivera no parque del Retiro com o que fora seu bom amigo Irving, e o modo como ela decidira resolvê-lo, lhe tinha revolvido as entranhas, embora também tivesse alimentado sua confiança na possibilidade de que o silêncio continuasse oferecendo proteção a Adela. Depois, a temporada havanesa da filha apresentara-se a ela como uma conjuntura perigosa, mas a confiança de Loreta saíra fortalecida da prova com o regresso da jovem com as mãos vazias, tal como ela programara com suas meias verdades e seus grandes embustes. Agora, em compensação, soavam os sinos que anunciavam o fim de um equilíbrio sempre precário. E, para tornar tudo mais doloroso, o primeiro a tangê-los foi Ringo, sua alma gêmea.

Loreta conhecia tanto o cavalo que só de vê-lo pela manhã soube que algo ia mal, talvez até muito mal. Ringo mexia no lugar as patas traseiras, como que em marcha lenta, enquanto insistia em levar o focinho aos flancos e depois levantava os beiços, mostrando os dentes. Ali estavam visíveis os clássicos sinais de que, mesmo que leves, o animal sofria das sempre temíveis cólicas gástricas. Já fazia vários dias que ela tinha de insistir mais que o habitual para que o cavalo bebesse toda a água necessária para se manter suficientemente hidratado. Ringo completara vinte e seis anos, Loreta sabia que, com sorte, viveria mais dois ou três, quatro com muita sorte, mas o bom estado físico do animal e os cuidados que ela lhe dispensava a faziam apostar no período mais longo. Com a idade, como era de esperar, o caráter do Cleveland Bay começara a sofrer alterações, ele se tornara mais caprichoso, mas ao mesmo tempo mais dócil, alguns dias imprevisível, outros calmo demais, e a redução do consumo de água era parte alarmante e clássica do processo de decadência.

Como qualquer veterinário, Loreta sabia que estava diante de uma situação delicada e tentou assumi-la de maneira profissional. Falando com Ringo, perguntando o que estava acontecendo, acariciando-lhe a cara, as orelhas, o pescoço, deixando-se beijar pelo animal, tentou transmitir-lhe tranquilidade para depois fazer o exame que lhe daria um primeiro diagnóstico: colocou o ouvido no ventre do cavalo e respirou aliviada ao ouvir os movimentos gástricos. Antes de fazer um tratamento invasivo, Loreta optou pela solução básica. Levou Ringo para a pista de treinamento e o fez trotar em círculos durante uma hora, até ver o suor correr-lhe pela pelagem castanha. Depois, com a ajuda de Rick, deu-lhe um banho, o escovou e o manteve em observação. No recipiente de água despejou líquido fresco misturado com um composto digestivo e antiespasmódico e suspendeu toda a comida. Se o organismo do cavalo conseguisse eliminar o bolo que poderia ser a causa das cólicas, a recuperação talvez fosse bastante rápida. Entretanto, Loreta rogava para que não se tratasse de uma perigosa obstrução provocada por uma perda de vigor intestinal.

Embora pelo resto do dia Ringo quase não tivesse tocado os flancos com o focinho, na manhã seguinte voltou a fazê-lo, inclusive com maior frequência, e chegou a dar patadas no próprio abdômen. Loreta se alarmou. Com a ajuda de Miss Miller e Rick, realizou, então, a operação de intubar o cavalo pelas fossas nasais para hidratá-lo com um composto de água e óleo mineral que ajudaria o deslocamento do bolo se os movimentos peristálticos não desencadeassem energia suficiente.

Loreta percebeu que as coisas não iam bem ao ver a docilidade com que o animal deixava passar os tubos de borracha e ao constatar uma perda de brilho em seu olhar úmido, mais triste naquele dia, uma mudança que só ela era capaz de notar.

O tratamento de hidratação forçada pareceu dar resultado, pois, no terceiro dia, Ringo deixou de ter sintomas de incômodo e, ao escutar seu estômago, Loreta voltou a perceber movimentos. Naquela manhã o fez trotar de novo, deu-lhe banho e falou muito com o animal. Mas no jantar confessou a Miss Miller um mau pressentimento. A mulher tentou alentá-la, lembrando a saúde de ferro do garanhão, a frequência com que os cavalos costumam ter cólicas e toda uma série de argumentos que pareceram surtir algum efeito sobre a treinadora. Mesmo assim, naquela noite Loreta resolveu dormir na cabana. Precisava ficar sozinha, pensar, meditar.

Ao amanhecer do quarto dia, Loreta encontrou Ringo revolvendo-se no chão de sua baia do estábulo e soube que ele tinha piorado. Quando conseguiu levantá-lo, apalpou-lhe o ventre e sentiu-o tenso, inflamado. E quando o auscultou não ouviu nada. Repetiu a operação de escuta com o estetoscópio e entendeu que a situação se agravara: se o aparelho digestivo do animal tivesse se paralisado, os prognósticos se tornavam sérios. Muito sérios.

Pouco depois, quando o sol já havia se levantado, Miss Miller entrou no estábulo e encontrou Loreta sentada num banquinho, ao lado de Ringo, aplicando-lhe massagens no ventre e com os olhos inundados de lágrimas. Ao ver a patroa chegar, Loreta saiu para o corredor do estábulo e se abraçou a ela, sem dizer palavra. Ambas sabiam que qualquer palavra seria demais.

Os três dias seguintes foram para Loreta um período sombrio que ela teria desejado apagar não só da memória, mas da realidade.

Desesperada, resolveu procurar uma segunda opinião. Fez Rick Adams trazer o melhor veterinário da cidade, que repetiu os exames físicos já realizados por Loreta: confirmou que a gengiva do cavalo estava quase branca, apalpou-lhe todo o abdômen, auscultou-o ciosamente. E, então, optou pela prova definitiva de lhe fazer uma punção no ventre, a qual Loreta evitara. Ao terminar o exame, o veterinário deu o mesmo diagnóstico que a treinadora já conhecia: os intestinos de Ringo estavam colapsados e entrariam em estado de necrose. Com a idade do cavalo, o especialista não recomendava intervenção cirúrgica, pois, mesmo que o animal se recuperasse da operação, devido à idade a necrose voltaria a aparecer em muito pouco tempo e os sofrimentos não compensariam sequer os resultados mais alentadores. Na realidade, só havia alguns remédios e uma solução. Loreta inclinou-se para os remédios, entre eles a cerimônia ritual dos índios puyallup, oficiada por um xamã trazido à fazenda por Wapo.

Loreta passou três dias e três noites perto de seu cavalo. Inclusive colocou um catre no corredor para se deitar quando estivesse muito cansada, embora dormisse só por alguns momentos. Precisava preparar o ânimo e a consciência para o que deveria fazer. Por enquanto, tratava de manter o animal sedado, sem maiores sofrimentos. Talvez um milagre... Mas, como se seu carma obscuro tivesse decidido apagar todas as luzes, na madrugada do terceiro dia posterior ao diagnóstico fatal, o oitavo da doença, Loreta fez uma nova pesquisa na internet que, conforme ela sabia muito bem, não lhe ofereceria soluções prodigiosas para a decisão a tomar. Foi navegando pela rede que sentiu o impulso de se aproximar de sua filha, para quem não ligava havia meses e com quem não falava havia várias semanas. Então, com o perfil do Facebook que abrira meses atrás com nome e identificação falsos, acessou o perfil de Adela. E um vínculo a levou ao outro para finalmente encontrar no Facebook público de Marcos a foto do Clã, que, justo na tarde anterior, Clara havia postado na rede.

Na cabeça de Loreta, naquele instante produziu-se uma avalanche: finalmente a muralha se desmanchava. O que ia fazer, como ia fazer? Adela devia ter visto a foto, teria perguntado a Marcos e já devia saber parte da verdade que ela escondera. A mulher compreendeu que, tal como aconteceria com Ringo, antes de chegar à agonia o melhor era se lançar no vazio e se estatelar no fundo. E, depois de quase um ano e meio sem o fazer, naquela manhã, Loreta Fitzberg, em vias de voltar a ser Elisa Correa, disposta a tudo, ligou para a filha.

Em suspense, sentindo o sangue latejar nas têmporas, ouviu sete, oito toques antes que se abrisse a comunicação, no outro extremo do país.

– Loreta? – ouviu Adela perguntar, embora devesse ter identificado o número antes de atender.

– Ah, Cosi, como tu estás?

Disposta a improvisar, Loreta falou em espanhol, como se fosse a única língua possível para aquele diálogo. Sua voz lhe soou grave, quase rachada pela tensão que a espreitava.

– Bem... No trabalho... Acabei de chegar... Estou bem...

Pelas hesitações da menina, Loreta soube que ela mentia, mas não quanto ao que temia. Por isso, disse:

– Fico feliz por você... Eu estou péssima...

– Está doente? Algum problema? Que horas são aí?

– Agora... Seis e dezoito... Ainda está tudo escuro... Muito escuro, um pouco frio. E não. Não estou doente. Doente do corpo... Estou ligando porque sou sua mãe e te amo, Cosi. E porque te amo preciso falar com você. Será que posso?

– Claro, claro... Não está "doente do corpo"? Qual é o problema, Loreta?

– Como vai com seu namorado? – ocorreu-lhe dizer, enquanto tentava organizar seus pensamentos. Ousaria dar o salto?

– Não tínhamos combinado faz tempo que você não ia querer saber sobre meu namorado? Não, você não está ligando para isso, não é?

Loreta se sentiu prestes a chorar e deixou escapar outro suspiro, mais longo, mais profundo, quase um soluço. Voltava a ser a mulher vulnerável que a habitara com a gravidez e o medo, havia um quarto de século. Como reagiria a filha? Que outras coisas pensaria quando soubesse a verdade?

– Vai ser preciso sacrificar o Ringo – disse, quando finalmente conseguiu voltar a falar.

– Do que está falando, mãe?

– Não me faça repetir essas palavras, Cosi.

Loreta sentiu que as lágrimas começavam a lhe correr pelas bochechas. Em sua mente formou-se a imagem do momento anterior ao fim e precisou morder os lábios, apertou a mandíbula até sentir dor. O que a filha pensaria quando soubesse o que logo saberia? Como começar a contar aquela história?

– Mas o que está acontecendo com ele? Da última vez que falamos... Bom, já faz tempo... – começou a jovem, sem dúvida alarmada e comovida.

Loreta obrigou-se a recuperar o controle. Precisava pensar.

– Cólicas... Rick e eu passamos dias lidando com ele... Procuramos outra opinião... O melhor veterinário daqui está tratando dele. Mas há dois dias tivemos um diagnóstico definitivo. Fizeram-lhe uma punção abdominal... É grave. E já é velho demais para uma cirurgia, mas forte demais, e não queríamos... Eu já sabia, porém o veterinário nos confirmou a única coisa que se pode fazer.

Em Miami, Adela devia estar assimilando a informação.

– Meu Deus... Ele está sofrendo?

– Sim... Há dias... Eu o mantenho bem sedado.

Outro silêncio.

– Não tem remédio?

– Não. Milagres não existem.

– Que idade Ringo tem agora?

– A mesma que você... Vinte e seis... Embora não pareça, já é um velho...

Adela demorou para responder, e por fim falou para a mãe:

– Então ajude-o, Loreta.

A mulher deixou escapar mais um suspiro. Estava vivendo justo naquele instante o pior momento de sua vida, pensou e voltou a morder o lábio antes de falar.

– É o que vou fazer... Mas não sei se devo fazer eu mesma ou encarregar o Rick. Ou o veterinário.

– Faça você. Com carinho.

– Sim... É muito duro, sabe?

– Claro que sei... Você é como mãe dele – lançou Adela.

– Isso é o pior... O pior... Porque você ainda não tem ideia do que é ser mãe e não poder... O que a gente desfruta e sofre por ser mãe.

– Você sofreu muito, não é? E não pôde o quê? – perguntou Adela, e Loreta entendeu que não era só ela que estava com a sensibilidade alterada.

Sua filha tinha se abalado, quando era o que ela menos desejava, justo agora, que havia saltado a faísca que provocaria o incêndio. O pranto por sua filha, por Ringo, por ela mesma era inevitável, a asfixiava, e a duras penas conseguiu dizer:

– Só queria te dizer isso. Saber que você estava bem, dizer que te amo muito, muito e... Cosi, não posso continuar. Acho que vou...

– *I'm so sorry*... – ouviu Adela dizer em inglês, e Loreta desligou.

Quase mecanicamente, Loreta abriu seu telefone e tirou o cartão. Depois jogou o aparelho sobre o catre onde estava seu computador portátil. Sem deixar de chorar, entrou na baia em que estava Ringo. O cavalo, debilitado e sedado, repousava deitado no chão, mas seu olho visível voltou-se para sua treinadora, e ele mexeu o lábio superior, como se tentasse sorrir e acalmá-la, dizer-lhe algo de bom. A mulher ajoelhou-se ao lado dele, quando Ringo, com visível esforço, começou a se mexer para se levantar, como o bêbado que tenta voltar para casa. Naquele momento, Loreta soube que Ringo sabia. Como, por que sabia, podia ser um mistério ou ter uma simples explicação: sabia porque o necessitava e procurava fazê-lo com dignidade. Ringo era um valente. Como pôde, Loreta o ajudou a se levantar e, quando finalmente ele se pôs em pé sobre as quatro patas, tensas, trêmulas, ela lhe acariciou o rosto e a cabeça, e o cavalo apoiou a testa estrelada na de sua alma gêmea. Assim ficaram vários minutos, até que o animal, exaurido pelo esforço, cambaleou.

Loreta não parou de chorar enquanto segurava Ringo e conseguia estabilizá-lo, e continuou chorando quando foi em busca da seringa metálica que três dias antes o veterinário de Tacoma lhe deixara preparada. Com o instrumento da morte na mão, Loreta se pôs ao lado de Ringo e apoiou a cabeça na mandíbula do animal. Ali respirou o hálito seco e quente do cavalo e esperou suas mãos deixarem de tremer. Com a mão livre, baixou um pouco a cabeça de Ringo e lhe disse algo ao ouvido. Depois o beijou, na testa, nos olhos chorosos e já não tão lúcidos, nos beiços ressecados, e cravou a agulha onde sabia que corria a carótida do cavalo.

Loreta jogou longe a seringa vazia e, fazendo seu maior esforço físico, ajudou o animal enorme a ajoelhar-se com as patas dianteiras, até que lhe falharam as traseiras e Ringo caiu de lado no chão de sua baia, levantando fiapos de palha. Loreta deitou-se ao lado dele e voltou a lhe falar ao ouvido, enquanto suas lágrimas molhavam a cara do animal. Falou-lhe até quando o cavalo fechou o olho úmido e melancólico, até quando, depois de uma leve sacudida dos músculos, ele deixou de respirar.

Dez, quinze, vinte minutos Loreta ficou deitada, acariciando a cabeça do animal. Chorou por Ringo; chorou pelo mundo de The Sea Breeze Farm, onde graças ao cavalo e a Miss Miller encontrara o paraíso, agora em dissolução; chorou pelo presente de Loreta Fitzberg, pelo passado de Elisa Correa e pelo futuro de uma pessoa que ela mesma ainda não sabia quem seria nem onde o seria. Chorou pelo que sentiria sua filha, que tanto quisera proteger. Chorou até ficar sem lágrimas.

Loreta finalmente se levantou e, com uma tesoura, cortou uma mecha da crina do cavalo, pegou a manta de Ringo e lhe beijou a estrela da testa.

– Adeus, meu príncipe precioso – sussurrou e lhe cobriu a cabeça.

Sem olhar para trás, saiu do estábulo em que, assim pensava naquele instante, nunca na vida voltaria a pisar. Porque agora só lhe restava a alternativa de voltar a fugir. Esse era seu carma. A consequência de suas causas. A escuridão que só gera escuridão. E resolveu que, antes de desaparecer nas trevas, tinha de reparar uma ferida que carregava na consciência.

Entrou na casa principal e, depois de lhe dar a notícia da morte do cavalo e chorar no ombro da namorada, pediu a Miss Miller que se sentasse com ela no salão. Ia embora, disse-lhe, não sabia para onde nem por quanto tempo, mas antes tinha de cumprir uma dívida de gratidão, de amor e de verdade.

O que parecia impossível começava a se tornar viável. Em todos os lugares, em todas as frentes. O mundo conhecido tinha enlouquecido, as regras mudavam, desajustava-se o que se acreditava condensado, produziam-se milagres. Os alemães democratas punham abaixo, pedra por pedra, o Muro de Berlim, e ninguém os impedia, nenhum policial ou soldado atirava. Não se viram as imagens dos tanques soviéticos varrendo as ruas de alguma cidade, como em seu tempo haviam arrasado as de Budapeste e Praga, fechando comportas e aspirações a sangue e fogo para que o mundo fosse o lugar melhor tantas vezes prometido: o paraíso dos humildes. Os habitantes de um lado e do outro da fronteira que marcava os limites de dois universos irreconciliáveis quebravam o ritmo previsto e ascendente da história, segundo catequizavam os manuais de marxismo com que estudavam na universidade. E desta vez as pessoas se abraçavam, cantavam, e ninguém as reprimia. E agora? O mundo começava a ser diferente? Melhor ou pior? E Cuba?

Naquele mês de novembro de 1989, também Elisa pensou vários dias, e o faria por semanas, e depois por meses, anos, que não era possível, na realidade era impossível. Mas seu corpo insistiu em lhe gritar outra coisa. Três semanas sem menstruação não é um atraso, uma sensibilidade exacerbada nos mamilos não se deve a uma alergia ou dermatite, uma reação incontrolável de rejeição ou atração por certos sabores e cheiros, com náuseas associadas, tudo ao mesmo tempo não é capricho mental ou loucura orgânica. Como pôde acontecer?

A infertilidade de Bernardo poderia inclusive ser um erro dos exames médicos, mas o fato de que quase não fizera sexo com o marido nos últimos meses era uma realidade incontestável. O homem que em tempos de maior atividade nunca a engravidara deixara de ser estéril justo na única ocasião em que a penetrara durante o último período fértil? Só restava uma alternativa muito difícil de admitir: porque seus dois encontros sexuais com Horacio tinham ocorrido com a devida proteção, ela mesma se encarregara de colocar a camisinha no amante. Mas, se ela não era uma flor aberta em cujo pistilo uma borboleta extraviada tivesse colocado pólen fecundo preso nas patas, nas asas, na boca... Elisa construiu e reconstruiu durante dias – que se transformaram em anos de interrogações – cada instante preservado em sua mente de cada uma das ações realizadas durante os dois tropeços sexuais. Uma evidência importante, não levada em conta naqueles dias, era que naquelas datas precisas ela passava por seus dias propícios do mês, o que resolvia metade imprescindível da questão. A outra metade, e mais, poderia se concretizar sob a forma de um sêmen carregado de espermatozoides saído de um pênis e depositado em sua vagina para, como numa corrida de fundo, lançar-se a percorrer a vastidão de seu útero, até que o mais avantajado daqueles peixes microscópicos reunidos no sêmen conseguisse chegar à meta do óvulo maduro de tocaia, perfurá-lo e...

Tanto esmiuçou cada minuto dos dois encontros furtivos que Elisa finalmente se viu nua, recém-levantada da cama, caminhando até a pequena cozinha do apartamento da amiga. O gato, que naquele instante se dignara a aparecer, reclamava miando como louco, atraído pelo cheiro contundente dos pedaços de peixe enlatados que meia hora antes, a pedido dela, Horacio se encarregara de abrir com a ponta de uma faca, pois o maldito abridor de latas continuava sumido. E o peixe tinha ficado sobre a mesinha à espera do surgimento do gato. Viu-se pegando a lata, sentindo-se enojada com o cheiro do peixe com tomate chegado à ilha graças aos estertores do comércio socialista e, depois, abaixou-se para despejar num pote de plástico o conteúdo do recipiente, disposta a resolver aquilo de uma vez. E tinha conseguido ver também, como por sua postura não poderia ter visto, o modo como, aproveitando sua posição, Horacio se aproximava dela pela retaguarda, segurava-a com firmeza pelos quadris e, empunhando o membro ainda endurecido ou que voltara a endurecer, delicada, mas insistentemente, lhe percorria o períneo úmido com a glande acobreada – tira que eu estou suja, ela dissera, quero mais, ele reclamava, vai tomar um banho, ela insistia, sorrindo –, num movimento deslizante que ia e vinha do ânus à vulva... Um pênis descoberto, de cuja uretra poderia ter escorrido uma gota remanescente de sêmen que, por um enorme capricho biológico, ao ritmo *in crescendo* do *Bolero* de Ravel, iniciara a longa viagem para o início de uma nova vida. Era possível?

Tinha de ser possível. Não havia outra explicação nem alternativa para um estado que, no fim de novembro, quando passou outra data de sua menstruação, lhe foi anunciado como uma gravidez de dez semanas. Elisa, que já o sabia embora não tivesse explicação, percebeu que, se o mundo exterior tinha se descentrado, o seu caía num turbilhão.

Sem falar com ninguém, foi consultar um ginecologista, ex-colega de estudos, para lhe pedir que realizasse uma interrupção. O aborto era a única saída, estava convencida. O médico, discreto, lembrou que não era só Bernardo que tinha problemas para procriar: também ela tinha um aparelho reprodutor de morfologia complicada. Devia refletir um pouco mais, sempre havia riscos, podia ser sua única oportunidade, advertiu o ginecologista, e marcou uma hora para a segunda semana de dezembro, a data limite recomendada. Tempo para pensar, o suficiente para tomar a tremenda decisão de ter seu filho. Se algum tipo de milagre tinha acontecido, se era uma gravidez por obra divina (embora tivesse concebido com muitos pecados nas costas), se era a primeira vez na vida que tinha sido fecundada e nada garantia que seria de novo... No dia da consulta informou ao médico que seguiria com a gravidez. E pediu discrição. Segredo profissional, disse ele.

A tormenta que se prefigurava a distância podia ser de proporções devastadoras, mas ela não a temia, podia enfrentá-la. Afinal, sua relação com Bernardo estava morta. O jovem bonito, inteligente, competitivo, revelara-se um pusilânime, prestes a se transformar num alcoólatra, ou já transformado, sem intenções de se redimir. Horacio, por sua vez, jamais pensaria que a gravidez fosse dele e, apesar de ter transado com ela e traído Bernardo, talvez privasse Elisa de sua amizade por considerá-la uma puta que trepava ao mesmo tempo com ao menos três homens: ele, Bernardo e o que a tinha engravidado. Com isso ela também conseguia viver. Do resto das pessoas que lhe interessavam – Irving e Clara, sobretudo – podia se encarregar sem problemas: eles nunca a condenariam por decidir ter um filho de um pai desconhecido para eles... ou até conhecido. Mais ainda: sabia que a apoiariam. O mundo estava descentrado, sim, mas não ia acabar.

Já decidida a levar a gravidez adiante, por fim falou com Bernardo sobre o que estava acontecendo e o que queria fazer. Então aconteceu o segundo ponto de virada inexplicável da trama que estava sendo urdida. Bernardo lhe perguntou de quem era a gravidez, e ela respondeu que jamais diria a ele nem a ninguém, só que era de alguém que ela mesma quase nem conhecia, um mau passo. Depois de um silêncio prolongado e do que só podia ser uma tentativa de salvar algo de sua dignidade aviltada, ele disse que ela era sua mulher e, se aceitasse, a criatura também seria seu filho. Inclusive era possível que fosse, afirmou. Um milagre, como ela dissera. Em todo caso, ele o assumiria como seu.

Uma Elisa entre comovida e confusa sentiu que não entendia e talvez jamais conseguisse entendê-lo: o mais digno não teria sido enfrentar a verdade e afastar-se da mulher que o traía e, por sua conhecida incapacidade de procriar, o estava humilhando? A fraqueza essencial de seu caráter, cada vez mais patética, dominava-o a tais extremos? Que raios havia na mente de Bernardo? Só álcool? A favor do homem havia um desconhecimento que o protegia: não importava quem fosse o responsável se ela nunca o revelasse, porque a única coisa que Bernardo não podia imaginar era que um de seus amigos próximos pudesse ser o pai da criatura em gestação. E Elisa, a despeito de si mesma, teve uma reação quase imprópria dela: sentindo-se fraca, reconhecendo-se culpada e mesquinha, surpreendida pela postura do marido, também aceitou. E o fez porque Bernardo demonstrara quanto a amava e reagia como a boa pessoa que, mesmo alcoolizada, enfraquecida e derrotada, continuava sendo. Quase um sujeito de outro mundo. E porque Horacio jamais pensaria que a gravidez pudesse ser dele...

Walter, em contrapartida – Elisa mudou o rumo de seu discurso, também seu tom de voz –, era uma das pessoas mais seguras de si, com mais autoestima e egolatria que ela tinha conhecido. Desde muito jovem, o pintor falava de sua pessoa e de seus atos sempre em função de seu talento, suas saídas engenhosas, suas ciladas e seus ardis. Um bárbaro cubano coroado com uma auréola de gênio maldito e dono de um cinismo cortante.

Fabio era quem tinha aproximado o pintor do grupo de amigos, porque Fabio o admirava como se fosse Deus, ou Van Gogh, Renoir, Picasso, talvez por Walter ser o irreverente que no fundo Fabio sempre desejara ser. Como a Elisa daqueles anos também era segura e egocêntrica, nos primeiros tempos de contato com o pintor ela e Walter mantiveram uma espécie de competição que lhes permitiu se suportarem, inclusive chegando a certa afinidade por meio da ponte constituída pelo conhecimento que ambos tinham do mundo das artes plásticas. Mas aquele equilíbrio de forças não podia durar demais, e logo Elisa começou a rechaçá-lo: não por sua autossuficiência, mas porque lhe pareceu que o outro se sustentava numa vaidade vazia, uma postura de vida construída com esmero, cujas urdiduras ela enxergava. Desde suas roupas, às vezes manchadas de óleo ou têmpera, até seu modo de falar, tudo fazia parte de uma encenação.

Corriam tempos que depois lhes pareceriam tão agradáveis e, em paralelo, estranhos, como irreais, uma época em que Elisa pensava ser uma pessoa autêntica, disposta a repelir tudo o que segundo ela não o fosse. A jovem de então era uma crente e afirmava que dizer e praticar a verdade constituía a única postura ética admissível e, portanto, revolucionária. Aprendera-o dos discursos públicos de seu pai, o personagem confiável, respirara-o no ambiente da época. Por isso nunca lhe importou ter choques frontais com vários colegas de estudo, professores, mentores políticos, quando pensava ter razão e estar defendendo uma verdade. Seus amigos a respeitavam, admiravam, inclusive (Fabio e Liuba) a invejavam por seu caráter. Mas Walter não se importava com ela, até gracejava: você pensa que vai resolver alguma coisa?, costumava lhe dizer. Que vai mudar alguma coisa? Quer ganhar uma medalha ou quer levar um chute na bunda? Talvez por essa atitude do pintor, entre cínica e realista, ainda tenham conseguido conviver por um tempo em certa harmonia tribal, que só chegava a ponto de Elisa e Walter se suportarem, sem maior intimidade. E foi justamente naqueles tempos de equilíbrio de suas personalidades antagônicas que Roberto Correa, pai de Elisa, comentou com ela que estava precisando de alguém com conhecimento da obra de Servando Cabrera para autenticar uma de suas peças que por algum meio lhe chegara às mãos. E Elisa teve a ideia nefasta de lhe apresentar Walter, que se gabava de ter sido próximo do mestre, morto na marginalização e na indigência. Sem imaginar, ela pusera em contato dois cabos elétricos do mesmo polo.

Em meados dos anos 1980, Walter desapareceu por quase três anos. Primeiro numa escola preparatória, nos arredores da cidade (estudo de língua russa e cultura soviética, muita filosofia marxista, incluindo história oficial do PCUS), depois durante o que chamaram de temporada siberiana. Quando o expulsaram da academia soviética, Walter voltou ao grupo, e logo puderam comprovar que nada nele mudara para melhor: à sua segurança somara-se uma prepotência que chegava a ser agressiva, às vezes até fisicamente violenta. Era um maldito, um rebelde, um castigado que exigia ser o centro das atenções e se comportava como o mais cáustico e irreverente, o mais mundano e estarrecedor, o que engolia de um trago um copo de vodca e depois regurgitava como um dragão e reclamava outro copo. Voltou como se tivesse mergulhado nas águas do Estige e saído mais forte da aventura. Falava com frequência de um artista russo meio louco, um tal Limónov (anos depois Elisa saberia quem era, leria um livro inteiro sobre sua vida e o consideraria um caso psiquiátrico grave), como seu modelo de artista socialista incômodo.

O pior da personalidade de Walter revelava-se no fato de que, se descobria que alguém era fraco, ele atiçava essa fraqueza, arrasava a pessoa e depois ria como se tudo fosse brincadeira, embora lhe deixasse no lombo a bandarilha de sua agressão. Maltratava quem queria quando podia, inclusive com ações físicas. Desprezava os artistas cubanos de sua geração. Falava do que ninguém falava em voz alta, autoqualificava-se *perestroiko*, brincava com fogo… Ou tratava-se apenas de um provocador com uma missão? Era por causa disso que Walter não levava o chute na bunda que podiam dar em outros, que tinham dado em outros (o jovem pintor que praticava ioga, por exemplo), o chute que ele mesmo prognosticava a Elisa? Seria ele que aspirava a uma medalha? Depois Elisa saberia que para sujeitos como ele não havia medalhas, só desprezo.

Já então Elisa não explicava de maneira convincente por que Walter os procurava. E se perguntava: Walter precisava deles como público? Sim. E se perguntaria depois: tinham mandado Walter ficar perto deles? Talvez...

O que Clara e Horacio havia anos chamavam de Clã era, na realidade, uma confraria de boas pessoas empenhadas em ser melhores, jovens obedientes, participantes de uma façanha histórica... Se fosse necessária a qualificação, a pior de todos eles fora a rebelde Elisa, talvez por seu espírito competitivo e suas experiências, que às vezes se deleitava em exibir: conhecera e provara o que os outros nem sonhavam. Um recital dos Rolling Stones em Trafalgar Square, por exemplo, e o recordava quando queria reafirmar sua liderança. Tinha visitado o teatro em que Shakespeare trabalhara. Contemplado os misteriosos megálitos de Stonehenge. Atravessado pela faixa de pedestres de Abbey Road. E, tinha de reconhecer, fazia ou dizia algumas coisas que raiavam em heterodoxia porque sabia que às costas erguia-se uma muralha magnífica: seu pai, Roberto Correa, homem de poder e confiança, com tantos amigos... Daquele pai de quem ela tinha pouco a dizer: apenas que era a prepotência em pessoa, um homem com poder até mesmo para destruir vidas, e não só via política. Um comentário dele mudava uma existência. E mudou várias, quase sempre para pior. Como a vida de sua mulher, a mãe de Elisa, com os nervos e a autoestima desfeitos.

Graças a sua nova função com qualificações para importar e exportar diversas mercadorias, em algum momento Roberto Correa entrara no círculo dos agentes encarregados de montar certas operações comerciais, destinadas a burlar o cerco do bloqueio comercial estadunidense a Cuba. Operações que acabaram pondo em mãos de algumas pessoas exatamente o que essas pessoas nunca deveriam ter tocado, da maneira como tocaram. Primeiro chegara o dinheiro, mais ou menos limpo, do qual tiravam pequenas porções em forma de benefícios (garrafas de uísque, equipamentos de som modernos); então, como isso não lhes trouxe consequências, lançaram-se em busca de mais dinheiro e benefícios, uma atividade que se foi sujando com diversos cambalachos (obras de arte tiradas da ilha, marfins e diamantes angolanos) até cair no tráfico de drogas, de que saía mais dinheiro. Muito mais dinheiro. E foi tanta grana voando que cresceu a fantasia de que, como eram corsários que voltavam com tesouros, eles seriam intocáveis.

O escândalo explodiu quando tinha de explodir, e seu primeiro ato terminou com fuzilamentos e condenações à prisão por acusações que chegavam a traição à pátria. Atrás das cabeças visíveis, foram dezenas os implicados em diversos graus nos delitos mais absurdos, castigados com rebaixamentos, destituições, expulsões, além de outros muitos que eram afetados pela perda de confiabilidade.

Como tantos outros, Roberto Correa também foi varrido de suas posições, rebaixado, afastado de seus privilégios… embora nunca tivesse sido indiciado. Acusar e condenar Roberto Correa poderia desarmar uma trama maior da inteligência? Ou era verdade que Roberto Correa, conforme ele mesmo jurou para Elisa, não havia sujado as mãos com drogas, cumpria ordens e agora estava pagando só por culpas de negligência, falta de faro para saber o que acontecia muito perto dele? Ou, talvez, o diplomata que espionava um pouco mais que quase todos os outros diplomatas e devia conhecer muitos segredos fizera um daqueles acordos que tanto se veem nos filmes e na realidade estadunidenses? Essa era a explicação mais plausível encontrada por Elisa. Teria sido ele o espião dos espiões? Em todo caso, pelo visto os indiciados em 1989 nunca tinham implicado Roberto Correa em seus mais escusos cambalachos. Houve ou não essa relação? Seu pai teve alguma proximidade com a droga ou era verdade que nunca se envolvera com isso? Elisa não sabia, nunca saberia, tal como de muitos outros detalhes de uma maquinação perversa da qual se obrigou a tomar distância, pois cada nova revelação a envergonhava, a machucava, a enojava.

Elisa também não soube por que meios Walter Macías e Roberto Correa voltaram a entrar em contato e menos ainda como se concretizou uma relação que não podia ter outra qualificação que não a de macabra. Pelo visto, Walter, cada vez mais obscuro, de algum modo soube, ou imaginou, ou supôs, que Roberto Correa estava vulnerável e tentou aproveitar a circunstância. Mas calculou mal sua força. Com sessenta quilos e sua fanfarrice barata, impelido por seus medos e pelo desespero, teve a pretensão de subir ao ringue em que, mesmo que estivesse desarmado (e não era o caso), havia um gladiador peso-pesado com todos os recursos para o combate e muitas lutas em sua longa carreira…

Depois de sua temporada soviética e em seu estilo de maldito e irreverente, certa vez Walter confessara aos membros do Clã que de vez em quando fumava maconha e atingia um estado mental e criativo muito especial. Vários deles nem acreditavam, embora lhes agradasse a possibilidade e avivasse suas curiosidades. Mas, até onde sabiam, era possível que Fabio tivesse provado algum "baseado" com Walter, seu ídolo. Os demais, não. E nunca ele o fez em Fontanar. Para eles, os bons, aquela transgressão era impensável.

Perplexos, depois souberam que Walter também consumia cocaína. Em Cuba, naquele tempo, era raro alguém prová-la e muito difícil obtê-la, quase inconcebível a existência de um grão na ilha. Numa noite de muita bebida, Walter comentou que tinha começado a provar a droga forte com seus amigos de Moscou, árabes ricos, simpáticos brasileiros, franceses liberais filhos de comunistas, jovens africanos filhos de presidentes e ditadores aliados da União Soviética. Com eles se iniciara na cocaína e, ao voltar para Cuba, de algum modo conseguira encontrar o caminho até ela. Um caminho que, por alguma razão, Walter chegaria a pensar (ou saber) que terminava no circuito de Roberto Correa.

Quando se deflagrou a caçada que teria seu ponto culminante no verão de 1989, Walter sentiu que o fogo poderia chegar a ele e resolveu que o melhor era dar o fora. Mas, no ambiente que se criara por tudo o que tinha acontecido, uma saída clandestina de balsa ou lancha era naquele momento mais que impossível por causa dos níveis de vigilância. E aí começou a luta de Walter para encontrar uma via de escape, um desejo que, sem conhecer as razões mais complicadas do pintor, de início seus amigos assumiram como simples inconformismo e depois como manifestação de sua paranoia, algum tipo de mania de perseguição. Na realidade, era medo.

O leme começou a virar na direção do desastre quando Walter pediu a Elisa que se encontrassem num lugar discreto. Precisava falar com ela sobre algo muito importante. Isso aconteceu justo nos dias em que Elisa estava alimentando o gato da colega de trabalho e tinha à disposição o apartamento de El Vedado.

Na tarde de setembro de 1989 em que se viram no apartamento, Walter estava alterado, talvez necessitado de drogas ou apenas aterrorizado. Naquele momento, Elisa ainda não sabia se entre Walter e seu pai havia alguma relação diferente da que ela propiciara vários anos antes. O que pensaria, sim, com muita insistência, era que o pintor podia ser um provocador que a estava pondo à prova e, através dela, seu pai, pois pretendia que Roberto Correa lhe propiciasse uma maneira de sair do país. O perfil e a história de Walter combinavam perfeitamente com o comportamento de um provocador. Por isso, sem pensar muito, Elisa negou-se categoricamente a conversar com o pai ou com qualquer outra pessoa e acrescentou as palavras mágicas: se Walter voltasse a procurá-la, ela o denunciaria à polícia ou a quem quer que fosse.

A ameaça de Elisa provocou a reação incontrolada do outro, que a segurou pelos braços, a sacudiu e a empurrou, dizendo que, se ela ousasse denunciá-lo, ele denunciaria Roberto Correa como traficante de cocaína: se Elisa voltasse a ameaçá-lo, jurava que ela se arrependeria. Com um último repelão, jogou a mulher na cama do apartamento e saiu repetindo impropérios... para entrar de novo, ainda descontrolado, com um cigarro se mexendo entre os dedos trêmulos, e perguntar a Elisa se tinha visto onde ele deixara a porra do isqueiro. Elisa gritou que fosse à merda de uma vez, nunca mais nessa puta vida queria ver a fuça dele.

Na lista de erros que Elisa cometeria, chegou a vez, então, do pior de todos: quando Bernardo perguntou pelas manchas roxas que ela tinha nos braços, evidentemente provocadas pela pressão das mãos de uma pessoa, ela contou o que acontecera com Walter, como se a confissão fosse um exorcismo. E, sem imaginar nem pretender, soltou a fera. O alcoólatra, o pusilânime Bernardo, saiu à procura de Walter e o enfrentou: disse que, se algum dia voltasse a tocar na sua mulher, ele, Bernardo, o mataria. Walter riu na cara de Bernardo, e Bernardo disse:

– Experimenta se tiver coragem.

Talvez como parte de sua missão de provocador, se é que o era, ou talvez por seu desespero mais que justificado, Walter se aproximou mais que nunca do grupo. Foi a época em que começou a pedir ajuda a Darío para conseguir um visto. Também quando repetia para todos que estava sendo vigiado e soltou em algum momento que a loira Guesty era informante, e muitos pensaram que talvez fosse... E, para acabar de sujar tudo, o pintor teve uma briga com Irving que podia ter terminado numa desgraça maior. Isso era o que todos sabiam, viam, comentavam.

Porque, além disso, houve acontecimentos decisivos dos quais os amigos de Elisa nunca ficaram sabendo. O primeiro foi que ela se atrevera a confrontar o pai com respeito ao que estava acontecendo com Walter, e o homem ficou frenético. Dois dias depois, Roberto Correa alarmaria a filha com uma informação: Walter Macías era um sujeito que a polícia tinha agarrado fazia anos, quando ele cometera uns delitos em Moscou, e ele pagava por sua liberdade contando coisas de todos os que se relacionavam com ele. Funcionava como um miserável delator, um dedo-duro de merda, e, de todo modo, era melhor não o alimentar e mantê-lo longe. Elisa se horrorizou com aquela revelação, finalmente capaz de explicar tantas coisas e de embaçar muitas outras.

A outra conjuntura que os outros não conheciam, e jamais conheceriam, ocorreu numa tarde, três dias depois do aniversário de Clara em 1990. Elisa voltou para a casa dos pais e lá encontrou justamente Walter, com um esparadrapo na sobrancelha direita e o olho roxo, discutindo com Roberto Correa. Elisa se surpreendeu e julgou entender alguma coisa quando o pai disse que aquele homem chegara a sua casa afirmando ter sido enviado por ela. Como Elisa, sabendo o que já sabia, ousava mandar aquele miserável lhe pedir que o tirasse de Cuba, enquanto o acusava de sabe-se lá que estupidezes?, gritou Roberto Correa, e Elisa gritou que não tinha mandado ninguém, e Walter também gritou: ele sabia que Roberto obtinha cocaína em algum lugar e que depois um de seus sequazes a vendia na rua. Ele tinha comprado dessa cocaína. Roberto Correa disse-lhe que não falasse merda e avisou que não tinha medo de Walter e de suas ameaças, que só um louco ou um imbecil podia dizer aquelas sandices. E exigiu que ele fosse embora de sua casa. Que não voltasse nunca mais, ou então ele, Roberto Correa, jurava que lhe meteria um tiro na cabeça e não pagaria por isso. A polícia sabia quem era Walter Macías, qual era sua história: ninguém paga pelos dedos-duros, ele lembrou...

Os gritos de filho da puta, veado, corrupto, dedo-duro, drogado começaram a se cruzar entre os dois homens, e a discussão saiu do controle. Elisa avançou em cima de Walter para tentar tirá-lo da casa, e Walter a agrediu fisicamente pela segunda vez: deu-lhe um repelão que a jogou ao chão com tanta violência que a mulher temeu que o golpe lhe provocasse um aborto. De algum lugar, com uma velocidade inexplicável para Elisa, ela viu de sua posição no chão Roberto Correa com um revólver na mão, apontando para Walter, dizendo em voz baixa, mas em tom de firme ameaça, que, se ele não saísse dali imediatamente, lhe meteria um tiro na cabeça. Colocou-lhe o cano da arma bem em cima do ferimento vedado e golpeou-o duas vezes. E Walter começou a chorar, a suplicar, a pedir perdão...

Depois, Elisa saberia que, horas antes, naquela mesma tarde, o pintor tivera uma briga com Irving e por isso estava com um olho roxo e um curativo na sobrancelha. E naquela noite também foi a última vez que alguém do grupo de amigos viu o pintor... Foi ela, Elisa, a última que o viu, à mercê da arma de seu pai. Os dois fios que ela juntara soltavam faíscas.

Dois dias mais tarde, sem que houvesse mais notícias de Walter nem sobre a razão última de sua decisão, o homem que acumulava duas ameaças de morte apareceria arrebentado na rua, depois de voar pelos dezoito andares de um edifício. E terminou de complicar a existência dos que o tinham recebido em seu Clã e tratado como um amigo pouco ortodoxo, mas, afinal, um amigo.

– E, sobretudo, fodeu com a vida de Elisa Correa – disse Elisa, como se na verdade fosse Loreta Fitzberg e estivesse lembrando, diante de sua namorada e amiga Margaret Miller, a história de uma pessoa que conhecera em alguma de suas outras encarnações, em tempos muito nebulosos, muito distantes. Tempos de escuridão.

8
Os rios da vida

*"Eleggúa tiene veintiún caminos y sus caracoles son veintiuno."**

Natalia Bolivar, *Los orishas de Cuba*

* Tradução livre: "Eleggúa tem vinte e um caminhos e seus caracóis são vinte e um". (N. T.)

Ousadas estruturas de Brunelleschi, campanário de Giotto, afrescos de Giorgio Vasari, mármore branco de Carrara. Esculturas e vitrais de Donatello, intervenções de Michelangelo e gruas desenhadas por Leonardo, mármore vermelho de Siena. Altares de Ghiberti, pinturas de Federico Zuccaro, mais esculturas de Tino di Camaino, mármores verdes de Prato. O poder da Igreja, dos Médici, da fé e da inteligência humanas, ouro, bronze, tijolos: tudo disposto para compor um canto singular à beleza e ao intangível. Uma explosão do sublime. É verdade que estou aqui? Estou vendo tudo isto com meus olhos? Esta é minha vida real ou é um sonho, uma ilusão? Houve algum indício, algum sinal de predestinação para que uma semente lançada num *solar* havanês da *calle* Perseverancia, em meio a centenárias sujeiras acumuladas e cheiros indeléveis de merda, pudesse ser uma flor diante destas flores magníficas?

Darío devorava com os olhos o espetáculo de Santa Maria del Fiore, e nem sequer a evidência física e a percepção sensorial do maravilhoso eram suficientes para que ele o assimilasse. Não era a primeira vez que sentia uma comoção como aquela, marcada pela incredulidade de si mesmo: diante da Sagrada Família de Gaudí, assim que aterrissara em Barcelona, uma sensação semelhante o sacudira; as pinturas reunidas de El Bosco, Velázquez, Rubens e Goya no Prado o atordoaram em seu momento com uma existência tangível, ao alcance da mão, sua mão. A sensação vigorosa de ver o princípio de tantas coisas inundara-o também no monte das Oliveiras, contemplando o pôr do sol sobre as muralhas de Jerusalém, assim como entre as ruínas do Partenon ou diante dos afrescos milenares de Cnossos. A Via Imperial, a Coluna de Trajano e o Coliseu de Roma o tinham comovido da mesma maneira três dias antes, e sempre, sempre, aquelas percepções o faziam perguntar a si mesmo: é verdade que estou aqui? Quem está aqui sou eu? Entretanto, naquele dia precisou acrescentar: era para isso que eu estava aqui?

Desde sua saída de Cuba, oito anos antes, durante a quente primavera de 1992, a existência do neurocirurgião entrara numa dimensão mágica, como a de Alice ao atravessar o espelho e emergir no país das maravilhas. Os primeiros trinta e três anos de sua vida, investidos na ilha natal, sempre cercado de água por todos os lados, logo começaram a lhe parecer remotos, quase alheios e completamente superados, anos demais investidos, dia após dia, numa guerra para tirar a cabeça do lodo escuro e bracejar, espernear. E sempre procurar que não viesse ninguém e o afundasse de novo para obrigá-lo mais uma vez a engolir os detritos dos quais na realidade ele provinha, aos quais talvez estivesse destinado a pertencer para sempre: como o primeiro protozoário. A ameaça de um retorno a seu inferno o mantivera em permanente alerta, disposto ao combate e, chegada a ocasião, propelido para a frente, cada vez para mais longe, até se perder, empenhado em pretender ser outro sem poder deixar de ser ele mesmo. E *por isso* ele estava ali, diante de um prodígio de beleza e glória enaltecido na catedral das flores. *Para que* estava ali ele saberia algumas horas mais tarde, depois de tomar o que naquele instante considerava o melhor espresso que provara na vida.

Sua eficiente mulher, Montse, planejara cada etapa da viagem italiana de nove dias que fazia parte de seus presentes a Darío pelo aniversário de quarenta anos dele (havia um Rolex, uma Montblanc Toscanini e outras coisas assim) e quase teve de tirá-lo arrastado do Duomo para continuar o programa do primeiro dia de estadia florentina, que naquela manhã incluiria o Palazzo Strozzi e terminaria à tarde com a visita à Galeria da Academia. Tudo programado com tempos e horas precisas, deixando o dia seguinte para a interminável Galleria degli Uffizi, o Palazzo Vecchio e o Pitti, com seus cinco museus, e, já no fim da tarde, partida para a escala final do périplo, que ela concebera como duas noites românticas em Veneza. E Montse rira ao ver o arrebatamento de Darío, que a catalã apenas considerava uma clássica comoção estética, mais que explicável num caribenho com tão pouca história atrás de si, pois não tinha uma ideia plena das razões mais recônditas e lacerantes que provocavam a perturbação do companheiro.

Quando saíram do Palazzo Strozzi, a mulher avisou Darío que estava na hora de comer no restaurante Il Latino, especializado na famosa e contundente *bistecca alla fiorentina*, local para o qual fizera reserva um mês antes. O casal, depois de comer e beber bem (uma garrafa de Brunello di Montalcino de oitenta dólares, grapas para encerrar), resolveu procurar um café ao ar livre para tomar um espresso, fazer a digestão da *bistecca* e empreender a exploração programada da Galeria da Academia. O café escolhido, à beira do Arno e nas imediações da Ponte Vecchio, permitia-lhes uma vista privilegiada da cidade pela qual haviam caminhado Dante, Leonardo, Michelangelo, tantos dos Médici, a cidade que um exaltado Darío Martínez, embriagado de superlativos, qualificava como a mais *bellissima* do mundo, enquanto assimilava o golpe do espresso estilo napolitano que ele celebrou como o melhor que havia provado na puta de sua vida, justo no instante em que recebeu outra visão, nunca esperada e suscetível de paralisá-lo.

A mulher loira, de cabelo curto, entre os trinta e trinta e cinco anos, avançava pela rua de braço dado com um homem um pouco mais velho que ela, com uma inconfundível pinta de italiano, inclusive a gola levantada de sua polo Lacoste vermelho-tomate. Ela talvez tivesse engordado algumas libras, que acumulavam mais gordura que a necessária em seus glúteos e seus quadris generosos, sem que o corpo deixasse de ser entre muito atraente e espetacular, de acordo com os códigos estéticos de seu lugar de origem. O que não havia mudado nada nos dez anos em que Darío não a vira, em outro contexto e em circunstâncias muito especiais, era a expressão de assombro que lhe conferia a elevação das pálpebras de seus olhos de boneca.

– Caralho, não pode ser – disse o homem em castelhano e, sem dizer nada a Montse, que o observava surpresa, levantou-se. Abrindo passagem entre uma leva de turistas japoneses, caminhou até o casal formado pelo suposto italiano e a loira bunduda, até colocar-se diante deles. O homem olhou-o com curiosidade elementar, meio desconcertado, mas a mulher loira de olhos assombrados até abriu mais as pálpebras, a ponto de dar medo de que seus globos oculares desorbitados caíssem no meio da rua pela qual também caminharam Giotto, Botticelli, Fra Angelico, Guido Cavalcanti.

– Darío? – perguntou ela, sorrindo.

– Guesty? – Darío afirmou mais que perguntou.

Ela titubeou apenas por um instante e na mesma hora os dois deram um passo à frente e, segurando-se pelos antebraços, deram-se dois beijos nas bochechas, conforme o costume europeu.

Como é possível! É incrível! Quem imaginaria!, eles diziam, e Darío convidou Guesty e o marido, de fato italiano e chamado Giovanni (ela o chamava de *amore*), para se juntarem a ele e Montse e tomarem um ótimo espresso. O casal aceitou, e o italiano e a catalã tiveram de assistir por quinze minutos a um diálogo que, depois das formalidades, excluiu-os como se não existissem. Armou-se um intercâmbio intenso e nostálgico do qual, para Montse e Giovanni, faltavam muitas referências por se remeter a tempos anteriores a suas respectivas aparições na biografia de dois cubanos que tinham se conhecido em outra vida e que, por puro acaso (ou não), se reencontravam numa rua de Florença, tão longe de tudo o que tinham sido, do que poderiam continuar sendo.

Darío contou a Guesty sobre sua saída de Cuba, sua chegada a Barcelona e a sorte que o acompanhara desde então: o doutorado em Barcelona, o trabalho num importante hospital da cidade, a relação com Montse, em quem deu um selinho. Guesty, por sua vez, revelou-lhe seu encontro com Giovanni em Cuba, havia seis anos, quando as coisas no país estavam mais difíceis e como aceitara a proposta do homem de ir com ele para a Itália. Agora morava em Prato, cidade vizinha, onde seu *amore* era dono de uma padaria famosa em toda a Toscana por seus *biscotti* para molhar no café e nos licores doces. Depois Darío teve de fazer para a mulher um resumo dos destinos de seus conhecidos comuns, alguns ainda em Cuba (Clara, seus filhos), outros em diferentes partes do mundo, como o amigo comum Horacio (Guesty também o mencionou como amigo), estabelecido em San Juan de Porto Rico, pai de gêmeas. E foi então que Darío tocou a tecla que alteraria a afinação do concerto e daria seu verdadeiro sentido ao encontro imprevisível.

– Eu nunca teria imaginado você indo embora de Cuba, na verdade – disse o médico.

– Qualquer um vai... Um monte de gente foi... Aquilo não há quem aguente... No entanto, eu não teria dito o mesmo de você... – replicou ela. – Você tinha casa, carro, sua família, lembro que seus pacientes sempre te davam coisas... Você não era militante do Partido?

– Sim... era – admitiu ele.

– E você sempre dizia que devia muito à Revolução, que era muito pobre e tinha podido estudar... E veja só, você não foi embora... desertou. Na verdade, eu também não teria imaginado.

– Fiz igual a outros – defendeu-se ele. – Os que viajavam e não voltavam eram na maioria militantes, ou gente de confiança, como eu... ou você. Porque você era da Segurança, não? Ou era da polícia?

A mulher sorriu sem que seus olhos perdessem as dimensões de assombro.

– Seu amigo Horacio me perguntou a mesma coisa... Vocês acreditaram mesmo? Quem inventou isso foi Walter, tão louco que veja só como terminou. Eu nunca fui nada... Bom, pioneira, quando estava no primário. – E, com um sorriso, imitou a saudação dos pioneiros.

– Pois Walter tinha toda a certeza de que você tinha se aproximado de nós para nos vigiar. Sobretudo ele.

– Vigiar Walter? Para quê? Walter dizia qualquer coisa em qualquer lugar. Mas, no fim das contas, era um louco infeliz. E mau pintor... não é?

– Eu também achava isso... mas outro que dizia que você era policial era Irving.

– Irving?

– Sim, porque ele te viu no prédio dos investigadores da polícia onde ficou preso. Depois do suicídio de Walter... O coitado do Irving ficou enfiado lá um monte de dias, foi interrogado...

– É verdade... Horacio me falou disso.

– Irving te viu num gabinete – afirmou Darío.

– Num gabinete? Eu?... Ai, rapaz, Irving era um histérico... Tinha medo de tudo...

– Mas não mentia... E como você desapareceu depois que Walter se matou...

– Então Horacio não te disse? Ele não disse para vocês que também me interrogaram naquele quartel horrível? E que, por tudo o que aconteceu com Walter, prenderam meu irmão por causa de um cigarro de maconha? Um cigarro e dois anos de cadeia!

– Que história é essa, Guesty?

– História nenhuma... Mas que veado, aquele Horacio... Não contou nada disso a vocês?

Montse e Giovanni moviam a cabeça como se estivessem assistindo a uma inflamada partida de tênis. Os olhos da catalã e do italiano de repente chegaram às dimensões de estupefação que caracterizavam os de Guesty: falavam de suicídios, investigações criminais, filiações policiais, espionagem? Dois anos de prisão por causa de um cigarro de maconha? Montse, tão falante, emudecera, e Giovanni parecia desconfortável na cadeira, fumando constantemente seu fraco charuto toscano.

– Você falou com Horacio? – Agora Darío não estava entendendo. Até onde lembrava, Horacio nunca voltara a mencionar Guesty. – E por que você sumiu, assim, sem dizer nada?

– Porque o ambiente esquentou. Todo mundo ficou com medo, e com razão. Com um morto no meio já não tinha graça nenhuma. Eu, hein...

– Não, não tinha graça nenhuma – admitiu Darío. – Walter destampou um barril de merda. Mas a merda alguém tirou de algum lugar.

– Disso eu não sei... Os disparates de Walter e os desastres de Elisa... Era Horacio que estava obcecado com isso. Havia um rolo entre ele, Bernardo, Elisa e Walter, um caso muito fodido. A polícia também foi atrás de mim, como eu já disse, me levaram àquele quartel para me interrogar, e eu não estava a fim de complicar a vida – acentuou Guesty, que negou com a cabeça e, depois de pegar na mão de Giovanni, começou um movimento, fazendo menção de se levantar. – Que pena tudo o que aconteceu... Bem, nós...

– Guesty, Guesty?... Escuta, por que quando te chamei de Guesty seu marido me olhou tão surpreso?

Darío voltou a olhar para Giovanni, e Guesty sorriu mais e se levantou de vez.

– Porque Guesty era um apelido que eu usava lá e gostava, porque era mais simpático... Quem gosta de se chamar María Georgina?... Mas meu *amore* me conhece por María...

– Ou será que você se chamava Guesty porque foi um nome que inventaram no trabalho? Não? Isso era o que sempre faziam com os dedos-duros, davam-lhes outro nome...

– Ai, pelo amor de Deus... Vai continuar com essa ladainha? Não, estou fora, meu caro... Todos vocês sempre foram uns paranoicos de merda. Todos. E estou vendo que não mudam nem que carreguem um Rolex no pulso... Suponho que seja autêntico, não?

Darío negou com a cabeça, ainda ocupando sua cadeira. Podia ser paranoico e delirante, como dizia a mulher, mas também podia ser que naquele instante tivesse acabado de juntar dois fios que produziam a faísca elétrica capaz de iluminar um espaço escuro de sua vida e da vida de seus amigos. Era verdade que alguém os vigiava e os desnudava com seus informes? Um Alguém que, talvez, tivesse relação com os desastres que marcaram os turvos meses do início de 1990? Alguém que podia ser aquela mulher que sempre lhes parecera elementar, até um pouco boba, aquela mulher que se esfumara e agora passeava por Florença com o marido italiano, dono de uma confeitaria famosa? Ou deveria acreditar que ela também fora vítima da tormenta desencadeada por Walter?

– Eu tinha dúvidas. Ou melhor, não acreditava. Mas agora, sim, acredito que você era uma informante desgraçada – lançou Darío, e olhou por um instante para Giovanni, depois voltou a olhar para a mulher e perguntou: – E você se aposentou ou já era aposentada? Como disse que se chama agora?

– Escuta, idiota, você está louco e falando sandices... Como Walter, louco varrido... Vamos, *amore*! Não estou nem aí pra esse idiota... Louco de merda.

Darío se levantou. Dentro dele, naquele instante, inclusive acima do homem que se sentia enganado em sua confiança, fervia o menino violento que fora havia muitos anos, o menino sobre cujo destino incrível pensara naquela mesma manhã diante do espetáculo da prodigiosa catedral de Florença. Porque, como costumava fazer Olga, sua mãe, aquela Guesty, ou como quer que se chamasse a mulher que durante meses podia tê-los espionado ou não, o qualificara como louco. Louco, você está louco, louco de merda. O que ela sabia de sua vida? Quanto? A mão de Montse pousou, então, sobre a dele e a apertou com força, como um chamado para a realidade de sua existência nova e tão satisfatória.

– Sim, vai embora – murmurou Darío, finalmente, quase admirado com sua capacidade de autocontrole, embora precisando de um desafogo. – Posso ser desertor e louco... mas, se você nos vigiava, então é uma grande filha da puta, dedo-duro e traidora. Não, pode ser que eu não saiba nunca... Mas, se você foi o que estou pensando, e estou pensando muito, quero que se foda a puta da tua mãe, veada! – gritou, e as últimas palavras ricochetearam nas costas da mulher loira, que, mexendo a bunda magnífica, afastava-se depressa, e no rosto do italiano atordoado, que continuava olhando para Darío (era mesmo um louco?) sem entender quase nada do que acontecera diante dele durante uma das horas mais estranhas de sua vida.

Mas nem Giovanni nem Guesty (apelido ou nome de guerra?), na verdade María Georgina, conseguiram ouvir as palavras finais do médico:

– E se não foi... de todo modo quero que sua mãe se foda, filha da puta!

Transformar-se em catalão. Viver e pensar como catalão. Falar catalão. Sofrer ou se deleitar com cada jogo do Barça ("*Més que un club*"*), comer *pa amb tomàquet*** no café da manhã, apreciar o *fuet* e as *butifarras**** catalães, como bom catalão. Odiar o Estado opressor espanhol como um catalão radical, independentista, republicano, irredento. Pensar que eles, catalães, não tinham por que manter com seu trabalho outros espanhóis folgados. Ser mais catalão que os catalães e esconder até de si mesmo sua origem escabrosa e, ao mesmo tempo, tentar não dizer nem a si mesmo, bem sabia, que nunca seria um verdadeiro catalão (nem para ele nem para os catalães radicais e irredentos com os quais Montse convivia) e que na realidade não lhe interessava que o aceitassem como catalão: porque, na verdade, só queria transformar-se em outra coisa, outro Darío, tanto fazia se catalão ou marciano, mas cada vez mais distante do Darío original. Sepultar o passado, contabilizar os ganhos, nunca as perdas. Derrotar qualquer assomo de nostalgia. Que palavra é essa, *nostalgia*? Para que serve a nostalgia?

O fato de ter sido acompanhado pela fortuna (inclusive econômica), alimentada por sua inteligência e sua perseverança de aço, era uma recompensa, repetia para si mesmo. Não se reconhecer burguês, mas viver com os benefícios do *status* econômico e social de um próspero burguês provocava-lhe um regozijo evidente: por isso desfrutava suas casas, seus carros, os objetos bonitos e brilhantes que o rodeavam. Ser um doutor, muitas vezes O Doutor, inclusive O Professor, respeitado

---

* Em catalão no original: "Mais que um clube". (N. T.)

** Tomate cru triturado e bem temperado passado no pão. (N. T.)

*** *Fuet* e *butifarras*: embutidos típicos da Catalunha. (N. T.)

e solicitado, que assinava atestados e prontuários com o modelo de Montblanc desenhado para Toscanini, enchia-o de orgulho e satisfação humana e profissional. Enquanto isso, para entender os fundamentos históricos que constituem uma nação (como a catalã), lia o ensaio de Stálin sobre as nacionalidades e também Gramsci, para se valorizar como intelectual revolucionário. Ou algo desse tipo.

Certas noites de clima agradável, Darío subia em seu poderoso BMW 2003, com porte melhor que seu já descartado Citroën Xantia, nada a ver com o velho Lada soviético que conseguira reparar e recuperar em sua vida cubana. Aquele carro quase se dirigia sozinho e, desfrutando o passeio, costumava ouvir alguma das óperas que Montse o levara a apreciar, ia aos cafés do porto ou até aos da praia de Sitges para tirar uma folga do amor possessivo de sua mulher ("*no me quieras tanto*", às vezes ele cantava sussurrando) e livrar-se das tensões de trabalho do dia. Mas, sobretudo, para ficar sozinho consigo mesmo e com seus pensamentos mais íntimos. A aproximação da chegada de seu filho Ramsés, a quem havia quase quinze anos não via, desde quando era um menino de dez, estava alterando seu ânimo com a recuperação de parte daquele passado do qual ele escapara, como um verdadeiro fugitivo, como se tivesse fugido de uma epidemia mortal.

Com uma dose de rum cubano e um dos *habanos*, muitas vezes vindos da ilha (o que é bom é bom, não importa de onde venha), com que alguns de seus pacientes insistiam em presenteá-lo como quando estava em Cuba, ficava duas horas em alguma mesa de bar, de frente para o Mediterrâneo, examinando a si mesmo, como se ainda tivesse necessidade de se convencer de alguma coisa. O que havia obtido nos anos de exílio compunha uma lista tão grande que às vezes lhe parecia mentira e formava uma montanha por trás da qual ficavam, invisíveis, as feiuras materiais e espirituais de sua vida arduamente cancelada. E ele fumava, bebia seu *añejo**, comemorava sua vitória.

Muitos anos antes, Darío decidira que morreria sem contar a ninguém os detalhes mais macabros do início de sua trajetória de vida. Nem ao velho amigo Horacio, que ele conhecia desde menino e lhe indicara o caminho da salvação; nem a Clara, sua mulher por quinze anos, a pessoa que lhe abrira as portas de uma primeira passagem para um mundo limpo e bem iluminado, com os atributos necessários para extravasar todos os sonhos; nem sequer aos filhos, Ramsés e Marcos, tão afortunados por terem nascido onde nasceram; muito menos a Montse, criada em berço de ouro: a ninguém revelou nem revelaria os detalhes de seu horror. Os anos de uma infância vividos à mercê de uma mãe capaz de

---

* Rum amadurecido do qual são eliminados os álcoois mais pesados. (N. T.)

qualquer crueldade, que o odiava e via nele o resultado de sua humilhação. A amargura, sempre disposta a regurgitar, de anos vividos no espaço mínimo do quarto do *solar* com paredes e teto rachados, rodeado por tanta gente degradada pela marginalização e pela pobreza, homens e mulheres que o olhavam sem o ver e nem sequer tinham a capacidade de se compadecerem dele: porque muitos deles tinham perdido até a noção da compaixão, e para eles o menino Darío, simples e logicamente, estaria destinado a ser como sua mãe e como eles, os miseráveis econômica e, sobretudo, moralmente.

Com o primeiro lampejo de inteligência que lhe permitiu começar a entender sua situação e compará-la com a de outros garotos, como seu amigo Horacio, Darío costumava perguntar-se por que lhe coubera aquela sorte. Sua mãe, Olga, fora estuprada aos catorze anos e, no ato, engravidara. Quem fora o estuprador e, por conseguinte, seu pai, ele nunca soube, embora a mãe costumasse lhe dizer que ele era "igualzinho" ao filho da puta de seu progenitor. Depois, por que motivo sua mãe, uma ignorante quase analfabeta, não interrompera a gravidez não desejada, ainda por cima forçada, também não saberia, ainda que pudesse tentar deduzir as razões ligando-as a essa ignorância, ao medo ou a uma suprema irresponsabilidade.

O mais tenebroso fora que, como resultado de uma procedência violenta e cruel, a mulher maculada via nele a encarnação de sua desgraça e se comprazia em devolver ao menino, multiplicada, a violência e a crueldade de sua origem. Desde que tinha lembrança da sensação de dor, foram tantas as surras que levou dela, por qualquer ou até nenhum motivo, que em certo momento o menino se tornou imune à dor. Os gritos, deixou de ouvi-los. A fome chegou a ser um estado natural para ele, uma pressão que mal se saciava com copos de água com açúcar, um pedaço de pão e as sobras para cachorros que a progenitora às vezes lhe trazia do refeitório operário onde ela trabalhava. Cada uma dessas agressões o calejou e até o fortaleceu.

Entretanto, o mais terrível, o indelével, foram os vexames a que a mulher o submetia, como seu castigo predileto de tirar-lhe a roupa e sentá-lo num banquinho no corredor do *solar* e deixá-lo ali, sob o sol e o sereno, com chuva ou frio, até esquecer a razão da punição. Ou quando, aos gritos, o chamava de louco e zombava quando ele insistia em ir para a escola e lhe pedia que comprasse pelo menos a roupa do uniforme e que não usasse a faixa de pioneiro para limpar a mesa: você é louco, está louco, um louco varrido como seu pai, ela repetia, e aquela agressão materna era a ofensa mais dolorosa. Que depois, quando o espicaçavam, o faria reagir como um louco.

Uma negra muito velha, casada com um galego também muito velho – assim Darío os recordava, embora nenhum dos dois chegasse aos sessenta anos –, moradores do último quarto do *solar*, foram sua mais recorrente tábua de salvação e as pessoas que lhe deram a noção de que, pelo visto, no mundo também podia existir a bondade humana. Com eles às vezes comia e, quando sua mãe fechava a porta e o deixava para fora, muitas vezes nu, eles o recolhiam como se fosse um cão vira-lata; além disso, durante anos guardaram os cadernos e os lápis que ele levava à escola que frequentava perto dali.

Depois, quando Darío tinha uns oito anos, apareceu o providencial Lázaro Morúa, um mulato motorista de ônibus e *santero* que se juntou com sua mãe, cancelou o castigo da nudez pública e o protegeu quanto pôde durante os três anos que viveu perto dele. Foi aquele homem de muito poucas palavras e nenhum gesto de afeto que o induziu à prática do judô e à aprendizagem de sua filosofia. Lázaro Morúa também foi quem lhe disse que ele, Darío, era um filho clássico do deus Elegguá, o orixá africano que cuida dos vinte e um caminhos da terra, pois tem as chaves do destino: com essas chaves, ele afirmou, se abrem ou se fecham as portas para a desgraça ou para a felicidade. Só é preciso saber usá-las.

Quando teve idade suficiente e pôde começar a analisar quem era, de onde vinha e para onde poderia ir, Darío sempre achou que parecia resultado de um milagre sua vida não ter acabado reproduzindo a de sua mãe e dos moradores do *solar*, ou de seus amigos de infância no bairro, como Pepo, aos doze anos recolhido a um reformatório juvenil, ou Beto, condenado a trinta anos de detenção por assassinato e, por sua vez, assassinado na prisão, aos vinte e dois. Talvez porque nas horas passadas no colégio ele se sentisse a salvo de sua outra vida e procurasse permanecer no prédio todo o tempo possível, nas salas de aula ou na discreta biblioteca; talvez porque, devido a um fenômeno genético muito difícil de explicar, o menino tivesse a capacidade de aprender e memorizar as aulas só de ouvi-las uma vez, e as leituras, de fazê-las em uma só oportunidade; talvez porque a feroz diretora de sua escola primária, obcecada por disciplina, se comovesse com a magreza do aluno, com as manchas roxas que frequentemente ele exibia em qualquer parte de sua anatomia e com os sapatos de solas amarradas com arames com os quais um dia ele foi à aula e, desde então, se encarregaria de vesti-lo e calçá-lo com as roupas e sapatos que se tornavam pequenos para seus filhos; sem dúvida porque nascera num país onde até um pária como ele tinha garantida uma boa escola primária, uma escola secundária melhor, um possível acesso à universidade, opções que Darío aproveitou e esgotou.

O insólito foi sua capacidade precoce para descobrir que sua possível salvação estava nele mesmo (as chaves do destino que os filhos de Elegguá têm?), e uma vez que teve essa percepção praticou-a conscienciosamente. E tanto a praticou que, desde o terceiro ano primário até sua graduação na faculdade de medicina, todos os anos foi o melhor aluno da classe e logo aliou o respeito acadêmico ao respeito físico que chegou a inspirar aquele "magrinho desconjuntado" com quem ninguém mais quis brigar, não porque ele soubesse algumas chaves de judô, mas porque, diferentemente dos outros adversários, não tinha medo de dor nem de sangue e, por isso, era invencível.

Foi na pequena biblioteca da escola primária onde Darío se refugiava que ele encontrou o outro bicho raro do colégio: um mulatinho claro chamado Horacio, que já lia romances e à tarde estudava inglês e datilografia. Com Horacio, começou a compartilhar e comentar leituras, a repassar as aulas de idioma que o outro tinha, e logo se tornaram amigos. A casa do colega, onde ele morava com a mãe e a irmã, um lugar modesto, mas com banheiro próprio e no qual as baratas não corriam por todo lado, transformou-se no novo refúgio onde Darío se protegeu de vários furacões, como o que provocou o rompimento de sua mãe com o mulato motorista de ônibus e babalaô, uma crise que passou inclusive por uma tentativa de espancamento materno à qual o menino, já com onze anos, respondeu com golpes defensivos que, além da fratura do septo nasal, renderam à mãe a convicção de que já não podia ganhar aquelas batalhas porque o filho era mais forte que ela, em todas as áreas. Curiosamente, sua capacidade de resposta física acabou sendo o princípio de uma relação de tolerância que, desde então, a mãe teve com ele e ele teve com a mãe, quem, apesar de tudo o que sofrera, Darío nunca teve vontade de odiar, mas também não conseguiu amar nem, menos ainda, perdoar.

A que distância tinha chegado? A quantos anos-luz encontrava-se o doutor das Montblanc do menino nu no corredor de um *solar* havanês? Caralho, quem poderia criticá-lo pelo fato de, diante da iminência de uma derrocada, ter-se mandado sem olhar para trás e viver como vivia agora e até pretender ser catalão e nunca mais cubano, inclusive o cubano que ele fora e que graças a essa condição de cubano pudera tornar-se médico naquele país descomedido chamado Cuba? Ele se perguntava, fumava seu *habano*, tomava seu *añejo* destilado em Santiago de Cuba, olhava o Mediterrâneo e dizia a si mesmo que podia enganar o mundo, mas não enganar a si mesmo, porque jamais deixaria de ser o que sempre fora: um adventício que subiu na vida. Um sobrevivente. Um afortunado, em suma. E que talvez fosse verdade que em seus bolsos os deuses tinham colocado as chaves do destino e ele tivera a força necessária para abrir as mais intrincadas comportas.

Antes que o portão metálico da cabine de imigração do aeroporto de Havana se fechasse atrás dele, a última coisa que o emigrante Ramsés Martínez Chaple tinha visto fora o rosto de sua mãe banhado em lágrimas silenciosas. Doze horas depois, quando se abriram as portas de correr do aeroporto de Madri, a primeira coisa que o jovem emigrado avistou foi o rosto de Irving, imediatamente úmido de lágrimas. E, apesar das muitas diferenças de cenário e das evidências de que se deslocara no tempo, no espaço (subira no avião na sexta-feira e descera no sábado; em Havana a temperatura era de vinte e seis graus e em Madri, dez e estava baixando) e até em sua condição jurídica e nacional, acompanhou-o uma sibilina sensação de que não saíra do lugar.

Catorze meses trabalhosos de gestões, trâmites e pagamentos Ramsés levara para poder concretizar sua decisão de sair de Cuba. Antes do momento de pedir licença acadêmica no Instituto Tecnológico onde cursava o quarto ano de engenharia elétrica, Ramsés consultara o pai para saber se ele estava disposto a iniciar o trâmite de chamá-lo alegando reunificação familiar, a via mais expedita para ele, e um Darío carregado de sentimentos de culpa imediatamente enviou uma resposta afirmativa. Mas o processo pelo qual o jovem teve de passar entre os gabinetes do Ministério da Educação, os da Diretoria de Imigração cubana e o consulado espanhol, para os quais sempre faltava um documento, um selo, uma assinatura, uma autenticação do cartório, foi árduo como sempre era, como se aquelas instâncias trabalhassem em íntimo contubérnio para tornar mais difícil uma viagem que se configurava sem retorno, com enganosa precisão qualificada como "saída definitiva do país".

Quando teve em mãos o visto espanhol e a passagem para Madri comprada por ele mesmo com o dinheiro economizado e o que juntou com a venda de seus pertences, Ramsés pôde começar os preparativos para a viagem. Na casa de Fontanar, receberam naqueles dias a ligação de Irving, que informou a Clara e Ramsés que, conforme combinado com Darío, ele se encarregaria de receber o rapaz em Madri e, para que conhecesse a cidade, ficaria alojado durante dez dias com ele e Joel no estúdio de Chueca (num sofá-cama muito confortável). Depois, o jovem seguiria viagem para Barcelona, de trem. E, como estavam em pleno inverno, Irving também informou, ele e Darío já lhe tinham comprado abrigos, botas e até uns cachecóis assim, sem florzinhas, muito masculinos, que ele mesmo escolhera, além do mais aproveitando umas liquidações finais do comércio. E ratificou que estava se sentindo muito feliz de acolher seu querido Ramsés.

Assim que aterrissou, devidamente agasalhado, Irving e Joel levaram o jovem a um primeiro reconhecimento de Chueca, para tomar umas cervejas ou uns vinhos no bar favorito de Joel, na *calle* Pelayo. Durante o percurso e ao longo da noite, Ramsés manteve uma atitude neutra, quase distante com relação ao mundo desconhecido e muito animado que o rodeava. Cada vez que Irving, entusiasmado e feliz por ter o rapaz no que agora eram seus domínios, perguntava o que achava de alguma coisa (o metrô de Madri, uma loja, uma confeitaria, um bar, o cachecol de lã sem florzinhas), Ramsés, que pela primeira vez na vida usava um cachecol e um casaco acolchoado, andava de metrô ou tomava uma cerveja sem receio de que a bebida acabasse, só dava duas respostas. "É bonito(a)" e "Está bem (bom)" foram suas qualificações, como se tudo o que entusiasmara Irving, à sua chegada, como grandes descobertas, para o jovem fizesse parte de uma paisagem conhecida, mais ainda, trilhada.

Como Joel tinha turno de trabalho no domingo de manhã, Irving resolveu alterar uma das condições de seu rito semanal e incluir o recém-chegado em sua visita ao Retiro para depois convidá-lo para almoçar no Museo del Jamón, muito impressionante (especialmente para os cubanos recém-chegados), nas imediações da Puerta del Sol. Desceram por Fuencarral e saíram na Gran Vía para continuar por Alcalá, contornar La Cibeles, dar uma olhada no Recoletos e no Prado, passar ao lado da Puerta de Alcalá e entrar no El Retiro. E, a cada pergunta entusiasmada de Irving, Ramsés dava as mesmas respostas da noite anterior: tudo era bom e bonito.

Com o pretexto de respirar e aproveitar o calor do sol, Irving indicou o banco apropriado, perto da fonte *O anjo caído* diante da qual ele aportava todos os domingos. Lá, com uma loquacidade exasperada pelo mutismo do jovem, Irving lhe falou alguma coisa da escultura de representação diabólica, da origem do parque del Retiro, e exaltou com mais insistência as maravilhas de uma Madri onde até no inverno era possível o sol brilhar em manhãs esplendorosas como aquela, a cidade na qual ele, Irving, encontrara seu paraíso particular (talvez um pouco mais frio no inverno e quente no verão do que deveria ser um paraíso). Enquanto isso, Ramsés assentia, sorria, olhava e repetia que as coisas eram boas e bonitas.

– E falando como os loucos... – Irving deu-se por vencido, desistindo imediatamente de dar o rodeio que pretendia. – Que porra está acontecendo com você, rapaz? Nada te impressiona, você não diz se quer alguma coisa nem mesmo parece que está com frio, garoto!...

Ramsés sorriu de novo.

– Claro que estou com um frio danado, Irving, e fico impressionado com essas coisas tão... bonitas... Lembre-se de que tenho vinte e cinco anos e nunca tinha viajado nem para a ilha de Pinos, que cresci num país que estava caindo aos pedaços...

– E daí? Já está com saudade de Cuba e de seus pedacinhos?

– Acho que nunca vou ter saudade. Não fui embora fugindo de nada, não sou traumatizado com nada, nem com as coisas que passamos quando eu era moleque... Fui embora porque queria e não sei se algum dia vou voltar.

– Não se adiante aos acontecimentos. Nunca diga nunca – falou Irving e, na mesma hora, sentiu-se ridículo esbanjando suas frases feitas. – Por melhor que você chegue a estar, o exílio é uma desgraça.

– Eu sei o que quero, Irving, e até creio que sei como conseguir... Não sou exilado, mas alguém que vive em outro lugar... De Cuba, sei que vou sentir muita saudade da minha mãe, do meu irmão, também de Bernardo, claro. Do velho Dánger... e de mais nada. Porque meti na cabeça que não tenho nada mais do que sentir saudade e sei o que quero ganhar e receber. Vou ter de me foder muito, mas vou conseguir. E para isso o melhor é não arrastar pesos. Por isso nem deixei namorada em Cuba. Há um ano me separei da última que tive... Não vou ser como você, não sou como vocês.

Irving observou o jovem e pensou no peso imenso de suas palavras. Tinha visto Ramsés nascer e depois o vira crescer até se tornar o adolescente de quem se despedira ao sair de Cuba. Um rapazinho inclusive sério demais, sempre responsável, muito concentrado, o oposto do expansivo Marcos, seu irmão. Também empreendedor, focado no que queria conseguir e, ao mesmo tempo, pronto a realizar gestos de bondade como o que teve com ele, ao entregar suas economias para que Irving pudesse viajar. Mas só naquele momento, ao ouvi-lo fazer sua desconcertante declaração de princípios, teve a percepção de que na realidade não o conhecera nem o conhecia. De que talvez ninguém conhecesse Ramsés. E saber que um jovem cubano como ele podia pensar daquela maneira o aterrorizou. O que tinha acontecido para que alguém chegasse a falar e pensar como Ramsés? Os rapazes de sua idade eram pragmáticos e frios daquele jeito? Em Cuba ou no mundo todo?

– Seu pai vai te ajudar... Eu não posso fazer mais que isto. Joel e eu vivemos com o justo. Também aqui a vida não é fácil, como muita gente de lá imagina... Bom, você viu o estúdio e...

– E agradeço muito o que está fazendo por mim. E meu pai... Sim, talvez me ajude, mas ele já fez o que tinha de fazer. Me tirou de Cuba.

– Seu pai é um sacana, mas gosta muito de vocês.

– Eu sei as duas coisas... Mas só vou ficar uns dias com ele em Barcelona. Sei que não posso morar com ele. E menos ainda com a fronteiriça da mulher dele.

A contragosto, Irving não pôde deixar de rir.

– Montse é boa pessoa. Um pouco louca, mas generosa e nada fronteiriça... parece que é uma raposa para fazer negócios. Ela ajudou muito Darío. Os dois cismaram com essa história do independentismo, mas não são perigosos nem contagiosos, as pessoas não fazem muito caso deles – acrescentou e riu um pouco mais. – Veja só, sair de Cuba, onde tudo acaba em política, para falar a toda hora de política aqui... tem de ser louco.

– Não me importa como eles pensam. Acho que estão no direito deles. O que não posso admitir é que me digam como eu devo pensar. Não permiti isso nem à minha mãe... nem permitiria a ninguém em Cuba. Sabe que desde os dez anos eu me mantenho com meu trabalho e meus negócios?

Irving confirmou com um gesto e, depois de pensar uns instantes, se arriscou.

– E essa pulseira que você tem?... – perguntou e aproximou a mão para levantar a manga do casaco do jovem e expor o cordão de contas redondas em azul da Prússia e coral.

– Me fiz santo há seis meses. Ochosi... Mago, adivinho, caçador e pescador. Mas principalmente guerreiro.

– Eu não sabia...

– Não é para espalhar – disse Ramsés.

– Caralho. Agora em Cuba todo mundo acredita em alguma coisa em que antes não podíamos acreditar. Você acredita em milagres?

– Não espero nenhum milagre. Mas acreditar em alguma coisa dá confiança. Ochosi me dá forças... E sei que vou precisar. Acho que por isso me fiz santo.

Irving, que nunca conseguira acreditar, assentiu e olhou por alguns instantes a escultura do anjo caído. Desde que teve certeza de ter visto Elisa e a adolescente que sem dúvida devia ser sua filha, sempre que observava as figuras de bronze pensava no momento muito sórdido em que sua amiga de alma lhe interceptara o caminho do reencontro. Ramsés também pretendia romper com tudo?

– Às vezes, acho que o melhor é fazer como você está pensando em fazer. Esquecer tudo, não ter saudade de nada. Mas não consigo deixar de pensar em Cuba. Todos os dias, sempre, há dez anos...

– E isso adianta alguma coisa?

Irving olhou para o jovem. Trazia tudo pesado e medido, tudo calculado?

– Na verdade, não... Às vezes penso que é como uma maldição... Pode-se saber o que você tem em mente?

– Vou terminar meus estudos de engenheiro. Mas antes preciso fazer umas pesquisas e umas ligações.

– Isso não é fácil, Ramsés.

– Não precisa ser fácil. Se for possível, está bom... De todo modo, é o que vou fazer.

– Você está muito seguro de si.

– Minha cabeça e essa segurança são a única coisa que tenho. Se não morremos de fome em Cuba quando meu pai foi embora para fazer o que tinha de fazer e não tinha nem onde cair morto... Do que eu haveria de ter medo? Do escuro?

– Você não perdoa Darío por ter ido embora?

– Não tenho de perdoá-lo. Ele fez o que achou que devia fazer, o que tinha necessidade de fazer. Sei que ele tinha suas razões... Não é questão de culpas e perdões. É questão de responsabilidade, que é diferente, não é?

– Sim, eu acho – murmurou Irving, lamentando ter aberto a trilha por onde estava avançando uma conversa que era para ter sido leve e alegre e derivara para territórios intrincados.

Porque Irving sabia que havia gente que se empenhava em se fechar no ódio e transformá-lo numa estratégia de defesa. Outros, como ele, sentiam-se culpados por deixarem para trás afetos, memórias, cumplicidades e não tinham defesa, só justificações, reais ou imaginárias. Outros ainda iam embora de Cuba, mas nunca completamente. Alguns que se comportavam de acordo com códigos diferentes, como o próprio Darío e, pelo visto, também Elisa. E Ramsés? Algo lhe dizia que o jovem tão radical e seguro de si definitivamente não era como ele, ou como seu pai, nem como Horacio, e que sua relação com o país natal seria diferente, muito menos traumática. E reafirmou a convicção de que ele, Irving, voltava a sentir-se sem recursos para garantir como era, quem era Ramsés. *Santero*, ainda por cima! Parecia cada vez mais óbvio que não conseguiria desvendá-lo, pelo menos por enquanto, e empunhou a bandeira da capitulação.

– Outra vez falando como os loucos… Você já está com fome?

Ramsés olhou para ele e apertou os olhos, como se precisasse focalizá-lo melhor.

– Caralho, Irving, o que está me perguntando? De onde você saiu, porra?… Eu sempre estou com fome, velho!

A última vez que se viram Ramsés era um menino de dez anos e Darío era um jovem médico de trinta e dois. Os homens de vinte e cinco e quarenta e sete que se abraçaram no saguão da estação de Sants eram agora duas pessoas que só se conheciam por cartas, mensagens, fotos e ligações telefônicas, mais frequentes no último ano e meio devido às gestões da migração do filho. Darío, tomado pela vergonha, chorou ao vê-lo, ao re-conhecê-lo, e com as mãos segurou-lhe o rosto para beijá-lo nas faces e na testa, enquanto repetia "Meu Deus, meu Deus" e sentia as pontadas de todas as suas culpas. Ramsés abraçara um homem maduro, enfurnado numa jaqueta esportiva de lã escocesa com a identificação de uma marca comercial exposta no peito, com sobrepeso e a cabeça agora raspada, e a memória de seus braços notou a diferença com relação ao corpo magro e definido da despedida, que acontecera quinze anos antes, quando o pai lhe pedia que cuidasse muito da mãe, do irmão e do bananal plantado no quintal de Fontanar.

No bar da estação onde tomaram um café e no caminho para o apartamento do Eixample, a bordo do BMW de Darío, o pai submeteu o filho a um interrogatório de segundo grau sobre suas primeiras impressões da Espanha – Ramsés resolveu as questões quase sempre com a fórmula aplicada ante as reclamações de Irving – e, diante da escassa loquacidade do rapaz, descarregou sua ansiedade sobrecarregando-o de informações que transitaram do campo turístico à reafirmação nacionalista catalã, enquanto fazia a lista das belezas de Barcelona e da Catalunha, que Ramsés conheceria imediatamente, pois conseguira uma semana de férias com a diretoria do hospital.

Montse, vestida como para uma festa, penteada e maquiada no salão de beleza, esperava-os no amplo e, para os códigos de Ramsés, luxuosíssimo apartamento de cuja sala viam-se as cúspides das torres da Sagrada Família. Depois de lhe dar as boas-vindas e reiterar que ele estava em sua casa, a mulher informou que a mesa estava posta para o almoço preparado por Helena, a senhora romena encarregada dos serviços domésticos. Mas, antes de almoçarem, Montse insistiu em lhe mostrar o apartamento, num percurso que ela fez de braço dado com Darío e terminou no quarto que haviam destinado ao jovem, com banheiro próprio e uma pequena sacada para a rua, da qual, inclinando-se um pouco, Ramsés também via as agulhas do templo impressionante, conforme lhe mostrou a amável Montse depois de soltar o braço do marido.

– E você não fuma, não é?

– Não, não fumo.

– Ainda bem... É que sou alérgica a tabaco... e a fumantes – disse ela, olhando de soslaio para o marido e sorrindo, talvez satisfeita com sua engenhosidade verbal.

A semana de passeios, excursões, jantares em restaurantes foi intensa e, em alguns momentos, extenuante, pois Darío insistia em que precisavam aproveitar ao máximo seus dias livres. Ramsés conheceu os lugares emblemáticos da cidade, assistiu a um jogo no Camp Nou, visitou povoados e cidades das costas do Garraf e do Maresme, e duas noites eles dormiram no apartamento de Segur de Calafell, um dos orgulhos de seu pai e de Montse. Na loja El Corte Inglés abasteceram o recém-chegado das roupas e dos sapatos de que precisaria e lhe compraram o primeiro celular que Ramsés teria na vida. O jovem insistia em que só comprassem o realmente necessário e lhes agradecia os presentes, que qualificava como "bons" ou "bonitos".

Ao longo daqueles dias, como se tivessem feito um acordo, pai e filho tentaram evitar os assuntos pendentes do passado, embora fosse inevitável roçarem em alguns temas espinhosos. Darío empenhou-se em conhecer o filho, saber de suas preferências e expectativas, perguntou-lhe muito por Marcos e nada pela pulseira multicolorida presa em seu pulso. O homem ainda achava um milagre da natureza o fato de Clara e Bernardo serem um casal e, ao perceber um tom irônico em suas palavras, Ramsés o fulminou com sua opinião:

– Acho que foi a melhor coisa que aconteceu na vida aos dois. Creio que mami é feliz e isso sempre vou agradecer a Bernardo, que é a melhor pessoa que conheço. Depois da minha mãe, claro.

Ramsés, por sua vez, também tentou conhecer o homem em que se transformara a imagem nebulosa do pai permissivo e ativo, que nem nos piores desmandos infantis jamais reprimira os filhos com agressões físicas. Um retrato favorável de Darío que, ao longo dos anos e apesar de tudo o que acontecera, o jovem sempre preservara, sobretudo graças ao empenho de Clara. Mas logo descobriu como a lembrança estava longe do presente.

O homem que, a cada oportunidade propícia, agora se comunicava em catalão, chegou a lhe parecer uma caricatura ruim de si mesmo. Sua propensão a comentar temas de política local, que em geral derivavam para a militância nacionalista republicana com pretensões esquerdistas professada por ele e sua mulher, chegou a lhe parecer algo ridículo, uma encenação. O modo de vida do casal era ofensivamente burguês para alguém com a experiência de vida de Ramsés, marcada por carências e sacrifícios. Aqueles que se reconheciam como revolucionários limpavam a bunda com o papel norueguês mais caro do mercado, mandavam trazer seu vinho de uma adega específica e muito exclusiva de La Rioja, o azeite de oliva de Jaén e só comiam em casa o presunto *bellota* Isidro González Revilla, um dos mais caros da península, sem mencionar detalhes simples como o fato de que La Rioja, Jaén e Salamanca, para não falar em Oslo, não eram territórios catalães. Mas o rapaz resolveu não julgar, não queria e não devia fazê-lo: seu pai e Montse pensavam com e agiam de acordo com sua vontade e suas convicções. Além do mais, ao menos pelo que era vísivel, o pai também parecia feliz, tinha o que tinha graças a sua inteligência, e sua relação com Montse e seu mundo talvez também tivesse sido o melhor que acontecera a um homem cuja vida passada, o jovem sabia, podia ser comparada à de alguns personagens de Dickens.

Na última noite livre de Darío, o pai e o filho foram jantar sozinhos num restaurante da Villa Olímpica (Montse alegou uma oportuna dor de cabeça), um lugar luminoso de cujo salão se pressentia, mais que se via, a extensão escura do Mediterrâneo, para além dos cordames dos iates de recreio ancorados na marina. Antes de sair para a rua, Ramsés suspeitara que o tempo de distensão chegara ao fim e quase agradeceu: sua vida não seria de férias eternas entre o "bom" e o "bonito" de Madri e da Catalunha, pois ele necessitava fazer sua aterrissagem definitiva num presente a partir do qual delineasse o futuro. Mas antes, bem sabia, era preciso acertar algumas contas pendentes do passado.

Darío pediu uns mariscos caríssimos, uns animais vermelhos cuja existência zoológica Ramsés não conhecia, e um *albariño* branco quase gelado que limpava e preparava o paladar para o próximo bocado: um luxo que teria dado para viver um mês, ou mais, na casa de Fontanar. Quase ao terminar o prato, Darío lembrou o filho de que no dia seguinte poderia dedicar menos tempo a ele, pois o hospital lhe consumia muitas horas e os dias em que tinha sala de cirurgia em geral eram extenuantes, apesar das excelentes condições em que fazia seu trabalho de abrir crânios e remexer medulas e vértebras.

– Claro que não me queixo, é o que gosto de fazer. Por isso saí de Cuba – afirmou, abrindo as comportas da represa.

– Em Cuba você também fazia isso – lembrou-lhe Ramsés.

– Lá eu tinha chegado a meus limites e ia me atolar. Ou pior. Veja sua mãe, Bernardo. Por isso Horacio foi embora. E Liuba e Fabio, coitados…

– Todo mundo tem suas razões. E não as critico.

– Tudo lá estava virando merda. E a gente só tem uma vida, Ramsés, você sabe… E a minha em Cuba estava virando merda, como o país. Minha vida ia embora pelo mesmo ralo… No hospital me tratavam como soldado, não como médico. Eu estava paranoico, desencantado…

– Desencantado de quê?

Darío pensou por um instante.

– Do modo como estava levando minha vida… De depender sempre do que os outros decidissem. Isso. Estava cansado.

Ramsés assentiu e deu mais um passo.

– Você sabe que não me interessa falar em política. Não fui embora por nada político nem tinha nada do que me desencantar. Por isso entendo perfeitamente os que ficam lá, fazendo o que acreditam que devem fazer… E agora me desculpe por perguntar isso, mas quero saber… Que problemas você tinha com mami? Me lembro de ver vocês discutindo e gritando… Se não quiser, não precisa responder nada.

Darío ficou em silêncio, observando o filho. Como se não devesse uma resposta, lavou os dedos sujos de mariscos numa vasilha de água com limão que o garçom tinha trazido e depois se limpou com uns lencinhos perfumados. Cheirou os dedos, não ficou satisfeito, tirou outro lencinho umedecido e limpou debaixo das unhas. Voltou a cheirar os dedos e pareceu mais contente com o resultado.

– Claro que não vou te contar minha vida íntima… Bom, sua mãe e eu tínhamos perdido… vamos lá, digamos… a paixão. Morávamos juntos, dormíamos na mesma cama, mas quase já não éramos um casal.

– Nunca falei disso com mami. Se você me contar, sua versão é a única que vou ter…

– Quer que eu te conte?

– Eu gostaria. Também foi por causa dela que você fugiu?

Agora Darío olhou para onde ficava o mar.

– Sim, também. Não íamos durar muito mais. Íamos nos separar…

– Porque não havia paixão?

– E por outras coisas que eu nunca soube bem e das quais não vou te falar. Coisas de marido e mulher. Só vou te dizer que acho que Clara já não estava apaixonada por mim. Às vezes, penso e acredito que talvez nunca tenha estado. O que se chama apaixonada, apaixonada... Como parece que agora ela está por Bernardo, segundo me disseram... Discutíamos muito, começamos a nos machucar, e eu me obcequei em sair para fazer meu doutorado, convencido de que a partir daí poderia acertar minha vida.

– Com outra mulher?

– Não havia nenhuma concretamente... Mas eu sabia que, se ficasse em Cuba e me separasse da sua mãe, teria de ir embora de Fontanar.

– Estava aguentando viver com ela para não sair de Fontanar?

– Sim – admitiu Darío. – Parece feio, mas foi assim. Se a deixasse, não teria para onde ir. Você sabe como é lá...

– Imagino... Ou não imagino te ver morando de novo no quarto do *solar* da avó Olga.

– E você está certo. Eu nunca voltaria. Preferia me enforcar numa árvore a voltar à merda e ao que tinha sido minha vida, àquilo de que eu tinha fugido desde sempre.

– Porque você era um médico, um neurocirurgião.

– Sim, mas principalmente porque tinha conseguido ser uma pessoa quase normal e não um monstro, que era o que me caberia... Ou um louco... Olha, Ramsés, eu queria falar de você, não de mim, do que vamos fazer. Por favor, não me interrogue mais. Há assuntos que enterrei há muito tempo.

– Tudo bem... mas antes preciso entender algumas coisas. De você, de mim, do que você decidiu fazer. Não vou te julgar, juro. Só quero entender.

– Olha, meu filho, para entender você teria de saber o que foi minha vida naquele *solar* e com aquela velha, que agora pode ser que inspire respeito e até pena, porque é uma velha, aquela pessoa que é sua avó porque é minha mãe e que, se ainda está viva, é por causa do dinheiro que mando daqui todos os meses. Um dinheiro graças ao qual agora ela vive melhor que nunca... Não, você não vai entender, porque, mesmo que com dez anos você tenha sido obrigado a plantar batata-doce e banana e criar coelhos e a comer aquela coisa infame que era o picadinho de soja que vendiam em Cuba, tudo isso é, não sei, como uma aventura, uma diversão meio fodida, é verdade, mas que não chega nem perto do que eu vivi... Contente-se em saber que sei, sim, o que é estar no inferno. Você e Marquitos no máximo estiveram no purgatório. E estiveram lá de mãos dadas com Clara.

Ramsés percebeu que a voz do pai arrastava uma ira profunda, uma dor visceral, e o entendeu, porque, embora Darío nem imaginasse, seu filho sabia as razões. Ainda assim era sua vida, o que fora sua vida, e Darío tinha direito de advertir que só pertencia a ele.

– Vamos ao terraço – propôs o pai e, em catalão fluente, pediu ao garçom dois cafés puros e duas doses de aguardente de ervas.

Numa mesa de frente para o mar, protegidos do relento por um generoso guarda--sol, tomaram o café e Darío acendeu o Montecristo cubano escolhido para a ocasião.

– Montse sabe que você fuma?

– Sabe que de vez em quando fumo charuto. Mas tem de ser um charuto bom, melhor se for cubano. Os dominicanos não são ruins...

Ramsés sorriu e assentiu.

– Você não me perguntou por isto – disse, então, o jovem e levantou o braço esquerdo em cujo pulso usava a pulseira ritual de sua iniciação religiosa.

– Porque é assunto seu... Embora eu ache que tudo isso é lorota. Na verdade, não imagino Clara e Bernardo rezando ajoelhados e acreditando que o mar se abre para as pessoas passarem... Você imagina o mar se abrindo na frente do muro do Malecón? – E sorriu por sua astúcia.

– Pode ser lorota. Sobretudo para quem não acredita... Mas... sabe quem é meu padrinho de santo?

Darío riu.

– Não vai me dizer que é Bernardo... Agora também está se dedicando ao folclore?

– Papi, porra, acho que no fundo você está com ciúme do Bernardo... Não, claro que não é ele... Meu padrinho é Lázaro Morúa.

Darío ouviu o nome e perdeu o sorriso irônico. Um alarido saído do fundo da cova de seu passado o atingira com o nome do mulato motorista de ônibus e *santero* que por três anos fora marido de sua mãe, o homem que, parecendo vir do céu, o protegera dos castigos e das humilhações a que a mulher costumava submetê-lo e lhe conferiu algumas das aquisições éticas destinadas a marcar muitos comportamentos seus.

– Ainda está vivo?

– Sim. Deve ter uns setenta e poucos anos...

– E ele sabe que você é meu filho?

– Sabe... E me contou muitas coisas. Achava que eu sabia.

Darío sentiu uma opressão no peito. Voltou a se sentir nu no corredor de um *solar* havanês, de cujos ralos saíam as baratas, com um rádio a todo volume que tocava um dos boleros cantados pelo cego Tejedor e seu acompanhador, Luis, aquela canção que o perseguira por anos: "*Me abandonaste en las tinieblas de la noche/ y me dejaste sin ninguna orientación...*"*. Só que agora sua humilhação era observada por seu filho.

– Caralho – murmurou. – Mas, se você já sabe, com certeza entende. Tudo o que fiz desde que fui capaz de pensar foi lutar para escapar do que estava vivendo, do que quase certamente me caberia viver. Lázaro Morúa é um homem bom e me deu a mão para me tirar daquele buraco horrível. Horacio e sua mãe me ensinaram o que podia ser uma família e uma pessoa decente. E depois Clara, sua mãe, me ajudou a me salvar. E isso vou agradecer por toda a vida. Sem eles, não sei, não sei... E a Clara também devo o fato de, talvez sem ser apaixonada por mim, ter-me dado dois filhos como você e Marquitos.

– Vai me dizer por que acha que ela não estava apaixonada por você e, mesmo assim, pariu dois filhos teus?

– Não, isso não vou te dizer... Pergunte a sua mãe. Ou a seus santos, vamos ver se eles dizem alguma coisa...

– Tudo bem... Mas afinal... bem, não afinal, mas o caso é que não entendo como alguém que passou pelo que você passou pôde nos deixar para trás quando estávamos mais fodidos. Não é uma acusação, é um fato.

– Sim, um fato. Eu tinha de ir embora... Como você tinha de ir agora e deixar Clara para trás, não é, Ramsés?

Ramsés assentiu. Nunca ninguém podia atirar a primeira pedra.

– E agradeço muito por você me ter ajudado agora. Quando precisei, você voltou a ser meu pai.

– Sempre fui. E vou continuar sendo. Mesmo que nem sempre tenha feito o que devia e às vezes você não goste de mim como sou...

– Eu não disse isso.

– Mas pensa... E o que mais você pensa?

Ramsés olhou para o pai. Clara e Bernardo garantiam que era o homem mais persistente, inteligente e neurótico que conheciam. Lázaro Morúa afirmou que Darío era o menino mais forte com quem ele tivera contato em seus longos anos. Não fazia sentido tentar enganá-lo ou evitá-lo.

– Vou ficar um tempo aqui em Barcelona porque preciso legalizar minha situação. Vou engolir tua mulher catalanista republicana antimonárquica de

---

* Tradução livre: "Me abandonaste nas trevas da noite/ e me deixaste sem nenhuma orientação". (N. T.)

esquerda que compra lenços e sapatos naquelas lojas de marcas que ela me mostrou outro dia e que nem sei como se chamam… Vou fazer contato com alguns de meus professores na universidade que também se mandaram de Cuba porque não aguentavam mais viver num país que nem Deus sabe quando vai tomar jeito e do qual as pessoas saem até pelas janelas porque lá estão querendo consertar as coisas com as mesmas soluções que nunca funcionaram… E vou encontrar um buraco para me enfiar, por onde me infiltrar para chegar aonde quero. Para encontrar esse buraco, preciso do tempo que eu te dizia e de documentos oficiais… e depois me pôr em movimento. Movimento retilíneo uniforme, como diziam Newton e Horacio: se não esbarrar em alguma coisa, não vou parar… Lembre-se de uma coisa: até há uma semana, não, neste momento, você e eu quase não nos conhecemos, mas eu sou teu filho, não é?

– É meu filho e vou te ajudar.

– Obrigado… Mas se acabaram as férias, e agora vamos começar pelo início. Arranje-me um trabalho, seja qual for, onde paguem o que for. Ajude-me a morar sozinho, num quartinho, pode ser como o de um *solar* do centro de Havana, não importa, mas preciso viver sozinho, com meu dinheiro. E me diga quem de seus amigos pode me ajudar a conseguir meus documentos de residência o mais rápido possível. Tenho vinte e cinco anos e, antes dos trinta, quero ter diploma de engenheiro. É pedir muito?

Darío olhou para o filho. Depois, para o charuto que se tinha apagado. Voltou a olhar para o filho e de novo para o charuto, que de um envoltório de folhas selecionadas e perfumadas transformara-se num projétil fétido.

– Me enganaram, este charuto não é cubano… Não, você não está pedindo muito… Ramsés, é verdade que não nos conhecemos bem e às vezes você me parece um sujeito muito estranho. Mas, se há uma certeza que tenho na vida, é a de que você é meu filho.

Os verões são quentes em Segur de Calafell. O sol brilha desde antes das sete da manhã, e sua claridade se mantém até as dez da noite. Ao meio-dia a temperatura pode superar os trinta e dois graus e a areia da praia reverbera. Gente de toda a Catalunha, de qualquer parte da Espanha e também dos países do norte e do centro da Europa se desloca para os povoados das costas do Mediterrâneo a fim de desfrutar o calor e o mar.

Em praias como as de Segur de Calafell, a força do sol e a plenitude do verão atenuam as inibições e trazem para fora os peitos das mulheres, desde jovenzinhas com seios túrgidos e pontiagudos até velhas com sacos pendurados, com mamilos que parecem chupetas murchas.

Nas horas do almoço e do jantar, os restaurantes lotam, mais ainda os que ficam de frente para o mar, com terraços cobertos. Muitos garantem pratos de peixe fresco, lulas, polvos, frutos do mar de espécies variadas, desde lagostas e camarões até berbigões, lagostins, caranguejos, perceves, navalhas e lavagantes, melhor se chegados na mesma manhã das outras costas, as do Cantábrico, onde o mar é bravo e os animais do oceano têm massas mais firmes e suculentas.

O espetáculo visual é uma montagem perfeita. As cores do mar, da areia, dos guarda-sóis, das velas dos barcos de recreio, dos globos aerostáticos e dos paraquedas que às vezes cruzam o céu azul, das palmeiras, das flores, inclusive as dos anúncios comerciais compõem todas uma sinfonia caótica, mas atraente, que contribui para a criação do ambiente relaxado, festivo, de sólido bem-estar, tão distante da pobreza, e alimentam a alegria de viver que os veranistas em condições de comprá-la procuram e pela qual pagam um bom preço. Um mundo sob medida, forjado pela natureza e pelas obras dos homens, uma reserva de felicidade e uma prosperidade que se anuncia como irrefreável, onde todos se esforçam para sentir-se plenos, realizados, a salvo dos horrores do mundo – medos, misérias, fome, pragas, crises, guerras, próximas ou distantes, coisas que existem nos jornais –, nos quais se obrigam a não pensar enquanto desfrutam sua sorte, seus privilégios nacionais, geográficos, de classe.

Tudo parece tão perfeito que quase não se pode pedir mais. Assim o considerou o doutor Darío Martínez desde que visitou pela primeira vez as praias do Garraf e do Maresme, dezesseis anos antes, recém-saído de Cuba, e numa tarde viu atracar na marina de Sitges um barco que o remeteu imediatamente a uma sequência para ele inesquecível de *O sol por testemunha*, aquele momento em que Alain Delon, Maurice Ronet e a rutilante Marie Laforêt chegam a um embarcadouro e descem ao quebra-mar, tudo tão bonito. E lembrou que, no filme, Delon está com mocassins sem meias, como ele decidiu naquele instante que sempre se deveria estar calçado naqueles lugares de sonho existentes na realidade. A realidade da parte agradável do mundo que a partir de então seria o cenário de sua vida.

E ainda considerava que aquele era o melhor dos mundos possíveis naquela manhã de agosto de 2008, enquanto os agourentos falavam da iminência de uma crise econômica nacional e sistêmica que poderia acabar com a bolha colorida do bem-estar primeiro-mundista e contabilizavam os milhares de jovens que já emigravam da Espanha buscando melhorar de vida, conseguir ao menos um trabalho.

Deitado na esteira com a qual se resguardava da areia, protegido pelos óculos escuros Ray-Ban de lentes espelhadas, o homem feliz olhou para a esquerda e observou por uns segundos sua querida Montse, satisfeita como ele, coberta só com a parte mínima do biquíni que escondia seus genitais, enquanto deixava ao ar e ao sol os peitos enormes de aréolas também enormes, sacos de tecido macio um pouco caídos para os lados do corpo roliço, uma pele branquíssima que, mesmo protegida por cremes perfumados, logo começaria a avermelhar.

Mas, como quem não quer as coisas e na realidade as quer muito, o doutor veranista virou a cabeça para reorientar o olhar, pois à direita o espetáculo à disposição melhorava consideravelmente seus valores estéticos. Lá tomava sol Lena, a Viking, como chamavam entre eles a jovem dinamarquesa, loira, de um e oitenta de altura e vinte e um anos, a moça com quem Ramsés havia se engraçado: um animal prodigioso, de pele macia e dentes perfeitos de ser humano bem alimentado por várias gerações. Lena também tomava sol com os seios expostos, mas os seus eram duas protuberâncias jovens, compactas, um par de peitos tão espetaculares que dava uma vontade quase incontível de acariciar, de apalpar, de chupar. Eram anseios tão perturbadores que o doutor Darío, com seus cinquenta anos e a experiência de ter visto tantos torsos femininos nus nas praias do Mediterrâneo, sentiu o sufoco do desejo refletindo-se num endurecimento progressivo do pau e o trânsito traiçoeiro de uma gota furtiva de lascívia, que lindo, deslizando pela uretra, obrigando-o a colocar a toalha sobre o regaço, enquanto desfrutava a recuperação de desejos adolescentes de se masturbar ali mesmo.

– Mas isso está uma merda, rapaz!

O ensimesmado Darío, surpreendido pela exclamação e muito a contragosto, teve de afastar o olhar dos seios da namorada de seu filho e até levantar os óculos escuros para observar o reclamante, enquanto percebia seu pênis voltar ao estado de flacidez. Contra o sol, conseguiu ver Irving, com as mãos na cintura e cara de poucos amigos.

Irving e Joel tinham chegado na tarde anterior a Segur de Calafell, convidados por Darío e Montse para passar uma semana com eles e com Ramsés e Lena, pois a bolsista dinamarquesa voltaria dali a uns dias para seu país, ao passo que Ramsés se mudaria no fim do mês, de maneira mais ou menos permanente, para a cidade francesa de Toulouse. Durante o jantar, numa barraca muito perto do mar, sem camisa e descalço, depois de Ramsés jurar que a água não estava fria, em pleno agosto, Irving falara o tempo todo de sua tremenda vontade de entrar no mar, porque uma das coisas de que mais gostava no mundo era o mar. E naquela manhã, enquanto preparava o café do grupo, insistiu em sua alegria de poder tomar banho na praia e até afirmou – diante do olhar crítico de Joel – que a única coisa que faltava em Madri para ser a melhor cidade do mundo era uma praia como Santa María del Mar e um *malecón* como o de Havana.

Depois das dez, agitados por Irving, finalmente todos foram para a praia, com esse calorão a água deve estar ótima, e o homem, em êxtase, quase pulou de alegria ao ver Ramsés e Joel saírem correndo pela areia e se jogarem no mar, chapinhando, gritando, nadando. Mas antes ele tinha de pôr o protetor com que Montse lambuzou Darío e ele – este sol está terrível, dizia a mulher, já com os peitos nus, que Irving preferiu não olhar, devido a suas elevadas exigências estéticas. E, quando finalmente se decidiu e começou a caminhar para a água, foi respirando o ar agradável, sentindo o calor na pele e...

– Porra, o que está acontecendo, compadre? – soltou Darío, incomodado com a interrupção, empregando seu espanhol cubano carregado de inflexões extremadas.

– Essa água está sempre gelada, gente. Não há quem consiga entrar...

– Ai, Irving, não enche o saco... Olha só Ramsés e Joel, estão se divertindo na água. Veja quanta gente...

– É que Joel não é um negro... é uma foca! – disse Irving, que imediatamente argumentou: – Não vá me dizer, Darío Martinez, justo para mim, que esta praia com essa água fria é boa? Você, que tomou banho em Varadero e em Santa María, com a água quentinha e deliciosa? Não brinca, Darío!... As de Cuba é que são praias, não esta merda, rapaz!

Darío não teve alternativa senão sorrir. Com a torpeza própria de seu sobrepeso e seus cinquenta anos, levantou-se, ajeitou os óculos escuros no alto do nariz, colocou o braço nos ombros de Irving e obrigou-o a se afastar uns dois metros.

– Agora vou com você para a água e te mostrar minha técnica termodinâmica – ia dizendo, mas o outro resistiu.

– Não, nem louco. Realmente não entendo como a água pode estar tão fria com esse calor.

Darío, então, se aproximou do amigo e baixou a voz para falar:

– Escuta, sei que o tema não te interessa muito, mas você viu o par de peitos da Viking?

– Porra, Darío, ela é quase tua nora... E você está velho demais para isso...

– Acontece que essa safada é muito boa!... Ai, que inveja do Ramsés! Se fosse eu, não a deixava ir embora nem que tivesse de amarrá-la, juro! Será que esse menino é idiota? Não, é que a mãe e o sonso do Bernardo o puseram a perder...

Ramsés levara quase um ano e meio em conseguir a documentação espanhola e europeia para acertar sua vida da maneira como havia planejado. Embora não tivesse ficado sabendo de todos os detalhes, a ajuda de Montse e de seus muitos amigos, que por sua vez tinham outros amigos, desenredara alguns dos intricados caminhos da burocracia espanhola, facilitando-lhe a obtenção das autorizações e dos documentos destinados a legalizar sua residência e sua situação de trabalho. Ao mesmo tempo, seguindo os conselhos de um antigo professor de sua época de universidade em Cuba, agora radicado em Valência, dedicara todo o tempo possível ao estudo do francês e, no início do ano, apresentara uma solicitação à Universidade de Toulouse para se candidatar a um dos chamados "cursos de alternância", nos quais lhe era oferecida uma vaga para que ele pagasse o curso "alternando" o estudo com um trabalho para o qual era exigida certa qualificação. Graças a seu prontuário de notas e matérias, a universidade aceitara sua requisição e, inclusive, reconhecera alguns dos créditos, o que garantia que em três anos Ramsés obteria o diploma numa especialidade da engenharia dedicada aos semicondutores, ramo com muita demanda naquela região francesa.

Durante aqueles meses, o jovem fizera vários trabalhos para se manter de modo independente. Foi desde garçom num barzinho de verão, onde servia bebidas até as três da madrugada, passando pelos trabalhos de auxiliar de um eletricista português e de pintor de parede com um granadino, enquanto ajudava alguns colegas de Montse com suas imobiliárias on-line. E nunca se queixou, apesar de os salários mal serem suficientes para pagar o aluguel de um pequeno quarto em La Barceloneta e custear algumas das viagens que teve de fazer a Madri para realizar e agilizar trâmites legais. Em Madri, como na ocasião de sua chegada à Espanha, sempre ocupava o sofá-cama (muito confortável) do estúdio de Irving e Joel em Chueca e até insistia em convidar o casal para comer em alguns restaurantes com cardápios econômicos e para tomar umas cervejas e uns vinhos no bar da *calle* Pelayo de que Joel tanto gostava. Ao longo de todo aquele ano e meio, ninguém jamais o ouviu se queixar nem revelar desespero ou ansiedade, ninguém o ouviu dizer que sentia saudade de algo de sua vida anterior. Nenhum dos que agora estavam próximos dele soube que todo mês ele separava uns quarenta ou cinquenta euros de seus escassos recursos e os enviava para a mãe, lá em Fontanar, Havana, Cuba.

Em meio a trabalhos extenuantes, esperas prolongadas, gestões intermináveis e de todo tipo, aos anúncios alarmantes de uma crise devastadora que faria disparar o desemprego, Ramsés teve como benefício para seu equilíbrio físico e emocional a relação que mantinha havia quase um ano com Lena, a jovem dinamarquesa instalada em Barcelona graças a uma bolsa Erasmus. Lena era uma loira maciça, com um apetite sexual voraz e uma curiosidade intelectual infinita. Conheceram-se no barzinho de verão onde Ramsés teve seu primeiro emprego (ilegal), e a jovem, no espanhol rígido, mas correto, que falava ao chegar a Barcelona, conversou um pouco com ele e descobriu que o jovem garçom de cabelo azeviche encaracolado e olhos de longos cílios quase femininos era cubano e, pouco depois, que era, ainda, além do mais, também, quase engenheiro.

Lena, estudante de literatura latino-americana contemporânea e decidida a se doutorar no tema, tinha um conhecimento bastante amplo, embora inevitavelmente esquemático, da vida em Cuba. Ainda que tivesse lido vários dos escritores da ilha e pretendesse viajar até lá num futuro impreciso, sua percepção do país carregava estereótipos tanto favoráveis quanto negativos, que se complementavam e, às vezes, se anulavam.

Em suas primeiras conversas, a moça quase exigiu de um Ramsés já empenhado em transar com ela que lhe explicasse por que um jovem como ele, a uns meses de terminar a faculdade de engenharia, preferira largar os estudos para viajar e empreender uma "saída definitiva do país". Como funcionava essa questão de que, se ele tirasse o diploma, não o autorizariam a sair se não fosse em missão de trabalho, um trabalho pelo qual, além do mais, se o fizesse em Cuba ganharia o mesmo que sua mãe, também engenheira, um salário por volta dos vinte ou trinta dólares mensais. Também não entendia como as pessoas viviam com salários assim num lugar em que uma garrafa de azeite do mais comum custava dois dólares e a maioria das pessoas tinha esquecido o gosto da carne (vacas em perigo de extinção?), mas onde, ao mesmo tempo, Ramsés não pagava nada por seus estudos, ao passo que a eletricidade de sua casa só custava quatro dólares (se não ligassem o ar-condicionado, claro) e o telefone, apenas dois (tudo isso era caríssimo na Dinamarca), embora muita gente não tivesse ar-condicionado nem telefone em casa e quase ninguém tivesse celular, porque Alguém decidira que, se você fosse cubano e morasse em seu país, não poderia ter celular, e o acesso à internet fosse muito difícil. Não, Lena não concebia como viver sem internet e sem celular, sem um computador pessoal, a não ser que o trouxesse do estrangeiro (para onde, sim, sim, ela sabia, era tão difícil viajar), mas com o qual só se podia entrar no país com autorização especial assinada por um ministro ou alguém do tipo ou o qual se adquiria no mercado clandestino... Mercado clandestino de computadores! Pilotos e aeromoças cubanos traficantes de computadores, cuecas e *chorizos*! E, embora o azeite custasse dois dólares, a comida fosse insuficiente e o salário pago pelo governo a noventa por cento dos cidadãos não desse para viver (segundo o próprio governo), não era estranho que as pessoas não morressem de fome e até fizessem exercícios para perder peso e, conforme lera numa revista, mais de um milhão de pessoas tivessem assistido em Havana à marcha de Primeiro de Maio, não para protestar por alguma coisa, como em quase todo o mundo, mas para apoiar o governo? Porque em Cuba os sindicatos sempre, sempre apoiavam o governo (que coisa estranha), enquanto havia gente que se orgulhava de ter de trabalhar todos os dias, doze e até catorze horas, chamavam de horário contingencial, como os camponeses e mineiros dinamarqueses do século XIX, condenados a jornadas ampliadas e cujo salário também não dava para viver. Decerto essa mesma gente de Cuba, trabalhadora e humilde, tinha acesso a uma saúde pública plena e de qualidade, mas na farmácia mais próxima quase nunca havia aspirina, e, apesar disso, as pessoas dançavam, cantavam e depois faziam trabalho voluntário, gritavam em coro lemas revolucionários contra o bloqueio norte-americano, pediam a volta de heróis, enquanto mais ou menos essas mesmas pessoas iam em balsas para os Estados Unidos, ou seja lá como fosse para onde fosse, ou ficavam em Cuba vivendo de algo que Ramsés chamava de "invenção", e não é que fossem inventores com patentes nem nada do tipo. Não, Lena não entendia: Cuba não se parecia com nada, e Ramsés o ratificou, acrescentando uma resposta que não satisfez à curiosidade da jovem.

– Aquilo nem Deus entende e nem Deus conserta... – E sempre que podia evitava um tema que o transbordava e do qual preferia se distanciar, pois decidira, muito conscientemente, forjar um futuro para si, só olhar para a frente.

Apesar de seus propósitos, graças à relação que iniciara com Lena, o jovem logo entendeu e aprendeu algo muito importante para ele: por mais que corresse sem olhar para trás, seu pertencimento era tão indelével quanto o bendito caracol do qual sua mãe costumava falar.

E entre os primeiros sinais de sua identidade indelével contavam-se as estratégias que era capaz de empregar durante embates sexuais que enlouqueciam sua viking, habilidades com as quais rompia muitos esquemas nórdicos da jovem (como alguns meses antes acontecera com a moça asturiana com a qual tivera uma relação fugaz), pois eram resultado de um exercício descontraído que começara a praticar com intensidade e esmero aos treze anos. Sua iniciação se concretizara com uma namorada da mesma idade, e com a aceleração do aprendizado fornecida pela irmã mais velha dessa namorada, uma morena contundente de dezoito anos que trepava até com os pepinos, pela frente e por trás, como um dia mostrou ao adolescente (e depois comia aqueles mesmos pepinos, lavados com esmero e polvilhados com sal, pois em Cuba não dava para jogar comida fora).

Ao sair da ilha, fazia tempo que Ramsés tinha esquecido a quantidade de mulheres com as quais fizera sexo em seus dez anos de atividade contínua. Mulheres de todas as cores e preferências, entre quinze e quarenta anos, um catálogo em que houve uma de cinquenta e dois, que não foi ruim, enquanto entre suas conquistas mais satisfatórias pôde contar sua relação de vários meses com Fabiola, filha de Liuba e Fabio, os amigos de seus pais que morreram em Buenos Aires, uma Fabiola que já não era dentuça de sobrancelhas peludas. Quase todas aquelas mulheres pareciam dedicar-se às atividades eróticas como se fossem esportistas preparando-se para conquistar uma medalha olímpica, e Ramsés aprendeu que as mais feias e magras geralmente eram as mais obstinadas aspirantes ao pódio.

Assim funcionava a desproporção nacional da trepada, como a qualificou um rapaz cubano que Ramsés conheceu em Barcelona. Era um mulato de olhos puxados com cara de diabo, que adorava contar que, quando vivia em Cuba, como não tinha nada melhor a fazer, trepava três ou quatro vezes por dia com a namorada (houve jornadas de sete transas próximas), ao passo que, desde sua chegada à Espanha, tinha de trabalhar tanto que só o faziam nas tardes de domingo, no máximo duas metidas, quando estavam muito inspirados. Que saudade tinham de Cuba o mulato satânico e sua namorada insaciável!

Foi esse intenso intercâmbio sexual que assentou e sustentou por um ano a relação entre o cubano e a dinamarquesa, porque fora da pátria comum da cama, onde Ramsés estabelecera leis que a moça – esquecida de seus feminismos europeus – acatara muito satisfeita, os demais códigos mentais e culturais de um e outro costumavam provocar frequentes desentendimentos. Ajudou-os muito na convivência o fato de poderem se comunicar numa língua que Lena dominava com notável eficiência, mas sem capacidade para captar muitos matizes e modismos. Por que às vezes Ramsés a chamava de *mi china* se não era asiática e ameaçava *comerle el bollo* e *pelarle la papaya** se ela não era bolo nem fruta tropical? Às vezes, até falavam alguma coisa em francês, pois Ramsés precisava praticar o idioma que estava estudando e no qual sempre lia alguma coisa quando tinha oportunidade, mas sexo sempre faziam em espanhol. No entanto, suas memórias afetivas mais profundas em geral tinham molas muito diferentes, e suas preferências, às vezes em questões cotidianas ou de menor importância, andavam por caminhos paralelos. Quando passaram a morar juntos no quarto de Ramsés (a dinamarquesa insistiu em dividir o aluguel), o rapaz descobriu, por exemplo, que Lena não lavava suas calcinhas. Uma vez por mês, ia à H&M e comprava cinco pacotes de seis unidades, baratíssimas na Espanha, segundo ela, usava uma por dia e, no fim da jornada, jogava-a no lixo. Que mulher, em Cuba, teria ideia de fazer algo assim! (Por anos, Ramsés usara cuecas remendadas; e sua mãe, calcinhas com o elástico reciclado.) E, quando a viu dançar salsa, pondo em prática as aulas que tivera em Copenhague (com um bailarino cubano, claro), compreendeu que sua cintura e seus ouvidos nórdicos jamais entenderiam as qualidades de uma cadência críptica.

Entretanto, como Ramsés tinha a convicção de que pelo resto da vida seria um desenraizado em busca de qualquer apoio, aproveitou a infinita curiosidade intelectual da dinamarquesa e seu desafogo econômico e participou com ela do conhecimento de algumas manifestações do mundo em que vivia naquele momento. Ramsés foi com sua dinamarquesa a museus, monumentos e, quando possível, a outras cidades da Catalunha, de Aragão e do País Basco – Ramsés se apaixonou por San Sebastián e inaugurou o sonho de que, se algum dia a vida lhe permitisse, aportaria naquela cidade. Em Barcelona, deixou-se comprar livros de autores que Horacio e Irving lhe recomendavam, examinou a fundo as obras de Gaudí e, apesar de seu tênue nacionalismo, passou a fazê-lo com mais

---

* Literalmente, “comer seu bolo” e “descascar seu mamão”, expressões populares em Cuba para o coito. (N. T.)

interesse quando soube que a riqueza do mecenas Eusebio Güell tinha origem em Cuba, onde se promovera seu pai, um tal Joan Güell, que ao que parecia fundara sua fortuna com o tráfico de negros escravizados.

Mas sempre houve barreiras que nem Lena nem ele puderam transpor e que nem o tempo, muito tempo, lhes teria permitido vencer completamente. Por isso, ao terminar a agradável temporada em Segur de Calafell com seu pai, Montse e seus velhos amigos (tanto insistiram com Irving que, sem deixar de maldizer, ele tinha entrado duas vezes no mar), Ramsés acompanhou a moça bonita, generosa, inteligente ao aeroporto El Prat para tomar seu voo de volta para Copenhague. Lá se despediram, com lágrimas nos olhos e vontade de transar mais uma vez (*pélame la papaya, comeme el bollo, mi chino*, ela reclamara naquela manhã), mas nenhuma esperança nem promessa de que voltariam a se encontrar no que seriam suas respectivas existências de dinamarquesa mundana e latino-americanista literária e de cubano apátrida com uma bússola na testa que marcava sempre o mesmo destino – para diante – em qualquer lugar do universo, para talvez terminar, algum dia, em San Sebastián, não é?

A última semana de sua estadia catalã Ramsés passaria alojado no apartamento de Darío e Montse. No mesmo quarto que tinha ocupado ao chegar a Barcelona, o jovem acomodara a mala e o carrinho de mão em que cabiam todos os seus pertences, inclusive o casaco acolchoado e o cachecol que Irving lhe entregara ao chegar ao aeroporto de Barajas e algumas camisas e livros que trouxera de Cuba ou comprara na Espanha.

Na primeira noite, depois de comer as milanesas preparadas pela romena Helena, recém-chegada de uma temporada de um mês em Bucareste, o jovem se despediu cedo do pai e de sua mulher, pois queria conferir seu e-mail e escrever alguma coisa para a mãe, Clara.

Diante do *laptop* que Montse lhe dera de presente, Ramsés abriu seu Yahoo e viu na caixa de entrada duas novas mensagens de Lena. Como as anteriores, Ramsés as apagou sem sequer as abrir. Tinha decidido cortar aquela dependência que podia afetá-lo e o fazia de acordo com o melhor método pelo qual se deixa de fumar: de maneira brutal e terminante.

Depois foi à mensagem enviada por sua mãe naquele mesmo dia a partir da conta que, nos últimos meses, ela podia consultar no trabalho.

> Meu filhinho querido,
> Bem, em alguns dias você já vai para a França. Cada vez que penso nisso tenho tremores. Você sabe como sou covarde para essas coisas. E como não deixo de admirar você por ser tão decidido, não ter medo de nada e, sobretudo, uma das coisas que mais admiro é esse seu caráter, porque sempre sabe o que quer e o que fazer para conseguir o que quer. Bom, afinal, filho do seu pai

(a quem mande lembranças da minha parte, com o desejo de que eles também estejam bem, ele e sua Montse, a quem agradeço de alma por tudo o que fez por você. Que Deus os abençoe).
Como não ouso fazê-lo aqui do trabalho, você sabe, outro dia Bernardo conseguiu entrar na internet, na casa de uma pessoa aonde ele foi para limpar o equipamento e reinstalar alguns *softwares*, e ele baixou e me copiou algumas páginas sobre a Universidade de Toulouse, para onde você vai. Que sorte você tem, menino! Pelo que li, os níveis acadêmicos são altos e rigorosos (isso eu sabia, e também sei que não é problema nenhum para você), mas o que descobri é que naquela cidade há mais de cem mil estudantes universitários!!! E é a parte da França com maior número de habitantes registrados a cada ano e onde é mais fácil encontrar trabalho para quem é bem qualificado em especialidades de tecnologia e informática. Bom, tudo isso você sabe melhor que eu. De modo que, se como você diz está muito adiantado em francês, com certeza em três anos vai ter o diploma e a vida garantida. E me alegro muito, porque você merece isso e muito mais. Não só por ser tão inteligente – creio que mais que Darío –, mas porque tem um ímpeto e uma força que eu, sua mãe, invejo...
Mas estou escrevendo hoje, principalmente, para dar uma notícia ruim. Já esperávamos, mas não deixa de ser doloroso... porque ontem de tardezinha o velho Dánger morreu. Eu já tinha te falado que havia vários dias ele andava bem ruinzinho, seus rins já quase não funcionavam, e que um amigo veterinário, aquele que foi colega de Elisa do qual acho que te falei, tinha lhe aplicado uns soros, mas ele mesmo nos recomendou não prolongar mais o que era inevitável aos doze anos que Dánger devia ter, muitos para um dobermann quase puro. Antes de ontem o veterinário veio vê-lo de novo e nos falou em sacrificá-lo, mas Marquitos se negou definitivamente e o médico deixou uns comprimidos para mantê-lo sedado e sem dor. Até ontem à tarde.
Eu, você sabe como sou, fiz por ele tudo o que pude e até me atrevi a lhe dar injeção. Mas foi Marquitos que se encarregou de lhe dar água na mamadeira, alguns pedacinhos do frango que compramos com os euros que você mandou e de lhe dar os comprimidos. Também o carregava e o levava para o quintal e o levantava com um pano que lhe punha por baixo da barriga e amarrava num galho do pé de manga filipina para Dánger urinar o pouquinho que urinava. Até ontem à tarde, quando ele morreu no sofá da sala, sobre as pernas do seu irmão, que começou a chorar como criança, coitado. E você deve imaginar como eu chorei... Depois Marquitos o enrolou na colcha que tínhamos colocado no sofá, para Dánger ficar ali, e foi abrir um buraco na parte do quintal onde você tinha as coelheiras, e Marcos, Bernardo e eu o enterramos.

Me perdoe por te contar isso, mas sei como você gostava de Dánger. Lembra como você ficava quando seus amigos caçoavam dele porque era o único dobermann com orelhas e rabo? E o que as pessoas te diziam quando você o levava junto para cortar capim para os coelhos e elas se assustavam ao vê-lo com aquela cara de mau que às vezes ele fazia e você lhes dizia que Dánger era um dobermann boa gente? E a vez em que você ficou como louco porque ele se perdeu por estar apaixonado pela cadela...?

Ramsés tinha lido os últimos parágrafos com os olhos nublados, secando as lágrimas com o dorso da mão, até que deixou escapar um soluço gutural e profundo, parou de ler e caiu no choro. Toda a sua força, suas convicções, sua couraça se romperam num instante, golpeadas pela notícia já esperada da morte de um cão, de *seu* cão, de parte de sua vida. Dominaram sua mente imagens do passado e também de um presente do qual estivera ausente, e pôde ver Marquitos dando de beber a Dánger, carregando seu cadáver, depositando-o na terra. Ele deveria estar lá, pensou. Não para ver o cão morrer, mas porque deveria estar lá, em seu lugar. E porque ele corria, corria, e sempre alguma coisa o fazia voltar para lá.

Darío, que ia passando para ir para o quarto, ouvira o soluço do filho e, alarmado, entrou.

– Você está chorando? – perguntou, indo a Ramsés, que enxugava as lágrimas e negava com a cabeça. – O que aconteceu? Clara, Marquitos...?

Ramsés continuou negando e fechou o computador.

– Dánger morreu – conseguiu dizer.

– Porra, menos mal – exclamou Darío ao saber que não se tratava de seu filho Marcos nem de sua ex, Clara, tampouco de Bernardo.

– Como assim, menos mal, caralho?!

– Fala baixo, Montse está deitada... Escuta, ele já estava muito velho... Você sabia que a qualquer momento... Bom, me desculpe pelo que eu disse... Ora, vem cá, vamos tomar um trago, você está precisando. Venha, vamos. – O pai quase ordenou, e, como quando Ramsés era criança, deu-lhe um beijo na cabeça.

Ramsés enxugou as lágrimas e fungou andando atrás de Darío até a sala. O médico pegou numa cristaleira uma garrafa de Johnnie Walker rótulo preto e a colocou na mesinha da sacada, diante de Ramsés. Depois foi até a cozinha e voltou com dois copos de vidro muito grosso e fundos volumosos e um balde de gelo combinando, comprados em Murano.

– Mesmo, me desculpe pelo que eu disse – começou Darío.

– Não, não importa. Fique tranquilo – acalmou-o Ramsés.

Darío mexeu um pouco o uísque no copo e tomou um gole.

– Quer telefonar para Clara? Se quiser, use o telefone aqui da casa, sem problemas. Assim não gasta seus créditos.

Ramsés assentiu.

– Obrigado, papi. Sim, acho que vou ligar para ela mais tarde. Agora lá são quatro horas. Pode ser que ainda não tenha chegado… e Marquitos também não.

Ramsés teve de enxugar mais lágrimas. Darío, sem deixar de olhar para o filho, voltou a beber.

– Sabe que às vezes sonho que estou em Cuba, lá em Fontanar?

– Eu também, toda hora.

– Esta coisa – Darío tocou no crânio, embora indicasse mais para dentro –, esta coisa é do caralho. Faz o que tem vontade, não nos perdoa, nunca nos dá sossego. Às vezes me pergunto até quando as coisas que vivi vão me perseguir. Porque estão sempre aqui, as filhas da puta… E as coisas boas também, é verdade. Um dos sonhos que tenho é que estamos lá na sua casa…

– *Em* casa – corrigiu Ramsés.

– Sim, lá… E estamos todos no quintal. Às vezes você e Marquitos, mas outras só nós, o Clã de sua mãe…

– E são sonhos ou pesadelos?

– Os dois… Mas sabe de uma coisa? Sei que sonhei algo, mas depois não me lembro do que aconteceu no sonho. Acho que é um mecanismo de defesa. No entanto, sempre me fica alguma coisa dando voltas… Algo meio hipnótica, não sei… Será verdade que seus avós enterraram uma pedra magnética nos alicerces da casa? Será isso, o ímã?

– Não sei… É que foram muitos anos da tua vida.

Darío assentiu e olhou para as agulhas do templo interminável, ainda iluminadas.

– E alguns foram os melhores. Veja, já faz dezesseis anos que vivo aqui, e sabe quantos amigos eu fiz? Nenhum… Conheço muita gente, você viu que jantamos com alguns e nos reunimos a toda hora, gente do hospital, amigos de Montse… mas nenhum é amigo meu… Meus amigos são Irving, Joel, Horacio, Bernardo, eram Fabio e Liuba, coitados… Com as pessoas que conheço aqui não posso falar de suas famílias, dos doces que suas mães faziam, porque não as conheço. E nunca fui com elas ver um jogo de *pelota*, não sabem quem diabos são Rey Vicente Anglada ou Agustín Marquetti…

– E mami? Você não a incluiu…

– Clara é outra coisa. Clara e Horacio são algo especial. Algo de que nunca falo porque é como aquela história dos judeus que não mencionam o nome de Deus. Eles são sagrados.

A contragosto, Ramsés teve de sorrir.

– É bonito isso... – disse ele, e se deteve. – E Elisa e Walter?

Darío engoliu o resto do uísque.

– Tenho vontade, mas não vou tomar mais. Amanhã tenho duas cirurgias... Tome mais, se quiser... Veja, Elisa era uma personagem muito complicada. Creio que nunca consegui apreendê-la completamente, apesar de termos estado tão próximos por tantos anos. Quem tinha um fraco por ela era Clara... E acho que isso me provocava ciúmes. Mas, fora isso, Elisa tanto era capaz de dar o sangue por você como de pular no teu pescoço e te cortar a carótida e deixar sangrar. E as mentiras que ela gostava de dizer... Não sei, não, não sei se era minha amiga... E Walter continua sendo um mistério para mim.

– Isso porque se suicidou?

– Também. Embora Horacio diga que ele não se matou, que não foi acidente. Ainda acha que o mataram... Walter tinha algo de maldoso dentro de si. Podia ser um sujeito encantador, divertido, generoso com dinheiro, mas tinha algo de crueldade, sobretudo com as pessoas que ele podia humilhar. Isso nunca me agradou nele. Talvez porque eu entenda melhor os que são fracos, por causa daquela minha vida que você conhece. E tinha umas histórias obscuras...

– Aquilo que Horacio descobriu de quando Walter estava em Moscou?

– E outras coisas mais...

– Você nunca lhe perdoou a briga com Irving?

– Não... Apesar de Irving ter provocado, é verdade. Irving provocou aquela briga para me defender ou me proteger. E naquele dia enxerguei claramente o demônio que Walter tinha dentro dele. Creio que foi esse demônio que o matou.

– Ele se matou ou o mataram?

– Não sei, Ramsés... Mas, olha, tem uma história que pode ser que tenha a ver com tudo isso e que você não sabe. Bem, ninguém sabe, porque não contei... Você se lembra de Guesty, a loira namorada de Horacio?

– Claro que lembro, papi. A que era espiã. Outro dia Irving se lembrou dela... Marquitos era apaixonado por ela.

– Pois há uns dez anos encontrei Guesty em Florença.

– Ela também foi embora de Cuba?

– Foi exatamente isso que lhe perguntei quando a vi... O caso é que tinha se juntado com um italiano e estava andando por ali.

– Você falou com ela?

– Sim… E por causa de uma coisa que estranhei enquanto conversávamos criei coragem e perguntei se era verdade que ela nos vigiava.

– E o que ela disse? Disse que não, claro…

– Disse que não, logiquíssimo… E eu não tenho como provar, mas acho que sim, que ela falou coisas de nós. Às vezes chego a pensar que não era espiã, mas uma idiota que, de algum modo, faziam falar coisas que ela ouvia ou via… Que desastre!

– Você tem de contar isso para Horacio. Para Irving.

– Esse é o problema. Guesty me disse que Horacio sabia de tudo, que não era ela quem nos vigiava… Mas Horacio não voltou a falar de Guesty, creio que achou melhor enterrar tudo isso. E Horacio tem razão. É preciso enterrar tudo… – Darío olhou seu copo, onde ainda havia restos dos cubos de gelo, e colocou mais um dedo de uísque. – Não, tudo não… Daqui a pouco, quando você ligar para casa e falar com eles, diga a sua mãe e Bernardo que mandei lembranças. E a Marquitos que vou ligar no fim de semana. Faz mais de dois meses que não falo com ele.

Ramsés assentiu.

– Por que você é assim, papi?

Darío tomou o minúsculo gole antes de responder.

– Porque tenho de me proteger e, para isso, às vezes faço tudo errado… Mas agora eu estava pensando… Quando você vai para Toulouse?

– Na sexta-feira.

– Não dá na mesma ir no sábado?

– Bom, sim… Por quê?

– Porque eu estava pensando que podia te levar. Você e eu, sozinhos. Vamos com meu carro, almoçamos em algum lugar bacana, ficamos num hotelzinho e fazemos a sesta, que você sabe que adoro, tomamos um banho e depois continuamos até Toulouse. Lá jantamos num bom restaurante, com vinho e queijos franceses, ligamos para Marquitos, e depois te deixo no alojamento da universidade e vou para um hotel. No domingo, tomamos o café da manhã juntos, com *croissants* de verdade, e eu volto e chego aqui à noite…

– São muitas horas dirigindo.

– São muitas horas para conversarmos, você e eu.

– Se você quiser… A gracinha vai custar um montão de euros.

– Dinheiro serve para isso… – Darío sorriu. – Olha, vou te levar para ver o túmulo de Antonio Machado… E… é que eu quero te contar umas coisas que certamente você nem imagina... Você se fez santo. Ochosi, não é? O guerreiro?... Mas você não sabe de que santo eu sou filho. Tenho vinte e um caminhos e posso abrir ou fechar todos eles... Sou filho de Elegguá e tenho as chaves do destino.

– Oui?

– Bobão, que *gui* coisa nenhuma… Sou eu.

– Caralho… De onde você está telefonando? É um número espanhol…

– Da minha praça… Piazza San Marquitos… Veneza. O telefone é de uma garota espanhola que comi ontem à noite, e ela me emprestou para te ligar.

– Mas que porra você está fazendo em Veneza, Marquitos? Você foi embora?

– Calma, calma. *Non ancora, ragazzo…* É assim que se diz? Estou aqui como turista…

– Como assim…?

– Diz uma coisa, *bro*, como vai o sobrinho? E você e "a pobre Fabiola"?

– O moleque, superbem. Aprontando como louco. Nós, trabalhando, bem… E você, como vai?

– Joia. Me esbaldando… Escuta, pode falar agora?… A história é comprida.

Ramsés olhou o relógio. Eram onze e vinte da manhã. No laboratório de pesquisas de heteroestruturas semicondutoras, onde havia três anos era um dos especialistas encarregados de processar e comparar os resultados dos experimentos realizados pelos físicos, não era bem-visto ter conversas particulares em horário de trabalho.

– Você está bem mesmo? – insistiu Ramsés.

– Sim, compadre…

– Então te ligo em quarenta minutos. Para esse mesmo número?

– Tudo bem, se eu aguentar o repuxo até essa hora. Senão te ligo de uma cabine, ok?

– Tudo bem, nos falamos. Um beijo. Cuide-se. Te ligo.

– Um beijo, *bro*.

Ramsés desligou e colocou o telefone de volta no bolso do jaleco. Olhou sem ver as planilhas com cifras, fórmulas, algoritmos e datas que cobriam a tela de vinte e quatro polegadas de seu Apple de última geração e, ao lado do equipamento, a foto emoldurada de Fabiola dando um beijo de biquinho em seu filho Adán, e murmurou, em voz baixa: "Minha nossa, é demais, esse louco". Mesmo sabendo que seria impossível, Ramsés tentou concentrar-se no trabalho, depois de olhar na margem inferior da tela a hora e a data: 22 de abril de 2014, 11h24.

9
Os fragmentos do ímã

"... Sé que hay varios malheridos que esperan una señal.
¿Qué te puedo decir que tú no hayas vivido?
*¿Qué te puedo contar que tú no hayas soñado?"**
Ana Belén

* Tradução livre: "Sei que há vários gravemente feridos que esperam um sinal/ O que te posso dizer que não tenhas vivido?/ O que te posso dizer que não tenhas sonhado?". (N. T.)

Como seria? Não, não, não estava aí a questão, que bobagem, repreendeu-se. Seria uma pessoa, com os mesmos atributos de qualquer outra. Uma cabeça com dois olhos, uma boca, falaria, andaria, cantaria talvez, o que cantaria? Serrat, Pablo, Ana Belén? "La vie en rose" da Piaf ou a de Bola de Nieve?... O importante, e isso era mesmo importante demais, era que certamente seria alguém com mais sorte que muitos outros, esses milhões e milhões de infelizes que algum dia Horacio mencionara. Porque ela estava convencida de que teria na testa a estrela da sorte: fora desejado, esperado, e seria querido. Teria o que um ser humano deve ter para ser íntegro e digno. Todo o pouco ou o muito, mas tão essencial, que tiveram seus próprios filhos, graças ao país às vezes sufocante e às vezes generoso em que tinham nascido e ao que ela, mesmo nos dias mais obscuros, lutara para obter e conseguira garantir para eles: um prato de comida, um teto, um par de sapatos, proteção e amor. E o esperado teria até mais...

Então, retificou. O que devia perguntar-se era: o que seria? Embora Clara bem soubesse o que seria, custava-lhe concebê-lo, para ela era difícil admitir, apesar de a lógica da vida levar a tal conclusão, de que as evidências físicas, legais, geográficas eram incontestáveis. Sim, seria isso, seria seu neto, fiho de seu filho, sangue do seu sangue como se costumava dizer, DNA de seu DNA, e já estava decidido até que se chamaria Adán, como o primeiro homem que existiu na terra ou, pelo menos, o primeiro que teve um nome memorável. Ou não? Porque bem sabia que Adán Martínez Fornés, seu neto, seria francês. *Um francês.* E o que Clara não podia nem poderia deixar de se perguntar era como se haviam organizado ou desorganizado os caminhos da história e da vida para que um neto de Fabio e Liuba, de Darío e dela, não só pudesse existir, como, além do mais, fosse *um francês.*

Ela, justamente ela, o propiciara? Embora algo mais ou menos parecido de qualquer modo fosse acontecer (quando chegasse ao mundo o filho que, era de presumir, seu Ramsés teria, já radicado na França e sem intenções de voltar, a criatura seria *um francês*), ainda assim Clara ruminava que fora ela a geradora da rocambolesca combinação de cruzamentos (clássico jogo de causas e efeitos) que conduziria à existência de Adán Martínez Fornés. "Nada é real, exceto o acaso", lera em algum livro. E se esforçava para pensar: talvez o tivesse propiciado para o bem. Algo bom entre tantas castrações e derrotas.

Durante anos, Clara, Bernardo, Ramsés e Marcos – e, até suas saídas do país, também Horacio, Joel e Irving – mantiveram uma relação constante, ainda que na verdade não muito próxima, com aquela que no início todos chamavam de "a pobre Fabiola". Seis anos mais nova que Ramsés e quatro mais nova que Marcos, "a pobre Fabiola" tinha só cinco quando os pais viajaram para a Argentina e estava fazendo sete quando eles morreram num acidente absurdo que, em muitos sentidos, repetia a morte dos próprios pais de Clara, também arquitetos, e replicava a de Walter, o suicida voador, como se aqueles decalques da fatalidade os perseguissem e, em algum momento, lançassem suas existências em caprichosas coincidências e estranhos desenlaces convergentes. Os eternos retornos? Os ciclos inquebrantáveis?

Quando Fabio e Liuba saíram de Cuba com a secreta intenção de não voltar e o empenho de, em algum momento, recuperar a menina – depois de cumprir o castigo de três, quatro e às vezes mais anos que cabia à deserção –, Fabiola ficara sob os cuidados de María del Carmen, irmã de Fabio, e de seu marido Arturo, que a assumiram como mais uma filha, irrestritamente apoiados pelos pais de Liuba, ex-militares de alta patente que se valeram do benefício de uma aposentadoria antecipada.

Foi sobretudo depois da morte dos arquitetos que os amigos ainda residentes em Cuba tentaram preservar alguma ligação com a órfã, "a pobre Fabiola". Mas, com os anos e pelos efeitos da dispersão, só Clara e Bernardo tiveram possibilidade de vê-la e de falar com ela.

Como não podia deixar de ser, foi justamente Clara, tão alérgica às próprias comemorações, quem impôs o costume de, em todos os aniversários da "pobre Fabiola", ela, seus filhos e os amigos que aparecessem visitarem a menina e levarem-lhe um presente. E, com o passar do tempo, viram-na transformar-se numa adolescente um pouco arisca, magra como um lápis e com os dentes cheios de fios de aço, depois numa moça delgada, de sobrancelhas masculinas que lhe davam aos olhos profundidade e mistério de cigana tropical, a Fabiola que, no dizer dos avós e dos pais adotivos, saíra tão inteligente quanto os pais biológicos e que, na opinião de Ramsés, sempre tão cáustico, era só uma chata antipática, uma dentuça de sobrancelha peluda.

Quando a jovem fez quinze anos, em 2003, Clara e sua turma foram à festa, à qual compareceram com o enorme bolo para as fotos, o presente que tinham assumido como sua responsabilidade comemorativa, e lhe entregaram, além de tudo, um envelope com uma fortuna: os duzentos e quarenta dólares que somavam os envios – exigidos por Clara – de Darío, Irving, Horacio e Joel.

Desde então, os encontros com a jovem – que agora só chamavam de Fabiola e que foi se embelezando como uma flor em seu apogeu – tornaram-se mais esporádicos, embora Clara nunca tivesse deixado de lhe telefonar nas datas próximas de seu aniversário e de visitá-la uma vez ou outra quando passava perto. Assim ficou sabendo que, em 2006, Fabiola entrara na Universidade de Havana para estudar filologia francesa, que em 2011 se formara e que, graças a seu histórico e muita sorte, obtivera uma bolsa da União Europeia e em breve iria para a França fazer uma especialização em tradução simultânea na Sorbonne, num curso de dois anos. E foi então que Clara estendeu a ponte por onde o destino avançaria: mais por uma formalidade quase impensada que por necessidade concreta, deu a Fabiola o telefone e o endereço de Ramsés, que já estudava e trabalhava em Toulouse, para o caso de algum dia ela querer entrar em contato com ele ou pedir alguma informação. E, ao desaparecer de seu radar geográfico, Fabiola também desapareceu da mente da mulher.

Um ano e alguns meses depois, Clara receberia a ligação do filho durante a qual o hermético Ramsés soltava de um só golpe que ele e Fabiola, que tinham sido namorados numa época em Cuba, estavam morando juntos. Já fazia um ano que, depois de se encontrarem em Paris, "tinham se engraçado de novo", nas palavras de Ramsés, e a moça conseguira uma transferência para a Universidade de Toulouse. E agora ela estava grávida e tinha resolvido ficar com ele na França, iam se casar naquele fim de semana e, é claro, queriam ter o "moleque". O neto ou a neta, francês ou francesa, de Clara, Darío, Liuba e Fabio. Ramsés e "a pobre Fabiola", a "sobrancelhuda", tiveram uma história em Cuba, reencontravam-se na França e agora lhe dariam um neto!

Três meses depois, ainda carregando uma mistura de excitação e angústia, perseguida pelas divagações e perguntas que desde o primeiro instante a avalanche de notícias e decisões do filho lhe cravara na mente, Clara iniciou os trâmites para sua viagem à França. Fabiola e Ramsés determinaram que ela assistisse ao nascimento do neto, pois já sabiam que seria menino. A perspectiva de realizar a primeira viagem que a tiraria da ilha aumentava o desassossego de ter de enfrentar realidades e encontros que escapavam de suas possibilidades de controle, mas era recompensada pela possibilidade de voltar a encontrar Ramsés depois de sete anos sem o ver, viver com ele o júbilo da paixão e da paternidade que o jovem parecia desfrutar e acompanhá-lo no momento de receber seu filho, neto de Clara. O francês Adán aprenderia a derrubar mangas acertando-as com pedras ou a cortar capim para alimentar coelhos, como o pai, e se divertiria jogando *pelota* ou andando solto por aí como um moleque de rua com os joelhos de fora e as orelhas sujas como seu tio Marcos?

Quatro meses a avó iminente levou realizando os trâmites angustiantes para obter a licença no trabalho e a autorização oficial assinada até por um ministro, requerer o passaporte que nunca tivera, conseguir a legalização cubana da carta-convite com carimbos cartoriais franceses enviada por Ramsés, todos os passos complicados que, mediante nervosas comprovações e demoras, finalmente lhe deram acesso à chamada carta branca das autoridades de migração que lhe permitia sair temporariamente do país por um período de onze meses e vinte e nove dias, ao fim dos quais, se não estivesse de volta, seria decretada sua condição de "desertada" e estaria fechada a opção de retorno à pátria.

Com a carta branca em mãos, começou, então, a briga pelo visto francês, não menos exigente, que decretava a possibilidade da viagem e que só lhe concederam quando se apresentou no consulado com a passagem da Air France (só podia ser Air France) com data de saída e uma volta definida para dois meses depois.

Ao meio-dia em que Clara voltou a Fontanar com o passaporte habilitado e visado, apenas dois dias antes da data marcada de seu voo para Paris, Marcos e Bernardo a esperavam ansiosos.

– Porra, então você vai mesmo para a doce França! – exclamou Marcos, folheando o passaporte. – Que inveja! E vai ficar lá, não é?

– O que é isso, menino? Claro que vou voltar.

– O problema vai ser suportar o chato do meu *brother.* Se você aguentar, não se preocupe comigo, fique lá se quiser – avisou Marcos.

– Também não se preocupe comigo – disse Bernardo.

– Pois, se vocês não se importam, pode ser que eu fique por lá.

– Claro… – começou Bernardo, e se deteve. – Claro, Clara… Claro que me importa. Você sabe que me importa.

Ela se aproximou do homem e, segurando-lhe o rosto com as mãos, beijou-lhe os lábios.

– Ei, ei! – Marcos os repreendeu.

– E você sabe que não vou te deixar... – disse Clara a Bernardo, sem olhar para o filho, e depois virou-se para ele e levantou a mão como se fosse lhe dar um tapa. – Mas esse safado sempre com suas idiotices!

Marcos pegou a mão levantada da mãe e a beijou.

– Ai, mami!... Você é louca... Já imaginou como vai ser em Toulouse? Meu pai e a catalã dele enrolados na *estelada**, Irving e Joel, e parece que até Horacio e Marissa estarão lá... Viu o que vamos perder, Bernardo? Porra, eu quero ir!...

– Vai ser lindo, Clara – disse Bernardo, voltando a beijá-la. – Você merece isso depois de tanta coisa que aconteceu. Vai ver seu filho... e seu neto!

– Meu neto francês...

Clara assentiu e, da sala, através da cozinha, olhou para o quintal onde cresciam os mamões e as bananas descendentes dos que, quase um quarto de século antes, Darío semeara com a ajuda de Ramsés e o estorvo de Marquitos. Algum dia seu neto francês aprenderia a semear mamões e a transplantar e escorar bananeiras?

– Já nos aconteceu quase de tudo. Às vezes penso e não sei como chegamos aonde estamos.

– Fácil – disse Marcos –, e aprenda a dizer desde já: *C'est la vie!*

– Sim, a vida... E neste instante é a vida de três pessoas que vão ficar com a barriga roncando porque dois folgados que são meu filho e meu marido não puseram uma bendita panela no fogão. Quando eu for conhecer meu neto francês, vocês vão morrer de fome! Caralho... um neto francês.

* Bandeira não oficial empunhada pelos independentistas catalães. (N. T.)

Mal despontava 2015, um ano mais que escoara como areia entre os dedos, quando Yassier, amigo de Marcos dos tempos de *pelotero*, chegou à casa de Fontanar. Clara o conhecia desde criança (às vezes tinha de mandá-lo ficar quieto, pois ele costumava falar aos gritos), e Yassier, depois de beijá-la e felicitá-la pelo novo ano que pelo visto seria melhor, de lhe perguntar como ia na França o falso do Ramsés, que nem por Facebook lhe escrevia, entregou à mulher cem dólares que, sabe-se lá por que estranhas vias, Marquitos lhe mandava de Hialeah para que, com aquele dinheiro, ela e Bernardo fossem comer em algum lugar e comemorassem seu aniversário de cinquenta e cinco anos. Ao ver o dinheiro, Clara sentiu seu coração se apertar de emoção pelo gesto de amor do filho.

– Mas por que Marcos faz isso? Olha que eu disse para ele... Está acabando de chegar e não tem de ficar presenteando...

– Você não sabe como é Marquitos, velha? – afirmou mais que perguntou o jovem, num tom mais alto que o necessário. – Mandrake, o Mago!...

– Sei como é Marquitos, claro que sei, mas não me chame de velha, não grite e não o chame desses apelidos. – E, apesar das preocupações que a assediavam, Clara sorriu e convidou-o para um café, e o mensageiro, enquanto esperava, contou-lhe as vicissitudes de sua reciclagem profissional: deixara seu trabalho como sociólogo, também estava encerrando seus compromissos como professor particular de revisão de aulas de história e espanhol e agora trabalhava como corretor imobiliário. Vendia casas e ganhava mais dinheiro que nunca... até que o negócio se fodesse, porque com certeza, como sempre acontecia, se funcionasse bem, alguém estragaria tudo. Qual dos amigos de Clara dizia alguma coisa assim: o dia está bonito, logo mais vem alguém e fode com ele? Clara e Yassier riram.

Mas, duas semanas depois, no dia em que completava cinquenta e cinco anos, quando Clara recebeu as ligações de Marcos, Ramsés, Horacio, Darío e de Irving e Joel, a mulher não estava com vontade de comemorar. Falou com eles sentada numa poltrona ao lado da cama do hospital em que três dias antes Bernardo fora internado e os atendeu como se estivesse em casa, sem comentar uma circunstância que poderia amargar o dia deles: bastava sua preocupação.

Havia uns dois meses, Bernardo começara a ter uns problemas respiratórios, com tosses cavernosas e falta de ar, além de cansaço e dores no corpo, atribuídos a uma gripe de mudança de estação (naquele ano chamavam a epidemia de "o carinhoso", pois agarrava a pessoa, deixava-a moída dos pés à cabeça e não queria mais soltá-la). Mas, em vez de retroceder, os sintomas foram se tornando mais profundos e preocupantes à medida que passavam as semanas. Ele até perdera várias libras de peso e seu rosto estava com uma cor doentia. Só quando surgiram umas febres persistentes Bernardo atendera às súplicas de Clara para que procurasse o hospital. Imediatamente os médicos diagnosticaram uma pneumonia aguda e resolveram interná-lo por alguns dias para lhe dar antibióticos de última geração que só eram administrados em alguns centros hospitalares. O prognóstico clínico garantia que em alguns dias estaria recuperado, mas Clara tinha um mau pressentimento.

Contra a vontade de Bernardo, que jurava se sentir cada vez melhor, Clara localizara o doutor Juan Gregorio Cuevas, um oncologista primo-irmão de Bernardo por parte de mãe, e lhe contou seus temores. El Goyo, como era chamado na família, mobilizou-se imediatamente e transferiu Bernardo do hospital municipal para o especializado em oncologia onde ele trabalhava e o submeteu a exames mais rigorosos. Em 6 de fevereiro, El Goyo convocou Clara e lhe deu o diagnóstico: Bernardo tinha câncer de pulmão. E, embora tivessem de fazer mais exames, os prognósticos iniciais dos pneumologistas eram sérios: a única solução parecia ser aplicar-lhe uma série de radiações para concentrar a tumoração e, de imediato e de todo modo, operar. Só depois da intervenção cirúrgica seria possível fazer previsões mais certeiras, até onde um organismo humano e uma maldição caprichosa como o câncer permitiam conclusões definitivas. O melhor era começar de pronto o tratamento.

– É que Bernardo se maltratou muito – sentenciou o médico.

– Faz quase vinte anos que ele não bebe… – defendeu-o Clara. – E nunca fumou. Os pulmões?

– Sim, Clara, não foi o fígado, foram os pulmões. Diga, o que vamos fazer?

– O que vocês, médicos, decidirem, claro.

– Não, estou falando de Bernardo... Dizemos agora ou esperamos?

Clara pensou só um instante.

– Vamos dizer. Bernardo não é bobo e vai saber... Eu falo com ele... amanhã.

Clara recebera a notícia com uma inteireza que surpreendeu a si mesma. Talvez porque já estivesse com o mau pressentimento, a premonição de uma fatalidade. Mas, ao ficar sozinha em frente do consultório de El Goyo, sentiu os primeiros efeitos da queda e a necessidade de sair daquele lugar sórdido, com azulejos, pisos, lâmpadas, cheiros tetricamente assépticos, onde tantas vezes se lutava em vão contra a morte.

Saiu do hospital sem passar pelo pequeno quarto onde Bernardo repousava e, sem propósito, vagueou até chegar ao parque Medina, pelo lado da *calle* 25, entre C e D, diante do qual ficava o velho edifício do instituto pré-universitário onde, quarenta anos antes, tinham se encontrado alguns jovens que, por preferências e seduções de todo tipo, aproximaram-se até formar o que eles mesmos chamaram de um Clã. Lá ela conhecera a jovem de cabelo castanho e estirpe de líder chamada Elisa, que, terminada a primeira aula, aproximara do grupo o rapaz de olhos claros, alto e bem-apessoado, alegre e talentoso, o qual apresentara como seu namorado e que, imediatamente, atraíra todas as jovens que o conheceram: Bernardo era bonito.

O edifício, sempre sólido e vetusto, tinha perdido o brilho que conservara até os anos em que lá ela fez seus estudos pré-univeristários e se tornou namorada do aluno mais inteligente do instituto, chamado Darío, o homem com quem se iniciaria no sexo vários meses depois e com quem viveria por quinze anos e teria dois filhos que seriam os amores mais gratificantes de sua vida. Os dois jovens dos quais se despedira, sempre com lágrimas nos olhos, quando se somaram à dispersão que os perseguia, os marcava.

Clara sentiu como cada um desses marcos, referências de sua memória, pareciam chegar de um lugar remoto no tempo e mesmo no espaço, como cifras de outra vida extraviada. O edifício do pré-univeristário de El Vedado, com suas paredes desbotadas e janelas corroídas, ofereceu-se a ela como um reflexo das passagens difíceis do país, mas, sobretudo, de si mesma, de sua própria existência. Um abandono diante de outro abandono. Daqueles tempos leves em que, de saia de brim azul e blusa branca de poliéster, atravessava as portas do colégio com a mente em pleno gozo de seu presente e com total confiança num futuro pessoal e cheio de planos e oportunidades, restava muito pouco. Para ela, quase nada: os anos, a vida e a história tinham erodido coisas demais, devastando-as. Mesmo a memória padecia uma dissolução generalizada que também envolvia as imagens de possíveis futuros.

A Clara que estudara ali e a Clara que estava ali agora eram dois seres que quase não mantinham nenhuma ligação, e, precisamente naquele dia, muitas das relações sobreviventes estavam entrando em crise com uma ameaça de morte. A solidão da qual tanto fugira, o retraimento que entre os muros daquele lugar tanto havia conjurado com amigos, confidentes, namorados, quase irmãos, pareciam dispostos a acabar por devorá-la em sua implacável perseguição. Elisa, Darío, Irving, Horacio, longe; Liuba, Fabio e Walter, mortos; Ramsés em seu mundo, pai de um filho francês que ela não veria crescer nem aprender a cuidar de coelhos e galos de briga, e Marquitos encantado com a vida em Hialeah, com uma namorada nova-iorquina que parecia enlouquecê-lo, expatriado talvez para sempre. E agora Bernardo, seu último cabo preso à terra firme, deitado na cama de um hospital, esperando que ela se aproximasse e lhe dissesse que ele tinha mais possibilidade de morrer em alguns meses que de chegar à velhice e acompanhá-la com sua presença, seu amor e sua bondade essencial nos anos da última decadência, salvá-la da solidão sideral que desceria sobre ela, disposta a envolvê-la e, como flor carnívora, devorá-la.

Em Madri, o inverno negava-se a ceder, o sol não aparecera naquele domingo de fim de março e, como se pudesse conseguir algum efeito protetor, Irving ajustou mais uma vez o cachecol grosso de flores e tentou levantar mais o zíper da jaqueta acolchoada, já colocado no limite possível. Até quando o atormentaria aquele frio safado da porra?

Desde sua chegada à Espanha, o inverno fora o maior tormento para o cubano. Decerto o calor seco dos verões madrilenhos era irritante e daninho, ressecava-lhe as mucosas e condensava em suas fossas nasais mucos escuros e empedrados, de fuligem e sangue coagulado, embora se consolasse dizendo a si mesmo que, afinal, tinha doutorado em calores asfixiantes. Em contrapartida, o frio o superava. Como em seus deslocamentos pela cidade, caminhava meio encurvado, sobrecarregado de roupa, no fim do dia tinha dores no pescoço e nas costas. Depois, ao entrar em lugares com aquecimento, tinha de começar a tirar os agasalhos, pois costumava suar como se tivesse corrido dez quilômetros. E, depois da transpiração, a perspectiva de voltar ao encontro com as baixas temperaturas sempre o aterrorizava, cada vez mais intensamente. Talvez fosse um dos efeitos da velhice da qual ele se aproximava. Talvez a evidência, mais uma, de que, vinte anos depois, aquele lugar que o acolhera, onde sentira que muitas de suas expectativas se satisfaziam, continuasse não sendo seu lugar, pior ainda, a constatação de que ele era uma espécie de espectro em fuga, que já não tinha nem teria *um* lugar.

Apesar do frio, impelido por seu mau estado de ânimo, Irving sentira-se necessitado de solidão e de uma rotina que o ancorasse a algo que minimamente o definisse. Enfim sentado diante da escultura *O anjo caído*, atrás de uma árvore que mal o protegia da brisa, com a torpeza a que o obrigavam suas luvas de couro cru, voltou a olhar o relógio de seu celular e calculou que ainda não era o momento adequado. Uma da tarde em Madri, sete da manhã em Havana. Será que ela tinha dormido naquela noite? Melhor esperar mais uma hora. Ele aguentaria mais uma hora? Da conversa telefônica que teriam dependeriam muitas coisas, todas importantes, algumas irreversíveis, e ele deveria tomar decisões que se cruzavam, se equilibravam, o alteravam. Como dez anos atrás Ramsés lhe dissera naquele mesmo lugar, tudo se reduzia a uma questão de responsabilidade. Para outros, talvez de culpas e perdões; para ele, agora, sempre, tratava-se apenas de responsabilidade.

Os últimos anos tinham sido difíceis e tensos para Irving, como para todo o país. A explosão da bolha imobiliária espanhola arrastara, com seu efeito dominó, toda a economia e de algum modo afetara milhões de pessoas, ele entre elas. A gráfica em que trabalhava, depois de um feliz investimento em novas tecnologias, tivera de assumir que a amortização demoraria muito mais que o previsto devido à perda de encomendas, e o dono decidira dispensar uma quarta parte do pessoal. Irving caiu entre os despedidos. Os dois anos de salário garantidos por sua condição de contribuinte desempregado significavam um alívio, mas não uma solução, pois já se percebia que a recuperação seria demorada e não devolveria o país ao estado de bonança anterior, ilusória segundo alguns, real para muita gente, como ele mesmo.

As buscas intensas por um trabalho fixo nos territórios das artes gráficas e do design resultaram apenas em alguns contratos temporários, que o salvavam economicamente, mas alimentavam a ansiedade implícita em sua condição de provisório. E desde então o medo, outro medo, começou a assediá-lo, provocando insônias, ansiedade, amargurando-lhe o caráter. Se antes temia o presente, agora o aterrorizava olhar para o futuro e não poder definir sua forma. Como terminaria aquilo, como terminaria ele? Estariam assistindo à crise final do inumano sistema capitalista, conforme advertiam os apocalípticos? Um sentimento de vulnerabilidade o espreitava e o fazia imaginar os piores cenários para um imigrante desempregado numa idade em que suas capacidades eram menos demandadas. Era para ter medo, não?

Em seu desespero, em algum momento Irving havia considerado com Joel a possibilidade, já realizada por outros exilados cubanos, de juntarem suas coisas e se mudarem para os Estados Unidos a fim de lá procurarem algum trabalho. E, como ele mesmo sabia que aquela seria a solução mais desesperada, alegrou-se de que Joel não quisesse nem pensar nela. Com a bonificação por desemprego de

Irving e seu salário de chefe de turno de serviço telefônico, poderiam viver muito apertados, mas viver. Joel sabia e dizia: os Estados Unidos, embora tivessem um presidente afro-americano, como o chamavam, não eram lugar para um negro, muito menos um negro cubano e, sobretudo, um negro sem dinheiro. Como se meteria num bairro de negros de Miami depois de ter vivido como pessoa digna em Cuba e ter desfrutado a condição de cidadão pleno de Chueca, de habitante da noctâmbula e cosmopolita Madri? Viver o dia todo, todos os dias, pensando que você é negro, estrangeiro, pobre, uma merda? Começar de novo, aprender a dirigir um automóvel aos cinquenta anos? Afastar-se de novo daquilo que, com o tempo, conseguiram construir materialmente e reparar sentimentalmente? Não, nem pensar, aferrou-se Joel.

– Se chegarmos a um ponto crítico, voltamos a falar no assunto – disse Joel, por fim. – Mas, Irving, juro, não tenho forças para começar de novo, menos ainda para aguentar outra perda.

No fim de 2014 a sorte que, no fim das contas, sempre o salvara, iluminou a alma de Irving. Uma academia de design recém-aberta por um amigo de amigo de amigo lhe oferecia uma vaga como professor, com salário digno, embora sem contrato fixo por enquanto, pois o futuro dependia do sucesso econômico do projeto. Além disso, a gestor da academia, graças ao amigo de amigo com ligações, ia receber encomendas de vários tipos de design e impressos para algumas dependências do Ayuntamiento de Madri, e Irving também poderia trabalhar neles e ganhar um dinheiro extra.

Irving já estava se deleitando com sua situação nova e tranquilizadora quando Marcos lhe telefonou para dizer que Bernardo tivera diagnóstico de câncer, explicar o processo do tratamento e a cirurgia necessária. Na mesma hora, Irving ligou para Clara, no mesmo dia em que o fizeram Ramsés, Darío e Horacio, de Toulouse, Barcelona e San Juan. Como os outros dois amigos e o filho, Irving quis saber cada detalhe do processo, repreendeu Clara por não lhe ter falado antes e perguntou, como os outros, do que Bernardo estava precisando. De saúde, respondeu Clara em todos os casos, e em todos os casos a resposta dos amigos foi a decisão, naquele momento, de enviar algum dinheiro para as muitas necessidades que se avizinhavam.

Desde o fim de fevereiro, além das mensagens que enviava todos os dias e apesar do alto custo da comunicação, Irving ligara para Clara a uma frequência de duas vezes por semana para saber da evolução do amigo. Em várias ocasiões falara com Bernardo e o sentira entre resignado e animado, sobretudo confiante, em partes iguais, no poder de Deus e na sabedoria dos médicos. Como senha de cumplicidade e de esperança chegaram a estabelecer uma forma de despedida: "bicho ruim não morre", dizia um, indistintamente, e o outro ratificava.

Nas noites, que voltaram a ser mais tranquilas desde que Irving obtivera a segurança do novo emprego, a sorte de Bernardo e o futuro de Clara tornaram-se o tema mais constante de meditação. Por alguma razão inexplicável, quando Joel perguntava por Bernardo, Irving só lhe dava a informação mais importante e evitava se aprofundar. Sentia que o incomodava falar com outra pessoa, mesmo que fosse Joel, do que vislumbrava como desenlace fatídico. Assumia a situação como se recebesse uma agressão ou o expusesse a uma vergonha e lembrou que algo semelhante acontecera quando, ao voltar de sua única viagem a Cuba, algum conhecido lhe perguntava como estava sua mãe. Então apenas respondia com um vago "vai indo" ou até com um falso "bastante bem" para se desincumbir, sem dar maiores explicações que o enervavam com um sentimento de culpa por falta de responsabilidade. Acontece que Irving, com sua personalidade tendente à alegria, mas marcada por sua propensão a se sentir desamparado e a ter medo, sempre assumira que seus afetos próximos constituíam, na realidade, um escudo que o protegia de um esmaecimento de seu ser, de seu estado espectral.

Até se esqueceu do frio que o abatia enquanto pensava, mais uma vez, em como teria sido sua vida em Cuba se ele não se tivesse visto empurrado ao exílio. Para os momentos de dúvida e incerteza, Irving criara para si uma fábula de cores agradáveis, montada com as boas lembranças de dias de festas, praias, reuniões, cumplicidades, chegada e crescimento de amores, a sólida sensação de pertencimento e proximidade: um caracol blindado, ou melhor, uma bolha iluminada pelo sol que o fazia flutuar acima do pior aspecto da realidade que deixara para trás. Um ambiente povoado também por torturantes medos reais e imaginários, carências de todo tipo, incertezas sem limites nem data de vencimento.

Então, chegava inclusive a duvidar de que tomara a melhor decisão, mas ao mesmo tempo não se arrependia. O destino e a história em geral tinham aquela força centrífuga que fizera com que ele e vários amigos seus se deslocassem e se transformassem em outra coisa, em outras pessoas (cidadãos de Chueca, por exemplo? Revolucionários burgueses catalães?), e os filhos de seus filhos em franceses, porto-riquenhos, sabia Deus em que porra mais. E procurava não fazer as contas de ganhos palpáveis e perdas notáveis, não era o essencial: o mais pesado consistia na condição de se ter visto empurrado a se transformar em outro, em um Irving que certas manhãs se olhava no espelho e não se via. Quando, como, por que tudo se estragara? Isso ele deveria perguntar a Horacio. Tudo se estragara para que eles fossem embora, encontrassem outros mundos e descobrissem paraísos insuspeitos, embora sempre insatisfatórios?

Contemplava *O anjo caído* e se perguntou até que ponto o afastamento de Elisa fora para ele causa de angústia, um mau bocado para misturar-se de modo maligno ao medo adquirido pelos acontecimentos traumáticos vividos com a morte de Walter. A proximidade com aquela amiga talvez tivesse sido o maior ganho em seus anos de juventude, quando suas preferências sexuais ainda eram consideradas um estigma político, ideológico e social e costumavam ser vistas por seus colegas de ambos os sexos como fraqueza ou desvio pernicioso. Por isso, para ele fora durante muitos anos tão doloroso – mais ainda, dilacerante – o encontro que Elisa guilhotinara ali mesmo, dez anos depois de seu desaparecimento. Até que, justamente diante de *O anjo caído*, um raciocínio de Clara mudara sua perspectiva.

Tinha acontecido nos dias posteriores ao nascimento de Adán, havia dois anos, e quando vários amigos, inclusive Clara e Horacio, se encontraram em Toulouse. Aquele encontro fora uma agradável possibilidade de recarregar as baterias da memória e dos afetos. Marissa, mulher de Horacio, tinha se desculpado, pois sua mãe andava doente e ela não queria impingi-la às gêmeas, em pleno período de busca de opções universitárias. Montse demonstrara sua inteligência prática e alegara negócios inadiáveis, ela poderia ir a qualquer momento. Então tiveram mais espaço para eles: Horacio, Darío, Irving, Joel e Clara, todos alojados num apartamento próximo ao de Ramsés, alugado por Darío.

As noites de jantares, vinhos e conversas em Toulouse e os dias que passaram em Paris e a visita a Chartres para admirar sua catedral e a Auvers-sur-Oise para peregrinar até a desolada tumba dos Van Gogh foram como um prêmio à persistência de uma confraria que, embora reduzida e dispersa, preservava os códigos de uma cumplicidade à prova de terremotos, tsunamis, cataclismos. Ou de ciclones que iam e voltavam, como o Flora. Uma cumplicidade com força para derrotar o Apocalipse divino e a entropia da matéria. Segundo Horacio: a dinâmica da coesão superando a dissociação. Os fragmentos de um ímã os quais sua própria natureza ingovernável sempre reúne.

Como se tivessem feito um acordo prévio, os amigos falaram pouco dos assuntos dolorosos e menos ainda dos mais agudos. Impunha-se celebrar, e eles celebraram, sem trocar mais repreensões que as indispensáveis. Clara, como sempre, esteve a sua altura e apenas contestou Darío umas duas vezes, e ele, Irving, só numa ocasião perguntou ao médico se acreditava, mesmo, em toda a história da repressão catalã e no argumento de que eles sustentavam o resto dos espanhóis e não se surpreendeu quando Horacio apoiou Darío, pois, como quase porto-riquenho, entendia os catalães e apoiava as pretensões separatistas, cada vez mais comentadas. Como costumava acontecer, o senso da realidade de Joel resolveu a questão mandando os três tomarem no cu e proibindo-os de falar de política.

Três semanas antes da data marcada para a volta de Clara, Irving e Joel a fizeram ir a Madri por dez dias, quando a alojaram no estúdio de Chueca (cederam-lhe o quarto e os anfitriões ocuparam o sofá-cama muito confortável), e Irving lhe dedicou, muitas vezes na companhia de Joel, todo o tempo livre de que dispunha no trabalho (temporário) que conseguira no ano anterior. Um dos passeios foi, como não podia deixar de ser, uma parada matinal no lugar em que ele estava agora, ao pé do grupo escultórico *O anjo caído*, no parque del Retiro. Lá, como também não podia deixar de ser, Irving contou para Clara, com precisão gráfica e movimentos no próprio local, o ainda enigmático cruzamento de olhares que tivera com Elisa quase dez anos atrás e a visão fugaz da adolescente que devia ser sua filha. E pela primeira vez Irving deu um passo a mais em suas revelações.

– Elisa não parecia Elisa, estava com o cabelo diferente, mas a menina, Clara... a menina era idêntica a Horacio.

– Meu Deus, Irving, o que você está dizendo, porra?

– O que eu disse, Clara... Se aquela menina era a filha de Elisa... acho que também é filha de Horacio.

– Mas ele sempre jurou...

– Só estou dizendo o que vi.

Clara fixara o olhar na escultura.

– Se é filha de Horacio... – A mente de Clara tentara situar aquela possibilidade e seus significados, mas uma revelação desviou o rumo de suas meditações. – Olha, Irving, vou te dizer uma coisa... Acho que a melhor coisa que Elisa fez foi desaparecer... Sim, isso mesmo. E não me olhe assim... É verdade que arrasou quase todos nós. Eu, Bernardo, você que era seu amigo de alma, Horacio, se é verdade que ele é o pai de sua filha e ela lhe negou a possibilidade de saber, de conhecê-la... Mas ela ter desaparecido acabou nos deixando um espaço. E pudemos levantar alguma coisa nesse vazio... Já imaginou onde Elisa nos teria levado se acontecessem todas as coisas que poderiam acontecer com ela? Faça a conta das que aconteceram sem ela e me diga como teria sido com ela... A mim ela tinha devorado a mente, e até acreditei, bem, você sabe o que achei de mim mesma... E me diga mais uma coisa, agora, a distância: no que se podia acreditar do que Elisa dizia? Quando se é jovem, parece brincadeira. Depois, é doença.

Nem na frente de Clara e seu raciocínio brutal, nem naquele gélido meio-dia de março de 2015, enquanto esperava e mijava de frio, Irving se sentia em condições de imaginar o que teria significado a presença de Elisa e suas cargas entre todos eles: porque, se naquele grupo de pessoas havia um anjo caído, tinha sido Elisa, ele concluiu. E o melhor é que estivesse longe, no inferno que ela mesma criara, ou no céu, se é que o tinha ganhado com seu distanciamento.

Faltavam dez minutos para as duas, e ele achou que não poderia mais aguentar o frio, a incerteza, a agitação de suas ideias. Finalmente digitou o número do celular de Clara, em cuja conta tinha colocado vinte euros no dia anterior.

– Fala, querido. – Ouviu a voz da mulher depois de só dois toques.

– Estava esperando minha ligação?

– Há pelo menos uma hora.

Irving não pode deixar de sorrir.

– E eu aqui mijando de frio... Como foi?

– Ele foi operado na sexta-feira. Ontem me deixaram vê-lo uns minutos na terapia intensiva. Se tudo continuar bem, amanhã, segunda-feira, ele desce para o quarto.

– Como ele está se sentindo?

– Arrebentado, imagine. Cheio de tubos e agulhas...

– E o que os médicos dizem?

– Que a operação foi bem. Parece que cortaram tudo o que foi afetado, que estava bastante localizado. Uma limpeza geral, diz El Goyo... Agora vão fazer biópsias e esses exames. É todo um processo, é preciso esperar.

– Coitado... – murmurou Irving. – E você? Como você está?

– Morta de sono e de cansaço, mas acho que bem – disse Clara, antes de uma pausa. – Não, não estou bem. Toda essa história está acabando comigo. Estou com a alma no pé...

– Você tem de se cuidar, Clarita. Precisa ser forte – disse Irving e, na mesma hora sentiu-se ridículo, inclusive culpado. Ele deveria estar lá, na guerra, na dor, no seu lugar: essa era sua responsabilidade. E por que sempre lhe saíam aquelas frases feitas?

– É que é muito duro, Irving. Mas quero ter fé em que Bernardo vai se recuperar. Outros se recuperaram. Por que ele não há de se salvar? Porque, sabe de uma coisa...? Acho que Bernardo é o melhor de todos nós...

– Bernardo vai se recuperar...

– Sim... Olha, outro dia não te contei... Na quinta-feira, quando o estavam preparando para a operação, apareceu no hospital um mulato velho, de uns oitenta anos. Ele vinha da parte de Ramsés...

– Não me diga...!

– Digo, sim: o padrinho de santo de Ramsés. O babalaô. Lázaro Morúa... Ramsés tinha falado com ele, e o velho veio nos pedir permissão para fazer uma cerimônia para Bernardo. Uma limpeza. Uma coisa que se chama rogação de cabeça e não sei o que mais...

– E aí, Clarita?

– Falei com Bernardo, e dissemos que sim. Que fizesse o que tinha de fazer. Agora precisamos de todos os apoios, não é?

– Fizeram bem. Você sabe que não acredito nisso, mas ao mesmo tempo acredito que ajuda. Não sei como, mas ajuda.

– O velho fez umas rezas em iorubá e o pai-nosso, passou-lhe pelo corpo um embrulho pequenino de pano branco com alguma coisa dentro, esfregou-lhe as costas com umas flores e lhe deu para tomar um copo de água com mel e ervas... Colocou debaixo do travesseiro pó de cáscara e a figurinha de um santo, aquele... Aquele que mata o dragão?

– Meu Deus – Irving imaginava o processo da "limpeza", conhecia-o, como qualquer cubano. – São Jorge!

– Claro, porra, são Jorge! Depois lhe amarrou um pano branco na cabeça...

– E disse alguma coisa para vocês?

– Esse mundo é espantoso, Irving. Quando ele terminou disse que Bernardo estava nas mãos de Deus e dos médicos.

– Nas melhores mãos, porra! – exclamou Irving, que esquecera o frio e tirou a luva direita para segurar melhor o celular. – Esse homem é um sábio... E onde você está agora?

– Aqui no hospital. Às nove eles dão o boletim médico, e pode ser que El Goyo me faça entrar no quarto para eu vê-lo... Mas a noite passada dormi em casa. Pouco, mas dormi...

– Menos mal.

– Sim... O problema, Irving... O problema é que, se Bernardo morrer, não sei o que vou fazer. Coube a mim perder tudo, tudo...

– Ele vai se salvar, Clarita. Calma... Diga, do que vocês estão precisando?

Clara abriu um parêntese de silêncio.

– Escuta, você está aí? – preocupou-se Irving. – Está chorando?

– Não, não estou chorando. Ainda não... para quê? Já chorei quando você foi embora, quando Ramsés foi embora e depois Marquitos... E se suportei muita coisa foi graças a Bernardo. Ele me salvou do desespero e da solidão. Foi o melhor amigo, e não fique com ciúme. Me devolveu coisas que eu tinha perdido, me reconciliou com Deus ou seja lá o que for, me deu alegria, me fez sentir... E sabe de uma coisa? Sim, você sempre sabe tudo, era ele que me agradecia por tê-lo salvado. Coitado... Tomara que eu possa salvá-lo agora. Com Deus, com os médicos e com os babalaôs... É disso que precisamos... E sabe o que mais? Precisamos dos amigos. Vocês, a família que nos resta...

Irving assentia com a cabeça, esquecido o frio que o martirizava.

– Porra, Clara, você está me matando – disse e observou de novo, de novo, a imagem de *O anjo caído*.

Nas manhãs em que saía pelo bairro ou ia à cidade buscar aquilo de que necessitavam para viver, Clara encontrava um mundo que lhe parecia cada vez mais hostil, como se tivesse sido decretado um estado de emergência permanente. Nos anos 1990, os mais tétricos do assim chamado Período Especial, quando faltava tudo e a luta cotidiana se reduzia à obtenção agoniada do que aparecesse para passar o dia, as pessoas se empenharam naquela guerra pela subsistência ou se deixaram arrastar pela inércia. O país viveu entre limites extremos por tanto tempo que, ao entrar em outra situação econômica menos deprimida, as pessoas descobriram que haviam se estabelecido códigos mais duros e elementares. Condições como a da sorte de ter ou a maldição de não ter, ou o anúncio oficial de que igualdade não é igualitarismo e de que se devia aceitar o fato de que uns estivessem mais fodidos que outros e outros que outros ainda... E as pessoas começaram a assumir a realidade de um modo diferente: a longa convivência com a miséria econômica engendrara, como geralmente acontece, misérias humanas e morais palpáveis, com toda certeza mais difíceis de superar que as carências materiais.

Mas agora, em suas peregrinações por lojas, mercados, farmácias, felizmente para ela quase sempre com alguns dólares na carteira graças aos envios salvadores de filhos e amigos, Clara topava com as mais diversas manifestações de um modo de vida que parecia decretado pelo aviso do salve-se quem puder. Se você precisasse de uma torneira, não a encontraria no estabelecimento especializado, mas haveria alguém na rua que a ofereceria e poderia resolver seu problema ou te enganar. Se procurasse azeite, poderia dar com prateleiras vazias na loja e alguém na esquina que te oferecesse por sobrepreço. Quando comprava, por preços cada vez mais altos (pois havia cada vez menos e se produzia cada vez menos), carne de porco, inhame, batata-doce ou tomate, sempre, sempre, o peso era menor que o combinado e pago... Em qualquer lugar estatal ou privado os vendedores em geral estavam mancomunados com os distribuidores, e estes, com os administradores, e a cadeia podia ter muito mais elos, ramificações para os lados e para cima. Todos os que podiam roubavam. Os que tinham dinheiro compravam. Os que não podiam roubar nem ter dinheiro, esses se fodiam. Clara ficava com o coração apertado ao ver os que remexiam as latas de lixo para tirar algo, alguma coisa, num país em que ninguém punha fora nada que não fosse lixo.

Inclusive ficou patente, ou pelo menos perceptível, algo que para a consciência e a educação da geração romântica de Clara era impensável. Porque até com os remédios montaram-se mecanismos macabros de busca, captação e compra. Mas assistiram também à eclosão de mais de um escândalo de venda de provas escolares, fraudes coletivas ou pontuais, com recompensas econômicas, e, ainda que alguns tenham sido tão explosivos a ponto de se tornarem públicos, com a promessa de castigos exemplares, todos suspeitavam que talvez só estivessem vendo a ponta do *iceberg*.

Para muitos, o auge do drama da negligência e da perda de valores que chegavam à mais maldosa desumanização ocorrera no eterno hospital psiquiátrico próximo da casa de Fontanar. Justo lá produzira-se o que podia ser o acontecimento limite de uma lamentável situação de degradação: cerca de trinta doentes mentais (ou quarenta?) morreram durante uma noite de baixas temperaturas. A hecatombe dos infelizes foi causada pelos efeitos do frio (um frio cubano, não siberiano) que circulou por janelas quebradas ou inexistentes havia meses e se aproveitou de corpos mirrados por fomes acumuladas em longos períodos de má alimentação e falta das atenções necessárias por parte de quem deveria cuidar deles, protegê-los, mas se aplicava em roubar dos doentes a comida, as cobertas e talvez até as janelas pelas quais entrou o ar gélido. Todo aquele quadro sinistro, como imagem infernal de El Bosco, fora se desenhando por meses diante de muitos olhares, cúmplices ou displicentes, olhos, consciências e responsabilidades de homens e mulheres (cubanos, dirigentes, inclusive militantes comunistas, médicos, alguns hipocráticos) que não podiam deixar de saber o que estava acontecendo ali e acabaria provocando o terrível desenlace. O Apocalipse. E Clara perguntou-se: este é meu país? Como pudemos chegar a isto?

Depois da tempestade e dos castigos pretensamente exemplares, voltou a reinar a calma. Ou a negligência tinha se generalizado? Clara o comprovou na manhã em que teve de realizar umas análises e em sua policlínica disseram que não havia reagentes para os exames indicados. Então, uma conhecida do bairro, que saiu do laboratório depois de uma coleta, levou-a para um canto e a alertou: com uma grana os reagentes aparecem. E Clara, depois de oferecer um dólar, pôde fazer as análises.

Agora lutavam alguns para sobreviver, muitos para viver e outros para viver melhor e até exibiam em público seus sucessos com casas, carros e jantares com que a maioria não ousava sonhar ou nem sequer sonhar que fosse possível sonhar. Cada um, como podia, com o que podia, tentava arranjar a vida, rastejando num estado de decomposição, uma espécie de situação de guerra que, no momento, era de baixa intensidade, mas abrangia todas as frentes. Apesar de discursos triunfalistas, de chamados à consciência... Depois de tanta luta, sacrifício e palavras de ordem repetidas, tinha-se desembocado naquele pântano infestado de piranhas, um charco de indolência e oportunismo que parecia não ter limites nem fundo? Seria possível deter as iniquidades mais gritantes atacando-as com arengas, inclusive com controles que logo se descontrolavam, ao mesmo tempo que se abriam outros buracos? Quais eram as proporções da corrupção da qual agora, enfim, falava-se até nos discursos e nos jornais, enquanto se prometia lutar contra ela?... Onde se colocara a fronteira entre os dignos e os indignos?

Se a degradação moral de tanta gente a espantava, o que mais doía para Clara era encontrar os muitos que tinham ficado fora daquele jogo sórdido ou sem a sorte de receber os salva-vidas que mantinham à tona pessoas como ela e Bernardo. Esses, como num filme de Buñuel, Clara os via brigar na tentativa de comprar um saco de biscoitos de má qualidade, mas preço baixo, contar moedas para obter um pacote de pescoços e pés de frango e ingerir alguma proteína ou uns cubinhos de sopa para dar algum sabor ao arroz. Os que levavam espaguetes quebrados, feitos de farinhas ignóbeis, extraídos de um saco enorme e vendidos aos punhados, aqueles espaguetes moles que nos melhores dias cozinhavam com uma carne moída de cheiros e sabores escusos. E, mais embaixo, os que moravam em barracos com teto de zinco ou de lona, sem esgoto, como aqueles que ela tinha visto em terrenos nos arredores da cidade, relativamente perto de sua casa, e que a faziam lembrar sonhos e discursos dos tempos de romantismo, os anos de credulidade nos planos para o futuro repetidos por gente como seus pais arquitetos, com as habituais promessas de moradias dignas para todos como parte do inevitável futuro melhor, prometido e em construção. Ou ela e todos eles tinham ouvido mal? Alguém via aquela realidade? Alguém notava que entre os mais atingidos havia mais negros que brancos? Não, retificou: alguém podia dizer que não estava vendo aquela realidade?

Para Clara, aquele 2015 estava sendo um ano tenso e doloroso, e ela acabou por assumi-lo como o início de sua velhice e de sua queda definitiva no poço sem fundo que a história real e o destino lhes tinham trazido. Ainda muito afetada pela partida de Marquitos, a doença de Bernardo exigira a mobilização de todas as suas forças físicas e mentais, a preparação para um longo combate. E Clara lutou, movida pela esperança resistente na salvação de seu homem e, ao mesmo tempo, também perseguida pelo fantasma da capitulação e da derrota sem apelação que dava todo o sentido trágico à vida. Porque a morte existia e no fim sempre triunfava; a sobrevivência da alma, o prêmio do paraíso ou mesmo o horror do inferno eram apenas consolos com os quais os seres humanos tentavam aliviar sua grande derrota.

Um lampejo de ilusão acompanhara aquela difícil fase pessoal e familiar dos últimos tempos, quando no fim de 2014 pareceu abrir-se uma brecha de distensão de um intenso processo que marcara todos os dias daquela geração nascida por volta de 1959. Desde então, os governos de Cuba e dos Estados Unidos conversavam, trocavam visitas, no fim restabeleciam relações diplomáticas e pouco depois até abriam embaixadas em Havana e Washington, onde se hasteavam bandeiras, enquanto se suavizavam as retóricas habituais, sempre carregadas de eletricidade e até de raios e trovões. Até se começou a falar de um próximo levantamento de um embargo comercial decretado havia meio século, em plenos tempos de Guerra Fria (ou não tão fria).

Para pessoas como Clara e Bernardo, o novo estado de coisas, embora de momento não alterasse nada em sua vida pessoal, ofereceu-lhe o benefício de sentir algo como o despertar de um pesadelo coletivo no qual tinham passado todos os anos já abundantes de sua existência. Porque, se para eles tudo continuava igual, ao mesmo tempo sentiam-se melhor, pelo menos nesse setor específico de suas relações com o mundo. Uma luz para iluminar o que lhes restava de futuro? E, nesse futuro, haveria a possibilidade de os cubanos dispersos pelo mundo e os estabelecidos na ilha forjarem uma reconciliação? Tomara, ela pensou, talvez otimista demais com respeito a um elemento tão sensível de uma disputa que atuava como uma desgraça nacional alimentada com muito esmero.

Naquela encruzilhada de vivências e conjunturas dilacerantes ou ilusivas, Clara teve a satisfação de ver os esforços médicos e talvez até as intervenções esotéricas de babalaôs afro-cubanos, rezas à virgem, sucos de tronco de bananeira e venenos de escorpião (nunca se sabe) proporcionarem uma estabilização do estado do organismo de Bernardo, que os especialistas observavam com cautela, porém com otimismo. Para dar toda a atenção necessária ao convalescente, ela pedira uma licença não remunerada no trabalho (não que o salário desse para muita coisa), pois na verdade eles se sustentavam graças aos apoios econômicos que nunca faltaram. Salva-vidas (por anos os chamaria assim) que renderam mais em virtude de uma administração férrea de gastos e prioridades estabelecida por Clara, necessidade de se manter à tona num país em que o carro particular que levava a uma consulta médica, esperava no hospital e depois levava de volta para casa cobrava pelo serviço o montante do salário mensal de uma engenheira como Clara Chaple. E, se não se pertencesse à categoria de "caso social", um táxi estatal, se aparecesse, cobraria o dobro: dois salários, não é?

Quatro meses depois da operação, já no verão, Bernardo pôde até começar alguns trabalhos para clientes que traziam seus equipamentos à casa de Fontanar. Clara, por sua vez, decidiu que ainda não estava na hora de voltar a sua ocupação na empresa de construções, inclusive com novo diretor, já que, conforme acontecia periodicamente, o anterior fora defenestrado por uma razão qualquer, pois razões sempre havia de sobra para tais decapitações. Mas sobre Clara rondava, como a mosca que se nega a ir embora, um pressentimento negativo que a fazia presumir que a nova normalidade que começava a se esboçar não tinha alicerces firmes e a qualquer momento poderia desmoronar.

E, em outubro, quando Bernardo melhor se sentia, depois de um dos frequentes *check-ups* que lhe faziam caiu a bomba: o câncer reaparecera e o prognósticos diziam que voltara como o furacão Flora, fazendo um contorno em terreno já debilitado e com sua máxima intensidade.

Naquela tarde, sentada no terraço de sua casa, depois de uma conversa por telefone com Marcos durante a qual Clara esteve todo o tempo prestes a chorar, a mulher sentiu-se derrubada. Sim, como Bernardo costumava dizer: definitivamente eles avançavam de derrota em derrota, e o pior, disse a si mesma, é que não se vislumbrava a vitória final.

Caminhar: quatro, cinco, seis quilômetros. Caminhar: todas as tardes em que tivesse tempo. Caminhar: bom para o coração, para seus joelhos envelhecidos, melhor para a mente. Caminhar: preferia fazê-lo sozinho, embora também gostasse que sua mulher o acompanhasse. Quintín Horacio aproximava-se do apogeu tempestuoso dos sessenta anos, depois do qual começaria a descida, e o mais aconselhável era chegar lá caminhando, num bom ritmo, com as pulsações entre cem e cento e vinte, dissera o médico, e, se fosse possível, dali continuar caminhando, ideal se bem acompanhado.

Em suas caminhadas solitárias, Horacio pensava. Diferentemente de outros caminhadores que agora pareciam sair até de baixo das pedras, como se andar pela cidade fosse mais uma moda, ele nunca colocava fones de ouvido. Assim sua mente podia se deslocar a seu próprio arbítrio, vagando sem maiores interferências entre ideias que às vezes já o rondavam, as que o assaltavam por algo visto ou ouvido ou as que sem serem convocadas escapavam dos rincões mais extravagantes de sua consciência e sua memória. Durante um tempo usou as caminhadas vespertinas para repassar as aulas de grego clássico que retomara, sempre com o sonho de poder ler em sua língua original os filósofos pré--socráticos e socráticos, Platão e Aristóteles, sobretudo o *Tetrapharmakos* de Epicuro de Samos (físico e pensador: seu favorito), e chegar a essências e matizes que só conseguem se revelar no idioma em que foram pensados e escritos.

Com seu lenço vermelho cingindo-lhe a testa, saía do condomínio, buscava as estradas da costa e chegava a Isla Verde. Sempre que fazia bom tempo – e em Porto Rico a temporada de inverno só existia para que no Natal e no Dia de Reis as pessoas gastassem dinheiro, comprassem pinheiros que eram salpicados com alguma coisa que lembrasse neve, tomassem mais rum e cerveja e ouvissem mais música, com um calor quase igual ao de julho e agosto –, Horacio se desviava e cortava o trajeto em dois, pois ia até a pequena praia vizinha ao Hilton, que, graças a uma barreira artificial de rochas, estava sempre cálida e agradável, como uma grande piscina. E nadava e voltava a pensar. Sempre tinha coisas em que pensar. Às vezes, coisas demais.

Quando Marissa o acompanhava, então falavam. Nunca lhes faltava assunto, e esse fora um dos fundamentos para que se mantivesse saudável sua relação, que já ia pelas duas décadas. E, se algumas vezes falavam de Cuba, da vida anterior de Horacio e da ilha imaginada e até mitificada pela mulher, com o tempo o assunto foi sendo cada vez mais relegado e chegavam a passar semanas sem o mencionar.

Marissa nem sempre ia com ele, pois na realidade preferia ir à academia vizinha ao condomínio, inclusive já à noite quando estava em momentos de muito trabalho. Por isso, aos quarenta e nove anos mantinha-se com os músculos firmes e os seios lisos, e Horacio o agradecia. A mulher fora um dos grandes ganhos de sua vida, e vê-la bela e atraente o reconfortava, embora nem por tal recompensa tivesse renunciado totalmente a sua implacável voracidade por comer qualquer prato que lhe apetecesse. Agora, é claro, com menos ansiedade ou desenfreamento: conforme ordenava Epicuro. Até quando?, pensava. Até que pudesse e, enquanto isso, caminhar e nadar, manter-se em boa forma ainda que a vida e o tempo também caminhassem a seu ritmo implacável e o aproximassem dos sessenta anos de residência na terra.

Como abril costuma ser o mês mais bonito nos trópicos, Marissa o acompanhava com mais frequência naqueles dias, para também ela desfrutar a atmosfera de sua ilha. O exercício transformava-se, então, num verdadeiro passeio e, depois de pelo menos quatro quilômetros de caminhada, costumavam ficar por alguns momentos deitados no pequeno pedaço de areia da praiazinha do Hilton, deleitando-se com a algaravia de cores do entardecer. E conversavam.

Desde que se revelara a doença de Bernardo, Cuba voltara incisivamente à mente de Horacio. O físico se mantivera em contato com o doente e, sobretudo, com Clara, e enviava frequentes ajudas para que, pelo menos economicamente, a situação se complicasse o menos possível para eles. Mas Horacio não se iludia. Havia dois motivos que, junto com a velha amizade e seu sentido de solidariedade, o impeliam a manter a proximidade assídua. Um era estritamente de caráter existencial: as pessoas de sua idade, inclusive seus amigos, com o passar dos anos começavam a enfraquecer. Darío se tornara diabético; os longos anos de hipertensão obrigavam Irving a exames periódicos por causa de um endurecimento arterial que talvez o levasse à sala de cirurgia; Clara queixava-se de crises na cervical e problemas circulatórios; e ele, Horacio, sofria de um desgaste nos meniscos que tornava suas caminhadas cada vez mais árduas e recentemente apresentara transtornos gástricos que o levaram a colocar-se de nádegas para cima numa maca enquanto um sujeito lhe pedia que relaxasse, mais relaxado, e lhe enfiava uma mangueira pelo cu para olhar-lhe as tripas e até a alma, mais ou menos.

A evidência de que Bernardo pudesse morrer alterou o outro motivo que o impelia à proximidade: seus sentimentos de culpa e traição, sempre na expectativa, num precário estado de hibernação. Durante anos seu consolo fora atribuir a Elisa a ruptura de um equilíbrio que os fizera cair na cama de um apartamento de El Vedado. Ele tinha sido objeto, mais que sujeito do ato, um personagem que havia participado de modo utilitário de um drama iniciado fazia tempo por Elisa e Bernardo com seus próprios problemas e desgastes. Mas Horacio sabia que de nenhum modo deveria ter-se deixado arrastar ao lodo indelével da traição, porque não só fizera sexo com uma mulher que sempre o havia atraído, como o fizera com *a mulher* de alguém que considerava amigo e que o considerava amigo. E, embora os anos e as mais estranhas peripécias da vida se tivessem empenhado de muitas maneiras em aplainar asperezas tão lamentáveis e a relação pessoal entre ele e Bernardo tivesse voltado a ser cordial, nunca mais poderiam ser verdadeiros amigos porque ele mesmo sabia que nunca poderia limpar o indelével. Bernardo, entretanto, talvez o tivesse conseguido, por uma causa evidente: era uma pessoa melhor que ele e, graças a sua filosofia de vida, desenvolvera um espaço para o perdão, até mesmo para a redenção, e adquirido a possibilidade de superar inclusive um vexame como o que sofrera. Para Horacio, em contrapartida, sempre havia e haveria causas e efeitos, ação e reação: tudo acontece porque antes aconteceu algo.

E havia, sibilino, até um terceiro motivo, uma suspeita, talvez apenas uma presunção descabida, que nem por isso deixava de ser inquietante. Uma dúvida por demais razoável que nas últimas semanas voltara com forças renovadas para alterar sua mente e a consciência de seus pecados.

Tinha sido nos primeiros dias daquele esplêndido mês de abril porto-riquenho de 2015 que Marcos lhe enviara por e-mail a foto de uma comemoração de aniversário. Ao abrir o arquivo anexo e ver a imagem de Marcos com um boné dos Industriales e o braço nos ombros da jovem que apresentava como sua namorada, Horacio sentira uma comoção: a moça captada em plano médio era uma réplica viva de suas gêmeas, Alba e Aurora. A tez parecia um pouco mais clara, mas os olhos, o oval do rosto, o nariz e, sobretudo, a forma da boca, com os lábios carnudos que denunciavam sua ascendência étnica, eram tão semelhantes que não podia ser algo fortuito e se fosse, como deveria ser, como teria de ser, então se tratava de um milagre da natureza.

Alarmado com a semelhança, Horacio procurou em seu arquivo de fotografias digitalizadas de sua mãe quando devia ter uns vinte anos e viu no rosto mais escuro de sua progenitora a réplica dos traços faciais que caracterizavam Aurora, Alba... e a tal Adela. Como um carimbo persistente que se transmitisse de sua mãe mulata para o futuro da humanidade.

Uma inquietação acompanhava Horacio desde que observara a foto, e a primeira coisa que se perguntou foi se o envio de Marcos implicava uma ação inocente ou uma decisão intencional: "Esta é minha namorada. Chama-se Adela. O que você acha?". Horacio, talvez para começar uma tentativa de autoengano, de não se permitir acreditar no inacreditável, adotara o mais absoluto ar de inocência e respondera naquele momento: "Parabéns. Linda". E numa mensagem posterior perguntara a Marcos, como se não fosse importante, como e onde a tinha conhecido. Assim Horacio soube algo da história de Adela, de mãe cubana, uma tal Loreta, e pai argentino, o que deu ao físico um generoso alívio momentâneo. Mas, preso àquele anzol, Horacio acessou então a página do Facebook de Marcos e olhou outras imagens de Adela... Como era possível que aquela Adela fosse tão parecida com suas filhas, com sua mãe e com ele mesmo sem ter relação sanguínea? Em seus devaneios juvenis teria tido relações, uma relação pelo menos, com alguma Loreta? Não, não a encontrava em sua memória, também não encontrou a mulher no Google e não ousou pedir a Marcos mais referências da mãe de Adela.

Horacio obrigou-se a não militar no time dos paranoicos: a semelhança devia ser um acaso. Como a daqueles sujeitos que, sem parentesco com Elvis, são como que réplicas vivas do cantor e competem entre eles para ver qual se aproxima mais em semelhanças. E porque a outra possibilidade, a suspeita que se negava a abandoná-lo, era tão retorcida e rocambolesca que, só de pensar, ele repetia a si mesmo que podia descartá-la. Mas não conseguia: a imagem de Adela o perseguia e, com ela, o improvável romance de que aquela mulher que se chamava Loreta Fitzberg fosse na verdade Elisa Correa e de que ele fosse pai do filho que vinte e cinco anos atrás Elisa esperava. Ergo: Adela... A filha da Elisa sumida e dele, Horacio?... Um disparate da pior espécie. Tinha de aceitar: também ele estava definitiva e totalmente paranoico.

Desde então, começara a pesar mais sobre seus ombros a revelação de Irving, que anos antes comentara sobre seu encontro em Madri com uma mulher que devia ser Elisa, acompanhada por uma jovem que podia ser a filha da suposta e que, coisas de Irving e sua propensão a ver fantasmas, se parecia com Horacio. Uma revelação que agora adquiria um sentido inquietante. Mas Elisa tinha aparecido na Espanha? Morava por lá ou estava de visita e a filha era nova-iorquina e não espanhola?... Depois de pensar muito durante a caminhada posterior ao recebimento da mensagem de Marcos, tinha se decidido e reenviado para Irving a foto de Marcos e Adela, como se estivesse interessado em saber se Marcos já lhe havia apresentado "fotograficamente" a namorada e se a achava parecida com alguém. E Irving respondeu com um canhonaço: "Com quem se parece?...", escreveu numa mensagem de texto. "Com a menina que vi em El Retiro faz uns anos... A menina da qual falei e você riu de mim... Lembra?" Horacio não respondeu. Ainda não podia nem queria.

Naquela tarde de fins de abril, dias depois de receber as mensagens de Marcos e de Irving, os caminhantes Horacio e Marissa sentaram-se na areia, diante do mar. Em quinze, vinte minutos o sol cairia no horizonte e eles empreenderiam a caminhada de volta. E Horacio soube que não podia avançar sozinho levando aquela carga. E deu o passo à frente.

– Mari... O que você diria se acontecesse de eu ter outra filha?

Marissa quis sorrir e não conseguiu.

– Do que você está falando, Horacio?

– Comecei mal, desculpe. É que é uma coisa tão louca que nunca vou poder começar bem... Uma filha que nasceu antes de você e eu nos conhecermos e que eu não conheço nem sabia que existia... ou que não sei se existe.

Marissa por fim conseguiu sorrir.

– Espera, espera, não estou captando direito... Você teve uma filha em Cuba? Por que nunca me contou?

– Porque não sabia. Não, porque ainda não sei... Porque não creio.

– Horacio, o que está acontecendo? Esse vai, não vai? Juro que não estou entendendo nada...

– Eu também não... Porque não sei como é possível ter uma filha que eu não sabia que era minha filha e nem sequer que existia. Uma filha que ninguém me disse que é minha e, se é, não sei como pode ser...

Horacio abriu as veias para sua mulher. Contou de sua traição e da probabilidade de um para um milhão de que, mesmo usando camisinha, tivesse engravidado a amiga, ninguém menos que a esposa do amigo estéril.

– Está falando da amiga de vocês que se chama Elisa? A mulher de Bernardo, a que desapareceu? – perguntou Marissa, e ele assentiu.

Ela o ouvira em silêncio, como se ouvisse a confissão de um acusado que tenta se salvar e, pelo contrário, revela todas as suas culpas possíveis e impossíveis.

– Elisa estava grávida quando desapareceu. Se teve uma filha, ela deve ter agora vinte e cinco anos. E, até onde sei, Bernardo não podia e eu não a engravidei. Então devia ter sido outra pessoa, e por uma coisa que fiquei sabendo sempre tive certeza de que tinha sido Walter, o outro...

– O que se matou?

– Ou que mataram... Esse mesmo. Mas o caso é que a namorada de Marquitos... tenho uma foto... Não se parece em nada com Elisa, nem com Bernardo, nem com Walter... Se parece comigo... Com minha mãe, com as meninas...

– Meu Deus, Horacio!

– Ahã... Está achando uma loucura, não é? – perguntou o homem, e enfiou a mão na sacola em que guardava a garrafa de água, as toalhas e o celular. Tirou o telefone e procurou o arquivo de fotos. Clicou e ampliou a foto que Marcos enviara. Passou a celular para Marissa.

– Ai, Horacio! – exclamou a mulher.

– Continua achando uma loucura?

Marissa negou com a cabeça.

– O que você vai fazer?

E o sol baixava sobre o mar do Caribe: naquele instante, Horacio pensou que em Havana ainda brilharia por uma hora ou mais. E viu Clara e Bernardo sentados no terraço do quintal de Fontanar, observando o cair da tarde, na realidade esperando que a carta virada fosse desvirada e se revelasse se seu número era o da vida ou o da morte. E sentiu-se miserável.

– Não sei, Mari... – disse, finalmente. – Quer que eu faça um teste de DNA e que a namorada de Marcos também faça? Porque se parece com as meninas e comigo? Para quê... E com que direito posso mudar a vida de uma pessoa que não me pediu nada e que de modo nenhum pode ser o que parece? Penso nisso e sempre me digo que é melhor saber que viver com a dúvida. Mas creio que a esta altura qualquer coisa que eu fizesse seria remexer a merda, em que quanto mais se remexe mais fede... Ninguém sabe nada de Elisa nem por que ela desapareceu. Foi por minha culpa? Mas, caralho, quem é Loreta Fitzberg, a mãe de Adela?... Eu não conheço nenhuma Loreta, porra! Que desastre, meu Deus!... Não, não é possível – disse ele, porém cada vez com mais consciência de que a negação escondia uma lamentável estratégia de autoengano.

Marissa tomou-lhe a mão e obrigou-o a olhar para ela.

– O que você vai fazer, Horacio?

Clara pensou: agora, sim, vou ficar louca. E teve vontade de correr, de se esconder debaixo da cama, até de chorar, mas ao mesmo tempo sentia crescer nela, dia após dia, um alvoroço que acreditava ter-se perdido diante de uma possibilidade, logo realidade, que também já pensava irrealizável, mais que perdida. Só lamentava que o motivo gerador do milagre destinado a confrontá-la com suas quase esquecidas aversões a comemorações fosse o anúncio de um fim, não a esperança de uma reparação, pois não havia espaço para festanças nem cabia imaginar um novo começo para ela e seus amigos. E, em meio a seus sentimentos encontrados, descobriu-se reconfortada. Uma exultante manifestação de amor e fraternidade mostrava-lhe que, num mundo em que tantas coisas desmoronavam, algumas essências não se desvaneciam. Sim, nem tudo estava perdido.

Quando soube o que se preparava, Bernardo insistiu em que não o fizessem: não tinha intenção de assistir a seu próprio velório. Embora tivesse superado o estado próximo da depressão em que o diagnóstico fatal o lançara e se obrigasse a se comportar com dignidade no mais indigno dos transes, sua deterioração física refletia-se em profundo cansaço e vontade de ficar sozinho com Clara, a mulher que fora a pessoa mais importante de sua vida, uma vida agora em vias de dissolução.

Naquelas semanas de luta contra si mesmo, o cibernético lembrara com muita frequência os anos mais tétricos de sua decadência humana, quando pensara tantas vezes que o melhor seria morrer de uma vez, quando estivera inclusive prestes a consegui-lo justamente num dos dias em que sua mente afogada em álcool não tivera capacidade nem para desejá-lo. Deus e seus vizinhos o salvaram naquela ocasião e abriram a possibilidade de desfrutar uma prorrogação que seria o melhor período de sua permanência na terra. Mas ele sabia que agora não haveria intervenções humanas nem divinas capazes de prolongar aquele tempo satisfatório, e talvez a evidência de que abandonaria Clara, de que já não desfrutaria Clara, encerrasse o que mais o contrariava de sua sorte decretada.

Seus amigos, por sua vez, assumindo o que consideravam uma responsabilidade, passaram por cima da vontade do doente e das apreensões de Clara. Todos sabiam que a mulher precisava daquilo e eles também. Bernardo o merecia e eles lhe deviam aquela e muitas outras recompensas. Por isso, entre 21 e 23 de dezembro de 2015, foram entrando na casa de Fontanar, por ordem de chegada, Darío e Ramsés, depois Irving e Joel e, na noite do dia 23, Horacio e Marissa, a porto-riquenha que pisava pela primeira vez a pátria de um bisavô que em Tampa conhecera o apóstolo Martí e de seu pai, *balsero* dos anos 1960, exilado obstinado que jamais ousara voltar à terra natal. E, apesar da razão lamentável que os reunia novamente em Cuba, na eterna casa de Fontanar, o ambiente se tornou festivo. Tanto que, depois de confabular com Clara e obter seu óbvio beneplácito, Bernardo voltou a beber o primeiro copo de rum que levou aos lábios depois de vinte e dois anos de abstinência. Já não poderia acontecer nada pior, disseram-se, e, quando o homem cheirou a dose de *añejo* e finalmente o saboreou, seu comentário foi dramático e revelador:

– Porra, porra – disse, respirou e encarou o copo com álcool pela metade. – Filho da puta, que saudade de você, caralho! – E o bebeu de um só gole.

Para o neurocirurgião Darío e seu filho, o jovem engenheiro pai de um menino francês, aquela era a primeira volta ao país. Depois das boas-vindas, dos abraços, da dolorosa evidência do estado físico de um Bernardo que encontraram enfraquecido e respirando com dificuldade, a primeira coisa que impactou Darío foi ver o estado da casa de Fontanar, tão necessitada dos cuidados que ele lhe dispensara quando se tornara sua casa. Sem dúvida o que mais o comoveu foi comprovar que, onde fora montado seu quarto de estudos, ainda ocupavam o mesmo espaço que lhes atribuíra os dois enormes frascos dentro dos quais flutuavam em formol umas massas encefálicas escurecidas. Parte visível dele continuava ali.

Com a consciência pesada, uma das primeiras decisões de Darío, que servia tanto para aliviar suas culpas quanto para fazer algo pelos outros, foi ir ao encontro do vizinho que uns trinta anos antes o ajudara a consertar o Lada soviético desmantelado que lhe entregaram no hospital. Darío perguntou-lhe se estava disposto a conseguir a tinta e a mão de obra para pintar toda a casa, por dentro e por fora. O homem, que continuava vivendo de fazer qualquer trabalhinho, sempre à margem do Estado (pelo que me pagam, dizia), fez um orçamento (não importa o que custe, dissera Darío, cometendo um erro crasso) e, embora a quantia o tivesse assustado (na Cuba à qual voltava o preço de um refrigerante era vinte vezes maior e pintar uma casa custava tanto quanto na Espanha), o médico aceitou e pediu-lhe que, sem incomodar Clara e Bernardo, começassem o trabalho assim que os visitantes voltassem a seus destinos.

Ramsés, por sua vez, foi envolvido pela estranheza com uma suposta desproporção, pois tudo na casa lhe parecia menor, como se com o tempo e com a distância tivesse se encolhido o que conservava como fotos na memória. Emocionou-o mais que o esperado ver, debaixo do abacateiro que ele mesmo plantara quando menino (aquela árvore, sim, maior), um túmulo de pedras encimado por uma laje branca na qual, com letras pretas já um pouco apagadas, lia-se o nome de Dánger.

Para Ramsés e Darío, duas pessoas que haviam feito da distância um escudo mais que um motivo de lamentos e nostalgias, que haviam reorientado a vida de maneira satisfatória e em muitos aspectos de modo radical, também ficou evidente que o passado pode ser uma mancha indelével.

Assim que aterrissaram, Irving e Joel alugaram um carro e viajaram para Pinar del Río, onde moravam os parentes de Joel, e voltaram com uma banda de porco, um saco de tubérculos cheio de inhames, batatas-doces e mandiocas e uma sacola de feijões-pretos pequenos, brilhantes, que prometiam ficar macios e engrossar quando cozidos, claro que temperados com o toque imprescindível do cominho. Seria a última ceia de véspera de Natal de Bernardo, era preciso que fosse a melhor que eles conseguissem realizar, e, além dos comestíveis contundentes comprados por Irving e Joel, desfrutariam os vinhos franceses trazidos por Ramsés, os torrones, as *butifarras* catalãs e os queijos manchegos que foram a carga de Darío, as cervejas e os runs comprados por Horacio e Marissa, que além disso encomendaram a um vizinho de Fontanar um pote de doce de coco em calda e entregaram a Clara os pacotes de café La Llave que Marcos lhes confiara no aeroporto de Miami, sabendo que era o café de que sua mãe mais gostava.

Na noite de 24 de dezembro de 2015, pela primeira vez em um quarto de século montou-se na casa de Fontanar uma ceia com todas as frentes bem cobertas, e a desfrutaram na mesa comprida armada no terraço, envolvidos numa temperatura agradável, que só a porto-riquenha Marissa achou um pouco fria. Comeram, beberam, falaram, riram, embora também tivessem lamentado as ausências notáveis de Marcos, impossibilitado de viajar para Cuba, e de Fabiola, que não se animara a submeter o pequeno Adán à longa viagem transatlântica.

Como Clara teria gostado de ter ali, com ela, Bernardo e Darío, seus dois filhos, a "pobre Fabiola" e seu neto francês!

Naquela noite, como se tivessem combinado, os remanescentes do Clã mantiveram os demônios no fundo de suas cavernas, pois, mais que celebrar o nascimento de Jesus Nazareno, festejaram a permanência da amizade. A existência de uma confraria, seu Clã, aquele vínculo forjado por eles muitos anos atrás e que, apesar das dores e dos golpes que a vida sempre costuma oferecer, dos rigores que a história se encarrega de impor, das motivações pessoais e das conjunturas nacionais que os distanciaram na geografia por vários lugares do mundo, tinham preservado.

Por isso, em seu melhor estilo, com um copo de rum na mão e já meio alto, Bernardo propôs o brinde:

– E hoje, quando voltamos a celebrar juntos uma véspera de Natal... Lembram quando nos orientavam a não celebrar a véspera de Natal nem o Natal?... Caralho, isso e tudo o mais a que nos orientaram e que nos proibiram... e depois, dialeticamente, até desorientaram e desproibiram, não é?... Do caralho... E eu dizia, dizia... Ah... dizia – fez uma longa pausa para recuperar o fôlego: – Hoje me sinto o homem mais feliz do mundo. Sim, juro... E quero brindar com todos vocês, que não são os mesmos, mas somos os mesmos, como disse Martí... E não me olhe com essa cara, Irving, foi Martí, Martí disse tudo! – Ele sorriu, tossiu, teve de esperar a respiração se normalizar o máximo que podia se normalizar. – Eu dizia: logo mais vocês vão ter sessenta anos e serão uns velhos de merda; apesar disso, serão os mesmos, porque para nós que estamos aqui houve algo que nunca mudou, um ganho que nunca perdemos e que, quando o agredimos, lutamos para salvá-lo. – Nesse instante olhou para Horacio. – E esse ganho foi a fraternidade. E não a perdemos sobretudo porque alguém lutou muito para que sobrevivesse e nos protegesse... E essa pessoa foi esta mulher, a mulher de minha vida, Clara, o pedaço mais forte do ímã que sempre nos atraiu do fundo da terra e hoje nos tem aqui unidos, os fragmentos que até agora sobrevivemos, sentados em cima dessa pedra magnética vinda de terra santa cubana, a pedra mágica sobre a qual se ergue esta casa, que é muito mais que uma casa: é nosso refúgio, nosso caracol. A Clara, porra! – Bernardo conseguiu gritar.

– A Clara! – responderam os outros, que ainda foram capazes de sorrir e beber, antes que alguns deles, primeiro Irving, começassem a chorar quando Ramsés, como havia vinte e cinco anos, pôs para tocar a canção do Kansas de que Bernardo tanto gostava e que lhes lembrava o que eram todos eles, o que era tudo na vida: "Dust in the Wind".

Todos tinham marcado a volta para 2 de janeiro e dedicaram o primeiro dia do ano a se recuperar da pantagruélica celebração gastronômica, etílica e sentimental com que tinham se despedido de 2015.

Naquela tarde do primeiro dia de 2016, que seria um ano muito complicado, Darío (no que Horacio qualificaria como seu melhor estilo catalão), em vez de chamar um táxi, pedira emprestado a Irving o carro alugado, antes que ele o devolvesse para a agência, pois queria dar um passeio pela cidade com Ramsés. Ao voltarem, o pai e o filho disseram aos outros que tinham dado uma volta nostálgico-turística pelo Malecón e Habana Vieja, e só Clara suspeitou que o ex-marido e o filho estavam mentindo.

E estavam: porque na realidade Darío e Ramsés tinham enveredado pela velha *calle* de la Perseverancia, no decrépito centro da cidade. Darío, depois de anos pensando que talvez nunca regressasse à ilha que fora sua e que, ao concretizar a volta, só em Fontanar sentira próxima, decidira fazer um exorcismo definitivo. O neurocirurgião precisava visitar com o filho o lugar de onde tinha saído e onde, quase três anos antes, morrera sua mãe, avó de Ramsés, um desenlace do qual só tivera notícia depois que lhe devolveram um envio de dinheiro feito via bancária.

O lugar mantinha intacto, talvez intensificado, seu aspecto miserável: o mesmo corredor central com o cimento rachado; os fios elétricos que, como tentáculos, saíam dos relógios de luz e corriam expostos ao longo das paredes; as portas dos quartos abertas à promiscuidade; os muros descascados e cobertos de mofo e sujeiras históricas. O ambiente sombrio, o bafo intenso da mistura dos tristes eflúvios da pobreza. Numa sacola, perto do portão de entrada, transbordavam as latas de cerveja vazias, e eles contaram oito garrafas de rum, testemunho da celebração que, apesar de tudo, devem ter feito os habitantes do *solar*. De um dos quartos, como epílogo da festança ou parte da identidade do lugar, saía a todo volume o barulho de um *reguetón* de ritmo monótono e letra ininteligível.

Darío não sabia quem ocupava o que fora o quarto em que ele tinha morado até sua juventude e, conforme presumia, sua mãe tinha habitado desde seu nascimento até sua morte, um par de anos atrás. Não importava: mais ainda, também não queria averiguar, pois na verdade ele sabia. Agora lá devia refugiar-se algum infeliz sem possibilidade de ter um lugar mais digno para gastar a vida. O bem-sucedido neurocirurgião, que já estreara o novo modelo de BMW ano 2016 e planejava férias no Japão, necessitava agora mostrar ao filho aquele falanstério. Que seu herdeiro visse com os próprios olhos e gravasse na mente, já com pleno conhecimento de causas e efeitos, um corredor de cimento rachado e lhe pudesse indicar o lugar em que a mãe, como castigo pelo simples fato de ele existir, costumava sentá-lo num banquinho, muitas vezes nu. Em geral, depois de tê-lo espancado com uma cinta, um cabo de vassoura ou até com uma escumadeira de cozinha enquanto gritava seu insulto preferido: que ele era louco, que estava louco. Darío queria lhe mostrar também o canto do espaço imundo, perto de uns tanques de lavar roupa, onde, se ela estivesse deitada para fazer a sesta ou trancada com um homem no quarto, ele se encolhia e se cobria com o que encontrasse: um saco de juta, um pano de chão, uma folha de jornal. O lugar em que certa vez, quando o cansaço o venceu, ele adormeceu e despertou gritando como verdadeiro louco ao sentir as mãos do homem que lhe acariciava as nádegas magras exibindo junto de seu rosto uma ereção sanguínea. O cenário de sua vergonha e humilhação de onde foi resgatado pela bondade de um mulato motorista de ônibus e *santero* chamado Lázaro Morúa e, uns anos depois, pela mãe de seus filhos.

– Caralho. Isso está quase igual à última vez que passei por aqui... ou pior – disse Darío, e sua voz carregava uma mescla de rancores, dor, opróbrio. – É terrível... Essa gente, os pais, os avós dessa gente estão há mais de cem anos morando aqui, na promiscuidade, com esse fedor de merda. E vão continuar assim até sabe Deus quando... Cada vez que me vejo deitado nesse canto, penso que sou um milagre da natureza. E, embora ainda haja tanta gente vivendo na merda, eu seria muito ingrato se não agradecesse a este país por ter me dado a possibilidade de ser o que sou.

– É justo que você o faça... – murmurou Ramsés, com dor na alma, sem deixar de observar o panorama deprimente, por um momento animado pela mulher de idade indefinida que saía de seu quarto e sacudia no corredor um pano com sobras, talvez uma toalha de mesa, enquanto os olhava com evidente hostilidade, como se os perscrutasse. – Como sua mãe chegou aqui?

– Ela nasceu aqui... O pai dela também nasceu aqui... Há mais uma coisa que você não sabe... O pai do meu avô, meu bisavô, parece que foi escravizado. De um barracão e uma plantação de cana ele veio dar aqui quando conseguiu um trabalho no porto, como estivador.

– Meu tataravô foi um negro escravizado?

– Parece que sim. Teu bisavô era negro, desses negros avermelhados, já mestiço, e tua bisavó era branca. Mas minha mãe parecia branca e meu pai deve ter sido branco, por isso eu pareço branco, você parece branco... Mas somos brancos de mentira. Como eu sou catalão de mentira...

Ramsés assentiu e sorriu a contragosto. Uma namorada sua lhe garantira que ele tinha pinto e colhões de negro: não só pelas dimensões, mas pela cor da glande e pela textura do escroto, áspero, escuro, com pelos crespos. Então a mulher tinha razão.

– Por que você nunca fala de tudo isso? É porque somos descendentes de negros?

– Não... Porque mencionar este lugar é o inferno.

– Onde moravam a negra e o galego que às vezes te abrigavam?

– Ali, na última porta. Aquela pintada de verde.

– O que aconteceu com eles?

– Não tenho ideia... Eram boas pessoas, mas este lugar me deixava doente. Quando me mudei para morar com sua mãe, tratei de não voltar. Se mandava algum dinheiro para sua avó, era por vale postal. Se levava alguma coisa para ela, ia encontrá-la no refeitório onde trabalhava. Te levei lá duas ou três vezes, lembra?

Ramsés assentiu. Em sua memória só havia uma imagem difusa da mulher que Darío lhe apresentara como sua avó materna.

– E o que mami sabe disso?

– Quase nada... Melhor assim. E você também nunca conte para Marquitos – pediu Darío, quando deu meia-volta, pronto para voltar para o carro e se afastar o mais possível do falanstério. – Mas, como você sabia alguma coisa... queria que você visse e dissesse se me entende por ter feito algumas coisas que fiz.

Ramsés, tão cauteloso em suas manifestações afetivas, tomou a mão do pai antes de falar.

– Obrigado por tudo o que você fez por nós. Vai, vamos embora daqui...

– Fiz o que tinha de fazer, nem sempre bem, decerto... Olha, se antes de ir embora você falar com seu padrinho, diga a Morúa que sempre me lembro dele como aquilo que ele foi: um bom homem... Mas, como para mim ele é parte de tudo isso, prefiro não o ver.

Ramsés assentiu, e, enquanto se afastavam do *solar*, perguntou ao pai:

– Você permite que algum dia eu conte isso para meu filho, Adán? Pode ser que para ele não importe, mas acho que precisa saber de onde seu avô saiu, do que seu pai se salvou, o que nunca vou permitir que ele sofra.

Irving e Joel, em seu estilo madrilenho, decidiram fazer uma boa sesta. Clara, esgotada pelas emoções e pelas responsabilidades de tantos dias intensos, refugiou-se na solidão do estúdio onde tinham colocado a televisão e depois de cinco minutos estava cochilando diante da tela que exibia um filme sem importância. Marissa, que naquela manhã fora conhecer os únicos parentes de seu pai que ainda moravam em Cuba, ao baixar um pouco o sol e sem encontrar quem se encorajasse a ir com ela, resolveu sair caminhando seus seis quilômetros, pois tinha de começar a perder imediatamente os quilos adquiridos em vários dias de desenfreamento alcoólico e alimentar.

Sozinhos no terraço, cada um com uma dose de rum na mão, Bernardo e Horacio perceberam que chegara o momento evitado por vinte e cinco anos. Alguém o havia preparado ou simplesmente tinha de acontecer? Tinham ficado juntos no terraço por acaso ou por necessidade? O acaso insistente de Epicuro?

Foi Bernardo quem ousou dar o primeiro passo.

– Agradeço por você vir e, inclusive, trazer Marissa. Você teve muita sorte em encontrar essa mulher.

– Sim, onde eu menos esperava. Foi providencial... Mas você também teve sorte e sabe disso... Não conheço nenhuma mulher, nenhuma pessoa, devo dizer, melhor que Clara. E lamento muito sua doença, Bernardo, sinto muito, de verdade... E, embora não pretenda falar dessas coisas... Bom, acho que chegou a hora de te pedir perdão. Não tive coragem de fazê-lo até agora, mas...

– Mas como vou morrer... Não, Horacio, não há nada a perdoar...

– Não brinca, Bernardo... Pode ser que você não tenha nada a perdoar, mas eu tenho necessidade de pedir perdão. O que fiz foi uma canalhice, uma traição. Não tenho desculpa, Elisa era sua mulher.

– Já quase não era... sexualmente falando, se isso te serve de alívio. De todo modo, alguma coisa assim ia acontecer. Com você ou com outro...

– Não me serve porque eu não sabia – disse Horacio, provando um gole do seu rum. – Para mim era sua mulher. Para mim devia ser sagrada, e eu...

– Acontece que há muitas coisas que você não sabia. Coisas que eu nunca ia te dizer e outras que também não vou te dizer agora. Mesmo estando de saída...

– Não fale mais assim, compadre.

– Estou morrendo, Horacio, não é preciso fazer rodeios... Não é por isso que todos vocês estão aqui?

Horacio não teve coragem de responder. Não era preciso. Só repetiu um axioma de inevitável execução.

– As merdas que a vida nos apronta!

Bernardo tomou de seu copo e quase sorriu.

– Olha, deixa eu te dizer uma coisa... Se você ainda tem alguma dúvida, a filha de Elisa que Irving viu em Madri há alguns anos... sim, eram mesmo Elisa e sua filha. Bom, aquela menina pode ser tua filha... Você quis acreditar que pudesse ser filha de Walter, porque achava e ainda acha que não podia ter engravidado Elisa e achava que ela tinha transado com Walter.

– Quem te disse tudo isso?

Bernardo voltou a sorrir.

– Tanto faz... Bom, Irving... quem se não ele?... Como ele também acha que vou morrer e... Horacio, não sei se você a engravidou ou se foi outro, o que sei é que ela não transou com ele. E não porque ela tenha negado. Não posso garantir a veracidade de nada do que Elisa tenha dito. Mas posso garantir, sim, que ela não transou com Walter.

– Porra, Bernardo, temos de falar nisso?

– Sim, porque acho que você tem direito de saber... Elisa não transou com ele porque Elisa sabia quem era aquele sacana, um sujeito que até podia ser informante da polícia, ou era... E Elisa tratou de se afastar dele, e também do pai dela, Roberto Correa, que estava afundado em seu próprio lodaçal de merda...

– Então quem falava de nós era Walter? E Guesty?

– De Guesty não sei, pode ser que sim, pode ser que não, sabe como são essas coisas... Você diz que não, Irving e Darío dizem que sim, apesar de me parecer que seria demais termos dois dedos-duros entre uns idiotas como nós... E Walter... também não posso garantir. Quem o acusou de dedo-duro foi Roberto Correa, mas nada do que aquele sujeito dizia era confiável... O que poderia interessar aos policiais do que pensava gente como nós? O que eu tenho certeza é de que

Walter andava como louco, queria ir embora porque sabia que se continuassem puxando os fios da cocaína chegariam a ele, ou já tinham chegado. Parece que ele, sim, estava sendo vigiado de verdade... Parece... Tudo isso é muito confuso, nunca vamos saber de tudo... Bem, do que estava acontecendo, uma coisa eu sei: na casa de uma colega de Elisa onde se encontraram, ela e Walter tiveram uma discussão... Walter achava que podia chantagear o pai de Elisa e tiveram uma discussão. Walter perdeu o controle, sacudiu Elisa... Ela teve de me contar porque estava com umas manchas roxas nos braços...

– Manchas roxas nos braços? – uma luz surgiu no fundo da mente de Horacio. Ele tinha visto aqueles hematomas. O que Elisa tinha dito? Um coice de uma vaca, de um cavalo? Então...?

– Caralho, Bernardo, caralho – dizia, vendo mentalmente que um quebra-cabeças soltava peças e outras apareciam, como um isqueiro russo, dados que começavam a se encaixar e ao mesmo tempo a mudar o sentido do relato que antes funcionara.

– Depois que tiveram essa discussão, fui falar com Walter. Levava um pedaço de barra de ferro por baixo da camisa... E disse a ele que, se voltasse a se aproximar de Elisa, eu o mataria. Por sorte, até onde sei, Walter não voltou a encontrá-la e... Ele só resolveu o problema quando se jogou daquele edifício... Isso é o que eu sei. Está vendo por que tinha de te contar isso antes de morrer? E entendeu por que de tudo o que eu disse e de tudo o que vou dizer você não pode contar uma palavra para ninguém, menos ainda para Clara?

No dia 16 de abril de 2016, Clara finalmente tinha se decidido e aberto o perfil de Facebook que seu filho Marcos reclamava, colocando na capa a foto do Clã tirada na noite de 21 de janeiro de 1990, durante a comemoração de seus trinta anos. E, como naquela ocasião, mais uma vez tudo se precipitara, como se os efeitos pendentes, vedados, acorrentados só estivessem esperando aquele sinal preciso para soltar suas amarras.

Três dias depois, chegou à mulher o primeiro rebote provocado por sua ação anódina. De Hialeah, Marquitos ligara para ela para que lhe desse a imagem mais nítida de uma lembrança extraviada, uma visão que agora o obcecava e que para Clara era um transe amargo: a do beijo que ela e Elisa se deram no quarto onde Marcos fora concebido e, é claro, Ramsés; onde ela convivera por doze anos com Darío e havia quase vinte anos dormia com Bernardo.

Só nove dias depois, na manhã de 25 de abril, Bernardo morreu. Clara o vira sofrer uma noite de agonia, com tosses, vômitos de sangue, soros e respiração com a máscara de oxigênio, que apenas teve um repouso graças à letargia em que o lançou a fortíssima dose de morfina administrada pelo doutor Goyo. Duas horas antes do desenlace, talvez sem ter ideia do que acontecia à volta, o homem recebera a extrema-unção administrada pelo padre da paróquia de Calabazar. Se Deus existia e o salvara, Deus devia agora tirá-lo do sofrimento, pensara Clara.

Naquela mesma tarde, a mulher assistiu, sozinha, como desejava, à cremação do cadáver. Conforme Bernardo havia pedido, as cinzas foram depositadas em uma urna rústica, de barro queimado, feita pelos oleiros do povoado de El Cano, próximo de Fontanar.

Quando o doutor Goyo a deixou em casa com as cinzas de Bernardo, Clara dirigiu-se ao que fora o estúdio de seus pais arquitetos e, depois, a sala de estudos dela, de Darío, dos amigos que iam estudar com algum deles e que mais tarde fora utilizada por seus filhos com os colegas. Segurando a urna de barro contra o peito, procurou o mais apropriado dos nichos formados pelos tijolos à vista que ocupavam toda a parede que separava o estúdio do resto do andar térreo da casa. Escolheu um. Então colocou a urna sobre a escrivaninha onde repousava o *laptop* que herdara de Marcos e tirou do nicho escolhido um dos grandes frascos de vidro em que flutuava em solução de formol uma massa encefálica meio desfeita. Levando-o consigo, abriu a porta de vidro que dava para o quintal lateral e jogou o frasco na terra em que crescera o capim. Voltou, pegou o outro frasco também com um cérebro humano e repetiu a operação de jogá-lo no quintal. Finalmente, pegou da escrivaninha a urna com as cinzas de Bernardo e a colocou no pedestal escolhido, já vazio. A urna e os tijolos tinham a mesma cor. Aquele seria seu lugar, seu santuário, até que se cumprisse uma última vontade e desse o destino final aos restos físicos do homem.

Convocando o que sobrava de suas energias, Clara saiu de casa com o *laptop* e caminhou as quadras que a separavam do pequeno parque onde tinham habilitado a zona wi-fi. Escreveu com extremo cuidado algumas linhas e colocou a notícia da morte de Bernardo em sua página do Facebook. No texto, pedia aos filhos e aos amigos que não lhe telefonassem por alguns dias. Tranquilizava-os dizendo que Bernardo morrera em paz com Deus e sem dor; que ela estava bem, só muito cansada e muito, muito triste, com necessidade de ficar sozinha consigo mesma. E agradecia a todos os muitos apoios recebidos ao longo daquele último ano de Bernardo no mundo dos vivos. Antes de enviar o texto e fechar o programa, Clara localizou na memória da máquina a foto tirada por Marissa no 24 de dezembro anterior, um plano de meio corpo de Bernardo, sorridente enquanto fazia um brinde, levantando na mão um copo de rum. Marcou e copiou a foto e a colou sobre as linhas recém-escritas, às quais acrescentou: “Somos poeira ao vento, até a vitória final”. Postou e encerrou a comunicação.

Voltou para casa, tomou um banho, desceu à cozinha e bebeu o resto do suco de manga que havia preparado três dias antes para Bernardo. Lá mesmo, na cozinha, olhando através dos painéis de vidro a mancha escura do quintal, procurou na parte superior da estante colocada sobre a pia o maço de cigarros que escondia de si mesma e de sua falta de força de vontade. Acendeu um dos cigarros sobreviventes e achou que o tabaco velho tinha gosto de capim. A vida tinha gosto de merda. Por que Bernardo e não tantos filhos da puta que havia no mundo? Deus que me perdoe, disse a si mesma, mas é verdade.

Subiu para o quarto e, só quando pôs a cabeça no travesseiro e viu a cama reclinável e o balão de oxigênio que ainda ocupava um canto do quarto amplo, Clara sentiu o imenso golpe de sua solidão. O silêncio que a envolvia e reinava na casa foi para ela trovejante. Por fim, desatou a chorar, até que o sono a venceu.

10
A vitória final

"Same old song
Just a drop of water in an endless sea
All we do crumbles to the ground
Though we refuse to see
Dust in the wind
*All we are is dust in the wind."**

Kansas, 1977

* Tradução livre: "A mesma velha canção/ Só uma gota de água num mar sem fim/ Tudo o que fazemos desmorona no chão/ Embora nos neguemos a ver/ Poeira ao vento/ Tudo o que somos é poeira ao vento". (N. T.)

Do painel de vidro do restaurante, observou o panorama abarcável da avenida principal da cidade: um Wendy's, uma farmácia Walgreens, dois postos de gasolina, um banco local e um federal, um McDonald's e, em cada esquina, imponentes igrejas de pedra e madeira, de estruturas muito semelhantes, embora afiliadas a denominações protestantes diferentes, ambas desconhecidas para ela. Ao chegar, naquele meio-dia, e depois de alugar um quarto num motel de uma rua próxima, saíra para esticar as pernas e tomar um espresso duplo num Starbucks e pudera contar, no trecho de umas seis quadras, os edifícios sempre muito parecidos de outras oito igrejas, todas protestantes, de denominações peculiares, e também seis farmácias, cinco postos de gasolina e outras tantas agências bancárias: a fé, as dores, o dinheiro e a combustão pareciam ser os componentes mais prósperos de um lugar que poderia competir, com argumentos sólidos, na seleção da cidade mais feia, crédula e agreste do mundo.

Não sabia muito bem como chegara até ali, mas sabia que quisera chegar mais ou menos ali. Uns meses antes lera um romance de Elmore Leonard cujo título tinha esquecido. A trama se desenrolava em Oklahoma dos anos anteriores e posteriores ao *boom* petroleiro, época da Lei Seca e da Grande Depressão. Contava a história de um ajudante de xerife que se tornara notável porque, quando sacava o revólver, sempre atirava para matar. O personagem era filho de um norte-americano meio índio que participara do que no livro chamavam de guerra de Cuba, quando Washington tomara como *casus belli* a explosão do encouraçado *Maine*, no porto de Havana. A autossabotagem havia propiciado a intervenção dos *marines* estadunidenses no conflito entre os insurretos cubanos e o exército colonial espanhol, em 1898, com o propósito de acabar com ambos: cubanos e espanhóis. E bem que acabaram com eles.

O pai do supracitado ajudante do xerife salvara-se por um triz da explosão do navio e, antes de voltar para Oklahoma, casara-se com uma cubana. A mulher se chamava nada mais nada menos que Graciaplena (quem em Cuba se chamava *Graciaplena*, porra?) e morreu no parto do menino que seria o famoso ajudante de xerife, batizado Carlos, não Carl, como insistiam em chamá-lo, mas Carlos, em honra ao avô materno, também cubano. No romance, com exceção de Carlos e seu pai, dono de uma plantação de nogueiras, todos os demais personagens, menos os fundamentalistas católicos afiliados à KKK, dedicavam-se a fabricar álcool; as mulheres, à prostituição; e os mais ansiosos, a roubar bancos. E cada um deles, inclusive os fanáticos do Klan, é claro, tão religiosos, a atirar para matar. Um romance simpático, com pessoas divertidas e desequilibradas que, quando sentiam medo, confessavam estar "cagando de medo", justamente como ela estava havia várias semanas.

Talvez motivada por aquela leitura, em sua viagem para qualquer lugar Loreta Fitzberg aportara na insossa Norman, Oklahoma, a umas quarenta milhas da capital do estado, Oklahoma City, que, a julgar pelo que se via na região, também devia ser um horror de cidade. Quem, além de estudantes e professores da universidade, obrigados pelas circunstâncias (as bolsas e os salários), morava naquele lugar?

Às seis da tarde, Loreta sentia-se esfomeada: fora o espresso duplo não havia posto nada na boca desde o café da manhã, tomado no motel de beira de estrada em que passara a noite. Por isso, depois de olhar muito por cima o cardápio raquítico do restaurante, a mulher optou pelo *sirloin* de dezesseis onças, ao ponto, com batatas fritas e porção dupla de salada de verduras, e um suco de laranja natural, sem gelo nem canudo. Porque, se algo de bom tinham aquelas paragens sem horizonte, das quais, vendo tanta igreja protestante, não se podia dizer que estivessem abandonadas pelas mãos de Deus, era sua carne bovina. Até Bruno, ferrenho nacionalista carnívoro, reconhecia que se aproximava bastante dos cortes argentinos que, antes da Lei Seca decretada contra a carne sul-americana, o homem comprava para seus churrascos num açougue de especialidades argentinas e brasileiras do Brooklyn.

No cardápio, Loreta encontrou a senha para a conexão wi-fi do restaurante e a introduziu em seu *laptop*. Como agora estava utilizando um celular pré-pago, fazia dois dias que não estabelecia nenhuma conexão – e sentia que não precisava nem queria. Na verdade, mal sabia o que necessitava ou queria, apesar de ter um forte pressentimento a respeito. No fim, teria de se entregar, com mãos ao alto e cagando de medo. Ou o faria disparando os dois revólveres?

Desde que saíra de The Sea Breeze Farm, no dia em que Ringo morrera, e depois mantivera uma conversa dolorosa com sua filha e fizera uma confissão necessária a Miss Miller, só em duas ocasiões havia navegado pelos espaços que a podiam aproximar da única coisa que naqueles momentos a prendia ao mundo: sua filha Adela. Pelos caminhos do Facebook soubera que, tal como era de supor, Adela estivera no haras e depois regressara à imunda Hialeah, com toda a certeza odiando-a um pouco mais, conforme ela merecia. Dias depois, no hotel de Kansas City onde dormira duas noites, entrou novamente na rede e uma exigência que já não podia adiar levou-a a entrar nos perfis de Clara, Irving, Darío, Horacio e Marcos. Teve, então, a sensação de acessar um buraco negro espacial, do qual conhecia a existência, mas não o interior, onde identificava as figuras perceptíveis a distância, mas não conseguia definir seus traços.

Com a curiosidade já despertada, observou algo do destino que em vinte e seis anos tinha sido construído por pessoas com quem convivera em intensa intimidade na juventude e a cuja existência havia renunciado radicalmente. Não a surpreendeu que o calvo e avolumado Darío fosse um bem-sucedido neurocirurgião e se manifestasse como um ferrenho defensor da independência da Catalunha: como muitos cubanos que na ilha nunca abriram a boca ao sair se transformavam em matracas e até reescreviam suas biografias e as enchiam de heroísmos e dissidências imaginadas, ao passo que também eles tinham vivido cagando de medo, sem dar um pio. Em contrapartida, gostou de saber que Irving e Joel continuavam vivendo em Madri, cidade que a encantara e que ela desfrutara até o momento em que topara com o próprio Irving, constatando que sua muralha podia ser derrubada. Um Irving cuja língua, segundo o que estava lendo, continuava afiada como sempre e que tinha se tornado uma espécie de exibicionista digital: postava frases supostamente inteligentes ou divertidas, colocava fotos novas e antigas…

Foi menos fácil imaginar Horacio porto-riquenhizado, casado, pai de gêmeas. Em várias postagens dos últimos meses, o físico se empenhara numa briga apaixonada (inútil, pensou Elisa) contra seus compatriotas de dentro e de fora da ilha que de suas posições criticavam o presidente Obama por ter viajado a Havana: uns o consideravam um intruso, outros, um traidor, e todos eles Horacio rotulava como doentes de ódio, representantes do pior da alma nacional ou algo do estilo. Lê-lo, no entanto, foi alentador: Horacio continuava sendo Horacio, ingênuo como sempre. Pretendia que seus compatriotas fossem pessoas mais ou menos normais? Acreditava que fosse possível a reconciliação nacional depois de tantas ofensas trocadas, de tanto ódio acumulado e muito bem preservado?

Pobre Horacio, pensou, e observou com insistência a imagem do mulato lindo que já não era tão lindo (embora tivesse envelhecido com mais dignidade que Darío, inclusive que Irving, mas menos que Joel) e a comparou com a de Adela e, mais ainda, com a das gêmeas de Horacio, que, definitivamente, jamais poderiam negar que fossem irmãs de Adela (ou Adela negar que fosse irmã delas): a menos que todos fossem replicantes. Dizia-se assim?

Loreta também não se surpreendeu muito ao saber que Clara e Bernardo eram um casal feliz, crentes em Deus, habitantes obstinados da casa de Fontanar, onde haviam encalhado como Robinson em sua ilha (o caracol mencionado por Clara). Elisa sabia que, desde a chegada de Bernardo ao grupo, Clara sentira-se atraída por ele... mas ela dera o primeiro passo para ficar com o rapaz. E soube, além disso, que Bernardo devia estar padecendo de alguma doença não especificada, supôs que grave. O que lhe pareceu extraordinário, no entanto, foi Ramsés e Fabiola acabarem marido e mulher e viverem na França, onde se reencontraram e se apaixonaram depois de anos sem se ver. Como a vida dá voltas! Mas por que ninguém falava em Fabio e Liuba? Teriam se afastado do resto do grupo movidos por suas convicções políticas? Com uma nostalgia que a surpreendeu por sua intensidade avassaladora, percorreu a galeria de fotos do encontro em Toulouse, nos dias posteriores ao nascimento do filho de Ramsés e Fabiola, e os passeios por Paris, Madri, Barcelona e Aix-en-Provence de Clara, Darío, Irving e Horacio. E, de lugar em lugar, finalmente topou com o comentário que esclarecia a ausência de Fabio e de Liuba da rede: tinham morrido num acidente, em Buenos Aires, havia mais de vinte anos. Meu Deus, murmurou.

Quanta vida e até mortes de gente próxima ela desconhecia? Como se fazem as vidas, os destinos das pessoas? Que espaço teria ela na memória ou na desmemória de seres com os quais, em outra encarnação, compartilhara tudo: felicidade, medo, esperanças, frustrações, amores, traições, fidelidades, segredos, fomes e empanturramentos? Como conseguira manter-se tantos anos longe daquele mundo, impermeável a suas palpitações maiores e menores? Que merda vira-se obrigada a fazer com sua vida e com a vida de outros desses seres próximos? Será que eles já sabiam quem era Loreta Fitzberg?, perguntara-se e ainda se perguntava dois dias depois, quando, no restaurante da horrorosa cidade de Norman, Oklahoma, clicou no ícone preciso e entrou no perfil de Clara.

Na página de entrada foi recebida pela foto do que fora o belo Bernardo, abatido e sorridente, com algumas penugens doentias sobre o crânio e um copo erguido contendo até a metade o que, em se tratando de Bernardo, só podia ser rum. Então leu que no dia anterior, 25 de abril de 2016, aos cinquenta e sete anos, ele morrera de câncer de pulmão. "Como ele pediu, em sua casa de Fontanar, sem dor, em paz com Deus, com os homens e consigo mesmo, mais convencido que nunca de que somos poeira ao vento e de que algum dia, depois de tantas derrotas, chegaremos à vitória final", conforme dizia Clara, que agradecia aos amigos o apoio dado a ela e a Bernardo durante todo o processo da doença.

Elisa comeu com menos voracidade do que previra. Teve de reconhecer que o *sirloin* era de primeira qualidade. Mas algo se deslocara dentro dela enquanto flutuava na superfície de um mundo que um dia fora o seu e que agora, ainda sendo tão visceralmente próprio, parecia-lhe criptografado, até exótico.

Do outro lado do painel de vidro do restaurante a tarde caía sobre Norman, um lugar que nem sequer a luz agradável do crepúsculo conseguia tornar mais humano, e não teve opção senão perguntar-se que porra era ela e que diabo estava fazendo ali, em meio ao nada, sem nada.

Pela primeira vez desde que se estabelecera nos Estados Unidos, dois anos antes, Marcos sentiu o abraço asfixiante da distância, da ausência, do desenraizamento, do abandono. Conhecia suas fragilidades, mas enganou-se quanto à força de seus escudos diante dos ardis da nostalgia.

Enquanto lia a postagem que sua mãe fizera no Facebook apenas uma hora antes, mentalmente pôde ver Clara, cada vez mais próxima dos sessenta anos, cada vez mais sozinha, com menos libras que um ano atrás, diante do forno onde incineraram o corpo de Bernardo. Construiu em sua mente o instante em que cinzas ainda quentes, recolhidas com uma colher parecida com a dos pedreiros, eram depositadas numa urna de barro com a mesma textura e cor dos vasos que mais de uma vez compraram para plantar as caprichosas violetas que a mãe tentava cultivar sem muito êxito, ao passo que tinha a mão tão boa para semear mamões, batatas-doces e tomates. Viu-a sair com a botija parda do lugar da cremação, lugar que só conseguiu imaginar como o recinto com teto de zinco sob o qual havia um forno, como aqueles de tijolos refratários em que havia dois séculos os oleiros de El Cano coziam suas peças de barro. Marcos teve vontade de chorar porque só conseguia estar lá com seus sentimentos e sua imaginação e não com sua pessoa física, escorando a dor de sua mãe na despedida dos restos calcinados do homem que fora seu companheiro. Seu grande amor? Lembrou que Clara lhes dissera quanto, mas nunca confessara desde quando amava Bernardo. Talvez, pensou Marcos, desde os anos remotos em que se conheceram, quando faziam o curso pré-univeristário e Elisa, a mais bela e disposta, se interpôs em seu caminho e... Darío entrou em jogo, só para que ele e Ramsés existissem?

Foi mais fácil para o jovem ver sua mãe entrar na solidão da casa de Fontanar, ou imaginá-la enviar do banco de um parque a postagem com a notícia da morte e da cremação de Bernardo, depois fechar o *laptop*, desligar o celular, olhar para o céu pelo qual passava um avião que se perdia na distância, em busca de outros mundos, certamente levando alguns cubanos em sua tentativa de encontrar uma vida nova. E viu Clara saber-se sozinha, cosmicamente sozinha, com seu caracol nas costas. Marcos sentiu, na noite ainda fresca de Hialeah, que seu lugar, naquele instante preciso, era ao lado da pessoa que ele mais tinha amado na vida e que, algumas semanas antes, ele tivera a crueldade de obrigar a enfrentar uma revelação que só pertencia a ela.

– Nesta noite te ouvi murmurar alguma coisa... E você passou a noite virando na cama – disse Adela, na manhã seguinte, quando entrou na cozinha e viu Marcos montando a cafeteira para preparar o espresso.

– Eu tinha vontade era de gritar – confessou o jovem. – Já imaginou? Se pego um avião aqui ao lado, em quarenta e cinco minutos de voo estou a dois quilômetros da minha casa. Quatro, cinco horas no máximo contando os trâmites e as esperas? A esse tempo está minha mãe... Mas a verdade é que para mim ela está como a mil anos-luz, em outra galáxia, aonde não posso chegar. E me sinto culpado... Meus disparates...

– Nada é culpa sua. Tira isso da cabeça.

– Oxalá eu pudesse... Oxalá. Sabe de uma coisa? Agora ela tem de fazer as gestões e, se lhe derem o visto americano, vir uns tempos para cá conosco... Ficar aqui para sempre, se quiser. Romper aquele caracol de merda.

– Que caracol?

– O dela – disse Marcos, e fez um gesto com a mão: não se preocupe.

Enquanto cumpria a rotina de despejar em sua tigela o falso iogurte grego, talvez light, que imediatamente reforçaria com cereais e frutas, e já aspirava o aroma do café revitalizador, Adela teve a noção exata de como invejava a dor do namorado, inclusive o sentimento de culpa, uma culpa de amor e própria, forjada não apenas pelas conjunturas, mas também por suas decisões. Um amor imensurável e invencível que lhe pertencia e o conectava com uma mãe quase mítica, cubanamente sagrada, e ao mesmo tempo com um mundo de relações reais, com pessoas de verdade e lembranças definidas. Porque aqueles eram sentimentos que ela nunca poderia ter do mesmo modo, pois drástica e ardilosamente se desvanecera como possibilidade, se é que tais afetividades poderiam existir com uma mãe como a dela. O que sobrevivia da relação com Loreta Fitzberg era apenas uma soma de revelações dolorosas e dúvidas pungentes, todas sombrias, repleta de lacunas impreenchíveis, conhecimentos que passavam pelos estranhos comportamentos de uma quase indecifrável Elisa Correa, a mãe novamente em fuga, a qual, agora sentia e sabia, mal conhecia. Experiências obtidas de uma mentira maior e de incontáveis embustes, ocultamentos e enigmas complementares.

Duas semanas antes, depois de sua fracassada tentativa de pegá-la no rancho de Tacoma e da conversa que tivera com Bruno Fitzberg, seu pai legal e afetivo, ao voltar para Hialeah Marcos a pusera diante de uma evidência que parecia incontestável: o tio Horacio, Horacio Forquet, tinha de ser seu pai, embora ele próprio repetisse para Marcos que só o poderia ser devido a um desastre industrial (uma camisinha permeável) ou por um milagre maior da natureza, até agora inexplicável, como todo bom milagre. Seria possível? O que mais seria possível na verdade ou na mentira de sua vida?

Adotando uma atitude que ela mesma reconhecia como próxima do irracional, Adela recusara a proposta de Marcos de viajar até San Juan para falar com seu presumível progenitor biológico. Como razões para sua decisão, lembrou que Horacio, segundo o próprio Marcos, parecia tão desconcertado quanto ela e confessava não ter reponsabilidade nas determinações de sua mãe. Adela confiou-lhe, além disso, que tal encontro a apavorava e ela não o aceitaria enquanto não se sentisse em condições de lidar com tudo aquilo. Seu medo, disse, não se devia apenas à comoção lógica que provocaria o confronto físico com o homem que, de acordo com as evidências, a tinha gerado. O homem, em si, para ela era só isso, um homem, ao qual nenhum laço afetivo a unia (inclusive Marcos era mais próximo dele, Horacio era seu "tio") e com quem talvez nunca tivesse nenhuma ligação a não ser a sanguínea, se na verdade ele fosse seu pai. Seu conflito vinha da comprovação de que Horacio encarnava um personagem do romance que deve ter sido sua vida, a vida que lhe haviam roubado, e de como aquela subtração destinada a envolvê-la, a superá-la, estava provocando os desajustes que ressentiam a outra existência, mais romanesca ainda, que lhe haviam construído. Afinal, sua vida.

– Antes de ir embora para San Juan, Horacio fez um teste de DNA. Ele está esperando o resultado – Marcos avisara. – Não quis esperar que você voltasse... Deixou com a irmã o recibo para buscar o laudo... Disse-me que era para você, para o caso de você querer saber...

– Não estou pensando em fazer teste nenhum – sentenciou Adela, e Marcos preferiu não revelar que, junto com seu material, Horacio deixara um cabelo de Adela.

– O que você perde em saber?

– O que ganho em saber?

– Você pode ganhar a verdade, minha *china*. E com tanta escassez de verdade...

Como não podia deixar de ser, Irving avisou que iria recebê-lo no aeroporto, e Horacio soube que não poderia negar. Apesar de seus protestos, Irving também anunciou que levaria um cachecol sem florzinhas e um casaco grosso, para o caso de as roupas do viajante não serem suficientemente quentes. E, é claro, tinha preparado para ele o sofá-cama (muito confortável) da sala de seu estúdio. O inverno se prolongara e, numa Madri que já deveria estar desfrutando a primavera, ainda imperava o frio, o frio desgraçado da cona da mãe dele que já está me enchendo o saco, assim o chamava Irving.

Desde que haviam se visto em Havana, quatro meses antes, e Horacio anunciara sua participação quase certa num congresso acadêmico na Universidade Rey Juan Carlos, Irving esperou o encontro com o físico e pouco depois o animou a antecipar sua chegada a Madri para terem tempo de estar juntos antes que o amigo fosse para o *campus* de Aranjuez, onde se realizaria o conclave. Valendo-se do pretexto de que o *jet lag* o afetava muito, embora com segundas intenções, Horacio resolvera satisfazer Irving e desembarcou em Barajas em 26 de abril de 2016, dois dias antes de sua presença prevista em Aranjuez. Irving, carregando o bendito casaco, um gorro e um cachecol, recebeu-o no aeroporto conforme prometera e, assim que o abraçou, deu-lhe a notícia de que no dia anterior, enquanto ele voava, Bernardo morrera na casa de Fontanar.

– Pobre Bernardo.

– Pobre Clara, lá sozinha...

– Vamos ligar para ela.

– Não. Ela não quer que liguem nem nada.

Horacio odiava os voos longos, pois nunca conseguia dormir nem um minuto. No avião se entretivera com um par de jornais espanhóis, lendo cada trabalho que lhe chamasse a atenção. Num dos jornais encontrou um artigo relacionado à visita, considerada "histórica", do presidente Barack Obama a Cuba, um texto em que o autor lançava indagações inquietantes sobre o futuro das relações entre os dois países e se arriscava até a especular que Obama abrira a brecha para que Hillary Clinton, caso ganhasse as eleições presidenciais, encontrasse o ambiente propício para propor o desmonte do imemorial embargo comercial à ilha.

Nas últimas semanas Horacio seguira o curso daquele acontecimento, consumado no dia 20 de abril, e achou satisfatório que um jornalista espanhol, a partir de uma posição que lhe parecia bastante asséptica e racional, pensasse de maneira muito próxima a sua; Obama estava percorrendo um caminho que, pelas mais diversas razões, muitos não desejavam que ele seguisse, que muitos já lutavam para interromper ou fechar. E falava de ódios enquistados, de benefícios ameaçados, de fundamentalismos políticos desencadeados dentro e fora da ilha. No entanto, o comentarista esquecia-se de mencionar as reações que todo aquele processo lançara contra quem, de ambos os lados do estreito da Flórida, pensava de maneira diferente dos entrincheirados e vociferantes de sempre.

Horacio jamais poderia esquecer aquele meio-dia, para ele justamente histórico, de 14 de dezembro de 2014, em que ouvira o primeiro repique do que aconteceria a partir de então. Estupefato, o físico sentira como entendia cada uma das palavras pronunciadas, sentia-se até em condições de deglutir seus significados, mas seu pensamento lógico revelara-se impossibilitado de racionalizar os conteúdos, as proporções das causas e as dimensões dos efeitos. Pois o que conseguia assimilar impelia sua memória afetiva até a beira das lágrimas. Era possível?, perguntava-se.

Naquela manhã, duas horas antes, Marissa o alertara: a Casa Branca anunciaria algo importante relacionado a Cuba. E Horacio deslocara-se até a reitoria, onde encontrou outros professores, vários deles cubanos, que observavam a tela da televisão sintonizada no canal da rede CNN e esperavam. Às doze em ponto, Horacio, seus colegas e o mundo perceberam que estavam sendo superadas todas as expectativas ao saberem que os governos dos Estados Unidos e de Cuba não só trocavam espiões prisioneiros, algo que já pairava no ambiente, como iam muito além, pois começariam as conversações para tentar restabelecer as relações diplomáticas rompidas em 1960. Seria possível?

Ainda sem pensar nas implicações políticas, à mente de Horacio chegara a imagem da sepultura discreta demais de seu pai, Renato Forquet, abandonada num cemitério sombrio de Tampa. Na hora viu a si mesmo, no pomposo cemitério de Havana, na tarde em que colocavam num modesto panteão familiar o caixão simples, forrado de pano acinzentando, de sua mãe. A trama da relação de amor vivida por aquelas duas pessoas, trucidada pela história, constituía também a narrativa mínima de sua própria e insignificante vida pessoal e de muitos dos temores e mascaramentos entre os quais crescera. Toda aquela dor revelou-se a ele como resultado trágico, quase macabro, de uma disputa que agora se pretendia resolver de um modo que quase nunca se vira: conversando e talvez até cedendo, de um lado e de outro. Alguém cederia? E então os pais poderiam viver com seus filhos e os filhos reconhecer seus pais? Sua experiência pessoal de órfão de pai vivo, a de sua mãe como viúva de um homem que respirava e falava, a de seu pai talvez vencido pelo cansaço da espera e da derrota, nada disso voltaria a se repetir? Quantas vivências lamentáveis como a sua tinham se produzido, engendradas pela política e mantidas pela intolerância? Seria possível a concórdia das pessoas, inclusive dos países? Virar a página? Dar lugar ao respeito e desmontar a prepotência, superar o ódio? Horacio sentira-se lugubremente pessimista.

No salão da reitoria, e naquela noite na casa de seus sogros, o físico começara a comprovar que, se alguém como ele e outros muitos compatriotas seus podiam assumir a saída política como caminho para curar feridas e lançar-se para frente, outros o interpretavam como um ato que jogava sal nas chagas e provocava uma incontrolável ardência que se manifestava com memórias ofendidas e incapazes já não de perdoar, mas de perdoar e procurar a redenção possível, a concórdia construtiva. Como em todas as ocasiões críticas, os cubanos se dividiam e não importavam as quantidades que se agrupassem em cada lado: notáveis eram a divisão e as desqualificações que se lançavam, o ressentimento que supuravam, as agressões que se prometiam. Ou você está comigo, ou está contra mim. E teve mais ingredientes para alimentar seu pessimismo. Quem cederia? Os que mais gritavam, conforme o previsível, eram os que proclamavam não ceder jamais.

Para Horacio, foi uma surpresa que o sogro, sempre amável e cubaníssimo, o *balsero* Felipe Martínez, qualificasse o presidente norte-americano de negro de merda, comunista e traidor capaz de pactuar com uma ditadura feroz. Ao mesmo tempo foi uma recompensa que a filha porto-riquenha de Felipe Martínez, esposa do também *balsero* Horacio Forquet, bisneta de um tabaqueiro que em sua época apertara a mão do José Martí que gestava uma guerra sem ódio e aspirava a uma pátria com todos e para o bem de todos, dissesse ao pai que ele estava se comportando como um cavernícola, racista e fundamentalista, igual aos outros cubanos exilados que falavam como ele e se colocavam à altura dos intransigentes que dentro de Cuba soltavam fogo pela boca e gritavam que nenhum princípio era negociável, nenhum agravo, perdoável. E para rematar lembrou-lhe que era casada com um negro, que suas netas eram negras.

– Às vezes penso que somos um país especial. Outras, que somos um povo maldito – dissera Horacio naquela noite para Marissa, exaurido pelas emoções do dia. – Desde sempre... Houve cubanos que censuraram um José María Heredia moribundo só por ele querer voltar a Cuba para ver a mãe pela última vez. Houve cubanos que difamaram Carlos Manuel de Céspedes e quase o condenaram à morte. Houve cubanos que criticaram Martí por assumir uma liderança e uma ideia de nação em concórdia, e veja como ele acabou, morto numa escaramuça de merda, quando era mais necessário ao país que sonhava construir. E os que traíram Chibás, e os que... independentistas e autonomistas, regionalistas, pró-ianques e anti-imperialistas, comunistas e anticomunistas... todos cubanos. Odiando-se uns aos outros, desde o início e até a eternidade... Irving sempre diz: em Cuba, não importa que brilhe o sol, que não faça calor e que o dia esteja lindo. Em algum momento vem alguém e fode com ele. Será um castigo histórico?

Desta vez, no entanto, Horacio sentia que não poderia se calar. Já se calara demais na vida, dentro e fora de Cuba. Tinha cinquenta e seis anos e queria poder olhar-se no espelho sem se sentir envergonhado. E desde os dias finais de 2014 utilizara seus espaços na rede para dizer opiniões sobre as conversações, depois expressar seu júbilo pelo anúncio do restabelecimento das relações diplomáticas e, mais recentemente, pouco antes de sua viagem à Espanha, anotar as esperanças que poderia gerar a impactante visita do presidente Obama a Cuba, onde pronunciara um discurso que tanto comovera Horacio, no qual o presidente citava Martí, oferecia aos cubanos uma rosa branca e admitia que os problemas de Cuba eram questão de Cuba e dos cubanos. Mas, em consequência e como não poderia deixar de ser, Horacio recebera qualificações que o chamavam tanto de comunista como de anexionista, de infiltrado castrista como de agente da CIA, de ingênuo como de filho da puta, com ofensas que mencionavam a mãe e até ameaças anônimas que sem dúvida o conheciam e prometiam quebrar a cara do mal-agradecido que conseguira uma cátedra universitária norte-americana graças à condição privilegiada de refugiado cubano, de apátrida cubano. Mas não se tinha calado. Não podia se calar. Daquela vez não.

Quase sem comentar a triste notícia com que Irving o recebia em Madri, Horacio lhe disse que precisava tomar café da manhã, sobretudo tomar um café de verdade, depois de tantas horas sem comer quase nada (também não suportava a comida dos aviões, menos ainda o café). Na cafeteria do aeroporto onde se acomodaram, Horacio finalmente pediu ao amigo os detalhes conhecidos da morte de Bernardo. Irving disse que só sabia do desenlace o que Clara postara em seu perfil do Facebook: Bernardo morrera em paz. E confiante na vitória final. Irving e Horacio tiveram de sorrir e repetir seus lamentos.

– Pobre Clara.

– Pobre Bernardo. A vitória final... Pensar em vitórias neste mundo de merda – lançou Horacio.

– Além de café, peço um pouco de otimismo?

No estúdio de Chueca, Joel os esperava, pronto para sair para seu turno de trabalho, que naquele dia era das quatro da tarde à meia-noite. Por alguma razão, com perturbação imprópria de seu temperamento, Joel deu os pêsames a Horacio, como se ele fosse o principal parente de Bernardo. Quando ficaram sozinhos, Irving perguntou ao amigo como queria se organizar, e o físico lhe propôs que lhe permitisse tomar um banho para depois dormir uma hora, só uma hora, e saírem para jantar alguma coisa leve, voltar, tomar um comprimido e tentar dormir a noite toda. Para que ele pudesse ter mais privacidade e condições de descansar, Irving lhe ofereceu sua cama. Ele e Joel se acomodariam no sofá-cama, sempre muito confortável.

Às oito, foram os primeiros comensais a ocupar uma mesa num restaurante especializado em arrozes, perto do estúdio da *calle* Santa Brígida. O garçom, que estava montando as mesas, avisou-lhes que era muito cedo para jantar, que o cozinheiro acabara de chegar e que deveriam esperar o homem se aprontar e, depois, uns quarenta e cinco minutos pela *paella* valenciana escolhida.

– Sem problema – disse Horacio. – Enquanto isso, traga-nos um pouco de presunto e uma garrafa de algum Rioja que seja muito bom e não custe mais de trinta euros.

– Esse que está me pedindo custa trinta e dois, mas vou te fazer um desconto e até trazer umas *tapitas* por conta da casa – disse o garçom, em tom cálido e cantarolado.

– De onde você é? –Horacio quis saber quando o homem pegou os cardápios. – Canário?

– Não. *Cubiche*, como vocês dois... De Pinar del Río... Não dá para notar pela cara? É que morei quatro anos em Tenerife...

Os três riram.

– E o que você fazia em Cuba?

– A mesma coisa... Eu era garçom.

Com as taças servidas, Horacio e Irving brindaram à memória de Bernardo e confirmaram que o vinho era de fato excelente. Horacio tomou a primeira taça como se estivesse com pressa ou sede e voltou a se servir.

– Meu parceiro – disse, então, como se estivesse apenas esperando aquele momento de sossego –, você viu a namorada de Marcos?

Irving sorriu e assentiu.

– Sei aonde vai chegar, Quintus Horatius... Claro, eu a vi em fotos, com Marcos... E não estive em Miami, mas talvez já a tenha visto pessoalmente. Você sabe, eu te disse isso há anos e... Desde que Adela se juntou com Marcos, tenho pensado nisso.

– Tem certeza de que Adela é a moça que você viu de passagem com Elisa aqui em Madri? Quanto tempo faz isso?

– Tem de ser, garoto... Ora, por que está me perguntando se eu a vi?

Horácio voltou a pegar a taça e tomou outro gole.

– Você acha mesmo que é possível? Que Adela seja filha de Elisa e que, não sei como, também seja minha filha?

– Seria demais, não? – disse Irving, furtando-se à resposta que o outro reclamava com evidente ansiedade, a questão pela qual talvez tivesse antecipado em dois dias sua chegada a Madri.

– Você acredita que essa Loreta é Elisa? – continuou Horacio, negando com a cabeça, enquanto tirava do bolso seu celular. Mexeu nele até preencher a tela com a foto de Adela que havia um tempo Marcos lhe enviara com uma pergunta sem dúvida capciosa. – Marcos acha que sim, que ela é minha filha. Estive com ele em Miami há alguns dias, ela não estava na cidade...

– Sim, Marquitos me contou.

– Marcos e eu falamos de Adela. Ela andava procurando a mãe e... O foda é que tenho certeza de que Marcos sabe de alguma coisa que não me disse, não solta a língua. Mas aposto minha cabeça como tem a ver com a mãe de Adela, a tal Loreta Fitzberg, que, segundo você, é Elisa.

– Segundo eu...? Escuta, não sei nada de nenhuma Loreta... Só sei que a mulher que vi aqui era Elisa... com uma menina bonita... que pode ser Adela. E, embora não digam, Adela e Marcos acham que Loreta é Elisa... Se é a mãe de Adela, é Elisa...

Horacio voltou a assentir. Depois negou.

– Onde Elisa se meteu todos esses anos, porra? Loreta Fitzberg?... Você não acha que isso é uma grande loucura?

Agora foi Irving quem assentiu.

– Talvez menos que você...

– Claro, porque antes de sumir Elisa te disse uma coisa que você nunca me disse, seu sacana. Fala de uma vez. Ela te disse que a gravidez era minha?

– Está enganado, gênio. Não foi Elisa antes de desaparecer. Foi Bernardo, quando estivemos em Cuba no fim do ano.

Horacio apertou os olhos, tentando focalizar melhor seu interlocutor.

– Bernardo? Falei muito com ele... Garantiu que Elisa nunca tinha transado com Walter. O que ele te disse?

– Essa história do Walter que você está dizendo eu já sabia. A outra não posso dizer.

– Não enche o saco, Irving.

– Não posso...

– Escuta, Bernardo está morto, Adela está viva... Parece que Elisa também. E se você começou é...

– Sim, porque eu ia dizer... Só queria te torturar um pouquinho... Eu ia te dizer, mas tinha de ser assim, *face to face*, como se diz agora, por isso te pedi que antecipasse a viagem e a Joel que trocasse o turno de trabalho para nós pod...

– Que tipo de sujeito você é!

– Nem imagina como sou foda.

– Isso eu sei de cor... Vamos, cospe fora.

Irving sorriu, terminou sua taça e voltou a se servir.

– Vai ter de pedir outra, senão vamos nos engasgar com o arroz – disse ele, olhando a garrafa à contraluz. – Assim você economiza comprimidos para dormir.

– Vai, porra, para de enrolar – impeliu-o Horacio. – E lembre-se de que não sou Darío...

– Aquele mudou muito, fique sabendo.

– Fala logo, rapaz!

Irving deu um suspiro teatral. Ele e Elisa eram especialistas em tais artimanhas.

– Vamos lá... Bernardo esteve na cobertura com Walter na noite em que aquilo aconteceu...

Horacio abriu a boca. Sentiu como que uma pancada na nuca.

– Bernardo matou Walter?

– Eu não disse isso, porra!... Espera, ouve primeiro... Bernardo tinha descoberto que entre Elisa e Walter estava acontecendo uma coisa estranha. Uma coisa que tinha a ver com o pai de Elisa, as drogas que Walter consumia e toda aquela chateação de que o estavam vigiando e seu desespero para ir embora de Cuba. Elisa teve de contar porque Walter quase a havia espancado. E Bernardo foi encontrar Walter. Todos nós sabíamos que Bernardo era um alcoólatra que estava em queda livre, mas também sabíamos que ele era boa pessoa...

– Melhor que eu, com certeza – conseguiu comentar Horacio. – Juro que foi Elisa quem provocou... Mas essa parte da história eu já sei. Bernardo também me contou... Pelo amor de Deus, Irving! Vai, continua... O que aconteceu com Walter?

– Bernardo foi encontrá-lo e disse que, se ele voltasse a tocar em Elisa, se voltasse a ameaçá-la, se simplesmente se aproximasse dela... ele o mataria. E lhe mostrou o facão que levava enrolado num pano.

– Saco, Irving... Isso ele também me disse, mas não a história do facão... Mas que estava levando um pedaço de barra de ferro... Vai ao que interessa, porra...

– Não se precipite... Ele disse que tinha te contado tudo isso para você não se sentir culpado... O que ele não te disse foi que também ficou sabendo que Walter ia encontrar Elisa de novo... dois dias depois da briga que teve comigo. Ia encontrar Elisa naquele prédio...

– Por que naquele prédio?

– Bem, deve ter sido porque ficava perto da casa de Elisa, e Walter tinha as chaves da porta de baixo e do cadeado da cobertura, não é? O caso é que tinha combinado com Elisa de encontrá-la ali, e Bernardo foi para lá.

– Porra, Irving, puta que pariu! Quem vai encontrar um sujeito meio louco numa cobertura? No topo de um prédio onde não mora?...

– Walter deve ter dito alguma coisa a Elisa para que ela fosse encontrá-lo. Depois do que tinha acontecido entre eles, da briga comigo... Alguma coisa sobre o pai dela, não é?

– Elisa sabia que Bernardo tinha ameaçado Walter? Sabia a história da barra de ferro ou do facão?

– Eu diria que sim...

– Então, porra, por que disse a Bernardo que ia encontrar Walter? O que foi que aconteceu, Irving?

– Não, ela não disse. Bernardo a ouviu falar por telefone com Walter... O caso é que Bernardo a seguiu e, quando finalmente entrou naquela cobertura, viu Elisa gritando com Walter. Que a deixasse em paz, que sumisse e parasse de encher o saco... Isso você sabe, Walter queria que o pai de Elisa o tirasse de Cuba... Walter estava meio bêbado ou completamente bêbado. E...

– E o quê?

– Quando Elisa viu Bernardo chegar, gritou que ele fosse embora, que aquele problema era dela e do filho da puta do Walter, que ele não se metesse... E Bernardo disse que de repente Walter saltou. Assim, sem dizer palavra, saltou.

Horacio olhava para Irving. Deixou a taça na mesa como se tivesse levado um choque.

– Se matou? Assim? Na frente dos dois?

– Sim... Se jogou sozinho... Foi isso que Bernardo me disse. Que Walter saltou... Então ele e Elisa saíram dali. Disse que não fecharam a porta nem o cadeado. Quando desceram para a rua viram as pessoas, a gritaria, imagine só... Foram embora correndo e se enfiaram em casa, não podiam dizer a ninguém o que tinham visto. Se dissessem, iriam investigá-los e toda aquela chateação. Não dizer nada era a única maneira de se protegerem. Um era a cartada do outro, a testemunha da inocência do outro.

Horacio, oprimido pelo assombro e pelo retorno de suas suspeitas, ficou em silêncio, observando Irving, embaralhando ideias e perguntas.

– Meu Deus... Tudo isso é muito estranho... Demais... Um sujeito como Walter se suicidar? Será que não aconteceu outra coisa e, apesar de tudo, Bernardo estava protegendo Elisa?

– Ele a protegia, mas não creio que mentiria para mim. Bernardo sabia que estava morrendo. Você acha que ele tentou me engrupir? Será que viu Elisa empurrar Walter e por isso Elisa desapareceu? Ou que foi ele mesmo que empurrou Walter e me contou uma lorota? Para quê?

Horacio voltou a pegar a taça e bebeu.

– Não, não... Mas há alguma coisa estranha em tudo isso... Ou melhor, muitas coisas estranhas.

– Porra, Horacio, o que pode ser mais estranho que ver um sujeito na tua frente se jogar do décimo oitavo andar e ouvi-lo se arrebentar no cimento?

– Mas, se ele queria se matar, por que fazê-lo na frente de Elisa, quando Bernardo chegou com gana de matá-lo?

– Pode ser que Walter já tivesse tudo pensado e por isso quisesse encontrar-se lá com Elisa, não é? E, se as coisas aconteceram assim e Walter se jogou sozinho, sem ninguém o empurrar... Para mim está muito claro. Walter estava com a água pelo pescoço, não podia sair de Cuba, estava meio bêbado, desesperado porque não tinha coca ou sei lá o quê, e era tão filho da puta e egocêntrico que queria ter público até naquele momento.

– Não, Irving, creio que foi pior. Se foi isso que aconteceu, e não tenho certeza nenhuma, Walter queria deixar para Elisa e Bernardo a merda de terem sido testemunhas daquela coisa horrível. Fazê-los se sentir culpados. E até que parecessem culpados e...

– Sim, isso soa mais a Walter Macías… Olha, quando Bernardo me contou tudo isso, passei a entender algumas coisas de outra maneira. A razão por que Elisa foi embora. É porque ela estava com medo. Se a interrogassem como a mim, ela não ia aguentar nem meia hora sem dizer que tinha estado lá em cima com Walter, que Bernardo também tinha estado lá, que havia ameaçado matá-lo… Também entendi melhor o alcoolismo de Bernardo, que piorou, e ele viveu um calvário todinho… E, além do mais, entendi depois ele ter se tornado católico, ter ido rezar numa igreja e até confessado seus pecados. Quando começou com isso, eu não conseguia conceber que um sujeito com a inteligência de Bernardo pudesse acreditar na história de que o filho de Deus tinha estado na terra porque um anjo engravidou sua mãe e tudo o mais. Escuta, Horacio, só por uma culpa ou por um remorso muito grande Bernardo podia…

Horacio assentiu. Tomou sua taça até o fundo, serviu-se do resto do vinho e levantou a garrafa para o garçom *pinareño* com sotaque das Canárias. Outra.

– Você perguntou a Bernardo se ele empurrou Walter? Assim, na lata.

– Não… Como é que eu ia fazer isso, velho?

– E também não perguntou se Elisa o empurrou? Ou se ele achava que Elisa pudesse tê-lo empurrado sem ele perceber?

– Ele me disse… o que eu te disse.

– Ele protegia Elisa. Apesar de tudo, a protegia. E numa coisa assim… também a protegeria até o fim. Você não acha?

– Sim, claro que acho – admitiu Irving.

– Por que Elisa subiu até a cobertura com Walter, porra? O que Elisa pode ter dito a Walter para que ele tenha se atirado lá de cima? Por que Bernardo te contou essa história se ele estava morrendo e ninguém nunca iria sabê-la?… Ele te contou para que você a contasse, Irving. Não está percebendo?

– Ele me pediu que não contasse!

– Ele sabia que você ia contar, porra! Ou será que você podia continuar vivendo com essa merda guardada?

– Pois escuta aqui: ninguém pode ficar sabendo disso, Clara muito menos. Nem Joel… E menos ainda Adela, se afinal for filha de Elisa.

Horacio aproveitou a pausa provocada pela chegada do garçom com a nova garrafa de Rioja de trinta e dois euros baixada para trinta e o anúncio de que a *paella* chegaria em cinco minutos, pois o camarada cozinheiro era o trabalhador de vanguarda da unidade gastronômica. O chiste era aceitável, mas os outros não riram, e o *pinareño* se esfumou.

– E por que eu podia saber? – perguntou, então.

– Porque você sempre achou que Walter tinha sido morto... e porque dessa montanha de merda o que sobra é uma Elisa que anda por aí, sobretudo uma filha dela que certamente é sua... E porque pode ser que isso que Bernardo me contou explique muitas coisas. E porque você tem de fazer alguma coisa.

– Já fiz a única coisa que podia fazer. Um teste de DNA que Marcos deve buscar nestes dias.

– E Adela?

– Eu fiz o meu. O outro é decisão dela. Se sua mãe for Elisa. Porra, Irving, e se a mãe de Adela for uma das namoradas que tive em Cuba, uma das que eram casadas e...?

– Ai, Horacio, minha nossa, não inventa... É Elisa! – sentenciou Irving. – E por que está me olhando com essa cara de merda? Se é sua filha...

Horacio continuou olhando para Irving.

– Porra, Irving... Toda essa merda do suicídio de Walter... Não sei, não sei. Está me cheirando mal. Alguma coisa não encaixa... Estou com toda essa confusão metida na cabeça desde... Escuta, empurrado ou não... Sabe quanto tempo Walter ficou no ar antes de se arrebentar no chão?

– Como vou saber, Horacio? Por que isso agora?

– Pois eu fiz a conta. Fui ao edifício e o medi, aproximadamente... Quarenta metros. E Walter era magro, devia pesar uns sessenta quilos, cento e trinta libras... Escuta: se não o empurraram e ele saltou, a velocidade inicial vamos dizer que é zero, e vamos desprezar a fricção do ar... Para saber o resto, precisamos utilizar equações quadráticas... Não me olhe com essa cara, é fácil – garantiu Horacio, pegando a faca como se fosse um lápis e sobre a toalha começou a fazer traços que só ele decifrava, e concluiu: – Se o edifício tinha quarenta metros e a gravidade é 9,81 m/s^2, então o tempo transcorrido é de dois segundos e oitenta e seis centésimos... – Fez mais uns traços e olhou para Irving. – A conta dá vinte e oito metros por segundo, ou seja, ele caiu a cem quilômetros por hora...

Irving, que esquecera todas as equações das aulas de física, passou a mão no rosto.

– Uma bala – sussurrou.

– Menos de três segundos. Ele voou menos de três segundos... E o que sempre me disse é que, independentemente de ter sido empurrado ou não, Walter passou esses quase três segundos vendo a morte se aproximar a uma velocidade de cem quilômetros por hora. Sim, como uma bala.

Nas noites de sexta-feira e, sobretudo, nas de sábado, às vezes até mesmo nas de domingo, Marcos e Adela costumavam sair para algum lugar. Na maioria das vezes reuniam-se na casa de amigos, em geral cubanos. Na própria Hialeah, ou em South West, em Westchester, na praia, como chamavam Miami Beach. Lá tomavam cerveja e preparavam churrascos, ou *paellas*, ou assavam um pernil de porco. Às vezes, preferiam encomendar comida ou petiscos em locais como El Rinconcito Latino, Islas Canarias ou La Carreta, no de Santa quando se reuniam em Hialeah. Em outras ocasiões, no caso de não vir buscá-los um casal com um membro como motorista de plantão, pediam um Uber e iam a algum clube ou discoteca, com esses ou outros amigos, e dançavam e bebiam a noite toda. E falavam, muito, quase sempre em voz alta e em geral sobrepondo protagonismos e argumentos. Falavam do passado, do presente, até do futuro, de Cuba, dos Estados Unidos, do mundo. Falavam de coisas sérias (trabalho, família, política, beisebol) ou falavam merda, de preferência merda cubana: eu era, eu tive, eu fui... sempre o melhor ou o mais fodido, o mais infeliz ou o máximo. E riam ou não, discutiam ou não.

Os amigos de Marcos eram na maioria profissionais graduados em Cuba, alguns com a sorte de terem conseguido se colocar nos universos de seus conhecimentos já obtidos, inclusive com diplomas revalidados com muito esforço; outros, reciclados, como Marcos, no espaço onde melhor podiam ganhar o pão de cada dia. Vários deles, Marcos, o Lince, também chamado Mandrake Mago, conhecia de sua vida anterior, alguns encontrara no exílio e, de todo modo, a afinidade surgira a partir dos códigos da origem comum, do pertencimento à mesma espécie e geração. Alguns iam muito bem em sua vida econômica, outros nem tanto. Alguns tinham saudade da ilha, até sonhavam em regressar quando fossem velhos, ter uma casa na praia, ao passo que outros juravam que não voltariam nem amarrados: praia era Miami Beach. Para quase nenhum deles política representava uma obsessão, mas apenas um panorama, sempre um estorvo que os perseguia... e sobre o qual, embora sem querer, às vezes conversavam, em geral para discutir e, às vezes, estragar a noite. Até mesmo, em certas ocasiões, para romper a amizade.

Marcos, necessitado de companhia, desfrutava essas reuniões, propiciava-as, sentia-se em território próprio e perto de algo que lhe abria portas conhecidas: sem que ele soubesse, sem que seus amigos pretendessem, aqueles encontros funcionavam como eficientes sessões de terapia identitária, alimentação da memória, construção de seu castelo cubano inexpugnável do qual não queriam ou não podiam sair.

A estadunidense Adela, que às vezes era quem expressava opiniões mais contundentes sobre a política de seu país com respeito a Cuba (qualificava-a como prepotente, indecente, torpe e nos últimos meses estava encantada com a virada que dera o presidente Obama, o que lhe valera o qualificativo de comunista por parte de alguns daqueles amigos), também se deleitava com essas tertúlias, das quais saía com a sensação de se integrar a uma confraria da qual, cada vez mais, sentia que se aproximava, mesmo sabendo que nunca conseguiria penetrar completamente em suas sinuosas interioridades. Por exemplo, quando alguém falava dos tênis *chupameao** que usara quando criança, das geladeiras chinesas, aqueles refrigeradores *lloviznaos*** que exsudavam, ou de algo apavorante como a própria *Tempestade do século**** (os cubanos sempre tinham algo maior que os outros, o que incluía atributos sexuais masculinos ou femininos), ficava sem referências, embora às vezes a jovem tivesse a capacidade de vislumbrar certos detalhes graças ao contexto e aproximar-se do significado. Outras vezes, nem com as explicações de Marcos: *comer perro sin tripa*****!

---

* *Tenis chupameao*, literalmente "tênis chupamijo". Tênis pouco duráveis, em geral de pano com solas finas de borracha; o nome se dá por supostamente absorverem a água fétida que escorria pelas ruas. No período de escassez, eram de confecção caseira, feitos com restos de tecido e borracha de pneu de trator. (N. T.)

** De *llovizna*: chuvinha, chuvisco. Assim são chamadas essas geladeiras pelo fato de estarem sempre gotejando água, mesmo quando ligadas. (N. T.)

*** Filme de suspense produzido nos Estados Unidos em 1999 (*Storm of the Century*), escrito por Stephen King e dirigido por Craig R. Baxley. (N. T.)

**** Arremedo disforme de cachorro-quente distribuído à população cubana na época de escassez. (N. T.)

Também podia acontecer de Marcos e Adela se refugiarem num restaurante de Brickell ou Miami Beach, algum lugar não muito caro, então também desfrutavam o fato de estar sozinhos, conversar, se entreolhar, se tocar por baixo da mesa, depois se beijar, enquanto caminhavam por ruas como a Ocean Drive ou pela areia, perto do mar, e, ao voltar a Hialeah, fazer amor. Porque estavam apaixonados e gostavam, era importante para eles.

Naquela noite de sábado, sem reunião planejada, decidiram ficar em casa. Justo naquela manhã Adela terminara seu período menstrual e, à tarde e como se fosse a primeira vez, presentearam-se com uma intensa sessão de sexo para saciar os desejos acumulados em quatro dias de abstinência que estavam a ponto de enlouquecer o homem. E também libertar-se de outros fantasmas que os espicaçavam com más influências. Ao terminarem, ainda ofegantes, para Marcos fora fácil convencer a namorada a irem à praia no dia seguinte. A moça sempre preferia ficar em casa aos domingos, pelo menos de manhã, organizando e limpando tudo o que se tinha desorganizado e sujado durante a semana. Se também ficassem à tarde, tanto melhor: ela fazia com calma as unhas das mãos e dos pés, enquanto via algum filme velho argentino ou cubano, aproveitando que Marcos fazia uma longa sesta depois de passar a manhã com seus meninos *peloteros*. Mas Marcos sabia que, no estado de plenitude física e vulnerabilidade sentimental em que Adela ficava depois de seus embates sexuais, era capaz de convencê-la de quase qualquer coisa. E Marcos adorava a Golden Beach de Hallandale, onde (segundo ele) o mar se parecia com o de Cuba e havia um restaurante no qual faziam (segundo ele) o melhor peixe frito de todo o sul da Flórida e dispunham umas espreguiçadeiras em que, depois de comer, ele podia fazer a sesta de frente para o mar. Seu paraíso encontrado.

Ao se levantarem naquele domingo, já decretado praieiro, tomaram café da manhã e Adela tinha ido ao banheiro se lavar e vestir a roupa de banho para depois preparar a sacola de praia com tolhas, protetores solares, máscaras de mergulho e tudo o que achasse necessário. Marcos, que já estava pronto (short, sandálias, camiseta e um boné velho no qual levava encaixados uns óculos baratos com que entrava no mar, o boné e os óculos), sabendo muito bem quanto a namorada poderia demorar para se aprontar, colocou o pano branco sobre a mesa da sala de jantar e procurou no computador os resultados dos jogos de beisebol da noite anterior, pois, por alguma razão, sempre preferia navegar no *laptop* a fazê-lo no celular. Começou, como sempre, indagando pela atuação dos Kansas City Royals, o time no qual Kendrys Morales jogava desde o ano anterior e que, portanto, era seu time (na realidade, seu time das Grandes Ligas podia ser qualquer um em que houvesse algum cubano com passado esportivo na ilha). Marcos tinha visto Kendrys jogar quando se chamava Kendry, em Cuba, e com os Industriales de Havana (seu time de verdade, verdade) e, como centenas de milhares ou milhões de torcedores da ilha, apaixonara-se por aquele novato de qualidades excepcionais que provocara uma verdadeira kendrimania. Que categoria de *peloterazo*! Por isso alegrara-se como louco com a vitória dos Industriales na temporada de 2004 e a do KC na Série Mundial do ano anterior, nos dois casos com Kendrys em seus quadros. Marcos buscou "resultados" justo quando ouviu a campainha da porta e perguntou a si mesmo quem poderia ser, num domingo, àquela hora. Da mesa, gritou:

– *Negra*, você está esperando alguém?

Do banheiro, Adela respondeu:

– Não, eu não... Veja quem é...

Marcos olhou para a tela do computador: Kendrys havia sido eliminado duas vezes, caralho.

– Já vou... mas, seja quem for, nós vamos para a praia já, e é já... Saco, as pessoas não aprendem que têm de telefonar antes de ir à casa de alguém, esses cubanos da porra moram aqui mil anos e não aprendem...

O jovem fechou o *laptop* e, ainda protestando, andou até a porta, quando a campainha voltou a tocar e gritou um já vaaaaai de advertência. Continuava se perguntando quem poderia ser, tão insistente, dizia a si mesmo que fosse quem fosse não estragaria a manhã de praia e abriu.

Marcos sentiu a violência da comoção. Nunca saberia o que pensou.

– Elisa...?

E que a mulher respondeu:

– Meu Deus, Marquitos... Você está cada dia mais parecido com sua mãe.

– Elisa... – repetiu, ainda sem afirmar, o perplexo Marcos.

– Não vai me convidar a entrar?

Marcos se afastou.

– Claro, claro, entre – disse, no momento em que ouviu a voz de Adela.

– Quem é, meu amor?

E Marcos gritou o que em outro momento teria sido um gracejo engenhoso:

– Sua mãe!

Adela não voltara a ter notícias da mulher desde a manhã – que à jovem parecia remota – em que a mãe ligara para lhe falar do necessário sacrifício de Ringo. O mesmíssimo dia que se tinha encerrado com a revelação de que Adela era e não era Adela Fitzberg e de que Loreta era na realidade alguém que se chamava Elisa

Correa. Tinham se passado trinta e sete dias, durante os quais todas as manhãs, inclusive as que passara em The Sea Breeze, armada de uma fé que se foi diluindo, a jovem esperara por um sinal que pelo menos mitigasse suas ansiedades. Enquanto isso, no decorrer daquelas jornadas de silêncio e expectativa, fora completando um retrato possível de Elisa Correa com os testemunhos de Miss Miller e do iluminado Chaq, com as informações obtidas de seu pai Bruno Fitzberg, mas, sobretudo, com a mina das lembranças de Marcos complementadas pelas contribuições de Clara, Darío e Horacio. Muito reveladoras foram várias conversas mais prolongadas que, propiciadas pelo namorado, Adela ousara ter com Irving, olhando-se nos olhos com o estranhamento dos segundos de desajuste do Skype. E também tinha adquirido a imagem de um clã, agora disperso pelo mundo e pela morte, embora essencialmente indestrutível.

No primeiro daqueles diálogos com um Irving alvoroçado por falar com a quase certa filha de Elisa e Horacio, o homem comentara que no verão de 2004, quando Adela e a mãe viajaram para a Espanha com Bruno Fitzberg, ele os vira no parque del Retiro. Ou teria sido apenas a mais vívida e persistente de suas alucinações? Adela se lembrava muito bem daquelas férias espanholas – Madri, Barcelona, San Sebastián e Sevilha, onde uma cigana maldissera sua mãe por lhe devolver o raminho de alecrim da sorte que Adela aceitara –, lembrava-se do passeio por El Retiro e, por isso mesmo, não entendeu o comentário de Irving. Como era possível que Irving as tivesse visto se ele mesmo tinha dito que desde o desaparecimento da amiga, em 1990, não voltara a saber dela? Porque eu as vi e tentei me aproximar, e ela me impediu e fugiu – foi a resposta contundente do homem, que serviu para confirmar para Adela a essência do caráter de sua mãe e até a fez pensar que nunca mais voltaria a vê-la nem a saber dela. Porque o conhecimento que fora adquirindo do caráter de Elisa Correia podia reforçar a convicção de que talvez a mãe tivesse desaparecido para sempre, procurando não ser atingida por um passado que Adela já sabia sórdido. Mas esse mesmo conhecimento, capaz de formar com traços diversos a imagem que a jovem agora tinha de sua progenitora, continuava não lhe dando a possibilidade de completar um retrato definitivo, definir as razões pelas quais ela fugira de Cuba e pretendera cortar todas as amarras com o passado até se transformar em outra pessoa.

Vestida com sua roupa de banho, sobre a qual levava uma bata de cordões tecidos com pontos largos, a cabeça de Adela assomou à porta do quarto. O tom da voz de Marcos revelara que não fora por brincadeira que ele mencionara a mãe, algo que os cubanos adoravam fazer e que tanto podia ser um chiste, uma exclamação, como a pior das ofensas.

– Sim, Cosi, sou eu... Estava com muita vontade de te ver. E você?

A voz grave, inconfundível. Adela deu dois passos para a sala da casa de Hialeah. Olhava para a mãe e também para Marcos. Depois de tanto pensar, naquele instante não sabia o que pensar, nem o que desejava, nem sequer o que dizer, quando finalmente falou, mais com o coração que com a mente:

– Ai, mãe... Cada vez eu sinto mais: como é difícil te amar.

– Pois você não sabe como eu te amo...

Elisa aproximou-se de Adela e a abraçou, para depois beijá-la na face e acariciar-lhe o rosto. A jovem não correspondeu ao gesto e manteve os braços ao longo do corpo. Adela parecia em estado de choque, no cenário errado. Sentia-se ridícula com sua saída de praia sobre a roupa de banho e o chapéu de palha fina na cabeça e deixou-se arrastar pela mãe até o sofá da sala. Marcos, que permanecera ao lado da porta, ainda não conseguia reagir.

– Quer um café? Já tomou café da manhã? – perguntou o jovem quando Elisa se acomodou. Percebeu que estava com as mãos úmidas, sentia-se nervoso.

Eu, Marquitos, o Lince, nervoso?, estranhou. Como estava precisando de um café, porra.

– Obrigada, Marquitos – disse Elisa. – Já tomei café da manhã perto daqui, dando um tempo para vocês se levantarem. Hoje é domingo e...

– Pode-se saber onde você estava enfiada? – Adela sentiu-se intrigada.

– Nesta noite dormi em Naples, estava exausta... Vim dirigindo desde Tacoma... Percorri todo este país desgraçado sem saber muito bem para onde ir... Precisava estar sozinha. Pensar na mesma coisa e não pensar em nada. Meditar muito, limpar-me por dentro... Até que há alguns dias estive numa cidade de Oklahoma que se chama Norman. Achei um dos lugares mais feios do mundo... Mas a verdade é que esta cidade concorre com Norman.

– Meu Deus, Loreta! – exclamou Adela.

– Desculpe, Cosi, desculpe... Mas é verdade!

– Logo você falando em verdades...

– Em Norman fiquei sabendo da morte de Bernardo... e corrigi o rumo. Já era suficiente... Não aguento mais...

– Pobre Bernardo – comentou Marcos, sem poder evitar. – Uma das melhores pessoas que conheci.

Elisa assentiu.

– Mas em algumas coisas fraco demais, demais. Por isso se tornou alcoólatra e se frustrou. Tive muita culpa nisso, mas não sou culpada de tudo. Bernardo era puro, um crente. Não tinha caráter para algumas coisas e entrou em crise.

Não me surpreende que depois tenha virado católico – disse e voltou-se para Marcos. – É verdade que estava sem se embebedar havia vinte anos?

– Sim. Minha mãe o ajudou, e ele deixou de beber.

– Clara, Clara... – Ela sorriu muito levemente. – Como vai sua mãe?

– Fodida – confessou o jovem. – Gostava muito de Bernardo...

Elisa assentiu.

– Que pena – disse e, sem transição, enfocou Adela. – Há dois dias falei com Bruno, teu pai ... Eu disse que vinha te ver e te contar algumas coisas e pedi que ele me dissesse o que tinha falado com você.

– Papai não sabe nada de você. A verdade ele não sabe.

– Sabe o que te contou. A verdade, verdade creio que até agora ninguém sabe. Bernardo está morto.

– E como você pôde viver mais de quinze anos com meu pai? Não entendo...

– Com todas essas portas fechadas. Eu não era Elisa, mas Loreta. Uma renascida...

– Você veio para falar de budismo ou para me explicar por que saiu de Cuba? Por que se escondeu e me escondeu? Todas essas mentiras...

Elisa baixou a cabeça e depois olhou para Marcos.

– Pode me dar um copo de água? E o café que me ofereceu agora há pouco? Vou precisar.

– Claro, claro. – Marcos conseguiu sair do estado próximo da catalepsia.

– Muito pouco açúcar, por favor... Se tiver Stevia, melhor.

– Não usamos isso... Não gosta de açúcar mascavo?

– Sim, tudo bem, mas bem pouco. Eu adorava o café que Clara fazia... Sempre com açúcar mascavo.

Marcos foi para a cozinha. Em sua mente havia uma tempestade de perguntas, mas agora algumas o atazanavam mais que o resto: a relação entre sua mãe e a mãe de Adela tinha sido mais complicada do que ele vira e por fim soubera? De que coisas sórdidas podia ficar sabendo pela boca de Elisa? O que a mulher queria dizer com "até agora ninguém sabe a verdade"? E, sobretudo, Elisa, afinal, teria aparecido para estragar a vida dele e de Adela? Enquanto preparava a cafeteira, buscava as xícaras das visitas e enchia copos de água, Marcos tentava ouvir o diálogo que mãe e filha tinham na sala.

– Você falou com alguém além do meu pai? Com Horacio ou com Irving?

– Não. Não quero falar com ninguém. Só com você.

– Realmente não entendo como alguém pode fazer uma coisa dessas – lamentava-se Adela.

– Você vai entender. Acho – falou e atreveu-se a tirar o chapéu que a moça ainda tinha na cabeça. – Além disso, vai entender por que eu sempre te dizia que sua vida tinha sido melhor, que você não tinha sofrido...

– Com o que você fez com minha vida, acha mesmo que é melhor?

– Estou convencida... Acho... Me deixe primeiro tomar o café... Está cheiroso, Marquitos – disse ela, que parecia dona do cenário, quando viu o jovem se aproximar trazendo a bandeja com copos e xícaras sobre pires.

Elisa terminou o café e o elogiou. Marcos agradeceu. Adela sentiu vontade de fumar. Uma vida melhor?, perguntou-se e virou-se para Elisa.

– Antes de continuar, diga uma coisa... Quem é meu verdadeiro pai?

– Suponho que você já saiba que é Horacio.

– E por que não falou com ele? O filho... – Adela se deteve ao se dar conta de que se referia a si mesma. – Horacio tinha direito de saber, não?

– Há vinte e seis anos estive prestes a lhe dizer... Aliás, faltam doze dias para seu aniversário, minha Cosi...

Adela assentiu, mas manteve-se em silêncio.

– Bom, eu queria perguntar a Horacio onde tinha conseguido aqueles preservativos de merda, com certeza eram soviéticos, aqueles russos só faziam merda... Saber se ele tinha feito a sacanagem de furar um... Queria encontrar uma explicação, uma responsabilidade por algo que não podia, mas tinha acontecido... – disse e apontou para a filha: a prova viva do que acontecera. – Mas a atitude de Bernardo, em vez de resolver as coisas, complicou-as. Já era demais ele decidir se autoenganar para que, além disso, eu o humilhasse divulgando e dizendo...

– Mas Irving diz que você falou na frente de Clara e de Darío que a gravidez não era dele.

– Isso foi depois. Quando tudo se complicou. Walter complicou tudo. E tive de dizer e fazer coisas... Adela... o que vou contar para vocês é terrível. Tão terrível que me estragou a vida.

Marcos repôs as xícaras e os copos na bandeja, sentiu um soco no estômago: tinha entendido bem? Olhou para a namorada e encontrou em seus olhos uma mescla de dor e rancor. Olhou para Elisa e a sentiu insondável. E decidiu que aquela história que se anunciava terrível pertencia sobretudo àquelas duas mulheres. E até conseguiu pensar que Elisa tinha estragado seu dia de praia.

– Melhor eu sair... – anunciou.

– Não saia – pediu Adela.

– Eu agradeceria, Marcos, sim, é melhor – disse Elisa. – Como depois de falar com Adela creio que eu vá embora de novo, deixe-me dizer que me alegra que Adela e você tenham se encontrado. Entre tantos cubanos...! Sim, melhor que tenha sido você. E, por favor, se eu não te encontrar mais, diga a sua mãe que, se puder, me perdoe o que tem a me perdoar e que sinto muito a morte de Bernardo. E que, sim, Bernardo sempre foi o melhor de todos nós.

Uma linha. Quase sempre branca. Algumas vezes vermelha ou preta. Importava a cor? Não, só a linha.

Esse era seu carma? No que seria o resto de sua vida, Elisa Correa se perguntaria milhões de vezes por que lhe coubera aquele destino que de repente e para sempre se tornaria tenebroso, sem possibilidades de ser apagado, apenas de se tornar mais leve com o tempo e a distância. Perguntava-se: como podia ter sido tão imbecil e cedido à exigência de Walter? E às vezes concedia-se uma resposta: por aquela segurança de si mesma que às vezes beirava a autoconfiança e no fundo só funcionava como manifestação de sua prepotência.

Para começar a entender a complexidade de uma trama que terminaria engalanada com mortes, desaparecimentos, enganos, desde o início empenhou-se em imaginar o cenário com uma simplicidade maniqueísta e satisfatória: o pintor, com um de seus pincéis, traçara uma linha no chão. Você a atravessa ou não a atravessa, simples assim. E, por ser como era, para tentar salvar um resto de dignidade (ou por aquela maldita prepotência que começava a se tornar patente), Elisa Correa aceitara o desafio e atravessara a linha. Se depois tudo não tivesse terminado como terminou, ela jamais teria pensado na existência da tal linha nem no que implicaria ultrapassá-la. Mas atravessou a linha e com sua determinação abriu as portas para o pior de seu carma, para aquela escuridão que só pode gerar escuridão, e para a condenação de ter desde então todos os motivos possíveis para se perguntar: por quê?

Walter lhe telefonara ao meio-dia de 6 de janeiro de 1990, e Elisa lhe perguntara que diabos ele queria. E lhe repetira que não tinham nada a se falar.

– Você não tem vergonha, rapaz. Depois do show que aprontou com meu pai, do que você ainda vai me falar, porra? Você esqueceu que me empurrou sabendo que estou grávida? Esqueceu o que meu pai disse?... E o que você fez com Irving? Também se esqueceu disso, Walter, hein? Quem você acha que é? Não acredito em suas lágrimas de crocodilo!

– Ai, Elisa, desculpe... É que ando feito louco. Estou num ponto em que não tenho saída. Neste momento acho que sou capaz de qualquer coisa.

– Está me ameaçando, Walter? De quê? De denunciar meu pai?... Pois pode denunciá-lo, e, se ele é culpado de alguma coisa, que se foda. Ele não é criança e sabe muitíssimo bem o que faz ou fez. Não tenho nada a ver com isso e não quero nem ouvir falar nisso... E, diga-se de passagem, foda-se você também... Porque, se você se virar contra ele, vou te dizer, de verdade, eu não queria estar na tua pele. Você não tem a menor ideia de quem é meu pai...

– Do que você está falando?

– Estou falando que, seja como for, meu pai tem amigos com braços muito compridos... E nenhum deles gosta de gente como você.

– Não vou dizer nada de seu pai, juro... Mas precisamos conversar. Pelo que você mais ama, Elisa, agora você é a única que pode me ajudar – disse o pintor, enquanto traçava a linha no chão. – Não posso falar disso por telefone. Por favor, Elisa...

– Não há favores, Walter...

– Dez minutos... E o fato é que acho que te convém falar comigo. Eu sei coisas, Elisa, coisas feias... Sim, convém você falar comigo... Olha, te espero hoje às oito na entrada do prédio que fica na E com a 9ª. Tenho as chaves de um apartamento. Por favor, Elisa... A entrada é pela rua E... A sete quadras da sua casa...

Naquele instante, Elisa percebeu a linha marcada no chão. Walter sabia coisas feias. Estaria falando de seu pai ou dela? Que coisas piores que os desastres que já a tinham levado a considerar a possibilidade de sumir? Mas decidiu que não se deixaria tentar, não ultrapassaria a linha, não queria nem precisava saber o que havia do outro lado. Para quê? Walter e seu pai eram o que eram e seus problemas eles é que deveriam assumir e resolver. Já ela estava sobrecarregada com os próprios assuntos, disse a si mesma, e nenhuma possibilidade de ajudar Walter, que, além do mais, não merecia a menor misericórdia.

– Não sei, não sei – disse e desligou enquanto ouvia outra súplica.

Mas a Elisa Correa de 1990, a mulher que fora até então, ou até um pouco antes, quando engravidara do modo mais absurdo e com a participação do homem menos adequado; a mesma Elisa Correa que, contra todas as bandeiras, depois optara por ter o filho e todo o seu organismo e sua mente se desorganizaram, aquela Elisa Correa reagiu conforme Walter previra. Um sentimento de culpa por ter aproximado seu pai e Walter vários anos antes, somado à vergonha por ter traído Bernardo e envolvido Horacio e Clara em suas turbulências, mais alguns temores ainda imprecisos, mas ativos, e o condimento de sua autoconfiança a colocaram, às oito horas e dez minutos da noite, em frente à torre das *calles* E e 9ª, em cuja escadaria de entrada a esperava o abominável. E também a linha.

– Porra, obrigado por vir – disse o homem ao vê-la surgir.

– Vamos lá, não tenho a noite toda. O que você quer?

– Você disse a Bernardo aonde vinha?

– Claríssimo que não. Bernardo quer te matar. Ou de fato você está com amnésia? Escuta, você está meio bêbado?

– Não, só tomei dois tragos… Vamos lá, a primeira coisa é que eu queria te pedir desculpas pelo que aconteceu com Irving. Estou com os nervos à flor da pele e ele…

– Você vai fazendo amigos pelo mundo, rapaz. Já são alguns que querem te matar.

Walter sorriu.

– Que desastre. E também pelo modo como me comportei na casa do teu pai…

– Sim, vai… E então? O que você quer?

Walter olhou à volta.

– Venha, vamos lá para cima. Aqui passa gente… É uma coisa delicada…

– Lá para cima onde?

– Para a cobertura… Há uns bancos. Tenho a chave – disse ele, mostrando o chaveiro que tinha nas mãos o tempo todo: a figura de um cão de metal de cujo lombo saíam os elos de uma pequena corrente com um aro em que dançavam três chaves amarelas. Ou terá sido naquele instante, quando mostrava o chaveiro, que Walter riscou a linha?

– Nem louca subo aí com você.

Walter fez as chaves tilintarem e sorriu.

– Não te interessa saber com quem te vi sair da casa da tua amiga que tem o gato? Não te importa que eu fale disso?

Elisa tentou ocultar a comoção. O que Walter sabia? Será que a tinha visto com Horacio? Aquele desgraçado estava querendo chantageá-la?

Quando Elisa soube que estava grávida e tomou a decisão de levar adiante, assumiu que estava brincando com uma granada que qualquer manipulação poderia ativar. Porque, mesmo sabendo de quem devia ser a gravidez, de quem sem dúvida era (uma camisinha porosa?), se ela não revelasse, ninguém conheceria o responsável por seu estado de gestação: nem o próprio Horacio. Se ninguém nunca soubesse, então a humilhação de Bernardo não seria tão brutal nem sua traição seria tão vergonhosa. Walter lançava um holofote ou um tiro pela frente? A mulher, ainda aturdida, compreendeu que Walter não podia atirar para o alto e conseguiu pensar que tinha de ser mais forte que ele e precisava recuperar o controle.

Constataram que a porta principal do imóvel, de ferro e vidro, estava aberta e a recepção, deserta. Talvez só fechassem aquele acesso no fim da noite. Tomaram o elevador, um modelo dos anos 1950, sem dúvida o que o edifício tinha desde sua construção. A engenhoca mecânica se moveu lenta e hesitante rumo à altura máxima.

– Na verdade, não sei de que porra você está falando... – Elisa procurou se recompor, parecer forte. – Nem o que estou fazendo aqui com você...

– Ajudar um amigo – disse Walter. – Você pode fazer isso.

– Não sei como...

As portas mecânicas rangeram ao se abrirem no vestíbulo do último andar, o décimo oitavo, e Walter se adiantou para sair do elevador e enveredar por um último lance de escadas que levava à cobertura. Uma lâmpada de poucos watts oferecia a única iluminação àquele espaço morto. Uma porta de metal, pintada com a mesma tinta de água de cor amarela, fechava a saída para a cobertura. No ferrolho da porta, um cadeado médio impedia o acesso. Com uma das chaves que antes mostrara a Elisa, Walter conseguiu abrir o cadeado. A chave, sem dúvida uma das muitas cópias feitas pelos moradores, resistiu a sair do cadeado, e Walter, talvez nervoso demais, um pouco embriagado, xingou baixinho, pôs força na chave até conseguir tirá-la. Puxou o ferrolho, abriu a porta, cedeu passagem a Elisa até a cobertura e a seguiu. Numa mureta perto da porta, deixou o cadeado e o chaveiro de lado. Elisa reparou de novo: três chaves amarelas, um aro metálico, o cachorrinho de metal pendurado num dos elos. No mesmo muro, perto do cadeado e das chaves, viu o pedaço de uma barra de ferro, escura, oxidada pelo salitre do mar próximo.

Na penumbra da cobertura, Elisa observou a vista de Havana noturna que se tinha do topo da torre. Os edifícios altos de El Vedado, ainda bem iluminados, os quarteirões de mansões de dois ou três andares, a faixa das luminárias da avenida De los Presidentes que conduzia à mancha definida do mar. Num canto do céu, a lua minguante oferecia uma claridade mínima. Naquela altura estava-se muito acima dos desassossegos de uma cidade à qual chegavam tempos complexos, ninguém poderia prever quão difíceis seriam. Muros que caíam, a história que se alterava.

Um velho banco de suportes de ferro e ripas de madeira, sem dúvida trazido de algum parque da região, fora colocado perto da beira da cobertura que dava para a *calle* 9ª, de frente para onde corria a linha da costa limitada pelo Malecón. Quem o acomodara ali tivera a intenção de dar as costas para a cidade e, de dia, observar o mar a seu bel-prazer, até o mais remoto horizonte, onde todas as tardes o sol se punha. Elisa comprovou que, ao sentar-se, perdia parte da visão da paisagem por causa do muro de treliças, de um metro de altura, que rodeava a cobertura.

– Quem te deu as chaves deste lugar? – disse ela à silhueta sem rosto definido do homem.

– Uma namorada que tive no décimo segundo andar... Faz mais ou menos um ano... Às vezes subíamos para fumar maconha... Nunca lhe devolvi as chaves... Quando estou por aqui e quando estou muito fodido, às vezes subo e olho o panorama. Isso me acalma.

Ela teve a impressão de ver Walter sorrir, enquanto tirava um cigarro da caixa que colocou sobre o banco, remexendo nos bolsos à procura do isqueiro.

– Bem, vamos lá, não tenho a noite toda...

Walter olhou para a escuridão do mar. Depois virou o rosto para Elisa.

– Como vão suas coisas? Com Bernardo?

– Não vim para te contar minhas coisas... Não são da tua conta. Fala logo senão vou embora já... Que merda você falou lá embaixo?

– Vi vocês saírem do apartamento... Puro acaso... No prédio da esquina mora um pintor que eu conheço. Estávamos na sacada tomando uns tragos quando vocês saíram...

Elisa sabia que Walter devia estar falando a verdade. Certa vez ele tinha mencionado aquele amigo pintor, e Horacio não seria tão imbecil para ter falado com alguém sobre o episódio. Walter estava ameaçando delatá-la. Será que pretendia mesmo chantageá-la? Walter estava medindo forças. Walter não a conhecia.

– É bom saber que você sabe. Mas o que você não sabe é que isso não me importa picas. Fiz o que queria fazer... – disse e tocou na barriga. – Mas, pense bem, entre sua palavra de mentiroso e a minha, em qual vão acreditar? O que eu não imaginava era que você pudesse ser tão baixo e tão filho da puta, veadão...

Walter reagiu.

– Porra, Elisa, não, não, não quero te chantagear. Queria que você soubesse, só isso. E que me ajudasse... Juro pela minha mãe que não disse nada a ninguém...

Elisa não pretendia acreditar nele. Mas tinha de jogar com as cartas do outro. Dar-se um tempo para pensar. Saber. Controlar.

– Você é um sacana...

– Tudo bem, tudo bem, você é que sabe... Mas, por favor, primeiro me ouça até o fim, se puder. Tudo o que vou dizer tem uma lógica...

– Vamos ver se posso – aceitou Elisa.

– É que me tiram daqui por cinco mil dólares...

– Muito bem. E daí...? – interrompeu-o Elisa. Naquele instante, Walter finalmente acendeu o cigarro e pôs o isqueiro de volta no bolso da calça.

– Me deixa terminar, porra... Um lancheiro me tira a semana que vem. Por cinco mil dólares. Eu tenho quase três mil... Preciso de dois mil... E quem certamente tem esse dinheiro é seu pai... Com certeza ele tem... Espera, espera, escuta... Veja a lógica: para ele mesmo o melhor é que eu vá pro caralho e que ninguém mais saiba de mim. Se me pegarem e me apertarem, aí, sim, eu vou cantar. Quando essa gente te pega, é como programa de televisão: todo mundo canta.

– Não sei de onde você tirou que meu pai tem esse dinheiro...

– Porque sei que ele tem, Elisa, eu sei – a voz de Walter, mesmo quando pretendia ser suplicante, mantinha restos de sua prepotência. – Sempre lidou com muito dinheiro. Avaliei vários quadros que ele tirou daqui... Alguns eram falsificações, sabe? E tenho certeza de que ele enfiou drogas em Cuba.

– E com o que aconteceu por causa dessas drogas vão deixá-lo na rua? E com dinheiro, com dólares...? Ai, rapaz, esquece isso. Pode ser que meu pai tenha aprontado, mas não o que você está dizendo. Ele sabe demais...

– E eu também sei muito... e sei que ele deve ter dinheiro. Lidava com muito dinheiro...

– E o que você quer? Que eu vá e diga para ele te dar de presente dois mil dólares porque você é um delator e vai denunciá-lo? Depois do que você fez, depois do que ele te disse? Walter, se quisessem pegar você, seja lá por que motivo, já não teriam feito isso há muito tempo?

– É que... Estou dando coisas a eles... falando de pessoas...

– Dedurando – especificou Elisa, sem se surpreender muito. – Meu pai tinha razão, você é...

– Sim, e daí?... Você não sabe o que...

– Também fala de nós?

– Não, vocês não lhes interessam...

– Quem interessa?

– Outras pessoas... Mas tudo bem, isso não importa! Tenho o jeito de ir embora e você tem de me ajudar! – exclamou, deixou o cigarro cair no chão e o esmagou com violência.

– Ahã, vou e digo a meu pai que você precisa de dois mil dólares e...

– Rouba!

Elisa ainda ousou rir. E depois pensaria: ainda.

– Vou pro caralho. – E fez menção de se levantar. Talvez ainda estivesse em tempo de voltar para o outro lado da linha. – Você está mais louco que... – E, quando ela tentou se levantar, Walter a pegou pelo braço com força e a impediu. Naquele instante, com sua ação, Walter apagou a linha. Já não havia um lado seguro para o qual Elisa pudesse voltar.

– Porra, Elisa... Me ajuda e eu te ajudo. Posso te complicar a vida, porra!

– Me solta, Walter!

– É um dinheiro de merda...! E me tira daqui e...!

– Falei pra me soltar, porra! – gritou ela, puxando o braço para se soltar da tenaz de Walter.

Elisa conseguiu ficar em pé, e Walter fez o mesmo, para voltar a agarrar um dos braços da mulher.

– Chega agora, saco! – gritou ela. – Some e não enche mais o saco. Diga de mim o que quiser, veado... Me solta, porra!

Do vão da porta, iluminada pela luz vinda da escada, surgiu a silhueta de um homem. De pronto Elisa o reconheceu. Num primeiro momento, Elisa e Walter ficaram estáticos ao constatar a presença inesperada que se aproximava deles andando depressa. Walter soltou Elisa e deu um passo para trás, para colocar a mulher entre ele e o homem que se aproximava. Elisa teve tempo de gritar:

– Mas o que você...?! Sai daqui já, Bernardo, isso não é problema teu!

– Escuta aqui, veadão de merda! – Elisa ouviu o grito do recém-chegado, que estava a apenas dois metros dela, com os olhos fixos em Walter. E conseguiu ver que Bernardo levava na mão direita o que devia ser uma barra de ferro. A barra que tinha visto na entrada da cobertura.

Depois Elisa saberia que Bernardo ouvira parte da conversa que naquele meio-dia ela tivera com Walter. E que, por tudo o que acontecera entre eles, o homem se convencera de que Elisa não atenderia ao apelo do pintor. Mas, ao vê-la sair ao anoitecer, entendeu que se enganara e tomou a péssima decisão de segui-la. Porque antes já tinha tomado dois tragos, suficientes para embaçar sua capacidade de raciocínio e alterar seu senso das percepções. Ao chegar à entrada do prédio, dera com a porta de entrada fechada e tivera de esperar que um morador saísse. Por sorte, o homem, talvez apressado, a deixara aberta e Bernardo pôde entrar sem que ninguém o visse. No painel do elevador, viu marcado o décimo oitavo andar.

Tudo aconteceu em segundos. Bernardo se aproximava, parecia fora de si, sempre com a barra de ferro na mão. Enquanto isso, Walter se entrincheirava atrás dela, buscando proteção, talvez com medo. Elisa, por sua vez, não pensava, mas se lembraria de ter recebido no olfato o cheiro azedo do hálito etílico de Walter muito perto dela. Naquele instante, só via o choque chegando. Também não saberia explicar por que, em vez de avançar para Bernardo, virou-se para Walter e viu que ele começava a estender as mãos para se agarrar a ela. Elisa, ao ver o movimento do outro, simplesmente o evitou, e ao fazê-lo chocou-se contra o peito e uma das axilas de Walter. O golpe pegou o homem numa posição de equilíbrio precário e o fez recuar um, dois passos, sempre de frente para ela, olhando para ela. E ainda deu um terceiro passo antes que Elisa o visse bater contra o muro de coluninhas ornamentais que delimitava a cobertura, perder a vertical e começar um voo de costas, à mercê da força universal da gravidade.

Adela tinha perdido a possibilidade de replicar, quase a capacidade de respirar. Queria entender, racionalizar o que ouvira, mas o tamanho da carga recebida a esmagava.

– Cosi, está vendo por que eu dizia que você tinha tido uma vida boa, muito melhor que a minha? Agora está entendendo um pouco, não é?

– Mãe… Essa é a verdade?

– Você acha pouca verdade? – perguntou Elisa, que se pôs a procurar alguma coisa na bolsa.

Levantou lentamente a mão e colocou diante dos olhos da filha um chaveiro do qual pendiam três chaves amarelas fechadas num anel preso à figura metálica de um cachorro por quatro elos pequenos.

– Sinto muito, Adela, sim, é a verdade.

– E devo acreditar? Por quê?

– Ora… porque eu juro… por você…

Adela suspirou.

– Foi pelo que aconteceu com Walter que você…

Elisa assentiu e ficou alguns instantes em silêncio.

– Tudo aconteceu assim, sem tempo para pensar, juro… Fiquei paralisada, e Bernardo me agarrou pela mão e me arrastou até a saída. Perguntou se eu tinha tocado em alguma coisa e eu disse que não… Ao passar por onde tinha ficado o cadeado com as chaves, pegou este chaveiro e o enfiou no bolso…

– E o cadeado?

– Ficou lá… Não sei se é verdade que alguém o fechou depois, como nos disseram, não sei… Bernardo também não sabia por que tinha pegado estas chaves... Quando saímos à rua, as pessoas gritavam, iam correndo ver o espetáculo. Ninguém reparou em nós. Bernardo não me soltou, e viramos em sentido contrário, para a *calle* E... Foi aí que eu soube o que Bernardo tinha na mão.

– A barra de ferro, não é?

– Um jornal dobrado... Tinha comprado no caminho... Não creio que Bernardo fosse capaz de agredir ninguém a facadas, a porretadas...

– E por que fugiram? Não foi um acidente?

– Você tem ideia do que estávamos vivendo?... Bernardo não pensou. Nem eu... Fomos dominados pelo medo e fugimos. Assim, sem pensar... Não tinha sido acidente? De quem era a culpa? Ninguém tinha culpa. Se é que alguém tinha, era Walter, por sua paranoia, por estar meio bêbado, por ameaçar a mim e meu pai. Por ser filho da puta... Mas de todo modo tinha nos marcado a testa com uma cruz preta. Passei todos esses anos tendo pesadelos, vendo-o cambalear e sumir por trás do muro daquela cobertura... Vejo seus olhos.

– Meu Deus – murmurou Adela, sem deixar de olhar para a mãe. Elisa apertou as pálpebras com a ponta dos dedos, como se quisesse enterrar suas visões.

– Quando chegamos em casa, Bernardo me disse que esquecesse tudo, que não tinha acontecido nada do que tinha acontecido... E que nunca aconteceria. Mas, se algum dia alguém soubesse que tínhamos estado lá, nós dois diríamos sempre a mesma coisa: Walter nos ligara, dizendo que ia se matar, e nós tínhamos subido para salvá-lo, mas Walter tinha pulado... E tivemos tanto medo que fugimos... Essa era quase a verdade... Quando finalmente consegui pensar, só tive uma ideia: eu não tinha culpa de nada. Mas, se ficassem sabendo que eu estivera na cobertura com Walter e com Bernardo, alguém acreditaria na história do suicídio ou do acidente e do nosso medo? Alguém acreditaria na razão por que eu estava lá em cima? Não, dificilmente acreditariam em nós sabendo o que se sabia de Walter e depois de termos saído de lá correndo... E disse a mim mesma que não podia correr aquele risco, precisava me salvar e salvar meu filho... minha filha. E sabe o pior? Pensei até que, se me interrogassem, eu negaria qualquer relação com o que tinha acontecido... E até pensei que, se em algum momento não aguentasse mais, seria capaz de dizer que Bernardo havia empurrado Walter. Eu seria capaz de fazer isso, Cosi, sim, poderia fazer isso, porque tinha de me salvar. E me dei conta de que a melhor opção era ir embora...

Adela olhou para os lados. Agradeceu que Marcos tivesse saído. Cada revelação da mãe era mais dolorosa.

– Eu já tinha pensado na possibilidade de ir embora... E sabe quem foi que me ajudou a sair de Cuba?

– Seu pai… meu avô – disse Adela.

– Não… Aquele já estava fora de circulação. Muito mais do que Walter pensava. Na verdade, não acho que estivesse metido em tráfico de drogas, mas, sim, em outras coisas. Talvez venda de diamantes, marfins que tinha trazido de Angola, obras de arte, coisas que mandavam que ele tirasse de Cuba… E parece que ficava com algo. Mas na verdade não sei, não queria saber…

– Quem te ajudou, então?

– Foi Bernardo. Sem ele saber… Eu já tinha preparado a rota para sair quando lancei para Bernardo, na frente de Clara e Darío, que ele não era o responsável por minha gravidez. Fiz isso porque queria afastá-lo de uma vez de tudo o que tinha acontecido e do que eu tinha planejado fazer. Porque, depois do que acontecera com Walter, Bernardo estava se derrubando, tentando se anestesiar com álcool, e era preciso acabar com a farsa de que ele podia ser o autor da gravidez… Eu quase o convenci a fazer outro tratamento de alcoolismo e, dois ou três dias antes de eu dizer aquilo na frente de Darío e Clara, eu também tinha cortado sua fonte de abastecimento de rum. Escondi dele o que restava dos dois mil e tantos dólares que o pai dele, o ex-vice-ministro, lhe tinha dado para guardar e que ele usava para suas bebedeiras. Bernardo proclamava que ladrão que rouba ladrão tem cem anos de perdão e, com o roubado, rum bom para tomar.

Elisa explicou à filha que a ideia de sair de Cuba partira da possibilidade oferecida pela conjuntura de que, por algum descuido, quando voltara da última vez para Cuba, não retiveram o passaporte adulterado em nome de Loreta Aguirre (ou não o tinham tirado dela por ser filha de seu pai?), no qual havia um visto inglês, válido por dez anos, carimbado em 1981, quando ela viajara pela última vez com seu progenitor. Então roubou um papel timbrado e carimbado dos escritórios da clínica veterinária, falsificou uma carta de convite para participar de um congresso em Londres, e na imigração revalidaram o bendito passaporte. Com parte dos dólares do pai de Bernardo, comprou a passagem. E, para viver um tempo imprevisível, levou também um dinheiro de seu pai… O dinheiro de que Walter precisava para escapar e que, de fato, seu pai tinha guardado na casa da irmã dele, tia de Elisa.

– E Bernardo nunca disse?… – comentou Adela. – Bem, até onde sei… ele não disse quase nada, ou nada de tudo isso.

– Eu tinha certeza de que ele não diria nada… Eu não te disse que Bernardo era o melhor de todos nós?… Eu o traí, até pensei em acusá-lo se me interrogassem, mas ele não. Bernardo sempre me protegeu… E ele tinha de saber que parte de seu dinheiro me serviu para ir embora… E com o dinheiro levei este chaveiro e aquela cruz de madeira pintada que você deve ter visto. Foi a maneira que me ocorreu de dizer a ele que se esquecesse de tudo, que se esquecesse de mim... Por isso, quando soube de sua morte... então disse a mim mesma que não podia mais rodar... E agora estou nesta casa de Hialeah e acabo de te contar o que não tinha contado a ninguém e não queria ser obrigada a te contar nunca. E te pedindo perdão, Adela... Se não pode me perdoar, tente pelo menos me entender, por favor.

Adela olhou para a mãe por um longo tempo.

– É difícil... Entendo que você sentisse medo, que estivesse desesperada, até que tenha saído de Cuba sem dizer a ninguém... Havia uma pessoa morta no meio disso... Mas acabar com tudo? Mudar minha vida e me fazer viver uma mentira? Você consegue imaginar como me sinto, como me senti todos esses dias...?

Elisa assentiu. Também demorou a dar sua resposta, embora devesse conhecê-la muito bem desde muitos anos antes.

– Foi o medo que me impeliu, eu já disse. Mas, sobretudo, o que me impeliu foi a vida que eu tinha aqui dentro – tocou o ventre. – Me fez decidir... E o que depois me manteve em movimento foi o asco, o fastio, o cansaço do que eu vivera e do que eu mesma era. Por acidente ou não, eu tive a ver com a morte daquele infeliz... Tinha de sair de Cuba e sem avisar ninguém, claro. Nem Irving, nem Clara, ninguém. Nem Bernardo podia dizer. Não podia confiar nem nas pessoas que mais gostavam de mim... Lá, naquela época, era sabido que qualquer um podia te delatar. Ir embora era quase um delito. E o caso de Walter transformado em informante não foi único... Marcos sabe do que estou falando, pergunte a ele... Peça que lhe diga para quantas pessoas Darío contou que ia ficar na Espanha... Pode ser que nem para Clara... E como eu, além do mais, era como uma fugitiva... e resolvi continuar sendo. Adela, eu tinha de romper com tudo, ser radical... Precisava te manter longe de toda aquela merda. Não sei se foi um despropósito, não sei, mas eu precisava ser outra pessoa, e essa outra pessoa não podia ter meu passado e menos ainda impingi-lo a você. E foi o que fiz... E quando a máquina começou a funcionar, já não podia pará-la. Não, Adela, você não imagina a tensão em que vivi todos esses anos.

Adela sentiu as lágrimas lhe correrem pela face. De repente, sua vida estava recebendo os efeitos de uma iluminação ofuscante. Precisava recuperar a capacidade de enxergar, julgar, pensar, reparar o que ainda fosse reparável.

– Os primeiros que você enganou fomos eu e meu pai. Bruno...

– O que mais eu podia fazer, Cosi? Bruno foi um anjo que me mandaram do céu. E você era o milagre...

– Loreta... – disse e se deteve. – Mãe... E agora?

– Agora não sei. Você já sabe a verdade. E só sei que aí está você, Cosi. Sempre pensei: um milagre da natureza. E não negue que teve uma vida melhor... Pode fazer com minha história, com sua história, o que quiser. Ou inventar uma melhor... Alguma coisa você deve ter aprendido comigo, não?

Adela desviou o olhar. Sua mãe era mesmo insondável. Será que tinha mesmo lhe contado a verdade?, continuou se perguntando e continuaria a se perguntar, talvez pelo resto da vida. Adela sentiu-se vencida, esgotada.

– Você nunca me disse por que me pôs o nome de Adela... Poderia ter sido Milagros, não?

– Tem razão... Ou Graciaplena...

– Graciaplena?

– Sim... Nunca te disse muitas coisas, muitas... Algumas estranhas... Já que estamos falando nisso... Por exemplo, que sou bissexual. Ou melhor, lésbica.

– Miss Miller? – assombrou-se Adela.

– Sim... Há sete anos somos amantes. E essa relação me ajudou muito. Ela e Buda.

– Por que me pôs o nome de Adela, vai me dizer?

– Porque não conhecia ninguém com esse nome. Nem familiares, nem amigos, nem nada. Só você. O nome não me lembrava ninguém... Depois que conheci Bruno em Boston, pensei em te chamar de Aline, como a esposa de Renoir, a moça que aparece em "Le Déjeuner des canotiers". Mas acabei me decidindo por Adela. Ainda bem que não te chamei de Graciaplena.

Elisa sorriu pela primeira vez desde que chegara à casa de Hialeah.

– E, aliás, como daqui a alguns dias é seu aniversário... Você me deixa te dar um beijo, minha Cosipreciosa?

Às nove da noite de 2 de junho ainda fazia um calor úmido e pegajoso. O céu, já escuro, era atravessado pelas frequentes descargas dos relâmpagos que denunciavam a massa de nuvens encalhada no horizonte. Poderia chover naquela noite. E, se chovesse em alguma parte de Havana, esse lugar seria Fontanar. Da porta de barras de aço que dava acesso à casa, Clara observava o céu ameaçador, quase apocalíptico. Entretanto, agora se sentia mais tranquila, pois finalmente conseguira falar com o vizinho, dono de um carro e que durante a doença de Bernardo costumava levá-los ao hospital. Marcaram para as nove da manhã do dia seguinte.

Uma hora depois, às dez da noite, Clara tomou os comprimidos de anti-histamínicos que lhe tinham recomendado para combater a insônia e deixou-se cair na cama. Enquanto chegava o sono induzido, sem vontade de ler – tinha recuperado *A insustentável leveza do ser*, sempre intrigada pela possibilidade de um eterno retorno –, Clara pensou na ligação que Marquitos lhe fizera naquela tarde, anunciando que tudo parecia indicar que sua namorada estava grávida. Ainda não tinham certeza absoluta, dissera Marcos, mas Adela estava com duas semanas de atraso e o teste de urina dera positivo. E, se estivesse grávida, eles já tinham conversado, queriam ter aquele filho. O neto ou a neta estadunidense de Clara! Os filhos de cubanos de Hialeah são americanos, americanos? Pelo menos esse, se fosse varão, certamente jogaria *pelota*, como o pai, e talvez fosse uma grande estrela, como o bendito Duque Hernández... Depois de tantas comoções e perdas, Clara recebia uma notícia que, com seus laivos desconcertantes, não implicava uma desgraça. Um neto francês, outro norte-americano ou algo assim? Como era possível tanta dispersão, tanta vida desenhada com as mais caprichosas alternativas? Uns dias antes, Irving colocara em seu Facebook uma frase premonitória de Virgilio Piñera que havia encontrado na correspondência do escritor Jaime Soriano: "Uma noite de 1965, num banco do *paseo* del Prado havanês, Virgilio Piñera lamentou-se para o poeta Orlando Pozo: 'Esta é a Grande Dispersão, pense bem que já não voltaremos a nos encontrar'". Do caralho, não?

Na conversa com o filho, que já exigia que ela iniciasse os trâmites da viagem para visitá-los, Clara aproveitara para perguntar se haviam voltado a ver Elisa. Por Marcos e Adela ficara sabendo do ressurgimento da mulher e dos detalhes que, segundo ela, impeliram suas decisões perturbadoras e que de algum modo as explicavam, as razões que, graças a Irving, Clara já conhecia: Elisa e Bernardo tinham visto Walter pular da cobertura daquele décimo oitavo andar, e ambos, depois de tomarem a decisão de esconder o episódio, seguiram seus próprios caminhos. Bernardo, o do álcool; Elisa, o da evaporação... Então Marcos lhe informou que "sua querida sogra", depois do aniversário de Adela, voltara a seu haras de Tacoma. Lá, todos os dias ela praticava meditação e deixava passar o tempo indefinido que pedira a Adela para reparar sua consciência e, conforme exigia a moça, talvez entrar em contato com os amigos e lhes dar uma explicação. No entanto, ele não acreditava que algo assim fosse acontecer.

– Pelo que vi, Elisa é capaz de prometer qualquer coisa e depois fazer outra diferente – afirmou Marcos.

– Sim... Elisa é... – disse ela.

– Você gostaria de vê-la?

– Não sei. Bernardo a perdoou muitas vezes. Não sei se consigo fazer o mesmo. Não sou Bernardo.

– Bom, se te derem o visto americano e você vier nos ver, pode ser que se encontre com ela aqui, não?... Elisa vai ser a outra avó... Mami... sei que não é da minha conta, mas... aconteceu mais alguma coisa entre vocês duas?

Em nenhum de seus diálogos das últimas semanas Marcos mencionara a confissão que Elisa fizera para Adela de suas preferências sexuais. Em sua casa de Fontanar, Clara pensara na resposta.

– Não. Nada além do que você viu... Não aconteceu outra coisa.

– Bom, pode ser que você não a veja... Se não quiser... Tio Horacio, quando finalmente esteve aqui há alguns dias e falou com Adela, disse que não quer ver Elisa. Quem está louco para encontrá-la...

– Irving.

– Claro, Irving... Mami, esqueça Elisa, porque seria genial se você pudesse estar aqui quando meu filho nascer... Seria uma enorme sujeira você estar lá quando o idiota do meu irmão pariu e não estar quando for minha vez, não é mesmo?

Clara sorriu. Marcos sempre seria Marcos. Seu filho.

– Seria lindo… Também que seu pai estivesse… Você já lhe deu a notícia?

– Não, você é a primeira…

– Pena que Bernardo não possa estar.

– Sim, uma pena… Quando é, mami?

– Amanhã – disse Clara.

– Eu deveria estar aí com você, mami…

– Não. Aqui está a morte. Com você está a vida… Meu Deus, já estou falando como Irving… Bom, não gaste mais dinheiro… Dê os parabéns a Adela e diga que estou mandando um beijo muito grande para os três. Tchau.

– Mami, mami... Se vier nos ver… por que não fica aqui? Aí você está sozinha, na casa… Agora em Cuba podem-se vender as casas e com esse dinheiro você…

– Não me peça isso, Marcos… Agora não. Tenho de ficar.

– Por quê? Veja quantos foram embora, eu estou aqui, tua neta…

– Eu tenho de ficar. É o que me cabe… Você disse neta?

– Bem, queremos uma menina e vamos chamá-la de Clara.

– Não, por favor… Procure um nome bonito para ela... Bom, tá, tá, tchau, tchau.

Clara desligou e se sentiu alarmada. Afinal, ela também iria embora do país, atraída por seus filhos e seus netos, espantada pela solidão? Que loucura!, pensou.

Às seis da manhã, ao abrir os olhos, Clara viu correrem os fios da chuva pelo painel de vidro do quarto. Lembrou a madrugada de seu aniversário de trinta anos, as marcas da chuva no vidro. O beijo de Elisa que a perseguia. Um eterno retorno? E pensou: mesmo que caia um dilúvio, preciso fazê-lo.

Naquele 3 de junho de 2016 completavam-se quarenta dias da morte de Bernardo, e às nove da manhã havia parado de chover, até brilhava o sol. Prometia ser mais um dia tórrido, reforçado pelos efeitos da evaporação da umidade acumulada. Calçada com botas de trabalho, incongruentes com o vestido quase elegante que a ocasião exigia, Clara esperou no portão a chegada do motorista. O homem sempre aparecia com dez minutos de atraso e alguma justificativa.

Carregando a urna de barro que continha as cinzas de Bernardo, Clara subiu no carro e pediu ao homem que rumasse a um destino estranho: as imediações do povoado de Managua, onde se erguiam as colinas conhecidas como Lomas de Tapaste.

– Tapaste? O que há ali, Clara? – perguntou o motorista.

– Um bom lugar.

A mulher guiou o motorista desde que saíram da estrada que ligava Santiago de las Vegas a Managua e depois lhe indicou que virasse à direita e pegasse um caminho sem asfalto. O homem protestou, porque o carro ficaria todo enlameado, e Clara lembrou-lhe que o carro já estava bem sujo e o acalmou dizendo que lhe daria cinco dólares a mais que o combinado. Que ele fosse em frente.

– Pare aqui, acho que é aqui…

Clara saiu do carro junto da cancela de arame de uma propriedade cercada, aparentemente abandonada. Soltou a cancela de seu fecho e avançou até um mato baixo onde, por cima dos arbustos, erguiam-se algumas palmeiras-reais, uma paineira e um flamboaiã, com a copa incendiada por flores alaranjadas. Com as botas cheias de lama, entrou no mato e caminhou pelo chão escorregadio, subindo uma colina, até encontrar uma pequena lagoa, pelo visto formada por vários mananciais que deviam correr dos morros das cercanias. Aquele era o lugar.

Várias semanas antes, com a ajuda de um ex-colega de universidade, especialista em hidrologia, Clara buscara as informações necessárias para encontrar aquele lugar preciso. Agora sabia que o pequeno tanque de água impoluta era uma das fontes do rio Almendares, único que atravessa grande parte de Havana, cortando-a de leste a oeste para depois desembocar, já fétido e contaminado, na costa norte da ilha. Daquele ponto, pela ladeira que se inclina para o outro lado do mato que Clara tinha atravessado, começava a correr um arroio discreto. Aquele canal se cruzaria em seu curso com outros similares e, uns dois quilômetros abaixo, se transformaria num rio modesto, mas mítico, para os havaneses, o rio que por séculos abastecera a cidade de água, desde o tempo da remota construção da Zanja Real*, pouco depois de fundada a vila.

Clara respirou a paz do lugar. Num arbusto um rouxinol cantava, talvez para ela. Também recebeu o calor do sol das dez da manhã, que lhe ardia no pescoço e nos braços. Pensou se deveria dizer uma oração antes ou depois, mas descartou a ideia. Nenhum deus estaria atento, disposto a ouvi-la. Ou sim? O canto do rouxinol, em contrapartida, era a música da vida, o canto do país. Clara fechou os olhos para se apropriar melhor dos trinados. Sua mente, então, viu outro bosque, de bambus agitados pela brisa, sentiu na pele a mão de Bernardo acariciando-lhe o rosto e recuperou o momento em que seus lábios e os do homem se uniram pela primeira vez, debaixo daquela fronde. Ali, sem nada, nem sequer expectativas de futuro, descobriram que ainda podiam aspirar à felicidade em meio a todos os desastres, as carências, até mesmo as traições e os abandonos. Eles o mereciam.

* Primeiro aqueduto construído em Cuba, forneceu água a toda a cidade de Havana de 1592 a 1835. Ainda no século XX abastecia regiões dos arredores da cidade e fornecia água para irrigação. (N. T.)

E o conseguiram. Descobriram, além do mais, quanto tinham demorado para saber que estavam predestinados a cruzar suas vidas. Clara abriu os olhos. O rouxinol mudara de arbusto, mas insistia em acompanhá-la com seu canto.

Então, conforme Bernardo pedira, a mulher verteu nas águas puras das fontes do rio as cinzas de quem fora seu homem e seu eixo, o melhor ser humano que conhecera na vida, para que fossem dissolvidas e arrastadas pela corrente. Uma parte de Bernardo seria absorvida pela terra da ilha e se fundiria para sempre com ela; e outra, como os rios da vida, daria no mar e percorreria o mundo. Até a vitória final.

– *Dust in the wind* – disse ela. – *All we are is dust in the wind...*

Quando voltaram a Fontanar, Clara deu vinte e cinco pesos conversíveis ao motorista, que ainda protestou, e depois o viu afastar-se. Com a urna de barro vazia entre os braços e as botas manchadas de terra, remexeu a bolsa, tirou suas chaves, abriu a porta e entrou na casa em que a receberam a solidão, o silêncio e suas lembranças. Clara e seu caracol.

Em Mantilla, abril de 2018-abril de 2020

Nota e agradecimentos

Como poeira ao vento é um romance e deve ser lido como tal. Os acontecimentos históricos a que se faz referência no livro aconteceram na realidade, mas sua presença no romance é assumida sob a perspectiva da ficção. Muitas das conjunturas sociais invocadas também foram extraídas da realidade e da experiência pessoal e geracional, embora seu tratamento tenha sido mediatizado pelos interesses ficcionais. Os personagens e suas histórias são inspirados em indivíduos reais, às vezes em somas de várias pessoas concretas, mas suas biografias são fictícias. Em contrapartida, os lugares pelos quais se move a trama – desde o bairro havanês de Fontanar até um haras nos arredores de Tacoma, no noroeste dos Estados Unidos – são locais com existência real, e transformei-os na medida do necessário para adequá-los aos fins dramáticos do relato. A obra da imaginação foi apenas convocar todos os elementos históricos, humanos e físicos de uma época e diversos espaços, para lhes dar forma de romance. Como escritor, eu me alimento da realidade, mas não sou responsável por ela para além de meus avatares individuais e de meu compromisso civil, como cidadão e como testemunha com voz, que pretende apenas deixar um testemunho pessoal de meu tempo humano.

Cada romance meu é, de alguma maneira, fruto de colaboração. Sem meus amigos leitores e editores, teria sido impossível escrevê-los e levá-los ao estado de decência, para mim satisfatório, em que foram publicados. Nesta ocasião, porém, creio que a lista é maior que em todas as outras notas semelhantes que fiz.

Para conhecer espaços como a Miami e a Hialeah cubanas foi indispensável a colaboração de meus queridos e generosos amigos Miguel e Nilda Vasallo, com quem percorri lugares que eles conhecem por tê-los vivido e que me fizeram ver com olhos próprios onde colocaria personagens e conflitos. Também foram decisivos os passeios que fiz por espaços do romance com o pintor Orestes Gaulhiac, com meu velho amigo de Mantilla, Rafael Collazo, e as valiosas informações que me entregou com desprendimento o historiador Waldo Acebes. A meu velho e sempre disposto amigo Wilfredo Cancio devo uma leitura arguta e o contato com Raúl Martínez, primeiro prefeito cubano de Hialeah, El Alcalde, verdadeira enciclopédia viva da vida daquela cidade. Não menos importante foi a colaboração de Javier Figueroa e sua esposa, Silvia, com conversas, contatos e, sobretudo, a leitura dos originais, aos quais trouxeram contribuições decisivas, especialmente no que diz respeito ao mundo acadêmico dos Estados Unidos.

Sem o apoio dos professores John Lear e de sua esposa cubana, Marisela Fuentes-Lear, teria sido impossível imaginar como um dos cenários do romance um haras nos arredores de Tacoma. Com eles conheci o lugar, forjei o destino de um personagem e depois o revisitei: lá me receberam Michael Wall, em sua bonita fazenda onde cria cavalos Cleveland Bay, e também a muito amável criadora e treinadora Asia Thayer, que me confiou tantos segredos de sua profissão e de costumes e personalidades dos cavalos, entre os quais passou toda a vida. Além disso, Marisela foi uma implacável leitora de uma das versões do romance e ajudou muito a que ele chegasse ao nível que chegou.

Tenho sempre leitores que generosamente me ajudam a encontrar erros, excessos e entusiasmos desnecessários de meus textos. Entre eles não faltam minhas queridas Vivian Lechuga e Lourdes Gómez. Também meu tradutor para o grego, Kostas Athanassiou, e meu velho amigo Alex Fleites, que apontou tantos detalhes e me ajudou a corrigi-los. Meu colega Arturo Arango, com precisões acertadas. Importantes foram as leituras de meus amigos José Antonio Michelena e sua esposa, Ana María. E as do doutor em física Mario Fidel García, el Ruso.

A mais exaustiva leitora de meus textos é sempre Elena Zayas, que traduziu para o francês vários de meus romances e é uma amiga generosíssima: Elena leu os manuscritos duas vezes, em diferentes momentos da escrita, e me trouxe seu olhar de lince, que tanto contribui para melhorar o que escrevo.

Meus editores Anne-Marie Métaillé e Juan Cerezo (Tusquets) ofereceram-me seu apoio entusiasta, e Juan fez uma leitura impiedosa do original, que me ajudou muito a evitar certos excessos estilísticos aos quais sou propenso.

E no início, no meio e no fim, acima e abaixo, de um lado e do outro do meu trabalho... sempre está Lucía. Só posso repetir que sem ela este romance (assim como o resto de meus livros) não teria sido escrito, sem suas leituras não seria o romance que é. Digo mais: sem ela eu não seria a pessoa que sou.

Soldados cubanos lutando em Girón, durante a invasão
da Baía dos Porcos, em 19 de abril de 1961

Este livro foi publicado em 2021, sessenta nos após a invasão da Baía dos Porcos, ação dirigida pelos Estados Unidos com objetivo de derrubar o governo de Fidel Castro e que se viu frustrada. Composto em Adobe Garamond Pro, corpo 11/14,3, foi reimpresso em Pólen Soft 70 g/m², pela gráfica Lis para a Boitempo, em abril de 2022, com tiragem de 2 mil exemplares.